汉文学史
小讲

王　志◎著

上海三联书店

自　序

　　到今年，我从事教学工作十八年，站在讲台上讲述中国文学的历史，竟也有十七年了。可是，不知道为什么，每逢开学第一次走进课堂，内心却还是有一点点紧张；就像先零的秋叶，总摆不脱日暮而途远的惆怅。孔子说，"必也临事而惧"，我想，我也许是惧得有些过了。

　　不过，十七年前，当我第一次走进教室上课的时候，却是不紧张的。当时制伏紧张心理的办法，在上课的前一天晚上就想好了——我只消把讲台下的人当成一根根木头就好了。这个办法很有效，但也就用了一次。因为那一届的学生很友善，根本无须将他们当作木头。我也不知道我是怎么想出这么个办法。我很小的时候，就在院子里劈过柴，还曾将木柴当做玩具；家里小狗的窝棚，也曾是木柴搭建的。那时候，庭中花池里种的多半是五颜六色的步登高，而院墙上则爬满了孱弱的牵牛花。在步登高和牵牛花之间则是一片需要仰望的向日葵。邻居们的院子里也大多种满了各色的花草果木。小伙伴们在各家穿门过户地追逐，就好像游荡在花的海洋里。屈子曰："惜吾不及古人兮，吾谁与玩此芳草。"我很钦慕屈子，但无论小时还是现在，当我给花儿换盆或者浇水的时候，都只是很单纯地希望它们能健康地成长，却并不怎么就想到古人。也许，这正是我不及屈子的地方吧。

　　孔子和屈子都是做过教师的。不知道他们是否也有教学计划，也不知道他们是否须要备课。想来，他们都是天分很高的人，即使备课也不会十分辛苦吧。我却不行，2000 年留古代文学教研室任教后，整整一年，都在翻看各种中国文学史教材，遇见好的论述，便一段一段抄写在教案上。据说，子路听见孔子发表了什么好的言论，便会记下来；记得多了，便很怕孔子再说些什么。我在最初抄写教案的时候，内心对于子路也颇有一番同情。

2001年，第一次讲课，是给新闻与广告专业的同学讲授从先秦到唐的文学。到了2002年，又接到一项授课任务，要求在一个学期内，完成从先秦到晚清的文学史的讲授。课的名称叫作"中国古代文学选讲"，也没有教学大纲，内容完全由任课老师自定。我想着，虽是选讲，最好也能给人较为全面的认识。于是琢磨了多日，最后决定按着前人"一代有一代之文学"的思路来讲：每一时代，只讨论这一时代文学成就最为突出的文体，先是对这一文体的创作源流做俯瞰式的介绍，然后再专力讨论这一时代成就最为突出的作家作品。这门课，2002年给吉大2001级、2002级播音主持与体育新闻专业的本科生分别讲过一次；2003年给大连外国语学院来吉大交流的本科生讲过一次；2004年到2006年又曾在吉大朝阳东校区给新闻学专科升本科的同学讲过三次。此后因为学校课程建设的变化，再也没有这么讲过。但这种讲法，国内好像并不多见；从教学效果来看，学生也较为欢迎，所以当时的教案我并没有扔掉，作为记念，一直保存在书柜的最底层。

2004年春夏间，系里又要求我面向全校非中文专业的本科生开设一门普通教育公共选修课"中国古代作家作品评介"。第一次授课的地点在南湖校区，时间是晚上。我还记得上课不久便是秋天了，有几个学生好像很享受这秋天的夜，只是听，什么也不记，还时常发出一些笑声；与其相伴的，则有窗外的月光，以及远处草丛中蟋蟀的鸣叫。他们最后提交的作业，却也是好的；我还特意保存起来，只可惜搬出单身宿舍的时候，不知道怎么的，就再也找不到了。我教他们的时候，实际上是把"中国古代文学选讲"中属于各体文学创作源流部分的内容略去了，而只把各时代最杰出的作家作品拿出来讲，所以，也不用另备教案。2005年，没有讲过这门课。从2006年起，这门课程就只在中心校区讲授了。

我在中心校区讲述"中国古代作家作品评介"的时候，常有一些非中文专业的学生在课间来找我讨论一些问题。他们对中国古代文学的历史很好奇，却又对阅读太专业的中国文学史教材感到犯难。于是我不禁想到，自2006年以来就沉睡在书柜最底层的"中国古代文学选讲"的教案，乃是为中文专业以外的学生所作，比较简易，是否可以整理出版以便初学和普及呢？我这样想着，却也十分地犹豫。

众所周知，自上世纪八十年代以来，重写文学史的讨论一直比较热烈，但就这些年践行了相关讨论的文学史著作来说，能令批评家们满意的真是少之又少。这也诚然是没有办法的事情。而若要由我来说文学史写作的理想，我还是比较喜欢借用司马迁那几句话："亦欲以究天人之际，通古今之变，成一家之言。"所谓"究天人之际"，就是说文学史的写作，要有人性、人道、人文的关怀，要关注人是如何被决定的，又是如何探索、反抗、失败以至突破的；要敢于分辨是非；要勇于善善恶恶。所谓"通古今之变"，就是说文学史的编撰，要努力阐明各种文学史研究对象历史演变的具体状况及其复杂因由。所谓"成一家之言"，就是说文学史的论述，既要集思广益，兼容并包，也要善于提炼，巧于组织，从而形成属于著者自身的观点、形式与风格。说到文学史的编撰形式与编撰风格，近世以来人们所提倡的，大半还是人体解剖报告似的文学史。全面、冷静、客观，这也没什么不好。但我多少还有一些怀旧的心，常常想，要是我们利用司马迁的纪传体写一部中国文学史又有什么不可呢！譬如，经部文学创作及能作宪垂法的文豪可编为本纪，各朝文学及能形成流派的文豪可编为世家，其他卓然能有所自立的作家则可编为列传；有特色的作者可编入各种表格；一些相关文学史现象可用《礼书》、《乐书》的形式加以论述；为了求全，也不妨仿照班固《汉书·艺文志》的形式交代一下历朝文学典籍的存亡状况，仿照《汉书·地理志》的形式描述一下历朝文人地理版图方面的兴衰；而在语言文采方面，则不妨蹍武司马迁"无韵之离骚"的艺术风格，使得自身也成为一部令人情思激荡的文学经典，这难道有什么不好吗？

然而，这样的一部中国文学史，我恐怕是见不到的了；也许永远都不会出现。至于我的这本"选讲"，譬诸薤露，何敢耀春日之朝阳；破砖碎瓦，愿为郭公之阶，也是远不能够的。我这样想着，心中一时充满了憾恨。但我在憾恨中，偶然想起一桩往事。那是十多年前的一个秋日，我在北区理化楼上完课，已是华灯初上，暮色苍然。一个人毫无心绪地走在匆匆的人流中，不觉间，就被拥上了公车。透过摇晃的人头的缝隙，回看愈发远去的地质宫广场，思绪便不由得沉入已经逝去的青春。正在神魂飘荡之际，忽然接到一个电话。是一个远在北京的毕业生打来的，说是并没有什么事情，只是正在换乘地铁，偶然想起往日的校园时光，想给老师打个电话。这个学生叫什么，都说了些什么，如今也记不得了。但因为这件小事，我忽然想到，我讲文学史已有十几年了，教过的学生也有七八千人。如果我能把讲稿整理出版，使其得以陈列在各个城市的书肆的灯光里，那些我教过的学生中，有一些人可能就会偶然地发现它，并因而回想起自己曾经的大学时光，这又何尝不是一件乐事！我想着这些，虽是正当丙申年的春节，红灯满街，爆竹漫地，却还是翻出往日的教案，一边整理校订，一边沉浸在无限的幸福与想象中。

整理到明清小说的时候，我不禁又有一些感慨。古代的许多小说名著，都是在漫长的历史发展中，经多人之手不断修改和润色，才达到其高度的艺术成就。司马迁的《史记》也承袭了不少前人较为漂亮的文辞。钱基博有一部文言的《中国文学史》，也常将古人的议论融化在正文中，却并不怎么标明出处。我想他也许是担心那样做会阻滞文气的畅通吧。与之相仿，本书在编写中，自然也不能不借鉴学界已有的一些相关著述。由中国社会科学院文学研究所总纂的中国文学通史系列，游国恩、袁行霈、章培恒、孙康宜等先生各自主编的《中国文学史》，以及林庚先生、龚鹏程先生各自独著的《中国文学史》，福建师范大学和广西师范大学网络版《中国文学史》教案，傅璇琮、蒋寅先生主编的《中国古代文学通论》，都是本书重要的参考。至于其他著作，难以一一疏举；惟在每讲之后列出主要的相关书目，一方面表明本书的学术参考，一方面方便有兴趣的读者进一步的阅读。

这部讲稿，在 2016 年 6 月，以为非中文专业本科生撰写一部中国文学史著作之名，申请到了吉林大学十三五规划教材的写作资助，名字也改为"汉文学史小讲"。在最近几年，小讲的文稿也曾被一些朋友用作非中文专业研究生的中国文学史讲义，并提出了不少值得感谢的富有针对性的意见。中国古典文学与文化博大精深，本书虽只是一部面向非中文专业本科生、研究生的小讲，但谬悠荒唐之处一定还是不少，这当然还要烦请读者朋友们热心地批评和指正。

王　志

2017 年 11 月 17 日

目　录

001　第一讲　汉文学概况
001　　　第一节　汉文学的壮大
008　　　第二节　汉文学的追求

023　第二讲　诸神之兴亡
023　　　第一节　诸神的产生
027　　　第二节　诸神的故事
044　　　第三节　诸神的废替
048　　　第四节　诸神的精神

053　第三讲　六经与诸子
053　　　第一节　六经的地位
055　　　第二节　六经的文采
056　　　　　　一　《周易》
058　　　　　　二　《尚书》
060　　　　　　三　《诗经》
075　　　　　　四　《春秋》
081　　　第三节　汉文学之父
085　　　第四节　诸子文源流
088　　　第五节　孔孟荀之文
100　　　第六节　老庄韩之文

112　第四讲　屈原与辞赋
112　　　第一节　辞赋的源流
125　　　第二节　屈原的自救
125　　　　　　一　屈原的生平

128　　　　二　屈原的理想
130　　　　三　屈原的创作

141　第五讲　史迁与史传
141　　　第一节　史传的源流
147　　　第二节　史迁的爱奇
147　　　　一　史迁的生平
150　　　　二　史迁的文采

165　第六讲　陶潜与隐逸
165　　　第一节　隐逸的源流
173　　　第二节　陶潜的风流
173　　　　一　陶潜的生平
177　　　　二　陶潜的创作

188　第七讲　庾信与骈文
188　　　第一节　骈文的源流
206　　　第二节　庾信的乡关

220　第八讲　李杜与诗歌
220　　　第一节　文人诗源流
220　　　　一　唐以前的诗
243　　　　二　唐王朝的诗
277　　　　三　唐以后的诗
305　　　第二节　李白与杜甫
305　　　　一　李白为谁雄
319　　　　二　杜甫老更狂

333　第九讲　韩愈与古文
333　　　第一节　古文的源流
348　　　第二节　韩愈的新变

366　第十讲　苏东坡与词
366　　　第一节　文人词源流
390　　　第二节　苏东坡突围

409　第十一讲　关汉卿与戏曲
409　　　　第一节　戏曲的源流
437　　　　第二节　关汉卿的浪

451　第十二讲　曹雪芹与小说
451　　　　第一节　小说的源流
482　　　　第二节　石头记的事
482　　　　　一　作者与版本
490　　　　　二　思想与内容
531　　　　　三　艺术与风格

第一讲　汉文学概况

第一节　汉文学的壮大

我国广土众民，历史上许多民族都有过辉煌灿烂的文学创作，但比较而言，汉民族语言文学的创作不仅成就突出，而且一直处在发展壮大之中。这在世界文明史上也是个奇迹。

非洲有悠久的文明史，但没有悠久的文学史。美洲的文学史则不过数百年而已。欧洲的文学史比较长，但欧洲并非每个时代都有杰出的文学创作。一般认为，古希腊人和古罗马人曾创造过灿烂的文学，但自公元二世纪古罗马分裂，直到1321年但丁完成《神曲》，一千多年的时间，欧洲只有几部蛮族史诗而已。印度作为区域来说虽然每一时代都有杰出的文学创作，但可惜的是，印度文学与欧洲文学一样，缺少统一的民族语言及文化精神。

汉语言文学则不然。自殷周以来，汉语言文字就成为大江南北、黄河两岸各邦国使用的语言文字；并且自殷周以来，每一时代汉民族都拥有辉煌的文学创作。其原因，当然是复杂的；但根本的一条，自是得益于汉民族的不断壮大，或者说，得益于历史上四夷的不断归化。这种归化的文学影响，至少有三个方面。

首先是增加了汉文学的作者。譬如，唐代的元结、元稹，金元之际的元好问，本皆是鲜卑族的后人，却都成为了汉文学的能手。至如李白、白居易、刘禹锡等，也有人认为他们具有夷狄的血统。

其次是丰富了汉文学的创作。譬如，曹雪芹在《红楼梦》中，曾借宝玉之口，说女儿是水做的骨肉，男人却是泥做的。这种比拟，在汉文学固有传统中几乎没有踪迹可寻，但满洲神话则认为，大神先用海水创造了女人，而后又从海底捞起泥土造就了男人，此盖为曹氏所本。

再次是或多或少也改变着汉民族的一些精神。譬如，今人常感慨历史上汉唐的文治与武功。其实，汉唐有赫赫武功，也在于汉、唐统治集团本身并非纯正的汉人。汉的统治集团原多是楚人，而楚人长期立国于南方，与南方各民族杂居、融合数百年，无论在血统上还是在文化上都带有南方非华夏民族的基因。至于李唐皇室就更明显了。据《新唐书·宗室世系表》载，李渊祖父李虎有兄名"起头"，有弟名"乞豆"，李起头有子名"达摩"，这些名字皆是胡人所喜用者。又据释彦悰《唐护法沙门法琳别传》下卷载，李世民自言"本系老聃"，而法琳当面反驳说："琳闻拓跋达阇，唐言李氏，陛下之李，斯即其苗，非柱下陇西之流也。"而据《隋唐嘉话》，单雄信曾呼李世民之弟李元吉为"胡儿"。《旧唐书》亦云李渊曾孙滕王李涉"状貌类胡"。据此，皆可见李唐皇室具有胡人的血统，其尚武，也多半受到胡人的影响。又如，李唐皇室多有乱伦之举，如太宗纳弟媳，高宗纳其父之才人，玄宗父占子媳，此皆汉民族伦理所不能容者，反与吐谷浑、鲜卑、突厥诸族习俗相合。《朱子语类》卷一三六载，朱熹说："唐源流于夷狄，故宫门失礼之事不以为异。"除此之外，唐代能出现女皇武则天，也与鲜卑族由女人管家的传统有一定之关系。所以，汉胡融合的结果虽然是以延续汉民族文化为主体，但汉文化也一定程度上吸收了胡人的精神。这种精神自然也会影响到文学的创作。譬如，白居易写《长恨歌》，批评"汉皇重色思倾国"，不仅未曾从乱伦的角度对"汉皇的行为"加以痛斥，反倒对李杨之间的爱情颇有同情。这种情况在严究男女礼义之防的汉民族文化中，难以理解；视为鲜卑等胡文化的影响，较为合适。

值得思考的是，历史上的胡人或者说四夷为什么会不断加入到汉民族这个民族大熔炉中来呢？众所周知，汉民族基本成形于汉代，在先秦，其主体是华夏族，而华夏族的源头则相传是炎黄二帝。《尚书·尧典》曾赞美尧能"协和万邦"，据此可知，炎黄之族发展到帝尧的时候也仅是万邦中之一族耳，人数最初亦并不占优，竟何以能吸引异族而不断壮大？从历史来看，胡人有主动归化为汉族的，如北魏拓跋宏之改革；

有严加限制而终究被同化的，如满洲。然无论主动被动，汉民族总能将异族融入自身，这在世界历史上真是罕有其匹。其原因，略言之，自当与汉民族的文化个性有关。

五四以来，言及汉民族文化传统与个性，或以鞭笞为主，如鲁迅；或以颂扬为主，如辜鸿铭；或持中，如钱宾四。三人各有所得，值得参看。而辜鸿铭的《中国人的精神》以为，中国人特性有四：博大（broad）、深沉（deep）、纯朴（simple）、灵敏（delicacy）。他曾比较说，美国人博大、纯朴而不深沉；英国人深沉、纯朴而不博大；德国人深沉、博大而不纯朴；法国人没有美国人的博大、英国人的纯朴和德国人的深沉，但是却最能理解中国人，因为法国人灵敏。[1] 辜鸿铭所言中国人的特点，传承华夏文化的汉人无疑最为典型。汉人既然有这四种特性，那么汉民族的不断壮大是必然的；能够吸引其他民族融入到汉民族中来，也是不奇怪的。

在辜鸿铭所言四点特性中，"博大"对于民族融合最为重要。而汉文化的博大，体现在民族关系方面，乃是"行有不得，反求诸己"，如《吕氏春秋·上德》载：

> 三苗不服，禹请攻之。舜曰："以德可也。"行德三年，而三苗服。孔子闻之曰："通乎德之情，则孟门、太行不为险矣。故曰德之速，疾乎以邮传命。"

舜的这种思想后来被孔子继承和发扬了。如《论语·季氏》载，季氏将伐颛臾，孔子批评说：

> 丘也闻有国有家者，不患寡而患不均，不患贫而患不安。盖均无贫，和无寡，安无倾。夫如是，故远人不服，则修文德以来之。既来之，则安之。

由于颛臾邻近曲阜，所谓"远人"自然不是指地理之远。颛臾风姓，

---

[1] 辜鸿铭著，黄兴涛、宋小庆译：《中国人的精神》，广西师范大学出版社 2002 年版，第 5 页。

鲁人姬姓,所谓"远"实际应是指种族不同,血缘较远。所以,孔子说"远人不服,则修文德以来之。既来之,则安之",讲的也是如何处理民族关系问题。孔子以及舜的这种民族相处之道,在《尚书·舜典》中叫做"柔远",其博大之处有二。

一是能"修文德以来之"。既然曰"修",则自认文德有所不备。《尚书》曰:"满招损,谦受益。"故我华夏与异族有隙,则常反躬自省,多是希望用提升自身文明的办法吸引异族归化,而不肯采取武力来征服与压迫。此非博大乎?且修文德本身,也需要有博大的精神和气量。李斯《谏逐客书》劝秦王说,建设国家应该如"泰山不让土壤故能成其大,河海不择细流故能就其深"。我们中华文明经数千年而能不灭,原因正在于有此种开放而活泼的进取精神。需要指出的是,修文德并非只搞文化建设。如《淮南子·齐俗训》载:"当舜之时,有苗不服,于是舜修政偃兵,执干戚而舞之。"所谓"执干戚而舞",应与今日军事演习相类,取的是加强军备以求威慑之意。否则,一个政权连自己的文明成果都捍卫不了,又怎么会令人仰慕呢?

一是能"既来之而安之"。所谓"安",即本"四海之内皆兄弟也"之主张,与一切"来"者通往来,通经济,通习俗,通婚姻,通心灵。其中,通心灵尤是我华夏本色,为他国外邦所不及。

华夏族以及汉族在民族交往中讲求"来之""安之",从根本上说,也是华夏文化自古追求"和而不同"的结果。正因为不求"同",所以才不愿意以武力强迫别人来屈服、来归化。但值得思考的是,华夏文化在民族间虽然求和而不求同,但其结果,其他种族反倒不断融为华夏族。所谓"桃李不言,下自成蹊",诚为华夏文明品格之绝佳写照。相反,一些西方国家与国际势力在世界上求同,为了自身利益及其价值观的全球化,甚至不惜诉诸武力,然而时到今日,乃至求和而不能得。

说到汉民族性格之博大,还有二事不可不知。

一者,五四以后,学者多谓华夏文化保守狭隘,实则不然。如殷、周不同姓,而武王却能问询治国之道于箕子。春秋时,孔子感慨"学在四夷",还主张"礼失而求诸野"。战国时,赵武灵王更曾大力推广胡服骑射。此学习之博大也。春秋以及战国时期,诸侯楚材晋用,士人朝秦暮楚,在用人方面,胸襟又何尝保守?其后汉通西域,以至佛学东来,文化上又是何等开放？唐时，长安人连服饰都好模拟胡商，以至于白居易不得已作诗以讽。[①] 至若宋元之交通天下，更是尽人知之。大明虽有海禁，然其先有郑和下西洋，古代中外罕有其匹；其后陆路尚通。且其时外邦文明在西不在东，海禁实未能阻止中西文明之交流，晚明徐光启、利玛窦之往来即是一证。然而满洲入主中原之后，于外则海、陆皆禁，惟留广州通商；于内则以四库书籍之编辑，篡改圣贤之言；以文字冤狱之迭兴，钳梏志士之口；以科举八股之制度，牢笼学子之思。其最为明显者，竟于县学明伦堂卧碑上书字，严禁生员言事、立盟结社、刊刻文字。明伦堂卧碑初设于明代，最初也只是禁生员向政府建言等，至此则变本而加厉。于此亦可见彼时华夏文化胸襟之萎缩。不过，虽是如此，亦不可谓我华夏博大开放之心到了清代完全毁灭，不然，师夷长技以制夷等学习西方的思想又从何处而来呢？

二者，"博大"并非毫无贻害。近人常说日本文明胸襟不够大，然日本人重规矩。我国文化虽称博大，然人群亦由此轻尺度。严于律己，宽以待人，这说的是圣人的操守；多数中国人宽以待人的同时，也常不免宽以待己。鲁迅一再称颂日本人做事的认真精神，反对国人的马马虎虎。国人的不认真，其实也正是"博大"的一个恶果。虽然世界上的大国，文化风俗方面多博大而马虎，但扬长补短的工作显然还是要做的；否则，将何以维持其大呢？

中国汉文学的不断壮大，就文学自身说，也与汉文学语言的美关系较大。对于西方人来说，汉语不是一种精确的语言，他们还常指责汉语几乎没有语法。这个意见有一定的道理。如《论语》所载"子曰民可使由之不可使知之"，不同的断句导致其意思如同天壤之别。但是，一般来说，几乎没有比汉语言更能使文学近乎于美的语言了。

就字形说，汉字本是象形文字，比西洋字母文字远于逻辑，但更近于自然，也更近于绘画，因而竟发展出书法这种最能代表中国人精神的艺术。不过，象形本身还并不能成为艺术。汉字的书写之所以能成为

---

① 白居易曾作有《时世妆》，其小序谓"儆戎也"，其诗则批评"髻椎面赭非华风"。然白居易本人生活亦多胡俗。他晚年以太子宾客分司东都洛阳期间，就曾在宅内张设了一顶青毡帐以供享用，其《池边即事》云："毡帐胡琴出塞曲，兰塘越棹弄潮声。何言此处同风月，蓟北江南万里情。"

艺术,在于汉字的象形并不是象客观之形,而是象客观事物留给人脑的某些印象、感觉和形式,这种名为象形实近乎写意的性质,也就使得汉字本身成为有意味的形式。二十世纪初,英国美学家克莱夫·贝尔(Clive Bell)在为后期印象派绘画辩护时,曾将审美层面的"美"定义为"有意味的形式",或者说"以某种独特的方式打动我们的安排与组合"。① 汉字书法正符合这一定义。就文学方面的影响而言,汉字的象形本质是用图画的方式把握世界,反映世界,它使得作家对文体形象性高度重视。譬如,在古代中国,即使哲学观念的表达,也往往诉诸形象的世界,而很少表现为概念筑就的大厦。同时,汉字的写意性,也促使汉语言文学,相对于世界客观性,更重视心灵主观性的表达。至少,在中国,叙事文学的发展不仅晚,而且中国叙事文学自一开始就带有强烈的抒情性。从《离骚》到《红楼梦》,莫不如是。中国的士大夫文学基本是抒情的,对于这一点,汉字的写意性当然要算作一大动因。

就字音说,汉字是单音节字,又有音调,调有四声,因而每一字可视为一个音符,互相配合,极富音乐之美。但是对西洋人来说,四声的差别过于细微而难学,所以他们很恼火,常不免攻击汉语是落后的原始的语言。这当然是偏见。辜鸿铭说中国人灵敏,灵敏使细微的声调变化容易掌握。辜鸿铭又说法国人也灵敏,而法语在语音上也富于变化,公认与汉语都是最悦耳的语言。谈到诗,朱光潜以为其要素有三:就骨子说,诗要表现一种意趣;就表面说,它有意象,有声音。不同韵律和节奏的声音会引起不同的生理刺激和心理反应,从而也就带来不同的审美效果。② 汉字因为字是单音,有四声的变化,因而更可以通过精心的组织,加强诗歌的感染力。如唐代王维与裴迪同游终南山,尝各作一首《孟城坳》,维诗曰:

> 新家孟城口,古木馀衰柳。
> 来者复为谁,空悲昔人有!

① 〔英〕克莱夫·贝尔著,薛华译:《艺术》,江苏教育出版社 2004 年版,第 4—8 页。
② 朱光潜:《我与文学及其他》,安徽教育出版社,第 19、33 页。

迪诗云：

> 结庐古城下，时登古城上。
> 古城非畴昔，今人自来往。

　　这两首诗，从内容上说，维以新家和古木对仗，较迪以古城和今人对偶，更加具体可感。维诗也感叹古今变迁，然而只说"昔人有"，不似迪诗"非畴昔"直露。从节奏上说，迪诗将"古"字两次置于节奏点上，固然警醒，然而维置一"馀"字，不仅突出了心中感慨，而且音韵悠然。从韵脚上说，两首诗虽同是采用仄声韵，但维诗全用上声，较迪诗更有波澜起伏之效。此维诗所以胜于迪诗也。再如陶渊明《饮酒》"采菊东篱下，悠然见南山"两句，语出平淡，而"悠然见南山"一句，读起来筋肉的感觉尤为轻松舒缓，很能与诗境相谐。又如李白《蜀道难》开篇几句："噫！吁嚱！危乎！高哉！"字的发音本来就局促，而短音节、短句、不同声调的排列更增加了紧张与吃力的感觉，与蜀道给人的压迫感正相应。再如汉乐府诗《江南》：

> 江南可采莲，莲叶何田田。
> 鱼戏莲叶间：
> 鱼戏莲叶东，鱼戏莲叶西，鱼戏莲叶南，鱼戏莲叶北。

　　诗的头三句，句句压尾韵，乐感一脉贯通，畅流无阻，与心情的欢畅一致。后四句则改押头韵，而尾字不押韵。押头韵是突出描写的对象，不压尾韵则在语音上造成飘忽不定的感觉，既与鱼儿在水中自由游动相应，也与莲花铺天盖地给人造成扑朔迷离的感觉一致。可见古人诗句非特内容感人，亦必有声音之助。古诗不宜今译，原因就在这里。
　　就句式说，汉语言也富于美感。由于汉字字形类似方块，字音为单音，所以相同字数的两句话并列呈放，则给人的感觉非常整齐、和谐，有平衡的美。因此汉人为诗文，好用骈偶，看起来既美，朗诵起来也整齐，而且印象深刻，便于记诵。如《论语》载，子曰："为命，裨谌草创之，世叔讨论之，行人子羽修饰之，东里子产润色之。"其中"东里"二字从表意角度说，完全多余，然而有之则构成骈偶，美于目且顺于耳。刘师培云：
"俪文律诗为诸夏所独有，今与域外文学竞长，惟资此体。"①俪文律诗
也正靠骈偶句造成。

可见，汉文学的语言也是很美的，这也就难怪历史上有很多胡人也
喜欢运用汉语进行创作了。

第二节　汉文学的追求

我国古人从事文学创作，总追求一定的境界。这种境界，可从内
容、形式两个方面来观察。

就内容方面说，我国汉文学传统上侧重于善的表达，注重以文学来
慰藉心灵；而西洋文学则历来侧重于真的摹仿，更注重以文学来揭示本
相。从文学批评用语看，汉文学很早就主张"诗言志"，后又倡导"诗缘
情"，并常以道、气、性灵论文学。《隋书·经籍志》谓：

> 诗者，所以导达心灵，歌咏情志者也。

斯言最得我国汉文学之本。在我国汉文学传统中，只做到"真"还是
较为肤浅的艺术。清末京剧表演艺术家谭鑫培论及京剧表演，曾谓："戏中
工作以哭笑为最难，以其难以逼真也；然使果如真者，亦复何趣旨哉！"②其
实不单哭笑，各种场面动作在京剧艺术中也多表现为虚拟的程式美，这
也都是中国文艺重视主观意趣胜于客观真实的一种反映。陶潜《拟古》
尝云："少时壮且厉，抚剑独行游。谁言行游近，张掖至幽州。"陶潜实际
上并没有到过张掖与幽州，但他为了渲染自己任侠的个性精神，宁可妄
造虚言。又如《红楼梦》中，香菱赞美陆放翁的"重帘不卷留香久，古砚
微凹聚墨多"是好诗，而黛玉却棒喝："断不可学这样的诗。你们因不知

---

① 刘师培：《中国中古文学史》，商务印书馆 2010 年版，第 3 页。
② 陈彦衡：《说谭》，见戴淑娟等编《谭鑫培艺术评论集》，中国戏剧出版社 1990 年版，第 147
页。

诗,所以见了这浅近的就爱,一入了这个格局,再学不出来的。"钱穆曾评论:"放翁这两句诗,对得很工整。其实则只是字面上的堆砌,而诗背后没有人。若说它完全没有人,也不尽然,到底该有个人在里面。这个人在书房里烧了一炉香,帘子不挂起来,香就不出去了。他在那里写字,或作诗,有很好的砚台,磨了墨,还没用。则是此诗背后原是有一人,但这人却教什么人来当都可,因此人并不见有特殊的意境与特殊的情趣。无意境,无情趣,也只是一俗人。"①黄遵宪曾提倡"诗之外有事,诗之中有人",陆游这两句诗也正可以说"诗之内乏人"。

　　至如西洋文学批评,常以摹仿论文学。自亚里士多德《诗学》起,即将诗看作是生活的摹仿。众知,古希腊文的摹仿（μιμησις）,含有将不可见的东西变为可见的东西的意思。这也就看得出,所谓摹仿生活,实际是要把生活表面下更真实的东西揭示给人看。文艺复兴时期,列奥纳多·达·芬奇曾主张艺术要像镜子一样反映自然。到了十九世纪,列宁也以"革命的镜子"赞美托尔斯泰的作品。而这些镜子之喻,岂非尚真之一证? 又如,达·芬奇死后百余年,布瓦洛《诗的艺术》给出古典主义创作的三一律:"舞台表演自始至终只能有一个情节,要在一个地点和一天内完成。"此种追求表演与生活一致的主张,与我国古典戏曲喜好虚拟的程式化的表演正截然相反。至启蒙时期,狄德罗更倡言文学应严格表现自然,力求摹仿得精确逼真。至若后来歌德提出文学是"第二自然",别林斯基主张艺术是对社会现实"创造性地复制",左拉倡导自然主义,企图使文学变成社会生活的实验记录,亦皆可见西洋文学之追求重在揭示真实。十九世纪后期,西方现代主义文学在许多方面颠覆了传统,但尚真之心未变。现代主义大师乔伊斯创作《尤利西斯》,为了弄准主人公布卢姆下午一点钟随手丢弃在都柏林外利菲河的一团废纸两小时后会流至何处,他还特意调查了该河的流速与潮汐。西洋文学传统与现代之分,一重外界之真,一重内心之真。正因为重视内心,所以现代派文学对我国传统文学非常感兴趣,然而我国文学重视心灵,在于善不在于真,故终究不能为其大肆引入和学习。二战之后,西洋又有所谓后现代派文学,实质也是求真。西洋传统文学将文学当

---

① 钱穆:《中国文学论丛》,三联书店 2002 年版,第 111—112 页。

镜子,去照社会;现代派也将文学当镜子,只是用来照心灵。后现代派则一拳将镜子打碎,以为镜子碎了才能更好地反映社会和人心,是故乃有反诗、反小说、反戏剧等名目。

西方文学尚真,其实也是西方文化尚真的一种反映,①而西方文化尚真,很大程度上与他们的哲学以及神学信仰有关。众所周知,古希腊学者毕达哥拉斯曾提出,数是宇宙万物的本原。其后,柏拉图继承了毕达哥拉斯学派神秘主义的数论,提出了一种在数学上和谐的宇宙观。柏拉图认为,宇宙是因造物主为其制定了一个理性方案才从混沌中走出来,变得秩序井然。后来基督教建立,许多人受毕达哥拉斯和柏拉图影响,遂认为上帝是按数学原理创造了宇宙。德国天文学家刻卜勒和英国科学家牛顿也都深信这一点。他们勤奋地从事科学研究,其实也正是想揭示自然现象背后所隐含的上帝的真理。西方人视野中的自然界是如此,其视野中的社会生活也是如此。换言之,他们认为在人类的社会生活表象中,也隐含着造物主或者说上帝的某些意志。2011 年,美国上映了一部由马特·达蒙主演的影片《命运规划局》,比较形象地展现了上帝对人类生活的主宰。在柏拉图的时代,基督教还没有形成,但已经产生了文学以揭示神意为荣的倾向。柏拉图早年曾经明确断言:"优美的诗歌本质上不是人的而是神的,不是人的制作而是神的诏语;诗人只是神的代言人,由神凭附着。"②不过,中年以后,柏拉图却又认为文学艺术难以揭示神的理念。柏拉图所尊崇的"理念",大致相当于基督教神学中的上帝。在柏拉图看来,唯有理念是真实的,理念像个万能的工匠,不仅造就了自己,造就了其他神,也造就了万事万物。一切事物,都不过是理念的影像而已。自荷马以来,文学家摹仿万事万物所形成的作品,不过是影像的影像,就并不曾抓住真理。就像镜子,虽能映照出太阳、星辰和草木,但镜子里的一切都不是实体,而只是影像。他由此出发,对于文学总体上抱着一种否定与排斥的态度。在其晚年所憧憬的理想国中,他也只允许赞颂及摹仿神与好人的诗歌留存。柏

---

① 梁漱溟《东西文化及其哲学》亦曾谓西洋文化重科学理智,中国文化重直觉情感。

② [古希腊]柏拉图著,朱光潜译:《柏拉图文艺对话集》,人民文学出版社 1980 年版,第 9 页。

拉图对文学的批评，引起了不少后世学者的反驳。但他认为文学以揭示神意与真理为高的观念，却被大多数人继承下来。譬如，德国哲学家黑格尔就曾认为，美是理念，也就是绝对精神的感性体现。众所周知，黑格尔所说的"绝对精神"，不过是造物主或者上帝的另一种说法。黑格尔还曾认为绝对精神在不同的时代会体现出不同的时代特征。按照这种思想，文学艺术家要创造出美的作品，自然也就要用心研究各时代的精神本质了。由此便不难发现，西方文学求真的态度与其哲学及宗教信仰竟是怎样地关系密切了。据说，西方现代主义大师波德莱尔在创作中，"习惯以形式布局来反映神创宇宙的秩序"。他还曾宣称："美是理智与计算的产物"，"诗人是最高的智者，幻想是所有能力中最科学的。"[①]这些言论，如果不放在西方宗教文化背景中来观察，是很难理解的。同时，也说明西方文学在某种程度上更接近于科学与哲学。事实上，早在古希腊时期，亚里士多德的《诗学》就曾断言："写诗比写历史更具有哲学意味。"

与西方人的这种哲学以及神学信仰不同，我们中国人习惯将道德看作是万事万物的根本。譬如，《老子》就认为天地万物都是道德的衍生物，所谓："道生之，德畜之，物形之，势成之。是以万物莫不尊道而贵德。"《老子》又说："天道无亲，常与善人。"《尚书·蔡仲之命》也说："皇天无亲，惟德是辅。"《国语》也记载说："天道无亲，唯德是授；天道赏善而罚淫。"可见，只有向善，才符合天道天意。所以我们华夏民族看待世界，总是从向善的角度去思考，去把握；而不像西方人，总是从求真的角度去探索，去总结。同样是观察树木，孔子感慨："岁寒，然后知松柏之后彫也"，屈原的《橘颂》亦感慨橘树"年岁虽少，可师长兮"；而牛顿则因为苹果落地启发了他对万有引力的思考，英国十九世纪后半叶的大诗人丁尼生有一首小诗亦表现了与牛顿差不多的文化心理：

> 花呀，你长在墙上裂缝里，
> 我从那裂缝里摘下了你，

---

① ［德］胡戈·弗里德里希著，李双志译：《现代诗歌的结构》，译林出版社2010年版，第25、27、43页。

连根带叶地拿在我手中，

小花呀，要是我能够弄懂

你根茎枝叶的全部含义，

就懂得什么是上帝和人。①

牛顿和丁尼生因为崇敬上帝而欲探明事物背后的真理，孔子和屈原则因崇敬上天而欲了解自然所体现的天的道德。上帝和天分别是西方人与中国人的崇拜对象，然而与西方人对上帝本身热烈的探讨不同，中国人很少去探讨天本身的状况，而多只是把天假定为一种道德力量与道德规律也就算了。如《庄子》曰："六合之外，圣人存而不论。""六合"指上下四方，"六合之外"也就是指有形的现实世界之外，那正是一般哲学家应该关注的地方，所谓"形而上者谓之道"。但是据庄子说，孔子对那些领域却是不关心的。孔子关心的是现实的社会政治与道德伦理。《论语·公冶长》载，子贡曰："夫子之文章，可得而闻也，夫子之言性与天道，不可得而闻也。"文章，古注以为指"文采形质著见"，也就是指孔子一言一行皆符合道德礼仪，条理粲然可见。这些显然都属于形而下的范畴，至于形而上的"性与天道"，孔子也不是没有过讨论。只是在孔子看来，天地之本然、宇宙之源起、死亡鬼神之事，乃是玄虚难以明证的；有二三子钻研，可也，若使众人皆去探讨，则实在无益于社会人生。所以他不肯提倡大家皆埋头于玄学、竞相争论形而上学的谜底，而只愿意提倡在六合之内观察天的品格，并凭此来谋求个体人格之完善与社会生活之康泰。②

受此影响，华夏文化也就变成重视现世道德的文化。作为道德的子民，生活中既要向善，文学创作也就不能例外。重道德，无非是追求在现世成圣，故此中国文学在内容上也就充满求圣的思想情感。圣人是能够立己立人的，所以一般来说，中国作家大多追求其作品能够表现

---

① ［英］丁尼生著，黄杲炘译：《丁尼生诗选》，上海译文出版社1995年版，第174页。

② 余英时《从价值系统看中国文化的现代意义》一文亦曾谓西洋主外在超越，而中国人重内在超越，故科学难产于中国。说见《中国思想传统的现代诠释》，江苏人民出版社2004年版，第1—34页。而笔者以为，科学虽难产于中国，但中国古人所提倡的"赞育天地"之说，完全可以接纳并发展西方人的科学思想。

出圣贤的道德情感、圣贤的精神风貌,同时也希望借此来感动人、感召人、感化人。元末明初高明《琵琶记》开篇即云:"不关风化体,纵好也徒然。论传奇,乐人易,动人难,知音君子,这般另作眼儿看。"有人批评这类言论是文学本质道德论,将文学变为道德的附庸。其实,人既然是道德的动物,文学就不能不追求道德。不为道德之仆,必为情欲之奴。这个世界上,哪里有伟大的文学作品竟与道德无关呢!

中国文学尚善、西洋文学崇真,也造成了中西文学不同的艺术风貌。其显著者有二:一是西方文学重叙事,因为唯有叙事最能揭示本真;而中国传统汉文学则重抒情,因为唯有抒情最能直指人心。一是中国文学人物性格往往较为单纯,而西方文学尤其是近世以来的文学人物性格往往更为复杂。

中国文学既重善,文学家的目标既然主要是在作品中努力表现出圣贤的品格,而圣贤的品格又以纯粹为佳,所以在中国一般文学作品中,正面人物的性格往往也就比较单纯,大多逃不脱被纯化的命运。如《三国演义》第二回唤作"张翼德怒鞭督邮",而据《三国志·先主传》:"先主率其属从校尉邹靖讨黄巾贼有功,除安喜尉。督邮以公事到县,先主求谒,不通,直入缚督邮,杖二百,解绶系其颈著马柳,弃官亡命。"可见历史上鞭督邮的却是刘备。同时,据《三国志·张飞传》,张飞确实以刚猛见称,然而据一些历史文献的记载,张飞也是颇有文采的人。明代卓尔昌编《画髓元诠》还知道张飞"喜画美人,善草书"。但是《三国演义》为了成就刘备的圣贤形象,也为了用张飞烘托刘备,遂将现实中的这两个人的性格都做了纯化。也许有人会说,《三国演义》中的曹操性格岂不复杂? 其实,曹操性格虽有些复杂,但《三国演义》非为曹操作,乃为刘、关、张及诸葛亮、姜维补天而作,此等人物性格之单纯则人人知之。中国传统文学之大部头者,即使有若干人格复杂者,亦往往同时有一二性格单纯近乎圣贤之人。这种写法后来被《金瓶梅》与《红楼梦》打破了。这原因也很简单,因为这两部书都不以求圣贤为目的。史学家钱穆还曾因《红楼梦》缺少做圣贤的思想而不大愿意肯定此书的价值。其实,《红楼梦》虽不求圣贤,但也有道德理想,只是不肯对人物性格加以纯化而已。可惜的是,虽有《金瓶梅》和《红楼梦》这样杰出的文学经典出现,但在中国一般通俗文艺中,直到今日,人物性格大多还是单纯的。歌德生前曾读到过《好逑传》一类的汉文学作品，这使得他非常感慨地说："中国人在思想、行为和情感方面几乎和我们一样，使我们很快就感到他们是我们的同类人，只是在他们那里一切都比我们这里更明朗、更纯洁、更合乎道德。"①中国传统文学之所以较西方"更明朗、更纯洁、更合乎道德"，其实也没什么可奇怪的。因为传统中国人一般并没有严肃认真的宗教信仰，所以也就不能不要求用文学来为心灵提供休憩的港湾，从而使其在功能上近乎于宗教了。

西方文学求真，文学家的目标是揭示世界之本然、剖析人性之所以，因此，他们很少对现实做纯化，笔下的人物较中国文学自然也就更加复杂和深邃。尤其文艺复兴以后，西方人走出了宗教神学的殿堂，不能不重新思考世界的本原、人生的本质以及世界与人的关系。他们的思考随着社会生活的变化而变化，经历了漫长的过程，至今没有形成新的统一的认识。受其影响，西方文艺复兴以来的文学也充满了这种思考，文学家常常离开现实，企图站在比现实社会更高远的地方来批判现实的人生与人性。因此，文艺复兴以来的西方文学对人物的刻画和对人性的表现就显得非常深刻。但可惜的是，这种深刻虽能震撼人们的心灵，但却很少给人们指出更为光明一些的道路，所以它不能慰藉人们的心灵，而只能使人心愈发破碎。五四新文化运动以后，孔家店被打倒，中国文人也开始重新思考人生的目的。偶像没有了，权威死掉了，文学家开始思考了，但传统文学慰藉心灵的作用也日渐消失，不复有往日的光彩。

我们试比较下面两首诗，庶几可以感受得到文艺复兴以来的西方文学与中国传统文学在表现心灵时的某些差异。

> 呵，失眠人的太阳！忧郁的星！
> 有如泪珠，你射来抖颤的光明
> 只不过显现你逐不开的幽暗，
> 你多么像欢乐追忆在心坎！
> "过去"，那往日的明辉也在闪烁，

---

① [德]爱克曼辑录，朱光潜译：《歌德谈话录》，人民文学版社 1978 年版，第 102 页。

但它微弱的光却没有一丝热；
"忧伤"尽在了望黑夜的一线光明，
它清晰，却遥远；灿烂，但多么寒冷！

——拜伦《失眠人的太阳》①

前不见古人，后不见来者。
念天地之悠悠，独怆然而涕下。

——陈子昂《登幽州台歌》

这两首诗都是具有侠客气质的诗人，面对浩瀚的宇宙来抒发伟大的孤独与感伤。拜伦的孤独与感伤，在于他背叛了当时的贵族阶级，并因此被与其同时的"桂冠诗人"骚赛蔑称为"恶魔诗人"。他的这首诗，也在星光与幽暗的对比中，反映出诗人的叛逆。比较而言，陈子昂的诗没有这样的韵味，诗人只是因为理想难以实现而怅惘和感伤罢了。至于他那理想的高尚的性质，在他所生活的时代是没有人怀疑的。

文学的形式，可以从艺术形式、美学形式、文体形式三个方面进行把握。

中、西文学皆求形式之美，然而对美的具体理解也有不同。至少，传统汉文学在形式方面求形象，求简洁，求含蓄，求自然，此皆与西洋有所不同。

论形象，凡是文学，都要用到形象，但中国古人对文学形象性的重视，却是西洋所不及的。譬如，无论中国还是西方，历史上都有很多诗人善于以议论为诗。但此类诗人在中国往往倍受批评。在南朝，钟嵘的《诗品》就曾批评晋代永嘉以下以阐释哲理见长的玄言诗"理过其辞，淡乎寡味"。在南宋，严羽《沧浪诗话》也反对当时的诗人"以文字为诗，以议论为诗，以才学为诗"。直到近世，毛润之在《给陈毅同志谈诗的一封信》中还依旧强调："诗要用形象思维，不能如散文那样直说。"其实，何止诗歌，对于一切以文字写成的东西，中国古人多少都追求一点形象性。譬如李密的《陈情表》在向晋武帝表示衷心感激时，就并不直说"臣

---

① ［英］拜伦著，查良铮译：《拜伦诗选》，上海译文出版社 1982 年版，第 63 页。

将以死效忠",却转而说:"臣生当陨首,死当结草。"其道理,就在于后者更形象,也更感人。

论简洁,其实这也是中西作家共有的一种追求。譬如,在美国"作家中的作家"理查德·耶茨著名的短篇小说《建筑工人》中,出租车司机曾问了主人公一个问题:"假设有人给你写封信,说,'鲍勃,我今天没时间给你写短信,所以我还是给你写封长信算了。'你知道他们这是什么意思吗?"他们的意思,自然是在肯定简洁。简洁看似简短,但简而有法,短而有力,往往字省而意不省,能够以少胜多,没有高超的艺术才华,是很难做到这一点的。虽然西方作家也追求简洁,但简洁这一点在中国文学传统中似乎得到了更为强烈的重视。至少,中国古代流行的是文言,而文言已然是口语的缩减,因此,在文言的基础上求简洁,也就将简洁的追求强调到极致。在求简洁方面,中国诗也是好的例证,因为中国杰出的诗人作诗,能省的都省下了,不能省的也经常省。譬如,中唐卢纶《塞下曲》其二云:

> 月黑雁飞高,单于夜遁逃。
> 欲将轻骑逐,大雪满弓刀。

月何以黑,雁何以高,单于何以逃,何以欲用轻骑逐,最后是否逐上,诗中皆加省略,然而审思其未省者,此等问题之答案皆已蕴含在诗中。其运笔之简洁,诚然是令人讶异的。

论含蓄,中、西差异则最明显。譬如,对于心理情思,西洋文学最喜长篇大论,每每不厌其烦,而我国传统文学则或见心理于动作,或诉情感于景物,后者寓意于境,是为意境。如白居易《勤政楼西老柳》云:

> 半朽临风树,多情立马人。
> 开元一棵柳,长庆二年春。

白居易生于 772 年,死于 846 年。诗歌写于唐穆宗长庆二年(822),看见的柳树是唐玄宗于开元元年(713)所植。诗人以半百之年见此半朽之柳,心中既感怀此柳,又感怀唐玄宗、感怀唐王朝以及诗人自己,然而这些感怀他却偏不说出,而只要你看他立马在树前,此即求含蓄,遂不明言。陈寅恪云:"诗若不是有两个意思,便不是好诗。"[①]白诗不仅意思多,而且韵味长。

论自然,则自然不但是传统汉文学的追求,也是汉文化的普遍追求。如《红楼梦》第十七回写贾政带着宝玉游大观园,父子二人就曾因为讨论园林房舍的穿凿与天然问题发生过不快。宝玉只承认天然的才是好的,而贾政则认为稻香村"虽系人力穿凿,却入目动心",换言之,是认为假也有假的好处。这是退而求其次,并非否认天然之美。汉文化的园林艺术追求自然,而西方的园林艺术却很喜欢采取几何形状。又,曾有一德国人作诗,题曰《苹果》,全诗则由德文苹果一词的字母构成一苹果状。此在中国不啻为孩童之游戏。中国人作诗虽有多种风格,但大略以没有作的痕迹为高。这便是求自然之意。

如今深入一层,何以我国传统汉文学如此崇尚形象、简洁、含蓄、自然,而与西洋有所不同呢?原因自然非一。然其最紧要者,可能还是与双方信仰有关。西方信奉上帝,上帝为人格神,可亲自告诫信徒,也可由牧师或神父代替他与信徒交流。[②]中国则不然。中国人信奉者,天也;而天不是人格神,不能言。信徒体会天道天心,乃间接根据自然之变化。如《论语》载:

> 子曰:"予欲无言。"子贡曰:"子如不言,则小子何述焉?"子曰:"天何言哉?四时行焉,百物生焉,天何言哉?"(《阳货》)

> 子曰:"知者乐水,仁者乐山;知者动,仁者静;知者乐,仁者寿。"(《雍也》)

> 子曰:"岁寒,然后知松柏之后彫也。"(《子罕篇》)

---

① 黄萱:《怀念陈寅恪教授——在十四年工作中的点滴回忆》,张杰、杨燕丽选编《追忆陈寅恪》,社会科学文献出版社 1999 年版,第 35 页。
② 《旧约·创世记》说:"神就照着自己的形象造人,乃是照着他的形象造男造女。"很显然,如果上帝是有形体的,便也就是有局限的,所以后世基督教神学家大多否认上帝有形体。

可见孔子体会天道,也只是就宇宙事物的兴衰变化来体会;为效法天道,他还倡言"辞达而已矣"以及"君子讷于言而敏于行"。《孟子·万章上》也说:"天不言,以行与事示之而已矣。"天既不言,天的烝民说话当然要以简洁为好;天道天意既是由万物的形象变化间接体现出来,那么,天的烝民表情达意当然也要以形象含蓄为是。既崇拜天,当然也要以天工高于人工,此更不必多言。

在文学的美学形式方面,中、西方的追求也明显各有侧重。美的形式,大致有以下几种:崇高,是以独善反抗众恶,形式严峻、粗犷、动荡,使人情思震恐,心神涤荡。悲剧,是恶对善的毁灭。在某种程度上,悲剧和崇高比较相近,都是恶的力量占了优势。所不同的是,悲剧重在表现善的毁灭,而崇高重在表现善的反抗的孤独,并且,未必已经被毁灭。譬如,俄国画家苏里科夫的名作《女贵族莫洛卓娃》虽能给人以极其强烈的崇高感,但画家并没有选取女贵族莫洛卓娃死去的情景作画,而只是描绘了莫洛卓娃被押解着经过莫斯科街道的情景。喜剧,是善对恶的嘲讽。优美,是事物和谐共处的一种形态。进入现代社会以来,西方艺术又将丑陋和荒诞纳入审美表现的领域,喜欢将残缺破碎、古怪畸形、疯癫臆想展示给人看。在美的各种形态中,丑陋与荒诞不仅在汉文学传统中算不得美,至今也没有多少中国人乐于欣赏。因为此二者是求真之美,非求善求圣之美。

崇高的人生形态,在古代中国不是没有,如屈原、如荆轲、如项羽、如田横五百壮士,都是极其崇高的人物,但真正被写入文学加以崇高表现的则很少,屈原的《离骚》大概是唯一的一篇。汉民族传统文艺中,悲剧的形态稍多,然而也与西方有些不同。一者,在汉民族传统悲剧中,善的失败总是暂时的,最终还是恶有恶报,因而大团圆的形式非常多,即便《窦娥冤》亦莫能外。二者,汉民族传统悲剧虽然也表现冲突,但不喜欢冲突在表现形式上过于激烈,与之相反,弱化,冲淡,甚至把冲突转为优美的意境才是真正的重心。比较典型的如《孔雀东南飞》与《梁祝》,前者始终不失温柔敦厚之旨,后者通过化蝶,直接赋予爱情悲剧以优美的意境。

对于喜剧,大多数中国人都很喜爱,直接的原因,正如罗素所指出的,中国人是一个诙谐幽默的民族,"中国人,包括各个阶层的人,比我所知道的任何民族都更喜欢开玩笑。"①善意的调笑、挖苦与讽刺本来就是中国人生活中从不缺少的内容。至于更深的原因，第一，在于中国传统文化提倡乐天安命，所以上至圣贤，下至愚氓，对苦难现实常常有令西方人讶异的宽容与忍耐。文人雅士贫困则以吟咏诗歌取乐，普通百姓则插科打诨，二者一结合，也就助成中国的喜剧艺术。第二，在于中国自古以来就肯定普通人对世俗生活的追求，人性的欲望一般总被认为是合乎天道的，所以尽可能在世俗世界营造欢乐的氛围，可以说很早就是中国人的天性。西方基督教文化则以为人生而有罪，而人一诞生就犯了罪过，终身带着负罪的遗憾，这本身不就是悲剧吗？所以西方文艺悲剧盛行，中国人倾心喜剧，是很正常的。按照精神分析学说，幽默是被压抑在潜意识中的心理能量以合乎世俗道德的形式获得的释放，那么，自然也可以说，古代中国人所负载的道德礼法的枷锁过于沉重，所以也便更喜欢采取喜剧的形式将其释放出来。

至于优美，实际也是中国人尤其是士大夫文人较为喜欢的一种美的形态。宋人每以陶渊明高于李白、杜甫者，即以陶渊明诗歌较为平淡与优美之故。陶渊明《形影神》曰："纵浪大化中，不喜亦不惧。"比较而言，李白诗歌失之在喜，杜甫诗歌失之在惧。中国人崇尚优美，原因也不复杂，也与信仰有关。中国文化重视本原，而在中国哲人看来，宇宙的本原是什么样的呢？《老子》曰："道生一，一生二，二生三，三生万物。万物负阴而抱阳，冲气以为和。"老子所说的"道"，就是"无"，既然是"无"，那就没有任何矛盾冲突，后人追根溯源，也就不该以冲突为最高的艺术表现对象。且按《老子》所言，万物产生之初，皆"冲气以为和"，冲和，也正是优美的本质，乃是事物最初的、最根本的形态，其地位自然是其他形态所不能及的。西方人虽然认为宇宙最初也是和谐的，如毕达哥拉斯学派，但是，宇宙并不是本原。西方人的信仰的本原是上帝。可是，据《旧约·以西结书》，上帝耶和华与人的关系并不总是和谐的，并且，他还竟有这样的言论：

　　我必使瘟疫进入西顿，使血流在她街上。（第 28 章）

---

① ［英］罗素著，杨发庭译：《罗素论中西文化》，北京出版社 2010 年版，第 96 页。

埃及王法老啊……我耶和华必用钩子钩住你的腮颊。（第
29章）

我在埃及中使火着起，帮助埃及的，都被灭绝。那时，他们就
知道我是耶和华。（第30章）

我必用多国的人民，将我的网撒在你身上，把你拉上来。我必
将丢你在地上，抛在田野。使空中的飞鸟都落在你身上，使遍地的
野兽吃你得饱。我必将你的肉丢在山间，用你高大的尸首填满山
谷。我又必用你的血浇灌你所游泳之地，漫过山顶，河道都必充
满。（第32章）[1]

所以，西方人热衷于表现悲剧和崇高，造物主耶和华对一些人种的
极端态度可能也是诱因之一。相对于上帝，耶稣是很和平的，教人被打
了右脸就把左脸也拿给人打。然而，耶稣最终被钉在十字架上，这岂不
更是活生生的悲剧吗？所以，西方宗教文化本身就具有浓郁的悲剧性
质，这是汉民族传统文化所不能比的。

传统汉文学缺少西方意义上的崇高和悲剧，总使许多中国人感到
遗憾。其实，汉民族传统文化亦有西洋所罕见者，如高旷的风格。西洋
的崇高与悲剧本质上都是表现善与恶的斗争，换言之，是表现人类自身
神性与兽性的斗争。神性是道德的、安宁的、淡泊的，要让人变成神；兽
性是情欲的、躁动的、贪婪的，要使人变成兽。用更抽象的话来说，善、
神性都属于无的范畴，是无限的；恶、兽性都属于有的范畴，是有限的。
前者要人心或者灵魂飞离躯体，从大地飞向天空，后者则相反，要使之
从天空坠落大地，禁锢在肉身的欲望之中。所谓崇高，是站在大地仰望
天空；所谓高旷，是处在天空俯视大地。俄国陀思妥耶夫斯基的作品最
能说明西洋文学的仰望性质，而杜甫的"侧身天地更怀古""独立苍茫自
咏诗"，最能代表中国诗人的高旷风格。罗素曾说："中国的诗歌缺乏激

---

① 《圣经》灵修版，国际圣经协会2005年2月出版，第1410—1415页。

情,其原因就在于中国人注重含蓄。"他又说:"我希望中国人能够教我们一些宽容的品格及深沉平和的心灵,以回报我们传授给他们的科学知识。"①从罗素的这些言论来看,我们的民族及文明虽不长于繁育崇高,但确实也别有风调,正无需妄自菲薄。

从文学的文体形式上看,西洋文学以超功利的审美为主,文学文体比较纯粹;而传统汉文学文体则不然。一般来说,中国古代文人从事文字写作,总是追求审美与实用的统一。换言之,写作文学文体,则很注意其社会的实用价值;写作实用文体,则很注意其艺术的审美价值。诗是比较纯粹的文学文体了,但传统中国人总喜欢强调用诗来美人伦,移风俗,敦教化。贾谊的政论,诸葛亮的表章,都只是应用文,但自写成之后就成了中国人散文创作的典范。《水经注》原是地理学著作,但竟然也被认可为山水文学的宝库。据载,隋文帝的时候,泗州刺史司马幼还曾因为所写表章过于华美而被论罪于有司。可见,中国古代文人在创作中,总是追求审美与实用的统一。这种文学上的追求,也源于中国人在生活中就追求二者的统一。中国传统工艺品之繁复世所罕及自不用说,即以文字论,文字本为人类交流思想之工具,但在中国却发展出最能代表中国人精神的书法艺术。又如饮茶本是为了治病与止渴,而在古代中国却形成了具有艺术意味的茶道。此皆实用而求其美者。至如楚灵王建章华台,伍举以为过;周景王铸无射,复欲铸大林为钟罩,单穆公议其非,此皆美而求其实用者。总而言之,对我们中国人来说,美不在彼岸,就在当下,审美的情感与日常的生活经常是混融为一。史载,颜渊死,颜路献祭肉,孔子乃先抚琴而后食之。此将哀思寄之于琴,即美与生活不二之一例。辜鸿铭曾经说:"真正的中国人就是有着赤子之心和成年人的智慧、过着心灵生活的这样一种人。"②就孔子而言,我们中国人的心灵生活显然又是求其艺术化的。在这种情况下,中国人从事文字写作,自然会要求一切文字都尽量具有艺术化的美感。所以对于我们传统中国人来说,凡是具有一定的文采可以赏心悦目,具有一定

---

① 《罗素论中西文化》,北京出版社 2010 年版,第 83、93 页。
② 辜鸿铭著,黄兴涛、宋小庆译:《中国人的精神》,广西师范大学出版社 2002 年版,第 33 页。

的情思可以拨动人心的文字组织,就都可以算作是文学。这样一种文学观念,与西洋相比,多少是有些不同的,也很可以看作是汉文学的民族特点之一。

【参考书目】

[英]雷蒙·道森著,常绍民、明毅译:《中国变色龙——对于欧洲中国文明观的分析》,中华书局 2006 年版

[美]明恩溥著,刘文飞、刘小旸译:《中国人的气质》,上海三联书店 2007 年版

辜鸿铭著,黄兴涛、宋小庆译:《中国人的精神》,广西师范大学出版社 2002 年版

梁漱溟:《东西方文化及其哲学》,商务印书馆 1999 年版;《中国文化的命运》,中信出版社 2010 年版

鲁迅:《坟·摩罗诗力说》《坟·文化偏至论》《集外集拾遗补编·破恶声论》,人民文学出版社 2005 年版

陈敏之、罗银胜编:《顾准文集》,福建教育出版社 2010 年版

刘小枫:《拯救与逍遥》(修订本),华东师范大学出版社 2011 年版

李晓鹏:《从黄河文明到"一带一路"》第 1、2 卷,中国发展出版社 2015、2016 年版

林庚:《中国文学史》,清华大学出版社 2007 年版

袁行霈:《中国文学概论》(增订本),北京大学出版社 2010 年版

第二讲　诸神之兴亡

第一节　诸神的产生

世界上许多民族都有关于神的古老故事。这些故事,也便是神话。对于其产生的原因,学界有许多不同的看法,形成了一些派别。

自然神话学派认为神话是天体尤其是较大星辰以及气象现象的神化。德国学者缪勒(1823—1900)是其早期代表。他甚至认为一切神话都是讲述太阳的出没及其作用。我国学者丁山的《中国古代宗教与神话考》受其影响较大。自然神话学派的缺点主要是无法用其观点解释一切神话。试想,精卫填海的神话与太阳又有什么关系呢? 不过,缪勒关于神话的另一个观点值得注意。他认为,有些神话产生于人类早期语言本意的丧失、遗忘与变迁这些"疾病"。譬如:

> 祖鲁语中的芦苇称为乌瑟兰加(uthlanga),严格说来是一根能长出分枝的芦苇。用在比喻上则表示人的来源。父亲是他子女的乌瑟兰加,因为人们认为孩子是从他那里长出的。土著们对那个传说的意义可能不很了解,但即使在祖鲁人中,那个传说的原意也不是教导人们,人真是从芦苇里长出来的。卡拉韦博士写道:"毫无疑问,这个词在民众中保留了下来,而它原来的意义却消失了。"

> 我不揣冒昧地对这个祖鲁人的神话作如下解释——祖鲁人起初可能说过他们都是一根芦苇的分枝,他们使用芦苇一词,意义跟

梵文中 vamsa 相同,因此他们要表达的意思不过是他们都是一个祖先的子孙,同一种族的成员。乌瑟兰加一词后来表示种族,由于它还保留了原有的意义,即芦苇,于是不习惯于隐喻语言和思想的人,就认为人是从芦苇来的,或是从芦苇取来的;还有一些人则把乌瑟兰加当作专名,认为他是人类的祖先。①

应该承认,我们现在所谓神话的确有很大一部分来源于这种语言"疾病"。但很显然,现存的所谓神话,有很大一部分既与太阳的神化无关,也与语言的"疾病"无关。并且,现存神话的来源与原始神话的产生,在本质上,也是两个问题。

文化进化学派认为神话是原始人万物有灵论(Animism)信仰的遗留物。其代表是英国著名学者泰勒(1832—1917)。在其《原始文化》一书中,泰勒提出:原始人相信所有自然物皆有生命和灵魂,并且原始人还根据自身的生活内容去推想各种自然现象,因而也就类推出许多神的故事;随着文化的进步,这些故事也就成为了原始人历史与信仰的遗留物。泰勒的这一观点后来得到朗格(Andrew Lang)的继承与发展。我国学者茅盾的神话学研究就深受朗格的影响。

英国功能学派人类学家马林诺夫斯基(1884—1942)则认为神话并非万物有灵论的遗形,而是原始人用以抵抗生活偶然性的精神信仰。他通过实际调查研究发现,原始人群并不认为万物都有灵魂;凡是人力所能控制的领域,一般就不会有神的故事与信仰产生;只有在不可控的领域,才会有抵抗偶然性作用的巫术以及作为巫术根据的神的信仰产生。由于不可控制的偶然性任何时代都有,所以他还认为:"神话不是过去时代底死物,不只是流传下来的不相干的故事;乃是活的力量,随时产生新现象随时供给巫术新证据的活的力量。"②马林诺夫斯基指出原始人并不全然信奉万物有灵论,是对的;但他将神话皆视为巫术的根

---

① [德]麦克斯·缪勒著,陈观胜、李培茱译:《宗教学导论》,上海人民出版社 2010 年版,第 27—28 页。

② [英]马林诺夫斯基著,李安宅译:《巫术科学宗教与神话》,上海文艺出版社 1987 版,第 103 页。

据,也是狭隘和片面的。

总的来说,神话产生的原因是复杂的。但不管如何复杂,神话都可以看作是原始人对于世界以及自身的描述和解释。鲁迅《中国小说史略》就指出:"昔者初民,见天地万物,变异不常,其诸现象,又出于人力所能以上,则自造众说以解释之:凡所解释,今谓之神话。"一般来说,神话所作出的描述和解释具有以下几个特性。

第一是现实性。在今人看来,原始人的神话充满了怪诞的幻想,但这些幻想并不是无根之木,而是从原始人的现实生活中产生的,是对原始人现实生活的曲折反映。譬如,《圣经》有诺亚方舟的神话,而据说,考古学家已在土耳其境内发现了方舟的遗迹。又如,《山海经》虽是一部巫书,充满富于传奇色彩的神话故事,但该书也蕴含了一定的历史与地理的信息。

第二是形象性。神话是描述,是解释,但神话的描述与解释采取了形象化的方式,而不是抽象的方式。神话也对世界进行概括,但这种概括远未能采取玄虚的词汇来搭建哲学的殿堂。一般来说,蛮野人的神话喜欢用形象的故事来描述他们对世界的理解。职此之故,神话虽不是自觉的文学创作,但却具有文学的一般素质。

第三是时代性。美国人类学家摩尔根在《古代社会》一书中,曾将人类社会的历史分为蒙昧、野蛮和文明三个阶段。根据他的观点,当人类还没有走出森林之时,属于蒙昧的低级阶段;会使用火以后,进入中级阶段;发明弓箭学会渔猎后,则进入高级阶段,这大概依次相当于我国有巢氏、燧人氏、伏羲氏统治的时期。掌握制陶技术后,人类便进入野蛮的低级阶段;掌握灌溉农业及土石筑屋技术后,则步入中级阶段;如果学会冶铁,就进入了野蛮的高级阶段。这可能相当于我国传说中的陶唐氏、神农氏和轩辕氏时期。[1] 再向前一步,如果发明了标音或象形的文字,形成文献,则就算是进入文明社会了。[2] 由于各民族国家发展情况千差万别,因此摩尔根的上述说法也不断为人修正。譬如,我国

①　据古代传说的描述,黄帝与蚩尤作战时,双方都使用了铁器。如《太平御览》卷七九引《龙鱼河图》:"蚩尤兄弟八十一人,并兽身人语,铜头铁额。"《尚书·禹贡》也提到过铁。但就考古发掘的情况来看,在夏商西周,铁的应用并不普遍。

②　［美］摩尔根著,杨东莼等译:《古代社会》,商务印书馆1977年版,第9—12页。

文字的发明就远在铁器普遍使用以前,用摩尔根的标准来分期就比较难办。据此,我国学者一般把学会冶炼青铜等金属也看作是人类步入野蛮高级阶段的标志,并倾向于将发达的冶金技术、一定的聚落组织和文字看作是文明的三大标志。就神话而言,一般认为,神话产生在人类社会的野蛮时期,也有人认为蒙昧的高级阶段已有繁荣的神话。但不管怎么说,神话应该产生在人类思维已有较大进步,却仍处于较低认识水平的时代。当然,步入文明社会之后,神鬼的故事依然还会产生,但这些故事多属于宗教迷信的范畴,因而一般被称为宗教神话。总的来说,宗教神话的产生,主要不是为了解释世界,而是为了让人迷信宗教,实质属于阶级压迫的工具。在原始神话中,蛮野人虽然敬畏神灵,但同时也勇于反抗;而在宗教神话中,信徒却一般只能匍匐在神的脚下。这便是二者最主要的区别。

第四是集体性。所谓集体性,一方面是说,神话并不是某一个人完成的,而是在某一氏族历史中不断累积而成的,是集体的思想的结晶;另一方面则是说,神话作为一种解说,其信仰往往以氏族部落为分界线。需要指出的是,在原始氏族中,并非每个人都熟悉和了解本氏族的神话。一般来说,神话由原始氏族中的长老或巫师掌握。这些长老与巫师,一般也只是在特别的时刻才会向族人讲解他们所掌握的神话知识。大多数民族的原始神话的讲解都是口耳相传,有时候长老们也会借助某些工具来辅助他们进行记忆与讲解。

第五是不自觉性。所谓不自觉性,指的是原始神话对世界的描述与解释在文明人看来属于幻想,但原始人却信以为真。据此,法国人类学家列维-布留尔曾特别地将蛮野人的思维称为"原思维"。原始人的思维是否与我们有本质的差别,学术界争议很大。但是原始人并不自知其思维近乎幻想,则是事实。如列维-布留尔《原始思维》一书就曾谈道,巴西的波罗罗人自夸是红金钢鹦哥,这根本不是说,他们死后会变成红金钢鹦哥,或者红金钢鹦哥能变成波罗罗人,因此,它们值得同等看待;"波罗罗人硬要人相信他们现在就已经是真正的金钢鹦哥了,就像蝴蝶的毛虫声称自己是蝴蝶一样。"①

---

① [法]列维-布留尔著,丁由译:《原始思维》,商务印书馆 1985 年版,第 70 页。

第二节　诸神的故事

我们今日看到的所谓古代神话，其实是由两部分组成的。一部分确实是原始人对世界的幻想；而另一部分则出于我们后人对原始人类记载的误解。譬如《史记》说黄帝"教熊罴貔貅䝙虎，以与炎帝战于阪泉之野"，所谓"熊罴貔貅䝙虎"，如果像美洲印地安人的"狼族""鹿族"，作为氏族名称来理解，那么这段炎黄大战的记载就不适合作为神话看待。不过，要将远古人民的现实生活与他们的神话想象截然分开，实在是太困难了。后人将原始人的某些现实生活误当作神话，是完全应该得到谅解的。

神话中，有一部分讲的是远古人民想象出来的神祇，还有一部分讲的是远古时代的英雄，是对现实英雄人物的神化。后者习惯上也称为传说。我国现存古代神话故事，以传说居多，并且主要散见于《山海经》《穆天子传》《庄子》《楚辞》《淮南子》《列子》以及魏晋志怪小说等古籍中。其中，作为古之巫书的《山海经》保存神话最多，也最接近原始形态。儒家文献如《诗经》《尚书》《左传》《国语》及《大戴礼记》中也有一些神的痕迹，只是离原始形态较远。

我们阅读这些文献，常会发现，有很多英雄人物具有非凡的贡献与业绩。其实，这很可能是将多个人的贡献揑合到了一个人物的名下。摩尔根《古代社会》论及易洛魁人的命名制度时，曾指出：

> 一般习惯，每一个氏族都有一套个人名字，这是该氏族的特殊财产，因此，同一部落内的其他氏族不得使用这些名字。一个氏族成员的名字赋予它本身以氏族成员的权利。……一个婴儿出生以后，他的母亲就在本氏族所专有的个人名字中挑选一个目前未被人使用的名字，并取得她的最近亲属的同意，把它授给婴儿。[1]

---

[1]　[美]摩尔根：《古代社会》，第76页。

同时,在氏族或部落内部,有些名字又仅仅为出任特殊职位和首领的人所专有。譬如,谈到印第安人宗教节日的司礼,摩尔根指出,充当司礼的人在任职期间要放弃原名,使用专有的人名,而且在退职时必须归还这些专有人名。① 首领的名字也是如此。如"易洛魁联盟的首领职位表,定于联盟始创之时;其名号从设立时起即由各届任职者相沿袭用直到今天。"② 摩尔根还谈到,易洛魁联盟有五十个首领的名号,但由于有两个最初的首领非常爱惜自己的名号,不肯让继任者使用,所以实际使用的首领名号只有四十八个。③ 据《太平御览》卷七十八引汉代纬书《遁甲开山图》云:

　　　　女娲氏没,大庭氏王有天下,五凤异色。次有柏皇氏、中央氏、栗陆氏、骊连氏、赫胥氏、尊卢氏、祝融氏、混沌氏、昊英氏、有巢氏、葛天氏、阴康氏、朱襄氏、无怀氏,凡十五代,皆袭庖牺之号。

　　可见摩尔根所述易洛魁人的名号制度,在我国远古时代也是有的。我们观察中国古代神话故事,有些人物忽而死掉,忽而又似乎没死;忽而看起来很敌对,忽而又似乎很友好;忽而出现在很早的时代,忽而又出现在很晚的时代,其实都与这种名号制度有关:名字虽然是同一个名字,但使用这一名字的人却不是一个。这是我们需要特别加以注意的。
　　根据残存的神话文献,我们可以对古代神话传说进行简单的组织与勾勒。当然,这种组织与勾勒是我们后人为了便于说明而作出的推想,古神话未必原本如此。
　　我们先看有关世界本原及其形成的神话。一些文献记载说:

　　　　天地混沌如鸡子,盘古生其中。万八千岁,天地开辟,阳清为天,阴浊为地。盘古在其中,一日九变,神于天,圣于地。天日高一丈,地日厚一丈,盘古日长一丈。如此万八千岁,天数极高,地数极

---

① 〔美〕摩尔根:《古代社会》,第85页。
② 〔美〕摩尔根:《古代社会》,第127页。
③ 〔美〕摩尔根:《古代社会》,第128页。

深,盘古极长,后乃有三皇。(唐欧阳询主编《艺文类聚》卷一引徐整《三五历纪》)

昔盘古氏之死也,头为四岳,目为日月,脂膏为江海,毛发为草木。秦汉间俗说,盘古氏头为东岳,腹为中岳,右臂为北岳,足为西岳。先儒说,盘古氏泣为江河,气为风,声为雷,目瞳为电。古说,盘古氏喜为晴,怒为阴。吴楚间说,盘古氏夫妻,阴阳之始也。(南朝梁代任昉《述异记》卷上)

盘古之君,龙首蛇身,嘘为风雨,吹为雷电,开目为昼,闭目为夜。[1](明代董斯张《广博物志》卷九引《五运历年记》)

从任昉《述异记》所述来看,华夏族对盘古的信仰起源很早。不过,先秦文献中盘古之名很少见,这使得不少学者认为盘古(槃瓠)乃是南方苗族的神话人物,与汉民族无关。其实盘古很可能就是先秦文献中常提到的伏羲。1939年,常任侠在《重庆沙坪坝出土之石棺画像研究》一文中就指出:"伏羲一名,古无定书,或作伏戏、庖牺、宓羲、虙羲,同声俱可相假。伏羲与槃瓠为双声(此承胡小石师说)。伏羲、庖牺、盘古、槃瓠,声训可通,殆属一词。"[2]闻一多《伏羲考》亦认为"槃瓠"与"包羲"字异而声义同,"在初本系一人为二民族共同之祖"。[3] 在今河南桐柏县盘古山有汉代所建盘古庙,也证明汉民族信奉盘古久矣,非后世从他族引入。

与基督教创世神话相比,盘古神话很能显示华夏文化的本色。最大的差异就在于:基督教观念中的世界是上帝制造的附属品,与上帝是分离的;盘古则不然,他最初就与天地同质,而且世界是由他的尸身化育而来,所以盘古就不曾与世界分离。用更抽象的哲学话语来讲,在

---

① 说到时间,古代中国也有其他一些神话。如《山海经·海外北经》载:"钟山之神,名为烛阴。视为昼,瞑为夜,吹为冬,呼为夏。"

② 苑利主编:《二十世纪中国民俗经典(物质民俗卷)》,社会科学文献出版社2002年版,第43页。

③ 闻一多:《神话与诗》,湖南人民出版社2010年版,第51页。

西方,神超越在现实世界之上;在华夏,神就是现实世界本身。再进一步说,盘古不仅是神,不仅是自然,也是人类的始祖,因而盘古化育万物,实质上体现的是华夏文明中神、自然与人类的和谐统一。在西方基督教文化中,大自然却没有这样的位置。根据《圣经·创世记》,上帝原是将自然万物交予人类治理和管理的,因而皈依上帝并不必然要崇敬自然。在华夏,归心于天(盘古与天地同质),则必然要敬爱自然。

不过,前所举盘古神话,我怀疑也是经过后人改编的。事实上,与天地一起产生的,原应有两人。如《淮南子·精神训》载:

> 古未有天地之时,惟像无形,窈窈冥冥,芒芠漠闵,澒蒙鸿洞,莫知其门。有二神混生,经天营地,孔乎莫知其所终极,滔乎莫知其所止息,于是乃别为阴阳,离为八极,刚柔相成,万物乃形,烦气为虫,精气为人。是故精神,天之有也;而骨骸者,地之有也。

这里所言二神,我以为非伏羲、女娲无以当之。任昉《述异记》即载:"吴楚间说,盘古氏夫妻,阴阳之始也。"盘古氏夫妻,即伏羲与女娲,而为"阴阳之始",岂不正合乎《精神训》所谓二神"乃别为阴阳"之说吗?又如,唐朝李冗《独异志》载:

> 昔宇宙初开之时,只有女娲兄妹二人在昆仑山,而天下未有人民。议以为夫妻,又自羞耻。兄即与妹上昆仑山,咒曰:"天若遣我兄妹二人为夫妻,而烟悉合;若不,使烟散。"于是烟悉合,其妹即来就兄,乃结草为扇以障其面。

可见,男女始祖一起诞生才可能是古神话的真相。《老子》说:"道生一,一生二",很可能也是对这种神话的抽象与概括。只是后世男性地位上升,女子地位下降,所以传说中,最初与天地一起产生的也就只剩下盘古或者说伏羲一人了。

有关伏羲与女娲为夫妻的传说,由来已久。在山东嘉祥汉代武梁祠壁画中,有女娲与伏羲交尾图,皆上半为人形,下半为蛇形,二人交尾,确实是夫妻之状。不过,伏羲和女娲是不是最早的两个人,古人也有不同认识。清梁玉绳《汉书人表考》卷二引《春秋世谱》说:"华胥生男为伏羲,女子为女娲。"据此来说,伏羲和女娲之前尚有一华胥。那么,这兄妹二人为何会被尊为人类始祖呢?想来这很可能与他们在人类婚姻发展中的贡献有关。汉末应劭《风俗通》载:"女娲,伏牺之妹。祷神祇,置婚姻,合夫妇也。"①三国时谯周《古史考》也说:"伏犠制嫁娶,以俪皮为礼也。"人类婚姻的进步对人类的繁衍关系重大,根据这个原因而把伏羲和女娲尊为人类始祖,自然是可以理解的。因为是始祖,所以也就只好说他们是最早的男女。最早的男女同出一源才好,所以才又说他们本为兄妹。

伏羲、女娲结为夫妇,这是人类始祖神话。除此之外,还另有造人神话。如宋代《太平御览》卷七八引应劭的《风俗通》谓:

> 俗说天地开辟,未有人民。女娲抟黄土作人,剧务,力不暇供,乃引绳絚于泥中,举以为人。故富贵者,黄土人也;贫贱凡庸者,絚人也。

可见,关于人类的来源,有前述女娲生人神话,也有女娲造人神话。二说孰早,难以论定。不过,造人神话已含有阶级分化的内容,这却是生人神话所没有的。此外,女娲造人还有其他版本的说法,如《淮南子·说林训》称:"黄帝生阴阳,上骈生耳目,桑林生臂手,此女娲所以七十化也。"高诱注谓:"黄帝,古天神也;始造人之时,化生阴阳。上骈、桑林,皆神名。女娲,王天下者也。七十变造化,此言造化治世非一人之功也。"

从一些文献来看,女娲不仅造了人,且与伏羲一样也是万物的化育者。《说文解字》卷十二:"娲,古之神圣女,化万物者也。"虽然女娲化育万物的神话史载不详,但女娲与伏羲(或者说盘古)同为最早伟大神祇的地位,还是可以肯定的。后人囿于男尊女卑的观念,偏要将女娲和伏羲一起诞生的神话加以改变,是不足取的。

在中国古代神话中,人类产生之后,人和世界的关系最早是很和

---

① 据吴树平《风俗通义校释》,罗泌《路史·后纪》卷二引作"伏希"。

谐、很美好的。《庄子·缮性》谓:"古之人在混芒之中,与一世而得澹漠焉。当是时也,阴阳和静,鬼神不扰,四时得节,万物不伤,群生不夭,人虽有知,无所用之,此之谓至一。当是时也,莫之为而常自然。逮德下衰,及燧人、伏羲始为天下,是故顺而不一。德又下衰,及神农、黄帝始为天下,是故安而不顺。"据前人的注解,燧人、伏羲与前人的不同就在于"智诈萌矣"。人类有了智慧,也就不免产生很多欲望;为了满足欲望,不免就争斗起来。从文献来看,这种斗争是从炎、黄二帝开始的。《史记·五帝本纪》载:

> 炎帝欲侵陵诸侯,诸侯咸归轩辕。轩辕乃修德振兵,治五气,艺五种,抚万民,度四方,教熊罴貔貅䝙虎,以与炎帝战于阪泉之野。三战,然后得其志。

黄帝先与炎帝战,后来两族融合,但炎帝一方仍有若干力量不肯屈服。

一是刑天。刑天,也写作"形天"。宋代罗泌《路史·后纪三》认为刑天为炎帝臣属。而《山海经·海内西经》载:"刑天与帝争神,帝断其首,葬之常羊之山,乃以乳为目,以脐为口,操干戚以舞。"或曰,帝即黄帝,常羊山为炎帝诞生地,其北为黄帝子孙居处地。

一是蚩尤。《路史·后纪四》载:"蚩尤姜姓,炎帝之裔也。"而《山海经·大荒北经》载:

> 蚩尤凿兵伐黄帝,黄帝乃令应龙攻之冀州之野。应龙蓄水,蚩尤请风伯、雨师,纵大风雨。黄帝乃下天女曰魃,雨止,遂杀蚩尤。

唐张守节《史记正义》引汉代纬书《龙鱼河图》云:

> 黄帝摄政,有蚩尤兄弟八十一人,并兽身人语,铜头铁额,食沙石子,造立兵仗刀戟大弩,威振天下,诛杀无道,不慈仁。万民欲令黄帝行天子事,黄帝以仁义不能禁止蚩尤,乃仰天而叹。天遣玄女下授黄帝兵信神符,制伏蚩尤。帝因使之主兵,以制八方。蚩尤没

后，天下复扰乱。黄帝遂画蚩尤形象以威天下，天下咸谓蚩尤不死，八方万邦皆为弭服。

两则文献，一说蚩尤被黄帝杀死，一说被黄帝收服后主兵。看起来矛盾，其实则不然。蚩尤，应该也是远古时代的专有人名。真实状况也许是，蚩尤一族中，与黄帝作对的"蚩尤"被杀死了，归顺黄帝的人则又被许可采纳"蚩尤"作为名字。《管子·五行》载："黄帝得蚩尤而明于天道。"又，《山海经·大荒南经》载："有宋山者……有木生山上，名曰枫木。枫木，蚩尤所弃其桎梏，是谓枫木。"这些蚩尤未必是一个人。

一是九黎。据《国语·楚语》载，黄帝死后，其子"少昊氏衰"，于是有"九黎乱德"。九黎也是炎帝之属。本来，黄帝之时，原有专职人员负责祭祀神祇，可谓人神往来有序；黄帝死后，九黎也祭祀起神灵，并借口神灵的旨意攫取私利。其后大家都效法九黎，纷纷借神的名义互相争斗，天下大乱。最后，少昊的侄子颛顼镇服了九黎，于是被拥立为新的统治者。颛顼拨乱反正，任命叔叔"重"做南正，掌管天神的祭祀；任命九黎族人"黎"为火正，通过观测大火星制定历法，安排农事。从此人神又不能随意交往了。这段传说，古人就称为颛顼"绝地天通"。到了后来，颛顼的子孙将南正和火正的职位都收归己有，因而被称为"重黎氏"，而原先的九黎一族也就从炎黄部落分化出去。一些学者认为，尧舜禹时期，同华夏长期对抗的三苗便就是九黎的后人。

颛顼"绝地天通"的实质，乃是颛顼部落垄断了原始的宗教神权。譬如，山东嘉祥汉代武梁祠画像石上的颛顼，就头戴三尖冠，双手捧玉石。捧玉，是因为古人认为神祇喜欢玉石，可以招引神灵；头所戴三尖冠，实际是用三个冠尖模拟火苗。在原始人的思维观念中，大凡相似的事物总

武梁祠画像石上的颛顼

可以相互感应,而相似的行为也总会有相同的结果。按照这种思维观念,头戴三尖火形冠,也就可以和天上的火神(也就是太阳神)相感应,从而做到太阳神附体,接下来自然便就可以借太阳神的身份发号施令。在现代人看来,这自然是迷信,但古人却当作真实的事情来看待,所以,在他们的描述中,人的活动往往也就被描述为神的行为。

颛顼"绝地天通"之后,又发生了著名的共工之乱。

> 昔者共工与颛顼争为帝,怒而触不周之山,天柱折,地维绝。天倾西北,故日月星辰移焉;地不满东南,故水潦尘埃归焉。(《淮南子·天文训》)

> 共工,诸侯,炎帝之后,姜姓也。颛顼氏衰,共工侵陵诸侯,与高辛氏争而王也。(《国语·周语》韦昭注引东汉贾逵言)

> 儒书言:"共工与颛顼争为天子,不胜,怒而触不周之山,使天柱折,地维绝。女娲销炼五色石以补苍天,断鳌足以立四极。天不足西北,故日月移焉。地不足东南,故百川注焉。"(王充《论衡·谈天》)

共工头触不周山,有些像失败后的发泄;但也不排除就是"争为帝"的内容之一。在远古神话中,人神的交往主要依靠高山。如《山海经·大荒西经》载:"大荒之中,……有灵山。巫咸、巫即、巫盼、巫彭、巫姑、巫真、巫礼、巫抵、巫谢、巫罗十巫,从此升降。"《海外西经》也说:"巫咸国在女丑北。右手操青蛇,左手操赤蛇,在登葆山,群巫所从上下也。"后来随着社会生产力的提高,远古人也开始自造高台用来祭神。《史记》说纣王修鹿台,《诗经》说文王修灵台,其实都是在通过建台来争夺通神的权力。共工头触不周山,实质也可能是企图破坏颛顼祭祀以及通神所用的高台。从文献记载来看,共工这一"触",造成了"颛顼氏衰",暂时取得优势,然而由此带来天地间空前的大灾难,也使他获罪天下,结果终为高辛氏所灭。

共工虽然最后还是失败了,但他造成的灾难,经过众神长期的努力才得以削平。

其一是女娲补天。据《淮南子·览冥训》载：

> 往古之时，四极废，九州裂，天不兼覆，地不周载，火爁炎而不灭，水浩洋而不息，猛兽食颛民，鸷鸟攫老弱。于是女娲炼五色石以补苍天，断鳌足以立四极，杀黑龙以济冀州，积芦灰以止淫水。苍天补，四极正，淫水涸，冀州平，狡虫死，颛民生，背方州，抱圆天。

补天的工作，大概主要是女娲完成的。至于除猛兽，止洪水，则并不完全是由女娲完成的，其他神祇与英雄也做出了很伟大的贡献。

其一是羿除百艰。《山海经·海内经》载：

> 帝俊赐羿彤弓素矰，以扶下国，羿是始去恤下地之百艰。

帝俊是谁呢？皇甫谧《帝王世纪》说："帝喾高辛氏……生而神异，自言其名曰俊。"据此，帝俊也就是帝喾高辛氏。帝俊命羿扶助下国，但他有生之年，后羿没有完成这项任务。《淮南子·本经训》载：

> 逮至尧之时，十日并出，焦禾稼，杀草木，而民无所食。猰貐、凿齿、九婴、大风、封豨、修蛇皆为民害。尧乃使羿诛凿齿于畴华之野，杀九婴于凶水之上，缴大风于青丘之泽，上射十日而下杀猰貐，断修蛇于洞庭，禽封豨于桑林。万民皆喜，置尧以为天子。

这里提到的"尧之时"具体是什么时候呢？从后文来看，当时尧还没有为帝。在尧之前，为帝的是帝喾的儿子，尧的哥哥帝挚。那为什么不说"帝挚之时"，而要说"尧之时"呢？《史记·五帝本纪》载："帝喾娶陈锋氏女，生放勋。娶娵訾氏女，生挚。帝喾崩，而挚代立。帝挚立，不善，而弟放勋立，是为帝尧。"据此来看，也许帝挚的统治和后世新莽的统治类似，虽然位登大宝，但不受世人认可。《史记》谓帝挚之"不善"，可能就是指十日并出一类事件而言。"十日并出"，这在神话中自然可以发生，而其现实本相又是什么呢？有人说是气象的神化，有人说反映的是十天干的发明，还有人说是指各部落在历法方面各行一套，由此造成了混乱。比较而言，后一说法更为可信。据《尚书》《论语》等书的有关记载可知，历法本是由部落首领颁布实施的，是王权的象征。如今十日并出，则是历法的工作乱了。历法的混乱可能是共工头触不周山造成的。如《山海经·大荒西经》郭璞注，曾将尧时羲、和之官的工作解释为：

> 作日、月之象而掌之，沐浴运转之于甘水中，以效出入旸谷、虞渊也，所谓不失职耳。

羲、和，一般认为是重氏、黎氏的后人。所谓"不失职"，指的是羲、和的工作与重、黎一脉相承。据此来推测，那么，颛顼所设重、黎也应该有日月之象的设施来通神和制定历法。共工所头触的不周山上的所谓"天柱"，原也应该就是日月之象一类的东西。由于他的破坏，颛顼及其后任不能很好地颁布历法，因而部落联盟内的一些成员便也乘机作乱，各行其道。这大概就是"十日并出"的本相。之所以谓之"十日"，可能与当时用十天干记日有关。至于后羿射日所提及的那些怪兽，可能就是那些各行其是的氏族的动物崇拜对象。后羿在尧的领导下，最终制伏了这些不听话的氏族。[1] 同时尧还通过设立羲、和之官，恢复了重、黎的职守。相传羲、和曾"历象日月星辰"，这说明帝尧的时代，华夏族的历法已不再完全依靠大火星，而能将日月等星辰包括进来，这自然是历法的进步。还有一些学者认为，尧字是"窑"的通假字，而后者的字形象的是在坩埚中烧制箭镞之意。这样说来，后羿射日的箭镞大概也都是尧所提供的，这一点也应是尧被拥立为天子的重要原因吧。

其一是鲧、禹治水。据《淮南子》所载，女娲补天之外，也曾理水。不过，她的工作也许是粗糙的，所积的芦灰一类的措施可能也不够牢固，后来竟又毁坏。于是，女娲之后，又有鲧、禹父子出来治水。据《史记·夏本纪》载：

---

[1] 《论衡·感虚篇》载："儒者传书言：'尧之时，十日并出，万物焦枯。尧上射十日，九日去，一日常出。'"盖以尧为领导，而谓尧射日。

当帝尧之时,鸿水滔天,浩浩怀山襄陵,下民其忧。尧求能治水者,群臣四岳皆曰鲧可。尧曰:"鲧为人负命毁族,不可。"四岳曰:"等之未有贤于鲧者,愿帝试之。"于是尧听四岳,用鲧治水。九年而水不息,功用不成。于是帝尧乃求人,更得舜。舜登用,摄行天子之政,巡狩。行视鲧之治水无状,乃殛鲧于羽山以死。

《山海经·海内经》亦载:

洪水滔天。鲧窃帝之息壤以堙洪水,不待帝命。帝令祝融杀鲧于羽郊。鲧复生禹。帝乃命禹卒布土以定九州。

这里所谓"息壤",或认为指的是夯土。《吕氏春秋·君守》载:"夏鲧作城。"古代的城郭与堤防本来是一种东西,用于防御寇盗就叫作城郭,用于防御水患就叫作堤防。而无论是筑城,还是筑堤,夯土都是最基本的建筑材料。这里所谓"杀",可能原只是贬斥或者圈禁之意。但郭璞注引《开筮》曰:"鲧死三岁不腐,剖之以吴刀,化为黄龙。"《初学记》卷二十二所引《归藏·启筮》亦曰:"大副之吴刀,是用出禹。"《开筮》亦即《启筮》,而《归藏》据说是殷商留下的易书。据此可知,鲧被贬斥而后生禹的事情,很早就被讹传成离奇的神怪故事了。而近世的学者,则喜欢将鲧腹生子理解为"产翁制"习俗的体现,以为代表了男子在私有制产生后与女人争夺产子权的斗争。

禹定九州,《尚书·禹贡》有较为详细的记载,且谓:"禹敷土,随山刊木,奠高山大川。"据此,也有人认为大禹不仅治水,而且再造了大地高山,这是其不同于女娲治水的一个地方。《荀子·成相篇》说:"禹有功,抑下鸿,为民除害逐共工。"《孟子·滕文公上》亦载:

当尧之时,天下犹未平,洪水横流,泛滥于天下。草木畅茂,禽兽繁殖,五谷不登,禽兽偪人。兽蹄鸟迹之道,交于中国。尧独忧之,举舜而敷治焉。舜使益掌火,益烈山泽而焚之,禽兽逃匿。禹疏九河,瀹济漯,而注诸海;决汝汉,排淮泗,而注之江,然后中国可得而食也。当是时也,禹八年于外,三过其门而不入。

可见共工水害的治理虽起于女娲,但到禹之时才最终平定。至于大禹治水成功的原因,一般认为主要是他总结了父亲鲧失败的教训,放弃堵塞而改用疏导的办法治水。其实《淮南子·地形训》明谓:"禹乃以息土填洪水,以水名山。"《汉书·沟洫志》也引《夏书》说:"禹湮洪水十三年",可见大禹并未放弃堵塞洪水之法。且《韩非子·五蠹》谓:"中古之世,天下大水,而鲧、禹决渎。"可见鲧治水亦未尝不知疏导。鲧、禹成败不同,其实不在于治水方法有异,而在于禹更加小心谨慎。司马迁《史记·夏本纪》说到禹之理水,谓:

> 禹伤先人父鲧功之不成受诛,乃劳身焦思,居外十三年,过家门不敢入。

其说较《孟子·滕文公上》所言时间不同,但更主要的,"不入"变成了"不敢入",虽然只是多了一个字,但却显示了司马迁对世态人生之认识深刻过人。禹如此小心的性格较之鲧的执拗,显然更适合协调水患中各部族的利害关系。《孟子·告子下》载,孟子曾赞美"禹以四海为壑",批评当时的人"以邻国为壑"。这便是一证。至少,禹恐怕不会窃取帝尧的抗洪物资息壤,也不会轻易侵犯尧、舜一族的利益。这大概才是他成功的关键。而鲧既然将帝尧的息壤拿去为别人堵塞洪水,则那些堵不住的洪水会横流到哪里,也就不难知晓。《尚书·洪范》载,箕子曾说:"我闻在昔,鲧堙洪水,汩陈其五行,帝乃震怒。"可见鲧因堵塞洪水而失败的说法由来已久,可谁又曾想过帝的震怒到底是因为什么呢!

在重整乾坤的英雄们的身上,也流传着一些爱情故事,就其流传到现在者来说,都属于悲剧。我们如今依时代先后,略叙之如下。

一是后羿。后羿射日成功,但是他的婚姻却走向失败。《淮南子·览冥训》载:

> 羿请无死之药于西王母,姮娥窃以奔月。怅然有丧,无以续之。何则?不知不死药所由生也。

姮娥即嫦娥,东汉的高诱注以为是羿的妻子。南朝梁代刘昭《后汉书·天文志上》补注引东汉张衡《灵宪》载:

> 羿请无死之药于西王母,姮娥窃之以奔月。将往,枚筮之于有黄。有黄占之曰:"吉。翩翩归妹,独将西行,逢天晦芒,毋惊毋恐,后其大昌。"姮娥遂托身于月,是为蟾蜍。①

西晋干宝《搜神记》卷十四《嫦娥》的记载,与此段基本相同。嫦娥为羿妻,就文献看,是至少汉代就有的说法。"归妹",指主动依附男子的少女。有黄以"归妹"称嫦娥,盖以嫦娥曾主动求偶后羿。奔月者,不知何故,但是推想的线索却不是没有。屈原的《天问》曾质疑:"冯珧利决,封豨是射。何献蒸肉之膏,而后帝不若?""不若"就是不顺,也就是不高兴了。后羿射杀封豨,又把封豨的肉蒸了献给后帝,后帝为什么不高兴呢? 这里的后帝显然应指帝尧。《山海经·大荒南经》载:"羲和之国,有女子名曰羲和,方浴日于渊。羲和者,帝俊之妻,生十日。"据此来看,后羿所射"十日",都是帝俊之子,也就是尧的兄弟之族;而他所射杀的封豨,也许正是帝尧兄弟之族中的亲戚呢。后羿的命运大概和汉武帝时的主父偃差不多。主父偃为汉武帝削藩,但汉武帝后来为安抚藩王,竟将主父偃灭了九族。大概后羿也感到了面临的危险,所以才求不死药于西王母,准备着被杀后能够复生。但嫦娥怕受牵连,竟偷了灵药跑掉。她这一跑,后羿也便活不成了。《淮南子·泛论训》说:"羿除天下之害,而死为宗布。"高诱注说:"今人室中所祀之宗布是也。"宗布是个什么神,难以确知,但从高诱注来说,后羿死后,还是汉朝人普遍信奉

---

① 《文选·祭颜光禄文》李善注引《归藏》曰:"昔常娥以西王母不死之药服之,遂奔月,为月精。"《归藏》是先秦留下的一部典籍,据此可知,"嫦娥奔月"的神话当不始于汉朝。当代也有学者认为,湖北江陵王家台秦简引《归妹》卦辞"昔者恒我窃毋死之"云云,反映了"嫦娥奔月"的故事产生年代应在战国时期。又,屈原《天问》谓:"夜光何德,死则又育? 厥利惟何,而顾菟在腹?"顾菟即蟾蜍,《淮南子·说林训》谓:"月照天下,而蚀于詹诸。"蟾蜍体有毒汁,可麻痹神经令人假死。盖古人见月亮能缺而又圆,死而复生,或者以为是蟾蜍令其如此。嫦娥与蟾蜍古音相近。月宫中嫦娥、蟾蜍与玉兔的故事,大概有不少来源于缪勒所说的语言的"疾病"。

的对象。可见老百姓的立场与帝尧比，是颇有些不同的。

后羿死后，他的后人大概袭用了他的名字。在夏朝初年，就另有一个夷羿夺取了夏的江山。不过这个夷羿德行似乎不大好，因为与水神洛妃贪欢，最终被其家臣寒浞谋害了。

一是大禹。《吕氏春秋·音初》载：

> 禹行功，见涂山氏之女，禹未之遇而巡省南土。涂山氏之女乃令其妾待禹于涂山之阳，女乃作歌，歌曰"候人兮猗"，实始作为南音。周公、召公取风焉，以为《周南》《召南》。

《吴越春秋·越王无馀外传》载：

> 禹三十未娶，行到涂山，恐时之暮，失其度制，乃辞云："吾娶也，必有应矣。"乃有九尾白狐造于禹。禹曰："白者，吾之服也；其九尾者，王之证也。涂山之歌曰：'绥绥白狐，九尾庞庞。我家嘉夷，来宾为王。成家成室，我造彼昌。天人之际，于兹则行。'明矣哉。"禹因娶涂山，谓之女娇。取辛壬癸甲，禹行。十月，女娇生子启，启生不见父，昼夕呱呱啼泣。

据《史记·夏本纪》张守节正义所引《帝系》："禹娶涂山氏之子，谓之女娲。"《吴越春秋》所谓"女娇"可能是"女娲"之误。为什么名之曰女娲，不得而知，也许大禹希望他的妻子能像补天治水的那位女娲一样有能力和善心来襄助于他吧。然而，情况却很有些差异。按《吴越春秋》所载，女娇是留在家中养育夏启了。而据民间传说，她因为思念在外治水的大禹，日日到山岗眺望，最终化为了"望夫石"。今安徽怀远涂山顶有石，或曰即涂山氏所化。而在较原始的传说中，则是二人闹了不愉快。如《汉书·武帝纪》颜师古注引《淮南子》载：

> 禹治鸿水，通轩辕山，化为熊。谓涂山氏曰："欲饷，闻鼓声乃来。"禹跳石，误中鼓。涂山氏往，见禹方作熊，惭而去。至嵩高山下，化为石，方生启。禹曰："归我子！"石破北方而启生。

《绎史》卷十二引《隋巢子》与此略同。涂山氏为什么感到惭愧,以至于抛弃了大禹,这永远是解不开的谜了。但是可以知道的是,大禹的婚姻也是不幸的。如今在河南嵩山南麓,还耸立有一块"启母石",很像腹破生子之状。

后羿、大禹的爱情悲剧是英雄的爱情悲剧。此外,尚有平常人的爱情悲剧神话。世人所熟知的牛郎织女的爱情神话,就是一例。据考,甲骨卜辞已有"织女"之名。《诗经·小雅·大东》作于周初,也提到了牵牛和织女,只是对其事迹语焉不详。战国石申《星经》谓:"牵牛六星,在天河东……主牺牲之事。织女三星,在河西北,又名东桥。天帝之女,水官也,春夏必先见,主果瓜丝棉珍宝,三星俱明天下平,女工善。"这也只是交代两个星官的职守,而未言及爱情。据南朝梁代殷芸的《小说》记载:

> 天河之东有织女,天帝之子也。年年织杼劳役,织成云锦天衣,容貌不暇整。帝怜其独处,许嫁河西牵牛郎,后遂废织经。天帝怒,责令归河东,但使一年一度相会。

汉代纬书《春秋斗运枢》说牵牛神名为略,《春秋佐助期》说织女神名为收阴,未知何据。然南宋陈元靓《岁时广记》引西汉《淮南子》说:"乌鹊填河成桥而渡织女。"唐代韩鄂《岁华纪丽》引东汉应劭《风俗通》亦说:"织女七夕当渡河,使鹊为桥。"汉代古诗亦云:"迢迢牵牛星,皎皎河汉女。纤纤擢素手,札札弄机杼。终日不成章,泣涕零如雨。河汉清且浅,相去复几许。盈盈一水间,脉脉不得语。"可见,就汉人传说来看,牛郎与织女的婚恋本也是悲剧性的。关于牛郎和织女,还有其他一些记载:

> 旧说云天河与海通。近世有人居海渚者,年年八月有浮槎,去来不失期。人有奇志,立飞阁于槎上,多赍粮,乘槎而去。十余日中,犹观星月日辰,自后茫茫忽忽,亦不觉昼夜。去十余日,奄至一处,有城郭状,屋舍甚严。遥望宫中多织妇,见一丈夫,牵牛渚次饮

之。牵牛人乃惊问曰："何由至此?"此人具说来意,并问此是何处,答曰:"君还至蜀郡,访严君平则知之。"竟不上岸,因还如期。后至蜀,问君平,曰:"某年月日,有客星犯牵牛宿。"计年月,正是此人到天河时也。(晋张华《博物志》)

牵牛星,荆州呼为"河鼓",主关梁;织女星则主瓜果。尝见《道书》云:"牵牛娶织女,借天帝二万钱下礼,久不还,被驱在营室中。"(《荆楚岁时记》杜公瞻注)

综合这些记载,天帝阻挠牛郎与织女相亲,从织女方面来说,是恨其怠于工作;从牛郎方面来说,是怨其不能还钱,想来其故事内容原本应该是很丰富和生动的。

再如巫山神女的故事。战国后期,楚国宋玉《高唐赋序》载,宋玉曾谓楚襄王云:

昔者先王尝游高唐,怠而昼寝,梦见一妇人曰:"妾,巫山之女也,为高唐之客。闻君游高唐,愿荐枕席。"王因幸之。去而辞曰:"妾在巫山之阳,高丘之阻,旦为朝云,暮为行雨,朝朝暮暮,阳台之下。"旦朝视之,如言。故为立庙,号曰"朝云"。

晋习凿齿《襄阳耆旧传·山川·巫山》亦载:

赤帝女曰瑶姬,未行而卒,葬于巫山之阳,故曰巫山之女。楚怀王游于高唐,昼寝,梦见与神通,自称巫山之女……名曰瑶姬,未行而亡,封于巫山之台。精魂依草,实为灵芝,媚而服焉,则与梦期。

又,《山海经·中次七经》载:

又东二百里,曰姑媱之山。帝女死焉,其名曰女尸,化为䔄草,其叶胥成,其华黄,其实如菟丘,服之媚于人。

在我国上古神话中，巫山神女颇可视为一原型人物，因为她以最富诗意的形式集中体现了华夏先民的"难婚"心理，而且在后世的华夏文学作品中，神女故事的某些因素，确实也在以各种形式不断地被重复着。屈原之《山鬼》、宋玉之《神女赋》，可以认为是直接歌咏巫山神女婚恋之不幸；而西汉司马相如之《长门赋》、三国时曹植的《洛神赋》、晋代陶渊明的《闲情赋》、唐代白居易的《长恨歌》、唐宋词中的《巫山一段云》、元代郑光祖的《倩女离魂》、明代汤显祖的《牡丹亭》以及清代曹雪芹的《红楼梦》多少都体现着巫山神女故事的某些结构与意蕴。最显著的是《红楼梦》，因为"未行而亡"的林妹妹恰恰也是由仙草幻化而来。就是在现当代文学中，神女的某些意象也依旧不断得到表现。譬如沈从文的某些湘西小说，譬如舒婷的诗歌《双桅船》以及《神女峰》，就都是例子。《双桅船》写道："哪怕天涯海角，岂在朝朝夕夕，你在我的航程上，我在你的视线里。"这语言，这视角，不很像是巫山神女在自诉心曲吗？在西方艺术中，圣母的题材非常多，正与我国文学艺术对神女的重视适成对照。

中国神话中最多的一类是传奇神话。这类神话主要是关于异域奇国、怪人神物的描述，以《山海经》记载最多。《穆天子传》所载周穆王西游得见西王母的故事，也较富于传奇色彩。《穆天子传》又名《周穆王游行记》，是西晋咸宁五年（279 年）在今河南汲县西战国墓中发现的竹书之一。其卷三载，穆王到了西王母之邦，献白圭玄璧，西王母高兴地接受了礼物。次日，穆王又在瑶池宴请西王母。西王母谣曰："白云在天，山陵自出。道里悠远，山川间之。将子无死，尚能复来。"周穆王则答之曰："予归东土，和治诸夏。万民平均，吾顾见汝。比及三年，将复而野。"西王母又为天子吟曰："徂彼西土，爰居其野。虎豹为群，乌鹊与处。嘉命不迁，我惟帝女。彼何世民，又将去予。吹笙鼓簧，中心翔翔。世民之子，唯天之望。"据今本《竹书纪年》，此次相见后，西王母还曾至周朝见穆王，诚可谓彬彬知礼者。《山海经》曾说："西王母其状如人，豹尾虎齿，善啸，蓬发戴胜，是司天之厉及五残"，与《穆天子传》所言颇不同。

第三节　诸神的废替

我国古代是否有丰富的神话故事，学界意见不一。胡适比较倾向于否定的态度，其《白话文学史》说：

> 古代的中国民族是一种朴实而不富于想象力的民族，他们生在温带与寒带之间，天然的供给远没有南方民族的丰厚，他们需要时时对天然奋斗，不能像热带民族那样懒洋洋地睡在棕榈树下白日见鬼，白昼做梦。[1]

这意见其实是难以成立的。北欧的气候比黄河流域冷多了，神话故事却很丰富。东南亚虽然更温暖，却有很多原始民族并没有什么丰富的神的故事。据此，便可见胡适的意见难以信从了。

就现有文献来看，我国古代原应有丰富的神话传说，而今不存者，原因较多。一般来说，由于神话深深地带有蛮野人的气质，后人很难接受，因而进入文明社会后，神话的逐渐消亡是比较普遍的现象。在我国则更有几种情况颇不利于神话的流传，毋庸说发展与完善。

第一是民族的融合。我华土民族众多，融合后，表现民族争斗的神话自不易保存。譬如，黄帝与炎帝、蚩尤都有征战，但与蚩尤作战神话保存较好，盖即以后者之族人并未完全融合进华夏族之故。

第二是颛顼的改革。颛顼绝地天通，抑制个人以巫术通神，设置专门的巫觋带领公众以一定的仪式祭神。个人巫术减少，自然不利于神的故事的产生，但公众通过集体的形式祀神，却有利于彼此的团结。依照法国宗教学家迪尔凯姆的理解："首先，仪式将氏族的人民集中在一起；其次，在集合的场合集体性地举行仪式可以在氏族的人民中更新其团结感。仪式产生一种欢腾，在这种欢腾中，所有个体的感觉都不复存在，人民觉得他们自己作为集体存在于并贯穿于神圣的事物之中。但

---

① 欧阳哲生编：《胡适文集》，北京大学出版社 1998 年版，第 8 册，第 188 页。

是，当氏族的人民分开之后，团结感便会慢慢消退，并且时不时地通过另外一次集会和仪式的重复而得到恢复，在这样的集会和仪式中，群体再一次重申自己。……在这种仪式中，人们进行赎罪，以坚固他们的信仰，并对社会履行职责。"①可见，巫术人员的专职化至少带来了整个氏族的协调与团结，虽然这不利于神话的滋生。

第三是周公的制礼。周礼主要是周公制定的，而周公鉴于殷纣迷信鬼神而亡国，转而提倡敬天保民；在其制定的礼乐中，是比较排斥鬼神的。如《礼记·表记》载：

> 子曰："夏道尊命，事鬼敬神而远之，近人而忠焉，先禄而后威，先赏而后罚，亲而不尊。其民之敝，惷而愚，乔而野，朴而不文。殷人尊神，率民以事神，先鬼而后礼，先罚而后赏，尊而不亲。其民之敝，荡而不静，胜而无耻。周人尊礼尚施，事鬼敬神而远之，近人而忠焉，其赏罚用爵列，亲而不尊。其民之敝，利而巧，文而不惭，贼而蔽。"

据此来看，夏商周三代，唯有商代社会文化适合神话故事的产生与发展。

第四是孔门的学风。孔子作为古代的圣人，不喜讨论鬼神：

> 子不语怪、力、乱、神。(《论语·述而》)

> 子曰："务民之义，敬鬼神而远之，可谓智矣。"(《论语·雍也》)

> 子路问事鬼神，子曰："未能事人，焉能事鬼?"曰："敢问死?"曰："未知生，焉知死?"(《论语·先进》)

> 子贡问于孔子曰："死者有知乎，将无知乎?"子曰："吾欲言死之有知，将恐孝子顺孙妨生以送死；吾欲言死之无知，将恐不孝之

---

① ［英］E. E. 埃文斯-普理查德著，孙尚扬译：《原始宗教理论》，商务印书馆 2001 年版，第 75 页。

子弃其亲而不葬。赐欲知死者有知与无知,非今之急,后自知之。"(《孔子家语·致思》)

后人信奉和效法孔子,当然就不利于神话的保存与完善。如司马迁《五帝本纪》云:"百家言黄帝,其文不雅训,缙绅先生难言之。"缙绅先生即指儒者。然而要知道的是,孔子未尝不研究神话。如《国语·鲁语下》中就有这样的两段记载:

> 季桓子穿井如获土缶,其中有羊焉。使问之仲尼曰:"吾穿井而获狗,何也?"对曰:"以丘之所闻,羊也。丘闻之:木石之怪曰夔、蝄蜽,水之怪曰龙、罔象,土之怪曰羵羊。"

> 吴伐越,堕会稽,获骨焉,节专车。吴子使来好聘,且问之仲尼,曰:"无以吾命。"宾发币于大夫,及仲尼,仲尼爵之。既彻俎而宴,客执骨而问曰:"敢问骨何为大?"仲尼曰:"丘闻之:昔禹致群神于会稽之山,防风氏后至,禹杀而戮之,其骨节专车。此为大矣。"客曰:"敢问谁守为神?"仲尼曰:"山川之灵,足以纪纲天下者,其守为神。社稷之守者为公侯。皆属于王者。"

可见孔子的"不语"不是不研究,应是不愿拿来与人讨论之意。班固在《汉书·艺文志》中有明述:"小说家者流,盖出于稗官。街谈巷语,道听涂说者之所造也。孔子曰:'虽小道,必有可观者焉,致远恐泥,是以君子弗为也。'然亦弗灭也。闾里小知者之所及,亦使缀而不忘。如或一言可采,此亦刍荛狂夫之议也。"古神话即多保存在班固所说的小说中。而从王充《论衡》所引儒者之言来看,神话与小说家言,儒者也不是没有传承,只是如孔子一样,不肯加以宣扬罢了。

第五是神话的史化。也就是说,后世史家喜欢将蛮野人的神话叙事转为文明人的历史叙事。此等态度也源自孔子。如文献载:

> 宰我问于孔子曰:"昔者予闻诸荣伊令,黄帝三百年。请问黄帝人邪?抑非人邪?何以至于三百年乎?"孔子曰:"······生而民得

其利百年,死而民畏其神百年,亡而民用其教百年,故曰三百年。"
(《大戴礼记·五帝德》)

　　子贡曰:"古者黄帝四面,信乎?"孔子曰:"黄帝取合己者四人,
使治四方,不谋而亲,不约而成,大有成功,此谓之四面也。"(《太平
御览》卷七十九引《尸子》)

　　哀公问于孔子曰:"吾闻夔一足,信乎?"曰:"夔,人也,何故一
足? 彼其无他异,而独通于声,尧曰:'夔一而足矣。'使为乐正。故
君子曰:'夔有一,足。'非一足也。"(《韩非子·外储说左下》)

　　有人说孔子这是在用历史理性歪曲神话传说。不过,神话原本就
带有蛮野人现实生活的踪影,因此孔子的追讨未必就是没有意义的。
更何况孔子阙疑慎言,从不做无根之谈呢。
　　第六是仙话的改替。这是鲁迅在《中国小说史略》中提出的意见。
其大意谓,中国人进入文明之世后依旧信巫,而原始神话带有蛮野气
息,后人觉得不亲切,于是对原始神话或加以改造,或干脆换成新的故
事。改造较明显的是嫦娥神话。如唐代李冗《独异记》谓:"羿烧仙药,
药成,其妻姐娥窃而食之,遂奔入月中。"乃将后羿变作道士,向西王母
求药的传说也变成自制了。再如西王母,《山海经》中还是半人半兽之
形,到《穆天子传》中性情就已变得温良,再到《汉武帝内传》中,不仅能
亲自拜访武帝,而且竟然龄妙体便,能够荡人心魂。至若更替者,如汉
代王充《论衡·订鬼》引《山海经》云:

　　沧海之中,有度朔之山,上有大桃木,其屈蟠三千里,其枝间东
北曰鬼门,万鬼所出入也。上有二神人,一曰神荼,一曰郁垒,主阅
领万鬼,恶害之鬼,执以苇索,而以食虎。于是黄帝乃作礼,以时驱
之,立大桃人,门户画神荼、郁垒与虎,悬苇索,以御凶魅。

　　南北朝时,民间尚有在门上绘"披甲持钺"的神荼、郁垒的习俗。不
过,到了唐代,有了变化,据《三教源流搜神大全》载:

门神，乃是唐朝秦叔保胡敬德二将军也。按传，唐太宗不豫，寝门外抛砖弄瓦，鬼魅呼号。……太宗惧之，以告群臣。秦叔保出班奏曰："臣平生杀人如剖瓜，积尸如聚蚁，何惧魍魉乎？愿同胡敬德戎装立门外以伺。"太宗可其奏，夜果无警，太宗嘉之，命画工图二人之形像，……悬于宫掖之左右门，邪祟以息。后世沿袭，遂永为门神。

作为门神，胡敬德（或作尉迟敬德）一般绘作黑脸，秦琼则绘作白脸。

第四节　诸神的精神

神话既是一个民族文学传统成长的起点，也是孕育一个民族文化精神的摇篮。

从文学传统方面说，我国神话对后世影响比较复杂。由于周人敬鬼神而远之，所以，周文化中神话成分较少。殷商是近鬼神的，然而保存下来的文学作品又极少。倒是周代楚国因为对抗周室，处身蛮夷，较多地保留着殷商以及蛮夷对神话的亲近。汉代建立者多楚人，因而也辗转承接了殷、楚以来的神话传统。具体来说，其传统有三。

一是好奇。所谓好奇，固然有好神怪之意，如武帝好神仙，汉魏以下又多志怪小说；然而由于受周公孔子遗教的牵制，汉代以后的好奇，更多地表现为对现实生活中不平凡人物及其事迹的喜好，如司马迁作《史记》常舍怪异而不言，而扬雄犹谓其好奇，意正指此。又如唐代传奇小说虽衍自志怪，然而却更着意于故事情节本身的曲折与跌宕。

一是喜斗。所谓喜斗，自然是说喜欢斗争。典型的如刑天与共工。此外，如精卫填海、夸父逐日、后羿射日，几乎无不充满勇于斗争的精神。陶渊明是比较平淡的隐士，可也写诗称赞过"刑天舞干戚，猛志固常在"，此便可见神话斗争精神的影响。

一是尚悲。神话的尚悲传统,就前文所述我国古代神话内容,尤其是爱情神话来看,是很清楚的。此外,据《韩非子·十过》载,帝纣之《清商》,"其状似鬼神",为悲音;古之《清徵》,奏而能使玄鹤舒翼而舞,也属于悲音;又有《清角》,是黄帝"大合鬼神"之作,更属于最悲的悲音。这种自黄帝以来音乐领域的悲音,也正可说是中国上古神话尚悲精神的一个最直接的体现。只不过,这种悲音,在周室似乎不是很提倡,倒是春秋后期的郑卫之音多少延续了这一艺术趣味。熟悉郑卫之音的屈原,所制楚辞也几乎无一不是悲音。汉代现存的乐府诗情调欢快的也没有几首,尤其在婚恋内容的表现上,汉乐府直承楚辞与神话,多悲苦之辞,与《诗经》的区别非常明显。魏晋古诗的风格也多少是以悲怨为主。似乎是种巧合,南朝陈后主的妹妹乐昌公主与她的丈夫徐德言曾演绎了一出破镜重圆的故事,在这个故事产生之后,中国文学中大团圆的内容渐渐也多起来,而神话尚悲的传统也多少就被冲淡了一些。

就民族文化精神来说,华夏上古神话形成的传统主要有二:一是重祖,一是尚德。

中国神话重祖的表现:一者,所言神祇多祖先神;二者,自然神亦多由祖先充任。此外,祭祀时,中国人亦重祖先。此甚异于西洋。考其原因,盖古希腊步入文明后,很早就建立起民主制度,首领靠选举产生,重视的是个人。而中国自夏启以来建立的是世袭制度,世袭所重者,祖先也。

《礼记·郊特牲》曾谓:"天下无生而贵者,继世以立诸侯,象贤也。"显然,"象贤"就是世袭的法理依据。那么,什么是象贤呢?简言之,就是指世袭者的容貌与始君(亦即伟大的建国者)相似。因为与始君长得有些相似,所以容易引发敬重与爱戴,这本也是人之常情;因之受拥护为继任者,也就不奇怪。如《太平御览》卷七十九引《抱朴子》云:"《汲郡冢中竹书》言:黄帝既仙去,其臣有左彻者,削木为黄帝之像,帅诸侯朝奉之。"又如《孟子·滕文公上》载:"昔孔子没,……子夏、子张、子游以有若似圣人,欲以所事孔子事之。"此皆可见,容貌相似对于继承权利的影响。更何况,容貌相似于始君,对原始阶段的人们来说,还有一种特别的意义。因为按照原始人的思维习惯,凡相似的事物总被认为有着神秘的感应关系。① 在这种情况下，如果主张世袭的人宣称：伟大的始君虽然死掉，但他的儿孙因是他所生，与他长相又最为近似，因而可以和他的灵魂交流，从而代替他继续进行统治，这是很容易为人们所接受的。举例来说，古书常称呼商、周之君为"人"，独称呼夏朝君主为"夏后氏"。《说文》："后，继体之君也。象人之形，施令以告四方。"金景芳先生指出，古人称"始君"以后的君为"继体之君"，意在说明："他是始封之君的继续，他所执行的是始封之君的职权，不是自己的职权。"② 而"后"的字形由口字与横卧的人形构成，岂不也是在暗示"后"乃是在替逝者发布政令吗？又如，商、周以来，君主的继承者常称为嫡。那么，嫡字是什么含义呢？在甲骨卜辞和铜器铭文中，嫡庶的嫡也常写成上部从"帝"而下部从"口"的"啻"③，而这一字形中的"帝"字又是什么含义呢？《大戴礼记·诰志》载："天子……卒葬曰帝。"《礼记·曲礼下》载："君天下曰天子……措之庙而立之主曰帝。"这样来看，君主死后称"帝"，而储君称啻，岂不明明是说，储君就是将来代"帝"说话的人么？这不也正说明储君继位后乃是在替先帝发布政令吗？

毋庸多言，在"象贤"这种意识形态下，统治者要想更好地维护世袭制，其必然的功课有两个方面。一是要努力宣传始君的伟大，因为如果始君不伟大，后世子孙代始君进行统治也就没有什么道理可言了。一是要努力宣传世袭者对始君的顺从与发扬，因为如果世袭者不能遵从始君的教导，那么始君再伟大，世袭者的统治也是不合法的。

前者的结果，自然是祖先越来越伟大，道德越来越纯粹。与古希腊神话比，我们华夏祖先神的这一特点最为鲜明。譬如，我国神话中的始君往往是爱护人的，如《列子·杨朱》载，禹治水"过门不入，身体偏枯，手足胼胝"，而在古希腊神话中，大神宙斯却祸害人类，其形象有时竟不

---

① 据《史记·吕太后本纪》，刘邦欲更立太子，其借口为太子"不类我"而"如意类我"。其事可堪玩味。又《后汉书》卷四十二载，汉光武帝子刘荆尝"呼相工，谓曰：'我貌类先帝。先帝三十得天下，我今亦三十，可起兵未？'相者诣吏告之，荆惶恐，自系狱。帝复加恩，不考极其事，下诏不得臣属吏人，唯食租如故，使相、中尉谨宿卫之。荆犹不改。其后使巫祭祀祝诅，有司举奏，请诛之，荆自杀"。刘荆好巫，其以貌类先帝而有心继承天下，很可能也与原始的巫术思维有关。

② 金景芳：《金景芳晚年自选集·论宗法制度》，吉林大学出版社 2000 年版，第 162 页。

③ 李零：《待兔轩文存》，广西师范大学出版社 2011 年版，第 59 页。

啻一流氓。事实上,在道德方面,我们原始神话中的始君们也许并不真的比古希腊神话中的宙斯更加纯洁美好。譬如大禹,虽然周室所传典籍喜欢渲染大禹的艰苦朴素,一心为民,但屈原的《天问》却质疑说:"禹之力献功,焉得彼涂山女,而通之乎台桑?"据此一例,便不难知晓,大禹虽然伟大,但他的事迹也是被后世所纯化了的。

后者的结果,自然是造成了对于孝道观念的重视。《论语》载:

> 子游问孝。子曰:"今之孝者,是谓能养。至于犬马,皆能有养。不敬,何以别之?"(《为政》)

> 子曰:"父在,观其志;父没,观其行;三年无改于父之道,可谓孝矣。"(《学而》)

可见,孝道之本义,是子孙对于先人,于其生前敬之,于其死后不改其德。若世袭者皆能如此,则其德便始终保持在与始君同样伟大的水平上,而别人又怎好让他下台而更选旁人呢? 所以"孝"的观念,最早应该是服务于世袭制的。《论语·学而》又载:

> 有子曰:"其为人也孝弟,而好犯上者,鲜矣;不好犯上,而好作乱者,未之有也。君子务本,本立而道生。孝弟也者,其为仁之本与!"

为什么能"孝"的人不容易犯上作乱呢? 以卿大夫为例,按照"孝"之义,卿大夫孝敬先人就是要敬守先人之道,这样一直追踪到其始祖,由于其始祖是听命于诸侯的始祖的,而现在的诸侯既然也是在替其始祖进行统治,那么这个作为世袭者的卿大夫当然要服从现任诸侯的统治了。这也便可以看得出孝道对于古代君主制的意义。"孝弟,而好犯上者,鲜矣",这是从臣子方面说的。若从君主方面说,则要"内姓选于亲,外姓选于旧",在用人方面要优先考虑世袭老臣之家的利益,否则,臣子之家的孝悌对于君主的意义也就很难说了。

在世袭的政治制度与象贤的意识形态下,古人将先祖神圣化,自然不免远离了真实的人生；强调孝顺，自然也不免会造成守旧好古的个性，但将道德作为统治合法性的根据，总还是有益于人生的；尤其在古圣先贤身上所凝结的敢于斗争的精神，勇于牺牲的精神，深沉坚毅的精神，乐善好施的精神，特别是依赖自身努力而不肯一味祈求神灵的精神，对于我们民族的发展与进步，总还是意义巨大的。与世袭制比，民主制虽然没有美化统治者祖先的必要，但这并不是说，它就没有美化历史人物的必要。事实上，民主制的选举，也是各种利益集团在竞相推送自己的代言者，为了各自的利益以及大家的共同利益，他们对于一些已经作古的人物，也常会有这样或那样的美化。美国的总统山，就是这么一种事物。

【参考书目】

茅盾：《中国神话研究初探》，江苏文艺出版社 2009 年版

袁珂：《中国古代神话》，华夏出版社 2006 年版；《山海经全译》，贵州人民出版社 1991 年版

程憬著，顾颉刚整理：《中国古代神话研究》，北京大学出版社 2011 年版

王青：《中国神话研究》，中华书局 2010 年版

何新：《诸神的起源》，中国民主法制出版社 2008 年版

陆思贤：《神话考古》，文物出版社 1995 年版

丁山：《古代神话与民族》，商务印书馆 2005 年版

吴晓东：《〈山海经〉语境重建与神话解读》，中国社会科学出版社 2013 年版

王贻樑、陈建敏：《穆天子传汇校集释》，华东师范大学出版社 1994 年版

第三讲　六经与诸子

第一节　六经的地位

六经指的是孔子晚年整理的六种书籍。《庄子·天运篇》载,孔子曾对老聃说:"丘治《诗》《书》《礼》《乐》《易》《春秋》六经以为文。"可见这六种书很早就被尊称为经了。

不过章太炎以为书之称"经",本无特别尊崇之意,其《国学略说》谓:"古代无纸,以青丝绳贯竹简为之。用绳贯穿,故谓之经。经者,今所谓线装书也。"①然其说不可信。以绳贯穿竹简,原不称"经",而应称"册";"册"中蕴含常法常道者则称为"典"。《周书·多士》尝谓:"惟殷先人有典有册。"称典册为经,应是春秋末期私学兴起后,修道者对其所祖述文献的尊称。而之所以用"经"字作尊称,也不是没缘故的。许慎《说文》:"经,织从(纵)丝也。"这是"经"字的本义。大概因为织布时,先经而后纬,经不动,纬动,所以"经"字很早就具有了稳定不变、一以贯之的意味,并因而逐渐衍生出常法、常道的涵义。《左传》昭公十五年载:"礼,王之大经也",杜预注:"经者,道之常。"孔颖达疏:"经者,纲纪之言也。"

在中国文学史上,六经的地位很高。刘勰作《文心雕龙》,就强调文学应"宗经"。在古代,文学源于六经也是较为普遍的观念。这种观点,当代也有人坚持;自然,也有人反对。反对的人以为文学起于神话,坚

---

① 章太炎:《国学述闻》,陕西师范大学出版社 2008 年版,第 98 页。

持的人则认为六经中已包括神话。其实,六经中虽有神话,但实在是单薄得很。不过,如果我们将先秦称"经"的书,都集中在一处,譬如将《山海经》《道德经》《离骚经》都集中在一起,而谓经书为中国文学的源头,则大致还是不错的。因为早期的经书,基本上也都是各类文学最古的文献,自然可以说是源头了。其中的主流是孔子晚年整理的六经,也不必赘言。关于六经,至少有两个事实不能否认。

其一是,六经为往古思想与实践的总结,无论在天道还是人道方面,都形成了极为深刻的认识。如《庄子》一书常奚落儒者,而《天下篇》却称颂:

> 古之人其备乎!……其在于《诗》《书》《礼》《乐》者,邹鲁之士、缙绅先生,多能明之。《诗》以道志,《书》以道事,《礼》以道行,《乐》以道和,《易》以道阴阳,《春秋》以道名分。其数散于天下而设于中国者,百家之学时或称而道之。……后世之学者,不幸不见天地之纯,古人之大体,道术将为天下裂。

据此便可知,六经是怎样凝聚了古人思想的精华。我们看《汉书·六艺略》的序言,于《诗》曰:"古有采诗之官,王者所以观风俗,知得失,自考正也";于《春秋》曰:"古之王者世有史官,君举必书,所以慎言行,昭法式也。左史记言,右史记事,事为《春秋》,言为《尚书》,帝王靡不同之。"可见六经中,至少已有三经出于王官了。往古知识,原只是王官实践经验的总结,这一点,春秋时候的人尚有所了解。如《论语·子张》载,子夏说过:"仕而优则学。"许慎《说文》云:"优,饶也。"可见,子夏的本意乃是说做官任职,经验丰富了便自可累积成学问。况且古人职官本多世袭,这就是使得个人的执政经验可以子孙相传,而日渐其厚重了。六经、《道德经》以及被后世尊为兵经的《孙子兵法》都是在总结往古治世经验的基础上形成的,这就使得它们的思想是深刻的,经得起历史实践的考验。而伟大的文学是不能离开思想的深刻性的,所以说,古代经书至少为伟大文学作品的出现,提供了思想的基础。

其二是,经书本身很重视文辞,对于中国文学相貌的形成也有着直接的规塑作用。更何况,说到中国文学的发展,六经也可以当之无愧地

被看作是最早的文学。不但《诗经》如此,其他五经也是如此。在《经学教科书》第二课《经字之定义》中,刘师培讲道:

> 《六经》之名,始于三代,而经字之义,解释家各自不同。班固《白虎通》训经为"常",以"五常"配五经。刘熙《释名》训经为"径",以经为常典,犹径路无所不通。案:《白虎通》《释名》之说,皆经字引申之义。惟许氏《说文》经字下云:"织也,从系,巠声。"盖经字之义,取象治丝,纵丝为经,衡丝为纬,引申之,则为组织之义。上古之时,字训为饰,又学术授受多凭口耳之流传,《六经》为上古之书,故经书之文奇偶相生,声韵相协,以便记诵。而藻绘成章,有参伍错综之观。古人见经文多文言也,于是假治丝之义而锡以《六经》之名。即群书之用文言者,亦称之为经,以与鄙词示异。后世以降,以《六经》为先王之旧典也,乃训经为法。又以《六经》为尽人所共习也,乃训经为常。此皆经字后起之义也。不明经字之本训,安知《六经》为古代文章之祖哉![①]

刘师培所训经字涵义,人们自然不妨继续商讨。不过,他指出六经藻绘成章,有参伍错综之观,为古代文章之祖,这却是很有见识的。六经既是最早的文章,又有那样高的思想地位,能对后世文学尤其是尊经时代的文学相貌产生规塑作用,也就不奇怪。

第二节　六经的文采

六经传到汉代,其实都已残缺不全。乐经,一般认为至汉已经亡佚,只有一些传记留了下来,保存在《荀子》及《史记·乐书》中。也有人以为这些传记便是本来的经文,但不甚可信。

礼经,本来内容很多,但到汉代只留下一部《士礼》,晋代以后也称为《仪礼》,是讲周代士人生活中各种礼节规范的。汉朝初年,还曾在民

---

① 刘师培:《经学教科书》,上海古籍出版社 2006 年版,第 8—9 页。

间发现一部《周官》，后来习称为《周礼》，是讲周代各种职官设置的。此书作者不详，大约是东周初期熟悉王室档案的人所为。书中既有对现实官制的描述，也可能夹杂了一些虚拟的理想。汉朝经学家或以为是周公所作，但缺乏根据。此外，汉代还保存了不少孔子及其后学讲述礼法作用与意义的言论资料。西汉末年，戴德对这些资料进行了汇编，其传本称为《大戴礼记》。其侄戴圣编辑的本子，则称为《小戴礼记》。东汉末，因为郑玄给《小戴礼记》作注，此书遂更为流行，到后来也被尊奉为经书之一，简称《礼记》，与《周礼》和《仪礼》合称"三礼"。《礼记》比《仪礼》和《周礼》更富于文学性。其中《中庸》和《大学》还被宋人单拿出来加以推崇，对古代文人的思想影响很大。此外，《礼运》记载了孔子有关大同、小康的议论，代表了古人的一种社会理想，也是《礼记》影响较大的篇章。

总的来看，六经中文采较高，影响后世文学较大的，还是其他四种经书。

一 《周易》

《易》本是卜筮之书。《周礼·春官·太卜》云："太卜掌三《易》之法：一曰《连山》，二曰《归藏》，三曰《周易》。其经卦皆八，其别皆六十有四。"一般认为，《连山》属于夏人的易书；《归藏》属于殷人的易书，又名《坤乾》；《周易》，是周人的易书，或因"周普无所不备"而名《周易》。

关于《周易》的成书，班固《汉书·艺文志》说是"人更三圣，世历三古"，以为伏羲始制八卦，至文王"重《易》六爻，作上下篇"，至孔子又"为之《彖》《象》《系辞》《文言》《序卦》之属十篇"。一些学者认为，文王的贡献，可能主要是重新排列了六十四卦的顺序；至于卦爻辞，可能是文王所为，而周公等人又有所润益；文王所重六十四卦的结构以及卦爻辞，本已蕴含了较为深刻的思想观念，到孔子整理出《易传》，《周易》的哲学思想更得到了极大的提升。

从创作成绩方面看，《周易》的卦爻辞，常具有诗的韵味。《易传》的文辞，也有一定的文采。如《系辞下》曰："八卦成列，象在其中矣。因而重之，爻在其中矣。刚柔相推，变在其中矣。系辞焉而命之，动在其中矣。"这叙述是清楚的，而且具有铿锵悦耳的语言节奏。此外，由于《周易》以八卦符号来概括万物,是"立象以尽意"的;而卦爻辞又喜欢以形象的语言来暗示卦爻的吉凶,因而也就造成了一种含蓄婉转的表达风格。

从创作追求方面看,《周易》的卦爻辞以及传文提出过不少主张,而且很受后人的重视。譬如,《家人卦》的《象传》提倡的"言有物",《艮卦》六五爻辞提倡的"言有序",就被清代桐城派拿过去作为指导文章写作的"义法"。其他如《文言传》所主张的"修辞立其诚",《系辞传》所主张的"书不尽言,言不尽意",对后世的文艺创作及批评,也都有较大影响。

从人生指导方面看,古人说"《易》为君子谋"。对于君子如何处世,《周易》也确实提出了不少主张,对古代文人的世界观、人生观影响很大。

首先,《周易》充满一种忧患意识。《系辞下》就指出:"作《易》者,其有忧患乎? ……《易》之兴也,其当殷之末世、周之盛德邪? 当文王与纣之事邪? 是故其辞危。危者使平,易者使倾,其道甚大,百物不废。惧以终始,其要无咎,此之谓易之道也。"

其次,《周易》具有辩证的思想,且很注意与时俱进。《系辞下》便强调:"《易》之为书也不可远,为道也屡迁。变动不居,周流六虚。上下无常,刚柔相易。不可为曲要,唯变所适。"

再次,《周易》是维护等级秩序的。虽然《周易》指出"上下无常,刚柔相易",但这只是说居于上下者无常,并不说等级本身是可以毁弃的。譬如《系辞上》就断言:"天尊地卑,乾坤定矣。卑高以陈,贵贱位矣。"中国古代文人很注意伦常秩序,也多受影响于此。

最后,在君子的人格修养方面,《周易》也提出了非常高远的理想。如《大象传》一方面提倡"天行建,君子以自强不息",一方面又强调"地势坤,君子以厚德载物"。而《文言传》更描绘说:

> 夫"大人"者,与天地合其德,与日月合其明,与四时合其序,与鬼神合其吉凶。先天而天弗违,后天而奉天时。天且弗违,而况于人乎,况于鬼神乎。"亢"之为言也,知进而不知退,知存而不知亡,知得而不知丧。其唯圣人乎? 知进退存亡而不失其正者,其惟圣人乎!

这种人格显然是很不容易达到的,所以直到现在,也常受到一些人的推崇。不过,既然是在"天尊地卑"下强调"与天地合其德",也就很难在思想方法上逃出尊卑等级意识的桎梏。这也是《周易》思想上的局限,乃是无法讳言的。

二 《尚书》

《尚书》是我国虞、夏、商、周四代记言散文的选编,包括《虞书》《夏书》《商书》《周书》四部分。其中《虞书》《夏书》近于传说,《商书》《周书》更近于信史。这四种文献本来各自单行,大概西周末已有所汇编。据说孔子为方便教学,曾从中挑选了一百篇编成了《书》经。因为所记多"上古帝王之事",故而汉人又称其为《尚书》。

始皇焚书时,其博士山东人伏胜将《尚书》藏之于壁。及汉兴,壁中《尚书》却只剩二十八篇,伏胜遂以之教授门徒。文帝亦令太常掌故晁错前往就学,得《虞书》两篇,《夏书》两篇,《商书》五篇,《周书》十九篇,分典、谟、训、诰、誓、命六种文体,因用汉代通行的隶书写定,故而世称《今文尚书》。宣帝时,有河内女子毁老屋,又发现一篇《泰誓》,为朝廷采信,增入《今文尚书》。又,景帝时,鲁恭王欲毁孔子故居以扩展其宅院,不意在毁坏的墙壁中发现一批先秦古籍,世称"孔壁中书"。其中亦有《尚书》,较伏胜所传多十六篇,因用先秦籀文写成,习称《古文尚书》。可惜,此书虽经孔安国整理,却未能由朝廷设立博士官加以传授。西晋末年,更因战乱丢失。东晋初,豫章内史梅赜献《古文尚书》五十八篇,其中三十三篇的内容为今古文所共有。此书有孔安国序及注,然宋以来就有人怀疑此书非安国整理之本。不过,即使属于伪造,此书也颇有思想史及语言训诂方面的价值,不可轻废。

《尚书》在思想上的追求,主要就是《尧典》赞美尧的四个字:"协和万邦",而其方法主要是敬天保民。在周公之前,比较侧重敬天;在周公之后,则比较侧重保民。如《西伯戡黎》载:"西伯既戡黎,祖伊恐,奔告于王。……王曰:'呜呼!我生不有命在天?'"而周公则不然,《君奭》载周公向召公自明心迹,乃谓:"天不可信。"据《荀子·儒效》载,武王进军牧野时,至汜而水泛,至怀而城塌,到共头而山岩崩落,霍叔十分恐惧,对伐纣一事,发出"无乃不可乎"的疑问,而周公则反驳说:"(殷王纣)刳比干而囚箕子,飞廉、恶来知政,夫又恶有不可焉!"

《尚书》的文辞,代表了早期散文的书写风格。由于书写材料笨重不便,我国散文大概从一开始就与口语拉开距离,形成了精粹简练的文言。由于是从口语提炼而来的,而且年代久远,《尚书》的语言就难免与后人有些隔膜;而伏胜传书时,年过九旬,口齿不清,又由其女转述给晁错,晁错与伏胜父女乡音不同,所以录写之时更不能不有讹误,职此之故,《尚书》便很难读。韩愈说"周诰殷盘,佶屈聱牙",确是实情。但后世有不少人模拟《尚书》的语言,一味追求古奥庄严的格调,却是不对的。因为《尚书》中也有一些较为平易的文辞,如《盘庚》所谓"若网在纲,有条而不紊;若农服田力穑,乃亦有秋",所谓"若火之燎于原,不可向迩,其犹可扑灭",所谓"人惟求旧,器非求旧,惟新",至今也还是生动的语言。可见,古奥原不是《尚书》时代的人所有意造成的,后世文人因为以文名世,有时好以艰涩之文自抬身价,那实在与《尚书》时代的圣贤们没有什么太大的关系。

就文学描写来说,一般认为《尚书》的成绩是不大的。其中较受推重的是《盘庚》《无逸》《秦誓》三篇,一般认为它们分别代表了商、西周和春秋时期记言散文的发展成就。《盘庚》是盘庚迁都前对族众、大臣和国人的动员辞,结构比较完整,议论也很有力。《无逸》是周公训诫成王要力行勤俭之辞,已开始注意议论的层次。《秦誓》是崤之战失败后,秦穆公的检讨辞,文章围绕用人的原则反复陈说,已能将议论和情感深入结合在一起,是《尚书》中最动人的篇章。

不过,《尚书》真正的文学价值与影响其实还在于《尧典》。《尧典》的价值有二:一是通过对尧舜禹时代的描绘,建立了一种黄金时代般的盛世图景,敬天保民,选贤与能,光被四表,协和万邦,至今也还都是一般中国人的理想;一是形成了一种高旷的风格。民国时,汉奸文人胡兰成非常欣赏《尚书》,谓:"《尧典》里的世界使人读了胸襟开阔,这就是文学的最高境界。《尧典》也真是一篇诗";又谓,读《虞书》能培养中国文学的基本情操,譬如舒服、安定与飞扬。① 应该说,这些言论还是"知

---

① 胡兰成:《中国文学史话》,上海社会科学出版社 2004 年版,第 62、66 页。

言"的,但不如以"高旷"来概括更简单明了。中国的文学家是追求与天地合一的,而《尧典》所描述的尧、舜正都是这样高旷的人物。这种人物与风格是西方理想世界所缺少的,很能代表中国文化的一般追求。

三 《诗经》

《诗经》是六经中比较纯粹的文学典籍,但《诗经》之所谓"诗",与今日文学体裁分类中的诗,还不能完全等同。郑玄《六艺论·论诗》就曾指出:

> 诗者,弦歌讽谕之声也。自书契之兴,朴略尚质,面称不为谄,目谏不为谤,君臣之接如朋友然,在于恩诚而已。斯道稍衰,奸伪以生,上下相犯。及其制礼,尊君卑臣,君道刚严,臣道柔顺,于是箴谏者希,情志不通,故作诗者以诵其美而讥其过。

正因为当时的"诗"本质上属于箴谏的替代品,求的是婉转含蓄,所以我们阅读《诗经》中的诗歌,便常觉得诗歌文本的表面内容与汉代经师们所讲的创作题旨差距较大。其实,这正是古人作诗,常将讽喻之意隐藏在字面之下造成的。钱穆说,读《诗经》,"有的作品并不能照字面来直解"①,实在是懂得古人作诗之意。

为了更好地发挥诗歌讽喻政教的作用,周朝还建立了一套诗歌制度。如《国语·周语上》载,召公曾谓周厉王:

> 天子听政,使公卿至于列士献诗,瞽献曲,史献书,师箴,瞍赋,矇诵。百工谏,庶人传语,近臣尽规,亲戚补察,瞽史教诲,耆艾修之,而后王斟酌焉。是以事行而不悖。

徐元诰《国语集解》引汪远孙曰:"列士,统上士、中士、下士言之,位有三等,故曰列。"所谓"公卿至于列士",也就是指后文所说的"百工",他们属于贵族,可以直接献诗给天子。"庶人"指平民,他们分散在各

---

① 钱穆讲授,叶龙记录整理:《中国文学史》,天地出版社 2015 年版,第 19 页。

地,不便直接献诗给天子,所以要由专门人员将他们的诗歌采集和传递给天子。至于"瞽献曲,史献书,师箴,瞍赋,矇诵",是说贵族和平民的诗歌汇聚到王室后,由瞽者(太师)协其乐音,由史官藏其文本,而由乐师针对具体情况选择诗歌来箴谏,箴谏时则又由瞍、矇来赋、诵。采集平民诗歌的制度,很可能是周公制礼作乐时确定下来的。根据班固《汉书·艺文志》、何休《春秋公羊传解诂》宣公十五年注文,以及近年出土的《孔子诗论》,周代采诗的大体情况还是可以推度的。其初,是诸侯国先于每年处于农闲的十一月、十二月,资助男六十岁以上、女五十岁以上而无子者,使他们到各地里巷中男女共同劳作的场所采诗。采诗中若发现有优秀的青少年,则聚之于乡校,由乡大夫及乡老进行诗的教育,然后再逐级选拔到国学中,接受更精深的教育。其后,则推荐给天子,学于大学,以备拔用。至于诸侯所采诗歌,次年一月,天子会派遣人将其取回王室,一份交给太师整理文辞乐曲,一份交由内史收藏与识读。至于贵族及官员讽喻政教的诗歌,则直接献给有司整理与收藏。周天子每十二年会巡游天下一遍。二月,首先来到东方;五月,到南方;八月,到西方;十一月,到北方。每到一地,周天子便会让太师将在该地域采集来的诗歌拿出来演唱,并根据诗歌所赞美、所控诉的内容,对当地诸侯进行相应的奖惩。这叫陈诗,是采诗对政治直接发生作用的一种形式。

周王室所收藏的诗歌,陆陆续续经过了几次编辑。到孔子幼时,已有习称《诗三百》的选本流行于世。孔子早年也曾用这个本子教育弟子。如今上海博物馆所藏战国楚竹书《孔子诗论》所记载的,就是孔子讲论《诗三百》的一些观点。等到晚年回到鲁国,孔子又以这个本子为基础,对当时的诗歌重新进行了编辑。司马迁《史记·孔子世家》说:

> 古者诗三千余篇,及至孔子,去其重,取可施于礼义,上采契、后稷,中述殷、周之盛,至幽厉之缺,始于衽席,故曰:"《关雎》之乱以为风始,《鹿鸣》为小雅始,《文王》为大雅始,《清庙》为颂始。"三百五篇孔子皆弦歌之,以求合《韶》《武》《雅》《颂》之音。礼乐自此可得而述,以备王道,成六艺。

据此,孔子编辑《诗经》,主要标准有二:一个是"去其重",长篇的尽量不取;一个是"取可施于礼义",比较注重诗歌的教化功能。原先,《诗三百》中是没有《商颂》和《鲁颂》的。这两部分诗歌,歌颂了殷先祖契和周先祖弃的事迹,对二人身后殷、周兴盛的情况也颇有描述,故而孔子将其增入《诗三百》,此之谓"上采契、后稷,中述殷、周之盛"。在孔子的编排中,《关雎》《鹿鸣》《文王》《清庙》分别被放在风诗、小雅、大雅和颂诗的开头,后人称之为"四始"。四始中,《关雎》表彰的是君主待妻之礼,《鹿鸣》表彰的是君主待臣之礼,《文王》表彰的是君主事天之礼,《清庙》表彰的是君主祭祖之礼。由于周王室的衰落,主要是周幽王不能端正其夫妻关系造成的,所以四始中,《关雎》又被放在整部《诗经》的开端,以求引发人们的反思与儆戒。

除了论定风诗、小雅、大雅和颂诗的开篇,孔子对四部分各自的诗篇顺序也可能做了订正。譬如,孔子八岁时,吴国的贤公子季札曾到鲁国访问,当时季札所观赏的国风的顺序为周、召、邶、鄘、卫、王、郑、齐、豳、秦、魏、唐、陈、桧,而在今本《诗经》中,国风的排列则是周、召、邶、鄘、卫居于王风之前,郑、齐、魏、唐、秦居于王风之后,其末为陈、桧、曹、豳。这个顺序,基本上是按照诸侯国勤辅王室的顺序来编排的,同时也反映了王道凌迟后,陈、桧、曹等小国的不幸命运以及对圣王与贤伯的渴望。在这一排序中,起首的《周南》,相传是周公推行文王教化于南国的成果;收尾的《豳风》,表彰的是文王、武王死后,周公辅佐成王,平叛救乱的功业。首尾都属意于周公,也可见孔子对周公的敬意不同寻常了。

除了上述工作,孔子对《诗经》的配乐也进行了整理。众所周知,《论语·卫灵公》中,孔子有"郑声淫"与"放郑声"之语,而今本《诗经》却不删郑诗,据此,也有人怀疑孔子并未编辑《诗经》。其实,孔子所说的"郑声"指的是当时在郑国兴起的一些"新声",与《诗经》中的郑风及其所用古乐,是没有关系的。《孔子诗论》简文第三支论及"邦风",也就是国风,曾说:"其言文,其声善。"这句话针对所有邦风而言,自然也包括了郑风的配乐。可见,在孔子看来,郑风的配乐也是善的。

孔子编完《诗经》之后,据说将《诗经》的相关学问传授给了子夏。子夏之后,孟子和荀子都长于诗,但孔门诗学传承不明。到了西汉初年,社会上传讲《诗经》的主要有四家。其中鲁人申培所传的习称"鲁诗",特点是喜欢联系《春秋》礼义来讲诗。齐人辕固所传的习称"齐诗",特点是喜欢联系阴阳五行来讲诗。燕人韩婴所传的习称"韩诗",特点是喜欢联系处世之道来讲诗。这三家诗在汉武帝时都被立为学官,文本都经政府用汉代通行的隶书加以缮写,习称"今文《诗》"。另外一家"毛诗",为鲁人毛亨所传,其《诗经》文本没有经政府以汉隶缮写,多先秦古文字,故而习称"古文《诗》"。毛诗有讲解诗歌旨意的《毛诗序》,据说是孔子传给子夏,然后一代一代传下来的;又有故训传,是毛亨作的,传给了赵人毛苌。毛诗在西汉时未立于学官,到汉末经郑玄作笺,最行于世。齐、鲁、韩三家诗则逐渐亡佚于三国、西晋和北宋,今仅存《韩诗外传》。

在孔子之前,周代诗歌就已经按风、雅、颂来分类了。《毛诗序》谓:

> 风,风也,教也。风以动之,教以化之。……上以风化下,下以风刺上,主文而谲谏,言之者无罪,闻之者足以戒,故曰风。……是以一国之事,系一人之本,谓之风。

在这里,毛诗给出了关于"风"的三个解说。前两个是解释"风"字本身的涵义以及风诗为什么用"风"来命名,后一个说的才是风诗这一体式的特点,即通过吟咏地方诸侯国发生的事情来维护天子执政所倚赖的王道。《毛诗序》又谓:

> 言天下之事,形四方之风,谓之雅。雅者,正也,言王政之所由废兴也。政有小大,故有小雅焉,有大雅焉。

这也就是说,雅诗是通过歌咏王朝发生的政事来进行讽喻以求弘扬王道的诗歌。《毛诗序》又谓:

> 颂者,美盛德之形容,以其成功告于神明者也。

这也就是说,在宗庙中,讲述先祖盛德及其在后世被发扬所取得成就的诗歌便是颂诗。很显然,毛诗是从政治功用角度讲风雅颂之别,因

此其解说一般被称为"功用说",自汉及唐最为流行。及至宋代,学者好疑,异说纷起。如南宋郑樵《诗辨妄》就提出:

> 邦国之音曰风,朝廷之音曰雅,宗庙之音曰颂。

此说以风雅颂之别为所用曲调不同,故而习称"曲调说",宋以下亦颇流行。"功用说"和"曲调说",谁更接近实际,学界意见不一。比较而言,前说近是。盖讽邦国之诗曰风,正朝廷之诗曰雅,美盛德之诗曰颂。所谓盛德,王者平治天下之德也。

雅诗分为大小雅的原因,今人或以为大雅曲调长,小雅曲调短;或以为大雅为王畿贵族之乐,小雅为王畿民间之乐;也有人认为原因是大小雅呈现的政治道德有大小之别。至于国风分为十五国风,主要是根据地域做出的分别。十五国风中,最受古人重视的,是国风中排在最前边的"周南之国""召南之国"。二者简称《周南》《召南》,也合称"二南"。按照毛诗的说法,二南中的诗篇多是周公和召公到南国推行文王教化所形成的诗篇。而文王之所以能派周公和召公到南国推行教化,则是奉了商纣王的旨意。纣王的王畿在南国的正北方,所以在南国的人看来,王道是自北而推行到南国的。之所以分为《周南》和《召南》,主要在于南国区域较大,以陕为界,偏东的各国由周公教化,偏西的各国由召公教化,因而采于两地的诗篇便也习称为《周南》与《召南》了。颂诗包括《周颂》《鲁颂》和《商颂》。颂诗是天子才可以制作的诗歌。商灭亡以后,周天子为了笼络商民族,特意允许商遗民所建立的宋国继续使用商王制作的颂诗来祭祀祖宗。鲁国因为是周公的封国,被成王恩赐也可以使用天子的部分礼乐祭祀周公。但很长时间里,鲁国并没有自己的颂诗。春秋时期,鲁大夫季孙行父感念鲁僖公能遵行周公之德,因而特意请求了王室的许可,由大夫史克作了一些歌咏周先人及鲁僖公的诗歌。但正如孔颖达《毛诗正义》所指出的,《鲁颂》"止颂德政之容,无复告神之事",因而与天子的颂诗多少还是有些区别的。

周代诗人作诗的手法,主要有三种,即赋、比、兴。此三者与风、雅、颂,被《毛诗序》合称为"六义"。关于赋、比、兴,《毛诗序》没有解释,后人说法也很多,而朱熹《诗集传》以为:

赋者,敷陈其事而直言之者也。

比者,以彼物比此物也。

兴者,先言他物以引起所咏之词也。

就朱熹的解释看,赋包括敷陈和直言两个方面,可以使诗意的表达更加具体细致。比就是打比方,可以使诗意的表达更加形象鲜明。比喻有很多种类,有比喻词的明喻,没有比喻词的暗喻,无本体的借喻以及连续的博喻,在《诗经》中使用都很普遍。兴则是借容易引发共鸣的事物进行铺垫,可以使诗意的表达更加婉转自然。从历史发展来看,比兴一般较受重视;但陶渊明、谢灵运的很多自然隽永的好句子却都属于赋的手法,可见不宜厚此而薄彼。赋比兴三者的特征说起来容易,实际区别起来还是比较难的。如《召南·野有死麕》:

野有死麕,白茅包之。有女怀春,吉士诱之。

林有朴樕,野有死鹿。白茅纯束,有女如玉。

舒而脱脱兮,无感我帨兮,无使尨也吠。

其赋比兴的划分古人就已搞不清楚,今人误解更多。其实"包"者,"炰"也。此诗言士女野外幽会。士善狩猎,故曰吉士,女不愿苟合,故曰如玉。死麕、白茅者,野餐所用也。今人不知"包"为假借而以"包之"为兴,则谬矣。

周人以诗歌来箴谏,最初多是自己作诗,可以说是"不作诗,无以言"。到后来诗歌积累多了,便往往通过朗诵流行诗歌中的某一章句来婉转地比附和暗示内心的思想主张,此种方法习称"断章取义"。《左传》中,此类事例极多。如昭公元年传文载,夏四月,晋赵孟聘郑:

子皮赋《野有死麕》之卒章,赵孟赋《常棣》,且曰:"吾兄弟比以安,尨也可使无吠。"

子皮诵《野有死麕》的卒章是什么意思呢?盖以"舒而脱脱兮"暗示

晋不要加重郑国的贡赋；以"无感我帨兮"暗示晋不要侵扰郑国的边疆；以"无使尨也吠"暗示晋国不要逼迫郑国倒向楚国这只"尨"。赵孟诵《常棣》者，《常棣》是周公平管叔、蔡叔之乱后，咏叹兄弟之情的诗篇，提倡的是"兄弟阋于墙，外御其侮"，强调的是"常棣之华，鄂不韡韡。凡今之人，莫如兄弟"。赵孟之所以朗诵这首诗，是因为晋国与郑国都出于周王室，血缘关系较楚国为近，故而以亲亲之义要求郑国要与晋国同心同德。更重要的是，管、蔡与周公是同父母的亲兄弟，最终却因为勾结纣王的儿子武庚禄父一起叛乱，而被周公灭了；郑国与晋国虽有血缘上的联系，但毕竟不如亲兄弟亲，如果郑国敢背叛，则其后果也就可想而知了。可见赵孟朗诵这首诗，诚然是刚柔并济，恩威并施，非常得体。孔子说："不学诗，无以言。"赵孟学诗，学得真是不错。

周人学习诗歌，除了用以替代箴谏，就其教育目标来说，也是想培养一种温良的性情。故《礼记·经解》载，孔子曰："入其国，其教可知也，其为人也温柔敦厚，诗教也。"这几句，古人是很喜欢引用的。不过，这几句之后，孔子还曾意味深长地说了一句："《诗》之失，愚。"所谓愚，言学诗止于温柔敦厚而不知变通，愚也。《孟子》谓孔子是"圣之时者"。就诗教来说，温柔敦厚是"时"之正，怨怒力争是"时"之变。《诗经》风雅中也颇有词锋激烈之言，这正是孔子也肯定变通的表现。

由于《诗经》时代的诗人喜欢用诗歌来对政治及教化发表意见，也就使得《诗经》所反映的社会生活内容非常广泛。其中比较重要的是以下几种题材内容。

一是歌咏民族发迹变泰的族史诗。所谓史诗，就是以神话化的思维习惯叙述某一民族历史早期英雄事迹的古老诗篇。正因为史诗以神话化为思维习惯，所以中国早期史诗的命运和神话差不多，不惟发展困难，而且保存得也不好。在《诗经》中，曾有一些诗篇被认为具有史诗的性质。譬如，保存在《商颂》中的《那》《烈祖》《玄鸟》《长发》和《殷武》，这五篇诗歌，一般被称作"商部族史诗"，其内容从玄鸟生商的神话写起，主要叙述了殷商先人契的神能，相土用兵海外以及商汤灭夏和武丁伐楚的赫赫战功。五篇诗歌大约是"武丁中兴"之后创作的，可能仅是当时众多具有史诗性质的诗篇中的一小部分。又如，《大雅》中的《生民》《公刘》《绵》《皇矣》和《大明》这五篇诗歌，大约周公在世之时都已被创作出来，今人好称其为"周部族史诗"。这五篇诗歌从姜嫄"履帝武敏"而生后稷的神话写起，叙述了后稷建国于有邰（今陕西武功）以及公刘迁豳（今陕西彬县一带）、太王迁岐（今陕西岐山县）直至文王伐密伐崇、武王灭商的早周历史。《生民》情节不够连贯，似乎是摘编之作，但神话色彩最浓。《大明》的史料价值最高。其诗先写王季娶挚国女子太任而生文王，又叙文王娶莘国女子太姒而生武王，其后便写武王伐纣：

　　　　殷商之旅，其会如林。矢于牧野，维予侯兴。上帝临女，无贰尔心。
　　　　牧野洋洋，檀车煌煌，驷騵彭彭。维师尚父，时维鹰扬。凉彼武王，肆伐大商，会朝清明。

　　从"上帝临女，无贰尔心"的严厉告诫来看，当时伐纣的盟军大概并不像周人史策所言那么精诚团结。诗中还写到师尚父（姜子牙）竟然像鹰一样冲杀到纣王的队伍中去致师了，可以想见，他当时的年龄一定不会如后世传说的那么老迈。

　　无论周部族史诗，还是商部族史诗，其实都不是真正的史诗。一者，它们篇幅太短小，根本展不开生动的事迹的描述，而只有一些剪影。二者，它们所描绘的事迹太平凡，尤其没有将战争作为主要的描写对象或者故事背景，这就使得史诗所喜欢表现的英勇不能得到突出的表现。三者，它们所歌咏的人物太仁义，充满替天行道的圣贤色彩，而与一般史诗人物所散发的蛮野气质极不相类。所以，它们充其量只有一些史诗的质素，而与国内外那些真正的、典型的史诗不能比。

　　二是反映婚姻与恋爱的婚恋诗。这些诗篇，有的表现着一般的恋爱生活和心理，各个时代没有太大的不同；有的则表现了上古特有的婚制、婚礼与婚时，需要结合上古社会生活来理解；还有一些比较鲜明地体现了汉代匡衡所言"原情性而明人伦"的文化精神，尤为值得注意。我们试以《关雎》来说明这一点。

　　据文献所载，孔子之前，鲁太师挚为季札奏乐时，已经把《关雎》排为《诗三百》的首篇。而据《论语》，孔子对太师挚的这一做法非常欣赏，

曾赞美说:"师挚之始《关雎》之乱,洋洋乎盈耳。"又据《韩诗外传》卷五载:

> 子夏问曰:"《关雎》何以为国风始也?"孔子曰:"《关雎》至矣乎!夫《关雎》之人,仰则天,俯则地,幽幽冥冥,德之所藏,纷纷沸沸,道之所行,虽神龙化,斐斐文章。"

很显然,孔子赞颂《关雎》着眼于道德。而《毛诗序》亦赞美:

> 《关雎》,后妃之德也,风之始也,所以风天下而正夫妇也。……《关雎》乐得淑女,以配君子,忧在进贤,不淫其色,哀窈窕,思贤才,而无伤善之心焉。是《关雎》之义也。

《毛诗序》的这一讲法,近人多不认可,而以《关雎》为劳动男女之恋歌,斯言实误。《关雎》诗曰:

> 关关雎鸠,在河之洲。窈窕淑女,君子好逑。
> 参差荇菜,左右流之。窈窕淑女,寤寐求之。
> 求之不得,寤寐思服。悠哉悠哉,辗转反侧。
> 参差荇菜,左右采之。窈窕淑女,琴瑟友之。
> 参差荇菜,左右芼之。窈窕淑女,钟鼓乐之。

按,诗中所言"君子",在当时一般指贵族或有德行的人,很少用来称呼劳动阶层的普通男子。且据《周礼·春官》载,小胥"正乐县之位,王宫县,诸侯轩县,卿大夫判县,士特县"。据此可知,周代悬钟为乐,还只是贵族的特权。《关雎》诗中既然提到"钟鼓乐之",其所描绘的也就不可能是一般的贱民。所以比较而言,《毛诗序》将《关雎》描写的男女解释为贵族,更可信。况且,《毛诗序》对《关雎》题旨的概括,如今也可以用上海博物馆藏战国楚竹书《孔子诗论》来佐证。

譬如,《孔子诗论》曾将《关雎》表现的主题概括为诗中君子的"改",并且说这位君子在诗中最后的表现"贤于其初者",所谓"以琴瑟之悦拟好色之愿,以钟鼓之乐[喻求女之]好,反纳于礼,不亦能改乎?"既然说是"反纳于礼",那么,诗中君子在最初自然也就应该有不合乎礼的表现了。但这个表现是什么呢?《关雎》曰:"窈窕淑女,寤寐求之。"这就是君子不贤的表现。试问这里的"求"是求什么呢?是求婚吗?若是求婚,则诗中已然曰"求之不得",后文之"琴瑟友之""钟鼓乐之"将不知所云。且看毛诗的说解,其序曰:后妃"忧在进贤,不淫其色",其传曰:"后妃说乐君子之德,无不和谐,又不淫其色",就毛诗两言"不淫"来说,则诗中君子所求为男女之事,岂不豁然明白?马王堆帛书《德行》道及《关雎》一诗,曾谓:"茭(窈)芍(窕)〔淑女,寤〕昧(寐)求之。思色也。求之弗得,晤(寤)昧(寐)思伏,言其急也。"①可见,就相关出土文献的批评来说,《关雎》诗中君子所"求"者也确乎是男女不才之事,而且他的"求"是有些急了。不过,为什么说他有些"急"呢?这就涉及到古代贵族们的婚姻习俗。据《礼记·昏义》载:

> 古者妇人先嫁三月,祖庙未毁,教于公宫;祖庙既毁,教于宗室。教以妇德、妇言、妇容、妇功。教成之祭,牲用鱼,芼之以蘋藻,所以成妇顺也。②

从这一记载看,古代女子出嫁前三个月要在公宫(国君之宫)或者宗室(宗子之家)接受婚前的教育。教成,则要用鱼和蘋藻所做成的菜羹来祭祀自己所出之祖。之所以用鱼和蘋藻,郑玄注认为:"鱼、蘋藻,皆水物,阴类也。"有的学者认为古人从巫术观念出发,以为妇女多接触这些阴类水物,就会变得越来越柔顺。此可备一说。然思之再三,献祭用鱼和蘋藻,恐怕主要还是因为鱼与蘋藻繁殖能力皆特强③,祭祀用之,盖亦以期冀女子婚后能多子多孙。《关雎》没有写到蘋藻,写的是"参差荇菜,左右流之"。不过,毛传说:"荇,接余也。流,求也。后妃有关雎之德,乃能共荇菜,备庶物,以事宗庙也。"这里的"关雎之德"显然

---

① 刘信芳:《孔子诗论述学》,安徽大学出版社 2003 年版,第 180 页。
② [清]孙希旦:《礼记集解》,中华书局 1989 年版,第 1421 页。
③ 闻一多曾谈到鱼儿因繁殖力强,故常被古人用来暗喻配偶,参见《闻一多诗经讲义》,天津古籍出版社 2005 年版,第 13—14 页。

就是指妇德。毛传说后妃有了"关雎之德"乃能以荇菜事宗庙,这与《昏义》说"教成"乃能献祭蘋藻之羹,物虽稍异,其事则同。且《关雎》中的淑女之所以祭用荇菜,也与其身份有关。如《召南·采蘋》:"于以采蘋",毛传曰:"公侯夫人执蘋菜以助祭,神飨德与信,不求备焉,沼沚谿涧之草,犹可以荐。王后则荇菜也。"据此亦可见,《关雎》所赞美的淑女采荇菜而不采蘋藻,主要与其政治地位有关。所以,结合诗意与毛传来看,诗中所写,也正是"淑女"在出嫁前接受"妇德"教育的阶段。诗中所写"参差荇菜,左右流之"及"左右采之",体会其意,就应该是淑女为练习制做祭祀所用菜羹,出外来采摘野菜的情形。盖君子因而见之,心动怦然,而欲有所求焉。正因为"教成之祭"处在婚前教育行将结束之际,所以君子的这种请求,马王堆帛书《德行》认为是有些"急"了。

由于君子的不贤之求,淑女没有轻许,结果使君子"哀窈窕,思贤才,而无伤善之心焉",也就是说,君子虽然很爱慕淑女的美色,[①]但受淑女贤才的感化,其内心急迫越礼的想法也没有了。用《孔子诗论》的话说,也就是"反纳于礼",也就是"以琴瑟之悦拟好色之愿"。诗中说到君子对淑女"琴瑟友之",这个"友"字也值得分析。郑笺云:"同志为友。"《周礼·地官》说,师氏掌教国子三行,"二曰友行,以尊贤良"。据此,"友之"宜带有尊敬贤良、学习贤良之意。因此,总的来说,"琴瑟友之"就是君子表示要与淑女共进于贤良之途。这也就是《孔子诗论》所谓"贤于其初也"。君子道德的这一增进是后妃带来的,所以《毛诗序》说此诗是歌咏"后妃之德"。《论语·八佾》载,子曰:"《关雎》乐而不淫,哀而不伤。"如果用《毛诗序》对《关雎》的分析来理解,则孔子的话也可以理解为"《关雎》之淑女悦君子而不淫其色,《关雎》之君子爱淑女而不伤其礼"。

《礼记·婚义》曰:"男女有别而后夫妇有义,夫妇有义而后父子有亲,父子有亲而后君臣有正,故曰:'婚礼者,礼之本也。'"《关雎》一诗所表现的也诚然是"男女有别而后夫妇有义"。

---

① 关于"哀"字,郑笺曰:"'哀'盖字之误也,当为'衷'。'衷'谓中心恕之,无伤善之心,谓好逑也。"余谓此"哀"不必改字。《吕氏春秋·报更篇》:"人主胡可以不务哀士。"高诱注:"哀,爱也。""哀窈窕"之"哀"亦爱也,言君子爱淑女窈窕之色也。《孟子·梁惠王下》载,孟子曰:"昔者大王好色,爱厥妃。""哀窈窕",亦好色之意。

三是议论政教善恶的诽政诗。诽政诗以态度分有美有刺,以作者分有贵有贱。颂美者,贱民之作佳于贵族。如《召南·甘棠》:

> 蔽芾甘棠,勿剪勿伐,召伯所茇。
> 蔽芾甘棠,勿剪勿败,召伯所憩。
> 蔽芾甘棠,勿剪勿拜,召伯所说。

此贱民之作,虽直白而情感真挚动人。贵族之作如《大雅·灵台》,则增饰颇多,是故艺术虽工而情感实弱。不过,若说到讽刺之作,则贱民所作思不能远,情不能深,不似君子所作一叶知秋,眼界大,感慨深。如《小雅·北山》写一大夫由自身之劳苦遂忧及天下之动荡,而谓:"溥天之下,莫非王土;率土之滨,莫非王臣。大夫不均,我从事独贤。"《王风·黍离》写周大夫行经故都,而云:"彼黍离离,彼稷之苗。行迈靡靡,中心摇摇。知我者,谓我心忧;不知我者,谓我何求。悠悠苍天,此何人哉?"小人忧衣食,君子怀天下,读此诗便不难知也。

四是表现战争和徭役的征役诗。中国古称万邦,及至春秋仅剩数十国,则民族之间兼并征战之繁可想而知。在长期的战争中,人们自然也就更加了解到和平的可贵。孔子编辑《诗经》也有意识地培养热爱和平的精神。至少,《诗经》中的战争诗具有这么几个特点:一者,不喜欢描绘战争的具体情形而喜欢描写战之馀。二者,喜欢描写馀之情。三者,喜欢描写情之哀。如《豳风·东山》,诗歌并不用力描写周公东征的具体情况,而是着力写胜利后,诗人西归途中思念故居以及妻子的悲慨。《小雅·采薇》也不屑于摹写战争经过,却极力渲染将士归家途中的感怀:"昔我往矣,杨柳依依。今我来思,雨雪霏霏。行道迟迟,载渴载饥。我心伤悲,莫知我哀!"《采薇》与《东山》都是《诗经》中十分动人的诗篇,时代不同,但手法与情调却颇一致。在《诗经》中也有一些情调热烈的战争诗,如歌咏商人灭夏、周人灭商及宣王中兴的诗篇,但这些诗篇往往反映着替天行道和外御其侮的精神,与单纯的好战思想不同。

与征役诗相联系,《诗经》中还有不少反映女子在家思念前方丈夫的思妇诗。著名的如《王风·君子于役》:

君子于役，不知其期。曷至哉？鸡栖于埘。

日之夕矣，羊牛下来。君子于役，如之何勿思！

君子于役，不日不月。曷其有佸？鸡栖于桀。

日之夕矣，羊牛下括。君子于役，苟无饥渴？

再如《卫风·伯兮》：

伯兮朅兮，邦之桀兮。伯也执殳，为王前驱。

自伯之东，首如飞蓬。岂无膏沐？谁适为容！

其雨其雨，杲杲出日。愿言思伯，甘心首疾。

焉得谖草，言树之背。愿言思伯，使我心痗。

从内容看，前者似为平民的作品，后者似为贵族的诗篇。后者修饰多，然却不及前者反以素朴被认为是先秦最好的思妇诗。

五是表现亲朋聚会的燕飨诗。我们中国人自古重视族群，是故表现亲朋好友间聚合酬答的诗作特别多。其源头也正可以追溯到《诗经》。《诗经》中的燕飨诗一方面表现着中国古人肯定现世生活的文化精神，一方面也体现着中国人的礼乐追求。《小雅·鹿鸣》便是一明证。

六是反映农业生产与祭祀的农事诗。周代社会以农业经济为主体，酿成了重农的文化传统，这些也直接反映在诗歌中。如《周颂》中的《臣工》《噫嘻》《丰年》《载芟》《良耜》等，以祭歌的形式反映出周人的农业生活和重农意识。《小雅》中的《甫田》《大田》以及《国风》中的《周南·芣苢》《魏风·十亩之间》《豳风·七月》等诗的描写则更具体而生动。《豳风·七月》既是《诗经》农事诗最杰出的代表，也是《国风》中最长的一首诗。全诗由春耕写到寒冬凿冰，反复咏叹，描绘了农人一年到头的劳动生活：除了繁重的农业生产，这些农人还要为贵族制衣、打猎、酿酒、修房、凿冰、服役，结果却劳而无获，缺衣少食。《毛诗序》认为："《七月》，陈王业也。周公遭变，故陈后稷先公风化之所由，致王业之艰难也。"此诗所反映的思想与周公在《无逸》中所表达的思想，确实也是较为一致的。

《诗经》的诗歌，因为大多起着箴谏现实问题的作用，因而具有极其浓郁的写实主义精神。写实与写意相对，前者直接描写现实的世界，后者描写臆想的时空，间接反映现实。《诗经》关切现实最突出的是风诗和雅诗，所以其关切现实的传统，后人喜欢称为"风雅"精神。风诗和雅诗的创作目的在于加强政教，所以其联系现实，不喜欢联系现实中稀奇罕见的内容，而喜欢描写日常生活。同时，为了使吟咏的政教思想更加强烈而直感，风诗和雅诗不喜欢叙述现实生活的具体事迹，而喜欢着重抒发诗人心中爱憎喜怒的人伦情感。在《诗经》中，真正的叙事诗是罕见的。有些诗篇具有一定的故事情节，也不过是为抒情言志提供一个合适的场景罢了。但是这样一来，就形成一个难题，就是诗歌所描写者过于平常琐细，如何能够吸引人、打动人呢？那些明清之际来华的传教士就经常责备《诗经》以下的中国诗枯燥乏味。其实，对熟悉古典文化的中国人来说，《诗经》中的大部分诗篇却没有那样枯燥。这一方面是因为《诗经》的语言形式具有很强的乐感，另一方面在于《诗经》的艺术手法很可以深化诗的意趣。

《诗经》的语言形式，总的说，喜欢营造和谐优美的音调。如《周南·芣苢》：

采采芣苢，薄言采之。采采芣苢，薄言有之。
采采芣苢，薄言掇之。采采芣苢，薄言捋之。
采采芣苢，薄言袺之。采采芣苢，薄言襭之。

诗的内容简单得不能再简单了。但正如清代方玉润《诗经原始》所言："读者试平心静气涵泳此诗，恍听田家妇女三三五五，于平原绣野，风和日丽中，群歌互答，余音袅袅，若远若近，忽断忽续，不知其情何以移而神之何以旷，则此诗可不必细绎而自得其妙焉。"这种和谐优美的音调，主要靠三种方式来营造。一是在措辞方面大量使用双声、叠韵、叠字等词语。二是在章法上采用连章复沓的形式，也就是一首诗中，各段落内容基本相同，而只是对应地更换几个词语。三是在韵律上，采取压韵的办法，而且压韵的方法特别灵活。一句之中，压韵的字可能在句首，压头韵；也可能在句中，压腰韵；也可能在句尾，压尾韵。如《陈风·

月出》：

> 月出皎兮，佼人僚兮。舒窈纠兮，劳心悄兮。
> 月出皓兮，佼人懰兮。舒忧受兮，劳心慅兮。
> 月出照兮，佼人燎兮。舒夭绍兮，劳心惨兮。

　　在一首诗中，竟将这三种压韵方式都用到了。而就句子之间的压韵关系来说，则又有连句压韵、隔句压韵、交错入韵几种形式。如《邶风·柏舟》："我心匪石，不可转也。我心匪席，不可卷也"，其中"石"及"转"与"席"及"卷"就属于交错入韵。说起来，压韵其实也是《诗经》留下的民族传统之一。至少，古希腊留下的西洋诗歌传统却是不压韵的。大概公元一世纪的时候，西迁的匈奴人把压韵的作风带入欧洲，日尔曼人诗歌乃开始压韵；随着日尔曼人南迁，压韵之风才在欧洲变得更加普及。但是直到十七世纪，英国诗人弥尔顿（Milton）还在《失乐园》序言中攻击写诗压韵是野蛮人的作风。但在中国，压韵的作风一直保存下来，因为中国人崇尚和谐，而压韵正可以使得诗歌的声效变得更加和谐悦耳。

　　《诗经》的艺术手法，前文已经说了，主要是赋比兴。兴的特点是借助景物来铺垫和暗示思想，比的特点是借助他物来强化和寄托思想，这两种手法恰好都可以将读者带入某种形象隽永的艺术情境之中，从而使得琐细的日常生活描写也能具有一定的诗味。譬如《王风·扬之水》：

> 扬之水，不流束薪。彼其之子，不与我戍申。怀哉怀哉，曷月予还归哉！
> 扬之水，不流束楚。彼其之子，不与我戍甫。怀哉怀哉，曷月予还归哉！
> 扬之水，不流束蒲。彼其之子，不与我戍许。怀哉怀哉，曷月予还归哉！

　　这首诗，首句比兴兼用，用流水载不动草木，比拟内心之沉婉，自然而感人。后来李清照的词，"只恐这双溪舴艋舟，载不动，许多愁"，手法与其相类。比兴之外,只采用赋的手法,有时也能十分感人。如《秦风·蒹葭》,全篇用赋,但意境优美,依旧有含蓄不尽之意。

由比兴所造成的含蓄和婉转,很容易使人联想到西方的接受美学。其代表伊瑟尔曾提出创作文本应具有"召唤结构",也就是应在文本中留下一系列的空白和不确定的点,由读者在阅读中填补和确定,从而使读者也参与到创作中来,并为其审美的创造性感到愉悦。《诗经》的比兴传统从外形来说,与"召唤结构"很像。但是西方美学的"召唤结构"实质还是一种竞争文化的产物,所谓填补也可以说就是读者与作者的一场战争。而对于中国人来说,玩味作者的比兴寄托,则是为了与作者的心灵相契合、相沟通,其结果是知音关系的建立。毋庸多言,中国古人的比兴寄托,需要有丰厚的中国文化知识与相关社会生活才能体贴得出。明清之际来华的传教士们之所以感到中国诗过于平淡,正是因为古代诗人留下的空白,他们意识不到,遂难以心动神摇,以致觉得无趣。

因表现现实而充实,因表现日常而质朴,因侧重抒情而深挚,因喜欢比兴而婉转,总的来说,这便是《诗经》留给后人的最主要的艺术精神。

四 《春秋》

《春秋》本是周代编年体记事史书的通称。《墨子·明鬼下》曾提到,墨子见过周之《春秋》、燕之《春秋》、宋之《春秋》、齐之《春秋》等。这给人的感觉好像是各个国家都可以制作《春秋》似的。其实则不尽然。

《孟子·滕文公下》说:"《春秋》,天子之事也。"《春秋》最早也只有周天子才可以制作,为的是及时掌握天下大事以便政治上的便宜处置。到了春秋时期,王权旁落,霸权迭兴。兴起的霸主如齐桓公、晋文公为了争霸的需要,也开始制作《春秋》。由此,制作《春秋》的国家才多了起来。其中,鲁国由于是周公的封国,道德礼法比较完备,所以制作《春秋》时措辞最为得体,并因而受到过韩宣子的称赞。孔子晚年回到鲁国后,也是以鲁之《春秋》为底本制作《春秋》。《说文》:"作,起也",指做了创始性的事情。匹夫而著史,这也是前所未有之事,所以孔子著《春秋》,自孟子起就称为"作"。

对于孔子作《春秋》，前人也表示过怀疑，但《孟子》与《史记》皆述有其事，似不宜轻易否认。事实上，《春秋》类的史书原是由史官专门传承的，如果不是孔子修订鲁之《春秋》并传给弟子，也许鲁之《春秋》早就和其他国家的《春秋》一样亡而无存了。又，《史记·太史公自序》载：

> 上大夫壶遂曰："昔孔子何为而作《春秋》哉？"太史公曰："余闻董生曰：'周道衰废，孔子为鲁司寇，诸侯害之，大夫壅之。孔子知言之不用，道之不行也，是非二百四十二年之中，以为天下仪表，贬天子，退诸侯，讨大夫，以达王事而已矣。'子曰：'我欲载之空言，不如见之于行事之深切著明也。'夫《春秋》，上明三王之道，下辨人事之纪，别嫌疑，明是非，定犹豫，善善恶恶，贤贤贱不肖，存亡国，继绝世，补敝起废，王道之大者也。《易》著天地阴阳四时五行，故长于变；《礼》经纪人伦，故长于行；《书》记先王之事，故长于政；《诗》记山川溪谷禽兽草木牝牡雌雄，故长于风；《乐》乐所以立，故长于和；《春秋》辨是非，故长于治人。是故《礼》以节人，《乐》以发和，《书》以道事，《诗》以达意，《易》以道化，《春秋》以道义。拨乱世反之正，莫近于《春秋》。《春秋》文成数万，其指数千。万物之散聚皆在《春秋》。"

正因为孔子作《春秋》立义如此，所以后人多谓《春秋》不重史而重义。如《庄子·天下篇》说："《春秋》以道名分。"至汉代，董仲舒甚至以《春秋》决狱。《汉书·艺文志》还著录有《公羊董仲舒治狱》十六卷，已佚。

孔子截取的《春秋》上起鲁隐公元年（前722），下至鲁哀公十四年（前481），共242年。为什么这样设置起止呢？《公羊传》云：

> 《春秋》何以始乎隐？祖之所逮闻也，所见异辞，所闻异辞，所传闻异辞。何以终乎哀十四年？曰："备矣！"

其实，这一解说等于没说。《春秋》止于哀公十四年者，是因为彼年鲁人猎得一兽，孔子往见之，以为麟也。麟，古人视为祥瑞，然出不当时,乃至殒命。这情形与孔子怀才不遇是有几分相似的,所以很使孔子伤感。刘向《说苑·贵德》载:"(孔子)睹麟而泣,哀道不行,德泽不洽,于是退作《春秋》。"①据此,《春秋》止于此年,应是感怀此年获麟之故。至于起于鲁隐公,是因为隐公与其父惠公及其弟桓公的故事很可以用来善善恶恶。《左传》隐公元年载:

> 惠公元妃孟子。孟子卒,继室以声子,生隐公。宋武公生仲子,仲子生而有文在其手,曰为鲁夫人,故仲子归于我。生桓公而惠公薨,是以隐公立而奉之。

这段事迹,《史记·鲁周公世家》记载稍异:

> 初,惠公適夫人无子,公贱妾声子生子息。息长,为娶于宋。宋女至而好,惠公夺而自妻之。生子允。登宋女为夫人,以允为太子。及惠公卒,为允少故,鲁人共令息摄政,不言即位。

依照周礼,诸侯是无权再娶妻子的;即使再娶,娶来的也只能算作是妾。据此来说,隐公、桓公皆是庶子,而隐公年长。按当时的继承法,自然应该立隐公为君。可是因为惠公生前已经立了桓公为太子,所以惠公死后,隐公并不愿意正式领受君位,而自称只是摄政。据《左传》及《史记》,隐公摄政十一年后,桓公已长大成人,鲁大夫羽父为谋求太宰之职,表示愿意为隐公杀掉桓公,隐公不听,并表示要还政给桓公。羽父担心桓公执政后会因此事报复自己,于是又跑到桓公那里,造谣说"隐公欲遂立,去子",最终征得桓公同意,遂派人刺杀了隐公。

据此,《春秋》从鲁隐公开始记事,是很耐人寻味的。一方面,通过隐公遭弑的悲剧,强调了人君严守礼法,尤其是端正夫妻关系的重要意义;另一方面,也批判了桓公不能谦让、唯利是图的不义。总而言之,在一开篇就定下大是大非。此外,春秋以王权失落,霸权迭兴为主要特征,而郑庄公小霸及其与周王室闹翻的事迹,也主要发生在隐公时代。

---

① 向宗鲁:《说苑校证》,中华书局 1987 年版,第 95 页。

所以《春秋》起于隐公，撰述方面的便利是很多的，不一而足。

《春秋》在内容上，多记征伐、会盟、朝聘、灾异以及婚丧嫁娶等事，与殷墟卜辞有些相类。在艺术上，《春秋》有几个特点十分鲜明，对后世文章创作影响也较为深远。

一是简练明晰。如《公羊传》庄公七年载："不修《春秋》曰：'雨星不及地尺而复。'君子修之曰：'星陨如雨。'"又如僖公十六年，经文载"春，王正月，戊申朔，陨石于宋五。是月，六鹢退飞，过宋都。"《公羊传》曰："曷为先言陨而后言石？陨石记闻，闻其磌然，视之则石，察之则五。是月者何？仅逮是月也。何以不日？晦日也。晦则何以不言晦？《春秋》不书晦也。朔有事则书，晦虽有事不书。曷为先言六而后言鹢？六鹢退飞，记见也，视之则六，察之则鹢，徐而察之则退飞。五石六鹢何以书？记异也。外异不书，此何以书？为王者之后记异也。"

二是严谨含蓄。《春秋》叙事，好用不同的措辞方式来婉转地褒贬历史，是谓微言大义，也称"春秋笔法"。譬如，宣公四年，经文载"郑公子归生弑其君夷"，这到底是何褒贬呢？《左传》解释说：

> 楚人献鼋于郑灵公。公子宋与子家（即归生）将见。子公（即公子宋）之食指动，以示子家，曰："他日我如此，必尝异味。"及入，宰夫将解鼋，相视而笑。公问之，子家以告，及食大夫鼋，召子公而弗与也。子公怒，染指于鼎，尝之而出。公怒，欲杀子公。子公与子家谋先。子家曰："畜老，犹惮杀之，而况君乎？"反谮子家，子家惧而从之。夏，弑灵公。书曰："郑公子归生弑其君夷"，权不足也。君子曰："仁而不武，无能达也。"凡弑君，称君，君无道也；称臣，臣之罪也。

又如，昭公四年，经文载："秋，七月，楚子、蔡侯、陈侯、许男、顿子、胡子、沈子、淮夷伐吴，执齐庆封，杀之。"《谷梁传》解释说：

> 此入而杀，其不言入，何也？庆封封乎吴钟离。其不言伐钟离，何也？不与吴封也。庆封其以齐氏，何也？为齐讨也。灵王使人以庆封令于军中曰："有若齐庆封弑其君者乎？"庆封曰："子一

息,我亦且一言。"曰:"有若楚公子围弑其兄之子而代之为君者乎!"军人粲然皆笑。庆封弑其君,而不以弑君之罪罪之者,庆封不为灵王服也,不与楚讨也。《春秋》之义,用贵治贱,用贤治不肖,不以乱治乱也。孔子曰:"怀恶而讨,虽死不服。"其斯之谓与!

范宁集解:"传例曰:'称人以杀大夫,为杀有罪。'今杀庆封,经不称人,故曰'不以弑君之罪罪之'。"据《孔子世家》载,孔子"为《春秋》,笔则笔,削则削,子夏之徒不能赞一辞",可见孔子这一套笔法用得十分精熟。

孔子作《春秋》而用微言,不得已也。《春秋》一书贬天子,退诸侯,讨大夫,所批判者多是当时贵族尤其是鲁国贵族们的先人,不微言,将无法立足于鲁,更何谈在鲁传授其教化呢?司马迁《史记·匈奴列传》论赞谓:"孔氏著《春秋》,隐、桓之间则章,至定、哀之际则微,为其切当世之文而罔褒,忌讳之辞也。"又,《荀子·子道篇》载:

> 子路问于孔子曰:"鲁大夫练而床,礼邪?"孔子曰:"吾不知也。"子路出,谓子贡曰:"吾以为夫子无所不知,夫子徒有所不知。"子贡曰:"汝何问哉?"子路曰:"由问:'鲁大夫练而床,礼邪?'夫子曰:'吾不知也。'"子贡曰:"吾将为女问之。"子贡问曰:"练而床,礼邪?"孔子曰:"非礼也。"子贡出,谓子路曰:"女谓夫子为有所不知乎?夫子徒无所不知!女问非也。礼:居是邑,不非其大夫。"

可见古礼如此,孔子居鲁而作《春秋》自不当明文指斥鲁君子之恶。至于其微言之意,亦只肯口授七十弟子。如班固《汉书·艺文志》云:

> 周室既微,载籍残缺。仲尼思存前圣之业,乃称曰:"夏礼吾能言之,杞不足征也。殷礼吾能言之,宋不足征也。文献不足故也,足则吾能征之矣。"以鲁周公之国,礼文备物,史官有法,故与左丘明观其史记,据行事,仍人道,因兴以立功,就败以成罚,假日月以定历数,藉朝聘以正礼乐。有所褒讳贬损,不可书见,口授弟子。弟子退而异言。丘明恐弟子各安其意,失其真,故论本事以作传,

明夫子不以空言说经也。

孔子口授众弟子之说,可信,然其言必浅。其深邃者,盖唯授子夏。故《孝经》载:"孔子曰:'《春秋》属商。'"左丘明辅助孔子修《春秋》,故亦知之。所不同者,左丘明著《左氏春秋》(即《左传》)主要阐述《春秋》褒贬之事,而子夏则主要传述《春秋》褒贬之义。其后则有《谷梁传》和《公羊传》。唐杨士勋《春秋谷梁传注疏》云:"谷梁子名淑,字元始,鲁人。一名赤。受经于子夏,为经作传,故曰《谷梁传》。传孙卿。"据唐徐彦《春秋公羊传注疏》所引戴宏之说:"子夏传与公羊高,高传与其子平,平传与其子地,地传与其子敢,敢传与其子寿。至汉景帝时,寿乃共弟子齐人胡毋子都著于竹帛。"据二人之说,《谷梁传》《公羊传》都传自子夏,《谷梁传》先成书。不过,二传讲《春秋》大义时或不同,所以也有人怀疑不是同出子夏。其实,按班固的说法,孔子死后,其弟子讲《春秋》大义也不相同。这种不同的产生恐怕在于老师口述有详略,而弟子记忆有强弱,理解有深浅,发挥有远近,后世传抄又难免讹误,因此二传有不同,不足为怪。《谷梁传》《公羊传》与《左传》合称"春秋三传"。其中,《谷梁传》与《公羊传》文字比较平实,而《左传》则在战争描写、外交辞令以及人物塑造等方面为后世文学创作建立了典范。《国语》相传是左丘明为著《左传》而收集的记言史料的汇编,文风质朴,号称"春秋外传"。

三曰体护人情。《春秋》是依据大义而微言之的。不过,孔子在《春秋》中并不是只道出个理念,让人遵行而已;事实上,也是很体护人情的。曰体护,就不但是体,也不单是护,而是用道义去会通人的情感,打通人的心路。如鲁昭公八、九年,经文载:

> 冬,十月,壬午,楚师灭陈,执陈公子招,放之于越。杀陈孔奂。葬陈哀公……
>
> 夏,四月,陈火。

关于第一件事的记载,《谷梁传》解释为:"恶楚子也。"晋范宁集解谓:"恶其灭人之国,放有罪之人,反杀无辜之臣,故实是楚子而言师。"

关于第二件事的记载,《谷梁传》解释为:"不与楚灭,闵公也。"范宁集解谓:"灭国不葬,闵楚夷狄以无道灭之,故书葬以存陈。"

关于第三件事的记载,《谷梁传》解释说:"国曰灾,邑曰火。火不志,此何以志?闵陈而存之也。"如果说前两件事,孔子笔之还是为了彰显大义,与情感无关,那么记载第三件事,就不能说不是专属于表现"情"了。所以,只有不了解《春秋》的人,才会说那只是一部断烂朝报;如果肯深入地去读,去感受,《春秋》就不仅有严谨的政治规范、人生准则,而且还有着孔子深沉的历史情感与其光辉的人性精神,是永远值得我们后人感怀与深思的。

《春秋》的文学价值,今人一般都不太重视,但历代的文豪差不多都喜欢从中汲取文章写作的营养。即使在鲁迅的杂文中,我们也经常可以感受到《春秋》的气息。至于《拟预言——一九二九年出现的琐事》,更是鲁迅直接模拟《春秋》笔法而创作的杂文佳作。

第三节　汉文学之父

六经被孔子整理之后,一般的人多强调孔子的贡献。其实,在六经当中,还隐然存在着另一个伟大人物的身影。这个人便是周公。

据古人之说,周公曾为周室制礼作乐,所以《礼》《乐》二经有周公的影响,不必多言。至于《诗》《书》,其中正多周公的文辞,而且都是杰作。又,《左传》昭公二年载:

> 春,晋侯使韩宣子来聘,且告为政,而来见,礼也。观书于太史氏,见《易象》与《鲁春秋》,曰:"周礼尽在鲁矣,吾乃今知周公之德与周之所以王也。"

鲁国有《春秋》,应是春秋时期的事情。韩宣子感慨周公之德,应是《鲁春秋》记事较他国更合乎周公礼乐精神之故。杜预注说"《鲁春秋》,史记之策书。《春秋》遵周公之典以序事",这是对的,因为周朝的礼乐既然是周公制定的,那么周王室也好,各邦国也好,其制作《春秋》自然就应当将周公的精神贯彻其中。而鲁国既然是周公的封国,本来就以继承和发扬周公精神为其孝行,其史书遵循周公之德,就更是不难推想的了。综合这些情况,亦可见周公与六经关系之深刻与广泛了。孔子说过:"周监二代,郁郁乎文哉,吾从周。"而周的文化主要是周公损益夏商而成就的。从周,主要就是从周公。孔子又曾感慨:"甚矣吾衰矣,久矣吾不复梦见周公。"从这些心仪之辞,也不难看出孔子心目中周公之伟大。据史籍所载,武王死后,周公曾摄政。也有人相信周公曾经称王。不过,周公毕竟不是真正的王者,终归还只是臣的身份。也正因为这一点,在历史上,他的地位反不及文王与武王崇高。如《礼记·中庸》说"仲尼祖述尧舜,宪章文武",《汉书·艺文志》也说儒者"祖述尧舜,宪章文武,宗师仲尼",周公竟然都是可以忽略不提的。还是《淮南子·要略》的说法客观一些,以为"孔子修成、康之道,述周公之训,以教七十子。使服其衣冠,修其篇籍,故儒者之学生焉"。然而将平庸的成王、康王放在周公之前,也还是名位思想作怪,良非实际。

《史记·鲁周公世家》载:"周公旦者,周武王弟也。自文王在时,旦为子孝,笃仁,异于群子。及武王即位,旦常辅翼武王,用事居多。"灭纣之后,周公受封于鲁,乃使其子伯禽就国,自己则留在朝中辅佐王室。其子孙在朝中承袭爵位者,亦世称周公。周公旦是我国历史上有确凿事迹可说的第一位圣人。他死后谥曰文,故后世或称之为"周文公"。

周公在文学上的成绩主要有两方面:一是将诗歌设计进礼乐生活当中,并使之占有相当重要之位置;一是其自身的文学创作有高度的成就及深远的影响。

将诗歌糅合进礼乐生活,并不始于周公;但周公踵事增华,并使之成为严密的制度,实在是贡献最大。各种祭祀与燕享活动,多少都糅合进一些诗歌的唱诵,此其一。建立采诗制度,使各地庶民可以学诗,赋诗,并凭此参与举贤,此其二。命太师陈诗,使天子不下堂而知天下政教之好坏,此其三。命内史藏诗而读之,使千百年下,后人犹能得闻前贤之说,此其四。使数千年来蛮野人因诗教而成为文质彬彬之民,此其五。使华夏艺术不尚虚妄,而人生亦鄙夷粗陋,此其六。有此六者,功莫大焉。

周公的文学作品,有一些是他的言论为史官记录而形成的,有一些是他自己写就的。前一类虽是史官所录,但显然不可能不经周公过目和审定。所以总的来说,也应视作周公的作品。这些作品,按体裁则有散文与诗歌之分。

先说散文。

据《史记》中的《周本纪》以及《鲁周公世家》,武王十一年,伐纣,周公辅佐武王,作了《牧誓》;武王病,周公祝祷,史书其辞为《金縢》;平三监与武庚禄父叛乱前,作了《大诰》;诛杀武庚禄父后,封微子于宋,作了《微子之命》;居东土平叛未归时,唐叔得禾,成王命献周公,周公作了《归禾》《嘉禾》;其后封康叔于卫,又作《康诰》《酒诰》《梓材》以申诫之;洛邑建成前后,又分别作了《召诰》《洛诰》;迁殷顽民于洛后,又作了《多士》《无逸》;东伐淮夷、残奄,回到宗周作了《多方》,回到丰邑作了《周官》《立政》。据《史记·燕召公世家》,周公摄政时为解召公之疑,还曾作《君奭》。这十七篇文章,并非有意精心构撰。就后世眼光审之,文学的美感或者不是特别的动人,而且由于词句佶屈聱牙,更令一般人难以卒读。即使如此,这些篇章在中国文学史上依旧具有很高的地位。

第一,其思想成熟,体现了殷、周思想从迷信天命到崇尚礼制的转移。由于周公博学多识,对天人之际又有着非常透彻的理解,所以这些文章读起来,不免令人心生钦敬。

第二,其视野深远。周公的这些文章和言论,都是针对现实问题而发,但字里行间显示着作者的思想意识,绝不是肤浅地停留在眼前的问题上,而是一边总结历史,一边规划未来。就像老和尚在深山建寺,一定是想方设法要让禅林的香火有千年之旺。罗素曾说:"中华民族是世界上最有忍耐力的民族;当其他民族在考虑几十年的事情时,他却目光长远地考虑到几个世纪以后。"①毫无疑问,中国人这种深邃的品格在周公的散文中已有着非常鲜明的体现。

再说诗歌。

周公的诗作较之他的文章,具有更高的艺术才华,影响也非常深远。就目前所见各种资料来看,战国屈原以前,留下诗歌作品最多的就是周公。传世文献中,如《诗经·豳风》里面的《七月》与《鸱鸮》,《小雅》中的《常棣》,《大雅》中的《文王》,《周颂》中的《清庙》《时迈》《思文》都曾

---

① [英]罗素著,杨发庭译:《罗素论中西文化》,北京出版社 2010 年版,第 35 页。

被认为是周公之作。此外,《周颂》中的《武》《维清》《赉》《酌》《昊天有成命》《桓》这六篇很可能就是周公奉武王之命所作的《大武》。这些诗篇是否为周公所作,五四以前就不乏质疑;五四新文化运动之后,就更少有人相信了。不过,仅从文献考证方面来说,有关周公作诗的传统说法,还是不宜轻易否认的,尤其随着近世出土文献的整理,使我们知道,在这十三首诗歌之外,周公还有其他一些诗作。

譬如,在清华大学藏战国竹简《耆夜》中,人们又发现周公三首诗作。《耆夜》记载的是周武王八年,毕公伐耆获胜,武王在文王太室举行饮至典礼,君臣饮酒作歌的事情。由于简文提到"作策(册)逸为东堂之客",所以不妨认为这篇文献最早是作册逸所记。简书共记载歌诗五首。先是武王致毕公的诗,曰《乐乐旨酒》。其后,是武王致周公的诗,曰《輶乘》。其后,是周公致毕公的诗,曰《英英》。其后,是周公致武王的诗,曰《明明上帝》。其后,"周公秉爵未饮,蟋蟀跳降于堂",周公又作歌,曰《蟋蟀》。三首诗中,《蟋蟀》的思想性与艺术性最高,而且因为是即兴所作,也证明周公可谓诗才横溢。除了《耆夜》,清华简《周公之琴舞》又载诗歌九首,或以为是周公归政后,成王嗣位典礼上所应用的乐歌,虽然其中有一些诗歌采取了王者的口吻,但不能排除是周公代为拟作的。将这些诗歌与传世文献所载周公之诗合计,周公今存诗歌二十首左右。这个数目与现存屈原名下的辞赋在篇数上相去不远。

通观周公名下的这些诗篇,从个人的抒情言志到国家的典礼歌咏,题材不一,功用不同,而能各尽其美,显示了较高的艺术功力,并且其影响也很深远。周公的诗作,尤其是《大武》诸诗,在德行上是古人的典范,对今日也有深刻的启发,但若论到感情的丰富鲜明,则不能不数《蟋蟀》和《鸱鸮》。前者居安思危,后者居危思安,前者深沉,后者慷慨:使我们了解到周公不但理性超绝,而且感情也率真、雄深。

总的来看,周公能诗能文;诗文之外,还有采诗制度这样影响深远的文学建设。其文学贡献具有时间早、作品多、影响大的特点。且中国传统文化是以孔子为主流,而孔子主要又是绍述周公的。因此,中国传统文学的主流精神,也竟可以说就是周公精神的流衍。就这些情况来看,谓周公为汉文学之父,岂不是很适当的吗?

第四节　诸子文源流

　　所谓诸子文,也就是思想家用来说理的文章。一般认为,诸子文兴起于春秋后期;只不过有些人从老子开始讲,有些人则从孔子开始讲。不从老子开始讲,是因为怀疑老子的《道德经》是战国人伪托的。现在来看,这种说法不甚可信。在班固的《汉书·艺文志》中,老子以前也还有不少子书,可惜这些书籍要么没有留下来,要么出于后人的伪托,实在难以详论。

　　至于诸子文自春秋后期兴起的原因,则大致有以下几个方面:其一是到了春秋后期,随着社会生产的发展,有更多的人从体力劳动中解放出来,形成了游学于四方以求仕进的游士阶级。其二是到了春秋后期,大量王官贵族在统治阶级的内部斗争中失去了官职与爵位,或沦为庶民,或奔走于他乡,从而将其原本家族世传的、常具有垄断性质的文化知识扩散到其他地域与民众中间。其三是到了春秋后期,以往的历史文化得到了比较集中的总结与整理。先是有孙武总结战争经验,著成《孙子兵法》八十二篇,其精要者有十三篇;几乎同时,又有老子总结了前人形而上学的思考,著成了《道德经》;稍后,则又有孔子整理了六经。其四是到了春秋后期,民间私学也有了较大的发展。这些因素综合在一起,诸子散文也就从春秋后期开始逐渐兴盛起来。

　　客观地说,每一时代都有思想家及其文章产生,但先秦两汉思想家的文章,一者产生时代比较早;二者文学性比较高;三者对后世的影响比较大,所以也就常常成为汉文学史关注的重点。

　　先秦的诸子文,若按文体的时代特点,大致可分为三个发展阶段:最初是语录体,其后为对话体,再后为专论体。语录体是对思想家言行的简单的记录,流行于春秋末、战国初,代表作有《论语》,实际也可以包括《老子》。对话体是以人物对话的方式论辩某一事理,流行于战国中期,代表作是《孟子》《庄子》。专论体是能够运用各种议论方法紧紧围绕某一话题深入展开论证的议论文,流行于战国后期,《荀子》《韩非子》《吕氏春秋》是其代表作。自然,这种划分也是相对的。譬如,《孟子》与

《庄子》中的某些篇章已近乎专论；而像《墨子》一书，由于是墨子后学汇编的，因而各阶段文体都有所体现。至于墨子本人，因为在持论中注意有所本（历史经验）、有所原（现实经验）、有所用（现实功效），并善于运用比喻和类比推理，因而其语录已往往具有专论体的趋向。

先秦的诸子文，若按文采的强弱，亦可分为三个派别。道家之文，可说是文胜质；墨家、法家、杂家之文，可说是质胜文；儒家之文，则可说是文质彬彬。三派中，《孟子》之文犀利，《庄子》之文恣肆，《荀子》之文浑厚，《韩非子》之文峻峭，遂被郭沫若誉为战国散文的四大台柱。

至于秦汉时期的诸子文，则大致可分成四个阶段。

第一个阶段从秦统一到汉武帝前，属于大动乱后新王朝的上升时期。这时候的诸子文注重融通，在思想上以建设新文化、新制度为主，不像战国诸子总是忙于相互批判，但他们在艺术上则大多继承了战国诸子的文风，笔法活泼，感情横溢。李斯（？—前208）、陆贾、贾谊（前201—前168）、晁错（前200—前154）为其代表。李斯，字通古，楚上蔡（今河南上蔡县）人。秦统一后，始皇喜巡游，所至多刻石纪功。而峄山、泰山、琅琊山、之罘、碣石、会稽六处刻石皆出自李斯之手，虽体乏弘润，但文辞清峻而气魄雄伟，汉魏碑铭，莫不被其遗泽。陆贾是刘邦手下著名的辩士，尝融合儒法黄老之说，为刘邦著文陈说秦亡汉兴的原因以及治国安邦的道理，刘邦读了觉得很新鲜，号其书为《新语》。贾谊，洛阳（今属河南）人。他年少时颇得文帝赏识，而后却遭谗而贬官在外。他的文章可以分为两类：一类是史论，以《过秦论》三篇最为有名；一类是时论，如《论积贮疏》和《陈政事疏》。后者又名《治安策》，写于在梁国任太傅之时，是贾谊最光辉照人的文章。文帝之时，海内号称清平，但贾谊《治安策》却指出在中央与地方、华夏与匈奴、商人与农民的关系中隐含着巨大的社会危机，并据此提出削藩、强边和抑商三大国策。其首章谓："臣窃惟事势，可为痛哭者一，可为流涕者二，可为长太息者六，若其它背理而伤道者，难遍以疏举。"全篇即在可为痛哭、可为流涕、可为长太息的情感氛围中展开其议论，因而不惟目光深刻，文辞讲究，而且情感亦颇动人，遂成为历代奏疏的典范之作。晁错，颍川（今河南禹县）人。景帝时为御史大夫，因力主削藩，激起吴楚七国之乱而被景帝腰斩于市。他的时政文章不及贾谊的文章辞采灿然，然而却更沉实可用。

第二个阶段从武帝时期到西汉末,属于汉王朝的发展期。彼时随着中央集权进一步加强,不仅儒家经学确立了独尊的政治地位,而且阴阳灾异以及谶纬之学也逐步发展起来,所以这一时期儒家经师引经据典、坐而论道的文风也就逐渐成为主流。董仲舒(前179—前104)、桓宽、刘向(前79—前8)、扬雄(前53—18)等人的作品便多属此类。董仲舒,广川(今河北景县广川镇)人。元光三年(前134),武帝下诏求贤良文学之士而问以国要,舒乃献《贤良对策》三篇,提出革除秦弊、德刑并用,罢黜百家、独尊儒术,天人感应、春秋一统的政治主张。文章议论深宏,却不像董仲舒其他文章那么艰涩;辞句素朴,却又雍容典雅。因为所谈多涉及天人关系,所以又号称《天人三策》。桓宽,生卒年不详,字次公,汝南(今河南上蔡西南)人。所撰《盐铁论》六十篇,记载着昭帝始元六年(前81),贤良文学之士与御史大夫桑弘羊、丞相田千秋讨论盐铁官营、酒类专卖等问题的言辞;由于所载论辩十分生动,被郭沫若誉为"对话体的历史小说"。刘向,是西汉后期著名的经学家,所写《谏营昌陵疏》等奏章大多情理深切;此外,他整理国家图书时所写的书录,往往简练明晰而又从容畅达,亦很受后人推崇。扬雄的成就主要在辞赋方面,虽然他写了不少思想著作,但多出于模拟,文学上亦乏善可陈。与经师文风相并行的,自然也有其他一些风格。尤其武帝时期,文章最盛。彼时,司马相如的文章呈现出辞赋化的文采;刘安(前179?—前122)及其门客所撰《淮南子》则或如《离骚》般奇幻,或如《庄子》般汪洋,或如纵横家般善于驰骋其辞;此外,像东方朔《答客难》以及司马迁《报任安书》一类的文章,善于借对答或者书信来议论时事并抒发郁积不平之气,在文学史上也都很有影响。

第三个阶段是东汉统治的前期。彼时,儒家经学已变得十分繁琐且不能博通;而好言神谕、灾异的谶纬之学更是将儒学搞得乌烟瘴气,是故先后有桓谭和王充出来正本清源,力矫其弊。桓谭(?—56?),字君山,沛国相(今安徽淮北)人,尝因劝谏光武帝禁抑谶纬而险遭杀害。所著《新论》也以反对谶纬迷信为主,可惜至今只留下断片之说。王充(27—96?),字仲任,会稽上虞(今属浙江)人。尝受业太学,师事扶风班彪,后归乡里,屏居教授。王充之时,由于汉章帝组织班固等人编撰了《白虎通义》,使得谶纬迷信之说不仅没有受到打击,反而进一步得到强化。而王充是崇拜桓谭的,所以他不仅不附和朝廷的做法,反倒著了一部《论衡》来"疾虚妄"和"求实诚"。全书善于融贯百家之说,最大的特点是敢于自由批判,不仅敢于批判汉代谶纬,而且敢于批判汉代一切经师俗儒之说,并上及孔、孟与其他先贤诸子。除此之外,《论衡》还对当时辞赋"华而不实,伪而不真"以及喜欢模拟抄袭的作风进行了批判,并且强调著述文章应"劝善惩恶""匡济薄俗"。他的这部书,虽然没有什么特别的文采,但清新平易,确实倒合乎他自己的文学主张。

第四个阶段是东汉统治的后期。彼时外戚与阉宦交替乱政,朝纲不振,民生凋敝,朝野清议之风遂起,而发愤斥时之作渐多。此前王充的《论衡》虽也问孔刺孟,但主要还是想剥去汉儒强加给先贤的谶纬迷信的外衣,对于孔子及经学本身还是很尊崇的;而东汉后期的子书对传统的批判要更加严厉,所提主张也更加通脱务实。譬如王符的《潜夫论》提出"夫士者贵其用也,不必求备",这实际已为曹操的"唯才是举"做了思想上的铺垫。又如崔寔不仅不顾世人之讥,以酿酿贩鬻为业,而且所著《政论》还强调:"今既不能纯法八代,故宜参以霸政,则宜重赏深罚以御之,明著法术以检之。"又,东汉后期的子书普遍讲究骈俪文饰,艺术性要远较前期为高。仲长统(180—220)的《昌言》尤可举为代表。

汉魏以后,文学日渐走向独立,思想家做说理文而能够文采粲然的,虽然也不是没有,但已不能作为一个时代的特点,像先秦两汉的诸子文一样,受到人们永久的追念了。

第五节　孔孟荀之文

孔子(前551—前479),名丘,字仲尼,鲁国昌平乡陬邑(今山东曲阜东南)人。其六世祖孔父嘉,原是宋国的大司马,后为宋太宰华父督所谮所杀,子孙辗转流亡至鲁。其父叔梁纥,尝以勇力闻于诸侯,后与颜征在"野合"而生孔子。孔子生三岁而丧父,十四五岁丧母,乃有志于学。《论语·子罕》载,孔子自云:"吾少也贱,故多能鄙事。"《孟子·万章下》载:"孔子尝为委吏矣,曰,'会计当而已矣。'尝为乘田矣,曰,'牛羊茁壮长而已矣。'"孔子十九岁,娶宋并官氏女为妻。一年后有子,鲁昭公赐其鲤鱼,因名其子曰鲤。鲁昭公还曾资助孔子到周王室游学问道。三十岁之后,孔子弟子弥众,声名传播弥远。三十五岁,鲁国内乱,孔子游仕齐国,齐景公爱敬之而弗能用。次年,孔子返鲁,继续兴办私学。彼时鲁国孟孙氏、叔孙氏和季孙氏三家专权,其家臣执国命,而孔子是孟僖子的老师。季平子为打击家臣且笼络孟僖子,不得已而起用孔子。自五十一岁起,孔子先后担任过中都宰、司空、大司寇等职;后又摄相事,遂欲堕季孙氏、叔孙氏、孟孙氏三家之私邑以削其势。季孙氏和叔孙氏的私邑都已被摧毁,但孟僖子却接受其家臣的建议,默许其反抗,故而孟孙氏私邑终未能毁。这时,季平子一方面收回了被家臣篡夺的权力,一方面对孟僖子和孔子产生了疑忌。而齐国见鲁用孔子而渐有强盛之势,遂送来女乐以惑乱鲁国。果然,鲁定公及季孙氏沉迷女乐之中。季平子更故意失礼于孔子,孔子遂被迫离开鲁国,从五十五岁至六十八岁,奔波于卫、陈、曹、宋、郑、蔡、楚等国之间。后来,季康子在冉有建议下,迎孔子回鲁,且尊为国老。从此,孔子专心整理六经以传其政教,终年七十三岁。[①]

　　孔子的文学贡献,主要是编辑了六经。六经的文学成就与影响,前文已进行了讨论。此外,孔子还有很多言论,载于《论语》《孔子家语》及《孔丛子》中。其中,《论语》最受人们的重视。班固《汉书·艺文志》说:"《论语》者,孔子应答弟子、时人及弟子相与言而接闻于夫子之语也。当时弟子各有所记,夫子既卒,门人相与辑而论纂,故谓之《论语》。"至于《孔子家语》,据今本所附西汉中叶孔安国的序,"《孔子家语》者,皆当时公卿士大夫及七十二弟子之所咨访交相对问言语也。既而诸弟子各自记其所问焉,与《论语》《孝经》并时。弟子取其正实而切事者,别出为《论语》,其馀则都集录之,名之曰《孔子家语》。"可惜的是,此书虽经过孔安国的整理,但一直到三国年间,才由魏国的王肃作注而始流行于世。《孔丛子》是孔氏家乘,主要记载孔子及子思、子上、子高、子顺、子鱼等人的言行,大约编定于汉魏之际。就文学性而言,《孔丛子》不及

---

① 参见钱穆《孔子传》,三联书店 2002 年版;蔡尚思《孔子思想体系》,上海人民出版社 1982 年版。

《家语》,《家语》不如《论语》。

《论语》主要反映孔子的思想。其思想以仁为体,以礼为用,以乐为辅,以义求时中。据《论语》,子曰"仁者,人也",此言仁为人之属性。子曰"仁者爱人",此言仁之内容。有子曰"孝弟也者,其为仁之本欤",此言仁爱之根源。曾子曰:"夫子之道,忠恕而已矣。"这"忠恕"便是仁爱的细目。朱熹《四书集注》谓:"尽己之谓忠,推己之谓恕。"尽己就是尽己之性;推己,从积极方面说,便是"己欲立而立人,己欲达而达人",从消极方面说,就是"己所不欲,勿施于人"。这些仁爱的细目,任何人都不难做到,所以孔子说:"我欲仁,斯仁至矣。"然而,要长久做到这一点,却又是很难的,所以孔子又常感慨:"我未见好仁者。"仁作为一种爱,若不加调理,泛滥无所归一,反过来也会对人的生活造成戕害。有鉴于此,孔子又提倡礼乐:一方面强调用礼来约束人的情感,要求"非礼勿视,非礼勿听,非礼勿言,非礼勿动",所谓"克己复礼为仁";[①]一方面强调用诗来启迪仁心,用乐来涵养仁性,所谓"兴于诗,立于礼,成于乐"。《韩诗外传》卷五载:

> 孔子学鼓琴于师襄子而不进。师襄子曰:"夫子可以进矣。"孔子曰:"丘已得其曲矣,未得其数也。"有间,曰:"夫子可以进矣。"曰:"丘已得其数矣,未得其意也。"有间,复曰:"夫子可以进矣。"曰:"丘已得其人矣,未得其类也。"有间,曰:"邈然远望,洋洋乎,翼翼乎,必作此乐也!黯然而黑,几然而长,以王天下,以朝诸侯者,其惟文王乎!"师襄子避席再拜,曰:"善!师以为《文王之操》也。"故孔子持文王之声,知文王之为人。

此即孔子成于乐之实例。可见,在孔子那里,仁爱是依赖礼乐来引导的一种爱。作为一个熟悉历史的思想家,孔子也认识到,时代不同,用来维护仁爱的礼乐便也要有所变化。所以孔子讲仁又离不开"义",义者,是仁爱礼乐具体而适宜的运用,求的是"时中",即切中时代之需。《学而》载:

---

① 《左传》昭公十二年载:"仲尼曰:'古也有志,克己复礼,仁也。'"

子张问:"十世可知也?"子曰:"殷因于夏礼,所损益,可知也;周因于殷礼,所损益,可知也;其或继周者,虽百世可知也。"

所谓损益,亦即今日所言之扬弃,正是寻求礼乐建设合乎"时中"的具体办法。很显然,有了"时中"之义的参与,仁爱就不是一种形而上学的爱,不是基督教追求的那种圣爱,而是要在实践中充分发挥仁者聪明才智的、具体的、带有辩证性质的爱。不过,孔子的仁爱还不是彻底的辩证的爱,如《礼记·大传》言圣人之治:

立权度量,考文章,改正朔,易服色,殊徽号,异器械,别衣服,此其所得与民变革者也。其不可得变革者则有矣,亲亲也,尊尊也,长长也,男女有别,此其不可得与民变革者也。

所谓亲亲,尊尊,长长,也正是仁爱的具体要求。在孔子以及一般儒者看来,不管仁爱的形式怎么变,仁爱中的等级伦常是不能变的。对于孔子及儒者的这种思想,有人喜欢,有人反对。战国初期的墨子就不怎么喜欢,因而提出了"兼爱"的主张,极大地弱化了人际情感的等差性,以至于孟子骂他"无君无父,是禽兽也"。从人类的历史来看,等级制是很难在人类的生活中完全清除掉的。即使表面上清除了,暗地里也还会以各种各样的形式存在着。孔子所讲等级制的优点,一方面在于,他认可的等级制是活的,即使君位也应该是有德者居之,无德者去之;另一方面在于,他认为人不管处于什么等级,都应服从于道德,假使君父的意志是错的,恶的,不合乎道德的,臣子也可以违拗而无需服从。此之谓"君子成人之美,不成人之恶"。从孔子之后的历史实践来看,孔子的这两点想法,不是没有一点影响;但大多数情况下,是过于理想化了。

孔子是在平凡的现实中追求超越的。其后学编撰《论语》,也很注意在平常而简洁的语言中蕴涵深远的意境。如下面两则语录:

颜渊喟然叹曰:"仰之弥高,钻之弥坚;瞻之在前,忽焉在后。

夫子循循然善诱人,博我以文,约我以礼,欲罢不能。既竭吾才,如有所立卓尔,虽欲从之,末由也已。"(《子罕》)

　　子曰:"贤哉,回也! 一箪食,一瓢饮,在陋巷,人不堪其忧,回也不改其乐。贤哉,回也!"(《雍也》)

　　前者是颜渊对孔子的赞美,其中"仰之弥高,钻之弥坚;瞻之在前,忽焉在后"几句,本身就富于描写性。这种描写,我们今日看来近乎迷信,但却属于实写。盖孔子为"圣之时者",周流六虚,无所凝滞,自然不是可以静观的,也自然会使人觉得追赶不及。至于"仰之""钻之","在前""在后","博我""约我"云云,在形式上又构成对仗、排比,不仅铿锵悦耳,也显示出颜渊对老师的无限爱戴。《庄子·田子方》中也有一段类似的描写:

　　颜渊问于仲尼曰:"夫子步,亦步;夫子趋,亦趋;夫子驰,亦驰;夫子奔逸绝尘,而回瞠若乎后矣!"夫子曰:"回,何谓邪?"曰:"夫子步亦步也,夫子言亦言也;夫子趋亦趋也,夫子辩亦辩也;夫子驰亦驰也,夫子言道回亦言道也;及奔逸绝尘而回瞠若乎后者,夫子不言而信,不比而周,无器而民滔乎前,而不知所以然而已矣。"

　　这段文字也是富于文学性的,而且通过颜渊和孔子的对话来阐释颜渊追随孔子的感受,更具体更细致,但熟味其言,似不如《论语》所载更加深邃,更有意境。至于孔子对颜渊的赞美,如果从达意的角度,也只需记为:

　　子曰:"回,箪食瓢饮,在陋巷不改其乐,贤。"

　　这样改,只是去除了孔子的感慨语气,然而颜渊的风神不见了,孔子的风神也不见了。可见,原文很有修辞之妙。譬如,"贤哉,回也"的感叹前后呼应,一方面突出了颜渊的"贤",一方面也描绘出孔子对颜渊的"爱",结构上也很完满。至于两个"一"连用,既是描写,同时又构成形式上的对偶与排比,令人印象深刻,又很匀称。但最好的还是"人不堪其忧"这一句。从思想上说,"不忧"乃是孔门的家法。子曰:"仁者不忧。"仁者非无忧也,只是不陷于忧。《论语》载,子谓颜渊曰:"用之则行,舍之则藏,唯我与尔有是夫!"又载,叶公问孔子于子路,子路不对。子曰:"女奚不曰,其为人也,发愤忘食,乐以忘忧,不知老之将至云尔。"孔门之中,孔子最爱颜渊,想来亦因为颜渊最识仁者无忧之义,常能内心尽弃一切忧患,四海唯馀一片澄明。所以仔细品味,"人不堪其忧"这一句便不单是形而下的描述事实,也是形而上的感慨天道。颜渊能不改其乐,这是合乎天道的,身与心与天地是融合无间的,所以孔子自然不免感叹。只是,人不可能总是合乎天,否则颜渊就不是颜渊,而是昊天上帝了。孔子说:"回也,其心三月不违仁,其余则日月至焉而已矣。"这委实已相当地不易。再从艺术上说,有了"人不堪其忧"这一句,使得孔子对颜渊的赞美由小及大,由实入虚,使得文字的意境一下就扩大了很多,可谓用语不多而情韵悠远也。

如果《论语》只是记载孔子的格言警句,那就质胜文了;但若额外描绘人物之情状,就又文胜质。《论语》的方法是尽量在语录中表现人物的风神、性格和与情感,因而也就自然显得言约而意丰,简练而蕴藉。如《公冶长》载:

> 子曰:"道不行,乘桴浮于海。从我者,其由与?"
> 子路闻之,喜。
> 子曰:"由也好勇过我,无所取材。"

这则记载,一读之,即可知孔子之执着与子路之好勇;二读之,又可知子路之粗疏率直与孔子之幽默风趣;三读之,则孔子对子路之宽容爱护可知;四读之,则子路随孔子如是之久,而不能知夫子之心曲,岂不悲哉!

孟子(前372—前289),名轲,字子舆,邹国(今山东邹县)人,那里离孔子家乡不远,所以孟子总是念念不忘说:"由孔子而来至于今,百有余岁,去圣人之世,若此其未远也;近圣人之居,若此其甚也,然而无有乎尔,则亦无有乎尔。"孟子幼年与孔子一样,是贫困的,其母曾三次迁居以便有好的环境来熏陶孟子。孟子长大后曾受教于孔子之孙孔伋（子思）的门人，学成后，尝周游于齐、宋、邹、鲁、滕、梁等国之间。齐宣王曾尊孟子为客卿，但只是议事而已。孟子一生不得重用，于是返乡和弟子万章等撰成《孟子》一书。

《韩非子·显学篇》曰："孔、墨之后，儒分为八，墨离为三，取舍相反不同，而皆自谓真孔、墨。"孟子出于子思氏之儒，他们这一派，注重研究心性道德，喜欢以德抗位，可谓得夫子之精微而不切于时事者也。孟子的思想主要是提倡性善。他首先提出人心天生有向善的"四端"，而人性的完善就在于不断扩充"四端"：

> 无恻隐之心，非人也；无羞恶之心，非人也；无辞让之心，非人也；无是非之心，非人也。恻隐之心，仁之端也；羞恶之心，义之端也；辞让之心，礼之端也；是非之心，智之端也。人之有是四端也，犹其有四体也。有是四端而自谓不能者，自贼者也；谓其君不能者，贼其君者也。凡有四端于我者，知皆扩而充之矣，若火之始然，泉之始达。苟能充之，足以保四海；苟不充之，不足以事父母。（《公孙丑上》）

所谓"扩而充之"，具体说，又有几个层次：

> 充实之谓美，充实而有光辉之谓大，大而化之之谓圣，圣而不可知之之谓神。（《尽心下》）

"充实"指能不断地积善与集义；"有光辉"指能广布德泽于他人；"化"谓化育；"不可知"言圣人能上下与天地同流，变化莫测。在孟子看来，只要肯于扩充四端，人人可以为尧舜。而若将四端付之于政治，则即是仁政。仁政，笼统说，就是为民制恒产而使民有恒心；具体说，似乎就是恢复井田制时代的生活。《梁惠王上》且记载孟子的规划说：

> 五亩之宅，树之以桑，五十者可以衣帛矣；鸡豚狗彘之畜，无失其时，七十者可以食肉矣；百亩之田，勿夺其时，八口之家可以无饥

矣；谨庠序之教，申之以孝悌之义，颁白者不负戴于道路矣。①

孟子曾称赞孔子是"圣之时者"，也强调执一而无权不好，但他自己在社会发展方向上却颇有开倒车的嫌疑。他对远古时代的某些事物充满了感情，至少在君臣关系上是这样的。譬如：

> 齐宣王问卿。孟子曰："王何卿之问也？"王曰："卿不同乎？"曰："不同。有贵戚之卿，有异姓之卿。"王曰："请问贵戚之卿。"曰："君有大过则谏，反覆之而不听，则易位。"王勃然变乎色。曰："王勿异也。王问臣，臣不敢不以正对。"王色定，然后请问异姓之卿。曰："君有过则谏，反覆之而不听，则去。"（《万章下》）

> 孟子告齐宣王曰："君之视臣如手足，则臣视君如腹心；君之视臣如犬马，则臣视君如国人；君之视臣如土芥，则臣视君如寇雠。"王曰："礼，为旧君有服，何如斯可为服矣？"曰："谏行言听，膏泽下于民；有故而去，则君使人导之出疆，又先于其所往；去三年不反，然后收其田里。此之谓三有礼焉。如此，则为之服矣。今也为臣，谏则不行，言则不听，膏泽不下于民；有故而去，则君搏执之，又极之于其所往；去之日，遂收其田里。此之谓寇雠。寇雠，何服之有？"（《离娄下》）

这些君臣之论带着远古氏族社会的道德气息，也难怪无知的齐宣王听得目瞪口呆而要勃然大怒。《尽心下》又载，孟子曰：

> 民为贵，社稷次之，君为轻。是故得乎丘民而为天子，得乎天子为诸侯，得乎诸侯为大夫。诸侯危社稷，则变置。牺牲既成，粢盛既洁，祭祀以时，然而旱干水溢，则变置社稷。

---

① 《礼记·内则》载："五十始衰，六十非肉不饱，七十非帛不暖。"又曰："二十而冠，始学礼，可以衣裘帛，舞《大夏》。"此盖言习礼乐而衣帛。

这些民本思想无疑也来自远古的氏族传统。《荀子·非十二子》说孟子"案往旧造说",可谓看得真透。

孟子生活在处士横议的时代,他本人也长于辩论,不过对于这一点他却有点讳言。《滕文公下》中,他自言:

> 予岂好辩哉? 予不得已也。……我亦欲正人心,息邪说,距诐行,放淫辞,以承三圣者。岂好辩哉? 予不得已也。

孟子讳言其善辩,原因之一是他所心仪的孔子不以善辩为能。如《论语·里仁》载,子曰:"君子欲讷于言而敏于行。"《大戴礼记·小辩》亦载,子曰:"辩言之乐,不若治政之乐。"

孟子讳言其善辩,原因之二是孟子的辩论风格也与孔子有些不同。据《论语·季氏》载,孔子说过:"不学诗,无以言。"而据《礼记·经解》载,孔子还说过:"温柔敦厚,诗教也。"这样说起来,孔子所赞成的言谈风格也就应当是温柔敦厚的。譬如《韩诗外传》卷九载:

> 传曰:孔子过康子,子张、子夏从。孔子入坐。二子相与论,终日不决。子夏辞气甚隘,颜色甚变。子张曰:"子亦闻夫子之议论邪? 徐言誾誾,威仪翼翼,后言先默,得之推让,巍巍乎,荡荡乎,道有归矣。小人之论也,专意自是,言人之非,瞋目搤腕,疾言喷喷,口沸目赤,一幸得胜,疾笑嗌嗌,威仪固陋,辞气鄙俗,是以君子贱之也。"

比较而言,孟子的辩论更接近"小人之论",既不温柔,也不敦厚,而且还常常气势逼人。譬如《滕文公下》载:

> 戴盈之曰:"什一,去关市之征,今兹未能。请轻之,以待来年,然后已,何如?"孟子曰:"今有人日攘其邻之鸡者,或告之曰:'是非君子之道。'曰:'请损之,月攘一鸡,以待来年,然后已。'——如知其非义,斯速已矣,何待来年!"

此即不温柔之例。又如《告子上》载：

> 告子曰："生之谓性。"孟子曰："生之谓性也，犹白之谓白与？"
> 曰："然。""白羽之白也，犹白雪之白；白雪之白，犹白玉之白与？"
> 曰："然。""然则犬之性，犹牛之性；牛之性，犹人之性与？"

此即不敦厚之例。至于论辩中的气势凌人，孟子也有自我辩护，如
《公孙丑下》载：

> 孟子曰："天下有达尊三：爵一，齿一，德一。朝廷莫如爵，乡党
> 莫如齿，辅世长民莫如德。恶得有其一，以慢其二哉？"

虽然"有其一，以慢其二"是不对的，但有其二以慢其一，又何尝就
是对的，又何尝是孔子的作风呢？所以孟子讳辩，也与其辩论中充满咄
咄逼人的气势，不如孔子那么温良恭俭让有一定之关系。

那么，孟子文章的气势又从哪里来呢？这种气势，首先就源于孟子
自身的使命感，如《公孙丑下》载：

> 孟子去齐。充虞路问曰："夫子若有不豫色然。前日虞闻诸夫
> 子曰：'君子不怨天，不尤人。'"曰："彼一时，此一时也。五百年必
> 有王者兴，其间必有名世者。由周而来，七百有余岁矣。以其数，
> 则过矣；以其时考之，则可矣。夫天未欲平治天下也；如欲平治天
> 下，当今之世，舍我其谁也？吾何为不豫哉？"

而使命感的强烈，则在于他自认为善于分析各种伦理话语，善于践
行正义以养其气，因而自认为极有道德。如《公孙丑上》载，孟子曰："我
知言，我善养吾浩然之气"，又曰："其为气也，至大至刚，以直养而无害，
则塞于天地之间。"而如果我们再往前追溯一点，孟子论辩的悍然之气，
也可能有子思的影响。如《孔丛子·抗志》载：

> 曾申谓子思曰："屈己以申道乎？抗志以贫贱乎？"子思曰："道

申，吾所愿也。今天下王侯其孰能哉？与屈己以富贵，不若抗志以贫贱。屈己则制于人，抗志则不愧于道。"

孟子文风的浩然显然也是"抗志"的一种体现。而若就论辩本身的语言技巧来说，则孟子文章的气势也与其善于运用比喻不无关系。一般来说，孟子所使用的比喻对事物概括力极强，很多比喻都成为后世诗文常用的典故。譬如《尽心上》载：

> 孟子曰："孔子登东山而小鲁，登太山而小天下。故观于海者难为水，游于圣人之门者难为言。观水有术，必观其澜。日月有明，容光必照焉。流水之为物也，不盈科不行；君子之志于道也，不成章不达。"

战国诸子一般都比较喜欢运用寓言来说理。孟子则很少使用寓言，即使运用了，也大多简短有力。事实上，《孟子》文中堪称细腻的寓言，也只有"齐人有一妻一妾而处室者"一篇而已。这大概是因为细腻的寓言容易使文章气势变得舒缓，不如犀利的比喻更能一招毙命，更有声威吧。

与讳言好辩的孟子比，荀子则倡言"君子必辩"。荀子（前298？—前238），赵国人，名况，习称荀卿，因避汉宣帝刘询讳，又称孙卿。他曾游学齐国稷下学宫，三次充任学宫之长——"祭酒"。后来遭妒被谗，去而之楚，被楚相春申君黄歇任为兰陵令。其后又遭谗去职，游于赵，聘于秦，与秦昭王论儒者之效。春申君惧其事秦，欲复用之，荀子辞谢而不得，遂复为兰陵令。及春申君为李园所杀，荀子乃废而著书。今本《荀子》三十二篇，虽有后学的修饰，但基本为荀子所著。

荀子治学虽宗于孔子，然其学实不限于儒家，所以后来韩愈说他杂。他的思想，首先主张天是自然的天，这便与孟子不同。孟子以天为义理之天，故相信人人天性向善。荀子则认为天只是物质之天，因而他所理解的人的最初本性也是物质的，充满自然欲望。他以为，若人人顺从天生的欲望，则争夺、邪恶必随之而来，因此他主张人性恶，以为善不过是人类为了自身更好发展所造作出来的。孟子认为孺子要成圣人，只须扩充内心向善的四端；荀子却认为孺子要成圣人，必须借助外部的礼乐教化。虽然出发点不同，手段不同，但他们都肯定人皆有做圣贤的潜力。影响到政治上，孟子只提倡仁政；荀子则认为，不仅要推行礼乐导人行善，而且要制定刑罚禁人为恶。他又认为，着力推行道德礼乐的是"先王"，侧重于刑罚攻取的是"后王"，而现实中较为切实的办法是二者兼用、王霸相杂。《论语·为政》载，子曰："道之以政，齐之以刑，民免而无耻；道之以德，齐之以礼，有耻且格。"荀子虽鼓吹王霸兼杂，但也只是从现实出发，不得已而倡言之；论其理想，则与孔子一样都崇尚礼治。

言及辩论，荀子的态度亦与孟子颇有不同。《荀子·非相篇》谓：

　　谈说之术：矜庄以莅之，端诚以处之，坚强以持之，譬称以喻之，分别以明之，欣驩芬芗以送之，宝之，珍之，贵之，神之。如是则说常无不受。虽不说人，人莫不贵。夫是之谓为能贵其所贵。传曰："唯君子为能贵其所贵。"此之谓也。

　　君子必辩。凡人莫不好言其所善，而君子为甚焉。是以小人辩言险而君子辩言仁也。言而非仁之中也，则其言不若其默也，其辩不若其呐也。言而仁之中也，则好言者上矣，不好言者下也。

不难看出，荀子认为君子的辩论，态度要庄重，用心要诚恳，这一点与孟子以气势压人的追求显然不同。而且，荀子明言君子辩论应与人为善，孟子那一套巧设陷阱的方法，荀子是看不上的。郭沫若说荀子之文浑厚，此即其浑厚中浑和的一面。至于作为另一面的厚重，则凡是读过《荀子》的人都不能不感叹荀子知识之渊博、议论之宏大。如其《天论》《性恶》之讲哲学，《君道》《臣道》之讲政治，《议兵》之言军事，《富国》之言经济，《修身》之究伦理，《致仕》之论人才，《非十二子》之批评学术，皆能纵横古今，包罗万象，非孟子可比。

在辩论中，《荀子》与《孟子》都追求"坚强以持之，譬称以喻之"。不过，就"坚强以持之"这一点说，孟子主要靠气势和机巧，荀子则主要依靠对事物的条分缕析、错综排比，如《王制篇》言王者之状，就依次论析了王者之人、王者之制、王者之论、王者之法，可谓细致详实，明白而畅达。至于"譬称以喻之"，则二人虽都偏好比喻说理，但孟子有时还喜欢编造一些简短的寓言来讽喻,荀子则几乎不用寓言,而是更喜欢把比喻铺陈起来说理,其中最有名的自然就是人们较为熟悉的《劝学篇》了。

由于《孟子》有气势,有机心,因而文学色彩就多一点。不过,《荀子》虽然文章写作上情感投入很节制,但是文章外,《荀子》又有《成相》《赋篇》和佹诗。《成相篇》采用战国时民歌形式宣传政治主张。《赋篇》包括"礼""知""云""蚕""箴"五首小赋,并附"佹诗"二首。五篇赋以四言韵语为主,间杂散文,类似"隐书"一体,虽不及同时代的宋玉赋有辞采,但开了后世说理赋的先河。佹诗批判社会黑暗,情调近乎楚辞,而文采则不及屈原远矣。

第六节　老庄韩之文

老子是道家的鼻祖,姓李,名耳,字聃,楚苦县厉乡曲仁里(今河南鹿邑东)人,后入周为柱下征藏史,故博学而多识,孔子曾问礼焉。后王子朝与周敬王争位失败,裹挟周室图书奔楚,老子乃归隐。《史记·老子列传》说:"至关,关令尹喜曰:'子将隐矣,强为我著书。'于是老子乃著书上下篇,言道德之意五千余言而去,莫知其所终。"实则可能归隐其乡里矣。据《史记》,与老子同时,楚还有老莱子,也曾为孔子师,别有著作篇章。

《老子》五千言,只是老子哲学感悟的汇编,各章间虽有些联系,却并非严密的哲学论文,因而在体裁上,各篇实近乎语录。《老子》认为宇宙间充满矛盾和变化,其书亦主要教育君子如何在矛盾中用世。在人与物之间,他反对以身殉物。在人与人之间,他主张谦柔。在君与民之间,他强调君主无为,使民自化。这种思想据说源于黄帝,所以号称黄老之道。在战国年间,托名黄帝的书籍较多,而《黄帝四经》尤为著名。

庄子,名周,宋国蒙(今河南商丘东北)人。或曰其先楚人,楚悼王用吴起变法时流亡到宋国。据《史记》,庄子曾做过宋国的漆园吏,楚威王欲聘他为相国,他淡然而笑曰:"千金,重利;卿相,尊位也。子独不见郊祭之牺牛乎?养食之数岁,衣以文绣,以入大庙。当是之时,虽欲为孤豚,岂可得乎?子亟去,我宁游戏污渎之中自快,无为有国者所羁,终身不仕，以快吾志焉。"《庄子》今存三十三篇，内篇七，外篇十五，杂篇十一。一般认为，外篇和杂篇并不完全是庄子所作。

魏晋以后，庄子与老子又合称"老庄"。其实《庄子》更多的是发挥了老子崇尚自然的思想，讲的是如何获取自由。庄子将自由分成两类：有待的自由、无待的自由。后者是真正的无限的绝对的自由，又名逍遥游。庄子认为，要从有待进入无待，就需要心斋和坐忘：

> 回曰："敢问心斋。"仲尼曰："若一志，无听之以耳而听之以心；无听之以心而听之以气。听止于耳，心止于符。气也者，虚而待物者也。唯道集虚。虚者，心斋也。"(《人间世》)

> 颜回曰："回益矣。"仲尼曰："何谓也?"曰："回忘仁义矣。"曰："可矣，犹未也。"他日复见，曰："回益矣。"曰："何谓也?"曰："回忘礼乐矣。"曰："可矣，犹未也。"他日复见，曰："回益矣。"曰："何谓也?"曰："回坐忘矣。"仲尼蹴然曰："何谓坐忘?"颜回曰："堕肢体，黜聪明，离形去知，同于大通，此谓坐忘。"(《大宗师》)

在庄子看来，儒家宣讲的仁义礼乐都是束缚人性的枷锁，只有打破这些枷锁，人性才能获得真正的自由。为什么说仁义礼乐的知识是枷锁呢？因为庄子认为一切是非都是相对的，而不是绝对的。他曾以狙公赋芧作比喻，认为一切差别都是朝三暮四与暮四朝三的差别。在他看来，生，气之聚也，死，气之散也，通天下一气耳。既然如此，人们就不该对各种事物作贵贱之分，更不应该好生而恶死。如外篇《至乐》载：

> 庄子妻死，惠子吊之，庄子则方箕踞，鼓盆而歌。惠子曰："与人居，长子老身，死不哭亦足矣，又鼓盆而歌，不亦甚乎!"庄子曰："不然。是其始死也，我独何能无概然！察其始而本无生，非徒无生也而本无形，非徒无形也而本无气。杂乎芒芴之间，变而有气，气变而有形，形变而有生，今又变而之死，是相与为春秋冬夏四时行也。人且偃然寝于巨室，而我噭噭然随而哭之，自以为不通乎命，故止也。"

在这样一种观念下，一个人是无须为各种是非而苦恼的；既不苦恼，自然也就是解放了，逍遥了，得到了"至乐"。其思想可用下面的图表加以表示：

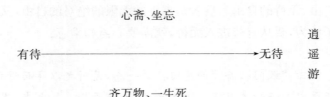

庄子的思想，在宇宙论方面，毫无疑问地是继承着老子的思想。至于其人生论，按郭沫若的意见，则是发展了儒家颜回一路的思想。然而细审之，与其说庄子发展了颜回的思想，不如说是改换了颜回的思想：至少是将颜回的外圣改而为内圣了。《论语·先进篇》载：

> 子曰："回也其庶乎，屡空。赐不受命，而货殖焉，亿则屡中。"

这原是说：颜回就算可以了，却经常陷入穷困潦倒；子贡不作官商，而从事生意，臆测行情也常很准确。有人说孔子这是在夸颜回，贬子贡。其实，对颜回不当贫困的感慨是有的，但并不能说因此就贬斥了子贡的致富。孔子本人治国，也主张"富之"的。这句话实际反映了孔子对德行和功业都是肯定的。不然，他兴办私学，也不会德行、言语、政事、文学四科俱全，只需德行与文学就足够了。颜渊作为孔子的爱徒，也并不单单以沉浸在精神理想国为乐趣。如《孔子家语·致思》载：

> 孔子北游于农山，子路、子贡、颜渊侍侧。孔子四望，喟然而叹曰："于斯致思，无所不至矣。二三子各言尔志，吾将择焉。"
> 子路进曰："由愿得白羽若月，赤羽若日，钟鼓之音上震于天，旌旗缤纷下蟠于地；由当一队而敌之，必也攘地千里，搴旗执馘。唯由能之，使二子者从我焉。"夫子曰："勇哉！"
> 子贡复进曰："赐愿使齐楚合战于漭漭之野，两垒相望，尘埃相接，挺刃交兵；赐着缟衣白冠，陈说其间，推论利害，释国之患。唯

赐能之,使夫二子者从我焉。"夫子曰:"辩哉!"

　　颜回退而不对。孔子曰:"回,来,汝奚独无愿乎?"颜回对曰:"文武之事,则二子者既言之矣,回何云焉。"孔子曰:"虽然,各言尔志也,小子言之。"对曰:"回闻薰、莸不同器而藏,尧、桀不共国而治,以其类异也。回愿得明王圣主辅相之,敷其五教,导之以礼乐,使民城郭不修,沟池不越,铸剑戟以为农器,放牛马于原薮,室家无离旷之思,千岁无战斗之患,则由无所施其勇,而赐无所用其辩矣。"夫子凛然曰:"美哉,德也!"

此事又见于《韩诗外传》卷九及《说苑·指武》,即便是传说,显然也反映着古人对颜渊之德的认识,而且由于精切,所以乃广为流传。又,据《孟子·离娄下》载:

　　孟子曰:"禹、稷、颜回同道。禹思天下有溺者,由己溺之也;稷思天下有饥者,由己饥之也,是以如是其急也。禹、稷、颜子易地则皆然。"

《论语·述而》亦载:

　　子谓颜渊曰:"用之则行,舍之则藏,惟我与尔有是夫!"

《周易·系辞下》载:

　　子曰:"颜氏之子,其殆庶几乎! 有不善未尝不知,知之未尝复行也。"

据此,皆可见颜渊乃是心欲有为的人,是关心现实世界而不是仅仅沉溺于精神幻想的人。庄子将"屡空"的颜渊打扮成"坐忘"的颜渊,这不是发展,而是改造。

　　由于沉浸在精神世界的幻想与超越中,庄子的思想使人不甚注重外在世界的相关性。接受其思想的人,就容易导致两种倾向:或不受世俗偏见的羁绊,敢于超乎尘世之外;或与世沉浮,随波逐流,大搞滑头主义,虽然这两种倾向其实都不是庄子的本意。

就美学倾向来说,老子,庄子都追求自然,崇尚素朴,但是他们的文字却都具有诗化的特点。这看起来似乎矛盾,但其实,诗的节奏本来就源于人的生产与生活,乃是最自然的声音;而且按照一些学者的意见,最早的文章,本来就以韵文为主,所谓散文,倒是文明发展到较高阶段的产物。《老子》全书都是韵文,其中不少章节完全采用着诗的节奏,如第二十章:

> 绝学无忧。唯之与阿,相去几何?美之与恶,相去若何?人之所畏,不可不畏。荒兮,其未央哉!众人熙熙,如享太牢,如春登台。我独泊兮,其未兆,如婴儿之未孩;儽儽兮,若无所归!众人皆有馀,而我独若遗。我愚人之心也哉!沌沌兮!俗人昭昭,我独昏昏。俗人察察,我独闷闷。澹兮其若海,飂兮若无止。众人皆有以,而我独顽且鄙。我独异于人,而贵食母。

至如《庄子》,行文虽没有像《老子》那样直接采用诗的文体形式,然而也多压韵,很注意节奏,如《养生主》的开篇:

> 吾生也有涯,而知也无涯。以有涯随无涯,殆已!已而为知者,殆而已矣!为善无近名,为恶无近刑,缘督以为经,可以保身,可以全生,可以养亲,可以尽年。

此段论顺道养生,语气先弛而后张,句式整齐而有变化,先之以散句,继之以偶句,结之以排比句。散句中,又多用虚字,以成抑扬起伏之调,至于用韵,有头韵,有腰韵,有尾韵,亦多变化。《庄子》语言组织之美,大率如此。

谈及《庄子》之文,鲁迅《汉文学史纲要》曾感叹"晚周诸子之作,莫能先也"。"莫能先",主要在于《庄子》之文恣肆,而且其恣肆至少有以下几方面。

首先是观念的超脱。如《齐物论》中,庄子竟说:"夫天下莫大于秋

豪之末,而太山为小;莫寿乎殇子,而彭祖为夭。天地与我并生,而万物与我为一。"在论证万物的区别与联系时,庄子甚至说:

> 昔者庄周梦为胡蝶,栩栩然胡蝶也。自喻适志与,不知周也。俄然觉,则蘧蘧然周也。不知周之梦为胡蝶与?胡蝶之梦为周与?周与胡蝶则必有分矣。此之谓物化。

其次是言语的铺张。这些铺张,在内容上说,是体物的细腻;在形式上说,是句式的排比。如《齐物论》描绘地籁:

> 夫大块噫气,其名为风。是唯无作,作则万窍怒呺。而独不闻之翏翏乎?山林之畏佳,大木百围之窍穴,似鼻,似口,似耳,似枅,似圈,似臼,似洼者,似污者;激者,謞者,叱者,吸者,叫者,号者,宎者,咬者,前者唱于而随者唱喁。泠风则小和,飘风则大和,厉风济则众窍为虚。而独不见之调调、之刁刁乎?

再次是夸张的极端。如《逍遥游》之议论:

> 小知不及大知,小年不及大年。奚以知其然也?朝菌不知晦朔,蟪蛄不知春秋,此小年也。楚之南有冥灵者,以五百岁为春,五百岁为秋;上古有大椿者,以八千岁为春,八千岁为秋。而彭祖乃今以久特闻,众人匹之,不亦悲乎!

最后是结构的腾跃。《庄子》行文不尊常规,常常抓住一条主题线索之后,极尽纷纭变化之能事。如《逍遥游》一篇,清代林云铭《庄子因》叹曰:"篇中忽而叙事,忽而引证,忽而譬喻,忽而议论,以为断而非断,以为续而非续,以为复而非复,只见云气空蒙,往还纸上,顷刻之间,顿成异观。"

《庄子·天下篇》论及庄子,曾经说:

> 寂漠无形,变化无常,死与生与,天地并与,神明往与,芒乎何

之，忽乎何适，万物毕罗，莫足以归，古之道术有在于是者。庄周闻其风而悦之，以谬悠之说、荒唐之言、无端崖之辞，时恣纵而不傥，不觭见之也。以天下为沈浊，不可与庄语。以卮言为曼衍，以重言为真，以寓言为广。独与天地精神往来，而不敖倪于万物，不谴是非，以与世俗处。

所谓庄语，即庄重严正之语；卮言，即反复申说之言；重言，即假托贤达之言；寓言，即托事比喻之言。反复是恣肆的，假托是恣肆的，寓言不一定恣肆，但《庄子》的寓言是恣肆的。《史记》说《庄子》"寓言十九"，我们可以进一步说《庄子》的寓言十有八九是恣肆的。其他诸子编造寓言，往往取材日常生活或历史传说，而《庄子》则喜欢取材神话，或者作荒唐的虚构。如《则阳》篇记载一则"触蛮之争"说："有国于蜗之左角者，曰触氏；有国于蜗之右角者，曰蛮氏。时相与争地而战，伏尸数万，逐北旬有五日而后反。"除了恣肆，《庄子》创作的寓言不但有情节，而且一般来说描写细腻，情韵深沉，个别寓言因为篇幅较长，内容较丰富，实际已经近于小说。如《说剑》和《盗跖》。后者虚拟孔子为柳下惠着想，往说盗跖，盗跖愈听愈怒，乃训斥孔子，"孔子再拜趋走，出门上车，执辔三失，目芒然无见，色若死灰，据轼低头，不能出气"。寥寥几笔，写出人物的落魄与狼狈。此外，《庄子》书中寓言的讽刺性也很强，如《外物》云：

> 儒以《诗》《礼》发冢，大儒胪传曰："东方作矣，事之何若？"小儒曰："未解裙襦，口中有珠。""《诗》固有之曰：'青青之麦，生于陵陂。生不布施，死何含珠为？'接其鬓，压其顪，而以金椎控其颐，徐别其颊，无伤口中珠。"

这样情韵悠远的讽刺在《庄子》中特别地多，在某种程度上，《庄子》也可以视为我国讽刺文学的源头。

韩非（前280？—前233），韩国贵公子，与李斯同学于荀卿，李斯自叹不如。非忧韩或为秦所灭，屡向韩王陈述变法之说，而王嫉其才，不敢用。非乃为《孤愤》《五蠹》等十余万言，且传至秦国。秦王嬴政不晓其作者,恨不得同游,李斯遂言文出于非。嬴政乃急发兵攻韩,索非入秦。非至,嬴政甚爱之,而李斯惧已见弃,姚贾曾遭韩非攻击,二人俱欲害韩非。斯乃谏嬴政,谓非心终不为秦,不如寻过诛之。嬴政遂囚非于狱中,而李斯竟私致毒药与非。嬴政后悔悟,欲赦非,则已死多时矣。据《汉志》,《韩非子》五十五篇,与今本篇数相同。除《初见秦》及《存韩》可能存在伪托成分,其他篇目盖皆出自韩非之手。

韩非虽曾师从荀子,但他破茧而出,实际是战国末期法家的集大成者。司马迁在《史记》中将其与老子合传,并且说"其归本于黄老"。庄子喜欢演绎老子对淳朴人性的追求,而韩非正相反,他专从性恶的方面去发挥老子的政治学说。

在历史观念上,韩非提倡社会进化之说。他继承《商君书·更法》"治世不一道,便国不必法古"的思想,在《五蠹》中提出:"世异则事异","事异则备变","圣人不期修古,不法常可,论世之事,因为之备。"在政治思想上,韩非提倡法兼术势之论。在韩非之前,商鞅在秦国鼓吹明法,申不害在韩国鼓吹任术,慎到在齐国鼓吹乘势。韩非则认为三者不可分,明法最重要,因为法是术、势的指南针。法律不明则无从任术,乘势也只能带来灾难。同时他又认为法不可离开术、势,君主无术无势,其结果只能是利归于大臣,害遗乎国家。

韩非的历史观在诸子中无疑是独特,他的政治思想也比前人深刻。尤其他强调:"法不阿贵,绳不挠曲。……刑过不避大臣,赏善不遗匹夫。"这无疑是进步的,后来也被秦始皇付诸实践。然而其思想也有较大的不足。

一者,他极端排斥道德。这一方面是因为,他片面地认为:"上古竞于道德,中世逐于智谋,当今争于气力。"另一方面在于,他认为传统道德和法律有矛盾,难以共存。其《五蠹篇》批评"儒以文乱法",且谓:

> 楚之有直躬,其父窃羊而谒之吏。令尹曰:"杀之!"以为直于君而曲于父,报而罪之。以是观之,夫君之直臣,父之暴子也。鲁人从君战,三战三北。仲尼问其故,对曰:"吾有老父,身死莫之养也。"仲尼以为孝,举而上之。以是观之,夫父之孝子,君之背臣也。

二者，韩非子从商鞅之教，主张刑严法峻，如《五蠹篇》曰：

> 今有不才之子，父母怒之弗为改，乡人谯之弗为动，师长教之弗为变。夫以父母之爱、乡人之行、师长之智，三美加焉而终不动，其胫毛不改。州部之吏，操官兵，推公法，而求索奸人，然后恐惧，变其节，易其行矣。故父母之爱不足以教子，必待州部之严刑者，民固骄于爱、听于威矣。故十仞之城，楼季弗能逾者，峭也；千仞之山，跛牂易牧者，夷也。故明王峭其法而严其刑也。

依韩非此法，人生便既无道德感，也无自由可言。除此之外，韩非还专力为君主集权出谋划策，而不深究何以有效限制君权，这也不能说不是一大缺憾。

《韩非子》的文风，郭沫若谓之峻峭。所谓峻峭，问案刀笔之风也。刀笔者，笔而削之，削而笔之，务使行文细致缜密，此一也；又，刀笔者，多谓属吏之文，属吏论事直据事实律法，不重道德人情，故而不以温润宽宥为能。是以刀笔之文，如置人尖峰之上，令人不寒而栗。这正是韩非子文章最主要的特点，如其《难一》谓：

> 靡笄之役，韩献子将斩人。郄献子闻之，驾往救之。比至，则已斩之矣。郄子因曰："胡不以徇？"其仆曰："曩不将救之乎？"郄子曰："吾敢不分谤乎？"
>
> 或曰：郄子言不可不察也，非分谤也。
>
> 韩子之所斩也，若罪人，则不可救，救罪人，法之所以败也，法败则国乱；若非罪人，则不可劝之以徇，劝之以徇，是重不辜也，重不辜，民所以起怨者也，民怨则国危。郄子之言，非危则乱，不可不察也。
>
> 且韩子之所斩若罪人，郄子奚分焉？斩若非罪人，则已斩之矣，而郄子乃至，是韩子之谤已成而郄子且后至也。夫郄子曰"以徇"，不足以分斩人之谤，而又生徇之谤，是子言分谤也？
>
> 昔者纣为炮烙，崇侯、恶来又曰斩涉者之胫也，奚分于纣之谤？

且民之望于上也甚矣，韩子弗得，且望郤子之得之也；今郤子俱弗得，则民绝望于上矣。故曰：郤子之言非分谤也，益谤也。

且郤子之往救罪也，以韩子为非也；不道其所以为非，而劝之"以徇"，是使韩子不知其过也。夫下使民望绝于上，又使韩子不知其失，吾未得郤子之所以分谤者也。

郤献子之分谤，原本是一桩历史美谈，可是韩非子之文，先述其原委；而后从法的角度审之察之，指出郤献子的做法只能导致国家陷入危乱；而后分析郤献子所为"非分谤也"，实又生他谤；随后又结合商纣王时的历史教训指出，郤献子的"益谤"将使得民众"绝望于上"，危害极大；最后又指出，郤献子所谓分谤也没有对同僚尽到责善之义。文章虽短小，但条分缕析，非常雄辩。

有了细密的分析，随之而来的就是这分析的铺排。韩非子以前的人，如他的老师荀子就喜欢铺排，可是老师的分析没有学生更细致周详，所以铺排上也就照学生逊色了。在《亡征篇》中，韩非条述亡国之征，一口气列举四十七条，如同波浪前后相推而不绝，以至于郭沫若认为此文可以媲美屈原的《天问》。

韩非子在文艺观点上，受老子及墨子影响较大，比较重质轻文。他的文章之所以值得一谈，主要有三点：一是其文具有细密而冷静的风格；一是他擅长各种议论，诚然是能立能破，能长能短，能演绎，能归纳，能旁征博引，能一语中地；一是他善于利用寓言来说理。

《韩非子》的寓言具有这么几个特点：第一，在诸子文中数量最多，大概有三百多则；第二，在诸子文中独立性最强，即使脱离篇章，也足以说明道理。事实上，《韩非子》中的《内储说》《外储说》完全就可以看作是寓言故事集。第三，内容平实而深刻。如滥竽充数、守株待兔、自相矛盾、老马识途，都是以现实生活的形式来说明事理，但却发人深省，说服力很强。第四，韩非写录的寓言也常有描绘细致而近乎小说者。如《内储说下》载：

魏王遗荆王美人，荆王甚悦之。夫人郑袖知王悦爱之也，亦悦爱之，甚于王。衣服玩好，择其所欲为之。王曰："夫人知我爱新人也，其悦爱之甚于寡人，此孝子所以养亲，忠臣之所以事君也。"夫人知王之不以己为妒也，因为新人曰："王甚悦爱子，然恶子之鼻，子见王，常掩鼻，则王长幸子矣。"于是新人从之，每见王，常掩鼻。王谓夫人曰："新人见寡人常掩鼻，何也?"对曰："不知也。"王强问之，对曰："顷尝言恶闻王臭。"王怒曰："劓之!"夫人先诫御者曰："王适有言，必可从命。"御者因揄刀而劓美人。

故事虽不甚长，但情节曲折，人物性格也能给人以深刻的印象。所谓郑袖，即屈原政治上之对手也。

荀子、韩非之后，又有秦丞相吕不韦（前 290? —前 235）召集门客在公元前 239 年撰成一部兼收儒、道、墨、法等百家之说，同时还总结了先秦医学、音乐、天文历法及农业等方面知识的《吕氏春秋》。其思想主要围绕贵公而展开，以为：

> 天下非一人之天下也，天下人之天下也。阴阳之和，不长一类；甘露时雨，不私一物；万民之主，不阿一人。伯禽将行，请所以治鲁。周公曰："利而勿利也。"荆人有遗弓者，而不肯索，曰："荆人遗之，荆人得之，又何索焉?"孔子闻之曰："去其'荆'而可矣。"老聃闻之曰："去其'人'而可矣。"故老聃则至公矣。

由贵公出发，《吕氏春秋》要求"兴义兵"统一天下，然后"行仁慈"以安之。可惜的是秦王嬴政虽愿统一，却并不喜欢他的相父给他制定的这套理论，所以《吕氏春秋》之道并没能取代法家成为秦的治国方略。吕不韦最终服毒而死，秦王朝也二世而亡。《吕氏春秋》在艺术上，周详严谨类于《韩非子》而罕批驳论难，宽和厚重近乎《荀子》而鲜铺展蔓延；一般一篇只提出一个问题，然后紧扣论题，简单加以阐述，复引史实、传说、寓言故事以为实证。是故其论深宏、充实而又平易，可谓先秦说理散文的殿军。与《韩非子》一样，《吕氏春秋》也善于用质朴而深刻的寓言来说明事理。所述"刻舟求剑""因噎废食""掩耳盗铃"，至今也还是妇孺皆知的典故。

【参考书目】

金景芳:《周易讲座》,广西师范大学出版社 2005 年版;《〈周易·系辞传〉新编详解》,辽海出版社 1998 年版

黄玉顺:《易经古歌考释(修订本)》,上海古籍出版社 2014 年版

蒋善国:《尚书综述》,上海古籍出版社 1988 年版

顾颉刚、刘起釪:《尚书校释译论》,中华书局 2005 年版

洪湛侯:《诗经学史》,中华书局 2002 年版

王志:《周代诗歌制度与文化研究》,社会科学文献出版社 2011 年版

晁岳佩:《春秋三传要义解读》,国家图书馆出版社 2008 年版

赵伯雄:《〈春秋〉经传讲义》,人民出版社 2012 年版

钱穆:《周公》,九州出版社 2011 年版;《先秦诸子系年》,商务印书馆 2015 年版;《论语新解》,三联书店 2012 年版

陈鼓应:《老子注译及评介》,中华书局 2015 年版;《庄子今注今译》,中华书局 2009 年版

匡亚明:《孔子评传》,南京大学出版社 2011 年版

钟泰:《庄子发微》,上海古籍出版社 2002 年版

杨伯峻:《论语译注》,中华书局 2006 年版;《孟子译注》,中华书局 2008 年版

李泽厚:《论语新解》,三联书店 2008 年版

熊公哲:《荀子今注今译》,重庆出版社 2009 年版

周勋初修订:《韩非子校注》,凤凰出版社 2009 年版

陈奇猷:《吕氏春秋新校释》,上海古籍出版社 2002 年版

郭沫若:《十批判书》,人民出版社 2012 年版

[美]韩大伟:《西方经学史概论》,华东师范大学出版社 2012 年版

第四讲　屈原与辞赋

第一节　辞赋的源流

一般认为,在《诗经》之后,直到屈原创造楚辞之前,我国诗歌创作是衰落的。不过,这种看法并不怎么确切,因为衰落的只是《诗经》所代表的那种弦歌讽喻之音。事实上,在《诗经》一类的诗歌之外,虽然也是抒发心志,但却无关政教讽喻的诗歌,却是一直就存在的。其中最著名的便是郑卫之音。

据《乐记》载,子夏曾谓:"郑音好滥淫志,宋音燕女溺志,卫音趋数烦志,齐音敖辟乔志。此四者皆淫于色而害于德,是以祭祀弗用也。"又,据汉代刘向所编《新序·杂事》载,齐宣王也曾说过:"寡人今日听郑卫之声,呕吟感伤,扬激楚之遗风。"《说苑》亦载:"晋灵公好悲歌鼓琴,孙息学悲歌鼓琴,即引琴作郑卫之音,灵公大感,故作《卫公》之曲,歌而和之。"据这些记载来看,郑卫之音虽然重在表现男女之情,但既以感伤悲歌为主,则非轻佻之作,主要是溺于放情,不能节制以求中和,故谓之淫也。这些诗歌虽然很早就流行在郑卫等地,但由于无助于政教,也无助于养成温良适中的性情,所以孔子及其弟子们都是很不满的,以致有"放郑声"的主张。

与北方儒者不同,楚人对郑卫之音却较能抱以欣赏的态度,宫廷乐舞中也颇多新声。譬如,屈原《九歌·东君》曾提到当时有"展诗兮会舞"的娱乐,而宋玉的《招魂》也提到楚国的文学待从之臣时常在宴会上:

结撰至思,兰芳假些。人有所极,同心赋些。

结撰,指构辞。至思,指深思。兰芳假,指借助兰花等花卉来抒情。极,志也,指写作的题目。赋,描述。这两句是说,如果有人在宴会上出了题目,大家就一起用诗赋来描述。而景差的《大招》在描述楚人娱乐的时候,亦谓:

二八接舞,投诗赋只。叩钟调磬,娱人乱只。
四上竞气,极声变只。魂乎归徕!听歌譔只。

诗中的"投诗赋",明显是进献诗赋之意。即便从诗中"四上竞气,极声变只"来看,当时的"投诗赋"也应该是诗赋竞赛的意思。东晋王嘉《拾遗记》卷十载:

洞庭山浮于水上,其下有金堂数百间,玉女居之,四时闻金石丝竹之声,彻于山顶。楚怀王之时,举群才赋诗于水湄,故云潇湘洞庭之乐。听者令人忘老,虽《咸池》《箫韶》,不能比焉。每四仲之节,楚王常绕山以游宴,举四仲之气以为乐章。仲春律中夹钟,乃作清风流水之诗,醮于山南。仲夏时中蕤宾,乃作皓露秋霜之曲。后怀王好进奸雄,群贤逃越。屈原以忠见斥,隐于沅湘,披蓁茹草,混同禽兽,不交世务,采柏实以和桂膏,用养心神。被王逼逐,乃赴清泠之水。楚人思慕,谓之水仙。其神游于天河,精灵时降湘浦,楚人为之立祠,汉末犹在。

这便是一证。南朝刘勰《文心雕龙·谐隐》说:"楚襄燕集,而宋玉赋《好色》。"这又是一证。而从《招魂》所谓"二八齐容,起郑舞些"以及《大招》所谓"代秦郑卫,鸣竽张只"等诗句来看,楚国贵族的雅集宴饮活动中,郑卫的诗歌乐舞也经常是娱乐的重要内容。屈原与宋玉的辞赋艺术便是在这样的宫廷文化基础上产生的,而并非仅仅是他们个人的天才创造。

司马迁《史记·酷吏列传》载，汉武帝时，"朱买臣，会稽人也，读《春秋》。庄助使人言买臣，买臣以'楚辞'与助俱幸。"这是"楚辞"一语在文献中最早的出处，指的是战国后期由屈原创造的一种新的诗体。因以《离骚》为代表，又称"骚体"。至汉成帝时，刘向将屈原、宋玉等人的骚体作品及汉朝人的一些仿作编辑在一起，名之为"楚辞"，从此"楚辞"又成为一部总集的名称。汉代为《楚辞》作注的人很多，唯有东汉中叶王逸的《楚辞章句》流传下来，至今仍是最为重要的注本。

以近世的眼光来看，楚辞的体式纯然属于诗歌，但汉人不喜欢称其为诗，而是根据其南楚情调浓郁谓之楚，根据其以论辩是非为主谓之辞。屈原也喜欢自称其诗为辞。《说文》："辞，讼也。犹言理辜也。"从《左传》等文献看，一切在纠纷中为自己寻求解脱、申诉是非曲直的话都可以称为"辞"。屈原新创的诗体之所以习称为"辞"，就在于它在创作目的上是以诗为辞，在创作方法上是以辞为诗，因而在体裁上表现出诗歌和辞令相混合的特点。就诗歌这方面说，楚辞具有诗歌的节奏和韵律；从辞令这方面说，楚辞喜欢辩论是非、引经据典、摆列事实，而且经常采用对话或者对质的结构形式。至于二者形式上的矛盾，也就是说如何使辞令长短不拘的词句获得诗的格调，主要就靠"兮"字的调节以及对偶句的运用。屈原以诗为辞，其原因，一者，可能是受古代士人献诗言志的传统的影响；二者，怀王喜欢诗歌也应是一个原因。至于以辞为诗，则一方面在于屈原本人"娴于辞令"，所以容易把辞令的作风带入诗歌的创作；另一方面，当时文臣雅集赛诗，常会有对答争辩，也可能是一个原因。再者，屈原长期流放于民间，而楚地人民善于以诗歌相问答，屈原可能受到了一些影响。如据刘向《列仙传》载，"江汉之湄"，"人皆习于辞"。《韩诗外传》卷一还记载：

> 孔子南游适楚，至于阿谷之隧，有处子佩瑱而浣者。孔子曰："彼妇人其可与言矣乎？"抽觞以授子贡，曰："善为之辞，以观其语。"子贡曰："吾，北鄙之人也，将南之楚，逢天之暑，思心潭潭，愿乞一饮，以表我心。"妇人对曰："阿谷之隧，隐曲之氾，其水载清载浊，流而趋海，欲饮则饮，何问于婢子？"受子贡觞，迎流而挹之，奂然而弃之，促流而挹之，奂然而溢之，坐置之沙上，曰："礼固不亲

受。"子贡以告。孔子曰:"丘知之矣。"抽琴去其轸,以授子贡,曰:
"善为之辞,以观其语。"子贡曰:"嚮子之言,穆如清风,不悖我语,
和畅我心。于此有琴而无轸,愿借子以调其音。"妇人对曰:"吾,野
鄙之人也,僻陋而无心,五音不知,安能调琴。"子贡以告。孔子曰:
"丘知之矣。"抽绤纮五两以授子贡,曰:"善为之辞,以观其语。"子贡
曰:"吾,北鄙之人也,将南之楚。于此有绤纮五两,吾不敢以当子
身,敢置之水浦。"妇人对曰:"行客之人,嗟然永久,分其资财,弃之
野鄙。吾年甚少,何敢受子? 子不早去,今窃有狂夫守之者矣。"①

　　据《孔丛子·儒服》,孔子的后人子高以为此事不可信。这大概是
为其先人讳吧。但无论如何,这则记载可以证明楚人确实多娴于辞。
尤其是,无论子贡还是楚国的浣者,在问答中,语言都是齐整的,押韵
的,显示着以诗为辞的倾向。凡此种种,说明楚辞产于楚国,楚民族娴
于辞令又善于以诗为辞这一特点,也是一个原因。
　　楚辞被屈原创造出来后,很快又被他的学生宋玉发展成赋的形式。
宋玉与屈原相似的地方有二:一是都长于文辞,二是都喜欢进谏。虽然
《史记·屈原列传》曾说宋玉"莫敢直谏",但"莫敢直谏"不等于不谏。
宋玉采用的是婉转的讽谏。用讽谏的原因在于襄王刚愎自用,而且厌
恶被谏。《战国策·楚策四》载,庄辛曾直谏,结果惹恼襄王,不得不自
请"辟于赵"。《淮南子·主术》载:"顷襄王好色,不使风议。"风议者,讽
谏也。囿于襄王这一特点,宋玉便不得不对屈原善于使用的楚辞形式
做了改造。楚辞的形式原是适合直谏的,因为它虽也杂用比兴寄托,但
讽喻之意依旧十分明显。宋玉则针对襄王好玩乐的特点,在创作中特
别突出了赋的手法——对襄王喜欢的事物往往展开非常细致而周详的
描绘,然后再于描绘之中见缝插针,随机讽喻。而这样一来,他的创作
也就开始与辞分道扬镳。辞虽也有敷陈,但主要侧重抒情和议论;赋虽
然也有比兴,但主要是体物写志。刘勰《文心雕龙·诠赋》说:"赋也者,
受命于诗人,拓宇于楚辞也。""受命于诗人",是说赋体主要采用《诗经》
的敷陈手法作为基本的文体特征,同时也是指赋体具有言志讽喻的文

---

① 屈守元:《韩诗外传笺疏》,巴蜀书社 1996 年版,第 6—7 页。

体功能。"拓宇于楚辞",是说赋体接受了楚辞夸张的文采与散化的句式,尤其是楚辞所初步采取的人物对话的结构形式。就现存文献来看,这番"受命"和"拓宇"的工作,主要就是由宋玉完成的。南朝梁代任昉《文章缘起》说:"赋,楚大夫宋玉作。"此最为知言。原创楚辞,玉造楚赋,后世以屈、宋并称,岂无故哉!

古人所谓赋,作为艺术活动,即《汉书·艺文志》所谓"不歌而诵谓之赋";作为艺术手法,即朱熹《诗集传》所谓"敷陈其事而直言之";作为艺术体裁,即刘勰《诠赋》所谓"赋铺采摛文,体物写志者也",换言之,就是采用诗的节奏、辞的形式来敷陈体物、婉转言志的一种文体。

宋玉是善于写辞的,他的《九辩》描写屈原流落异国的凄怨之情,极为细腻,尤其是开篇悲秋的一段,常被视为悲秋文学之祖。他的《招魂》为放逐江南的屈原招魂,也写得非常瑰伟。至于他的赋作,其成就主要有三个方面。

一是善于体物描摹。如其《风赋》写风之初生与飘举:"夫风生于地,起于青蘋之末。侵淫溪谷,盛怒于土囊之口。缘泰山之阿,舞于松柏之下。飘忽溯涝,激飚熛怒。耾耾雷声,回穴错迕。蹶石伐木,梢杀林莽。"可谓曲尽其态。再如他的《笛赋》,乃是现存第一篇咏物赋,全赋托物言志,描绘了笛子的产地、吹笛人的神态以及笛声的优美动人,对后世歌咏音乐的文学影响极为深远。

二是确立了赋体的传统。在句式上,向四六句靠拢;在修辞上,注重藻饰;在结构上,喜欢采用主客问答的形式;在讽喻上,有劝百讽一的不足。如《高唐赋》和《神女赋》本来是宋玉随楚襄王游玩高唐时创作的,用来讽喻襄王勿淫于游而迷于色的作品,可是《高唐赋》的主体却是描绘高唐风光景物之美,最末始云:

> 王将欲往见,必先斋戒。差时择日,简舆玄服。建云旆,霓为旌,翠为盖。风起雨止,千里而逝。盖发蒙,往自会。思万方,忧国害。开贤圣,辅不逮。九窍通郁精神察,延年益寿千万岁。

如此看起来,谏阻的意图很弱,反倒似乎在帮闲似的。至于《神女赋》,主要写宋玉夜中梦见神女,神女虽柔情万种,但"薄怒以自持兮,曾不可乎犯干"。在原始神话中,神女本是乐于与人同枕的;但在宋玉笔下却成了以礼自持的淑女。这种转换,对于好色的楚襄王来说,显然怀有讽谏之意。只可惜,此赋的主要内容却是对神女体态神情的描绘,因而使得作者的讽谏过于婉转,没有力量。

三是丰富了文学的功能。在宋玉之前,文学还是政教的婢女;到宋玉作赋,虽然也嘱意微讽,但同时也开始注意文学的审美功能、认知功能、娱乐功能。这最初大概只是为了照顾楚襄王的趣味,不过,到底使得此时的文学与前人不大一样了。如《高唐赋》实际是我国第一篇山水美文,具有高度的认知价值和审美价值。又如《大言赋》:

> 楚襄王与唐勒、景差、宋玉游于阳云之台。王曰:"能为寡人大言者上座。"王因唏曰:"操是太阿戮一世,流血冲天,车不可以厉。"至唐勒,曰:"壮士愤兮绝天维,北斗戾兮太山夷。"至景差,曰:"校士猛毅皋陶嘻,大笑至兮摧覆思。锯牙云,晞甚大,吐舌万里唾一世。"至宋玉,曰:"方地为车,圆天为盖,长剑耿耿倚天外。"王曰:"未也。"玉曰:"并吞四夷,饮枯河海。跋越九州,无所容止。身大四塞,愁不可长。据地盼天,迫不得仰。"

如果说《大言赋》还带有希望襄王立志图强、统一四海的寓意,那么其续篇《小言赋》则纯粹是君臣间的文字娱乐了。

汉朝建立以后,屈宋的光辉一直笼罩着文人们的创作。不过,模拟屈原作品的虽多,成功的却很少。只有汉初贾谊的《惜誓》和淮南王门客小山的《招隐士》情感深挚,文采粲然,其他仿作只如蝉蜕之壳,了无生气,反倒是继承宋玉赋的人,颇有各自的成就。大致来说,汉朝赋体文学经历了三个发展阶段。

最先兴起的是骚体赋,主要流行于汉初七十余年之间,因为体制短小,形式活泼,以悲慨士之不遇为主,各方面都类似《离骚》的传统,所以习称骚体赋。骚体赋的流行,一方面是,秦世不文,《文心雕龙·诠赋》虽言秦"颇有杂赋",然流行的也只是杂赋,宋玉那种散体的文人雅士的赋作后继乏人,其继承与发扬还需要一定的时间来酝酿;一方面是,汉初国家正致力于战后的休养生息,政治上流行黄老之学,讲究清静无为,因而赋体的文采不容易展开。彼时只有个别艺术才华较高的文人,遇到不幸才偶发为赋体,用以摹写屈、宋那些哀叹坎坷遭际的文辞。其中成就最高的是贾谊(前201—前168)的《吊屈原赋》与《鵩鸟赋》。后者是贾谊放逐长沙时期的作品,在文学史上开儒生以老庄之道宽慰心灵的先河。

其后流行散体大赋。这种赋导源于宋玉,而兴盛于西汉汉武帝至东汉汉安帝二百余年之间。其特点是体制宏伟,形式规范,往往以主客问答为结构,以铺张细腻为能事,虽时有箴谏之意,然而劝百讽一,究竟以润色汉之鸿业为主。诸如山川、园囿、宫殿、京都之壮美,帝王诸侯祭祀、畋猎之盛大,皆是彼时大赋的主要题材。

汉大赋的兴盛,原因主要有三。在国力方面,武帝以来,外驱匈奴于漠北,内削藩王于肘下,华夏一统,商旅聚辏,故主豪于上,民奢于下,文士莫不欲逞其雄心,摇其健笔,以取宠媚于主上。在学术方面,武帝罢黜百家,独尊儒术,儒者本来就讲求文饰,而汉儒又多以阿谀主上取容,于是礼节文饰之风大兴,清心寡欲之论渐退,文章固将竟乎奢侈淫丽而以素朴简洁为陋矣。在仕进方面,儒者原就以诗文献纳为能,是以班固《两都赋序》谓:

> 至于武、宣之世,乃崇礼官,考文章,内设金马、石渠之署,外兴乐府、协律之事,以兴废继绝,润色鸿业。……故言语侍从之臣,若司马相如、虞丘寿王、东方朔、枚皋、王褒、刘向之属,朝夕论思,日月献纳。而公卿大臣:御史大夫倪宽、太常孔臧、太中大夫董仲舒、宗正刘德、太子太傅萧望之等,时时间作。或以抒下情而通讽谕,或以宣上德而尽忠孝。雍容揄扬,著于后嗣,抑亦雅颂之亚也。故孝成之世,论而录之,盖奏御者千有余篇。

此所言献纳,正以辞赋为主。流风所及,到了东汉灵帝之时竟有以赋诠考之事,然取舍失宜,且捉刀行窃者众,文雅可训者寡,以致引起蔡邕的讥弹,文具《后汉书·蔡邕传》。

在汉代较早写作大赋的是枚乘(?—前140)。枚乘的代表作是用七种事情启发吴太子的《七发》。枚乘之后,最有名的汉大赋作家是司马相如、扬雄、班固和张衡,合称"汉赋四大家"。这五个人也是汉大赋最有名的作者,如果说枚乘是汉大赋的开创者,那么司马相如就是汉大赋的立法者,而后三人则在模拟中一面推波助澜,一面也寻求别开生面。

司马相如(前179—前117),字长卿,小名犬子,少好读书击剑,不慕游宦、爵禄而慕蔺相如之为人,故更名相如。《汉书·艺文志》载相如赋二十九篇,今存六篇:《子虚》《上林》《大人赋》《长门赋》《美人赋》《哀秦二世赋》。

《子虚赋》《上林赋》直接继承和发展了宋玉赋、枚乘赋的散体作风,是汉大赋最卓越的代表。两篇写作时间相距十年,但实为同一主题的上下篇。《子虚赋》献梁孝王,故以讽诸侯为主。赋中假托楚人子虚使齐,与乌有先生言同齐王田猎之事,齐王自得,子虚遂夸美楚王田猎之盛,以为非齐国所可比,齐王无以应对。言罢,乌有先生批评子虚:"不称楚王之德厚,而盛推云梦以为高,奢言侈靡。"《上林赋》献武帝,故以讽天子为主。赋中写亡是公闻子虚、乌有之言而批评说:"二君之论,不务明君臣之义而正诸侯之礼,徒事争游猎之乐,苑囿之大,欲以奢侈相胜,荒淫相越,此不可以扬名发誉,而适足以贬君自损也。且夫齐楚之事又焉足道邪!君未睹夫巨丽也,独不闻天子之上林乎!"于是,便又夸天子上林游猎之盛,且谓游乐之际:

> 天子芒然而思,似若有亡,曰:"嗟乎,此大奢侈!朕以览听余闲,无事弃日,顺天道以杀伐,时休息于此,恐后世靡丽,遂往而不反,非所以为继嗣创业垂统也。"于是乎乃解酒罢猎,而命有司曰:"地可垦辟,悉为农郊,以赡氓隶;隤墙填堑,使山泽之民得至焉。实陂池而勿禁,虚宫观而勿仞。发仓廪以振贫穷,补不足,恤鳏寡,存孤独。出德号,省刑罚,改制度,易服色,革正朔,与天下为始。"

《子虚赋》《上林赋》模仿了宋玉赋的问答结构与劝谏形式,也继承了宋玉赋劝百讽一的格调。这种格调,在宋玉本是为了投楚襄王之所好;在相如,则可能是受到汉儒法家化的影响。先秦儒家本讲究君臣以道义相合,所以臣子对君主说话委婉只是一种客气。至汉,则儒家已开始窃取法家尊君卑臣之论以求取法家而代之,故对君主建言婉而又婉,在汉代已不能不变成必然的要求。相如赋的劝百讽一也应是这种时代风气的一种反映,而不单是对宋玉的模仿。至于《子虚赋》《上林赋》艺术方面的优长,则主要有以下几点:

一是宏大。宋玉的《高唐赋》已经很宏大了,但是与相如赋比,则依旧难以企及。其原因,一方面在于《高唐赋》的宏大只是着力于自然事物的描写,而相如赋时空交错,将自然环境与人事活动联系起来,从空间方面描写游猎山川之美,从时间方面描写游猎活动之盛。如《子虚赋》写子虚夸耀楚王之猎,曰楚之大泽有七,自己仅得见最小的云梦之猎。又言云梦方九百里,其中有一小山。随后便夸叙小山总览如之何,小山其东如之何,其南如之何,其南之上如之何、其南之下如之何,其西如之何,其中如之何,其北如之何,其北之上如之何、其北之下如之何。这是空间的宏大。在时间上,则从楚王的出猎、射猎、观猎写到楚王的观乐、夜猎及猎后的淡泊养息。虽然各阶段的描写有详有略,但却在时间上给人以绵延不尽的宏大之感。另一方面,相如赋层层铺垫,描写君主们的游猎,从齐王到楚王,从楚王到天子,几番扩展后,更使人觉其宏伟。这些都是宋玉赋所没有的手法。据葛洪所传刘歆《西京杂记》载,相如认为:“赋家之心,苞括宇宙,总揽人物。”今观其赋,实能与其言相符。

二是富丽。富即丰富,指描绘的事物多,所用词汇多;丽即美丽,指对事物的描绘多彩多姿。在汉代,写赋的,尤其是写大赋的能手往往都是小学家,要有丰富的词汇和学识,不然则巧妇难为无米之炊。因为赋是要铺陈体物的,而大赋的铺张虚拟尤其严重,没有丰富的词汇和学识是不行的。相如在这方面做得很好,他本身就是小学家,而且他也有园艺师般的才能,所以楚王之猎云梦,天子之狩上林,所写无非花草树木、岩石激流、鸟兽虫鱼、车马弓矢,然而让他安排得井井有条,描绘得有声有色,以致《文心雕龙·诠赋》赞美他:“写物图貌,蔚为雕画。”唐代的李白和杜甫都自云作赋可以凌驾相如之上,这也是“豪语”。他们会写诗,但在赋体上,没有相如的才;更主要的,也没有相如的耐心。司马相如的大赋是其穷尽多年心血而写成的,这种耐心不身处汉朝那样一个崇尚赋体的时代,也是很难形成的。

三是悦耳。汉赋是一种诵读文学,杰出的作者自然重视语言节奏的安排。相如《子虚赋》和《上林赋》的语言形式就具有很美的乐感。他善于大量运用排比句、对偶句,同时又能灵活地调度句式的长短,从而形成悦耳的语言节奏。更重要的是,其语言形式的调度和思想内容的展开又是相配合的。譬如,在辩论是非时,他喜欢采用长句,使读者可以平心静气去思考语句的内涵。在刻画狩猎时,他则主要采用三字句,以连续而短促的音节来渲染狩猎的匆忙、急迫、兴奋与紧张。这样的句法安排,无疑提升了作品的艺术高度。

四是活泼。明代王世贞《艺苑卮言》曾称颂:

> 《子虚》《上林》材极富,辞极丽,而运笔极古雅,精神极流动,意极高,所以不可及也。长沙有其意而无其材,班、张、潘有其材而无其笔,子云有其笔而无其精神流动处。

这话是知言的。相如赋不仅有才学,有辞采,有章法,有高远的意境,更重要的是精神流动活泼。这种活泼既与相如个人风流清越的性格有关,也是武帝朝奋发勇为的盛世精神的反映。后人或没有他的才情,或没遇到盛世,自然也就难以在赋的创作上与他比肩。

除了大赋,相如还有不少优秀的骚体赋。这些赋最可注意者,是往往具有开风气的作用。如《大人赋》讽谏汉武帝莫沉迷于仙道,但"劝百讽一",武帝读后,反倒"飘飘有凌云之气,似游天地之间意",因此实际是最早的游仙赋。又如《长门赋》,其序称武帝的陈皇后失宠,"别在长门宫",于是重金托相如作赋"以悟主上",终使"陈皇后复得亲幸"。此序与《汉书·外戚传》所载陈皇后"罢退长门宫"后再不得宠幸之史事不合,恐后人妄加。不过,《长门赋》大力表现后宫女子"色衰而爱弛,爱弛则恩绝"的悲愁,却实开抒写宫怨之先河。至于《哀二世赋》哀悼胡亥"持身不谨""信谗不寤"而终至亡国,也算是悼亡赋的先驱。

司马相如可以说是宋玉最好的继承者。他的辞赋与宋玉一样,完全可以用儒雅风流来概括,只是和宋玉比,他的风流韵事更多一些。在宋玉赋中,女性在婚恋方面有两种形象,一是怨,一是挑;《神女赋》便是怨,《讽赋》便是挑。相如赋中,《长门赋》是怨,《美人赋》是挑。后者大约是司马相如游梁时所作。赋中叙述相如不慕女色,自炫高洁。刘歆《西京杂记》卷二载:"长卿有消渴疾。及还成都,悦文君之色,遂以发痼疾。乃作《美人赋》,欲以自刺;而终不能改,卒以此疾至死。"其说与赋所言不合,然刘歆去相如未远,必相如作此赋后乃有此讹传,故刘歆记之如此。其赋承宋玉《登徒子好色赋》《讽赋》而来,然摹写挑逗之态更甚。

　　相如赋前承屈、宋,然发展大于承袭,其后赋家则承袭多于发展。在西汉,有并称"渊云"的王褒(前88? —前55?)和扬雄(前53—18)。王褒最有名的作品是《僮约》,以戏谑童仆为内容,是一篇风格诙谐的俗赋。扬雄以《甘泉赋》《河东赋》《羽猎赋》《长杨赋》四大赋知名,但其更有文学个性的创作却是《逐贫赋》与《酒箴》。前者采用四言形式,将"贫"当作人来遣送,通过"贫"的答词、主人的悔悟,宣扬了君子固穷的思想,情绪虽然不平,但笔法也是诙谐的,对后来韩愈的《送穷文》颇有启发。作于成帝后期的《酒箴》,虚设"酒客"与"法度士"相论难,言水瓶实用,反而易招损害;而鸱夷"尽日盛酒",反倒"常为国器"。作者以此抒发内心的不平,讽喻意味较强。

　　班固(32—92),字孟坚,扶风安陵(今陕西咸阳)人,自幼聪慧好学,既有史才,亦长于辞赋。东汉建都洛阳以后,颇有归都西京之议。《后汉书·杜笃传》载,光武帝时,"笃以关中表里山河,先帝旧京,不宜改营洛邑。乃上奏《论都赋》。"班固之时,此议犹多,班固乃作《两都赋》。此赋结构上模拟相如的《子虚》《上林》,分为《西都赋》和《东都赋》,也采取主客论难的形式,借西都宾和东都主人有关迁都长安还是定都洛阳的辩论,描绘了东西二京之美和两种不同的京都意识。《西都赋》主要借铺陈"国家之遗美",发"思古之幽情"。通过铺陈长安都邑之宏大、郊畿之富饶、城池之险固、士女游侠之充盈、离宫别馆之奢丽,论证西都乃中土形胜之最,三代建国之本。其文风像司马相如赋一样汪洋恣肆,但井然有序,详略得当,身临其境的阅读感受要更为强烈。《东都赋》则写东都主人批评西都宾是秦人,囿于乡土之情而不能放眼天下来看待建都问题;指出西都宾只知以宫殿河山之美为京都之美,不知以风雅法度之美为京都之美;而后则具体铺陈光武帝拨乱反正的德业以及明帝建设宫苑则"奢不可逾,俭不能侈",经营池沼则惠及生灵,田猎游艺则"必临之以王制,考之以风雅",以致武帝所不能征、宣帝所不能臣的远人纷纷来朝,由此渲染了一种重声教、崇文德、尚礼治的新的京都观念;其后又在对比中进一步颂扬东都之美,终使西都宾心悦而诚服。《东都赋》受扬雄赋影响较大,风格平正典实,与《西都赋》相互辉映,艺术上属于"诗人之赋丽以则"的典范。

张衡(78—139),字平子,南阳西鄂(今河南南阳)人,他在天文学、数学、地理、绘画和文学等方面都有杰出的成就,是我国古代文化巨人之一。他十七岁时曾游学三辅,后到洛阳,就教于太学。他淡泊功名,屡次被公府征召都推辞不就。永元十二年(100),始任南阳主簿。后被征入朝,拜郎中,两次任太史令,又做过侍中、河间相等官,甚有治才。其文学创作以诗、赋为主,尤以赋著称。其赋今存十三篇,以《二京赋》《归田赋》最负盛名。

《二京赋》作于东汉和帝之时,是张衡穷十年之功模仿班固《两都赋》而创作的。其所写都邑生活较班固赋更加丰富,尤其对民俗风情、文化艺术的刻画更为细致。在讽谏上,则更强调东京的俭朴,而批评西京的豪奢。这一点,显然是针对当时达官显贵及富商的"逾侈"所作出的告诫,较有现实意义。然而他说东京俭朴,也是不可信的。如《后汉书·逸民传》载:

> 梁鸿字伯鸾,……因东出关,过京师,作《五噫》之歌曰:"陟彼北芒兮,噫!顾览帝京兮,噫!宫室崔嵬兮,噫!人之劬劳兮,噫!辽辽未央兮,噫!"肃宗(汉章帝)闻而非之,求鸿不得。乃易姓运期,名耀,字侯光,与妻子居齐鲁之间。

班、张以下,又有王逸之子王延寿,生活在顺帝、桓帝之时,而善于描写宫殿之美。西汉宫殿不少,经王莽之乱大多不存,惟景帝子鲁恭王所建灵光殿辉煌壮丽而独存。延寿游鲁,遂作《鲁灵光殿赋》,既美其佳丽非凡,又叹其劫灰独在,文情粲然,后世谓之"辞赋英杰",可惜不久溺死,年仅二十多岁。

东汉汉顺帝之后一百余年,流行的主要是抒情小赋。特点是体制重趋短小,形式复始活泼,题材虽然广泛,然大要以歌咏士人个性生活与个性追求为主。这原因,一是,政治上,阉宦与外戚的专权,促使东汉王朝进一步衰落,士人润色鸿业的雄心于是乎也日渐衰退;一是,彼时儒家经学日益繁琐,纬学日益虚妄,而修行儒家道德,结果也不过是"直如弦,死道边;曲如钩,反封侯"。这种状况就使得儒家于学于行,都逐渐为学者所厌烦,相应地,老庄之学日渐复兴,于是辞赋自然也就从润色鸿业转向抒写个人情怀,两千年来,遂成赋体创作之正途。在这方面,张衡首开其风,其后则有赵壹、蔡邕、祢衡、王粲等人。

《后汉书·张衡传》载,顺帝永和三年(138),张衡免官归家,作《归田赋》。其形式既不是堆砌辞藻主客虚夸的大赋,也不是驰骋云霓泛滥兮字的骚体,篇幅是短小精悍的,文字是骈俪四六的,思想是儒道合流的,内容是表现个性的,风格是活泼流畅的。张衡一面依照儒家的思想,作了《二京赋》歌咏都邑,一方面又依照道家的观念,作了《归田赋》赞美田园。所以,在他的身上,也就鲜明体现出当时士大夫思想的转变。

赵壹,字元叔,汉阳西县(今甘肃天水)人。《后汉书·文苑传》说他:"体貌魁梧,身长九尺,美须豪眉,望之甚伟。而恃才倨傲,为乡党所摈,乃作《解摈》。后屡抵罪,几至死,友人救,得免。"他尝作《穷鸟赋》以自比艰危,但形式陈旧,也没什么文采。至于《刺世嫉邪赋》则不然。这篇赋在写法上一扫前人以古讽今的小心谨慎,直接鞭挞当时政治的污浊与黑暗,深刻而辛辣,形象而激越,态度决绝,与文题相符。

蔡邕(133—192),字伯喈,陈留圉(今河南杞县)人,精数术而明天文,工书法而妙音律。其《述行赋》是延熹二年(159)赴京途中所写。此赋在题材上属于纪行赋,以纪行为线索,时而写景叙事,时而议论抒情。西汉末,刘歆由河内太守徙官五原,曾作《遂初赋》纪行抒怀,首开其源。后来东汉的班彪有《北征赋》,写其从长安到天水避难途中的见闻,哀民生,怀古迹,文辞典雅,情韵绵长。其女班昭随其子到陈留,曾模仿班彪赋而作《东征赋》,善于怀古抒情,较之乃父更加细腻,文风古淡。蔡邕此赋是汉代纪行赋的殿军。他不但善于在景物描写中寄托深沉的情感,而且敢于揭露在上者耽于逸乐,在下者却无居处、无饮食的贫富分化,对人民不幸生活的同情和对志士仁人被压抑的愤慨,都远远超过赵壹的《刺世嫉邪赋》。至于其《青衣赋》写其对一卑微婢女的倾慕,也真切感人,很有诗的的韵味。

祢衡(173—198),字正平,东汉平原郡般(今山东德州市)人。少有才辩,而矫时慢物。曾击鼓辱骂曹操,操遣之刘表处。表不能容,复遣送江夏黄祖处。祖及其子射皆爱其才,颇善待之,而衡犹为不逊,祖一时不能忍,终杀之,而厚加棺敛。衡文章多亡,所作《鹦鹉赋》借描绘鹦鹉,抒发了作者生于末世而屡遭迫害的感慨,在托物言志的汉赋中,最为佳作。

王粲(177—217),字仲宣,山阳高平(今山东邹县)人,幼以才华早著,颇见爱于蔡邕。及长,避战乱于荆州,以貌寝弱、性通脱不见重于刘表。尝登当阳县城楼而作《登楼赋》,抒发了流落他乡、渴望建功立业而不得的复杂思想,文辞工整、深婉而颇得骚人之致。后乃劝表子降曹,而深以才学为操所爱,获封关内侯。

魏晋以后,赋体基本上延续了汉末抒情言志的路向,只是越来越骈俪,终而形成了骈赋。唐以后,则又有讲求对仗与声韵格律的律赋,主要用于科举取士。与骈赋和律赋相对应,又有不拘骈偶的文赋产生。晚唐杜牧的《阿房宫赋》,北宋苏东坡的《赤壁赋》都是文赋中的名篇。刘大杰曾说:"辞赋源于屈、宋,一变而为铺采摛文的汉赋,再变而为魏晋的小赋,三变而为南北朝的骈赋,四变而为唐宋的律赋与文赋。宋代以后,在赋的演进史上,就再没有什么值得叙述的了。"[1]

第二节　屈原的自救

一　屈原的生平

屈原是我国以及世界文学史上的巨人,但是关于他,近世以来疑议颇多。

譬如,有的人看到《战国策》不载他的名字,同时又觉得司马迁《屈原列传》文多舛误,遂怀疑当时本无他这样一个人,而所谓"屈原"不过一群盲诗人的共称。其实,秦始皇焚书之后,战国史料百不存一,今之《战国策》,也是秦火之余,不载屈原之名,不足以证明屈原不存在。至于《屈原列传》,即使有后人传写之讹误,亦不足以否认其为信史。

---

[1]　刘大杰:《中国文学发展史》,上海古籍出版社1982年版,第186页。

又如,《荀子·非相篇》云:"今世俗之乱君,乡曲之儇子,莫不美丽姚冶,奇衣妇饰,血气态度拟于女子。"有的人看到屈原辞赋中好言服饰之美,又常以男女之情比拟君臣之遇,遂谓屈原充满娘们气,实乃怀王的男宠。其实,以男女比君臣,自《周易》乾坤二卦已然。据《史记》,殷商灭亡后,箕子过故都,诵曰:"麦秀渐渐兮,禾黍油油。彼狡童兮,不与我好兮!"此亦以男女关系比拟君臣。可见,屈原以男女比君臣,只是遵循传统,无可怪哉。至于服饰,屈原辞赋虽自言披花戴草,但也不过是比兴之辞,并非实写。《离骚》说:"高余冠之岌岌兮,长余佩之陆离。"《涉江》说:"余幼好此奇服兮,年既老而不衰。带长铗之陆离兮,冠切云之崔嵬。"这才是屈原实际的服饰。《太平御览》卷四三七所引《胡非子》,曾描述楚人屈将十分好勇,闻胡非子"非斗"之言而悦,于是,"乃解长剑、释危冠而请为弟子焉。"据此便不难推知,屈原高冠长剑的服饰,表达的乃是一种追求武勇的精神,何尝有一丝的娘们气呢。至于《离骚》所谓"众女嫉余之娥眉兮,谣诼谓余以善淫",这是屈原转述众女嫉妒诬蔑之辞,并非自夸眉目姣好。且春秋以来,男子有丈夫气者也常以眉目姣好见称。如鲁庄公是个美男子、大丈夫,《诗经·齐风》中的《猗嗟》就赞美他"美目扬兮",毛传也解释说"好目扬眉"。

此外,还有人见屈原作有《九歌》祀神,而所佩所服亦为巫觋所用,于是怀疑屈原乃楚国一大巫,故虽能影响国政,而史不加载。此亦不可取信之言。孔子晚而喜《易》。《易》,巫卜之书也,而孔子不为巫。屈原之作《九歌》,犹夫子之为《易传》。且屈原所喜高冠长剑,是楚国士人所习服,并不是巫觋的专有服饰。试问,屈原若是大巫,如何在辞赋中宣称"龟策诚不能知事"呢?

关于屈原,人们还有其他种种议论,难以备述,今仅就其较为可信者略述之如下。

屈原,名平,楚宣王二十七年(前343)生,大概是在湖北秭归长大的。北魏郦道元《水经注》引《宜都记》载:"秭归盖楚子熊绎之始国,而屈原之乡里也。原田宅于今具存。"

楚怀王五年(前324),屈原加冠,出任三闾大夫,掌管楚国昭、景、屈三大家族子弟的教育;并作《橘颂》以作为政治上的誓言。怀王十年,屈原大概兼任了职能相当于王者助理的左徒。怀王十一年,屈原可能参与了拥戴怀王为六国合纵长以伐秦的活动。此次伐秦为楚怀王赢取了巨大的政治声誉，甚至周天子也派人来恩赐胙肉，尊宠楚国为诸侯之霸主。屈原因此创作了《九歌》祀神并祭祷阵亡的将士们。怀王十二年到十四年，在怀王的支持下，屈原很可能制定并公布了一些革新政治的法令，并开始起草具有重要意义的"宪令"。怀王十五年，因上官大夫谗害，屈原变法失败，并见疏于怀王。怀王十六年春，屈原被迫离开郢都，取江汉水路来到汉北（今湖北襄樊东北一带），从夏至秋，不见怀王回心转意，遂转而流亡于齐。其后秦国遣张仪使楚，以奉献商於之地六百里，诱骗怀王绝齐楚之交。怀王已绝齐，而秦不予楚地。怀王十八年，由于伐秦而屡败，怀王遂遣人招屈原回国。秦国闻之，又派使臣来楚，请求分汉中之半给楚国，以恢复盟好。怀王说："愿得张仪，不愿得地。"张仪遂自请入楚，并托请靳尚、郑袖游说怀王；及获释，又游说怀王叛齐而与秦合亲。张仪已去，屈原适从齐来，谏王曰："何不诛张仪？"怀王悔，使人追仪，弗及。怀王复任屈原为左徒，以备顾问，然不能用其策。怀王三十年，秦昭王致信怀王，欲复合两国之好而请怀王入秦盟会于武关。子兰恐惠怀王入秦，屈原则坚决反对，遂被放逐陵阳（今属安徽）。王入秦而不得返。于是昭睢迎太子横于齐，立为顷襄王。

据《史记》载，襄王即位，"乃告于秦曰：'赖社稷神灵，国有王矣。'"竟不问怀王，且以子兰为令尹，国人皆怨。襄王二年（前297），怀王病重于秦，屈原作《哀郢》，叹往事，斥子兰。襄王三年春，怀王客死于秦，秦人归其丧于楚。《史记·楚世家》云："楚人皆怜之，如悲亲戚。诸侯由是不直秦。秦楚绝。"屈原乃作《天问》，通过总结历史的经验教训，要求楚襄王"悟过改更"。子兰闻之大怒，指使上官大夫向楚襄王谗毁屈原，襄王遂迁徙屈原于江南（今湖南溆浦一带）。秋，屈原起身出发，先由庐江（今青弋江）北入长江，溯流至今湖北鄂州，遂弃舟登岸，由陆路抵达洞庭湖边的方林，又弃车登舟，经枉陼、辰阳而抵达溆浦。在抵达鄂州时，他创作了《涉江》。其冬，又创作了《悲回风》，犹豫于生死之间。襄王六年，秦昭王下书，要求楚国或与秦和好，或与秦决战。"楚顷襄王患之，乃谋复与秦平。"襄王七年，王迎妇于秦，秦楚复平。屈原理想破灭，遂作《怀沙》，自投汨罗而死，享年大约五十二岁。一百一十七年后，汉有贾生，为长沙王太傅，过湘水，投书以吊屈原。屈原投江之日，相传在农历五月初五，彼时本有龙舟祭祀之俗，后因以纪念屈原。

二　屈原的理想

关于屈原失意于楚，因何不肯求仕于他国，自古以来，说法很多。其主要者，有忠君说，以为屈原有忠臣不事二君的观念；有同姓说，认为屈原与楚王同姓，礼，同姓无去国之义；有爱国说，以为屈原爱国观念深厚；近世以来，更有屈原癖好断袖，爱恋怀王，遂不能去云云。

断袖说之荒唐无稽，固不必辩，但前几种说法，也不甚可从。因为这些说法大多脱离了屈原之时的社会文化，从而使屈原的行为变得孤立难以理解。再者，这些说法也与屈赋内容不符。屈赋曾一再对伍子胥表示哀惋、赞美与向往之情，如《涉江》曰："伍子逢殃兮，比干菹醢。与前世而皆然兮，吾又何怨乎今之人！"《惜往日》曰："吴信谗而弗味兮，子胥死而后忧。"《悲回风》曰："浮江淮而入海兮，从子胥而自适。"据《左传》及《史记》载，伍子胥本系楚人，因楚平王信谗而杀害其父兄，伍子胥乃辗转逃至吴国，后竟率吴军破郢，掘平王之墓而鞭其尸。就屈原歌颂伍子胥这样一个事二君、覆故国的人来说，可知屈原并没有什么愚忠观念，其思想也不是宗国情感所能局限的。又，汉末王符《潜夫论·志氏姓》指出"伍氏"为楚之公族。南宋郑樵《通志·氏族略》也认为楚国"伍氏"出自芈姓。可见伍子胥亦与楚王同姓，其去国事吴，屈原不仅不责，反倒对其忠心事吴有所称颂，怎么能说屈原是因为坚持同姓之义，遂不肯背楚而去呢！更何况，"同姓无去国之义"还只是汉儒的概括，与春秋以来的历史并不完全相符呢。

其实，屈原不肯背楚，主要是他的政治及文化理想起了作用。战国中叶的形势，诚如《战国策·楚策一》所言："纵合则楚王，横成则秦帝。"就屈原来说，他显然是主张抗秦王楚的，其原因不是别的，就在于秦楚文化追求不同。秦国奉行的是比较单一的法家政治，而且是苛暴、不甚讲求德行信义的法家政治。其国家驭民如禽兽，民众为国家牢笼，既乏人生之信仰，又寡个性之自由。楚则不然，虽然楚国在政治上党人比奸，极其黑暗，然而文化上儒、道之学盛行。这从湖北郭店所出战国楚简、上海博物馆所藏战国楚简多儒、道二家之书，便不难了解。儒家追求人生信仰，道家鼓吹个性自由。这就使得楚的意识形态颇不同于秦国，而与屈原的思想相近。屈原若想捍卫自己的道德理想，就必须反对秦国的兼并，而反对秦国的兼并，则莫过于立足楚国，合纵六国以击秦。这一点才是屈原不能弃楚而去的最为重要的原因。明代赵南星《离骚经订注》曾评论说：

> 屈原以同姓之臣，坐视宗国之败亡，不得出一言，虽沉江不亦可乎？且非独此也，天下之势，已将一于秦，虎狼统人群，此鲁连所以蹈海也。屈原沉江，其即鲁连之志乎？

赵南星所言鲁连，战国著名侠士齐人鲁仲连也，与屈原同时。《战国策·赵策三》曾记载鲁仲连"义不帝秦"，其原因在于他认为：

> 彼秦者，弃礼义而上首功之国也。权使其士，虏使其民。彼则肆然而为帝，过而遂正于天下，则连有赴东海而死矣。吾不忍为之民也！

屈原之所以反秦，之所以自沉，诚与鲁连相类，是激于文化理想所致。其一心扶助楚国，亦应是楚最有实力抗秦之故。当然，我们不否认屈原有留恋故国乡土之思，有感激怀王曾信之情，但这都不能说是屈原扶楚抗秦的主要原因。

为了实现其政治及文化理想，屈原主张在外交上联合齐国，在内政上弃秽改度。他的改度能取儒、道、法三家之长而去其弊，具体说，就是要求励耕战、举贤能、反壅蔽、禁朋党、明赏罚、除奇暴。此外，从屈赋来看，屈原在政治上对于源远流长的神道设教的传统也是不排斥的。《淮南子·人间训》谓："荆人鬼。"《汉书·地理志》云："楚人信巫鬼。"《隋书·地理志下》载："大抵荆州率敬鬼神，犹重祠祀之事。"屈原在政治上不排斥神道设教，应是就楚人风俗信仰因地制宜之举。《荀子·天论》曰："日月食而救之，天旱而雩，卜筮然后决大事，非以为得求也，以文之也。故君子以为文，而百姓以为神。以为文则吉，以为神则凶也。"屈原作《九歌》，也应属于"以为文则吉"之类，没有什么可奇怪的。

自汉代以下的中国政治，凡能升平太康者，无不以儒教民，以法驭民，以道安民，而最早融会三家，孜孜不倦以献身者，非屈原而谁！

三　屈原的创作

屈原的作品，《汉书·艺文志》谓有二十五篇，但不著具体篇目。王逸《楚辞章句》认定的屈原作品有《离骚》《九歌》（十一篇）、《天问》《九章》（九篇）、《远游》《渔父》《卜居》，亦二十五篇。这个篇目，目前来看，还是可信的。

屈原的二十五篇诗歌，除了《九歌》以及《九章》中的《橘颂》，都可以说是屈原苦闷心灵的表现。在《九章·抽思》中，屈原曾感慨："道思作颂，聊以自救兮。忧心不遂，斯言谁告兮。"据此可见，屈原创作楚辞，虽然可能有这样或那样的想法，但最根本的目的是"自救"，也就是用诗来自证人格的清白、操行的正确以及理想的远大。所以他的创作虽然也对现实有所抨击，但目的并不仅仅止于进谏，而主要是为了自我精神的解放。这种创作追求与《诗经》那种以诗歌为讽谏的追求显然不同，因为讽谏谏的是别人，自救救的是自己。屈原的作品被称为"辞"，也正与这种"自救"特征有关。因此，在屈原的诗歌创作中，也就显示了一种新的极富个性的、张扬自我的精神追求。这种追求既与《诗经》不同，也就成为我国文学创作新的传统。屈原的二十五篇诗歌，每一篇都有其在艺术创作上的独到之处。限于篇幅，我们这里只对《离骚》和《九歌》做一点简单的介绍。

《离骚》是屈原最为后人称许的作品，大约是怀王十六年，诗人外放齐国途中，于夏秋间在汉北边境地区创作的。关于《离骚》的题名，众说不一。司马迁《屈原列传》说："离骚者，犹离忧也。"班固《离骚赞序》说："离犹遭也，骚犹忧也，明己遭忧作辞也。"二人之说最早，也最符合《离骚》的思想内容。《离骚》一诗正是屈原在变法失败后，对变法过程中是非曲直的具体批判。诗人一方面阐述了变法的重要意义以及自己遭受冤屈的前因后果，一方面渴望怀王能回心转意，接自己返国继续变法革新的伟大事业。但令诗人失望的是，他并没有等来怀王翻然悔悟的诏令，于是只好"远逝以自疏"。除此之外，诗人也描写了家人以及弟子在变法过程中与诗人关系的变化，因而使得这首长诗成为了解屈原思想追求与个人生活最为重要的篇章。

需要提及的是，王逸《离骚序》以为《离骚》实名《离骚经》，且谓："离，别也。骚，愁也。经，径也。言己放逐离别，中心愁思，犹依道径，以讽谏君也。"将《离骚》称为"经"，这应是后人推尊的结果，并不是屈原本人的题名。同时解"离骚"为"别愁"也是不合适的。由于汉代是汉天子一统天下，君主和士人之间已经不再是战国年间"士贵耳，王者不贵"的情形，所以一些士人对屈原在作品中指斥君王、张扬自我的做法颇有非议。在这种思想氛围下，王逸为了推尊屈原，对屈赋尤其是《离骚》的思想内容做了很多牵强附会的曲解，以求突显屈原的"忠"，这是需要我们注意的。至于后人解释《离骚》的题名，虽然在标新立异中也能提出若干思考，但皆不如司马迁与班固之说平实而深刻。

马、班二人说《离骚》是遭忧作辞，整部《离骚》的情节也确实是表现屈原这个杰出的先导辩白其所遭受的忧患。其忧患细分则有二，即政治之忧患与婚恋之忧患。全诗在结构上正表现为这两个主题的协奏，以音乐来比附，则是前有序曲，后有尾声，中间是三个乐章，与楚汉相和歌的曲式结构有些相类。

序曲从开篇到"来吾导夫先路"，主要写诗人离骚之因。从诗中描写看来，诗人遭受忧患主要在于诗人力主弃秽改度。至于诗人力主弃秽改度、渴望政治上有所建树的原因，诗人则又罗列四条。

首先是家世不俗："帝高阳之苗裔兮，朕皇考曰伯庸。"高阳，颛顼也，是传说中能拨乱反正的伟大帝王；伯庸，是屈原的父亲，为国事而死。《论语·学而》载，子曰："父在，观其志；父没，观其行；三年无改于父之道，可谓孝矣。"屈原这里称述父祖，正是慕其道而欲加以弘扬的意思。

其次是生辰之奇："摄提贞于孟陬兮，惟庚寅吾以降。"摄提，是摄提格的省称，指寅年。《尔雅·释天》说："正月为陬。"正月为春季之首，故称孟陬。楚辞用夏历，夏历正月建寅，孟陬为寅月。据此，屈原生辰为寅年寅月寅日。王逸以为此言生辰得天地阴阳之正。湖北云梦睡虎地十一号秦墓出土的《日书·生子》曾说："庚寅生子，女为贾，男好衣佩而贵。"吴小强释为："庚寅日出生的孩子，女孩长大做商人，男孩长大喜欢穿戴考究的服装，很有政治地位。"[①]据此，屈原自道生辰之奇，有自负

---

① 吴小强：《秦简〈日书〉集释》，岳麓书社 2000 年版，第 104 页。

秉承天命之意。

再次是君主之望："皇览揆余于初度兮，肇锡余以嘉名。名余曰正则兮，字余曰灵均。"皇，指年纪稍长于屈原的楚怀王。览揆，指观察和审视。初度，指加冠之际的风采。"肇"，指勉励。这几句是说，在屈原行加冠礼的时候，怀王根据他已显露出来的人格和操守，为他命名加字以示勉励。而之所以不直接道出名平字原，是为了揭示怀王所起名字的寓意，即希望屈原能致力于均平、中正之道。

最后是时代之需：一方面诗人已锻炼出许多才能，也培养出众多的变法人才，一方面日月忽焉，时不我待。凡此种种，使得诗人不能不呼吁怀王选贤与能，改度自强，让自己"道夫先路"，作实施美政的开路先锋。

第一乐章，从"昔三后之纯粹兮"到"霑余襟之浪浪"，叙述诗人离骚之状。这一章先言政治。首先是"伤灵修之数化"，批评怀王"荃不察余之中情兮，反信谗而齌怒"，且弃秽立场不坚定。其次是"哀众芳之芜秽"：先言培养人才之辛苦，后言人才与党人同流，"众皆竞进以贪婪兮，凭不厌乎求索"，随后表示"既替余以蕙纕兮，又申之以揽茝"，即决心继续坚持其美好的政治追求。再次是"众女嫉余之娥眉兮，谣诼谓余以善淫"，斥责党人造谣诬蔑，使自己"独穷困乎此时"。随后，诗人表示自己既不会和党人同流，也不能与党人"相安"，只能"伏清白以死直"。最后是"悔相道之不察兮，延伫乎吾将反"，希望怀王能翻然醒悟，招己还朝。然久久不见招，故而诗人只得表示"将往观乎四方"。其后转入婚恋主题，接着述说婚恋上的离骚之状。主要写"女媭之婵媛兮，申申其詈予"。女媭是诗人对妻室的拟称，她希望诗人明哲保身，责备诗人"茕独而不予听"。由于女媭责备屈原的时候提及了"鲧"，希望诗人引以为戒，而鲧在传说中是为舜放逐而亡命的，所以接下来的情节，诗人便写他"济沅湘以南征兮，就重华而陈辞"，通过向帝舜陈述历史的经验教训，证明诗人的追求是中正的。这就从侧面展示了诗人和女媭重大的思想分歧，暗示了两个人情感破裂的不幸命运。

第二乐章，从"跪敷衽以陈词兮，耿吾既得此中正"到"怀朕情而不发兮，余焉能忍与此终古"。这一章，诗人用昆仑山象征楚国，通过诗人在昆仑山上的活动，象征诗人的求索在楚国之内不会有好的结果。这一章还是先言政治。先写诗人在昆仑山腰欲向上往见天帝,然帝阍不给诗人开门,象征着政治上因为党人的阻隔,诗人不会再得到怀王的重用。其后言婚恋主题,写诗人在昆仑山腰欲下求佚女而不成,象征着诗人也不可能与女嬃言归于好。下求者,一是,"吾令丰隆乘云兮,求宓妃之所在。……虽信美而无礼兮,来违弃而改求。"一是,"望瑶台之偃蹇兮,见有娀之佚女。吾令鸩为媒兮,鸩告余以不好。雄鸩之鸣逝兮,余犹恶其佻巧。心犹豫而狐疑兮,欲自适而不可。"第一次,是诗人自己放弃了,因为诗人不欣赏漂亮但却淫邪的女子;第二次是受托为媒的鸩鸟在佚女那里谗害诗人,诗人守礼,遂无法亲往自白。这两段情节都是求女,但用意不同。第一次求女的描写,是表明诗人自身道德操守的纯正,回应前文提到的众女的"谣诼谓予以善淫"。第二次求女,则是暗示诗人和女嬃不能言归于好,原因主要在于党人的阻挠与作梗。在这种情况下,诗中便又很自然地写到,诗人想远离昆仑,也就是离开楚国远赴异国求女,就像少康当年流亡在外而娶有虞之二姚那样。但是,诗人一方面担心"理弱而媒拙兮,恐导言之不固",一方面又怀疑异国也"世溷浊而嫉贤兮,好蔽美而称恶"。最后,诗人总结自己在楚国的情形:"闺中既已邃远兮,哲王又不寤。怀朕情而不发兮,余焉能忍与此终古。"不寤,即不迎。屈原著《离骚》时,正当去国使齐,徘徊汉北之际。此所谓"不寤"正指怀王不能迎其返国。一方面是闺中的美人疏远自己,一方面是哲王也不迎返自己,既如此,诗人也就不能不准备离开了。

第三乐章,从"索藑茅以筳篿兮,命灵氛为余占之"到"及余饰之方壮兮,周流观乎上下",写诗人思行于外。此章承上章求女,先言婚恋主题,写诗人请灵氛占卜楚之外婚恋是否美满,灵氛劝诗人说:"勉远逝而无狐疑兮,孰求美而释女。何所独无芳草兮,尔何怀乎故宇。"其后转入政治主题,写诗人找巫咸降神,预测楚之外明君是否可求,巫咸劝诗人"勉升降以上下兮,求矩矱之所同",不要停留楚国为党人所误。诗人认可了巫咸的观点,表示:"及余饰之方壮兮,周流观乎上下。"

尾声,从"灵氛既告余以吉占兮,历吉日乎吾将行"至结束,写诗人"远逝以自疏"。诗的这一段先写诗人出行的盛大欢乐,后述诗人"忽临睨夫旧乡"时仆夫与马儿的悲怀,衬托了诗人为坚持道义,不得不离开故国时内心的无奈与痛苦。最后,在乱辞中,诗人集中表达了去国的因由：

> 已矣哉，
> 国无人莫我知兮，又何怀乎故都？
> 既莫足与为美政兮，吾将从彭咸之所居。

既，尽也，相当于"都"。在这里，诗人一方面解释了离开故国全在于楚国没有贤良能了解自己、任用自己；一方面表示，如果全天下都没有可以共同建设美政者，诗人将"从彭咸之所居"。彭咸是商代的贤大夫，因商王不听其谏，自投水而死。诗人的这一句话，表明诗人将人生的全部意义都寄托在美政的追求中。

《离骚》整篇诗歌，既有巨大的思想内涵，又有缜密的艺术结构。在古代中国诗歌历史上，罕有其匹。同时，在这篇诗歌里，屈原一方面紧紧抓住战国时代混乱黑暗的社会现实，一方面通过极为浪漫瑰丽的艺术想象，充分塑造了一个人类社会先行者的光辉形象。既写了他在政治与人格两方面高远峻洁的追求，也充分刻画了他的悲哀、孤独与苦闷，更重要的当然是展现了他为了实现真、善、美而"虽九死其犹未悔"的伟大精神。鲁迅先生在《汉文学史纲要》中曾赞美《离骚》："较之于《诗》，则其言甚长，其思甚幻，其文甚丽，其旨甚明，凭心而言，不遵矩度。故后儒之服膺诗教者，或訾而绌之，然其影响于后来之文章，乃甚或在三百篇以上。"屈原是不朽的，《离骚》也是不朽的！

楚怀王十一年，屈原曾辅佐怀王组织六国人民从事合纵抗秦的斗争，并使怀王受到周王室的嘉奖。为了纪念此事并抬高楚国的声望，屈原承楚怀王之命，创作了《九歌》。这一组诗歌祭祀了九类神祇，但重点却在组诗的首尾。首篇《东皇太一》祭祀的是南征三苗而死在洞庭湖南的帝舜。末篇《国殇》讴歌的是与秦国作战而牺牲的楚国战士的英灵。其间《大司命》《少司命》《东君》也都讴歌了公而忘私的伟大精神。其思想的教育意义，是很明显的。《史记·张仪列传》载，张仪曾认为："楚虽有富大之名而实空虚；其卒虽多，然而轻走易北，不能坚战。"张仪的话虽不免有所夸大，但显然也不是无中生有。屈原创作这组诗歌，正是为了借助祭祀的形式鼓舞楚国人民抗秦自强的民族精神。

一般认为,《九歌》在创作中可能吸收了民歌艺术的营养。但由于屈原之时的民俗歌舞并未传及今世,我们已经很难考察《九歌》文体与当时民歌艺术的具体联系。不过,一般来说,人们认为《九歌》与原始诗歌一样,诗乐舞不分,表演形式有科(动作),有白(说辞),有独唱,有对唱,有合唱,有独舞,有对舞,有合舞。只是对于科、白、唱、舞的具体分析,学者们歧见颇多。在屈原作品中,《九歌》最突出的成就是对爱情与战士的歌咏。《少司命》与《东君》的爱情刻画,尤为感人。《少司命》的内容如下:

> 秋兰兮麋芜,罗生兮堂下。
> 绿叶兮素枝,芳菲菲兮袭予。
> 夫人自有兮美子,荪何以兮愁苦?
>
> 秋兰兮青青,绿叶兮紫茎。
> 满堂兮美人,忽独与余兮目成。
> 入不言兮出不辞,乘回风兮载云旗。
> 悲莫悲兮生别离,乐莫乐兮新相知。
>
> 荷衣兮蕙带,儵而来兮忽而逝。
> 夕宿兮帝郊,君谁须兮云之际?
> "与女沐兮咸池,晞女发兮阳之阿。"
> 望美人兮未来,临风怳兮浩歌。
> 孔盖兮翠旍,登九天兮抚彗星。
> 竦长剑兮拥幼艾,荪独宜兮为民正。

　　这首诗在形式上,属于少司命与祭祀者的对唱。诗歌可以分为三段。第一段是祭祀者的唱词,点出少司命辛勤工作之余,也有自己的愁苦。第二段是少司命的唱词,回答了祭祀者的关切,委婉地诉说了自己也有一见钟情、相思难忘的人儿。虽然少司命没有明说,但是如果我们预先读了下一首《东君》,便不难知道,少司命所云"入不言兮出不辞,乘回风兮载云旗",正是对东君形象特点的描绘。第三段是祭祀者的唱词。这一段先是描述少司命离开后，在云端等候心上人的痴情，并通过咸池沐浴、旸谷晾发的歌词，含蓄而又鲜明地点出少司命的心上人就是日神东君，因为那里正是日神从地下升空的所在。此后，写歌的回音未绝，少司命已从爱的梦幻中惊醒。她放下私人情感，迅速驾车直冲九天，挥起扫帚星把天地的邪秽一扫而光。正因为少司命如此公而忘私，所以其后才有"荪独宜兮为民正"的赞美。

关于少司命的职能，早期文献没有明确的记载。有人说大司命掌管人类生死，少司命掌管人类婚姻。这是不确切的。应该说大司命掌管人类的夭寿，少司命掌管人类的婚育。只是由于少儿在成长中最易受到他人的侵害，所以在先民信仰中，少司命也保护幼儿的成长。《九歌》主要是悦神的祭歌，但是参与祭祀的将士们往往是青壮年，他们最关心的，显然是他们的婚恋与子嗣。正是由于这个缘故，少司命也就成为屈原此次歌咏和描写的重要对象。在古人的想象中，少司命是夜空的星神之一。诗歌在具体刻画少司命的时候，都紧紧围绕少司命的工作特点而展开。一是家居环境方面，其庭院种满有利于生子的花卉；一是性格方面，她细心而又勇敢，这也正是对儿童守护者最主要的要求；一是她的妆扮，荷花瓣做的衣服，蕙草编成的长带，以及来去倏忽的轻快，也都与彗星划过夜空的特点相适应。尤其是她与东君的爱的悲剧，也是围绕着她的工作特点而展开：东君是日神，而少司命作为文昌宫的星神，是以彗星这把扫帚来除恶的。当东君出现的时候，她就被阳光吞灭；当她出现在夜空的时候，东君又沉没在西方。她充其量只能在黄昏和黎明，与东君回眸一笑。所谓咸池、阳阿云云，不过是她关于心上人的梦幻。

东君，一般认为就是太阳神，或者说日神，以从东来，故名东君。《东君》诗的内容如下：

> 暾将出兮东方，照吾槛兮扶桑。
> 抚余马兮安驱，夜皎皎兮既明。
> 驾龙辀兮乘雷，载云旗兮委蛇。
> 长太息兮将上，心低徊兮顾怀。

羌声色兮娱人，观者憺兮忘归。

缅瑟兮交鼓，箫钟兮瑶簴。

鸣篪兮吹竽，思灵保兮贤姱。

翾飞兮翠曾，展诗兮会舞。

应律兮合节，灵之来兮蔽日。

青云衣兮白霓裳，举长矢兮射天狼。

操余弧兮反沦降，援北斗兮酌桂浆。

撰余辔兮高驼翔，杳冥冥兮以东行。

本篇是东君的独白。大致可分为三段。

第一段交代东君潜出东方，整顿车马，准备升空的情况，在内容上与《少司命》所写少司命在深夜的等待相衔接。少司命在等待时，曾通过歌唱，表达了与东君在东方咸池约会的期望。但在本篇，东君因为忠于职守，却无法答应。他很爱惜他的龙马，但却无法去爱他心上的人儿。他诅咒自己的太阳车是爱的牢房，可是依旧驾车腾空而去。诗人在这一段描写中，没有直接点明东君的心事，而是通过环境的渲染、人物低首回顾的动作，婉转暗示了东君的心曲，使我们鲜明地感到东君性格的深沉、敦实与坚忍，与《少司命》所描述的"人不言兮出不辞，乘回风兮载云旗"也高度一致，表现了屈原艺术构思上的精细与缜密。

第二段写东君驰骋在天空时，所见大地上人们进行祭祀的场景。这一段主要采用对比的手法，用地上祭祀的祥和、欢乐以及众神皆降，反衬东君坚持职守的孤单落寞与高尚品格。

第三段写东君在西沉前为民除害、射杀天狼的壮举。通过举长箭而射、操天弓而降、舀北斗而饮、纵马缰而奔等一连串疾速转换的动作，诗人写出了东君刚毅而豪放的性格。在神话传说中，太阳西沉，中间会在悲泉休息车马，会在蒙谷沐浴晾晒。诗中东君饮酒的描写很显然应该发生在于蒙谷沐浴之时。但是诗人却将这一较长时间内发生的事情，浓缩为几个动作，从而有力地渲染出东君的英雄气质。不但如此，这一段描写明显在与第一段描写相映照，从而使我们知道，第一段中，东君的任劳任怨，并不是因胆小而循规蹈矩；低徊太息，也并不纯粹是儿女情长，英雄气短。事实上，正因为有了第一段爱情的优柔以及第二段众神享乐的刺激，第三段中东君的爆发才有了更为强烈的艺术感染力。诗人是故意要造成这一效果的。最突出的一个证据便是，诗人在东君出场时，并不对东君的妆扮进行描绘，而硬是将这种描绘拖延到最后。我们试想一下，一个英拔的男子，在天空中翻云踏浪，举长矢而射天狼，岂不勇哉？一手操天弓，一手把北斗，岂不豪爽而风流哉？抛弓弃斗，纵马驰向无比黑暗的深渊，岂不刚毅而壮烈哉？而这一男子竟然"青云衣兮白云裳"，岂不更多了几分潇洒与浪漫吗？

不惟如此，如果我们将《东君》的最后一节与《少司命》相比较，就不难发现，少司命的具体形象，也是在诗歌的最后一段被加以描绘的。两个人为民除害的英姿也都是在最后一段得以突出表现的，而在此前，则主要刻画他们温柔从容的一面。诗人以这样的笔法来塑造二人，也使得读者强烈地感受到，少司命与东君在思想性格上乃是具有高度一致性的人物，至少他们都能忍受黑暗而心怀光明。所以，诗人虽然没有明言二人惊鸿一瞥遂生爱意的原因，但实际上，却已经一切尽在不言中了！

《国殇》祭祀为国牺牲的将士。关于诗题的涵义，学界认识不一。清代戴震《屈原赋注》认为："殇之义二：男女未冠笄而死者谓之殇；在外而死者谓之殇。殇之言伤也。国殇，死国事，则所以别于二者之殇也。歌此以吊之，通篇直赋其事。"此诗的内容如下：

> 操吴戈兮被犀甲，车错毂兮短兵接。
> 旌蔽日兮敌若云，矢交坠兮士争先。
> 凌余阵兮躐余行，左骖殪兮右刃伤。
> 霾两轮兮絷四马，援玉枹兮击鸣鼓。
>
> 天时坠兮威灵怒，严杀尽兮弃原野。
>
> 出不入兮往不反，平原忽兮路超远。
> 带长剑兮挟秦弓，首身离兮心不惩。
> 诚既勇兮又以武，终刚强兮不可凌。
> 身既死兮神以灵，魂魄毅兮为鬼雄。

此诗以"天时"两句为过渡句,前面的部分叙述两军交战的激烈情景,后面的部分咏惜战士们的勇武刚强。前面主要描写动作,后面主要抒写精神。屈原的这首诗歌在中国诗歌史上也具有重要的艺术地位。其原因有两点。

　　一是,在屈原之前的战争诗歌中,人们一般并不对战争本身做细致的刻画,而屈原的这首诗却对战争行为进行了具体的描写。古人排兵打仗,一般首先要整顿队列,然后会派勇士到敌营致师,也就是挑战。挑战者有时会在敌营冲杀一阵,有时遇见对方的勇士也会相互搏击。《国殇》诗中前两句所写可能就是楚国勇士前出致师的情景。其后的"矢交坠"则是描写敌我双方在相隔较远的地方互相集中射箭。再后描写的则是近距离的大规模的车战。最后描写的则是以战车战马为掩护的近身肉搏。可见,《国殇》一诗相对完整地表现了古代战争的各个部分,而且写得还较为细致。

　　一是,在屈原之前的战争诗歌中,人们总是将战争的道德因素大加渲染,并且置于非常崇高的地位。屈原所描写的战士是为国而死的,诗歌创作又是以合纵讨伐"虎狼之国"秦国为背景的,自然具有崇高的道德因素可以挖掘,但屈原将这些都放在一旁,只是集中笔墨表现战士们的英勇。他不仅歌咏战士们生前的勇武刚强,而且讴歌战士们死后也是鬼域中的英杰。海明威相信:"一个人可以被毁灭,但不能给打败。"而屈原祭祷的战士们即使被毁灭了,也还是要反抗而不会被打败。屈原通过这种方式,使得诗中对勇武刚强的强调达到了无以复加的地步,也体现出屈原个人人生操守的某些特点。因此,此诗虽是对战士们的歌咏,但也可以说是一首关于人格独立的颂歌。在屈原众多诗作中,此诗也最具崇高的审美气质。

【参考书目】

马积高:《赋史》,上海古籍出版社 1987 年版

龚克昌、苏瑞隆:《两汉赋评注》,山东大学出版社 2011 年版

费振刚、仇仲谦、刘南平校释:《文白对照全汉赋》,广东教育出版社 2006 年版

郭维森:《屈原评传》,南京大学出版社 2007 年版

吴广平编注:《宋玉集》,岳麓书社 2001 年版

白化文等点校:《楚辞补注》,中华书局 1983 年版

蒋立甫点校:《楚辞集注》,上海古籍出版社 2001 年版

金开诚、董洪利、高路明:《屈原集校注》,中华书局 1996 年版

王志:《百年屈学问题疏证》,上海三联书店 2015 年版;《屈赋论笺》,上海三联书店 2015 年版;《楚辞评注》,吉林大学出版社 2015 年版

第五讲　史迁与史传

第一节　史传的源流

我国历史散文具有悠久的传统。班固《汉书·艺文志》说:"古之王者,世有史官,君举必书,所以慎言行,昭法式也。左史记言,右史记事;事为《春秋》,言为《尚书》。"《礼记·玉藻》也说:"天子动则左史书之,言则右史书之。"两者说法虽有不同,但都认为较早的史官职有分工。不过,由于《庄子·天下》谓"《书》以道事",《荀子·儒效》亦谓"《书》言是其事也",有些学者便认为《尚书》也记事,因此古史分职言、事之说不可信。其实古人所谓记言,论事之言也。如《尚书大传·略说》载,子夏云:"《书》之论事,昭昭若明焉。"《庄子》与《荀子》之说,不过是强调《尚书》所记的是针对具体事务的言,与班固等人的古史分职之说并不矛盾。

就现存文献来看,我国的记言散文可追踪到虞、夏;但一般认为,周代以前的记言散文大多经过后世的改易,并不皆是原貌。至于记事散文,目前还只能追踪到殷墟卜辞,但殷墟卜辞未必可以代表殷代记事散文的最高水平。大概到了春秋末、战国初,我国古人愈发认识到杰出人物在历史发展中的重要作用,因而无论记言散文还是记事散文,都有将某些人物的历史活动集中加以记载的趋势。如《国语》记言,喜欢用连续的章节专载某人的言语,而《左传》在分年记事中也总是通过追叙、补叙等方法尽量在某一年的记事中比较完整地体现某一人物的历史活动。这样发展下来,到战国中叶,就出现了《晏子春秋》《穆天子传》这样专载单个历史人物的传记；到了战国后期，则又出现了记载战国策士这一类人物的专书，如《国策》《短长》《事语》《长书》《修书》等；再发展到汉代，便更衍生出记载社会各类型各群体的纪传体史书，如司马迁的《史记》。此后中国的历史散文，虽还有其他演变形式，但以重人为特征的纪传体史书则始终是史学的主流。其发展大致如下表所示：

<pre>
    左史记言   右史记事
    虞书
    夏书
    商书   卜辞
    周书   春秋
    国语   左传
           ———记人———
    晏子春秋、穆天子传
           国策
           史记
           汉书
</pre>

"史记"本是史书的泛称。司马迁的《史记》，汉代多称《太史公书》或《太史公记》《太史公百三十篇》，东汉灵帝后渐以《史记》之名著称。《史记》古代注家不多，著名的有南朝宋代裴骃的《史记集解》、唐代司马贞的《史记索隐》、张守节的《史记正义》，原皆单行，北宋时被汇编在一起。日本泷川资言的《史记会注考证》征引资料较为丰富，清代梁玉绳《史记志疑》用力多年方才完成，都值得参阅。

《史记》是我国第一部纪传体通史，记叙了自黄帝到汉武帝太初年间约三千年的历史。全书共一百三十篇，原有五十二万六千余字，由本纪、书、表、世家、列传五部分组成。本纪十二篇，是帝王史及以帝王事迹为线索的王朝史。表十篇，是采用表格形式的历史大事记。书八篇，是关于天文、历法、水利、经济、文化、艺术等方面的专门史。世家三十篇，是诸侯史及以诸侯事迹为线索的方国史。列传七十篇，是包括蛮夷在内的臣民史。《史记》就是通过这五个部分的密切配合来评述人类的历史活动。其体例，后人称为纪传体。南宋郑樵《通志·总序》曾赞美《史记》："使百代而下，史官不能易其法，学者不能舍其书。六经之后，惟有此体。"

不过，我们今日看到的《史记》并非完璧。《太史公自序》裴骃集解引《汉书·艺文志》已曰："十篇缺，有录无书"，又引张晏曰："迁没之后，亡《景纪》《武纪》《礼书》《乐书》《律书》《汉兴已来将相年表》《日者列传》《三王世家》《龟策列传》《傅靳蒯列传》。元、成之间，褚先生补阙，作《武帝纪》《三王世家》《龟策》《日者列传》，言辞鄙陋，非迁本意也。"关于《史记》到底亡轶了那些篇章，又有哪些内容为后人补阙，学界尚有不少争论。这样伟大的著作不能完好流传，亦真足以令人悲痛。

司马迁之后，西汉褚少孙、扬雄、刘向、刘歆等二十余人都曾续作《史记》。东汉初班彪亦作《史记后传》六十五篇。班彪死后，班固承其遗业，于永平元年(58)开始编撰《汉书》。永平五年，因被告私修国史而下狱。其弟班超驰赴洛阳，诣阙上书，为固辩护。明帝睹固之书稿，赏固之才华，遂任固为兰台令史。次年，又迁为校书郎。不久，又命其继续写作《汉书》。不过，直到班固过世，《汉书》尚有八表及《天文志》未完成。和帝遂命其妹班昭续作八表、马续补作《天文志》，《汉书》乃得完成。东晋葛洪《抱朴子》自云："家有刘子骏《汉书》百余卷。歆欲撰《汉书》，编录汉事，未得成而亡，故书无宗本，但杂录而已。试以考校班固所作，殆是全取刘书，其所不取者二万余言而已。"钱穆认为，这也许是实情。[1]《汉书》的书名与体例大概都是班固所定。前人所作都是补续《史记》，班固则断代为史。他的《汉书》基本沿用了《史记》的体例，但改称"书"为"志"，又把"世家"并入"列传"，分十二纪、八表、十志、七十传，共一百篇，八十余万字，上起高祖元年(206)，下至王莽地皇四年(23)，共载述229年的历史。

《汉书》将《史记》的《平准书》《河渠书》《封禅书》改而为《食货志》《沟洫志》《郊祀志》；又据刘歆《七略》创设《艺文志》，用以说明王朝所藏古代图书文献资料状况；还据《尚书·禹贡》和《逸周书·职方解》创立《地理志》，阐述古代地理沿革、经济文化、风俗习惯。这些新变使《汉书》的"志"比起《史记》的"书"，知识更系统，资料更详尽，是《汉书》作为史学著作优于《史记》的地方。不过，作为史传文学来看，《汉书》就不如《史记》了。譬如，就思想的批判性来说，《史记》便要比《汉书》鲜明、深

---

① 钱穆:《中国史学名著》，三联书店 2000 年版，第 81—82 页。

刻、活泼。这原因在于司马迁著史并非秉承上意而作，但班固著史著到中途却变成官修，思想家的个性自然不免有所褪色。再者，就思想信仰来说，司马迁宗孔子而又不拘一格，班固则始终囿于汉代今文经学家的观念而不能自拔。此外，司马迁是任侠慷慨的死节之士，而班固是小心谨慎的明哲之人，所以他颇不肯如司马迁那般纵言是非，表情达意亦更喜婉转其辞。就传记的侧重点来讲，司马迁侧重表现人物的精神，而班固更关心人物及其家族的兴衰成败，所以较之《汉书》，《史记》批判与抒情的意味也便更浓、更重。就叙事的风格来讲，一般认为《史记》疏荡，《汉书》严谨。疏荡就是疏忽、跌荡。疏忽，这是有的，司马迁著史所写者三千余年，又是筚路蓝缕，行文有矛盾不甚明晰处是自然的。班固著史所写者仅二百余年，又有司马迁、刘歆、班彪作开路先锋，其文本来就多取迁文、歆文、彪文而成，自然容易缜密。不过，客观地说，司马迁疏中有得，而班固严中有失。譬如，体例上，司马迁置项羽于本纪，班固则置之列传。项羽非帝王，置于本纪似不合理，然项羽非汉臣，置诸列传，更是不通。且司马迁著本纪多用政治上的尊号为名称，及项羽，则称《项羽本纪》，而不谓之《西楚霸王本纪》，此正疏中有严谨处。至于跌荡，属于行文的技巧，司马迁行文使气任性，各篇章面目不一，而班固行文中规中矩，各篇章间极少变化。譬如，他们都喜欢在传文中叙述人物琐事，而司马迁或点之于前，或缀之于后，或夹杂文中，班固则基本置之传末，很少例外。最后，就行文的语言来说，《史记》其实是经过提炼的汉代口语，即使引用古书，也常改写成当时易懂的语言，非常平易。《汉书》不然，它的语言追求典雅古奥，甚至当时大儒马融也不能尽通，乃有跪伏藏书阁听班昭讲述《汉书》的故事。《后汉书·班固传》曾谓：

> 司马迁、班固父子，其言史官载籍之作，大义粲然著矣。议者咸称二子有良史之才。迁文直而事核，固文赡而事详。若固之序事，不激诡，不抑抗，赡而不秽，详而有体，使读之者亹亹而不厌，信哉其能成名也。彪、固讥迁，以为是非颇谬于圣人。然其论议常排死节，否正直，而不叙杀身成仁之为美，则轻仁义，贱守节愈矣。固伤迁博物洽闻，不能以智免极刑；然亦身陷大戮，智及之而不能守之。呜呼，古人所以致论于目睫也！

范晔的这段评论,大体还是不错的。《汉书》在写作上的确不激诡,不抑抗,保持了平和的主观气质,而且叙述史实的本末始终都要更详细和清楚,所以其成就不容否认。可是一味的追求平和,自以为中庸,也造成其书缺乏动人的情感,典正有余,文采不足。如班固在《外戚列传》中曾描写赵飞燕谗害班婕妤云:

> 婕妤进侍者李平,平得幸,立为婕妤。上曰:"始卫皇后亦从微起。"乃赐平姓曰卫,所谓卫婕妤也。其后,赵飞燕姊弟亦从自微贱兴,逾越礼制,浸盛于前。班婕妤及许皇后皆失宠,稀复进见。鸿嘉三年,赵飞燕谮告许皇后、班婕妤挟媚道,祝诅后宫,詈及主上。许皇后坐废。考问班婕妤,婕妤对曰:"妾闻'死生有命,富贵在天。'修正尚未蒙福,为邪欲以何望?使鬼神有知,不受不臣之诉;如其无知,诉之何益?故不为也。"上善其对,怜悯之,赐黄金百斤。

在这里,班固写出了曲折动人的事迹,可是没有写出鲜明有力的人物,因为他几乎不描写,更不用说渲染人物的神情意态。至于班固本人的议论,也的确很注意克制情感。如他在《外戚列传》中借解光之奏言揭露成帝迫不得已,与赵合德谋杀许美人临产子,而于《成帝本纪》则云:

> 臣之姑充后宫为婕妤,父子昆弟侍帷幄,数为臣言:成帝善修容仪,升车正立,不内顾,不疾言,不亲指,临朝渊嘿,尊严若神,可谓穆穆天子之容者矣!博览古今,容受直辞。公卿称职,奏议可述。遭世承平,上下和睦。然湛于酒色,赵氏乱内,外家擅朝,言之可为於邑。建始以来,王氏始执国命,哀、平短祚,莽遂篡位,盖其威福所由来者渐矣!

虽然飞燕的故事在这里也有所提及,然而的确是不激诡,不抑抗,还说成帝有天子之容。这样的史文如果比《史记》具有更加激荡人心的力量,那才是怪事。即便是孔子恐怕也是写不出来的。不过,此皆较史迁而为言也,班郎其实亦有妙才,除了《李陵传》写得不错,其《儒林列传》记王式,也较有趣而令人感慨。

迁、固之后,西晋陈寿著有《三国志》。陈寿(233—297),字承祚,巴西郡安汉县(今四川南充)人。他原先在蜀汉为官,因为不愿意阿附黄皓,多次被贬,后来在晋朝为官,也很不顺利。陈寿本有良史之才,刘勰《文心雕龙·史传》以为:"魏代三雄,记传互出,《阳秋》《魏略》之属,《江表》《吴录》之类,或激抗难征,或疏阔寡要。唯陈寿《三志》,文质辨洽,荀(勖)、张(华)比之迁、固,非妄誉也。"不过,由于《三国志》写于晋朝,原已有许多不便下笔处,而陈寿又严于史料的择取,所以写得往往十分简略。到了南朝宋代,裴松之为之作注,才将当时许多史料添列进去。

范晔(398—445),字蔚宗,顺阳(今河南淅川)人,与裴松之同时,所著《后汉书》也具有较高的文学性,与《史记》《汉书》《三国志》合称"前四史"。范晔的祖父是著名经学家范宁,但范晔是妾生子,性格也不免疏放。其《在狱中与诸甥侄书》曾说自己"少懒学问,晚成人,年三十许政始有向耳",也是实情。这篇书信在文学上也有很好的见解,强调创作"以意为主,以文传意"。他批评《汉书》"后赞于理近无所得,唯志可推耳",又说自己的《后汉书》"博赡不可及之,整理未必愧也"。他还说自己的论赞"皆有精意深旨,既有裁味,故约其词句",这些也都是合乎实际的话。王鸣盛《十七史商榷》卷六十一曾说《后汉书》:

> 贵德义,抑势利,进处士,黜奸雄,论儒学则深美康成,褒党锢则推崇李、杜,宰相多无述而特表逸民,公卿不见采而惟尊独行。

这也可以看得出范晔的思想情趣介于迁、固之间,而有自己的特点。但他和司马迁、班固一样,都惨遭缧绁,而没有善终。据《宋史·苏轼传》载,苏轼幼时,其父苏洵游学在外,遂由其母程氏教其读书。一日,程氏教苏轼读《后汉书·范滂传》,不禁"慨然太息"。轼因请曰:"轼若为滂,母许之否?"程氏曰:"汝能为滂,吾顾不能为滂母邪?"——范滂者,东汉之名士也,"少厉清节……慨然有澄清天下之志",后因举劾权豪、弃恶不用,遂遭构陷而死于狱中。诣狱前,范滂与母诀别,嘱其"勿增感戚",其母曰:"汝今得与李(膺)、杜(密)齐名,死亦何恨!"范滂又顾谓其子曰:"吾欲使汝为恶,则恶不可为。使汝为善,则我不为恶。"行路者闻其言,莫不流涕。

只可惜,这样深刻而有力的文字,在后世的正史传记中是愈发地少见了。

第二节　史迁的爱奇

一　史迁的生平

司马迁(前 145? —前 87?),字子长,又称史迁,夏阳龙门(今陕西韩城)人。早年耕牧河山之阳(今龙门山之南),年十岁而能诵古文。司马迁之所以能成为伟大的史学家,并不是偶然的。

首先,司马迁出身史官世家。其《太史公自序》自称先人司马氏世典周史。其父司马谈博学多闻,著有《论六家要旨》,思想恢宏、自由、活泼。大体上,司马谈的思想以黄老为主,而司马迁的思想以任侠为宗。不过,他们父子二人亦皆敬慕孔子,实在是不拘一格。武帝初,谈为太史令。汉武帝元鼎四年(前 113),谈曾与祠官宽舒议立后土祠。五年,又与宽舒议立泰畤坛。均获采纳。元封元年(前 110),据司马迁《太史公自序》载:

> 是岁天子始建汉家之封,而太史公留滞周南,不得与从事,故发愤且卒。而子迁适使反,见父于河、洛之间。太史公执迁手而泣曰:"余先周室之太史也。自上世尝显功名于虞、夏,典天官事。后世中衰,绝于予乎? 汝复为太史,则续吾祖矣。今天子接千岁之统,封泰山,而余不得从行,是命也夫,命也夫! 余死,汝必为太史;为太史,无忘吾所欲论著矣。且夫孝始于事亲,中于事君,终于立身。扬名于后世,以显父母,此孝之大者。夫天下称诵周公,言其能论歌文、武之德,宣周、邵之风,达太王、王季之思虑,爰及公刘,以尊后稷也。幽、厉之后,王道缺,礼乐衰,孔子修旧起废,论《诗》《书》,作《春秋》,则学者至今则之。自获麟以来四百有余岁(实仅 371 岁),而诸侯相兼,史记放绝。今汉兴,海内一统,明主贤君忠

臣死义之士,余为太史而弗论载,废天下之史文,余甚惧焉,汝其念哉!"迁俯首流涕曰:"小子不敏,请悉论先人所次旧闻,弗敢阙。"

"适使反",指司马迁奉命出使西南夷而返。由"悉论先人所次旧闻"来看,司马谈不仅给司马迁留下了著史的遗命,而且也可能留下了一定的史料与设想,为司马迁著史打下了一定的基础。

其次,司马迁曾从学名师。司马迁随父迁居长安之后,接触到更多的学界名宿。他曾跟随董仲舒学习公羊家《春秋》之学,还曾向孔安国请教古文《尚书》。就《史记》来看,他在长安转益多师,因而博学多闻,更胜其父。

再次,司马迁曾到各地游学与调查。《太史公自序》自云:

> 二十而南游江、淮,上会稽,探禹穴,窥九疑,浮于沅、湘;北涉汶、泗,讲业齐、鲁之都,观孔子之遗风,乡射邹、峄;厄困鄱、薛、彭城,过梁、楚以归。于是迁仕为郎中,奉使西征巴、蜀以南,南略邛、笮、昆明,还报命。

此后,司马迁还曾侍从汉武帝到泰山行封禅礼并且东巡海上,自碣石至辽西,历北边而返。俗话说,读万卷书不如行万里路,更何况司马迁无论行游到哪里,他都有意识地访学问道与调查研究呢。所以他的行游不仅开阔着他的视野,增益着他的知识,也深化着他对社会与人生的认识;不惟为他著史积累着资料,也明显地影响着他的文风。苏辙《上枢密韩太尉书》就曾指出:"太史公行天下,周览四海名山大川,与燕赵间豪俊交游,故其文疏荡,颇有奇气。"

复次,司马迁所任职官也便于著史。元封三年(前108),司马迁继承父业,做了太史令。太史令只"秩比六百石",但便于浏览皇家所藏史册、图籍和档案。其后,他又做过中书令,得见群臣书奏,且久处中枢,朝廷内外之事,亦颇得与闻。这对于他的著史工作,显然是有利的。

此外,司马迁遭李陵之祸,对其著史工作也颇有影响。天汉二年(前99),李陵兵败投降匈奴,司马迁在武帝面前为李陵陈情,遂以"诬上"下狱,受腐刑。司马迁为人笃孝而惜名节,遭此大辱,①也就更欲有所为;同时,也使他对历史上被侮辱与被损害者具有了更加深刻而强烈的同情。其《报任安书》谓:

> 盖西伯拘而演《周易》;仲尼厄而作《春秋》;屈原放逐,乃赋《离骚》;左丘失明,厥有《国语》;孙子膑脚,《兵法》修列;不韦迁蜀,世传《吕览》;韩非囚秦,《说难》《孤愤》。《诗》三百篇,大抵贤圣发愤之所为作也。此人皆意有所郁结,不得通其道,故述往事,思来者。及如左丘无目,孙子断足,终不可用,退论书策以舒其愤,思垂空文以自见。
>
> 仆窃不逊,近自托于无能之辞,网罗天下放失旧闻,考之行事,稽其成败兴坏之理,凡百三十篇,亦欲以究天人之际,通古今之变,成一家之言。草创未就,适会此祸,惜其不成,是以就极刑而无愠色。仆诚已著此书,藏之名山,传之其人,通邑大都,则仆偿前辱之责,虽万被戮,岂有悔哉! 然此可为智者道,难为俗人言也。

大约征和二年(前91),司马迁就完成了《史记》的创作。两汉之交,桓谭著《新论》,其《本造篇》谓:"太史公造书,书成示东方朔。朔为平定,因署其下。太史公者,皆东方朔所加之也。"据此,《史记》确实是完成了。《史记·太史公自序》裴骃集解引卫宏《汉书旧仪注》说:"司马迁作《景帝本纪》,极言其短及武帝过,武帝怒而削去之。后坐举李陵,陵降匈奴,故下迁蚕室。有怨言,下狱死。"②据《汉书》本传,迁下蚕室后,尝"为中书令,尊宠任职",故"有怨言,下狱死",盖后来之事。《汉书》卷六四《杨恽传》载:"恽始读外祖《太史公记》,颇为《春秋》。"其卷六二《司马迁传》又谓:"迁既死后,其书稍出。宣帝时,迁外孙平通侯杨恽祖述其书,遂宣布焉。"

---

① 班固《白虎通·五刑篇》谓:"古者刑残之人,公家不畜,大夫不养,士遇之路不与语,放诸境垠不毛之地,与禽兽为伍。"见(清)陈立《白虎通疏证》,中华书局1994年版,第444页。
② 《公羊传》定公四年载,传曰:"朋友相卫。"何休解诂曰:"同门曰朋,同志曰友。"徐彦疏云:"出《苍颉篇》。汉主谓司马迁云:'李陵非汝同门之朋、同志之友乎?'义亦通于此。"

二　史迁的文采

我国学者著史，向来重视历史书写的道德之用。故孔子著《春秋》，是为了指明道德是非，而并不以史实记录之详尽为意。汉末关羽喜读《春秋左氏传》，更是以史书为安身立命之地。太史公之《史记》亦然，而且比《春秋》更容易引起精神的感动。它将三千年华夏史论载于世，使得后来之人民得以洞晓先人之道德，仰而慕之，遂乃成就我汉民族精神。《史记》之所以有这样伟力，原因也是多方面的。

第一，《史记》有适宜的体例。

钱穆有言，西方史书多记事本末体，重事；中国虽有此体，但著史以纪传体为主，重人。①　就《史记》和《春秋》来说，《春秋》属于记事体；而《史记》属于首部纪传体史书，本身就以记人物为中心，在体例上就更便于凸显人物精神。最紧要的是，《春秋》的"大义"是幽微的，而后世的传解也颇多歧义；《史记》则不然。鲁迅《汉文学史纲要》说：

> （司马迁）恨为弄臣，寄心楮墨，感身世之戮辱，传畸人于千秋，虽背《春秋》之义，固不失为史家之绝唱，无韵之《离骚》矣。惟不拘于史法，不囿于字句，发于情，肆于心而为文，故能如茅坤所言："读游侠传即欲轻生，读屈原、贾谊传即欲流涕，读庄周、鲁仲连传即欲遗世，读李广传即欲立斗，读石建传即欲俯躬，读信陵、平原君传即欲养士。"

所谓背《春秋》之义，即指司马迁著史敢于自由地思考、自由地抒情和议论，故而像《离骚》一般具有强烈的批判性与抒情性。批判是司马迁自觉的史学追求。其《报任安书》自云著史是："亦欲以究天人之际，通古今之变，成一家之言。"至于其批判，或在文中借人物言论来表达，或在传末以"太史公曰"的方式来表现。有时候，他甚至直接在传文中纵情议论，著名的如《伯夷列传第一》。传文开篇即感慨古代圣贤事迹绵渺，其后略叙伯夷叔齐事迹，往下遂大发议论，慨叹天道并不常与善

---

①　钱穆：《国史新论》，三联书店 2001 年版，第 298—299 页。

人,且不附骥尾甚至连声名都难存留于世。文章慷慨激愤,诚然是一篇"无韵之《离骚》"。

第二,《史记》有适宜的取舍。

司马迁面对的是三千年的历史,人物多如河沙,选什么样的人作传,作传的时候笔墨如何在人物间分配,这都需要深刻的见识。司马迁最有光彩处,在于他并不以政治地位的高低来取舍人物。虽然《史记》的叙述框架是按照社会政治地位搭建的,但是在各个舞台上选什么人来表演,则多半取决于人物的功名与道德。

司马迁是重功名的。这与西方人重事业相似。不过,司马迁看中的功名不是人物政治上的飞黄腾达。譬如,在《张丞相列传》中,司马迁记载了张苍、周昌、申屠嘉事迹后,对汉景帝时候的六位丞相仅条列姓名,一带而过,且批评他们:"皆以列侯继嗣,娖娖廉谨,为丞相备员而已,无所能发明功名有著于当世者。"能够位极人臣,这在一般人看来算是有功名了,但司马迁却并不作如是观。其所谓功名实就是古人所大力提倡的道德意识浓厚的三不朽:立德、立功、立言。需要强调的是,由于立功是将道德诉诸功业,立言是将道德形诸言语,所以三不朽其实只是立一个德字。作史而重视功德,这在中国算不得过人之处。司马迁超越常人者,是他对功德的认识深刻而活泼。

一者,他敢于肯定社会地位卑微的小人物的功德。譬如,他不仅为俳优作《滑稽列传》,还赞美他们说:"天道恢恢,岂不大哉!谈言微中,亦可以解纷。"其所记淳于髡之谏齐威王,优孟之谏楚庄王,使得小人物们也能够在《史记》中看到自己对历史发展的积极作用。

二者,他敢于肯定游侠也有难能可贵的一面。其《游侠列传》开篇即谓:

> 韩子曰:"儒以文乱法,而侠以武犯禁。"二者皆讥,而学士多称于世云。……今游侠,其行虽不轨于正义,然其言必信,其行必果,已诺必诚,不爱其躯,赴士之厄困,既已存亡死生矣,而不矜其能,羞伐其德,盖亦有足多者焉。
>
> 且缓急,人之所时有也。……鄙人有言曰:"何知仁义,已飨其利者为有德。"故伯夷丑周,饿死首阳山,而文武不以其故贬王。

跖、跻暴戾，其徒诵义无穷。由此观之，"窃钩者诛，窃国者侯，侯之门，仁义存"，非虚言也。今拘学或抱咫尺之义，久孤于世，岂若卑论侪俗，与世沈浮而取荣名哉！……要以功见言信，侠客之义又曷可少哉！

其后，则专力咏叹匹夫之侠而犹详于汉之朱家、郭解，许其善于自修，嘉其乐于助人。然后又条列其他著名游侠人物若干，谓之："此盗跖居民间者耳，曷足道哉！此乃向者朱家之羞也。"

三者，他敢于肯定女主也可治国。自周初以来，女人干政，常被视为不祥，但《史记》不著《惠帝本纪》，却著《吕太后本纪》。其传末且称颂说：

> 孝惠皇帝、高后之时，黎民得离战国之苦，君臣俱欲休息乎无为，故惠帝垂拱，高后女主称制，政不出房户，天下晏然。刑罚罕用，罪人是希。民务稼穑，衣食滋殖。

四者，他敢于肯定工商业的正当性。中国自古鄙视工商，而司马迁为作《货殖列传》，开篇即云：

> 《老子》曰："至治之极，邻国相望，鸡狗之声相闻，民各甘其食，美其服，安其俗，乐其业，至老死不相往来。"必用此为务，輓近世涂民耳目，则几无行矣。
>
> 太史公曰：夫神农以前，吾不知已。至若《诗》《书》所述虞、夏以来，耳目欲极声色之好，口欲穷刍豢之味，身安逸乐，而心夸矜势能之荣使，俗之渐民久矣，虽户说以眇论，终不能化。故善者因之，其次利道之，其次教诲之，其次整齐之，最下者与之争。

他对老子的主张表示反对，对工商业者的正当性表示肯定，然又要求对其教诲引导，可谓善于持中。其后又言："本富为上，末富次之，奸富最下。无岩处奇士之行，而长贫贱，好语仁义，亦足羞也。"这些议论显然是深刻的，也是活泼的。

不过，司马迁的这些议论超出了儒者的界限，使得班彪、班固都有些不满。《汉书》本传就批评司马迁，以为：

> 其是非颇缪于圣人，论大道则先黄老而后六经，序游侠则退处士而进奸雄，述货殖则崇势利而羞贱贫，此其所蔽也。

其实，司马迁对黄老并不都赞成，而是有取舍的，这与孔子的态度没什么不同。至于游侠，亦固多出于孔子之门。司马迁对于孔门之处士也曾有溢美之辞，何尝只赞美奸雄？至于货殖，孔子曾赞美子贡臆则屡中，并且说过："富而可求也，虽执鞭之士，吾亦为之。"司马迁羞贱贫，又何尝违逆夫子？班彪父子是汉儒，但汉儒的是非标准和孔子还不宜等同。班彪之前，扬雄《法言·君子》也曾批评说："文丽用寡，长卿也；多爱不忍，子长也。仲尼多爱，爱义也；子长多爱，爱奇也。"奇者，奇伟非常者也。应该说，扬雄的意见有一部分是对的。譬如司马迁给苏秦和张仪作传，主要就不是爱其义，而是觉得他们也是非常之人。但从《史记》大部分传记来说，司马迁所爱的人物，常常是"奇"的，同时也是"义"的。

对于孔子，司马迁其实也是很崇拜的，无论作史还是论人，都喜欢折中于夫子。譬如我们看《史记》各部分的始篇：本纪始于五帝，世家始于泰伯，列传始于伯夷，何也？岂不以五帝、泰伯、伯夷多有让国之德哉？《论语·里仁》载，子曰："能以礼让为国乎，何有？不能以礼让为国，如礼何？"并且，五帝中的尧、舜、禹，以及泰伯和伯夷、叔齐兄弟，也正都是孔子喜欢表彰的人物。孔子的《春秋》也从有让国之德的鲁隐公开始。所以，从《史记》这三部分的开篇人物来看，便就不难发现孔子对司马迁的深刻影响。《史记·孔子世家》中，司马迁自云："余读孔氏书，想见其为人。适鲁，观仲尼庙堂车服礼器，诸生以时习礼其家，余祗回留之不能去云。"据此，亦可见司马迁对孔子的仰慕之情。只是，仰慕归于仰慕，司马迁是追求"成一家之言"的，所以他的思想以及情趣，便不是孔子所能牢笼的了。

总而言之，司马迁著史，是很注意表彰人物功德的。并且，为了彰显人物的功名道德，司马迁还常使用三种手段。一是为人物单独作传，一是为同类人物合并作传，一是为人物越格作传。独传者如《李将军列传》。传主李广虽武功神奇，号称"飞将军"，然而爵不及封侯，功不过卫、霍，所以独传者，以其有国士之风也。并传者如《屈原贾生列传》，此传将战国之屈原与汉初之贾谊合成一传，并非是不重视二人，而是因为两人的道德与人生有很强的相似性，将二人并传，是为了进一步凸显二人的道德精神与不幸命运。所谓越格，即自破体例。如孔子是布衣之士，而司马迁为作《孔子世家》，以凸显其"至圣矣"的功德。又如项羽只是霸王，可是司马迁为作《项羽本纪》，以突显其瓦解暴秦及其后号令天下的历史地位。

第三，司马迁有实录的态度与才能。

《汉书·司马迁传》说："自刘向、扬雄博极群书，皆称迁有良史之材，服其善序事理，辨而不华，质而不俚，其文直，其事核，不虚美，不隐恶，故谓之实录。""文直"，谓文笔直白。"事核"，谓所记事迹可以核实。不虚美，不隐恶，互文也，言美恶皆无所虚构、无所隐匿。譬如，他非常喜爱李广，可是对李广公报私仇斩杀势利的霸陵尉，全然不讳；对于李广杀降者八百余人，也不为之隐。他并不喜欢酷吏，可是他的《酷吏列传》对酷吏郅都的公廉伉直、张汤的便利国家、赵禹时的据法守正、杜周德以少言为重，都颇有赞叹。司马迁因为有这样实录的精神，所以他笔下的人物也就特别真实，因而能够动人。

要指出的是，班固说司马迁不虚美、不隐恶，这是对的；不过，这说的还是主观的实录。若要做到客观的实录，还需要对人物的历史活动有深刻的认知，不然，主观上想实录，客观上却未必能做得到。司马迁的可贵，是他既有实录的态度，也有实录的才能。如《史记·吕太后本纪》载：

> 吕后最怨戚夫人及其子赵王，乃令永巷囚戚夫人，而召赵王。使者三反，赵相建平侯周昌谓使者曰："高帝属臣赵王，赵王年少。窃闻太后怨戚夫人，欲召赵王并诛之，臣不敢遣王。王且亦病，不能奉诏。"吕后大怒，乃使人召赵相。赵相征至长安，乃使人复召赵王。王来，未到。孝惠帝慈仁，知太后怒，自迎赵王霸上，与入宫，自挟与赵王起居饮食。太后欲杀之，不得间。孝惠元年十二月，帝

晨出射。赵王少，不能蚤起。太后闻其独居，使人持酖饮之。犁明，孝惠还，赵王已死。于是乃徙淮阳王友为赵王。夏，诏赐郦侯父追谥为令武侯。太后遂断戚夫人手足，去眼，煇耳，饮瘖药，使居厕中，命曰"人彘"。居数日，乃召孝惠帝观人彘。孝惠见，问，乃知其戚夫人，乃大哭，因病，岁余不能起。使人请太后曰："此非人所为。臣为太后子，终不能治天下。"孝惠以此日饮为淫乐，不听政，故有病也。

吕后与戚夫人的这段故事，若常人写之，很容易写成女人间的斗争。如此则吕后气量狭矣。司马迁不然，他故意补写惠帝一笔，以示吕后害赵王、戚夫人母子，实亦欲借此与惠帝争权。如果我们能了解到惠帝柔弱，难以持天下，也就不难了解，吕后此举又不仅是与惠帝争权，亦以此与群臣及藩王相争也。是故，吕后虽有人彘之恶，但也确实是政治上的雄主。政治不是绣花。吕后有这个见识，司马迁也有这个见识。

与刘向、班固等人相反，《后汉书·蔡邕传》载，汉末王允却说："昔武帝不杀司马迁，使作谤书，流于后世。"所谓谤，指谤论君恶。古人或以此非议司马迁，今人或以此肯定司马迁。其实，二者都是片面的，没有见到司马迁对历史人物具有远为深刻的认知与同情。譬如，司马迁对刘邦的塑造，古今学者多说司马迁不喜欢刘邦，故多记其恶事。其实，仔细看去，司马迁所记刘邦的一些做法，常常难以善恶简单地加以分别。司马迁对刘邦的一生也是很体贴很同情的。

就司马迁的描写看，刘邦性格的主要特征是善于克己以便政治。刘邦这个历史人物之所以令人难忘，也正在此。譬如，刘邦为人"素宽大"，入秦不杀子婴，仅约法三章；项羽死，哭项羽；韩信死，惜韩信，然而他从鸿门宴归来，便立刻将私通项羽的曹无伤诛杀了。刘邦为人又简慢而无礼。公元前202年，刘邦和项羽对阵广武（今河南荥阳东北），《项羽本纪》载：

当此时，彭越数反梁地，绝楚粮食，项王患之。为高俎，置太公其上，告汉王曰："今不急下，吾烹太公。"汉王曰："吾与项羽俱北面受命怀王，曰'约为兄弟'，吾翁即若翁，必欲烹而翁，则幸分我一杯羹。"项王怒，欲杀之。项伯曰："天下事未可知，且为天下者不顾家，虽杀之无益，只益祸耳。"项王从之。①

毫无疑问，刘邦的表现诙谐随意而近乎无赖。然知其无赖而为之，何也？一方面是任性；另一方面，更主要的则是明示项羽自己并不在乎太公的生死，从而使项羽难以拿太公来胁迫他。又如，《高祖本纪》载：

> 郦食其为监门，曰："诸将过此者多，吾视沛公大人长者。"乃求见说沛公。沛公方踞床，使两女子洗足。郦生不拜，长揖，曰："足下必欲诛无道秦，不宜踞见长者。"于是沛公起，摄衣谢之，延上坐。

这便可见，时常不顾礼仪及形象的刘邦，对待贤者，也能端正其态度。再如，高祖本好色而无度，然亦知收敛。如《张丞相列传》载：

> 昌尝燕时入奏事，高帝方拥戚姬，昌还走，高帝逐得，骑周昌项，问曰："我何如主也？"昌仰曰："陛下即桀、纣之主也。"于是上笑之，然尤惮周昌。

《留侯世家》亦载：

> 沛公入秦宫，宫室帷帐狗马重宝妇女以千数，意欲留居之。樊哙谏沛公出舍，沛公不听。良曰："夫秦为无道，故沛公得至此。夫为天下除残贼，宜缟素为资。今始入秦，即安其乐，此所谓'助桀为虐'。且'忠言逆耳利于行，毒药苦口利于病'，愿沛公听樊哙言。"沛公乃还军霸上。

俗话说，人无完人，其难在于克己。观司马迁所言刘邦诸事，可谓善于克己复礼者也。后人据其所克者，谓司马迁诽谤高祖，殊不知不如

---

① 《太平御览》卷184引陆贾《楚汉春秋》也有类似描写，可见司马迁所写乃承陆贾而来。

是,安见刘邦之雄才?《史记·秦楚之际月表第四》载:

> 太史公读秦、楚之际,曰:初作难,发于陈涉;虐戾灭秦,自项氏;拨乱诛暴,平定海内,卒践帝祚,成于汉家。五年之间,号令三嬗。自生民以来,未始有受命若斯之亟也。……故愤发其所为天下雄,安在无土不王。此乃传之所谓大圣乎? 岂非天哉,岂非天哉! 非大圣孰能当此受命而帝者乎?

此文以历史经验立说,歌咏刘邦是无土而王的大圣。钱基博《中国文学史》以为此文是说刘邦无德,侥幸得天下,然于司马迁"大圣"之誉,不置一词。至若李长之的《司马迁的人格与风格》,又认为此语只是讽刺。其实,司马迁的这番话也是汉人的一般认识。如《史记·郦生陆贾列传》载,陆贾游说南越王,言及刘邦之王天下,也说:"五年之间,海内平定,此非人力,天之所建也。"陆贾意在劝说南越王归附汉庭,当此之际,难道会对高祖刘邦加以讥讽和贬损吗?

通读《史记》,司马迁对刘邦虽非景仰,但也是十分同情的。至少,他不惜笔墨渲染了刘邦人生的三重悲剧,即乡情、亲情、友情,竟无一可以满足。如《高祖本纪》载:

> 高祖还归,过沛,留。置酒沛宫,悉召故人父老子弟纵酒,发沛中儿得百二十人,教之歌。酒酣,高祖击筑,自为歌诗曰:"大风起兮云飞扬,威加海内兮归故乡,安得猛士兮守四方!"令儿皆和习之。高祖乃起舞,慷慨伤怀,泣数行下。谓沛父兄曰:"游子悲故乡。吾虽都关中,万岁后吾魂魄犹乐思沛。且朕自沛公以诛暴逆,遂有天下,其以沛为朕汤沐邑,复其民,世世无有所与。"沛父兄诸母故人日乐饮极欢,道旧故为笑乐。

高祖恋故乡,项羽亦恋故乡。然刘邦能克己而建都关中,项羽却不能。《项羽本纪》载:

> 项羽引兵西屠咸阳,杀秦降王子婴,烧秦宫室,火三月不灭;收

其货宝妇女而东。人或说项王曰:"关中阻山河四塞,地肥饶,可都以霸。"项王见秦宫皆以烧残破,又心怀思欲东归,曰:"富贵不归故乡,如衣绣夜行,谁知之者!"说者曰:"人言楚人沐猴而冠耳,果然。"项王闻之,烹说者。

据此便可知刘邦得天下,非惟天命,亦在人才。又,高祖最爱戚夫人及如意,然并不能保全之。《张丞相列传》载:

> 赵尧侍高祖。高祖独心不乐,悲歌,群臣不知上之所以然。赵尧进请问曰:"陛下所为不乐,非为赵王年少而戚夫人与吕后有郤邪?备万岁之后而赵王不能自全乎?"高祖曰:"然。吾私忧之,不知所出。"

据《留侯世家》,汉十二年,刘邦病重,更加想改立太子。后来在宴会上看到商山四皓随侍在太子左右,刘邦非常感慨。传文曰:

> 上目送之,召戚夫人指示四人者曰:"我欲易之,彼四人辅之,羽翼已成,难动矣。吕后真而主矣。"戚夫人泣,上曰:"为我楚舞,吾为若楚歌。"歌曰:"鸿鹄高飞,一举千里。羽翮已就,横绝四海。横绝四海,当可奈何!虽有矰缴,尚安所施!"歌数阕。戚夫人嘘唏流涕,上起去,罢酒。

刘邦极爱戚夫人及赵王,然此爱,私也;立太子,公也。不以私废公,雄主也,然其情感又如何能不陷入悲伤呢!刘邦自小又喜交游为乐,不过,其朋友之情后来也常为君臣关系所累。如萧何自幼与他相厚,然而他起义后却对萧何始终怀有猜忌之心,乃至很想在自己死之前除掉萧何,事具《萧相国世家》,此不赘述。又,《高祖本纪》载:

> 高祖击布时,为流矢所中,行道病。病甚,吕后迎良医,医入见,高祖问医。医曰:"病可治。"于是高祖嫚骂之曰:"吾以布衣提三尺剑取天下,此非天命乎?命乃在天,虽扁鹊何益!"遂不使治

病,赐金五十斤罢之。已而吕后问:"陛下百岁后,萧相国即死,令谁代之?"上曰:"曹参可。"问其次,上曰:"王陵可。然陵少戆,陈平可以助之。陈平智有余,然难以独任。周勃重厚少文,然安刘氏者必勃也,可令为太尉。"吕后复问其次,上曰:"此后亦非而所知也。"

蝼蚁尚贪生,秦皇汉武皆求不死,而刘邦竟不乐治病,何也?岂非生而寡乎乐邪!近人有言曰:"政治是无情的。"刘邦,有情之人也,而累于无情之事。司马迁之所以渲染其悲不乐生,岂非心有同情同感哉!

第四,司马迁有高妙的笔法,故所写人物形象鲜活。

一者,他善于剪裁人物事迹,善以大事为波澜,而以琐事为点缀。

譬如,《留侯世家》载:"(留侯)所与上从容言天下事甚众,非天下所以存亡,故不著。"可见司马迁作传,主要注意人物之大事。重视大事,目的自然是使人物在历史的巨大漩涡中展现其自身的价值与品格,所谓疾风知劲草也。如《廉颇蔺相如列传》对蔺相如的刻画,就是通过完璧归赵、渑池会及将相和这三件关乎赵国荣辱与安危的历史波澜来完成的。

当然,《史记》中波澜最激荡的还要算《项羽本纪》有关鸿门宴的描写。这段传文先是以范增目视项羽,示意其速斩刘邦形成紧张气氛,随后以项羽假作不见化解了这一紧张气氛。接着,以项庄舞剑,意在沛公又一次形成冲突,而以项伯参舞,又一次将冲突化解。其后,则以樊哙闯入大帐再次构成冲突,然后又以张良的斡旋将其化解。在这三次冲突中,刘、项双方主帅、谋臣、将士轮番登场,无不显示了各自的性格特征,然而其中最具光彩的人物则要数樊哙,其忠贞,其勇力,其暴烈,其豪爽,其文采,其韬略,无不生动展示在读者面前。

与鸿门宴的描写可堪一比的,是萧何追韩信一事。据《淮阴侯列传》载:

> 信数与萧何语,何奇之。至南郑,诸将行道亡者数十人,信度何等已数言上,上不我用,即亡。何闻信亡,不及以闻,自追之。人有言上曰:"丞相何亡。"上大怒,如失左右手。居一二日,何来谒上,上且怒且喜,骂何曰:"若亡,何也?"何曰:"臣不敢亡也,臣追亡

者。"上曰:"若所追者谁?"何曰:"韩信也。"上复骂曰:"诸将亡者以
十数,公无所追;追信,诈也。"何曰:"诸将易得耳。至如信者,国士
无双。王必欲长王汉中,无所事信;必欲争天下,非信无所与计事
者。顾王策安所决耳。"王曰:"吾亦欲东耳,安能郁郁久居此乎?"
何曰:"王计必欲东,能用信,信即留;不能用,信终亡耳。"王曰:"吾
为公以为将。"何曰:"虽为将,信必不留。"王曰:"以为大将。"何曰:
"幸甚。"于是王欲召信拜之。何曰:"王素慢无礼,今拜大将如呼小
儿耳,此乃信所以去也。王必欲拜之,择良日,斋戒,设坛场,具礼,
乃可耳。"王许之。诸将皆喜,人人各自以为得大将。至拜大将,乃
韩信也,一军皆惊。

　　历史固有波澜,有的人能看到这些波澜,有的人看不到这些波澜。
有的人看到了波澜,却无法用笔墨形容出这些波澜。有的人能形容出
历史事件的波澜,却写不出波澜中历史人物的精神。司马迁则不然,他
能看出波澜,又能写出波澜,而且能够在波澜的荡漾中写出人物的真精
神。譬如此文,若只写作"信亡,萧何追之,谏汉王拜之为大将,一军皆
惊",便只有历史之波澜,虽然也能使人认识到萧何有见识,刘邦有伟
略,但对他们的真精神,却形不成具体的印象。而司马迁此文却着力写
刘邦的两骂一拜与萧何的娓娓而谈;一方面详细描述刘邦神情态度的
迅速变化,一方面却对萧何的神情只字不提,从而在萧何之见识与刘邦
之伟略外,也使我们鲜明感受到萧何的忠厚质朴与刘邦的狡黠多疑。
所以其行文不惟有事,亦且有人。事迹,枝干也,人物,繁花也。史迁著
史,既善树木,亦善生花。
　　至于司马迁喜欢在传中点缀人物生平之琐事,并非只是以广见闻,
也不是单纯的好奇,而是要用这些琐事来说明人物所做的大事,并且凸
显人物之性格。如《李斯列传》载:

　　李斯者,楚上蔡人也。年少时,为郡小吏,见吏舍厕中鼠食不
洁,近人犬,数惊恐之。斯入仓,观仓中鼠,食积粟,居大庑之下,不
见人犬之忧。于是李斯乃叹曰:"人之贤不肖譬如鼠矣,在所自
处耳!"

据此以视其后来与赵高篡改始皇帝诏书,知此非偶尔过失,实贪图利禄之性格使然。又如《淮阴侯列传》开篇就记载了韩信少年时的一些琐事:

> 信钓于城下,诸母漂,有一母见信饥,饭信,竟漂数十日。信喜,谓漂母曰:"吾必有以重报母。"母怒曰:"大丈夫不能自食,吾哀王孙而进食,岂望报乎!"
>
> 淮阴屠中少年有侮信者,曰:"若虽长大,好带刀剑,中情怯耳。"众辱之曰:"信能死,刺我;不能死,出我袴下。"于是信孰视之,俯出袴下,蒲伏。一市人皆笑信,以为怯。

这两件事,小得不能再小,但对韩信人生的许多大事却起着很好的补充和说明的作用。譬如,在楚汉相争中,韩信为什么要支持刘邦呢?既支持了刘邦,日后为什么又要谋反?从漂母之事来看,韩信具有深切的报恩思想。他最初之所以支持刘邦,是因为刘邦对他有恩情;而后来之所以谋反,是因为刘邦将他从楚王贬为淮阴侯,恩情没有了,自然也就无须顺从于刘邦。再如,韩信一生打仗好出奇兵,善于灵活应用兵法;而从他甘受袴下之辱来看,韩信性格也正是恢弘不拘泥于俗套的,其作战之灵便,也正是其性格使然。据此,亦可见这两件琐事在传中意义巨大,并非可有可无。

值得一提的是,司马迁记述琐事,也很重视其对叙事的作用。有时,他将琐事置于传前,以构成悬念。如《陈涉世家》开篇载:

> 陈涉少时,尝与人佣耕,辍耕之垄上,怅恨久之,曰:"苟富贵,无相忘。"庸者笑而应曰:"若为庸耕,何富贵也?"陈涉太息曰:"嗟乎,燕雀安知鸿鹄之志哉!"

凭此,司马迁在陈涉一出场就渲染出陈涉并非凡庸的气质,然而陈涉的命运到底如何呢,这就构成悬念,吸引着读者继续读下去。有时候,司马迁将传主的琐事补叙在传尾,由此诱导读者进一步品味传主的人生。如《淮阴侯列传》末尾，太史公曰："吾如淮阴，淮阴人为余言，韩信虽为布衣时，其志与众异。其母死，贫无以葬，然乃行营高敞地，令其旁可置万家。余视其母冢，良然。假令韩信学道谦让，不伐己功，不矜其能，则庶几哉，于汉家勋可以比周、召、太公之徒，后世血食矣。不务出此，而天下已集，乃谋畔逆，夷灭宗族，不亦宜乎！"斯言令人回味，诚然是遐想无穷。

二者，司马迁善于统筹全书结构，使众人事迹互见，形象辉映。

司马迁统筹全书结构的一个重要方法是他所发明的互见法，即将传主的某些事迹于本传中省略阙闻，而在相关人物传记中加以交代。如《留侯世家》说："项伯见沛公。沛公与饮为寿，结宾婚。令项伯具言沛公不敢倍项羽，所以距关者，备他盗也。及见项羽后解，语在项羽事中。"又说："张良说汉王，汉王使良授齐王信印，语在淮阴事中。"所谓"语在"就是互见的标志。不过，有时候，不用"语在"，也有互见之用。如鸿门宴一事的描写，在《项羽本纪》中最翔实，在其他相关人物传记中则颇简略。甚至《樊哙列传》中所记樊哙责项羽之言辞，也不如《项羽本纪》所记文多而条畅，这其实也是互见。互见法的好处：首先，可以避免笔墨的重复。其次，可以在人物本传中集中笔力凸显人物主要事迹与主要性格，避免将人物形象淹没于琐碎散漫的叙事之中。再次，可以调节主观好恶与客观事实之间的矛盾。譬如《项羽本纪》主要描写项羽的过人之处，至于他的缺点，则多述之于《高祖本纪》《陈丞相世家》《淮阴侯列传》《黥布列传》中。这样写，既在本纪中凸显了项羽叱咤风云的英雄形象，同时又照顾了项羽生平事迹的完整性；既体现了司马迁对项羽的景仰之情，又没有损害人物的历史真实性。

司马迁对全书的统筹，除了人物事迹的互见，也包括人物形象的相互辉映。如《淮阴侯列传》载刘邦伪游云梦，捕获韩信后：

至雒阳，赦信罪，以为淮阴侯。信知汉王畏恶其能，常称病不朝从。信由此日夜怨望，居常鞅鞅，羞与绛、灌等列。信尝过樊将军哙，哙跪拜送迎，言称臣，曰："大王乃肯临臣！"信出门，笑曰："生乃与哙等为伍！"

这番叙述，若只就韩信传看，也能看出韩信性格的某些特征以及他在当时人物心目中的位置。但是，如若我们读过项羽传及樊哙传，知道了樊哙是如何出众的人物，然后再来品读这段文字，那么樊哙对韩信的推崇，也就更能昭示韩信对于汉王朝的历史贡献及其军事才能的卓越超群。《淮阴侯列传》中，韩信还曾说刘邦善于"将将"；《高祖本纪》中，刘邦自云能用三人杰。那么，要知道刘邦如何善于将将，如何善于用人，就不能不读三人杰之传。尤其《萧相国世家》，将刘邦的帝王之术及其识见、魄力、谨慎、精明、猜忌、矫饰表现得极为细致生动，使得《萧相国世家》虽是萧何的传，但在一定程度上也可以看作是刘邦的传。凡此种种，都说明《史记》的人物塑造，乃是彼此勾连而相互辉映的。我们欲了解其人物塑造之美，也就不宜选读，而需要将很多人物的传记对照着读，才能读出更深厚的滋味。

第五，《史记》的语言十分平易，但无论是人物语言还是叙述语言，都极有表现力。

叙述语言如《项羽本纪》描绘巨鹿之战："项羽乃悉引兵渡河，皆沉船，破釜甑，烧庐舍，持三日粮，以示士率必死，无一还心。"太史公连用七个动词，一连串短句，形成一种"势如破竹"的气势，有力烘托了项羽的英雄气概。又如《汲、郑列传》传尾，太史公曰：

> 夫以汲、郑之贤，有势则宾客十倍，无势则否，况众人乎！下邽翟公有言，始翟公为廷尉，宾客阗门；及废，门外可设雀罗。翟公复为廷尉，宾客欲往，翟公乃大署其门曰："一死一生，乃知交情。一贫一富，乃知交态。一贵一贱，交情乃见。"汲、郑亦云，悲夫！

这虽是引用翟公之言，但比喻是生动的，思想是深刻的。

至如人物语言，如项羽、刘邦都见过始皇帝出行，《项羽本纪》载，项羽曰："彼可取而代也！"《高祖本纪》载，刘邦曰："嗟乎！大丈夫当如此也！"二人的态度其实都是羡慕，而出言不同，一大胆率尔，一谨慎小心。

《史记》的语言不单有表现力，而且清新平易。有些语言直接提炼口语而来，如以谚语"桃李不言，下自成蹊"来歌颂李广之受爱戴。又如《张丞相列传》载：

及帝欲废太子，而立戚姬子如意为太子，大臣固争之，莫能得；上以留侯策即止。而周昌廷争之强，上问其说，昌为人吃，又盛怒，曰："臣口不能言，然臣期期知其不可。陛下虽欲废太子，臣期期不奉诏。"上欣然而笑。

"期期"正就是周昌口吃的情状。再如《高祖本纪》："其以沛为朕汤沐邑"，裴骃集解引《风俗通义》曰："《汉书注》，沛人语初发声皆言'其'。其者，楚言也。高祖始登帝位，教令言'其'，后以为常耳。"《史记》的语言，就算是今日读来，也大多明白如话。与那些以艰深之词文其浅易之说的人相比，司马迁这样追求平易畅达，也正说明他对自己所要表达的内容及其艺术处理，具有高度的自信。

此外，《史记》在措辞方面，也有一些春秋笔法的风格。譬如前文所引《淮阴侯列传》，叙韩信和樊哙的交往，彼时刘邦已经是皇帝，而司马迁在叙说韩信心理时，却依旧称刘邦为"汉王"；彼时，韩信已不是王者，而司马迁叙樊哙之言，依旧称韩信为"大王"。在这对比鲜明的称呼中，也就显示了司马迁对韩信深切的同情以及对刘邦强烈的不满。

【参考书目】

杨正润：《传记文学史纲》，江苏教育出版社 1994 年版
陈兰村主编：《中国传记文学发展史（修订本）》，语文出版社 2012 年版
钱穆：《中国史学名著》，三联书店 2000 年版
靳德峻：《史记释例》，商务印书馆 1933 年版
李长之：《司马迁的人格与风格》，三联书店 2013 年版
韩兆琦：《史记讲座》，广西师范大学出版社 2008 年版
施丁、廉敏主编：《史记研究》，中国大百科全书出版社 2009 年版
张大可：《史记研究》，商务印书馆 2011 年版
中国史记研究会编：《史记教程》，商务印书馆 2011 年版

第六讲 陶潜与隐逸

第一节 隐逸的源流

隐逸者,隐遁不仕之谓也。隐逸文学者,表现隐逸情怀之作品也;至于其作者,则或尝隐,或未尝隐也。在中国文学史上,隐逸文学诚可谓源远流长。

据《史记》,伯夷、叔齐兄弟隐居在首阳山的时候,曾作有《采薇歌》,也许可以算作最早的隐逸文学吧。《诗经·陈风》里还有一首《衡门》,朱熹《诗集传》也认为是"隐居自乐而无求者之词"。但总的看,《诗经》中这一类诗极为少见。据《左传》,晋文公有一臣子曰介子推,曾携其母退隐山中,虽无文学留下,但品行高洁,可说是春秋一代最有影响的隐士之一。其后,又有老子。司马迁《史记》曾说:"老子修道德,其学以自隐无名为务。"又说:"老子,隐君子也。"不过,《老子》一书虽有一些"自隐"的意识,但大半还是在讲授君人之术。等到孔子周游列国的时候,其所遇长沮、桀溺也都被认作隐士,可惜没有留下什么文辞;楚狂接舆曾歌而过孔子,但他的歌也实在有些简短。

战国之时,隐逸之士逐渐增多。《韩非子》书中曾多次批评当时的人君尊崇岩穴之士,以为无益于国家。如《五蠹》就提到:"智士退处岩穴,归禄不受,而兵不免于弱,政不免于乱。"战国时代退处岩穴的士人是否都是智士,不可知。不过,战国中叶的隐君子中有一鬼谷子,据《史记》载,乃是张仪与苏秦的老师,倒确实是个精通权谋纵横之术的智士。只可惜他的生平事迹不详,而且其名下的《鬼谷子》一书也与隐逸的情怀没什么太大的关系。据《史记》,传授张良太公兵法的黄石公,看起来也很像隐士;懂得兵法,自然也是智者。在鬼谷子与黄石公之间,还有一鲁仲连,事迹较为真切。《史记》本传载:"鲁仲连者,齐人也。好奇伟俶傥之画策,而不肯仕宦任职,好持高节。"其传不但记载了鲁仲连的一些事迹,还记载了他的一些文辞,皆有可观。齐国的田单曾想要封赏他,结果他逃隐于海上,并且说:"吾与富贵而诎于人,宁贫贱而轻世肆志焉。"鲁仲连的这两句话,也可以说代表了历史上大多数隐士的心声。所不同的是,他还有充分的智慧干预尘俗,并且做得举重若轻,潇洒漂亮。对于鲁仲连,唐代的李白极为喜爱和推崇,这也就看得出鲁仲连在隐逸史上的位置了。班固《汉书·王吉传》赞语云:

> 《易》称"君子之道也,或出或处,或默或语",言其各得道之一节,譬诸草木,区以别矣。故曰山林之士往而不能反,朝廷之士入而不能出,二者各有所短。春秋列国卿大夫及至汉兴将相名臣,怀禄耽宠以失其世者多矣!是故清节之士于是为贵。然大率多能自治而不能治人。

鲁仲连游戏于朝廷与山林之间,既能自治,又能治人,此其所以为可贵也。与鬼谷子、鲁仲连这些智士之隐不同,战国时代,还有一些士人以隐遁求仙为乐。这种隐士,大概以燕齐一带为多。屈原外放齐国的时候,也曾学习过修仙炼气之术;其《远游》多多少少也反映了求仙隐士们的一些生活。此外,屈原《渔父》所写的渔父,自然也属隐士之流。其学生宋玉是否曾隐逸,不可知,但宋玉名下的《笛赋》多少有些隐逸之乐。与屈原同时代的庄子是否曾隐逸,亦不可知。但《庄子》一书承老子清静无为之说,好论析无待逍遥之乐而鄙视舐痔结驷之荣,并且塑造了隐士如徐无鬼之流,对后世的隐士及其文学,影响却是很大的。

延至秦汉,隐逸依旧是一种风气。虽然陆贾写给刘邦阅读的《新语》与《韩非子》一样,对山林之士持批评的态度,但刘邦对当时著名的隐士如商山四皓之流,依旧优容有加。到汉武帝时,淮南小山还作了《招隐士》。试想当时隐逸之士如果不多,小山之流作这样的文辞有什么用呢?我们读《史记·汲郑列传》,那里也正记载着,汲黯官场遭遇挫折,"隐于田园"的事情。与"隐于田园"相对,当时还有其他两种隐逸的方式,一是隐于市。如据《史记·日者列传》,汉初有一卜者司马季主,"楚人也,卜于长安东市。"他还曾与来访的贾谊、宋忠讨论过仕进,以为"君子处卑隐以辟众,自匿以辟伦,微见德顺以除群害",文辞颇有可观,也可以算是一篇隐逸文学的美文。一是隐于朝。如东方朔,《史记·滑稽列传》载:

> 朔任其子为郎,又为侍谒者,常持节出使。朔行殿中,郎谓之曰:"人皆以先生为狂。"朔曰:"如朔等,所谓避世于朝廷间者也。古之人,乃避世于深山中。"时坐席中,酒酣,据地歌曰:"陆沈于俗,避世金马门。宫殿中可以避世全身,何必深山之中,蒿庐之下。"金马门者,宦者署门也,门傍有铜马,故谓之曰"金马门"。

对于东方朔的这种隐逸,西汉末年的扬雄有一番评论。其《法言·渊骞》云:

> 世称东方生之盛也,言不纯师,行不纯表,其流风遗书,蔑如也。或曰:"隐者也。"曰:"昔之隐者,吾闻其语矣,又闻其行矣。"或曰:"隐道多端。"曰:"固也!圣言圣行,不逢其时,圣人隐也。贤言贤行,不逢其时,贤者隐也。谈言谈行,而不逢其时,谈者隐也。"

逢,逢迎也;谈,通诙谐之诙。扬雄批评东方朔"不纯",也许有人会笑他,因为王莽篡权,他也曾写了篇《剧秦美新》帮着做宣传。在他和东方朔的身上,也就看得出隐于朝者,乃颇有"欲洁何曾洁"的困扰。不过,总的看,扬雄还是更能安于平淡一些,《汉书》本传说他:"清静亡为,少耆欲,不汲汲于富贵,不戚戚于贫贱,不修廉隅以徼名当世。"这也并不是虚言。扬雄的特点,是守虚静于朝而以读书、著述为乐。像他这样的人,历史上也是不少的。如《后汉书·窦章传》载:

> 章字伯向。少好学,有文章,与马融、崔瑗同好,更相推荐。永初中,三辅遭羌寇,章避难东国,家于外黄。居贫,蓬户蔬食,躬勤

孝养，然讲读不辍。太仆邓康闻其名，请欲与交，章不肯往，康以此益重焉。是时学者称东观为老氏藏室、道家蓬莱山，康遂荐章入东观为校书郎。

凡此种种，皆可见汉代朝隐之流行。且不惟如此，身在魏阙，而心慕江湖的隐逸之乐，自汉初起也早就被形诸文学。譬如贾谊，虽未曾隐逸，其骚体诗《惜誓》也是代屈原立言，但表现的理想却是"彼圣人之神德兮，远浊世而自藏"。至于其他代屈原抒情的作品，譬如东方朔的《七谏》、严忌的《哀时命》、王褒的《九怀》、刘向的《九叹》、东汉王逸的《九思》，在悯惜屈原的文辞中，也常不免歌咏起隐逸之思。与王逸同时代的张衡，虽无代屈原抒情之作，却作了一篇《归田赋》，直接歌咏"追渔父以同嬉"的隐逸之乐。

从范晔作《后汉书》不得不单设《逸民传》来看，到了东汉，隐士数量明显增多了，而且这些逸民，往往还多是儒生。平常，人们提及隐逸，总以为是道家者流的事情，其实则并不见得如此。譬如，《周易》是儒家的经典，而里面就也有隐的思想。《周易》乾卦初九的爻辞谓："潜龙勿用"，《文言传》就解释说：

　　子曰："龙德而隐者也。不易乎世，不成乎名，遁世无闷，不见是而无闷。乐则行之，忧则违之，确乎其不可拔，'潜龙'也。"

《论语·泰伯篇》亦载：

　　子曰："笃信好学，守死善道。危邦不入，乱邦不居。天下有道则见，无道则隐。邦有道，贫且贱焉，耻也；邦无道，富且贵焉，耻也。"

儒家的隐的思想，基本也就在这两段话里了。其与道家之隐最大的不同，道家的隐是出世的，求的是身心不受羁绊，而儒家的隐，就个人的道德说，是"穷则独善其身"；就个人的功业说，是"尺蠖之屈，以求伸也"。在这方面，周文王就是个好例子。如《史记·周本纪》载，周文王起初积善累德,结果为崇侯虎所谮,被纣王关在羑里,后来因为闳夭之徒行贿纣王,才被赦免。文王回到西岐,还是行善,但方式就有所变化,用司马迁的话说,就是"阴行善"。这一点在《诗经》中也有证据。如《周颂·酌》谓:"於铄王师,遵养时晦,时纯熙矣,是用大介。"郑玄就解释说:"于美乎文王之用师,率殷之叛国以事纣,养是闇昧之君,以老其恶,是周道大兴,而天下归往矣,故有致死之士助之。"《周易》乾卦的所谓"龙德"正与文王此行相应。初九的龙德是"潜龙勿用",九二的龙德就是"见龙在田,利见大人"了,后来便又有九五的"飞龙在天"。如果初九的"勿用"只是什么也不做,又怎么会有"利见大人"与"飞龙在天"这样的好事呢? 所谓"勿用",其实是说用而"不易乎世,不成乎名,遁世无闷",换言之,也不过是韬光养晦、积蓄力量的意思罢了。

当然,儒家的隐,也不全然是韬光养晦,有些儒者因为对现实失去信心,也可能会避居山林,而将精神的愉悦寄托在儒家的文艺世界里。这种隐者近于道家,但还不是道家者流。而另外一些隐者,一方面怀抱着儒家入世济民的理想,一方面又折服于道家淡薄名利的境界,却是将儒与道融合起来了。这两种隐者,在汉代都有杰出的代表。前者如东汉初的梁鸿,后者如东汉末的诸葛亮。

梁鸿有《五噫之歌》,而诸葛亮好为《梁父吟》,都算得上是文士。梁鸿后来窜于海曲,诸葛亮后来相于西蜀。虽然最后的出处颇为不同,但两人的夫人都以丑著称。《三国志·诸葛亮传》裴松之注引《襄阳记》曰:

> 黄承彦者,高爽开列,为沔南名士,谓诸葛孔明曰:"闻君择妇,身有丑女,黄头黑色,而才堪配。"孔明许,即载送之。时人以为笑乐,乡里为之谚曰:"莫作孔明择妇,正得阿承丑女。"

阿承丑女的事迹不详。但黄承彦在荆州一带的政治影响却颇不低,而且与刘表还有连襟的关系。这样看来,诸葛亮娶丑女也许正和他隐居卧龙一样,乃是积蓄力量呢。梁鸿娶孟光就不一样了。范晔《后汉书·逸民传》载:

梁鸿字伯鸾,扶风平陵人也。……同县孟氏有女,状肥丑而黑,力举石臼,择对不嫁,至年三十。父母问其故。女曰:"欲得贤如梁伯鸾者。"鸿闻而娉之。女求作布衣、麻屦,织作筐缉绩之具。及嫁,始以装饰入门。七日而鸿不答。妻乃跪床下请曰:"窃闻夫子高义,简斥数妇,妾亦偃蹇数夫矣。今而见择,敢不请罪。"鸿曰:"吾欲裘褐之人,可与俱隐深山者尔。今乃衣绮缟,傅粉墨,岂鸿所愿哉?"妻曰:"以观夫子之志耳。妾自有隐居之服。"乃更为椎髻,着布衣,操作而前。鸿大喜曰:"此真梁鸿妻也。能奉我矣!"字之曰德曜,名孟光。居有顷,妻曰:"常闻夫子欲隐居避患,今何为默默?无乃欲低头就之乎?"鸿曰:"诺。"乃共入霸陵山中,以耕织为业,咏《诗》《书》,弹琴以自娱。仰慕前世高士,而为四皓以来二十四人作颂。

在隐士中,梁鸿做人算是较为真切的;能够作颂,自然也可以算是隐逸文学家了。

梁鸿、诸葛亮之后,更著名的隐士便是陶渊明了。陶渊明被钟嵘尊为"古今隐逸诗人之宗"。但陶渊明为什么要归隐呢?他的《与子俨等疏》自谓:"每以家弊,东西游走;性刚才拙,与物多忤。自量为己,必遗俗患。"从这段话来看,陶渊明虽有用世之志,但其出仕主要是无奈于家贫。至于"性刚",则是说他执着倔强。冯梦龙《广笑府》曾载一故事云:

有父子俱性刚不肯让人者。一日,父留客饮,遣子入城市肉。子取肉回,将出城门,值一人对面而来,各不相让,遂挺立良久。父寻至见之,谓子曰:"汝姑持肉回,陪客饭,待我与他对立在此。"

又据《三国志》卷五十二《张昭传》,孙权曾以张昭"性刚"拒绝群臣奉张昭为国相之议,传中又载:

权以公孙渊称藩,遣张弥、许晏至辽东拜渊为燕王,昭谏曰:"渊背魏惧讨,远来求援,非本志也。若渊改图,欲自明于魏,两使不反,不亦取笑于天下乎?"权与相反覆,昭意弥切。权不能堪,案刀而怒曰:"吴国士人入宫则拜孤,出宫则拜君,孤之敬君,亦为至矣,而数于众中折孤,孤尝恐失计。"昭熟视权曰:"臣虽知言不用,每竭愚忠者,诚以太后临崩,呼老臣于床下,遗诏顾命之言故在耳。"因涕泣横流。权掷刀致地,与昭对泣。然卒遣弥、晏往。昭忿言之不用,称疾不朝。权恨之,土塞其门,昭又于内以土封之。渊果杀弥、晏。权数慰谢昭,昭固不起,权因出过其门呼昭,昭辞疾笃。权烧其门,欲以恐之,昭更闭户。权使人灭火,住门良久,昭诸子共扶昭起,权载以还宫,深自克责。昭不得已,然后朝会。

此皆可见性刚之义。试想,张昭以托孤之重犹见待如此,一般性刚者从政将何以保全? 又何况自云"才拙"? 且不惟如此,陶渊明《归去来兮辞》还自云"质性自然"。一个普通人"性刚才拙",率真任性,已难以见容于人,又何况是在政治漩涡中呢? 陶渊明的优点,是他有自知之明,能说出"自量为己,必遗俗患"这样两句话来。在晋代那样一个士人屡因求功名而见害的年代,陶渊明的归隐与西晋时张载、张协的归隐,无疑都是明智的。同时,他的归隐,在思想上也宗于孔子。在《论语》中,就记载着陶渊明所看重的"先师遗训":"邦有道则仕,邦无道则隐",以及"隐居以求志"。圣人的这些遗训对陶渊明的归隐当然也是一种促进。

陶渊明的归隐,放在东晋那个年代其实也并不是什么难能可贵的事情。因为当时一般的风气都推崇隐逸。如《世说新语·排调》载:

> 谢公始有东山之志,后严命屡臻,势不获已,始就桓公司马。于时人有饷桓公药草,中有远志。公取以问谢:"此药又名小草,何一物而有二称?"谢未即答。时郝隆在坐,应声答曰:"此甚易解。处则为远志,出则为小草。"谢甚有愧色。桓公目谢而笑曰:"郝参军此过乃不恶,亦极有会。"

徐震堮《世说新语校笺》云:"'过',《御览》九八九作'通',是。通,阐述也,屡见。'此通'犹言'此论'。"据郝隆之议论来看,陶渊明归隐也不过是顺应了当时崇隐的风气。但陶渊明归隐也确有值得肯定的地方——他乃是个真隐士而并不是用归隐来沽名钓誉。《朱子语类》卷三十四载,朱熹曰:"晋宋间人物,虽曰尚清高,然个个要官职,这边一面清谈,那边一面招权纳货。渊明却真个是能不要,此其所以高于晋宋人物也。"

陶渊明之后,隐逸之风还是很浓的。但是到了唐代,人们对于隐逸,态度稍微有些变化。真的隐士,自然还是受到称赞,但是通过隐逸张大名声以求引起注意,从而步入仕途,却已成为潮流。如唐刘肃《大唐新语·隐逸》载:

> 卢藏用始隐于终南山中,中宗朝累居要职。有道士司马承祯者,睿宗迎至京,将还,藏用指终南山谓之曰:"此中大有佳处,何必在远。"承祯徐答曰:"以仆所观,乃仕宦捷径耳。"藏用有惭色。

在唐代,即便是李白这样狂傲的人,也曾以隐逸的方式来增进声名。这种求仕的方式,在当时也有值得肯定的一面。因为唐代士人求仕,原本是可以通过科举来进行的,但考科举是求皇帝给官做,怎么比得上隐逸深山,让皇帝来征求自己出去大济苍生荣光呢?《唐才子传》卷二载:

> 孟浩然,襄阳人。少好节义,诗工五言。隐鹿门山,即汉庞公栖隐处也。四十游京师诸名士间。尝集秘省联句,浩然曰:"微云淡河汉,疏雨滴梧桐。"众钦服。张九龄、王维极称道之。维待诏金銮,一旦私邀入,商较风雅,俄报玄宗临幸,浩然错愕,伏匿床下,维不敢隐,因奏闻。帝喜曰:"朕素闻其人,而未见也。"诏出,再拜。帝问曰:"卿将诗来耶?"对曰:"偶不赍。"即命吟近作,诵至"不才明主弃,多病故人疏"之句,帝慨然曰:"卿不求仕,朕何尝弃卿,奈何诬我!"因命放还南山。后张九龄署为从事。开元末,王昌龄游襄阳,时新病起,相见甚欢,浪情宴谑,食鲜疾动而终。古称祢衡不遇,赵壹无禄。观浩然磬折谦退,才名日高,竟沦明代,终身白衣,良可悲夫!

在孟浩然的身上,也正可以看出唐代隐逸的一般状况。此外,则还有一种隐逸，也就是半隐半仕。如王维，一边做朝官，一边在终南山置办别业，没事儿就游山玩水，坐禅念佛。再往后，则还有苏东坡那样子的，终身做官，但却歌咏隐逸，以隐逸的心态去做官。这种方式与汉代的朝隐有些近似。不过，苏东坡的朝隐，有佛家的思想蕴含其中，又特能以文学将他此类的情思表现出来，所以也就不仅为汉人所不及，亦为后人所不及了。

第二节　陶潜的风流

一　陶潜的生平

陶渊明（365？—427），字元亮，一说名潜，字渊明，浔阳柴桑（今江西九江附近）人。其曾祖陶侃做过大司马，祖父茂、父逸都做过太守。陶渊明虽然在《命子》诗中赞美过陶侃，可惜以军功起家在东晋士族社会并不受人尊崇。陶渊明八岁的时候，其父过世，家境更日渐败落。十二岁的时候，其庶母也过世了。他的庶母曾给陶渊明生了个妹妹，小他三岁，后来嫁给了姓程的人家。

陶渊明少好六经，有用世之心。他壮年的时候曾任江州祭酒，不久去职。398 年，他又到江陵出任江州刺史桓玄的幕僚；玄有不臣之心，是故 401 年冬，陶渊明便借奔母丧之机去职。404 年，镇军将军刘裕讨伐桓玄，陶渊明为其参军。405 年，他又改任建威将军刘敬宣的参军。同年八月，他又求任彭泽县令，但在官八十余日便即归隐。《宋书》本传说："郡遣督邮至，县吏白：'应束带见之。'潜叹曰：'我不能为五斗米折腰向乡里小儿。即日解印绶去职。"他在此次归隐之后，便征召不就。《宋书》本传说他："自以曾祖晋世宰辅，耻复屈身后代，自高祖王业渐隆，不复肯仕。所著文章，皆题其年月，义熙以前，则书晋氏年号；自永初以来，唯云甲子而已。"他去世以后，朋友们私谥曰"靖节"，故世称"陶靖节"。

陶渊明《怨诗楚调》曾自云："弱冠逢世阻，始室丧其偏。"《礼记·内则》说："三十而有室，始理男事。"故此知陶渊明三十岁时可能丧偶。又据颜延之《陶征士诔》，陶渊明"居无仆妾"，故知他所丧的是妻而不是妾。萧统《陶渊明传》说："其妻翟氏亦能安勤苦，与其同志。"李延寿《南史·隐逸传》也说："其妻翟氏，志趣亦同，能安苦节，夫耕于前，妻锄于后。"这位翟氏想来应即是续弦者。从陶渊明的诗文来看，他对亲人朋友用情很深，但却很少写诗文来形容他的妻室。与此相对应的，他倒很喜欢赞美古人的贤妻。大概，他的妻子翟氏虽能与他一起忍受勤苦的生活，但未必能在艺术与精神领域与他琴瑟和鸣。陶渊明共有五个儿子，《与子俨等疏》说他们不同母。陶渊明对他们期望很大，但他们却才智低劣，庸碌得很。

陶渊明的人生理念是什么，历来争议很多。刘大杰《中国文学发展史》说：

> 陶渊明的思想是复杂的，儒、道思想对他起过比较显著的影响。他有律己严正肯负责任的儒家精神，而不为那种虚伪的礼法和破碎的经文所陷；他爱慕老庄那种清静逍遥的境界，而不与那些颓废空虚的清谈名士同流；腐儒附会其忠爱，佛道附会其修养，这都是一些近视，没有看到陶渊明思想的本质。朱子说了一句："渊明之辞甚高，其旨出于庄老"，害得真德秀之流，苦口辩明。说渊明之学，正从经术中来。而另外一派道释之士，在其诗里寻得一章半句，或言其得道，或称其会禅。这都是愚浅之见，不足为训的。[①]

刘大杰先生的这段议论是很精辟的。陶渊明的思想确实集中在儒、道两家。此外，他的思想还有任侠的一面。儒家使陶渊明的诗歌热忱博大，道家使陶渊明的诗歌平和淡远，任侠则使陶渊明的诗歌豪放旷达。这三种思想气质时常会在诗人的内心激起波澜，这是无庸讳言的。有些学者喜欢说陶渊明在彭泽辞官后，精神超脱了一切束缚，达到了自由恬淡的境界。这只是论者在为自己树立精神的偶像，实非渊明本相。

如果偏要用精炼的语言概括陶渊明的人生与文艺，那似乎只有风流二字可以担当。所谓风流，指的是率真、任性、有风骨，而不俯就尘

---

① 刘大杰：《中国文学发展史》，上海古籍出版社 1982 年版，第 308 页。

俗。这种人生态度大致兴起于汉末,流行于魏晋,因而号称魏晋风流。其兴起,全在于汉末社会太黑暗,经学太繁琐,纬学太虚妄,而普通人矫饰礼法以干名位,甚至于害人,故而引起一部分士人的反动,提倡真率,蔑视礼法。而彼时兴起的所谓玄学就是为这种人生观作注脚的。玄学作为学问,它只谈玄理,不附会时事,所以不虚妄;同时,它强调会通,不纠缠文字,所以不破碎;作为道德,不追求克己复礼的矫厉,而追求通脱自然的放旷,所以不虚伪。综观魏晋风流之发展,汉末曹操父子可谓始作其俑,正始竹林七贤可谓推波助澜,西晋过江诸人可谓鼎成其盛,而晋末陶潜方乃总其大成。陶渊明的风流至少有以下几个方面。

首先,陶渊明肯农耕以自食,这在当时是很不易的。《论语》中,樊迟问稼,被孔子斥为小人。《南史》卷二十五《到溉传》载,梁时,"溉长八尺,眉目如点,白皙美须髯,举动风华,善于应答,……掌吏部尚书。时何敬容以令参选,事有不允,溉辄相执。敬容谓人曰:'到溉尚有馀臭,遂学作贵人。'敬容日方贵宠,人皆下之,溉忤之如初。溉祖彦之初以担粪自给,故世以爲讥云。"据此便可见,鄙夷劳动的贵族风习是多么地源远流长,而陶渊明竟能不以为意。当然,陶潜之前,士人也有躬耕的。如《三国志·先主传》裴松之注载:

> 胡冲《吴历》曰:"曹公数遣亲近密觇诸将有宾客酒食者,辄因事害之。备时闭门,将人种芜菁,曹公使人窥门。既去,备谓张飞、关羽曰:'吾岂种菜者乎?曹公必有疑意,不可复留。'其夜开后栅,与飞等轻骑俱去,所得赐遗衣服,悉封留之,乃往小沛收合兵众。"臣松之案:"魏武帝遣先主统诸将要击袁术,郭嘉等并谏,魏武不从,其事显然,非因种菜遁逃而去。如胡冲所云,何乖僻之甚乎!"

其实,刘备"少孤,与母贩履织席为业",所以他能"将人种芜菁",也不是不可能的。再看一例,《三国志》卷三十五《诸葛亮传》载:

> 诸葛亮字孔明,琅邪阳都人也。汉司隶校尉诸葛丰后也。父珪,字君贡,汉末为太山郡丞。亮早孤,从父玄为袁术所署豫章太守,玄将亮及亮弟均之官。会汉朝更选朱皓代玄。玄素与荆州牧

刘表有旧，往依之。玄卒，亮躬耕陇亩，好为《梁父吟》。

从"玄卒"以后诸葛亮才躬耕来看，其躬耕很可能有补贴家用之意，这与嵇康是差不多的。如《晋书·嵇康传》载："（嵇康）性绝巧而好锻。宅中有一柳树甚茂，乃激水圜之，每夏月，居其下以锻……以自赡给。"魏晋时，有不少士人的行为，看起来风流，而其实不过是贵族阶级腐朽寄生生活的放纵。与之相比，陶渊明等寒士能劳作自给，也就更见其可贵了。

其次，陶渊明不仅种庄稼，还可能种植过菊花。他在诗中说过"采菊东篱下"，既然是在东篱之下采摘，说明这些菊花多半不是野生，而是他自种的。虽然我国古人种植菊花的历史很久远，但在早期文人中，像陶渊明这样种菊爱菊的还不多见。汉代《神农本草经》说："菊华……久服利血气，轻身、耐老、延年。"东晋葛洪所传《西京杂记》也说："饮菊华酒，令人长寿。菊华舒时，并采茎叶杂黍米酿之，至来年九月九日始熟就饮焉，故谓之菊华酒。"陶渊明种菊出于何种目的，难以论定，但其《和郭主簿》第二首赞美："芳菊开林耀，青松冠岩列。怀此贞秀姿，卓为霜下杰"；其《饮酒》第七首又说，"秋菊有佳色，裛露掇其英。泛此忘忧物，远我遗世情"，可见其种菊品菊，应与"夕餐秋菊之落英"的屈原差不多，乃是别有寄托，非仅为了延寿而已。

再次，魏晋风流的一大表现是好饮酒。陶渊明亦然。在彼时风流人物中，曹植饮酒多半出自少年的天真任性，阮籍饮酒多半是为了避祸消愁，而陶渊明饮酒更多一些超脱潇洒。如颜延之送钱二万，他全部预置酒家。旧题晋无名氏撰《莲社高贤传》云："时远法师与诸贤结莲社，以书招渊明，渊明曰：'若许饮则往。'许之，遂造焉。忽攒眉而去。"萧统《陶渊明集序》说："有疑陶渊明诗篇篇有酒，吾观其意不在酒，亦寄酒为迹焉。"其言甚是。

当然，最能说明陶渊明风流气度的是他的弄琴。《莲社高贤传》曾说：

（陶渊明）性不解音，畜素琴一张，弦徽不具，每朋酒之会，则抚而扣之，曰："但识琴中趣，何劳弦上音。"

梁沈约《宋书》本传亦载："潜不解音声，而畜素琴一张，无弦，每有酒适，辄抚弄以寄其意。"梁萧统《陶渊明传》谓陶渊明好"抚无弦琴以寄意"。不过，陶渊明《与子俨等疏》自云："少学琴书，偶爱闲静，开卷有得，便欣然忘食。"其《自祭文》自云："欣以素牍，和以七弦。"他的朋友颜延之作《陶征士诔》，也说他"陈书辍卷，置酒弦琴"。可见他的琴原也有弦。但时人为什么却爱说他的琴无弦呢？意者，他的琴原也是有弦的；只是后来断掉，他却不肯续上而已。当然，这其中也有一些奥妙。在《晋故征西大将军长史孟府君传》中，陶渊明曾这样记叙其外祖父孟嘉：

> 好酣饮，逾多不乱，至于任怀得意，融然远寄，傍若无人。温尝问君："酒有何好，而卿嗜之？"君笑而答曰："明公但不得酒中趣尔。"又问："听妓，丝不如竹，竹不如肉？"答曰："渐近自然。"

陶渊明的饮酒大概是受了孟嘉的影响；其对音乐的理解，大概也受了外祖父的影响，不续上琴弦，也许是为了更近自然。魏晋时期，处世风流者伙矣，然多陷于矫饰，惟陶潜之风流最得自然之旨，不仅发乎真心，而且耐人品味，使人觉得正当如此，故常得后人之颂扬。

二　陶潜的创作

陶渊明诗歌现存一百二十多首，题材很多，有的描写田园的风物与劳动，有的抒写行役的辛苦与怀想，有的赠答亲友，有的歌咏历史，有的暗讽现实，还有的是直接的咏怀。大凡可以表现在诗中的文人生活，陶渊明几乎都有所表现。这是汉末以来五言诗歌文人化的又一成绩。

他的咏怀诗发展了汉魏以来文人咏怀的诗歌艺术，善于比兴取象而又更为朴素自然，如《拟古》九首写道：

> 迢迢百尺楼，分明望四荒。暮作归云宅，朝为飞鸟堂。山河满目中，平原独茫茫。古时功名士，慷慨争此场。一旦百岁后，相与还北邙。松柏为人伐，高坟互低昂。颓基无遗主，游魂在何方。荣华诚足贵，亦复可怜伤。（其四）

日暮天无云,春风扇微和。佳人美清夜,达曙酣且歌。歌竟长叹息,持此感人多。皎皎云间月,灼灼叶中华。岂无一时好,不久当如何!(其七)

　　这两首诗也是拟古,但较诸陆机的拟古诗省净与真切得多了。其四的风格很像《古诗十九首》,但思想上深沉而不颓废,语言也更凝练而富于表现力,对后人颇有启发。其七取象华美,诗中既有对自身青春的哀悼,也有对晋室亡去的慨叹,然而婉转含蓄,在陶诗中最近阮籍,却又不像阮籍诗那么晦涩与凄惶。又如其《杂诗》十二首:

　　白日沦西阿,素月出东岭。遥遥万里辉,荡荡空中景。风来入房户,夜中枕席冷。气变悟时易,不眠知夕永。欲言无予和,挥杯劝孤影。日月掷人去,有志不获骋。念此怀悲凄,终晓不能静。(其二)

　　忆我少壮时,无乐自欣豫。猛志逸四海,骞翮思远翥。荏苒岁月颓,此心稍已去。值欢无复娱,每每多忧虑。气力渐衰损,转觉日不如。壑舟无须臾,引我不得住。前涂当几许,未知止泊处。古人惜寸阴,念此使人惧。(其五)

　　这些诗明显是年老体衰后追忆少年之作。从诗中描写看,诗人到晚年心情也并未完全超脱而归于静穆。诗中情调也近似阮籍,只是阮籍喜欢把情感爆发出来,而陶渊明比较克制而已。两首诗都证明陶渊明至其晚年依然有强烈的功名意识。渊明还曾自作《挽歌诗》三首。其一感慨:"千秋万岁后,谁知荣与辱?"但是一个人没有临近死亡,却接连作诗想象死后"亲戚或馀悲,他人亦已歌。死去何所道,托体同山阿",怎能说他对生前死后的荣辱都不牵挂于怀呢?司马迁《伯夷叔齐列传》引孔子之言,谓:"君子疾没世而名不称焉。"很多古代士人,什么都可以平淡,唯独对声名的渴望最难泯灭于心。孔子如此,屈原如此,司马迁如此,陶渊明也不例外。陶诗《荣木》其四曰:"先师遗训,余岂云坠!四十无闻,斯不足畏。"诗中直接化用了孔子的话:"四十五十而无闻焉,斯亦不足畏也已。"陶渊明《饮酒》二十首其八曰:"青松在东园,众草没其姿。凝霜殄异类,卓然见高枝。连林人不觉,独树众乃奇。"由此看,他又何尝没有扬名于世的理想呢?

陶渊明的咏史诗情调或深沉或慷慨,与直接咏怀的诗歌差别不大。最值得注意的是《咏荆轲》:

> 燕丹善养士,志在报强嬴。招集百夫良,岁暮得荆卿。君子死知己,提剑出燕京。素骥鸣广陌,慷慨送我行。雄发指危冠,猛气冲长缨。饮饯易水上,四座列群英。渐离击悲筑,宋意唱高声。萧萧哀风逝,淡淡寒波生。商音更流涕,羽奏壮士惊。心知去不归,且有后世名。登车何时顾,飞盖入秦庭。凌厉越万里,逶迤过千城。图穷事自至,豪主正怔营。惜哉剑术疏,奇功遂不成。其人虽已殁,千载有余情!

这首诗歌,在思想上突出地体现了陶渊明任侠的一面,情感的热烈,语言的奔放,构成行云流水般的气势,在陶诗中最具飞动之美。《朱子语类》卷一百四十载,朱熹曾谓:"渊明诗,人皆说是平淡。据某看,他自豪放,但豪放来得不觉耳。其露出本相者是《咏荆轲》一篇。平淡底人如何说得这样的言语来?"此外,其《读山海经》《咏贫士》等诗篇,或者抒写反抗强暴的气概,或者讴歌贫贱不移的节操,或讽刺晋宋门阀政治的黑暗,笔力矫健,情感动人,与左思《咏史》诗风格十分类似,是故钟嵘《诗品》乃谓之"又协左思风力"。

陶诗中最享盛誉的是田园诗。陶渊明亦可说是我国田园诗的鼻祖。他的田园诗在内容上比较突出的特点,是很少描绘田园风光,更多的是劳动生活、邻里往来以及农村破败景象的抒写。陶渊明隐居在庐山脚下,那时山水诗的鼻祖谢灵运已出来模山范水,但陶渊明的诗中几乎没有一首像样的山水诗,《游斜川》一篇也主要是抒怀。这也可见陶渊明写诗的个性了。

陶诗的特点,一般认为比较"淡"。如苏轼《与苏辙书》谓:"其诗质而实绮,癯而实腴";其《评韩柳诗》又说:"所贵乎枯淡者,谓外枯而中膏,似淡而实美,渊明、子厚之流是也。"其实,这样的评论用在陶渊明田园诗上才比较合适。因为陶渊明的那些咏史诗、咏怀诗大多是有"风力"的,情感的波澜也多是汹涌和澎湃着的,算不得"淡"。

陶渊明的田园诗能够做到质、癯、枯、淡,主要有三方面原因。第一,他不事雕琢,所以语淡。虽然陶渊明受太康诗风的影响,也喜欢采用对偶的句式、铺陈的手法,然而他并不堆砌辞藻,也很少用生词僻典炫耀才学。钟嵘说他"文体省净,殆无长语"。他的诗歌也的确言辞简洁、平易近人。第二,他不施重彩,所以景淡。田园的风光也是绚烂的,然而陶诗很少去描绘那些华美的风光,他甚至不喜欢使用红、黄、蓝这样的字眼,而只喜欢运用白、绿、青这样的色彩,所以他的笔下,田园风光也变得很淡了。第三,他不肯怨怒,所以情淡。陶渊明不是没有金刚怒目的时候,只不过当他一写到田园生活,他的笔调往往非常涵泳、舒展,心情平静,不要说怒,连幽怨都很少,所以他的田园诗的情感一般也很淡。陶渊明的《归田园居》五首中,前三首很能说明陶诗这三方面的特点。

> 少无适俗韵,性本爱丘山。误落尘网中,一去三十年。羁鸟恋旧林,池鱼思故渊。开荒南野际,守拙归田园。方宅十余亩,草屋八九间。榆柳荫后檐,桃李罗堂前。暧暧远人村,依依墟里烟。狗吠深巷中,鸡鸣桑树巅。户庭无尘杂,虚室有余闲。久在樊笼里,复得返自然。

> 野外罕人事,穷巷寡轮鞅。白日掩荆扉,虚室绝尘想。时复墟曲中,披草共来往。相见无杂言,但道桑麻长。桑麻日已长,我土日已广。常恐霜霰至,零落同草莽。

> 种豆南山下,草盛豆苗稀。晨兴理荒秽,带月荷锄归。道狭草木长,夕露沾我衣。衣沾不足惜,但使愿无违。

如果单纯从语言形式来讲,陶渊明的诗恐怕会令一般人感到失望。钟嵘的《诗品》把陶诗列为中品,大概也主要在于"世叹其质直"。所以陶诗的绮、腴、膏、美大约从诗歌的形象性与意境方面去寻味更合适。从形象性方面说，陶渊明长期处于农村，又亲自参加了劳动，所以他描绘田园生活非常真切。从意境方面来说，陶渊明的田园诗常常表现出他对人生的哲学体悟以及他不同凡俗的风流气质，既有理趣，又有情趣。像下面这些诗作，就都是很好的例子。

> 蔼蔼堂前林，中夏贮清阴。凯风因时来，回飙开我襟。息交游闲业，卧起弄书琴。园蔬有馀滋，旧谷犹储今。营己良有极，过足非所钦。舂秫作美酒，酒熟吾自斟。弱子戏我侧，学语未成音。此事真复乐，聊用忘华簪。遥遥望白云，怀古一何深。（《和郭主簿》其一）

> 结庐在人境，而无车马喧。问君何能尔？心远地自偏。采菊东篱下，悠然见南山。山气日夕佳，飞鸟相与还。此中有真意，欲辨已忘言。（《饮酒》其五）

> 昔欲居南村，非为卜其宅。闻多素心人，乐与数晨夕。怀此颇有年，今日从兹役。弊庐何必广，取足蔽床席。邻曲时时来，抗言谈在昔。奇文共欣赏，疑义相与析。（《移居》其一）

> 春秋多佳日，登高赋新诗。过门更相呼，有酒斟酌之。农务各自归，闲暇辄相思。相思则披衣，言笑无厌时。此理将不胜，无为忽去兹。衣食当须纪，力耕不吾欺。（《移居》其二）

毫无疑问，陶渊明是对人生和宇宙深有体会的人。他的哲理诗《形影神》就是很好的证明。同时，陶渊明又不是一个道德与实践相分离的口头哲学家，他的全部生活都可以看作是他哲学体悟的实践。所以他的诗歌尤其是田园诗，虽然罕作玄言，只是写他如何劳作、如何采菊、如何饮酒谈笑、如何登高赋诗，然而却比先前的玄言诗更富于哲学方面的意趣。这些哲学意趣是什么，陶渊明也总不肯说得十分明白，这也是魏晋风流言不尽意的意思。他的这种文人风流表现在诗中，也使得他的诗味道更加醇厚。再有,陶渊明是个达观的人。他的生活无疑是贫寒的,甚至举家乞讨,然而他的心境还是那样平和,他的雅量、他的追求,丝毫也没有受到损伤。古代的颜渊据说安贫乐道,然而颜渊的事迹是模糊的。陶渊明则不然,他是历史上第一个有着具体的、清晰的事迹可以考察的安贫乐道的诗人。安贫乐道,是千百年来许多文人引以为自豪的境界,然而真正去实践的人却并不很多。陶渊明做到了,当然也就不免令他们景仰。因此,在某种程度上,与其说陶渊明作诗作得好,不如说他做人做得好。据胡仔《苕溪渔隐丛话》载,苏轼曾谓:

> 吾前后和其诗凡百有九篇,至其得意,自谓不甚愧渊明。然吾之于渊明,岂独好其诗也哉? 如其为人,实有感焉。渊明临终疏告俨等:"吾少而穷苦,每以家弊,东西游走。性刚才拙,与物多忤。自量为己,必贻俗患,僶俛辞世,使汝等幼而饥寒。"渊明此语,盖实录也。吾真有此病而不蚤自知,半世出仕,以犯大患,此所以深愧渊明,欲以晚节师范其万一也。

清代沈德潜《说诗晬语》亦谓:"陶诗胸次浩然,其有一段渊深朴茂不可到处。唐人祖述者,王右丞有其清腴,孟山人有其闲远,储太祝有其朴实,韦左司有其冲和,柳仪曹有其峻洁,皆学焉而得其性之所近。"刘熙载《艺概》亦云:"陶渊明为文不多,且若未尝经意,然其文不可以学而能;非文之难,有其胸次为难也。"这些议论都说明,古人推尊陶诗,很大程度上是陶诗中的胸次有些高不可及,令他们不能不心生敬畏。

陶渊明的诗歌在艺术形式上总的特点是质朴,这也正是汉魏两晋诗歌最突出的特点。东晋诗不能遒丽,沈约早就指出来了。西晋的诗歌是"丽"的,但这种"丽"主要在于以赋为诗,是在文人诗歌中浓缩了汉赋的精华。同时,最能代表西晋诗歌成就的左思、刘琨,诗歌都是较为质朴的。阮籍的诗不质朴,但是他独木不成林。建安诗人文辞最美的是曹植,但曹植诗歌文辞的美是从民间里巷歌谣得来的,不求典雅,不求藻饰,主要是工于起调,善于比兴,风格上也是比较质朴的。汉魏两晋被称为古诗的时代,诗歌的质朴正是原因之一。关于陶诗的艺术渊源,钟嵘《诗品》以为:"其源出于应璩,又协左思风力。"应璩有《百一诗》

崇尚隐逸，又对时事颇有婉讽，语言非常古朴。左思的诗也多以质朴之辞歌咏义士的理想与节操。这大概是钟嵘说陶诗出于二者的主要根据。不过，钟嵘之说把陶诗的艺术来源说得过于狭窄。事实上，这二者以外，对汉代古诗以及建安、正始、太康诗歌、东晋玄言诗歌的艺术营养，陶渊明多少都有所吸收，然后又用极为素朴的语言表现出来。在某种程度上，陶渊明诗歌的质朴亦应视作集汉魏两晋文人诗歌艺术之大成。

除了诗歌，陶渊明还是魏晋最杰出的辞赋家。其最负盛名的赋作是《归去来兮辞》。这篇辞赋是他辞去彭泽令归隐田园之时所作。赋中描述了归隐田园的景象与心情，语言一洗太康以来辞赋的华美和堆砌，在刻画自然景物时又往往带有浓浓的诗意与哲理。其首段云：

> 归去来兮，田园将芜胡不归？既自以心为形役，奚惆怅而独悲。悟已往之不谏，知来者之可追。实迷途其未远，觉今是而昨非。舟遥遥以轻飏，风飘飘而吹衣。问征夫以前路，恨晨光之熹微。

这一段描写归途的自由无羁，情绪轻松愉悦，语言也质朴而清新。至若其后"云无心以出岫，鸟倦飞而知还"及"木欣欣以向荣，泉涓涓而始流"等句，也都气韵生动，极具诗味。宋代朱熹在《楚辞后语》中曾称赞："欧阳公言两晋无文章，幸独有此篇耳。然其词义夷旷萧散，虽托楚声，而无其尤怨切蹙之病云。"可谓知言。

陶渊明的《感士不遇赋》在艺术上也是不错的。这篇赋大概是陶渊明在晋宋易代之际所作，表现了作者"宁固穷以济意，不委曲而累己"的情操。前人或就此认为陶渊明忠于晋室。其实渊明只是厌恶篡乱者之矫饰，未必把自己当成晋室的陪葬。

《闲情赋》是陶渊明别具风格的作品，大概是他三十丧偶时，为抑情欲所作。故序文谓："初张衡作《定情赋》，蔡邕作《静情赋》，检逸辞而宗淡泊，始则荡以思虑，而终归闲正。将以抑流宕之邪心，谅有助于讽谏。"不过，赋中叙述相思之情实在是细腻缠绵，以至于萧统认为陶渊明"白璧微瑕，惟在《闲情》一赋"。这大概便是因为此文如汉赋一样，欲阻遏而反流于劝吧：

愿在衣而为领,承华首之馀芳;悲罗襟之宵离,怨秋夜之未央。愿在裳而为带,束窈窕之纤身;嗟温凉之异气,或脱故而服新。愿在发而为泽,刷玄鬓于颓肩;悲佳人之屡沐,从白水以枯煎。愿在眉而为黛,随瞻视以闲扬;悲脂粉之尚鲜,或取毁于华妆。愿在莞而为席,安弱体于三秋;悲文茵之代御,方经年而见求。愿在丝而为履,附素足以周旋;悲行止之有节,空委弃于床前。愿在昼而为影,常依形而西东;悲高树之多荫,慨有时而不同。愿在夜而为烛,照玉容于两楹;悲扶桑之舒光,奄灭景而藏明。愿在竹而为扇,含凄飚于柔握;悲白露之晨零,顾襟袖以缅邈。愿在木而为桐,作膝上之鸣琴;悲乐极以哀来,终推我而辍音。

陶渊明的诗赋是魏晋风流的体现,他的文章也是如此,而且颇有新意。譬如,他很重视亲情,其《祭程氏妹文》《祭从弟敬远文》叙述兄妹、兄弟间的情感非常哀婉。其《与子俨等疏》劝勉五个儿子友爱,从自身才气秉性说起,带着深深的歉意、淡淡的哀愁,宛如朋友之闲谈。这在古文中诚然也是很新奇的写法:

告俨、俟、份、佚、佟:

夫天地赋命,生必有死;自古圣贤,谁能独免?子夏言曰:"死生有命,富贵在天。"四友之人,亲受音旨,发斯谈者,将非穷达不可妄求,寿夭永无外请故耶!

吾年过五十,少而穷苦,每以家弊,东西游走;性刚才拙,与物多忤。自量为已,必贻俗患,僶俛辞世,使汝等幼而饥寒。余尝感孺仲贤妻之言,败絮自拥,何惭儿子,此既一事矣。但恨邻靡二仲,室无莱妇,抱兹苦心,良独内愧。

少学琴书,偶爱闲静,开卷有得,便欣然忘食。见树木交荫,时鸟变声,亦复欢然有喜。尝言五六月中,北窗下卧,遇凉风暂至,自谓是羲皇上人。意浅识罕,谓斯言可保;日月遂往,机巧好疏。缅求在昔,眇然如何!

病患以来,渐就衰损。亲旧不遗,每以药石见救,自恐大分将有限也。汝辈稚小家贫,每役柴水之劳,何时可免?念之在心,若何可言!然汝等虽不同生,当思四海皆兄弟之义。鲍叔、管仲,分财无猜;归生、伍举,班荆道旧,遂能以败为成,因丧立功。他人尚尔,况同父之人哉!颍川韩元长,汉末名士,身处卿佐,八十而终,兄弟同居,至于没齿。济北氾稚春,晋时操行人也,七世同财,家人无怨色。《诗》云:"高山仰止,景行行止。"虽不能尔,至心尚之。汝其慎哉,吾复何言!

我们试拿嵇康(224—263)的《家诫》来做比较:

> 人无志,非人也。但君子用心,有所准行,自当量其善者,必拟议而后动。若志之所之,则口与心誓,守死无二,耻躬不逮,期于必济。若心疲体懈,或牵于外物,或累于内欲,不堪近患,不忍小情,则议于去就。议于去就,则二心交争。二心交争,则向所已见役之情胜矣!……
>
> 所居长吏,但宜敬之而已矣。不当极亲密,不宜数往,往当有时。其有众,又不当独在后,又不当宿。所以然者,长吏喜问外事,或时发举,则怨者谓人所说,无以自免也。……
>
> 若会酒坐,见人争语,其形势似欲转盛,便当无何舍去之,……
>
> 凡人自有公私,慎勿强知人知。彼知我知之,则有忌于我,今知而不言,则便是不知矣。若见窃语私议,便舍起,勿使忌人也。或特逼迫,强与我共说,若其言邪险,则当正色,以道义正之。何者?君子不容伪薄之言故也。一旦事败,便言某甲昔知吾事,是以宜备之深也。凡人私语,无所不有,宜预以为意,见之而走。或偶知其私事,与同,则不可;不同,则彼恐事泄,思害人以灭迹也。①

嵇康自称刚肠嫉恶,与陶渊明都是性刚者;嵇康所了解的这些官场文化,我想陶渊明也是知道的。但是他们不同:一者,陶渊明归隐了,自求多福;而嵇康不能远逃,最终见害。二者,陶渊明诫子专用好的眼

---

① 韩格平:《竹林七贤诗文全集译注》,吉林文史出版社 1997 年版,第 549—552 页。

光看人，而嵇康诫子专从坏的方面防人。三者，陶渊明言行一致，而嵇康训诫儿子的那一套他自己却做不来，所以二心交争，人格不能圆通。

我们再看诸葛亮（181—234）的《诫子书》：

> 夫君子之行，静以修身，俭以养德，非淡泊无以明志，非宁静无以致远。夫学须静也，才须学也；非学无以广才，非志无以成学。淫慢则不能励精，险躁则不能治性。年与时驰，意与岁去，遂成枯落，多不接世；悲守穷庐，将复何及？

这段文字也是很有名的，道理说得也深入浅出，但却有着传统的严父的气息散发在那平常浅易的文字里面。同样是训诫儿子，陶渊明训以爱人，嵇中散训以防人，诸葛亮训以成人，虽是训子，亦可见个人品性之不同也。

此外，陶渊明临终前著有《自祭文》，叙平生志趣以自慰藉，在文体上也算别开生面。他的《桃花源记》叙述心中乐土，在优美的景象中，散发着返璞归真的情调与感慨，可算是早期游记的典范。当然，最能体现其文体风流的是其自画像《五柳先生传》：

> 先生不知何许人也。亦不详其姓字。宅边有五柳树，因以为号焉。闲静少言，不慕荣利。好读书，不求甚解。每有会意，便欣然忘食。性嗜酒，家贫不能常得。亲旧知其如此，或置酒而招之。造饮辄尽，期在必醉；既醉而退，曾不吝情去留。环堵萧然，不蔽风日；短褐穿结，箪瓢屡空，晏如也。常著文章自娱，颇示己志。忘怀得失，以此自终。赞曰：
> 黔娄之妻有言："不戚戚于贫贱，不汲汲于富贵。"其言兹若人之俦乎？衔觞赋诗，以乐其志。无怀氏之民欤？葛天氏之民欤？

在陶渊明之前，司马迁有《自序》，王充有《自纪》，虽然带有自传的性质，然而却是书序。陶渊明此文采用正史纪传体的形式自叙生平之乐趣，不但是较早的自传，而且写法也很别致。后来王绩的《五斗先生传》、白居易的《醉吟先生传》都深受其影响。

再有,陶渊明的《晋故征西大将军长史孟府君传》写其外祖父孟嘉,也写得较有趣味。而且,从这篇传记不难看出,陶渊明身上的风流气度不是无源之水,而应是他追慕外祖父孟嘉的一个直接的结果。这就如同他的英雄气质可能源于他的曾祖大将军陶侃一样。当然,真正的风流,敢于同世俗相对抗,本身便即是英雄气质的一种反映。如嵇康是魏晋风流的一大代表,《三国志》便说他有些“任侠”。陶渊明也正是如此。他的文章与辞赋也正是其风流的英雄气质的反映,不仅成就不低于其诗,而且在文体创新上贡献更大,很可惜却为其诗名所掩。

　　综合起来看,陶渊明的可贵,一方面在于他天真;一方面在于他虽至垂暮之年,仍能不喜不惧而教人以爱。有此两点,已非世俗所敢企望;更何况他诗文中表现出的天真与爱,以及平淡与豪放,皆出于自然,这也就使得他在中国文学以及文化史上,不能不成为神一样的存在。

【参考书目】

卢晓河:《中国古代隐逸文学研究》,甘肃民族出版社 2009 年版

〔澳〕文青云著,徐克谦译:《岩穴之士——中国早期隐逸传统》,山东画
　　报出版社 2009 年版

韦凤娟:《悠然见南山——陶渊明与中国闲情》,济南出版社 2004 年版

〔宋〕王质等撰:《陶渊明年谱》,中华书局 1986 年版

王瑶编注:《陶渊明集》,人民文学出版社 1956 年版

逯钦立校注:《陶渊明集》,中华书局 1979 年版

龚斌:《陶渊明集校笺》,上海古籍出版社 1996 年版

袁行霈:《陶渊明集笺注》,中华书局 2003 年版;《陶渊明研究(增订
　　本)》,北京大学出版社 2009 年版

孟二冬:《陶渊明集译注及研究》,昆仑出版社 2008 年版

第七讲　庾信与骈文

第一节　骈文的源流

我国古代文章,由于书写材料的限制,很早就和口语拉开距离而形成了文言的形式;同时,为便于记诵,往往有一定的韵律,因而很可能多采取韵文的形式。一些学者认为,大概到了春秋战国时期,韵文才逐渐为无韵的散文所取代。汉代以后,随着造纸术的发展,书写材料日趋便宜,才又逐渐出现了更接近口语的古典白话著作。

文言的文章,按句式特点,又可分为散文与骈文两种形式。散文以散句单行为特征,骈文则以四六对偶为基本句式。骈文由于讲究对偶,每组对偶句之间的关系便不免有些松散,好像断断续续的,不像散文那么紧密和连贯;又由于好用典故,每组对偶句之间的逻辑关系也不像散文句子那么严谨和明晰。职此之故,散文像是单车的辙迹,属于线的艺术,时间性强;骈文像是人的足迹,属于面的艺术,空间性强。散文也可以用典,但不如骈文用典密集,互文性强。散文也可以讲求辞采和物色,但不如骈文讲求程度高,画面感强。

骈文的范围,人们意见不一。广义上,须要押韵的骈赋也常被包括在骈文之内。有时候,一篇文章对偶句较多,也可能被视为骈文。如清代李兆洛(1769—1841)编撰《骈体文钞》,为了鼓吹其骈散合一的主张,竟将贾谊的《过秦论》也作为骈文收了进去。

骈文的产生,原因很多,但首先与汉字的特点有关。汉字是方块字,两个句子字数一样,在视觉上便整齐悦目。同时,汉字又一字一音,两个句子字数一样,在听觉上也和谐悦耳。职此之故,对偶句很早便出现在文章中,因为这种句子最能发挥汉语言文字的视听之美。其次,从思维习惯方面说,中国的道家讲求阴阳相依,儒家主张执两用中,而对偶的句子将相互对应的话语成分并置在两句话中,可以充分地适应儒道两家的这种思维习惯。再次,从文体特征方面说,骈文喜欢用典隶事,所以语句精炼而又含蓄,这也很合乎古代文人表情达意注重婉转的要求。此外,对偶句也有适合社会生活之需的一面。如清代阮元《文言说》就谈道:"古人以简策传事者少,以口舌传事者多。以目治事者少,以口耳治事者多。故同为一言,转相告语,必有愆误,是必寡其词,协其音,以文其言,使人易于记诵,无能增改,且无方言俗语杂于其间,始能达意,始能行远。"鲁迅《汉文学史纲要》也说古人:"协其音,偶其辞,使读者易于上口。"凡此种种,从远古到如今,在社会各阶层,对偶句都是民众很喜欢采用的句式。自然,如果通篇都采用对偶句,而且不单对字形、对字义,还要对字音,还要讲究用典、夸饰以形成雅丽的文风,这就不是平民所能为,而主要是饱食无事的贵族文人所喜欢从事的事情了。骈文最终成熟与盛行于南朝,也正在于南朝是贵族引领文坛风气的时代。

先秦两汉时期,对偶句的运用已较为自觉,而骈文的写作则还处在偶发和不自觉的阶段。就孔子整理的经书来看,对偶句很早就受到人们的喜欢。《尚书》中,属于今古文共有的《舜典》已很喜欢运用骈语,如云帝舜:"慎徽五典,五典克从;纳于百揆,百揆时叙。"至于《夏书》,属于今古文共有的《禹贡》,也有一些骈语,如云:"九河既道,雷夏既泽……厥草惟繇,厥木惟条",又云:"东过洛汭,至于大伾;北过洚水,至于大陆。"而单属于古文的《五子之歌》也喜欢骈语,如云:"内作色荒,外作禽荒。甘酒嗜音,峻宇雕墙。"《商书》中,属于今古文共有的部分不怎么使用对偶,《西伯戡黎》载,祖伊批评纣王"不虞天性,不迪率典",算是一例;但单属于古文的部分比较喜欢使用对偶,如《伊训》记载伊尹的训词说:"立爱惟亲,立敬惟长,始于家邦,终于四海",又谓:

敢有恒舞于宫,酣歌于室,时谓巫风;敢有殉于货色,恒于游畋,时谓淫风;敢有侮圣言,逆忠直,远耆德,比顽童,时谓乱风。惟兹三风十愆,卿士有一于身,家必丧;邦君有一于身,国必亡。

这一段的对偶运用,已经比较灵活,藻饰意味明显,而且多长句,所以也有人认为是后世长偶对的滥觞。《周书》中,单属于古文的部分也特喜欢对偶。其中,《泰誓》是武王伐纣渡过孟津之后所作的誓词,乃批评纣王"罪人以族,官人以世",且"谓己有天命,谓敬不足行,谓祭无益,谓暴无伤",并引古人的话说:"抚我则后,虐我则仇。"不过,《周书》中属于今文的部分也很喜欢使用对偶。譬如《牧誓》是武王伐纣的阵前动员,而批评纣王"惟四方之多罪逋逃,是崇是长,是信是使,是以为大夫卿士",又鼓励将士们说:"勖哉夫子,尚桓桓,如虎如貔,如熊如罴,于商郊,弗迓克奔,以役西土,勖哉夫子!"《洪范》也属于今古文共有之篇章,而所载殷箕子之言,也很喜欢使用骈语。

《周易》中,《易经》的卦爻辞已有不少对偶句,如《随卦》六二爻辞说:"系小子,失丈夫",六三爻辞说:"系丈夫,失小子。"《颐卦》初九爻辞说:"舍尔灵龟,观我朵颐。"但比较而言,《易传》中的对偶句更多,《文言》和《系辞传》尤为突出。

> 子曰:"同声相应,同气相求。水流湿,火就燥。云从龙,风从虎。圣人作,而万物睹。本乎天者亲上,本乎地者亲下,则各从其类也。"(《文言》)

> 《易》与天地准,故能弥纶天地之道。仰以观于天文,俯以察于地理,是故知幽明之故。原始反终,故知死生之说。精气为物,游魂为变,是故知鬼神之情状。(《系辞传上》)

据阮元统计,《文言》有对偶句48处,其子阮福认为《系辞传》有对偶句326处。由于《易传》相传是孔子整理的,所以《易传》这样喜欢对偶,便也就成为后世推崇骈文者的一大理据。《易传》是否孔子作,还可以讨论,但从《论语》所记语录来看,孔子的确是比较喜欢对偶句的。《礼记》所载孔子及弟子关于礼乐的讨论也多对偶之词。《春秋》由于有特殊的体例与要求,对偶句难寻,但《左传》所载行人辞令中,对偶句却

屡见不鲜。至于《诗经》,对偶句不仅常见,而且形式还很多样。以《蓼莪》后三章为例:

> 父兮生我,母兮鞠我。拊我畜我,长我育我,顾我复我,出入腹我。欲报之德,昊天罔极!
> 南山烈烈,飘风发发。民莫不穀,我独何害!
> 南山律律,飘风弗弗。民莫不穀,我独不卒!

前一章头两句属于单句对,第三句"拊我畜我"属于当句对,同时还和后一句"长我育我"构成单句对。后二章头两句属于单句对,也属于叠字对。同时"南山烈烈"云云与"南山律律"云云又构成长偶对。又,《小雅·无羊》之第一章云:"谁谓尔无羊?三百维群。谁谓尔无牛?九十其犉。尔羊来思,其角濈濈。尔牛来思,其耳湿湿",可说是典型的复句对。

自春秋以降,个人著述兴起。《老子》五千言,大半是对偶之辞。其他诸子以及策士之辞,也很喜欢对偶。其中最有成就的是李斯(?—前208)。至少,李斯已经较为自觉地组织对偶句创作篇章。其《谏逐客书》将行人辞令的典雅、纵横家言的夸饰与辞赋家的铺排有机结合起来,而运之以骈俪之辞,不惟辞采华美,音节畅达,而且打动了嬴政,改变了其错误的决策,为秦国后来的统一奠定了基础,所以此文深受后人称美,乃至被李兆洛《骈体文钞》誉为"骈体初祖"。

诸子文章之外,屈原和宋玉的辞赋,因为本身就特别重视辞采的缘故,对偶句的使用就更加丰富多变。譬如,形式上四言、五言、六言、七言的单句对,以及隔句对、当句对、连珠对、长偶对,都已比较常见,以致刘师培《文说·宗骚篇》认为:"屈宋继兴,爰创骚体……信夫骈体之先声,文章之极则矣。"除了裁对造句方面较前人大为进步,屈宋的辞赋艺术还讲求借代、比拟、双关以及历史故实的运用,这些都为后来骈文艺术的发展奠定了深厚的基础。

延至汉代,无论辞赋还是文章,都延续着屈、宋、李斯等人喜好对偶的作风。汉初的辞赋受楚辞的影响最大,像贾谊《鵩鸟赋》,主要还采取四字对。到了司马相如手中,对偶的句式更灵活,词性对仗方面也更加工整。而且汉大赋的铺采摛文、堆砌藻饰也为后世骈文准备着艺术上的养料。张衡以后，小赋不怎么堆砌，但省净以后的文体特征却也更接近于骈文了。文章方面，西汉时，皇帝制诏、大臣奏疏等应用性文章也都喜欢采用对偶句。邹阳的《狱中上梁王书》，司马相如的《喻巴蜀檄》《封禅文》，终军(前133?—前112)的《白麟奇木对》，王褒的《圣主得贤臣颂》都属于骈文形成时期的名篇。到了东汉，文章骈俪化的倾向就更重了。冯衍、班彪(3—54)、班固以及张衡、荀悦(148—209)都有不错的骈体文，而汉末的蔡邕更是骈文发展史上承前启后的一位大家。如果说李斯、邹阳使得书牍骈俪化，终军、王褒使得颂赞骈俪化，那么，碑文的骈俪化则主要是由蔡邕推动的。蔡邕的《郭有道碑》更是古代文章中的名篇。碑文以外，无论颂赞、章表还是杂文、辞赋，蔡邕都喜欢属对成文，不仅通篇骈语，而且很注意谋篇与藻饰，可谓早期骈文最杰出的作者。

魏晋南北朝是骈文成熟并获得昌盛的时期。这一时期，文学家们已开始自觉探索骈文写作的艺术技巧，而骈体文的写作领域也在不断扩展，赠答笺启，碑颂序跋，几乎都成为驰骋骈文艺术的沃野，叙事、抒情、议论以及理论探索，方方面面几乎都有骈文写成的名篇佳作。

魏晋时期，曹植(192—232)、陆机(261—303)对骈文贡献最大。曹植的《七启》《洛神赋》是骈体赋的名篇，其《求自试表》《与杨德祖书》是骈体文的佳作。曹植的骈文不仅属对更加精工，而且注意结构的跌宕与句子节奏的抑扬。曹植作诗讲求自然，他的骈文也一样，无论属对还是用典，都给人以水到渠成之感；所不足者则是文中的描写常有前后不一之处。譬如《洛神赋》开首说"睹一丽人，于岩之畔"，后文却又说是"众灵杂遝"。类似的矛盾，郭沫若在《历史人物》中指出不少。曹植《与杨德祖书》谓"辞赋小道"，盖亦以此而不肯多用心欤？较之曹植骈文的圆润秀美，陆机的骈文要更加典重深厚。《文赋》与《演连珠》五十首及《豪士赋序》《吊魏武帝文》都是他的代表作，特点是一方面注重骈四俪六，一方面讲求"五色相宣""音声迭代"，强调属对的视听之美，实际已开创南朝骈文之体。二人之外，阮籍(210—263)、嵇康(223—262)、李康、潘岳(247—300)、左思(250?—305?)以及两晋之交的刘琨(271—318)、郭璞(276—324)、干宝，东晋的葛洪(284—364)、孙绰(314—

371)、陶潜也都有杰出的骈文作品。值得一提的是,魏晋人好议论,在以自然流畅的骈文议论事理方面具有很高的成就,像陆机的《文赋》、李康的《运命论》、干宝的《晋纪总论》都是骈文史上的名篇。瞿兑之甚至认为,与这些魏晋骈文论说相比,唐宋八大家的议论,或者指手画脚,没有余味,或者摇头摆尾,神情酸腐,诚不及魏晋人的这些说理文精微深透而又安雅和平;而同是骈文,齐梁时期的文人又太爱用辞藻掩盖一切,于是不免词胜于理,以致说理的文章与抒情写景者差不多。

刘宋前期,作骈文的圣手有颜延之、鲍照。颜延之(384—456),字延年,琅琊临沂(今属山东)人,生于建康。官至光禄大夫,故称颜光禄。《宋书》本传说:"延之少孤贫,居负郭,室巷甚陋。好读书,无所不览,文章之美,冠绝当时。饮酒不护细行,年三十,犹未婚。"其骈文代表作有《三月三日曲水诗序》《祭屈原文》《赭白马赋》等。除《陶征士诔》比较朴素晓畅外,他的作品大多"铺锦列绣,雕缋满眼",很注意辞采之美,同时遣词造句往往也很有构思独到的地方。如《赭白马赋》写马行迅速,不说追风绝尘,转而说"旦刷幽燕,昼秣荆越",就很受后人称道。颜延之还有一篇《庭诰》,属于家训,并且与嵇康《家诫》一样,都是自身旷达,却教子弟谨重。其论交游一段说:

> 游道虽广,交义为长。得在可久,失在轻绝。久由相敬,绝由相狎。爱之勿劳,当扶其正性;忠而勿诲,必藏其枉情。辅以艺业,会以文辞,使亲不可亵,疏不可间,每存大德,无挟小怨。率此往也,足以相终。

这既是他的经验,也是千古不易之论。谢灵运(385—433)的诗歌与颜延之、鲍照齐名,但骈文创作成绩一般。其族弟谢惠连(407—433)、族侄谢庄(421—466),诗歌成就不能与灵运比,但辞赋的成就皆远在灵运之上。谢惠连的《雪赋》与谢庄的《月赋》都是六朝骈体小赋的代表作。谢庄还有一首《怀园引》,赋中将骚体与五言和七言参杂的写法,使得赋的节奏情调近乎后来的歌行。汉魏人写景,较为朴厚,自谢家子弟为之,便趋向绵丽,再到齐梁年间,遂不免有些轻艳了。

鲍照(414?—466),字明远,晋东海郡(今江苏涟水北)人。他出身庶族,虽有才情却沉沦下僚,后竟死于乱军之中。清人许梿《六朝文絜》曾称许:"明远骈体,高视百代。"鲍照的骈文题材广泛,而且善于在奇崛细腻的铺陈中表现深沉英拔之气。其《河清颂》是润色鸿业的逞才之作,很受后人推重。其《瓜不山楬文》则在山水行役的描写中,抨击了"才之多少,不如势之多少远矣"的丑恶现实。其《登大雷岸与妹书》是元嘉十六年(439),去江州任临川国侍郎的途中,经安徽大雷湖岸边所作。六朝人用骈体写信,主要是给好友或者较为尊敬的上司;一般的家信则用接近口语的语体文。即使是骈文名家陆机给弟弟陆云写家书,也是如此。鲍照给妹妹鲍令晖写信用华美的骈体,这是他的创造。此信主要描摹行役途中的风景,使用了汉赋极尽铺张之法,然而笔力遒劲,又善于用景物暗示初入仕途的幻想、不安与疑虑,因而颇有挺拔慷慨之气。鲍照的《芜城赋》是他凭吊广陵(今江苏扬州)的作品。宋孝武帝大明三年(459),竟陵王刘诞在广陵发动叛乱,武帝派沈庆之征讨,使广陵城毁于战火。鲍照此赋假借曾在广陵建都的西汉吴王刘濞叛乱的故事,感慨战乱使得繁荣的广陵变得无比凄凉:

> 泽葵依井,荒葛罥涂。坛罗虺蜮,阶斗麏鼯。木魅山鬼,野鼠城狐,风嗥雨啸,昏见晨趋。饥鹰砺吻,寒鸱吓雏。伏虣藏虎,乳血飧肤。崩榛塞路,峥嵘古馗。白杨早落,塞草前衰。棱棱霜气,蔌蔌风威。孤蓬自振,惊沙坐飞。灌莽杳而无际,丛薄纷其相依。

前人写都邑赋,多是润色王业,而鲍照此赋忆繁华,哀残破,用韵、造句及敷色都极参差多变,善以刚健跌宕之辞扬其苍凉不平之气,洵为卓绝千古之作。

刘宋后期以至齐梁年间,是骈文体制定型的时期。彼时骈文在裁对、隶事、敷采之外,调声方面的探索也较为深入了。其时最有成就的骈文作家是王融和江淹。王融(467—493),字元长,临沂(今属山东)人。《南齐书》本传说他:"文辞辩捷,尤善仓卒属缀,有所造作,援笔可待。"他的骈文一方面能自觉运用声律之学,一方面文气抑扬起伏,极有章法。无论长篇的《三月三日曲水诗序》,还是短篇的《谢竟陵王示扇启》，都写得波澜起伏，张溥《汉魏六朝三百家集题辞》赞美他"词涉比偶，而壮气不没"，确是实情。江淹（444—505），字文通，济阳考城（今河南兰考）人。他的辞赋与其诗歌一样，一方面喜欢摹拟，如《灯赋》摹拟宋玉的《风赋》，《遂古篇》摹拟屈原的《天问》；一方面习惯描绘凄凉落寞之情，如《伤友人赋》《伤爱子赋》《泣赋》以及声名颇盛的《恨赋》与《别赋》。《恨赋》描写历史上各色人物的愁恨，《别赋》刻画各种离别的悲伤，可谓体察入于微细，形容宛在目前，文辞也充满诗意。尤其是《别赋》，诸如"下有芍药之诗，佳人之歌。桑中卫女，上宫陈娥。春草碧色，春水绿波，送君南浦，伤如之何！至乃秋露如珠，秋月如珪，明月白露，光阴往来，与子之别，思心徘徊"，这语句简直就是诗了。骈赋之外，江淹历仕三代，还有大量的诏诰教令，章表笺启，都是用骈文写成，而且各有优长，对后世影响很大。

孔稚珪（447—501），字德璋，会稽山阴（今浙江绍兴）人。他的《北山移文》借北山的口吻讽刺假隐士，形象生动，抒情性强，是骈文中的名篇。沈约（441—513），字休文，吴兴武康（今浙江德清县）人，其骈文辞采声韵能够兼美，《谢灵运传论》《郊居赋》与《丽人赋》是其名篇。

刘峻（462—521），字孝标，祖籍平原（今属山东），生于建康。幼孤，尝随母徙居东阳（今山东益都），后不幸被掳卖为奴，又曾因贫与母并出家为僧、尼，既而还俗。齐永明中，南归，历仕齐、梁，以性格傲岸不为梁武帝所喜。好读书，人称"书淫"。其《辨命论》一方面承认人的穷通都由天命决定，一方面又不承认天命都是合理的，文中铺举了大量善不得报、才不得用的历史事实，抒发和寄托了自身怀才不遇的愤懑。其《广绝交论》推衍东汉朱穆的《绝交论》，以主客问答的形式对势利小人作了无情的揭露和鞭挞。据《文选》李善注，此文写作的契机是伤感任昉生前喜欢奖掖后进，而死后诸子贫困，曾经受任昉提携的到溉、到洽也无心接济。据说文章写成之后，到溉兄弟将此文摔于地上，恨恨不能自已。刘峻这两篇文章的长处，是能以战国纵横之风驾驭南朝骈四俪六之体，因而文笔犀利，音调铿锵，在南朝早期骈语中是难得的慷慨之文。说到刘峻自己，却是个重交谊的人。其友刘沼生前曾作《难〈辨命论〉书》，沼死后，峻作《重答刘秣陵沼书》云：

刘侯既重有斯难,值余有天伦之戚,竟未之致也。寻而此君长逝,化为异物。绪言馀论,蕴而莫传。或有自其家得而示余者,余悲其音徽未沫,而其人已亡;青简尚新,而宿草将列,泫然不知涕之无从也。虽隙驷不留,尺波电谢,而秋菊春兰,英华靡绝。故存其梗概,更酬其旨。若使墨翟之言无爽,宣室之谈有征。冀东平之树,望咸阳而西靡;盖山之泉,闻弦歌而赴节,但悬剑空垄,有恨如何!

另,丘迟(464—508)的《与陈伯之书》、陶宏景(452—536)的《答谢中书书》与吴均(469—520)的《与宋元思书》也都是彼时骈文名作。前一篇为规劝逃奔北朝的齐朝将领陈伯之返回梁朝而作,文章以"鱼游于沸鼎之中,燕巢于飞幕之上"来形容陈伯之的处境,以"暮春三月,江南草长,杂花生树,群莺乱飞"来描写故国的美好。据说陈伯之读后深受感动,遂率八千子弟回归梁朝。后二篇是文学史上有名的山水小品文,而类似的短札笺启也很适宜轻艳一路的景物描写。梁简文帝的《与萧临川书》便是一例:

> 零雨送秋,轻寒迎节,江枫晓落,林叶初黄,登舟已积,殊足劳止,……白云在天,苍波无极,瞻之歧路,眷慨良深。

自然,这样的短札也很适合抒写柔靡的男女之情。像何逊的《为衡山侯与妇书》就是此类名篇。文中说"帐前微笑,涉想犹存;而幄里馀香,从风且歇",便是柔靡之证。

梁陈时期是南朝骈文创作的高峰期,代表作家是并称"徐庾"的徐陵、庾信。由他们所创造的"徐庾体",属对精工而灵动,用典繁复而自然,敷采绮丽而新奇。在他们手中,之前作家调声时平仄较为随意的现象大为减少,而以四六言隔句属对亦成为较为普遍的对偶形式。

徐陵(507—583),字孝穆,祖籍东海郯县(今山东郯城)人。梁末出使东魏,魏人授馆宴宾。是日甚热,主客魏收嘲陵曰:"今日之热,当由徐常侍来。"陵即答曰:"昔王肃至此,为魏始制礼仪;今我来聘,使卿复知寒暑。"收大惭。次年,梁朝发生侯景之乱,徐陵被迫留在邺城(今河北临漳县）。不久，北齐文宣帝高洋篡魏自立，爱其文采，不准南归。直到西魏攻克江陵，梁元帝被杀，北齐欲派兵送梁宗室萧渊明回南方称帝，才被迫许他同返建康。南归后第三年，陈霸先代梁自立。其后徐陵官职屡迁，以其敢于直言弹劾，能够慧眼选任，且处世谦让，非徒以文章见美也。《南史》卷六十二本传且谓："陵器局深远，容止可观，性又清简，无所营树，禄俸与亲族共之。"其能于乱世得以全生，以此。徐陵的骈文多是表章书奏，其中书札尤为有名。其前期的代表作是《玉台新咏序》，后期羁留北齐，尝作《与齐尚书仆射杨遵彦书》，——驳斥北齐强留他的八种借口，要求放还，文章颇有《左传》行人辞令的风采，而文末描写思归之情，尤为深挚动人：

> 岁月如流，平生何几！晨看旅雁，心赴江淮；昏望牵牛，情驰扬越。朝千悲而下泣，夜万绪而回肠，不自知其为生，不自知其为死也。足下素挺词锋，兼长理窟，匡丞相解颐之说，乐令君清耳之谈，向所咨疑，谁能晓喻。若鄙言为谬，来旨必通，分请灰钉，甘从斧锧，何但规规默默，醋舌低头而已哉？若一理存焉，犹希矜眷，何必期令我等必死齐都，足赵、魏之黄尘，加幽、并之片骨，遂使东平拱树，长怀向汉之悲；西洛孤坟，恒表思乡之梦。千祈已屡，哽恸增深。

归南之后，陵为吏部尚书，曾作《答诸求官人书》。文章言辞恳切，义理明白，据《南史》本传载，书出，"众咸服焉。时论比之毛玠"。

与庾信比较，徐陵之文的长处在于论理而不在于抒情；同时，徐陵还不长于作赋；再者，徐陵虽也曾羁旅北国，但他终得南返，晚年创作不像庾信又别有一种萧瑟苍劲之态，所以后世论及二人，也便总以为徐不如庾了。徐、庾之外，沈炯（501—559）、江总（519—594）与陈后主（553—604）也是不错的骈文作者。沈炯少有气骨，遭遇又较坎坷，为文好以质朴之词直抒胸臆，《经通天台奏汉武帝表》是其被俘西魏时吊古伤怀的名作。江总与陈后主所作基本属于宫体，文体虽工而格调柔靡，最为卑下。不过，后主有一篇《与詹事江总书》，哀思旧属陆瑜，文辞省净而动人，确属佳作。

南朝文章以骈文为主,作散文而有杰出成就的,惟范晔(398—445)的一部《后汉书》而已。北朝文章虽多散文,但自十六国以来亦不乏骈文作者,只是较为质朴而已。到了北魏后期,号称"北地三才"的温子昇(495—547)、邢劭(496—561?)、魏收(506—572)等人皆能做得骈文。温子昇之文雍容典雅。据《魏书》本传载,他的文章传入南梁,武帝叹曰:"曹植、陆机复生于北土。"邢劭的文章所存不多,风格温润同乎子昇,而魏收之文则多意气。其《为侯景叛移梁朝文》是受高澄之命所写的急就章,辞采却很可观。三才的骈文成就不能与北来的王褒、庾信相比,稍后的李昶(516—565)、卢思道(535—586)、薛道衡(540—609)等人也成就有限。倒是北魏时郦道元(466?—527)的《水经注》,北魏北齐时杨衒之的《洛阳伽蓝记》和北齐周隋之际颜之推(531—591?)的《颜氏家训》,虽然是散文,却能融合骈散之长,较有成就。

唐宋是骈文进一步发展演变的时期。如果说南朝是骈文创作的高峰,那么唐宋就是骈文创作的高原。

初唐之时,骈文依旧是最流行的文体形式,而且延续着南朝偏于阴柔的宫体之风。初唐四杰对此都颇为不满。杨炯(650—693?)的《王勃集序》就指责当时的骈文"骨气都尽,刚健不闻"。与唐王朝上升的发展趋势相适应,他们提倡辞采宏博、精神刚健、气势沛然的文风。王勃(650—676)的《滕王阁序》、杨炯的《王勃集序》、卢照邻(634?—685?)的《益州至真观主黎君碑》以及骆宾王(640—684?)的《讨武曌檄》也都是骈体名篇。陆时雍《诗镜总论》尝谓:"王勃高华,杨炯雄厚,照邻清藻,宾王坦易。"这说的虽然是诗,但用来形容他们的骈文也是合适的。当然,四杰的文章也有不足,譬如他们为示宏博,常拿一些体面字眼装在一种格调之中,有时就不免臃肿。

初盛唐之交,骈文向着更充实的内容与更省净的形式发展。当时有一位刘知几(661—721)写了部《史通》。在六朝南梁之时,还有一位刘勰作了部《文心雕龙》。二书一讲著史,一论作文,都是体大思精的杰作。在形式上,《文心雕龙》是比较严格的骈文,但不及陆机的《文赋》更有辞采。《史通》则骈散兼融,整齐谐美而又自然流畅。比刘知几更负盛名的,是被封为燕国公的张说(667—731)和世袭许国公的苏颋(670—727),当时人称"燕许大手笔"。他们也厌弃齐梁的浮艳,向往魏晋之清贞。与四杰比，他们位高权重，所作常是高文典册，所以文章以情动人之处较少，但他们不求字眼之纤丽，不求格式之工整，不求用典之艰涩，不求笔势之驰骤，遂别有一种雍容、凝重而浑厚的风格。张说所作，沉雄更胜于苏颋。稍晚于燕许的王维（701—761）、李白（701—762）、杜甫（712—770）、李华（696？—774？）也是杰出的骈文作者。李白所作书序辞赋，一方面承燕许之笔，一方面清新俊爽，尤为盛唐之冠。

中唐时期，以陆贽（754—805）的骈文最为有名。陆贽字敬舆，吴郡嘉兴（今属浙江）人，是有实际才干的文学家。他留下的《翰苑集》是一部制诰奏议集，文学性更弱于燕许大手笔。但他的骈文进一步发展了燕许少用典、少雕饰、不浮夸、融骈散的作风；虽仍用双行，却不苛求音声之谐、词类之偶，是谓"运单成复"；为了便于议论和叙事，他还常常将偶句和篇幅加长，因而他的骈文往往恢弘而畅达，朴实而真切，对宋人之四六、清人之章奏，影响甚大。建中四年（783），朱泚叛乱，陆贽时任翰林学士，随德宗奔奉天（今陕西乾县）并起草《奉天改元大赦制》以延揽人心，文中写道：

　　惟我烈祖，迈德庇人，致俗化于和平，拯生灵于涂炭，重熙积庆，垂二百年。伊尔卿尹庶官，洎亿兆之众，代受亭育，以迄于今，功存于人，泽垂于后。肆予小子，获缵鸿业，惧德不嗣，罔敢怠荒。然以长于深宫之中，暗于经国之务，积习易溺，居安忘危，不知稼穑之艰难，不察征戍之劳苦；泽靡下究，情不上通，事既壅隔，人怀疑阻，犹昧省已，遂用兴戎。征师四方，转饷千里，赋车籍马，远近骚然，行赍居送，众庶劳止，或一日屡交锋刃，或连年不解甲胄。祀奠乏主，室家靡依，生死流离，怨气凝结。力役不息，田莱多荒，暴命峻于诛求，疲氓空于杼轴，转死沟壑，离去乡闾，邑里丘墟，人烟断绝。天谴于上，而朕不悟；人怨于下，而朕不知，驯致乱阶，变兴都邑。贼臣乘衅，肆逆滔天，曾莫愧畏，敢行凌逼，万品失序，九庙震惊，上辱于祖宗，下负于黎庶。痛心靦貌，罪实在予，永言愧悼，若坠深谷。赖天地降佑，神人叶谋，将相竭诚，爪牙宣力，屏逐大盗，载张皇维。将宏永图，必布新令。朕晨兴夕惕，惟念前非。

据《旧唐书·德宗纪》载:"赦书至山东,宣谕之时,士卒无不感泣。"一般的赦文,是要宽恕臣民,而陆贽却在此文里代德宗深入反省,充分反映了陆贽务实求真而又张弛有度的艺术追求。陆贽以外,元稹和白居易也是著名的骈文家,《旧唐书》作者将两人合传,并赞美说:"元之制策,白之奏议,极文章之堂奥,尽治乱之根荄。"诚如一些学者所说,白居易的骈文很儒雅,尤其他的一部分碑、铭、记、序,因为以记叙为主,还能进一步融合骈散,显示出改良骈体的气度。众所周知,与元白同时的韩愈曾掀起过古文运动,但这场运动却并没有改变骈文的主导地位。为什么改变不了呢?因为唐代科举制度中,对士人最重要的进士科,是要考试律赋的,而律赋正是一种考究对偶、限定声韵的命题作文。此外,若中了进士,要做官,还得参加吏部的考试,而吏部所考的判词也要求采取骈四俪六的形式。之所以如此,是因为朝廷的许多文书仍要用骈体去写才让大家觉得合适。而这样一来,骈文的地位怎么可能被掀翻呢?据元稹《白氏长庆集序》,白居易曾作过《百节判》,而"新进士竞相传于京师矣"。白居易《与元九书》也说:"日者闻亲友间说,礼、吏部举选人,多以仆私试赋判传为准的。"就是韩愈自己,既参加了科举,也不可能不作骈语,不可能对骈语没有一定的修养。事实上,他的名篇《进学解》就颇多骈语。至于柳宗元,其《睢阳庙碑》本身就是一篇骈体杰作。另,唐人作律赋还有一种风气,就是喜欢用成语来议论和叙事,如周存《太常新复乐悬赋》云:"礼乐之仪,虽可久而可大;文武之道,亦一张而一弛。"其后,宋人推波助澜,以致格局是赋体,而气息却近于散文了。明清之时,应试律赋的规矩更加琐细,导致文章内容更加空虚无物,成就遂更不及唐宋,也很少会有人将律赋收入自家的文集之中。

晚唐时期,最有名的骈文家是李商隐。李商隐(811?—858),字义山,号玉谿生,樊南子,生于郑州(今属河南)。他年轻时受牛党令狐楚赏识而中进士。从文宗太和三年(829)令狐楚聘用他作幕僚到文宗开成二年(837)令狐楚去世,他同牛党关系比较密切,令狐楚甚至还曾让李商隐代拟临终遗表。但令狐楚死后不久,他又加入属于李党的泾原节度使王茂元的幕府,而且娶了王茂元的女儿为妻,因此牛党认为他背恩负德。后来牛党掌权,李商隐在政治上便郁郁不得志,不到五十岁便死于荥阳。其骈文名作有《会昌一品集序》《奠相国令狐公文》《重祭外舅司徒公文》《上河东公启》《祭小侄女寄寄文》等。李商隐的骈文也多是应用性文体,然而具有较高的文学性。一者,他善于叙述复杂之事,传达婉曲之情;二者,他善于使事敷色,较之前人华美而又不伤于浮艳;三者,他从小学习古文,而后才从令狐楚学习骈语,因而常能在骈偶间巧妙地杂以散句,使得行文更加流畅有力,较之一般唐人也更有清刚之气。四者,他的骈文即使是应用文,也常能融入他自己的真情实感,所以自然较有风力。这些之外,更重要的是他的思想也较为自由通脱。童年时代,李商隐曾受业于精通儒家经说的堂叔,但他十五六岁时又曾入玉阳山学道,思想也就并不为儒学所限。其《上崔华州书》曾云:

> 始闻长老言:"学道必求古,为文必有师法。"常悒悒不快。退自思曰:"夫所谓道,岂古所谓周公、孔子者独能耶?盖愚与周、孔俱身之耳。"是以有行道不系今古,直挥笔为文,不爱攘取经史,讳忌时世。百经万书,异品殊流,又岂能意分出其下哉!

他既有这样的思想,为文自然也就活泼而敢于独树一帜。李商隐曾将其骈文编订为《樊南甲集》《樊南乙集》各二十卷,可惜没有流传下来,如今只有后人的一些辑佚而已。与李商隐同时代的杜牧(803—852)、段成式(?—863)、温庭筠(812?—866)也都善于作骈语,后两人与李商隐在家族中都排行十六,故三人所作乃号称"三十六体"。杜牧的骈文以意为主,以气为辅,风格俊洁雅丽,而段、温所作则较六朝更为浮靡绮艳。至于司空图(837—908)、韦庄(836?—910)、欧阳炯(896—971)等人所作,多与段、温相类,鲜能自高其格。

宋初,杨亿(974—1020)、刘筠(970—1030)、钱惟演(977—1034)等人的骈文几乎都学李商隐,然而得到的只是腔调,遗落的却是真情,是故难以动人。到了北宋中叶,一方面,进士科考试不再考讲究对偶和声律的律诗、律赋,而改用散体的经义、策、论;另一方面,又有欧阳修等人出来倡导古文,而将骈体文只局限在少数应用文写作之中,受其影响,骈文的成就也便十分有限。不过,按照惯性,朝廷的制诰笺表,还是要采用骈体;同时骈体文也自有优长,难以尽废。至少,南宋朝廷开设宏辞科,应试时士人便仍好以骈俪雕刻逞才。所以在宋代,骈文并不低落以至灭绝,只是其最好的作者却是属于古文家的欧阳修和苏轼。他们的特点是文风疏荡,其原因:一是结构较多开阖变化;二是通过虚词的灵活运用造成了文句更加跌宕起伏的音调;三是用典较少,而隐括前人成语之风较盛;此外,则是喜用长联。这些特点与宋人好议论是一致的,显示了古文家作骈文的风格倾向。陈善《扪虱新语》曾谓:"以文体为诗,自退之始;以文体为四六,自欧阳公始。"欧阳修的骈文主要继承了陆贽平易省净的风格,而又注意谐声造句之美,遂以纡徐从容见长。王安石和苏轼的骈文都受欧阳修影响,但安石之文严谨雄劲,苏轼之文通脱流畅,亦各有发展。欧、苏以后,两宋之间的汪藻(1079—1154)及其后的陆游(1125—1210)、周必大(1126—1204)、杨万里(1127—1206)、李刘(1175—1245)、真德秀(1178—1235)、文天祥(1236—1283)也都有一些不错的骈文作品。但总体上说,宋人作骈文,多有精警的句子,而缺少整篇都很出色的鸿文。王藻的《代隆佑太后诏书》精细、曲折、庄严,但通共不到三百字,较之《哀江南赋》及《滕王阁序》之流,小巫见大巫矣。李刘著有骈文千余篇,而可堪讽咏者甚少。不过,宋四六虽缺乏鸿文佳作,但关于四六的批评著作,却是自宋代而兴起的。

金朝立国百余年,骈文创作是越往后越好。赵秉文(1159—1232)、李俊民(1176—1260),尤其是金元之际的元好问(1190—1257),骈文成就最为突出。虽然他们的创作还脱不掉受欧阳修与苏轼的影响,但也不是完全没有自身的特色。譬如元好问的骈文就自然清新,平易真淳,与宋人相较,也愧色无多。

元明两代,骈文极大地衰落了。虽然也有不少作者,但佳构实不易见。明末清初,李渔作了一部大概是为书启师爷使用的《四六初征》,瞿兑之还说读了令人作呕。但时间再往后一发展,骈文却又有所复兴。这其中的缘故,有人说是,元明两代和南宋差不多,人们不怎么读书,所以没有才力去作骈文;清代读书人多,考据之风大盛,所以作骈文不怎么费力。清代骈文的复兴,首要的表现是打破了宋代以来将骈体局限在表奏制启中的做法,回归到六朝人无文不可以使用骈体的道路上去;其次是作者们比较关心社会现实问题,勇于叙说社会事件,敢于讽刺世态人情,因而产生了不少内容充实,情感真切的作品;最后,当然是产生了不少善于学习前人而又具有自身特色的骈文作家。就时代风格来说，清代骈文既不像六朝那么富丽精工，也不像宋人那般好为奇峭的长句，语言纯净自然，用典浅近平易，态度上大体是比较平和的。

清初比较出色的骈文家，有学庾信而风格宏肆的陈维崧（1625—1682），学李商隐而风格雅秀的吴绮（1619—1694），学宋人而整赡工丽的章藻功。毛奇龄（1623—1716）作品不多，但文风疏宕俊逸，亦颇可观。只是，若较之前人，他们的骈文便气势疏宕而不能凝重，色泽妍艳而不能浓厚，所以瞿兑之以为都算不得大家。

乾隆、嘉庆两朝是清代骈文创作的鼎盛期。胡天游（1696—1758），字稚威，山阴（今浙江绍兴）人。他虽仕途不顺，但很善于将一些难以写作的题目写成洋洋洒洒的骈文，如《大清一统志表》《玉清宫碑》《禹陵碑铭》《赵开府碑》等文章，多写得沉博、奇丽、雄肆，论者以为不让唐人，惟有时文辞病于险涩，议论稍嫌肤廓耳。其后则有袁枚（1716—1798）、邵齐焘（1718—1769）、刘星炜（1718—1772）、孙星衍（1753—1818）、吴锡麒（1746—1818）、洪亮吉（1746—1809）、曾燠（1760—1831）和孔广森（1751—1786）八人，因为所作骈文被吴鼒（1755—1821）编为《国朝八家四六文钞》，而号称"骈文八家"。八人中，袁枚的骈文存留较多，自然活脱、流丽秀逸，善于抒发性灵。其《上尹制府乞病启》是写给座师两江总督尹继善的信，主要表达乞养归山的愿望，文辞真挚深切，是其骈文的代表作。洪亮吉字君直，号北江，与孙星衍都是常州派骈文的代表，文风轻倩清新，但孙的才力不及洪。洪亮吉作骈文，众体皆工。《七招》《游天台山记》《戒子书》《出关与毕侍郎笺》及《八月十五日夜泛舟白云溪诗序》是其名作。八人之外，又有纪昀（1724—1805）、汪中（1745—1794）。纪昀作骈语不怎么摹古，但色泽鲜明，句调整齐，气势清劲，用典也较为精切，不像其他清人常常轻重失伦，以致瞿兑之誉之为清代骈文正宗。其《平定两金川露布》，叙金川战事，委曲层折，敢于涉足骈文难至之境，结尾总叙，更声容并茂，洵为一代佳构：

> 黎风雅雨，和甘过大渡河边；羌竹蛮花，葱蔚接无忧城外。巴渝旧舞，齐随破阵之歌；蜀国新弦，总奏平边之乐。往者天山左右，宣威而宛马东来；今兹益部西南，讨叛而参狼内向。后先一辙，总圣皇独运之谟；上下千年，皆旧史未闻之事。

洪亮吉与汪中并称"汪洪",但洪不及汪。汪中字容甫,江都(今江苏扬州)人。他的骈文虽倾慕六朝,但内容充实,情感真切,诚如刘台拱《容甫先生遗诗题辞》所说:"钩贯经史,熔铸汉唐,闳丽渊雅,卓然自成一家。"一般认为,汪中代表了清代骈文的最高成就。其《哀盐船文》写的是乾隆三十五年十二月江苏仪征盐船失火事件。文章先总叙失火,而后具体描述失火之状,最后表达对死难家属的祈祷。艺术上善于描写难写之景,而又能含不尽之意,不惟用典精切,而且声韵宜人,有清一代,此篇亦最受推崇。此外,像他的《自序篇》写其一生"著书五车"而动辄得咎的愤懑;《吊黄祖文》借祢衡"虽枉天年,竟获知己"的遭遇,写其"飞辨骋辞,未闻心赏"的不平;《经旧苑吊马守真文》借凭吊明万历年间江淮名妓马湘兰而表达的"哀乐由人"的感慨,也都写得十分动人。至如《狐父之盗颂并序》《广陵对》以及《汉上琴台之铭并序》也都是传诵很广的名篇。

　　晚清时期,骈文创作渐趋衰落,虽有李慈铭(1830—1894)和王闿运(1833—1916)好作骈语,但已属残光晚照。李慈铭学洪亮吉,写景尖新,然而总不自然。王闿运倾慕六朝,而能夺其魂魄。他出身寒门,幼有文名。咸丰元年中举后,交游颇广,后来隐居衡山,专心著述。他的人生经验较为丰富,学识又渊博,有助其文章者不少。其《嘲哈密瓜赋》与《吊朱生赋》是汉魏人的面目,而绝无模拟之态。至于《哀江南赋》学庾信,也愧色无多。至于碑志、写景,也并有佳作。五四以后,写骈文的依旧不少,但能与古人颉颃的作者显然还没有出现。

　　在历史上,骈文与许多文体相互发生过渗透与影响,其中值得一提的是明清两代科举所常用到的制义,也就是俗所谓八股文。

　　八股文的体式,一般包括破题、承题、起讲、起股、中股、后股、束股等部分。此外则还有入题、出题等属于补充性质的内容。八股文的题目主要取自四书五经,有些属于圣贤之言,作文时需要采取圣贤的口气,称为口气题;有些属于事件的陈述,不需带入口气而比较重视情感与描写,是为记事题。至于具体的取题方法,则有数十种之多。

　　八股文之所以常被看作是骈文的一种,原因是起股、中股、后股、束股等部分都要用到对偶。不过，八股文的对偶并不是严谨的四六对，比较散化，而且也不要求声韵的工整；与重视句法的四六文相比，八股文更重视段落结构的匀称。一般来说，骈文用典繁复，讲求藻饰，而八股文则追求雅洁，与明清古文家的气味相去不远。此外，在清代科举考试中，除了八股文，也还要考古文形式的表判策论。所以当时能作八股文的士子大多也能写一点古文，但能创作骈文的反不多见。

八股文在艺术上有其长处。如钱钟书《谈艺录》就指出，八股文"以俳优之道，抉圣贤之心……其善于体会，妙于想象，故与杂剧传奇相通"。历史上，也颇有人喜欢尊八股文为明代文学之胜。《明史·选举志》就记载："论者以明举业文字比唐人之诗，国初比之初唐，成、弘、正、嘉比盛唐，隆、万比中唐，启、祯比晚唐云。"不过，大多数人还是将八股文视为科举的敲门砖而嗤之以鼻。八股文作者中，明代的王鏊最负盛名。王鏊（1450—1524），字济之，号守溪，晚号拙叟，世称震泽先生，吴县（今江苏苏州）人。王鏊的八股文，曾被认为可以媲美司马迁的《史记》。我们这里选录他的《百姓足，君孰与不足》，以求读者对八股文可以有个比较具体的认识。

民既富于下，君自富于上。（破题）

盖君之富，藏于民者也。民既富矣，君岂有独贫之理哉？有若深言君民一体之意，以告哀公。（承题）

盖谓公之加赋，以用之不足也；欲足其用，盍先足其民乎？诚能百亩而彻，恒存节用爱人之心；什一而征，不为厉民自用之计，则民力所出，不困于征求；民财所有，不尽于聚敛。（起讲）

闾阎之内，乃积乃仓，而所谓仰事俯育者无忧矣。田野之内，如茨如梁，而所谓养生送死者无憾矣。（起股）

百姓既足，君何为而独贫乎？（出题）

吾知藏诸闾阎者，君皆得而有之，不必归之府库，而后为吾财也；蓄诸田野者，君皆得而用之，不必积之仓廪，而后为吾有也。（中股）

取之无穷，何忧乎有求而不得？用之不竭，何患乎有事而无备？（后股）

牺牲粢盛，足以为祭祀之供；玉帛筐篚，足以资朝聘之费。借日不足，百姓自有以给之也，其孰与不足乎？饔飧牢醴，足以供宾客之需；车马器械，足以备征伐之用。借日不足，百姓自有以应之也，又孰与不足乎？（束股）

吁！彻法之立，本以为民，而国用之足，乃由于此，何必加赋以求富哉。（大结）

梁章钜（1775—1849）《制义丛话》里面曾讲了个讽刺八股墨卷空洞无物的笑话：

天地乃宇宙之乾坤，吾心实中怀之在抱。久矣夫，千百年来已非一日矣。溯往事以追维，曷勿考记载而诵《诗》《书》之典要。元后即帝王之天子，苍生乃百姓之黎元。庶矣哉，亿兆民中已非一人矣。思入时而用世，曷弗瞻黻座而登廊庙之朝廷。

鲁迅曾经说："要做古文，做好人，必须做了一通，仍旧等于一张的白纸。"在这方面，律赋以及八股，可算是提供了较为明显的例证。

第二节　庾信的乡关

庾信与徐陵齐名，而他们的父亲庾肩吾和徐摛也是齐名的文豪。在萧纲还是晋安王时，徐摛和庾肩吾就都在王府教萧纲读书作诗。萧纲做太子后曾提出"立身之道与文章异，立身先须谨重，文章且须放荡"，还强调新变，这些思想显然与大徐庾有关。大徐庾在萧纲太子宫中所作的诗文也正多是这种风格，而且颇以宫体之名流行于世。

徐摛（474—551），字士秀，原籍东海郯县（今山东郯城）。他形质陋小，若不胜衣，然侯景作乱，攻陷台城，当侍卫奔散之际，徐摛独能巍然侍立在萧纲身边，立身的确算得上不失"谨重"。庾肩吾（487—551），字子慎，祖籍南阳新野（今属河南），晋室南渡，其先世亦移居江陵，涌现出不少以清直善政和孝悌著称的人物，且严于士庶之别，属于荆楚望族。

庾信《哀江南赋》自称，"家有直道，人多全节。训子见于纯深，事君彰于义烈"，良非虚语。据《南史》本传，侯景作乱时，曾矫诏，遣庾肩吾到江州招降萧大心。大心投降，肩吾欲逃，而为景将宋子仙所执。仙曰："昔闻汝能诗，今可作，若能，当赏汝命。"肩吾遂赋曰："发与年俱暮，愁将罪更深。聊持风烛转，暂映广陵琴。"仙遂命庾肩吾为建昌令，肩吾乘机由间道逃往江陵，被萧绎任命为江州刺史，不久病卒。除了侯景之乱后写过几首凝重悲凉的诗歌，庾肩吾的诗文多属于典型的宫体，很讲究声韵物色之巧。他的骈文今存数十篇，除《书品》稍长，其他章、表、铭、启之类多短札，用典繁密而不乏超迈之气，如其《为宁国公让中书郎表》云：

> 臣闻陟彼太行，伯后之车屡怠；望兹吴坂，少游之马难跻。是知美非流水，立致摧辕；骏靡浮云，便期顿辔。起登天汉，宁陪九万之风；坐济星桥，非使千年之翼。岂有幼称辨慧，足对元礼；弱标俊颖，能嘲子叔。玉重组长，空见休宠；深宫邃宇，孰知怀忧。

至如《谢东宫赐宅启》则复有清逸之姿：

> 肩吾居异道南，才非巷北，流寓建春之外，寄息灵台之下。岂望地无湫隘，里号乘轩，巷转旛旗，门容幰盖。况乃交垂五柳，若元亮之居；夹植双槐，似安仁之县。却瞻锺阜，前枕洛桥。池通西舍之流，窗映东邻之枣。来归高里，翻成侍封之门；夜坐书台，非复通灯之壁。才下应王，礼加温阮，官成名立，无事非恩。

庾信（513—581），字子山，小名兰成，生于建康或广陵。《周书》本传说："信幼而俊迈，聪敏绝伦。博览群书，尤善《春秋左氏传》。身长八尺，腰带十围，容止颓然，有过人者。"时梁朝设有国学馆，以五经博士教学子，从学者如果"射策通明经"，便可取得入仕的资格。大通元年（527），庾信年仅十五岁，即以"射策甲科"得为侍东宫讲读。由此亦可见庾信自幼就于儒家经典具有较高的学养。不过，他的祖父庾易则是高蹈的隐士，他的父亲庾肩吾还有养生服食的习惯。如颜之推《颜氏家训》载："庾肩吾常服槐实，年七十余，目看细字，须发犹黑。"职此之故，庾信自幼对道家思想以及道教神仙之术也不陌生。而时逢梁武帝提倡佛教，所以庾信对佛经也很熟悉，只是并不佞佛罢了。唐初释道世编撰的《法苑珠林》还载有庾信不敬佛而下地狱变成乌龟的故事。

中大通三年（531），庾肩吾到荆州任湘东王萧绎的录事参军，庾信可能随任为湘东国常侍。大同元年（535），庾信可能又到江州任庐陵王萧续行参军，不久又回到建康，为东宫抄撰学士，与其父及徐摛、徐陵出入禁闼，深受萧纲宠信，与徐陵所作绮艳诗文传诵于世，号称"徐庾体"。其后庾信又兼任过通直散骑侍郎。大同八年（542），江州刺史萧绎辖区有民众造反，庾信奉命到江州襄助萧绎，曾共论中流水战之事，其后造反者竟闻风奔散。大同十一年（545），庾信又奉命出使东魏。《周书》本传说他"文章辞令，盛为邺下所称"。返梁后，又任正员郎兼东宫学士，领建康令，深为武帝萧衍及太子萧纲喜爱。

武帝太清二年（548）八月，侯景叛乱。十月，叛军攻到建康，而朝廷已无可战之兵。萧纲遂委派兼任东宫司马的庾信率宫中文武千余人，在朱雀门外的朱雀航（浮桥）做防御，却又不准撤浮桥以安民心。侯景兵至，庾信撤浮桥不及，朱雀门失守，庾信遂率众退入台城（宫城）。次年初，台城被攻陷，武帝与太子被侯景挟控，庾信遂假充使者，逃奔江陵（今属湖北）。其二子一女相继死于乱军之中。简文帝大宝二年（551）秋，庾信终于抵达江陵，被荆州刺史萧绎任命为御史中丞。不久，庾肩吾也逃至江陵，被萧绎封为武康县侯。江陵有庾家先祖的故居，父子团聚也是乐事，但二人，一个接受过伪职，相传还替侯景招降了萧大心；一个抛弃君父妻儿，声望不免皆有大损。加之萧绎好猜忌，又嫉贤妒能，所以他们父子在萧绎身边常惧遭谗见害，庾肩吾更不久离世。次年，萧绎部将王僧辩、陈霸先平定建康，杀死侯景。萧绎遂于江陵称帝，以庾信为右卫将军，袭父爵，并参与整理王僧辩平建康时所收集来的八万卷图书。其时，诸王仍颇与萧绎争位。

承圣三年（554）三月，西魏与北齐使者来聘，萧绎招待魏使不如齐使隆重。四月，庾信又受萧绎之命回聘西魏，而且还带去了按旧图索要梁、益、襄阳等旧境的使命，结果西魏权臣宇文泰大怒，不仅将庾信扣留，而且还在九月奇兵突袭，灭了梁元帝。江陵百官市民尽被虏至长安，庾信的老母妻女也在其中。西魏在宇文泰的掌控下，很注意学习汉文化。庾信也曾官至车骑大将军(555),开府仪同三司,但说起来好听,实际虚职不受重用,生活也很贫困。彼时,梁政权还有残余,所以庾信在心态上还依旧以梁之使节自视。557年,北方,周取代了魏;南方,陈取代了梁。到了560年,梁朝残余殆尽,庾信的使节心态才有所淡化。而北周立国后,实际把持政权的宇文护对庾信颇为敬重,周明帝对庾信也很优待,庾信因之也有了为新朝做些事情的想法。他曾担任过司水下大夫(557),参与修治渭桥;当过麟趾学士(560),用心刊校经史;也做过弘农郡守(563)。565年,他回到长安为母守丧,以哀、病称孝。周武帝天和四年(569),庾信曾出使北齐。其后,又做过洛州刺史(576)、司宗中大夫(579)等职。575年,南陈与北周通好,曾请求放还庾信、王褒,武帝不允,只放了王克、殷不害回南。周武帝诛杀宇文护(572)之前,庾信虽得用事于北周,但这在周人多是出于装点门面和笼络人望的需要。实际上,庾信母亲去世时,庾信留北已经十余年,宇文护仍称他是"南人羁士",宇文宪更"视之蔑如"。而庾信自伤先世是名满天下的望族,自己却屈身侍奉夷狄,内心的愧疚遂始终难去。本来,周武帝属于一代雄主,对庾信也有知遇之恩,庾信亦曾祝愿周武帝能一统天下,若是武帝果真一统,庾信便也算是从了明主,这对庾信来说自然可以是个安慰;但是很可惜,武帝天命不永,继位的周宣帝更是荒淫乱国。庾信于是不免又陷入忧患之中。

庾信在建康与江陵所编文集,皆毁于战火;留北以后所作诗文,则多不自珍。北周末年,赖有滕王宇文逌为编文集二十卷,且为之序。隋文帝开皇元年,庾信因病而逝。信有子名立。据《旧唐书》卷五十五《薛举传》载:"仁杲,举长子也,多力善骑射,军中号为万人敌。然所至多杀人,纳其妻妾。获庾信子立,怒其不降,磔于猛火之上,渐割以啖军士。"庾立烈士,能为父祖雪耻矣。

庾信早年是典型的帮闲文人,文风轻艳而新巧;中年经历丧乱而不能死义;晚年客宦外朝,又好为感伤无奈之辞,所以历史上颇有些人从节操方面取笑他。如晚唐崔涂《读庾信集》谓:

四朝十帝尽风流,建业长安两醉游,
唯有一篇杨柳曲,江南江北为君愁。

不过，历史上也有些人对庾信很表示同情。我们所可肯定者，一是，庾信的诗文委实是不错的，骈文尤是六朝之冠。杜甫曾赞美李白的诗歌是"清新庾开府"，还曾感叹"庾信文章老更成"。范文澜《中国通史简编》也曾指出："庾信上集六朝精华，下启唐人风气，文学史上的地位，堪与屈宋启汉相比拟。"一是，庾信寓居外邦，乡关之情却也不能说都是无病呻吟。他们这一派，原是讲求"立身先须谨重，文章且须放荡"的，不能因为他们的文章"放荡"，便否认他们对立身"谨重"的追求。事实上，恰恰是由于没能很好地践行这种特别适合当时士族口味的立身之道，才造成了庾信中年之后的痛楚，而且由于这种痛楚，庾信的创作风格也产生了一定的变化。

庾信的创作一般以留北为界分为前后二期。应该说，无论前期还是后期，庾信的文风都是很有些"放荡"的。《周书》本传就总结说："其体以淫放为本，其词以轻险为宗。"庾信在北周作《赵国公集序》，也曾称赞宇文招所作能"含吐性灵，抑扬词气，曲变阳春，光回白日"，"逸态横生，新情振起，风雨争飞，鱼龙各变"。就此来看，庾信所追求的"放荡"，乃是强调创作的内容要有个性化的情感，形式上要敢于求新求变，这种追求也正是庾信能总南北朝文学之大成的关键。只是他早年未经丧乱，又是得意的少年，所以诗赋中的个性化情感不免流于轻薄；到了晚年，新愁旧恨叠压，诗赋中的"性灵"便也不能不趋于"谨重"了。

庾信前期创作虽然题材狭窄，且以宫体为主，但风格实际已有多样化的趋势。其时的诗文赋，也以赋的成就最高。《春赋》《七夕赋》《灯赋》《镜赋》《对烛赋》《鸳鸯赋》《荡子赋》，艺术上皆有可观。其中《春赋》最为华美流丽，尤其赋的开篇和收尾，采用七言的形式，诗化的气息很浓：

宜春苑中春已归，披香殿里作春衣。新年乌声千种啭，二月杨花满路飞。河阳一县并是花，金谷从来满园树。一丛香草足碍人，数尺游丝即横路。开上林而竞入，拥河桥而争渡。……三日曲水向河津，日晚河边多解神。树下流杯客，沙头度水人。镂薄窄衫袖，穿珠帖领中。百丈山头日欲斜，三晡未醉莫还家。池中水影悬胜镜,屋里衣香不如花。

至如《对烛赋》,虽是写思妇之情,但开篇的七言诗却颇有超迈苍劲之气:"龙沙雁塞甲应寒,天山月没客衣单。灯前桁衣疑不亮,月下穿针觉最难。刺取灯花持桂烛,还却灯檠下烛盘。"萧纲同题之作开篇则云:"云母窗中合花毡,茱萸幔里铺锦筵。照夜明珠且莫取,金羊灯火不须然。下弦三更未有月,中夜繁星徒依天。"稍加比较,便不难知晓庾信的宫体较之萧纲更富于变化和新意。

北使羁留之后,庾信虽然受到宇文泰的礼遇,但宇文泰和苏绰都想建立有别于齐梁的古典文风。一直到到周明帝、武帝之时,庾信才受到比较广泛的尊崇而俨然为一代文宗。庾信现存的诗文赋也多写于这一时期。当时北朝文士学庾信,仍主要是学其绮艳轻侧的一面。不过,正如一些论者所指出的,庾信此时的多数作品较前期已有明显的变化。一是乡关之思最为突出,一是风格由清新渐趋苍劲,即使应召、奉和之作,也多遒劲而异于前时。

庾信后期辞赋今存八篇:《枯树赋》《竹杖赋》《邛竹杖赋》《象戏赋》《三月三日华林园马射赋》《小园赋》《伤心赋》《哀江南赋》。这些赋都是骈体赋,具体的写法各有特色,但总体上已不像前期那样喜欢杂用诗句,而是喜欢大量采用语气词与连接词,也更善于结合散句,有时还刻意采用重复的字句,因而一方面保留了齐梁骈语的轻艳绮丽,一方面又雄健流宕,能够接续汉魏风骨,因而甚为后人所看重。

《枯树赋》是庾信留北初期的作品。此赋学习谢惠连的《雪赋》,但并非单纯咏物,而是通过描绘百木难逃一枯来抒发内心的沉痛与空幻之感。赋的开篇,假托殷仲文出为东阳太守,而庭中槐树引发了他的感慨:"此树婆娑,生意尽矣!"其后笔势荡开,又写他感慨"白鹿贞松,青牛文梓。根柢盘魄,山崖表里",意谓贞松耐寒,有节操,文梓可化青牛,有道行,故乃可与山崖同生而一体;至若其他树木,像桂树、梧桐,是有材的,所以难免被人迁徙到富贵繁华处而渐渐枯死;而那些不成材的树木,遇到了能工巧匠,也难免"平鳞铲甲,落角摧牙,重重碎锦,片片真花,纷披草树,散乱烟霞";至于有些树木虽然生命力顽强,乃至能庇护帝王、将军,但最终"莫不苔埋菌压,鸟剥虫穿,或低垂于霜露,或撼顿于风烟"。其后又写他感慨人间的东西北南,各个地方,都有一些树木,不管生死,总算是留在了故乡;但还有一些,却"山河阻绝,飘零离别,拔本垂泪,伤根沥血,火入空心,膏流断节",他自己也"风云不感,羁旅无归;未能采葛,还成食薇;沈沦穷巷,芜没荆扉;既伤摇落,弥嗟变衰"。在这种情况下,他想到《淮南子》所云"木叶落,长年悲",于是:

> 乃歌曰:"建章三月火,黄河千里槎。若非金谷满园树,即是河阳一县花。"桓大司马闻而叹曰:"昔年种柳,依依汉南;今看摇落,凄怆江潭。树犹如此,人何以堪!"

歌的大意,是说一切美好的事物总难逃毁灭。殷仲文是东晋有名的大臣,有才藻,又美容貌,庾信借他的口吻来表达这番慨叹,无疑是合适的。至于大司马桓温的慨叹,与殷仲文所谓"此树婆娑,生意尽矣",皆见载于《世说新语》。不过,桓温在殷仲文出任东阳太守前就死去了,而作者偏要写桓大司马"闻而叹曰",并且还颇增饰其语,主要是为了加重作者所要表达的幻灭之感。整篇赋在跌宕、优美乃至俏皮的文辞中蕴含着无限的悲凉,似庄子鼓盆而歌,但文采与悲痛皆远远过之。据唐张鷟《朝野佥载》载:"庾信从南朝初至北方,文士多轻之。信将《枯树赋》以示之,于后无敢言者。"此赋也确实是千古佳构,二十八画生暮年尤好吟诵此赋,岂无故哉!

《小园赋》大概作于北周初年,庾信仕途还未显达的时候。赋的开篇,借用一些历史典故的正反衬托,渲染作者羁旅他国,自甘寂寞,本无意于富贵。其后,正面铺陈小园的局促与简陋,乃至"非夏日而可畏,异秋天而可悲"。其后,则又写小园亦有种种隐居的乐趣:

> 一寸二寸之鱼,三竿两竿之竹。云气荫于丛蓍,金精养于秋菊。枣酸梨酢,桃榹李薁。落叶半床,狂花满屋。名为野人之家,是谓愚公之谷。试偃息于茂林,乃久美于抽簪。虽有门而长闭,实无水而恒沉。三春负锄相识,五月披裘见寻。问葛洪之药性,访京房之卜林。草无忘忧之意,花无长乐之心。鸟何事而逐酒?鱼何情而听琴?

其后，则写由于羁旅中"寒暑异令"而带来的乡愁，以及家人在小园中艰苦生活之状："薄晚闲闺，老幼相携。蓬头王霸之子，椎髻梁鸿之妻。燋麦两瓮，寒菜一畦。风骚骚而树急，天惨惨而云低"，而情绪也顺势转入低沉。再后，是对早年在梁的贵游生活的美好回忆。最后，则是对梁末动乱的描绘，感慨自己"不暴骨于龙门，终低头于马坂"，抒发了未能死义而不得不屈仕异国的悲哀。整篇赋结构上摇曳多变而又流畅自然，精切繁密的用典与生动形象的白描络绎相间，再加上思想情感的复杂与凝重，使得全篇充满了感人的艺术力量。

要指出的是，留北以后，庾信喜欢咏写隐逸，主要的影响因素有三：一是，他的祖父庾易和族叔庾诜就都是齐梁之际著名的隐士，其父庾肩吾以及他自己早年同著名的隐士周弘让也交往颇多。二是，西魏灭了梁元帝，而且又是夷狄，所以屈身仕魏，不免使他觉得人格有损。三是，北朝原本重武轻文，比较重视实际的才能，所以庾信留仕北朝后，曾有很长一段时间无所用其文才。四是，庾信初仕北朝时生活并不优渥，加之亲友多有亡故，所以不免有些牢骚。这些反映在他的创作中，于是留北初期所写的诗赋就较多隐逸生活的歌咏。周武帝天和二年（567）以后，因为代人写了不少碑铭与表，也随着北周文化事业的进一步发展，庾信渐渐融入北朝的政治生活，生活状况好起来，隐逸之作也就变少了。到了周宣帝大成元年（579）以后，周的政治又开始动荡，庾信致仕归田，才又写了一些真挚的言及隐逸的篇章。陶渊明隐逸时好饮酒，好咏菊。较之渊明，庾信诗赋中咏及菊与酒的篇章更多，也更富于生活的气息，而且松、菊、杨柳之外，他还喜欢吟咏桂树、竹子、梧桐、莲、槐等草木以及仙鹤。这种状况，既是屈原以来用香草善禽比拟君子的传统的进一步的发展，也与庾信留北后学习道家服食求仙的养生之术不无关系。陶渊明曾描绘了一座世外桃源，庾信也建构了一座精神的"小园"，但前者是单纯的、快乐的；后者却是芜杂的、悲苦的，属于美好而又无可奈何之地。

《哀江南赋》是庾信最好的辞赋，而此赋的序言则是庾信最好的骈文。这篇赋，或以为作于 557 年，或以为作于庾信在长安为母守丧期间（566），也有人认为作于周武帝宣政元年（578）。序文和赋文合计 3904

字,是南北朝文章的压卷之作。篇题出自《楚辞·招魂》:"目极千里兮伤春心,魂兮归来哀江南。"所谓"江南",对庾信来说,兼指建康与江陵一带。

赋前的序文,交代创作缘起,概括全篇大意。与一般赋体序言不同,庾信的这篇序文在内容上完满自足,是可以独立成篇的。不唯如此,序的文采也颇为可观。从句式上说,序文不仅善于杂用虚词和散句,而且对偶句本身也富于句式的变化,所以整篇序文跌宕起伏,既顿挫而凝重,又流畅而飞扬。此外,用典也很讲究,方式很多很灵活,尤其"日暮途远,人间何世?将军一去,大树飘零;壮士不还,寒风萧瑟",连续用典,而又形象生动,使人不觉其为用典。在序文中,尤为值得注意的是以下几句:

> 钟仪君子,入就南冠之囚;季孙行人,留守西河之馆。申包胥之顿地,碎之以首;蔡威公之泪尽,加之以血。

这几句说的是庾信出使西魏而遭羁留之状。这一遭遇,在庾信后来的人生中是很富于刺激性的。至少,庾信留北以后的诗文赋中便很喜欢以使者的身份自居。庾信一生做过三次使节。梁武帝大同十一年(545),他出使东魏,赢得了许多赞誉,十分地风光。他也作了不少诗歌加以纪念。周武帝天和四年(569),他出使北齐,也很好地完成了任务。但故地重游,自然会引发他对当年出使东魏的怀想;而两相对比,心情自然也就难免没落以至悲哀了,所以虽也写了诗歌加以纪念,但情调却颇惆怅。梁元帝承圣三年(554),萧绎派他出使西魏,主要的使命是索要旧土。关于这次出使,序文自云是"畏南山之雨,忽践秦庭",并以申包胥和蔡威公自比。从这些描述来看,庾信是带着无限忧虑的心情来至西魏的。彼时梁朝内乱未息,西魏又在宇文泰的治理下日趋强盛,索地于此时显然是不切实际的。庾信并不赞成此次出使的任务,但他畏惧萧绎的猜忌与同僚的谗毁,不敢不奉命出使,也不敢不像申包胥那样,尽心于恢复旧土,其结果,西魏竟发兵攻梁,梁元帝被灭,黎民大遭涂炭,而他也"三年囚于别馆",只能像蔡威公那样在亡国之后以血继泪。《哀江南赋》赋文说他留仕北朝是"李陵之双凫永去,苏武之一雁空飞"。李陵投降匈奴,司马迁认为是委曲求全,终将有所回报于汉朝。苏武原是到匈奴修好的,遭遇偶然事件,遂被羁留。虽然苏武受尽苦楚也始终不肯出仕匈奴,但他也曾接受匈奴人馈赠的女人和牛羊。庾信以此二人自比,也正是其寻求认同感、获得心灵慰藉的一种方式。李陵、苏武之外,庾信还喜欢以荆轲、班超自比。这两个人,都很有德行,但不拘小节,这大概可以使庾信尚友古人时,觉得他那一点德行方面的缺欠也算不得什么了吧。班超懂军事,庾信年少时也曾与萧绎讨论军机,且很引以为傲。班超、苏武与荆轲,在生活上都曾十分困窘过,庾信初仕北朝,生活也较艰辛。所以他好歌咏这三人,非无故也。或曰,庾信用荆轲为典,重在悲壮;用班超为典,重在思乡;用苏武为典,重在别愁;用申包胥为典,则重在忠诚。这些人,包括李陵,我以为庾信都是有所不及的,不过,这并不妨碍庾信借他们的典故所抒发的情感是真实的,所谓"虽不能至,然心向往之"。

就序文的交代来看,《哀江南赋》的主要内容是"悲身世""念王室""述家风",而在情感上则"唯以悲哀为主"。两汉的赋家著文,多叙事而寡情,魏晋以后的赋家则多抒情而寡事,庾信的《哀江南赋》则缘事以抒情。赋中先是追叙先世迁徙流转之状与忠孝传家之美,尤其是祖父庾易的清淡雅逸与其父庾肩吾以高才显贵而遭人嫉害的事情。其后,写他少年得志,羽翼东宫,论兵于江陵,聘答于东魏的美好时光。随后,又描绘了武帝治下,"草木之藉春阳,鱼龙之得风雨。五十年中,江表无事"的盛况。通过这些盛况的描写,不难感到当日显贵们生活的豪奢,而在他们的豪奢之下,则是普通百姓们的苦难。对这一点,庾信缺乏深刻的认识,然而他毕竟以讽刺的笔调指出,升平之下,文恬武嬉,政事多殆,"小人则将及水火,君子则方成猿鹤"。并且,为了加深这一感慨,庾信还在此段连转了几个仄声韵,使得音节更加悲壮哽咽。其后,则写梁武帝误信侯景而乱起,萧正德怀怨而通贼,宗室诸将携私而不救,虽有韦粲、江子一兄弟及羊侃等人忠义死节,但无力回天,武帝与简文帝也相继死亡。再后,则写其冒充信使而得以西逃,路上又遭遇王僧辩之兵击溃侯景来犯之兵于长江。这一段写得极有声色:

　　　吹落叶之扁舟,飘长风于上游。彼锯牙而钩爪,又循江而习流。排青龙之战舰，斗飞燕之船楼。张辽临于赤壁，王濬下于巴丘。乍风惊而射火，或箭重而回舟。未辨声于黄盖，已先沉于杜侯。落帆黄鹤之浦，藏船鹦鹉之洲。路已分于湘汉，星犹看于斗牛。

其后写其一路西逃"届于七泽，滨于十死"的艰辛之状，以及依附萧绎时复杂困苦的心情：

> 本不达于危行，又无情于禄仕。谬掌卫于中军，滥尸丞于御史。信生世等于龙门，辞亲同于河洛。奉立身之遗训，受成书之顾托。昔三世而无惭，今七叶而始落。泣风雨于《梁山》，惟枯鱼之衔索。入欹斜之小径，掩蓬藋之荒扉。就汀洲之杜若，待芦苇之单衣。

这一段，庾信自比司马迁，其原因也很明显。既然司马迁为了实现著史的抱负，宁肯接受宫刑这样的耻辱也不赴死，那么，庾信初不死义于台城，而后又偷生于北国，也就不是什么不可谅解的事情了。司马谈临死前，曾在河洛之间嘱托前来探望的司马迁留心著史，庾信既然说自己"辞亲同于河洛"，那么，很可能其父庾肩吾临终也有类似的嘱托。《哀江南赋》对家事与国事的描绘，对烈士的讴歌，对宵小的批判，也确实与《史记》的风格有些相类。尤其写《哀江南赋》时，庾信留北已有多年，这时候，若能写出《哀江南赋》这样具有深厚历史兴亡之感的篇章，当然也就使得庾信屈身事敌的状况更接近于司马迁的忍辱著书了。《哀江南赋》写得如此用力，与这种心理恐怕未必无关。当然，也可能有其他一些原因。譬如，当庾信假冒使者艰难西逃之时，已有人真奉了诏命向西求救兵于萧绎，此人便是萧韶。据《南史·萧韶传》载，萧韶逃到江陵后，曾写了本《太清纪》，虽然所记离乱之情多非实录，但因回护了萧绎见死不救的丑行，很得萧绎的欢心，竟然得封长沙王，官至郢州刺史。551年，庾信恰好逃经郢州。韶幼时与信曾有断袖之欢，衣食所资，皆信所给，但此番招待庾信甚薄，于是庾信"因酒酣，乃径上韶床，践蹋肴馔，直视韶面，谓曰：'官今日形容大异近日。'时宾客满坐，韶甚惭耻"。为什么庾信这样恼怒？除了萧韶薄于人情,也有人怀疑《太清纪》中有一些不利于庾信的笔墨。据《资治通鉴》卷一六一载,侯景之兵方至朱雀航,庾信就惧敌退守,并且隐蔽在城门里吃甘蔗,时有飞箭射中门柱,吓得庾信手中甘蔗应声而落,遂弃军而走。这段描写,一般认为源出《太清纪》。其对庾信声誉的伤害,显然是巨大的。是故庾信用力撰写《哀江南赋》,论者或认为,一是申诉哀思,以挽回《太清纪》的影响;一是针对《太清纪》的失实,特别是梁亡于"祸起萧墙"的事实加以申说。庾肩吾大概听闻过《太清纪》的一些内容,故而可能嘱咐过庾信著文以明其是非。

其后,《哀江南赋》又写萧绎遣王僧辩、陈霸先讨平侯景,描绘了建康城乱后荒芜凄凉之象。再后,是对简文帝、王僧辩、邵陵王萧纶、梁元帝萧绎的凭吊与评议。既肯定萧绎"夷凶靖乱,大雪冤耻"的功绩,也批评他登基后"沉猜则方逞其欲,藏疾则自矜于己。天下之事没焉,诸侯之心摇矣",指斥他登基前"但坐观于时变,本无情于急难"的丑行。其后,写由于萧绎举措失当,魏兵趁机入寇,结果萧绎死而图书焚,忠义之士无所用力,人民亦遭受了无穷的苦难:

> 冤霜夏零,愤泉秋沸。城崩杞妇之哭,竹染湘妃之泪。水毒秦泾,山高赵陉。十里五里,长亭短亭。饥随蛰燕,暗逐流萤。秦中水黑,关上泥青。于时瓦解冰泮,风飞电散。浑然千里,淄渑一乱。雪暗如沙,冰横似岸。逢赴洛之陆机,见离家之王粲。莫不闻陇水而掩泣,向关山而长叹。况复君在交河,妾在清波。石望夫而逾远,山望子而逾多。才人之忆代郡,公主之去清河。榻阳亭有离别之赋,临江王有愁思之歌。

随后更直接揭露梁之危亡,"虽借人之外力,实萧墙之内起",辞赋写到这里,哭也哭了,骂也骂了,遣词造句的气力也消耗得差不多了,遂用"且夫天道回旋"一语,与开篇所叙先世的自北而南的迁徙相呼应,并再一次表达了自己"死生契阔,不可问天"的悲凉,然后也就结束了。

毫无疑问,《哀江南赋》的思想情感是复杂的,对于故国,作者既怀思也反省;对于故旧,作者既有所爱也有所憎;对自己,作者则既怜且恨。这样头绪纷繁的内容，原是不容易写的，然而作者以精巧的构思，轻绮的藻饰，深刻的典故，活泼的骈偶，悦耳的音声，生动的描写，跌宕的气势，充沛的情感，将身事、家事、国事熔于一炉，使得全篇既有史诗的性质与风格而又文采焕然。这样的骈文，在历史上是不多见的。与庾信同时代的颜之推，作有《观我生赋》，内容与《哀江南赋》相近，但造诣不及信作。又有沈炯，被西魏虏至长安后，于556年得归南陈，遂作有《归魂赋》。此赋对庾信作《哀江南赋》可能有所启示，但艺术上也远远不敌。

关于《哀江南赋并序》，后人也有一些批评。一是，遣词用典，时有不够晓畅与精切之处。如赋中"崩于巨鹿之沙，碎于长平之瓦"二句，王若虚《滹南遗老集》已指出其语法不通。"栩阳亭有离别之赋"，前人也早指出用典有误。然而总的来说，庾信用典隶事还是很有功力的。如蒋士铨《评选四六法海·绪论》云："隶事之法，以虚活反侧为上，平正者下矣。……试观庾氏之文，类皆一虚一实，一反一侧，而正用者绝少……是以向背往来，潆徊取势，夷犹荡漾，曲折生姿。"应该说，庾信用典隶事虽然偶嫌生涩，但这也是艺术上求新所致，并非才力不够。大醇小疵，实无损其光耀。一是，全祖望《鲒埼亭集外编·题〈哀江南赋〉后》曾批评："赋本序体也，何用更为之序？故其词多相复。"确实，庾信此赋与序的内容颇有重合，但像这样重大的哀思，作者在序文中加以更加精粹的提炼和表达，也没有什么不可；更何况其文辞还是那样的动人心魄呢！

庾信在周武帝保定、天和年间还作有四十四首《拟连珠》，内容颇有与《哀江南赋》相近似者。曰拟者，盖与《拟咏怀》诗相近，因许多话不便直说，故而一标之曰"拟"，一则用典以暗示之。其二十七云：

　　盖闻执圭事楚，博士留秦，晋阳思归之客，临淄羁旅之臣。是以亲友会同，不妨怀抚凄怆；山河离异，不妨风月关人。

其情辞之惨淡是不消说了，而末两句虽明白如话，却尤可玩味。与陆机的《演连珠》相比，陆机所作尚未顾及属对时平仄声调之谐，而庾信造句，每个节奏点几乎都平仄相应，很能尽音声之妙。

赋之外，庾信还有不少碑、铭、启、赞与表，也属骈俪之文，虽是应酬居多而时不免于阿谀，但言辞得体，影响很大。并且，其中也不乏可读可感者,像《为梁上黄侯世子与妇书》《谢明皇帝赐丝布等启》《为阎大将军乞致仕表》《周上柱国齐王宪神道碑》《周大将军怀德公吴明彻墓志铭》尤为后人所称道。又如,梁故观宁侯萧永在江陵陷落后被俘,于558年客死长安,庾信悲之,为作《思旧铭》,中云:

> 人之戚也,既非金石所移;士之悲也,宁有春秋之异。高台已倾,稷下有闻琴之泣;壮士一去,燕南有击筑之悲。……所谓天乎,乃曰苍苍之气;所谓地乎,其实搏搏之土。怨之徒也,何能感焉?

以天地为无情之物,这也看得出作者竟是何等的哀戚了。

【参考书目】

谢无量:《骈文指南》,中华书局 1918 年版

刘麟生:《中国骈文史》(附卢前《八股文小史》),东方出版社 1996 年版

瞿兑之:《中国文学七论·中国骈文概论》,广西师范大学出版社 2007 年版

张仁青:《中国骈文发展史》,浙江大学出版社 2009 年版

姜书阁:《骈文史论》,人民文学出版社 2010 年版

尹恭弘:《骈文》,人民文学出版社 1994 年版

于景祥:《中国骈文通史》,吉林人民出版社 2002 年版

莫道才:《骈文观止》,文化艺术出版社 1997 年版

谭家健主编:《历代骈文名篇注析》,黄山书社 1988 年版

吴云编:《历代骈文名篇注析》,天津古籍出版社 2008 年版

许东海:《庾信生平及其赋之研究》,台湾:文史哲出版社 1984 年版

鲁同群:《庾信传论》,天津人民出版社 1997 年版

林怡:《庾信研究》,人民文学出版社 2000 年版

徐宝余:《庾信研究》,学林出版社 2003 年版

谭正璧、纪馥华选注:《庾信诗赋选》,上海:古典文学出版社 1958 年版

舒宝章选注:《庾信选集》,中州书画社 1983 年版

许逸民校点:《庾子山集注》,中华书局 1980 年版;《庾信诗文选译》,巴蜀书社 1991 年版

第八讲　李杜与诗歌

第一节　文人诗源流

一　唐以前的诗

所谓文人,最早指的是有文德之人,《诗经·大雅·江汉》"告于文人"者是也。后世所说的文人,则主要指有一定文化修养而又善于文学创作的读书人。由于古人读书学习文化,主要是为了增进道德,所以二者的涵义其实也是相通的。

我国古代文人创作诗歌,主要承继三大传统。一是《诗经》的抒情的传统,一是《楚辞》的议论的传统,一是汉乐府民歌留下的叙事的传统。

乐府本是秦汉时期掌管宴乐的朝廷机构,到了曹魏年间,诗人们喜欢将汉乐府所收集的诗歌,汉人本称为歌诗者,也称为乐府。到了六朝,人们又把合乐的歌辞、袭用乐府旧题或模仿乐府体裁写成的诗歌统称为乐府,于是乐府又成为一种诗体名称。唐时,一些诗人则喜欢把批判现实的讽刺诗也称为乐府。后来也有把词、散曲称作乐府的。

宋代郭茂倩的《乐府诗集》曾广收汉唐间上层文人与民间的乐府诗,并分为十二类。汉代上层文人的诗歌主要保存在郊庙歌辞中,而民间文人的作品则多存乎相和歌辞、鼓吹曲辞、杂曲谣辞三部分内。汉乐府民歌原本数量很多,可惜至今仅存四十余首,大部分都是东汉时期的作品;其最主要的成就,是善于叙事。

首先，汉乐府民歌已有自觉的叙事意识。班固《汉书·艺文志》曾谓汉乐府民歌"皆感于哀乐，缘事而发"。这也就是说，汉乐府民歌喜欢针对和结合现实中具体的生活事迹来抒发内心的哀乐之情。这一点，可算是楚骚的遗风之一，因为中国诗歌在抒情和议论时重视叙述现实生活事迹本来就始自楚骚。然而不同的是，汉乐府民歌虽然也有一些作品抒情成分、议论成分多于叙事成分，从而可以被视为抒情诗、说理诗，但与此同时，它还有大量作品极少夹杂抒情与议论的成分，从而显示出作者十分自觉的叙事意识。典型的如反映征役之苦的《十五从军征》，诗歌非常感人，但却没有一句是直接的抒情与议论：

> 十五从军征，八十始得归。道逢乡里人，家中有阿谁？遥望是君家，松柏冢累累。兔从狗窦入，雉从梁上飞。中庭生旅谷，井上生旅葵。舂谷持作饭，采葵持作羹。羹饭一时熟，不知贻阿谁。出门东向望，泪落沾我衣。

其次，汉乐府叙事既善于写实，也善于幻想。有人说，班固所谓"皆感于哀乐，缘事而发"，说明汉乐府是现实主义的。其实，这种理解并不确切。现实主义和浪漫主义的区别不在于是否反映现实，而在于如何反映现实。汉乐府大部分叙事民歌的确采取着接近现实生活的形式，但也有一些属于幻想。那些寓言体诗歌尤其如此。《战城南》是一例，《枯鱼过河泣》是又一例。至如《陌上桑》，虽没有离奇的想象，但诗中所歌咏的罗敷女的斗争精神却仍具有超载现实的艺术格调。总之，汉乐府在叙事形式上一方面重视现实，一方面也善于幻想和夸张。这一点，可算是楚骚的遗风之二。

再次，汉乐府叙事善于提炼事迹、处理情节以求感人之效。叙事诗最基本的要求是要有一定的情节。汉乐府有不少诗篇具有较为丰富的情节内容。《孔雀东南飞》是一例。《孤儿行》也是一例。不过，对于成熟的叙事诗来讲，情节的丰富固然重要，但更重要的是诗歌对生活事迹的提炼能够反映现实生活的本质特点，这也就是今日所谓的现实主义的典型化手法。汉乐府民歌选取的生活事迹近乎此义，但又有所不同。因为现实主义的典型化是求真，而汉乐府选取事迹则是求动人。如《十五从军征》不选老兵六十五年的从军生涯来写,而着力写他回家,家已变成坟地这一情节,这当然反映了战争对整个社会生活的严重破坏,是揭示了"真",但更重要的则是这一情节更能激发人们的唏嘘感慨之情。为了使选取的情节叙述得更加真实而动人,汉乐府在叙事结构上,还喜欢采取人物独白或者人物对话的方式,使读者如临其境。《孤儿行》通篇采取的就是第一人称,而《上山采蘼芜》则采取了人物对话的方式,从而使叙事具有一定的戏剧性:

> 上山采蘼芜,下山逢故夫。长跪问故夫,新人复何如?新人虽言好,未若故人姝。颜色类相似,手爪不相如。新人从门入,故人从阁去。新人工织缣,故人工织素。织缣日一匹,织素五丈余。将缣来比素,新人不如故。

汉乐府的这种结构特点,也可算是楚骚遗风之三。只是楚骚的重心是议论和抒情,所以叙事也就不如汉乐府细腻,开篇后情节的推进也不如汉乐府迅速。

复次,汉乐府在叙事的同时,已注意描绘人物形象,已善于刻画人物性格。令人印象深刻的人物性格是叙事诗成熟的最重要的标志之一。汉乐府在这方面也取得了较高的成就。其中最著名的自然是《陌上桑》和可能经过六朝人润色的《孔雀东南飞》。后者尤其善于运用个性化的语言、动作以及烘云托月的方法来刻画人物性格;并且在刻画同类型的人物时,还能注意到他们性格的不同点。譬如写刘兰芝的死,写她"揽裙脱丝履,举身赴清池",很是决绝;写焦仲卿的死,则是"徘徊庭树下,自挂东南枝"。汉乐府刻画人物的这些方法,在屈原的《九歌》中多少都有一些运用,因此正可以看作屈原楚骚遗风之四。

最后,汉乐府叙事民歌还具有灵活的语言形式。汉乐府民歌没有固定的章法和句法。其诗体有少量采用了《诗经》的四言形式,但更多的是杂言和五言。杂言诗其实就是古代的自由体诗,长短随意,整散不拘,可以充分地表达诗歌的内容和作者的感情。五言诗句式虽整齐,但语言节奏要比《诗经》的四言更丰富,也可以容纳更丰富的内容。汉乐府民歌没有齐整的七言诗,但在杂言诗中包含有七言的形式。如《蒲露》："薤上露，何易晞。露晞明朝更复落，人死一去何时归！"再如《蒿里》："蒿里谁家地，聚敛魂魄无贤愚。鬼伯一何相催促，人命不得少踟蹰！"汉乐府的这种灵活的语言形式自然不是空中掉下来的，事实上，也受益于楚辞的骚体形式。骚体在句式的运用上，本来就多杂言、五言和七言，只不过夹杂了一些以"兮"字为代表的虚字来调节音调。这些虚字对于抒情诗是必要的，但对于叙事诗来说，则多属赘疣，如果去掉或改成实字，显然更有利于增加诗歌的艺术表现力。这一点，大概是促成汉乐府诗歌语言进一步抛弃调音虚字的重要原因。虽然在《楚辞》以外，《诗经》中以及一些上古民歌中也有一些杂言、五言和七言的句子，因而不能说汉乐府的杂言、五言和七言完全来自骚体，但汉乐府民歌的语言形式多少受益于楚骚，也可算是楚骚遗风之五。

除了叙事，汉乐府在抒情方面也具有高度的成就。如《古歌》：

秋风萧萧愁杀人，出亦愁，入亦愁。座中何人，谁不怀忧？令我白头！胡地多飚风，树木何修修。离家日趋远，衣带日趋缓。心思不能言，肠中车轮转。

这言辞的质朴，比拟的贴切，语句的灵活，较之《诗经》自是别有风味，而凄惶细腻之情，依旧恍若楚骚。

汉代除了乐府民歌，还有一些诗歌属于中上层文人之作，并且可以分为两类。

一类是旧体式的诗歌。譬如西汉初韦孟（前228？—前156）曾作四言的《讽谏》，一方面自述家风，一方面讽谏楚王刘戊的荒淫跋扈。诗歌长达109句，被明代谢榛《四溟诗话》称为"四言长篇之祖"，然艺术方面实无甚可观。迄至东汉后期，四言诗始由箴诫转重抒情，像朱穆的《与刘伯宗绝交诗》和仲长统的《述志诗》，都敢于摇荡性情，这才稍显出一些文采。与四言诗相比，汉代的楚声短歌，像高祖的《大风歌》，武帝的《秋风辞》在艺术上要更为出色一些。汉惠帝时，由高祖唐山夫人《房中祠乐》增益而成的《安世房中歌》；武帝时，由司马相如等人所作《郊祀歌》，都像是故意脱落了兮字的骚体组诗。东汉初，梁鸿有《五噫歌》，亦善因骚体制歌。东汉后期，则有徐淑作骚体以寄其夫。

一类是新体式的诗歌，如五言诗和七言诗。汉代文人何时开始创作七言诗，学界认识不同。西汉东方朔作《射覆辞》，司马相如作《凡将篇》，元帝时史游作《急就篇》都采用着七言的韵语形式。《汉书·东方朔传》说："朔书有八言、七言上下。"虽然《文选》卷二十二曹丕《芙蓉池作》李善注引东方朔《七言》一句曰："折羽翼兮摩苍天"，但显然其诗不可能句句用"兮"，否则就属于骚体，不当称作"七言"了。《文选·北山移文》李善注曾云："《董仲舒集》：《七言琴歌》二首。"又，《世说新语·排调篇》刘孝标注引《东方朔别传》曰："汉武帝在柏梁台上，使群臣作七言诗。"然未具列其诗。《艺文类聚·杂文部》谓："汉孝武皇帝元封三年作柏梁台，诏群臣二千石有能为七言者，乃得上坐。"其所载诗歌，句句七言，句句押韵，不换韵，习称《柏梁诗》。其真伪，后人颇有怀疑。到了东汉中叶，张衡曾作了一首以男女之情寄托其政治怀抱的《四愁诗》，每一句都是七言，但因为每一章的首句里都带有一个"兮"字，也有人坚持归为骚体。从东方朔"折羽翼兮摩苍天"被称为"七言"来看，将张衡的《四愁诗》算为七言，还是比较合适的。至于张衡《思玄赋》末尾"系曰"一段，句句押韵，也正是明白无误的七言之体。

　　汉代文士留下的五言诗，魏晋以后的人喜欢称其为"古诗"。至于汉代文人五言诗具体产生于何时，历来争议不少。徐陵所编《玉台新咏》收有枚乘《杂诗》九首，萧统所编《文选》收有李陵《与苏武三首》及苏武《诗四首》，世称"苏李诗"，皆是五言，但学者多疑其为后人之伪托，而谓汉代文人写作五言诗应起于东汉中后期。其实，汉初陆贾《楚汉春秋》所载虞美人所作《和项王歌》已是五言之体。且据《汉书·外戚列传》，汉武帝时，李延年侍上起舞，曾歌曰：

> 北方有佳人，绝世而独立。
> 一顾倾人城，再顾倾人国。
> 宁不知，
> 倾城与倾国，佳人难再得！

　　其歌《玉台新咏》载之，而不取"宁不知"三字，盖以之为衬字矣。又据《文选》及李善注，汉成帝时班婕妤曾著有一首五言的《怨歌行》，表达了其失宠的心情。据此来看,要说西汉没有文人五言之作,诚然难以令人信服。当然,直到东汉班固以后,作五言诗的上层文人才确实多了起来,而五言诗的文人化也才形成一种趋势。所谓文人化,主要指五言诗逐渐成为文人表现其个性生活、展现其个性才华、寄托其个性追求的工具。很显然,五言诗的这种文人化已逐渐偏离了《诗经》那种以弦歌讽喻政教的古老传统。

汉末建安以前是五言诗文人化的第一个阶段,特点是诗歌内容开始文人化。

西汉年间,五言诗可能已被用来抒写文人生活情趣。到了东汉中叶,班固作有《咏史》,歌咏缇萦救父的故事,但“质木无文”。张衡作有《同声歌》描绘少女初嫁的心情,虽然描写细腻,但所写夫妇之情却是虚拟的。倒是其后秦嘉的《赠妇诗》三首,写的是真情实感,比兴也很贴切。秦嘉写给妻子徐淑的诗是五言诗,不过徐淑写给秦嘉的诗用的却是骚体,这与项王作楚声短歌而虞美人却和之以五言,颇有些相像。到汉末,郦炎(150—177)、赵壹和蔡邕所作五言诗皆颇多乱世悲音。

从西汉到东汉,最有成就的文人五言诗是《古诗十九首》。这十九首诗没有可以确证的作者,梁太子萧统编《文选》时把它们选编在一起,题作《古诗十九首》,且置于“苏李诗”前。这十九首诗,有八首《玉台新咏》收录时署于枚乘名下;至于《冉冉孤生竹》,刘勰的《文心雕龙》认为是傅毅所作;其他十首,与枚乘、傅毅名下的诗歌多少有些风格上的差别。如钱基博就指出:

> 盖乘之八篇,宛转附物,多美人香草之思,文温以丽。而此十篇,则意悲而激,惊心动魄,其妙处似质而腴,骨最苍,气最遒。①

有人说,《古诗十九首》都是东汉中后期的作品;看起来,这十首倒确实像是这一时代的诗歌。其内容,不外乎抒写男子宦游之感及女子空守之情,大抵是有道德的人在无道德的社会游走所产生的种种悲愁与新的思索。如《驱车上东门》谓:“浩浩阴阳移,年命如朝露。人生忽

---

① 钱基博:《中国文学史》,中华书局1993年版,上册,第73页。

如寄,寿无金石固。万岁更相送,贤圣莫能度。服食求神仙,多为药所误。不如饮美酒,被服纨与素。"这就既否定了做圣贤,又否定了做神仙,剩下的就只是在有生之年追求个人的欢乐。这个思想进一步发展,也就是魏晋玄学所倡导的自然了。至少魏晋风流讲求的饮酒与男色之美,也由此开了风气。

《古诗十九首》作为一组诗来看,具有共同的特点。第一,主题平易近人,不外乎亲情、友情、乡情以及宦游之情;第二,格调怨而不怒,诗人们的不满还没有发展为郦炎《见志诗》的指斥与赵壹《疾邪诗》的怒骂。第三,语言散漫浑朴。如谢榛《四溟诗话》就曾评价说:"《古诗十九首》平平道出,且无用功字面,若秀才对朋友说家常话,略不作意。"这话总的说是不错的。如《行行重行行》描写远离之苦,已云"相去万余里",又谓"道路阻且长";已云"衣带日已缓",又谓"思君令人老",这种诗意的前后复沓,原是民间歌谣的主要特征,十九首的作者们相沿而不改,自然就有些说家常话的意思;但要说十九首都"无用功字面",却也未必。如《孟冬寒气至》所谓"三五明月满,四五蟾兔缺",后一句中的"蟾兔"也指月亮,为了避免重复,才改用了"蟾兔"。但"蟾兔"怎么会"缺"呢?因而在这里也就见出用功的痕迹与对偶的拙涩。此外,《古诗十九首》虽是不同诗人的作品,却写得大同而小异,既缺乏各自的精神个性,也与汉乐府民歌的艺术风格相去不远,这不能说不是文人初写五言诗的一种缺憾。

汉末建安与曹魏正始时期,是五言诗文人化的第二个阶段,特点是诗歌精神愈发的文人化。

建安(196—220)是汉献帝的最后一个年号,文学史上的建安时期则一般要延伸到魏明帝景初末年曹植去世(232)。彼时文学最主要的成就有二:一是形成了我国历史上第一个比较成规模的作家群体,即邺下(今河北临漳县邺镇)文人集团;一是形成了我国诗史上第一个时代风格,即建安风骨。

"风骨"本相术语,汉末以后亦用于品藻人物,意指体态与风度。及刘勰《文心雕龙》专设《风骨篇》用以论文,后世遂因袭之。不过,刘勰语及风骨,涵义不尽一致。至于后人之理解,更纷然而异。窃疑:骨者所以自立,需文心之有我,所重者事义,所赖以矗立者主要是章句之结构;风者所以动人,需文辞之有力,所重者情志,所赖以鼓动者主要是音声之抑扬。刘勰尝谓:"结言端直,则文骨成焉;意气骏爽,则文风清焉。"结言端直,盖谓事义洞明故而文辞端正而峻直;意气骏爽,盖谓情志高尚故而文辞遒劲而爽朗。其意与孟子"我知言,我善养吾浩然之气"之说颇有些相通之处。宗白华先生说:"'结言端直'就是一句话要明白正确,不是歪曲,不是诡辩,这种正确的表达就产生了文骨,但只有'骨'还不够,还必须从逻辑性走到艺术性,才能感人。所以'骨'之外还要有'风'。'风'可以动人,'风'是从情感中来的。中国古典美学理论既重视思想——表现为'骨',又重视情感——表现为'风'。一篇有风有骨的文章就是好文章。这同歌唱艺术中讲究'咬字行腔'一样。咬字是骨,即结言端直,行腔是风,即意气骏爽,动人情感。"①其言近是。

　　曹丕、曹植、王粲等人的诗歌,《文心雕龙·明诗篇》谓之:"慷慨以任气,磊落以使才。造怀指事,不求纤密之巧;驱辞逐貌,唯取昭晰之能:此其所同也。"其《时序篇》又谓建安诸人:"观其时文,雅好慷慨,良用世积乱离,风衰俗怨,并志深而笔长,故梗概而多气也。"总之,建安诗人由于受两汉儒风影响,犹不失救世之心,故能悲天悯人以广其志;同时山河破碎,诸侯混战,有才者易为时用,是故其辞慷慨奋发,戚而能壮。这种关切现实而又富于理想的创作精神,以及悲凉慷慨而又清新刚健的艺术风格,后人便谓之"建安风骨"。只是建安诗人虽有用世之心,却并不以征圣、宗经为意,并不完全以儒家精神为骨,也不甚注意以道德教化为风,此去刘勰所向往的风骨多少是有些差距的;刘勰也没有直接用风骨来概括建安诸人的创作。始以风骨赞誉建安诗歌的是陈子昂,其《与东方左史虬修竹篇序》谓:"文章道弊五百年矣。汉魏风骨,晋宋莫传。"至南宋,严羽《沧浪诗话·评诗》谓:"黄初之后,惟阮籍咏怀之作,极为高古,有建安风骨",这才是"建安风骨"一语较早的出处。

　　建安诗歌的代表作家是三曹、七子、一蔡。蔡谓蔡邕之女蔡琰,字文姬,有五言《悲愤诗》描述其被南匈奴俘虏后的生活,惨痛动人。"七子"之称见于曹丕《典论·论文》,包括孔融(153—208)、陈琳(? —217)、王粲(177—217)、徐幹(170—217)、阮瑀(? —212)、应玚(? —217)、刘桢(? —217)七位文人。其中,王粲被刘勰《文心雕龙·才略》

---

① 宗白华:《美学散步》,上海人民出版社 1981 年版,第 56 页。

誉为"七子之冠冕"。《七哀诗》三首是他的代表作,第一首写他在献帝初平三年(192)由长安避难荆州途中,亲见一饥妇抛弃亲生骨肉的悲惨场面,二首写怀乡之情,三首述边兵之苦。七子当中,徐幹诗仅存六首,但最有民歌风韵,也最有儒者气象。如其《室思》其二谓:"人生一世间,忽若暮春草。时不可再得,何为自烦恼";其三谓:"自君之出矣,明镜暗不治。思君如流水,何有穷已时",皆温润而可堪讽诵。

三曹谓曹操父子。曹操(155—220),字孟德,沛国谯(今安徽亳县)人。少喜任侠,长好刑名,后来削平北方,成为汉末北方的实际统治者,汉亡后被尊为魏武帝。曹丕(187—226),字子桓,是曹操次子,于公元220年废汉献帝自立,史称魏文帝。曹植(192—232),字子建,曹丕同母弟,封陈王,谥号曰"思",故世称陈思王。

三曹的诗歌创作都有很高的成就。其共同点:第一,都长于五言;第二,都善于借乐府旧题来写时事;第三,都有慷慨悲凉之作。三人中,曹操为创业之君,曹丕为守成之主,曹植为人生后期遭遇不幸的贵介公子。他们身份不同,经历又异,故而诗歌创作上也有很大不同:就题材说,曹操诗歌题材较为广泛,曹丕、曹植诗歌题材较为狭窄。就体裁说,三曹虽都长于五言,但又各有侧重。曹操的五言实不如其四言。他的四言诗可以认为是《诗经》之后的绝响。曹植则专力于五言,而且被钟嵘《诗品》誉为"五言之冠冕"。曹丕的诗形式多样,四言、五言、六言、七言、杂言无所不备。其《燕歌行》二首,抒发思妇秋夜独处之情,是我国现存最早的完整的文人七言诗。《燕歌行》本是汉乐府旧题,汉代古辞已佚。从后人用此题作诗全属七言来看,很可能这个曲调原就是配合七言诗来演奏的。七言诗亦不始于曹丕。曹丕之作与《柏梁诗》一样,逐句押韵,音节还较单调。这些都是文人初学七言诗的表征。一直到了刘宋时代的鲍照,七言韵脚之运用才变得灵活自如,文人七言诗才在艺术上趋于成熟。《大墙上蒿行》也是曹丕的杰作,长达三百六十四字,句式短的三字,长的十三字,极能参差变化,影响很大。王夫之《船山古诗评选》甚至说:"长句长篇,斯为开山第一祖。鲍照、李白领此宗风,遂为乐府狮象。"就风格说,三曹也有不同。关于曹操,南宋敖陶孙《诗评》说:"武帝如幽燕老将,气韵沉雄。"至于曹丕,明锺惺《古诗归》说:"文帝诗便婉娈细秀,有公子气,有文士气,不及老瞒远矣,然其风流蕴藉,又非六朝人主所及。"清沈德潜《古诗源》亦谓:"子桓诗有文士气,一变乃父悲壮之习矣。要其便娟婉约,能移人情。"至于曹植,敖陶孙《诗评》谓:"曹子建如三河少年,风流自赏。"少年,游侠之别名也。三河者,汉代以河内、河南、河东三郡为三河。这里地处天下之中,自古商旅荟萃,是故人性好玩乐,喜为美丽之观。昔周公还曾迁殷顽民世家于河南(洛阳),故民风剽悍、好气而任侠。敖陶孙说曹植"风流自赏"亦是说他使气任性,率真勇武而好享乐,重美饰。从曹植少喜击剑、饮酒、傅粉来看,敖陶孙所言不诬。只是他的评语用来形容曹植前期《白马篇》等诗歌创作比较合适。自曹操死后,曹植累受曹丕、曹睿父子猜忌,其《赠白马王彪》等诗歌虽不丧其意气,然而悲苦之音已非少时飞扬自得可比。故敖陶孙所言尚有未足。

关于曹植诗歌总的艺术特征,钟嵘《诗品》谓为:"骨气奇高,词采华茂,情兼雅怨,体被文质。"这个评价较敖陶孙更为全面和具体。所谓"骨气奇高"是指曹植的诗歌无论前期后期都具有卓尔不群的慷慨、率真和志气。所谓"词采华茂"则是指他的诗歌艺术形式优美而富有文采。至于"情兼雅怨,体被文质"说的是曹植的诗对人生体悟很深却又不失节制,而且诗的内容与形式完美地统一。具体来说,曹植的诗歌有以下几方面的优长:第一,善于起调,往往开篇就能以鲜明的艺术形象将人带入一定的情境之中。如《野田黄雀行》之"高树多悲风,海水扬其波";如《赠徐幹》之"惊风飘白日,忽然归西山",都是瞬间就能打动人心的句子。第二,善于寄托。曹植这方面最有名者,自是童子可诵的《七步诗》了。第三,善于提炼。如《公宴》中"秋兰被长坂,朱华冒绿池"之"被"与"冒",不惟以动写静,写出景物盎然之生机,而且音节浏亮。沈德潜《古诗源》谓曹植诗"五色相宣,八音朗畅",确能道出曹植诗歌提炼字句时的声色之美。要指出的是,曹植虽然讲究诗歌写作的艺术技巧,然而其《与杨德祖书》谓:"夫街谈巷说,必有可采;击辕之歌,有应风雅。匹夫之思,未易轻弃也。"可见他很重视汲取民间文学的营养。黄侃《诗品义疏》赞其"文彩缤纷而不离闾里歌谣之质",良是的语。

至于三曹诗歌成就之高下,后人虽偶有争议,但多以曹植为最高。钟嵘《诗品》论其诗歌地位,乃谓:"陈思之于文章,譬人伦之有周孔,鳞羽之有龙凤。"

曹丕死后，建安诗歌只靠曹植一人支撑，实际已可说是衰落了。到了正始时期，诗坛依旧比较冷清。正始是魏废帝曹芳的年号（240—249），文学史的正始时期则要延续到司马氏以晋代魏的265年。彼时的诗人主要是阮籍和嵇康。当时正值司马氏以名教剪除异己，故而他们的诗歌颇喜兴寄，兴老庄天真自然之乐的主要是嵇康；寄志士愤世嫉俗之忧的主要是阮籍。后人将他们的这种诗歌称为"正始之音"。建安时期，诗人受汉乐府影响还较深，虽然歌咏的是个性，然而创作中还在有意识地学习民歌。到了正始时期，名士们则有意识地与民歌拉开距离。阮籍《乐论》就批评"闾里之声竞高，永巷之音争先"，这与三曹努力学习乐府民歌的热情是相反的。所以从建安风骨到正始之音，诗歌中的文人气质也越来越浓烈。

阮籍（210—263），字嗣宗，陈留尉氏（今河南开封）人，是阮瑀之子，晚年做过步兵校尉，故世称阮步兵。嵇康（223—262），字叔夜，谯国铚（今安徽宿县西）人，本姓奚，其先世从会稽徙铚，因铚有嵇山，遂以山为氏。嵇康曾作过魏之中散大夫，故世称嵇中散。阮籍与嵇康是正始文学的双子星。就诗歌来说，嵇康不如阮籍，就文章来说，阮籍不如嵇康。阮籍作诗长于五言。其八十二首五言《咏怀》诗言近旨远，在诗歌史上具有深远的影响。这些诗非一时一地之作，然而或抒发个人的危苦，或抨击朝堂之昏乱，或揭露俗儒的虚伪，或感慨人生的无常，都具有鲜明的文人气质，也很容易引起古代士大夫文人的共鸣。其第十一首云：

> 湛湛长江水，上有枫树林。皋兰被径路，青骊逝骎骎。远望令人悲，春气感我心。三楚多秀士，朝云进荒淫。朱华振芬芳，高蔡相追寻。一为黄雀哀，泪下谁能禁。

嵇康的诗，刘勰谓为"清峻"。"清"不妨理解为清远，"峻"不妨理解为峻切，这两种诗风，前者悠然洒脱，是嵇康玄学修养的反映；后者刚肠嫉恶，是嵇康自然本性的流露。嵇康风格峻切的作品主要是四言《幽愤诗》，这是他受吕安牵连入狱后抒写情志之作。不过，那些反映他玄学雅致的四言诗篇在艺术上似乎更有魅力。他的《赠秀才入军》十八首是想象其兄嵇喜军旅生活的名篇，但无疑也反映着他的一些理想。诗的第十四首云：

> 息徒兰圃,秣马华山。流磻平皋,垂纶长川。目送归鸿,手挥
> 五弦。俯仰自得,游心太玄。嘉彼钓叟,得鱼忘筌。郢人逝矣,谁
> 与尽言?

据《世说新语·巧艺》载,东晋顾恺之论作画,曾谓:"'手挥五弦'
易,'目送归鸿'难。"这两句也正可以看作嵇康精神的活写真。

与阮籍和嵇康合称"竹林七贤"的,尚有向秀(227?—272)、山涛
(205—283)、王戎(234—305)、刘伶、阮咸五人,但他们诗名不盛。在魏
晋之际,诗名较著的是傅玄(217—278)和张华(232—300)。他们的诗
有个共同特点,就是追求典雅。典雅莫过于古人,所以他们的诗又喜欢
模拟古人。由于他们是魏末晋初的文坛领袖,又喜欢提携新人,所以对
后来的太康诗人影响较大。

两晋时期,是五言诗文人化的第三阶段,特点是诗歌题材类型的文
人化。

司马炎在280年灭吴后,改年号为"太康",并使用了十年;不过,文
学史上的太康时期则要持续到306年八王之乱结束。当时著名的诗人
除了张华,还有三张,即张载、张协、张亢三兄弟;二陆,即陆机(261—
303)、陆云(262—303)两兄弟;两潘,即潘岳(247—300)、潘尼(250?—
311?)叔侄;一左,即左思(250?—305?)。当时以陆机和潘岳声望最
高,号称"潘陆"。

陆机,字士衡,吴郡(今江苏苏州)人。吴亡后,他与陆云来到洛阳,
以文章为士大夫所推重。因曾任平原内史,人称陆平原。钟嵘《诗品》
说他的诗"才高词赡,举体华美",誉之为"太康之英"。晋宋时期的诗人
几乎多少都受过他的影响。陆机作诗的特点是喜欢拟古。摹拟汉代古
诗的《拟古诗》十二首最为有名。由于是摹拟古人,缺乏真情实感,所以
也就只好在形式方面下功夫;又由于摹拟的汉王朝以赋著称,而且陆机
本人也长于作赋,因而便把赋的手法融入到拟古诗的创作中,形成了繁
缛的创作风格。

西北有高楼,上与浮云齐。交疏结绮窗,阿阁三重阶。上有弦歌声,音响一何悲！谁能为此曲？无乃杞梁妻。清商随风发,中曲正徘徊。一弹再三叹,慷慨有馀哀。不惜歌者苦,但伤知音稀。愿为双鸿鹄,奋翅起高飞。(古诗《西北有高楼》)

　　高楼一何峻,迢迢峻而安。绮窗出尘冥,飞陛蹑云端。佳人抚琴瑟,纤手清且闲。芳气随风结,哀响馥若兰。玉容谁能顾,倾城在一弹。伫立望日昃,踯躅再三叹。不怨伫立久,但愿歌者欢。思驾归鸿羽,比翼双飞翰。(陆机《拟西北有高楼》)

　　试将这两首诗加以对比,也就不难了解繁缛的涵义:词藻的富丽、描写的细密以及句法的骈偶。这种诗风其实也是太康诗歌的一般风格,世称"太康体"。

　　钟嵘《诗品》说:"陆才如海,潘才如江。"大概正因为才学不及陆机,潘岳的诗虽也繁缛,但相对来说,更多一些真切的内容。其《悼亡诗》三首作于其妻逝世的周年,情真意切,感人肺腑,以至使得"悼亡"差不多成为悼念妻子的专有名词。

　　左思(250？—305？),字太冲,齐国临淄(今山东淄博)人。他貌寝口讷,天资迟钝,幼年学书学琴都不成,但很用功,终成一代文豪。他的诗仅存十四首,也带有太康体的特点,然而题材上有所开拓。如《招隐》诗讴歌隐逸之乐,把张衡《归田赋》的情趣搬到了诗中;而《娇女诗》描绘女儿的娇态,亦开诗歌新苑,后来陶渊明的《责子》诗,杜甫《北征》中关于女儿的吟咏,李商隐的《骄儿诗》都很受其影响。不过,左思成就更高、影响最大的是他的《咏史》八首。咏史这种题材不是左思开创的。明胡应麟《诗薮·外编》卷二说:"《咏史》之名起自孟坚,但指一事,魏杜挚《赠毌丘俭》,叠用八古人名,堆垛寡变。太冲题实因班,体亦本杜,而造语奇伟,创格新特,错综震荡,逸气干云,遂为古今绝唱。"左思之前的咏史只是直接描摹古人事迹,这是正体;左思咏史是借古人之事迹写自己之怀抱,这是变体。同时,他的咏史借鉴前人咏怀采取组诗的形式,一共写了八首,八首诗各自独立成章,意思又互相承接,构成一个有机的整体。

郁郁涧底松，离离山上苗。以彼径寸茎，荫此百尺条。世胄蹑高位，英俊沉下僚。地势使之然，由来非一朝。金张藉旧业，七叶珥汉貂。冯公岂不伟，白首不见招。（其二）

吾希段干木，偃息藩魏君。吾慕鲁仲连，谈笑却秦军。当世贵不羁，遭难能解纷。功成耻受赏，高节卓不群。临组不肯绁，对珪宁肯分。连玺耀前庭，比之犹浮云。（其三）

这八首诗歌从琐细的辞句雕琢中跳出来，或比兴寄托，或直抒块垒。在思想上，一面抨击门阀制度对寒门文士的压迫，一面讴歌建功然后高蹈的理想，风格高爽、壮美、浪漫，被钟嵘《诗品》誉为"左思风力"。

刘琨（271—318），字越石，中山魏昌（今河北无极县东北）人，出身士族。早年好老庄清谈，性豪奢浮华，是贾谧"二十四友"之一。尝与祖逖为莫逆之交，闻鸡起舞。永嘉之乱后，他思想一变，在北方辗转抗敌，最终被幽州刺史段匹磾杀害。其诗仅存三首。《扶风歌》作于出任并州刺史之时，描述军旅的艰险，与曹操的军旅诗相似，然而忠愤忧患之情又实过之。刘琨尝在并州招募流民，很有成绩，然因疏于管控，终为刘聪所败，父母亦遇害。此后他作有四言的《答卢谌》，诗中描述他对父母和妻儿的愧疚，是古代英雄人物中很少见的。为段匹磾下狱后，他又作《重赠卢谌》云：

握中有悬璧，本自荆山璆。惟彼太公望，昔在渭滨叟。邓生何感激，千里来相求。白登幸曲逆，鸿门赖留侯。重耳任五贤，小白相射钩。苟能隆二伯，安问党与雠？中夜抚枕叹，想与数子游。吾衰久矣夫，何其不梦周？谁云圣达节，知命故不忧？宣尼悲获麟，西狩涕孔丘。功业未及建，夕阳忽西流。时哉不我与，去乎若云浮。朱实陨劲风，繁英落素秋。狭路倾华盖，骇驷摧双辀。何意百炼刚，化为绕指柔。

此诗虽还带有太康体的繁缛，但深沉慷慨，与建安风骨一脉相承。

元遗山《论诗绝句》说："曹刘坐啸虎生风，四海无人角两雄。可惜并州刘越石，不教横槊建安中。"其实刘琨志向忠贞，所遭委屈，都远是曹操所不及的。像刘琨这样一个人物，放在整个中国历史上并不突出，可是放在两晋人物当中，他却是唯一能称得上是英雄的诗人。年长于他的左思的《咏史》虽能鼓舞志气，然而只是空言。在他之后，士大夫依旧扪虱而谈，再晚一点的陶渊明也不过是躲到山林中自保其真。晋代是一个苟全性命的时代，如果没有刘琨，这个黑暗的时代不知还能有多少星光。

与刘琨同时的郭璞（276—324），字景纯，河东闻喜（今山西闻喜县）人。他也是一位有气节的诗人，也希慕做一个英雄。可惜他出身寒素，报国无门。后因劝阻王敦谋反，竟遭杀害。他的著作很多，《游仙诗》十四首是他诗歌的代表作。其中保存完整的有十首。游仙的题材可以追溯到屈原的《远游》，后来三曹都有游仙之作。游仙诗的一般写法是描述游仙之乐，而郭璞的《游仙诗》则借游仙来寄寓仕宦失意的苦闷，歌咏高蹈遗世的理想：

> 翡翠戏兰苕，容色更相鲜。绿萝结高林，蒙笼盖一山。中有冥寂士，静啸抚清弦。放情陵霄外，嚼蕊挹飞泉。赤松临上游，驾鸿乘紫烟。左挹浮丘袖，右拍洪崖肩。借问蜉蝣辈，宁知龟鹤年？（其三）

这些诗篇名为"游仙"，但正如钟嵘《诗品》所指出的，"乃是坎壈咏怀，非列仙之趣也"。同时，郭璞的这些游仙诗也显然继承了太康诗歌以赋为诗的技巧，善于想象神仙世界的生活而能用工笔细腻地描绘出来，所以他的游仙诗较前人生动形象，富于趣味。刘勰《文心雕龙·才略》说："景纯艳逸，足冠中兴。"甚是。

郭璞死后数年，又有玄言诗流行起来，以其喜谈老庄玄旨，故谓之玄言。孙绰（314—371），字兴公；许询，字玄度，他们是玄言诗的双子星。《世说新语·文学》曾载，晋简文帝尝称赞："玄度五言诗，妙绝时人。"其《品藻》篇又载，孙绰谓支道林："许玄度高情远致，弟子早已服膺。然一吟一咏，许将北面矣。"不过，孙绰和许询的诗今多不传，这也许因为玄言虽为时人所重，但毕竟不为后人所喜吧。梁代钟嵘《诗品》就曾批评他们的诗歌："皆平典似道德论，建安风力尽矣。"旧时还有晋人清谈误国之说，其实，清谈也有个好处，就是受老庄亲近自然的影响，谈客们喜欢谈玄于山水之间。王羲之在会稽雅集文人于兰亭，便是一例。《世说新语·赏誉》亦载："孙兴公为庾公参军，共游白石山，卫君长（永）在座。孙曰：'此子神情都不关山水，而能作文？'"在这样一种观念影响下，玄言诗中渐渐生出描写山水的成分是很自然的。如孙绰的《秋日》就已颇能寄玄思于山水：

> 萧瑟仲秋月，飂唳风云高。山居感时变，远客兴长谣。疏林积凉风，虚岫结凝霄。湛露洒庭林，密叶辞荣条。抚菌悲先落，攀松羡后凋。垂纶在林野，交情远市朝。澹然古怀心，濠上岂伊遥。

孙绰本人长于写赋，所以其描绘风景依然具有太康以来以赋为诗的倾向，文辞是细腻的，而且多少带着一些不甚高远的"情累"，所以还算得上是一篇佳作。孙绰等人的玄言诗，若说有价值，价值主要在于影响。其一是玄言诗表现山水的成分后经湛方生、谢混（379—412）等人承传，在谢灵运手中发展为山水诗。其一是"垂纶在林野，交情远市朝"的隐逸之乐成为后来陶渊明田园诗的主题。同时，谢诗的描写技巧、陶诗的平淡风格也显然受到玄言诗的一些影响。

东晋后期，陶渊明（365？—427）的田园诗无疑是五言诗文人化在题材方面的新拓展，而且陶诗在吸收以往诗歌艺术营养的同时，还颇能壮其筋骨，复其风力，新其意境，谓之汉晋古诗的集大成者，盖不为过。

整个南朝，是五言诗文人化的第四个阶段，特点是诗歌形式格律的文人化。当然，在这一阶段，诗歌的题材内容也处在继续开拓的进程中。无论从哪方面来说，这一时期的五言诗不仅是文人化，而且受贵族趣味的左右，也竟可以说是贵族文人化，走到唯美的道路上去了。

谢灵运（385—433），祖籍陈郡阳夏（今河南太康），生于会稽始宁（今浙江上虞），乳名客儿，世称谢客；晋时袭封康乐公，故又称谢康乐。入宋后，他做过永嘉太守、临川内史等职，因耻居下位，放旷不羁，终遭弹劾而被杀。其《登池上楼》自云"进德智所拙，退耕力不任"，故好放浪于其庄园与山水间,所写山水诗影响很大。谢灵运与陶渊明是晋宋时期文坛的双子星。如果说陶的田园诗古朴有味,像水墨画,那么,谢的山水诗新工雅丽,有时空灵如水彩,有时重浊似油画。历史上,陶诗与谢诗都曾被人誉为"自然",这大概与他们所写的田园、山水都比较远离尘世的喧嚣有关;并且谢诗虽不如陶诗朴素,但描摹山水毕竟是真切的,不少句子清新可诵,也诚如天籁一般。

颜延之(384—456)与谢灵运并称"颜谢"。谢文思慢,颜文思快。颜诗多庙堂应制之作,体裁明密而好用典;虽也有写山水的名句,但《五君咏》与《秋胡诗》享誉更多。颜谢与鲍照(414? —466)同是宋文帝元嘉年间(424—453)最有成就的诗人,号称"元嘉三大家"。刘勰《文心雕龙·明诗》说他们的诗:"俪采百字之偶,争价一句之奇。情必极貌以写物,辞必穷力而追新。"用沈德潜《说诗晬语》的话来说,即是"声色大开"。时又有汤惠休,曾出家为僧,与鲍照交好,且都善于学习吴歌、西曲,亦皆长于七言,故而合称"休鲍"。据钟嵘《诗品》载,休尝谓:"谢诗如芙蓉出水,颜如错彩镂金",盖以谢跋山涉水,诗亦清新脱俗,而颜虽疏诞于朝中,号称"颜彪",而为人为诗终不免乎世俗情累之态。据《南史》本传载,延之亦尝讥休诗是"委巷中歌谣",以为僧人、雅士不当效此淫靡之音。其实,连谢灵运也学习过吴歌、西曲等委巷歌谣,只是所作不及惠休绮艳,更不如鲍照能拓展其题材,淑清其格调。

鲍照写山水偏爱深秀危峻之景,诗句或重涩或轻畅,而行役的感慨已多于遨游的玄思。至于他学习汉魏乐府的篇什则多以遒丽俊逸见称。他的这类诗歌不仅善于抒写边塞、恋情、民疾以及寒士的不平,而且往往声情疏放,不避危仄,虽然常被讥为"险俗",但却代表了诗歌发展的真正方向。尤其他的《拟行路难》十八首,较之以往的七言诗,音调更加丰富活泼,节奏更加自由奔放,极能表现思想的腾挪转换与情感的跌宕起伏,标志着歌行体的成立,对后人影响极大。其第五首云:

君不见河边草,冬时枯死春满道。君不见城上日,今暝没山去,明朝复更出。今我何时当得然,一去永灭入黄泉。人生苦多欢乐少,意气敷腴在盛年。且愿得志数相就,床头恒有沽酒钱。功名竹帛非我事,存亡贵贱付皇天。

刘宋后期，又有江淹（444—505）以山水诗、拟古诗、拟陶诗知名。到了齐武帝永明年间（483—493），由于周颙、沈约（441—513）、谢朓（464—499）、王融（467—493）等人将声韵学知识引入诗歌创作，还形成了一种讲求四声八病之说，形制比较短小的新体诗，世称"永明体"。谢朓字玄晖，成就最大，与谢灵运合称"大小谢"。他的山水诗较之谢灵运，体物更加细腻，语言更加清新，写景已善于寄托情感，而不像谢灵运只求"模山范水"，"酷不入情"。其不足者，是与大谢一样"有句无篇"。不过，大谢"无篇"，主要是结构单调，往往先叙事，后写景，再以玄言作结；小谢依钟嵘《诗品》说，则是："善自发诗端，而末篇多踬，此意锐而才弱也。"至于名句，灵运写初春则曰："池塘生春草，园柳变鸣禽"（《登池上楼》），写暮春则曰："春晚绿野秀，岩高白云屯"（《入彭蠡湖口》），写夏天则曰："扬帆采石华，挂席拾海月"（《游赤石进帆海》），写秋色则曰："野旷沙岸净，天高秋月明"（《初去郡》），写冬景则曰："明月照积雪，朔风劲且哀"（《岁暮》）。而谢朓的名句，明代胡应麟《诗薮·外编》曾指出："六朝句与唐人，调不同而语相似者：'馀霞散成绮，澄江静如练'，初唐也；'金波丽鳷鹊，玉绳低建章'，盛唐也；'天际识归舟，云中辨江树'，中唐也；'鱼戏新荷动，鸟散馀花落'，晚唐也。俱谢玄晖诗也。"谢朓不仅诗作得好，而且美风姿，性豪爽，可惜后来被诬陷，下狱而死。沈约曾作了首《伤谢朓》来寄托其悲愤。沈约还有旧友曰范岫，大约在永明末出为安成内史，约为作《别范安成》：

> 生平少年日，分手易前期。
> 及尔同衰暮，非复别离时。
> 勿言一樽酒，明日难重持。
> 梦中不识路，何以慰相思。

这首诗哀婉清真，很可以代表沈约的诗歌风格，在永明体中也是难得的佳作。此外，范云（451—503）、柳恽（465—517）、吴均（469—520）、何逊（472？—519？）、阴铿也是永明体的著名作者。杜甫《解闷》诗说自己"颇学阴、何苦用心"，亦可见其影响。

南朝到了梁陈两代，又有宫体诗流行。宫体诗在内容上以抒写女性容貌、神态、情思以及日常生活为主，在形式上则继承元嘉和永明之风，体物细腻，音调优美，辞采秾丽，格调轻靡。它的出现，表明唯美的南朝文学进一步堕入了颓废，个人感官的愉悦愈发成为文学创作的主要追求。其代表作家是萧衍父子、徐摛父子以及庾肩吾父子。梁武帝萧衍（464—549）其实是不喜欢宫体的，但他的乐府诗喜欢描摹女性，实际为宫体提供了温床。他的两个儿子，梁简文帝萧纲（503—551）和梁元帝萧绎（508—554）更都是宫体的提倡者。萧纲的《咏内人昼眠》可以看作宫体的代表：

> 北窗聊就枕，南檐日未斜。攀钩落绮障，插捩举琵琶。梦笑开娇靥，眠鬟压落花。簟文生玉腕，香汗浸红纱。夫婿恒相伴，莫误是倡家。

徐摛（474—551）与其子徐陵（507—583）、庾肩吾（487—551）与其子庾信（513—581），原都在东宫服侍太子萧纲。萧纲提倡"立身之道与文章异，立身先须谨重，文章且须放荡"，而徐庾父子的诗歌也正是如此，往往绮艳而又清新，号称"徐庾体"。比较而言，徐氏父子的成就不如庾氏父子。庾肩吾诗多为应制、奉和、侍宴之作，但讲究声律、炼字，实已启唐人之先鞭。他的《岁尽应令诗》形式上已是完整的五律，而且可能是现存最早的一首。至如其《游甑山》的"路高村反出，林长鸟更稀。寒云间石起，秋叶下山飞"，《奉和泛舟汉水往万山应教》的"映岩沈水底，激浪起云边。迥岸高花发，春塘细柳悬"，也都以清丽工巧见称。侯景之乱后，庾肩吾诗风一变，颇有凝重悲凉之篇。如其逃亡会稽途中所作《乱后行经吴邮亭》，以及抵达会稽后所作《乱后经夏禹庙》，很能让人想起杜甫在安史之乱发生后所作的一些诗篇。至于庾信，其在梁朝所作《乌夜啼》，声调已近于七律，而《燕歌行》不惟篇幅较前人加长，而且声情跌宕，文采粲然，是"开唐初七古"之作。陈朝的宫体诗作者，最著名的是陈后主（553—604）与江总（519—594）。他们的特点是作了较多的七言诗，对唐代七言排律与歌行有些影响。陈亡后，他们都做了隋的臣子，依旧享乐不休。后主被讥全无心肝，而据《陈书·鲁广达传》，广达抗隋被擒,忧愤而卒,江总在其棺头题诗曰:"黄泉虽抱恨,白日自留名。悲君感义死,不作负恩生。"可见这个狎客多少还有点心肝,与后主稍有不同。

到了隋唐之际,五言诗的文人化也算是初步地完成了,七言诗虽然起步较晚,但也在向着文人抒写个性的方向不断地发展着自己,丰富着自己。唐代的五言诗、七言诗之所以冠绝各朝,实际也正在于唐代乃是五言诗、七言诗文人化的完成时代。既然是完成了,后人也就难以超越;虽然还可能另有一些拓展与变化,但总体上已不能与唐人相比。

不过,南朝诗歌在文人化的过程中,很有一些偏失。据《隋书·李谔传》载,李谔《上隋高祖革文华书》便尝指责:

> 魏之三祖,更尚文词,忽君人之大道,好雕虫之小技。下之从上,有同影响,竞骋文华,遂成风俗。江左齐梁,其弊弥甚,贵贱贤愚,惟务吟咏。遂复遗理存异,寻虚逐微,竞一韵之奇,争一字之巧。连篇累牍,不出月露之形;积案盈箱,惟是风云之状。世俗以此相高,朝廷据兹擢士。禄利之路既开,爱尚之情愈笃。……文笔日繁,其政日乱,良由弃大圣之轨模,构无用以为用也。

李谔说江左政治是被崇尚文学搞坏的,这自然是迂腐之见。但南朝文学创作醉心于个人日常生活的艺术化,政教功能沦丧,却也都被他揭示出来了。

与南方文人诗一代一代的演进不同,晋室南迁后,北方的诗歌更多地延续着旧有的作风,因而南北诗风也便逐渐产生了一些歧异。北方的特点是诗风充实、古朴、刚健,民歌尤其如此。南方的特点是诗风空虚、新工、洒脱,民歌也多艳情软语。南朝民歌的代表作是表现采莲女思念情人的《西洲曲》,北朝民歌的代表作是表现女儿替父从军的《木兰诗》,这便足以说明南北之异了。其原因,或以为,从地理气候方面说,北方平原干冷,人多粗犷;南方山川暖湿,人多温婉;从社会生活方面说,北方战乱频仍,经济波动大,人们不能不简朴、好勇以自保,而南方相对稳定,经济繁荣,贵族奢侈享乐之风自然更易滋长;从思想风尚方面来说,北方虽有五胡乱华,但汉人因应聚族自保的需要,反不能不大力敦守儒学之礼教,而南方虽然保存了华夏衣冠,但玄学风流随意的生活作风却依旧影响久远；从学术师承方面说，北方坞壁中的学者多承家传专门之学，书籍古旧，不及南朝多而新，游学、切磋之风也不及南朝士人那样盛，由南入北的颜之推在《颜氏家训·文章》中就谈道：

> 江南文制，欲人弹射，知有病累，随即改之，陈王得之于丁廙也。山东风俗，不通击难。吾初入邺，遂尝以此忤人，至今为悔；汝曹必无轻议也。

由于南朝文学形式的新工，北朝文人很早就注意学习南朝文人的创作。生活在北魏、东魏、北齐之际的温子昇（495—547）、邢劭（496—561?）和魏收（505—572）成绩最为突出，号称"北地三才"。然而他们的创作多半还只会模拟南人。此外还有阳休之（509—582）、阳俊之兄弟，休之诗无可道，而据《北齐书》本传："俊之……当文襄时，多作六言歌辞，淫荡而拙，世俗流传，名为'阳五伴侣'，写而卖之，在市不绝。俊之尝过市，取而改之，言其字误。卖书者曰：'阳五，古之贤人，作此伴侣，君何所知，轻敢议论！'俊之大喜。后待诏文林馆，自言：'有文集十卷，家兄亦不知吾是才士也。'"看起来俊之的歌辞形式上较有新意，可惜竟未流传于后。当时，真正使北朝文学有所起色的是从南朝来到北朝的庾信、徐陵和王褒（514?—575?）等人。他们在南朝已较有名气，来至北朝，自然也就会在艺术上造成影响。同时，像王褒和庾信，自身诗歌风格也有所丰富和改变。较之王褒，庾信的成就要更突出一些。一方面，他写出了不少深沉凝重之作；一方面，他非常用心于诗歌格律的探索，对唐代绝句和律诗的形成颇有推动之功。杜甫说："庾信文章老更成，凌云健笔意纵横"，又说："庾信平生最萧瑟，暮年诗赋动江关"，都可以看出他的成就。其晚年代表作便是婉转多思的《拟咏怀》二十七首。其第二十一首云：

> 倏忽市朝变，苍茫人事非。
> 避谗应采葛，忘情遂食薇。
> 怀愁正摇落，中心怆有违。
> 独怜生意尽，空惊槐树衰。

<table>
<tr><th colspan="4">发展阶段</th><th colspan="2">作者状况</th><th>创作状况</th></tr>
<tr><td rowspan="7">汉
魏</td><td rowspan="5">汉代</td><td colspan="2">乐府民歌</td><td>西汉现
存较少</td><td>东汉现
存较多</td><td>剪裁得当，体物细致，多独白对话成篇，常五七杂言为句，感于哀乐，缘事而发</td></tr>
<tr><td rowspan="4">文
人</td><td>四言</td><td>韦孟</td><td>朱穆、
仲长统</td><td>韦孟《讽谏》寡于文采，朱穆《绝交》能见性情</td></tr>
<tr><td>骚体</td><td>汉高祖、
汉武帝</td><td>梁鸿；
徐淑</td><td>汉初《安世房中歌》与司马相如等人《郊祀歌》，多如刘勰所谓“因骚体制歌”</td></tr>
<tr><td>七言</td><td>汉武帝
及群臣</td><td>张衡</td><td>武帝曾聚群臣于柏梁台作七言诗，事尚可疑；张衡《四愁诗》各章首句犹带兮字</td></tr>
<tr><td>五言</td><td>李延年、苏武、李陵；班婕妤</td><td>班固、张衡、秦嘉、郦炎、赵壹、蔡邕</td><td>《文选》有李陵《与苏武三首》、苏武《诗四首》，班婕妤《怨歌行》一首，或出伪托；又载《古诗十九首》，主题平易，情感真挚，语言浑朴而作者与时代难详</td></tr>
<tr><td>汉末
魏初</td><td colspan="2">建安诗歌
196—232</td><td colspan="2">三曹：曹操、曹丕、曹植；七子：孔融、王粲、陈琳、阮瑀、刘桢、徐幹、应玚；一蔡：蔡琰</td><td>诗人多能于哀世之际，怜己之时，慷慨其情，驰骋其志，是为建安风骨。三曹：题材则操广于丕、植；体裁则植善五言，而操亦善四言，丕亦善七言；风格则操气韵沉雄，丕婉娈清绮，植风流自赏，无论前期后期都骨气奇高而辞采华茂</td></tr>
<tr><td>曹魏
后期</td><td colspan="2">正始诗歌
240—265</td><td colspan="2">阮籍、嵇康（与向秀、山涛、王戎、刘伶、阮咸号称竹林七贤）</td><td>诗人在司马氏政治高压下，颇喜吟咏老庄天真自然之乐，寄托志士愤世嫉俗之忧，是为正始之音。其中阮旨遥深，长于五言；嵇志清峻，妙于四言</td></tr>
<tr><td rowspan="2">西
晋</td><td>武帝
惠帝</td><td colspan="2">太康诗歌
280—306</td><td colspan="2">张华；张载、张协、张亢；陆机、陆云；潘岳、潘尼；左思、刘琨</td><td>诗歌描写繁缛：辞藻富丽，句法多骈，好模拟而少生韵，人称太康体。其中，左思较早借咏史抒怀，号称左思风力；刘琨后来能折节为民，尚遗建安风骨</td></tr>
<tr><td>末年</td><td colspan="2">游仙诗歌</td><td colspan="2">郭璞</td><td>多借游仙写怀才不遇之恨，情意深婉，而景象鲜活，遂为游仙诗大家</td></tr>
</table>

	发展阶段		作者状况	创作状况
东晋	前期	玄言诗歌	孙绰、许询	皆平典似道德论,虽建安风力尽矣,而神情已关乎山水
	后期	田园诗歌	陶渊明	田园诗外枯中膏,似淡而实美;咏怀诗借史抒怀,协左思风力:皆出于自然
南朝	刘宋	元嘉体诗	谢灵运、颜延之、鲍照号称元嘉三大家;鲍照与汤惠休又称休鲍	题材上模山范水,艺术上声色大开:字喜新奇,句尚俳偶。谢富艳难踪,有句无篇;颜体裁明密,用典苦多;鲍照操调险急,惠休风谣绮艳,与颜彪互诋雅俗
	齐梁	永明体诗	前期:王融、沈约、范云、谢朓	引声韵之学入诗,要求协四声、避八病,为我国最早之格律诗,亦称新体。其间小谢清发,所写山水,始有寄托,词清而句丽,音韵圆美流转如弹丸
			后期:何逊、吴均、柳恽、阴铿	
	梁陈	宫体诗歌	萧纲、萧绎;徐摛、徐陵、庾肩吾、庾信	以写女性容貌、情思及日常生活为主,描写细腻,辞采新绮,音韵优美,格调轻靡。徐庾所作,亦号称徐庾体;江总所作,又较多七言歌行之篇
			陈叔宝、江总	
		民　歌	建康一带的吴歌与江陵一带的西曲作者多	题材狭小而尚情,形式多五言四句,《西洲曲》为五言长篇,风格宛转轻柔
北朝		民　歌	作者多为北方各族底层民众	题材广泛而尚武,形式多五绝七绝,《木兰诗》为杂言长篇,风格刚健洒脱
	北齐	文人诗歌	温子昇、邢劭、魏收;徐陵	温、邢、魏为北地三才,善于步趋南朝;徐陵出使东魏、北齐,七年后才得返陈
	北周		庾信、王褒	皆客死北朝。庾信善以新体写其客宦萧瑟之情,始能融通南北诗风
隋	文人诗歌		薛道衡、杨素、卢思道	隋一四海之前,三人已能用新工之词出其充实之意,成就实已超越南朝

《汉魏两晋南北朝隋诗歌发展表》,2004 年 4 月 14 日制

经历了北来文士艺术上的熏染,到了周隋之际,杨素(? —606)、卢思道(535—586)与薛道衡(540—609)等人的诗艺都已超越南人。这从下面的一些记载可以看得很清楚:

> 陈使傅縡聘齐,以道衡兼主客郎接对之。縡赠诗五十韵,道衡和之,南北称美。魏收曰:"傅縡所谓以蚓投鱼耳。"(《隋书·薛道衡传》)

> 薛道衡聘陈,为《人日》诗云"入春才七日,离家已二年",南人嗤之曰:"是底言?谁谓此虏解作诗!"及云"人归落雁后,思发在花前",乃喜曰:"名下固无虚士。"(唐代刘餗《隋唐嘉话》)

至于隋炀帝,由于即位前长期驻守江南,其诗歌亦颇能融会南北之长,所作《春江花月夜》及《夏日临江》等诗多清壮雅润,影响很大。当然,南北诗歌的融合,在隋朝并未结束,而是又经过将近一百年,到盛唐时期才得以完成。

二 唐王朝的诗

唐代诗歌,明代高棅《唐诗品汇》分为初、盛、中、晚四个阶段,后人多承其说,但对四个阶段的具体划分则意见很不统一。或主张从高祖武德元年至玄宗先天元年为初唐(618—712),自玄宗开元元年至代宗大历之前为盛唐(713—765),自大历元年至敬宗宝历二年为中唐(766—826),自文宗大和元年至唐亡为晚唐(827—907),这个分法目前来看还是较为合适的。

初唐一百余年的诗歌,依旧是南北诗歌的融会。关于融会的目标,前人也早有表述,如齐、隋年间,颜之推《颜氏家训·文章》载:

> 齐世有席毗者,清干之士,官至行台尚书,嗤鄙文学,嘲刘逖云:"君辈辞藻,譬若荣华,须臾之玩,非宏才也;岂比吾徒千丈松树,常有风霜,不可凋悴矣!"刘应之曰:"既有寒木,又发春华,何如也?"席笑曰:"可哉!"

> 凡为文章,犹人乘骐骥,虽有逸气,当以衔勒制之,勿使流乱轨

蹋，放意填坑岸也。文章当以理致为心肾，气调为筋骨，事义为皮肤，华丽为冠冕。今世相承，趋末弃本，率多浮艳。辞与理竞，辞胜而理伏；事与才争，事繁而才损。放逸者流宕而忘归，穿凿者补缀而不足。时俗如此，安能独违？但务去泰去甚耳。必有盛才重誉，改革体裁者，实吾所希。

后人言及文中所谓"寒木""春华"，常以为代指北朝文学内容的充实与南朝文学形式的新工；这诚然不错，但其中显然也隐含着对一种新的人格精神的期待。大体来说，南北文学的融会，其目标与实际的进程有二：一是文学的统一，也就是用南朝那样新工的艺术形式写出北朝那样充实的思想内容；一是文化的统一，即追求文学创作中的人格既有北人的贞刚挺拔，又有南人的风流潇洒。很显然，后者是更高的融会，所以在完成的时间上也较迟一步。最能体现南北文学融会之追求的显然是《木兰诗》，因为这首诗产生于北魏，流传于南国，而完成于唐初，本身即是南北文人共同努力修饰后的结果。从文学上说，其主题是严正的，内容是充实的，形式是新工的，言辞是美丽的。从人格上说，木兰替父从军，人格刚健挺拔，有北朝儒士的英雄气质；而建立功勋之后，去功名如脱敝屣，人格风流洒脱，又不失南朝文人的名士风度。所以《木兰诗》不仅在文学上善于融会南北之美，在人格上也集中体现了南北士人的精神理想。

初唐诗歌一百余年，诗人的主要任务是批判前人，从而将周隋以来南北诗歌的融会进行到底。当时的诗歌作者按照批判的态度以及艺术的贡献可以分为两派：一派是齐梁诗风的继承者，其贡献是完成了近体诗格律形式的建构；一派是齐梁诗风的改造者，他们虽也总结永明以来新体诗的经验教训，但其主要贡献是提升了南朝宫体的境界，恢复了汉魏诗歌的风骨。

发展派早期（前四五十年）的代表是李百药（565—648）、上官仪（608？—664）。上官仪的诗歌尤其绮错婉媚，号称"上官体"。其后是号称"文章四友"的李峤（644—713）、苏味道（648—705）、崔融（653—706）、杜审言（645？—708？），以及并称"沈宋"的沈佺期（656？—713？）和宋之问（656？—712）。批判派早期的代表是虞世南（558—638）、魏征（580—643）和王绩（589—644），其后是号称"初唐四杰"的卢照邻

（634？—685？）、骆宾王（640—684？）、王勃（650—676）和杨炯（650—693？），以及陈子昂（661—702）、刘希夷（651—680？）和张若虚。

王绩一生三隐三仕，其诗言志述怀，颇有建安、正始之风骨；描写田园山水，则又颇有陶潜、庾信之格调。他的古体写得质朴、醇厚，新体作得清丽、流美，在隋唐之间，成绩最大。至于稍后的四杰，据中唐刘肃《大唐新语·知微》载，与四杰同时代的裴行俭曾批评说："士之致远，先器识而后文艺也。勃等虽有才名，而浮躁浅露，岂享爵禄者！杨稍似沉静，应至令长，并鲜克令终。"四杰的仕途命运后乃果如其言，是不甚如意的；而不如意之后，四杰的诗歌也愈发风清骨峻。四杰中，卢、骆年岁较长，其诗正如闻一多《唐诗杂论》所说，更长于歌行，能以市井的放纵改造宫廷的堕落，艺术上与刘希夷、张若虚相近；王、杨则与沈、宋相类，更工于当时受推崇的诗体——五律，并且他们将诗歌表现的空间从台阁扩大到江山与塞漠，在艺术上可谓后来而居上。

陈子昂，字伯玉，梓州射洪（今四川射洪县）人，是初唐成就最高的诗人，《感遇诗》三十八首是其代表作。朱熹《朱子语类》卷十四指出，李白"《古风》两卷，多效陈子昂，亦有全用其句处。太白去子昂不远，其尊慕之如此"。不过，陈子昂的诗，唐释皎然《诗式》已谓之"复多变少"。陈子昂的诗确实很大程度上恢复了汉魏风骨，但问题是：第一，艺术贵在创新，仅仅回复到从前还是不够的，至少他的刚健的诗风里还缺少明朗和自信的激情，这或许与他自悔少年任侠，转求修饰太过有关吧。第二，他对七言诗的创作很不重视，作品以汉魏五言古体为主，几乎没有七言诗，律诗的数量也很少。这多少减低了他对盛唐诗歌的影响。

相较于陈子昂，刘希夷和张若虚更擅长七言诗，也更多一些洒脱与浪漫。刘希夷，字庭芝，汝州（今属河南）人。据元代辛文房《唐才子传》载：

> 希夷美姿容，好谈笑，善弹琵琶，饮酒至数斗不醉，落魄不拘常检。尝作《白头吟》，一联云："今年花落颜色改，明年花开复谁在。"既而叹曰："此语谶也。石崇谓'白首同所归'，复何以异？"乃除之。又吟曰："年年岁岁花相似，岁岁年年人不同。"复叹曰："死生有命，岂由此虚言乎！"遂并存之。舅宋之问苦爱后一联，知其未传于人，

恳求之,许而竟不与。之问怒其诳己,使奴以土囊压杀于别舍,时未及三十,人悉怜之。

此虽小说家言,但刘希夷的性格与诗艺却很像是李白的先导。张若虚,扬州(今属江苏)人,与贺知章(659—744)、张旭、包融都生活在初盛唐之交,而且都是江浙一带的人,遂被后人合称为"吴中四士"。他的七言歌行《春江花月夜》采用的虽是六朝乐府旧题,但善于将男女之相思放在浩瀚的宇宙时空中让人品味,因而态度严正,格调明净,被闻一多《唐诗杂论》赞为"诗中的诗,顶峰上的顶峰"。

张说(667—731)与张九龄(678—740)合称"二张",他们是初盛唐之交时期的名相,都长于文学,也都爱奖掖后进,是当时文坛的领袖。张说的诗歌文采与风骨并重,主要追求天然壮丽之美。张九龄也很注意声律和风骨的结合。如其《望月怀远》便是一例:

> 海上生明月,天涯共此时。
> 情人怨遥夜,竟夕起相思。
> 灭烛怜光满,披衣觉露滋。
> 不堪盈手赠,还寝梦佳期。

又,西晋陆机《拟明月何皎皎》云:

> 安寝北堂上,明月入我牖。
> 照之有馀辉,揽之不盈手。
> 凉风绕曲房,寒蝉鸣高柳。
> 踟蹰感节物,我行永已久。
> 游宦会无成,离思难常守。

我们试将这两首题材类似的诗歌相比较,也就不难发现唐诗之所以为唐诗,首先就在于唐人胸次辽阔,非其他时代诗人所可及了。又如王勃《游冀州韩家园序》所谓"高情壮思,有抑扬天地之心;雄笔奇才,有鼓怒风云之气",李白《陪侍御叔华登楼歌》所谓"俱怀逸兴壮思飞,欲上青天揽明月"，也都很能揭示唐人尤其初盛唐诗人雄奇而远大的情怀。

一般来说，盛唐诗歌大多具有清新刚健的风骨与浪漫奔放的气度，充满对理想的渴望、对生活的热情以及对于美的沉醉，这种腔调，后人便誉为盛唐之音。

从体裁上说，到了盛唐，诗歌古、律不分的现象已日渐减少，诗人对律体与古体各自的创作要求也愈发分明。从题材上说，到了盛唐，边塞游侠诗与田园山水诗不仅大量涌现，而且佳作纷呈。这种情况的造成，与诗人们寻求仕进的方式多少有些关系。本来，唐代是有科举制度来选拔人才的，但在初盛唐时期，贫寒子弟通过科举求得官禄还是很不容易的。这一来是因为科举录取名额有限；二来是因为科举在当时还为士族势力所把持。由于考试不糊卷，所取考生便大多是士族子弟，而庶族子弟因此也就不能不另谋仕进的途径。这另外的途径，主要有二种。一种是先从军边塞，待积累了一定的业绩，再迁回内地做官。由于唐王朝前期国力的强盛，士人从戎的热情是很高的。更何况，科举得中，只能说明长于文学，而从军任职却是文武双全的明证。杨炯的《从军行》说"宁为百夫长，胜作一书生"，岑参的《送李副使赴碛西官军》说"功名只向马上取，真是英雄一丈夫"，都是这种情绪的反映。另一种途径是先隐逸山林，待名望显著后，再由朝廷征召去做官。在当时，结群而去山林隐逸的士人是很多的。隐逸的地点以终南山为首选，原因也很简单：地近京城，更容易名闻于朝廷。当然，也有一部分人隐逸山林并不是为了求仕，而是逃避现实的政治斗争，这自然也有利于田园山水诗的滋生。

田园山水诗的作者中，并称"王孟"的孟浩然（689—740）和王维（701—761）最有成就，王湾（693—751）、储光羲（706？—763？）、常建（707？—766？）、裴迪（716—？）和祖咏也都是杰出的作者。他们的田园山水诗在创作上的特色有以下几点：第一，题材上是六朝以来山水诗与田园诗的合流。在唐代之前，六朝人写山水的不怎么写田园隐逸之趣，写田园的连田园风光也很少涉及，更不用说要描绘田园周围的山川之美了。盛唐王孟等人则不然，写山水而有隐逸之乐；写田园，又醉心于田园风物之美。第二，在风格上，以闲适逍遥之乐取胜。第三，在形式上，虽然各种诗体都有好的作品，但相对来说，五言绝句和五言律诗是他们最为擅长的艺术体裁。

孟浩然，襄阳（今湖北襄樊）人。王维，字摩诘，太原祁（今山西祁县）人。在当时，孟浩然的名望是很高的。李白对他也十分推崇，还曾亲往襄阳去看望他。其《赠孟浩然》一诗云：

吾爱孟夫子，风流天下闻。
红颜弃轩冕，白首卧松云。
醉月频中圣，迷花不事君。
高山安可仰，徒此揖清芬。

孟浩然的诗，则诚如郑振铎《插图本中国文学史》所说：

他和王维的作风，看来好像很相近，其实却有根本的不同之点存在着。维最好的田园诗，是恬静得像夕光朦胧中的小湖，镜面似的躺着，连一丝的波纹儿都不动荡；人与自然，合而为一，诗人他自己是融合在他所写的景色中了。但浩然的诗，虽然也写山，也写水，也写大自然的美丽的表现，但他所写的大自然，却是活跃不停的，却是和我们的人似的刻刻在动作着的。像"却听泉声恋翠微"（《过融上人兰若》）的恋字，便充分地可以代表他的独特的作风。细读他的诗作，差不多都是惯以有情的动作，系属到无情的自然物上去的。又王维的诗，写自然者，往往是纯客观的，差不多看不见诗人他自己的影子，或连诗人他自己也都成了静物之一，而被写入画幅之中去了；他从不把自然界来拉到自己身上，作为自己动作或情绪的烘托。浩然则不然，他的诗都是很主观的，处处都有个我在，更喜用"岁月青松老，风霜苦竹馀"（《寻白鹤岩张子容隐居》）一类的句子。所以王维是个客观的田园诗人，浩然则是个性很强的抒情诗人。王维的诗境是恬静的，浩然的诗意却常是活泼跳动的。

孟、王之诗都是对陶渊明以来田园诗与谢灵运以来山水诗的融会，只是孟更近于渊明，而王更近于灵运。谢灵运好佛，王维的诗也多有禅意，乃至号称诗佛。王维的母亲崔氏，便是个虔诚的禅宗弟子。王维自幼亦好佛，一直到晚年，还深研佛道，与当时禅宗南北二派都有交往。

在他的诗歌中,有不少诗直接议论禅学思想,艺术性不高;但还有不少诗歌,富于参禅的意境,尤其善于在山水行旅的生动描写中十分自然地流露出禅的意趣,为他人所罕及。著名的如《辋川集》,是王维晚年寓居辋川别业时与裴迪等游览辋川二十景所写的一组小诗,其中就有不少诗静谧空灵,充满禅意。如:

> 空山不见人,但闻人语响。
> 返景入深林,复照青苔上。(《鹿柴》)

> 独坐幽篁里,弹琴复长啸。
> 深林人不知,明月来相照。(《竹里馆》)

> 木末芙蓉花,山中发红萼。
> 涧户寂无人,纷纷开且落。(《辛夷坞》)

众知,佛禅讲究"无住",从不将自己拘泥在生活的某一处;又讲究"无生",不肯为现实的欲望所羁绊。是故王维三十一岁丧偶,也便不再续娶。其早期的《哭殷遥》一诗云:"忆昔君在日,问我学无生。"晚年的《秋夜独坐》依旧说:"欲知除老病,惟有学无生。"王维的名字取自《维摩诘经》,此经中即有"无生无灭是寂灭义"的说法。在《能禅师碑》中,王维说六祖慧能"乃教人以忍曰:忍者无生,方得无我"。在北宗禅,学无生的具体方法是通过静坐澄心,达到物我冥合贯通的境地。而修禅者用来帮助其澄心静虑的,主要就是空山、深谷、杳泉和密林。王维《终南别业》里说"行到水穷处,坐看云起时",也正是通过水穷云起来体会心之不当有所住。按照禅理,人应该静观宇宙,但心应当是无所不喜的,所以在王维的田园山水诗里,一方面是静,是观;一方面是动,是悦。在他的笔下,辛夷花虽处深山而不被人知,却纷纷来而无所恼,又纷纷去而无所怨。至如经久跋涉,不见故人,他也不觉一丝烦躁,更无一声叹息。自然,不是所有的人都能达到他的境界。譬如中唐的白居易,其禅诗就多是说禅,而很少禅的自然的流露。又如晚唐的贾岛,其诗虽富于禅意,却又过于苦寒,不像王维诗较多"活禅"之乐。

王维的山水田园诗,不但诗中有禅,而且诗中有声,诗中有画,艺术造诣很高。譬如,其《秋夜独坐》云:"雨中山果落,灯下草虫鸣";而司空曙《喜外弟卢纶见宿》云:"雨中黄叶树,灯下白头人";白居易《途中感秋》云:"树初黄叶日,人欲白头时。"我们试将三人的这些名句稍加比较,便不难发现王维的诗句是如何善于利用自然界的音声了。至于绘画,是讲求色彩、线条与构图的。王维的《鹿柴》,线条感很强,而《山石》则以善于运用色彩著称:

> 荆溪白石出,天寒红叶稀。
> 山路元无雨,空翠湿人衣。

清代王渔洋《送陈子万之黎城丞》二首之一云:"美人为政太行西,到及人蒦五叶齐。颇忆故园风物否?白云红树满荆溪。"这也是以色彩入诗,然试与《山中》相较,不及者远矣。又如王维的《终南山》:

> 太乙近天都,连山接海隅。
> 白云回望合,青霭入看无。
> 分野中峰变,阴晴众壑殊。
> 欲投人处宿,隔水问樵夫。

在这样简短的诗中,要描绘出终南山的雄姿,对任何诗人都是艺术上的挑战。而王维此诗运用绘画中的平远、高远和深远来描绘终南山,十分形象地刻画出终南山雄浑壮丽的姿容,仿佛是一幅山水画卷展现在人们面前,艺术上诚然是卓越的。

边塞游侠诗的作者中,并称"岑高"的高适(703?—765)与岑参(715—769)最有成就,而王昌龄(698?—756?)、李颀(690?—751?)、王翰、王之涣(688—742)和崔颢(?—754)也都是杰出作者。他们的诗歌在题材上,表现为边塞诗与游侠诗的合流;在风格上,以意境的雄浑见长;在诗体上,以七言绝句与歌行的创作最为出色。

高适,字达夫,渤海蓨(今河北景县)人。少孤贫,爱交游,有游侠之风,曾官至左散骑常侍,封渤海县侯。《旧唐书》称:"有唐以来,诗人之达者,唯适而已。"高适边塞诗的第一个优长,是思想较为深刻。如他的《塞上》诗曰:"边尘满北溟,虏骑正南驱。转斗岂长策,和亲非远图。惟昔李将军,按节临此都。总戎扫大漠,一战擒单于。"诗中指出"和亲"手段在当时已经起不到羁縻强敌的效果,合适的办法应该像汉时的李将军那样,武力抗争。这就有属于诗人自己的识见。他的边塞诗的第二个优长是情感十分深沉。其最负盛名的《燕歌行》便是代表:

> 汉家烟尘在东北,汉将辞家破残贼。男儿本自重横行,天子非常赐颜色。摐金伐鼓下榆关,旌旆逶迤碣石间。校尉羽书飞瀚海,单于猎火照狼山。山川萧条极边土,胡骑凭陵杂风雨。战士军前半死生,美人帐下犹歌舞。大漠穷秋塞草腓,孤城落日斗兵稀。身当恩遇常轻敌,力尽关山未解围。铁衣远戍辛勤久,玉箸应啼别离后。少妇城南欲断肠,征人蓟北空回首。边风飘飖那可度,绝域苍茫更何有。杀气三时作阵云,寒声一夜传刁斗。相看白刃血纷纷,死节从来岂顾勋。君不见沙场征战苦,至今犹忆李将军。

岑参,祖籍南阳(今属河南),生于江陵(今属湖北),出身败落的官僚家庭。他一生两次从军西北边塞,共写作了七十多首边塞诗,在盛唐诗人中写作边塞诗数量最多。他的边塞诗与高适一样雄浑,但高适所描写的东北边塞,是内地人民所熟悉的,而岑参从军在西北,那里的边塞风情对内地人民来说则要奇异得多。杜甫《美陂行》谓:"岑参兄弟皆好奇。"边塞之奇异与性格之好奇交织在一起,也就使得岑参的诗较高适的诗更为奇丽,也更多一些少年人的浪漫。《白雪歌送武判官归京》尤可作为岑参边塞诗的代表:

> 北风卷地白草折,胡天八月即飞雪。忽如一夜春风来,千树万树梨花开。散入珠帘湿罗幕,狐裘不暖锦衾薄。将军角弓不得控,都护铁衣冷难著。瀚海阑干百丈冰,愁云惨淡万里凝。中军置酒饮归客,胡琴琵琶与羌笛。纷纷暮雪下辕门,风掣红旗冻不翻。轮台东门送君去,去时雪满天山路。山回路转不见君,雪上空留马行处。

明代胡震亨《唐音癸签》引元陈绎《吟谱》说:"高适诗尚质主理;岑参诗尚巧主景";王士禛《师友诗传叙录》说高适诗"悲壮而厚",说岑参诗"奇逸而峭"。这都是切中肯綮之言。

王昌龄,字少伯,京兆万年(今属西安)人,盛唐最杰出的诗人之一。他的诗有两个特点:一是他擅长七绝,人称"七绝圣手",在唐代只有李白可与并肩;一是他善于抒情,往往别有思致。像下面这些诗歌都是很好的例子:

秦时明月汉时关,万里长征人未还。
但使龙城飞将在,不教胡马度阴山。(《出塞二首》其一)

奉帚平明金殿开,且将团扇共徘徊。
玉颜不及寒鸦色,犹带昭阳日影来。(《长信秋词五首》其三)

寒雨连江夜入吴,平明送客楚山孤。
洛阳亲友如相问,一片冰心在玉壶。(《芙蓉楼送辛渐》)

这些诗作或写边情,或写闺意,或写友爱,语言极其平常,然而构思精巧,贴切人心,具有经久不绝的艺术感染力。尤其《出塞二首》其一,曾被明人李攀龙评为唐人七绝中的"压卷"之作。清人黄生《唐诗摘钞》也赞美说:"中晚唐绝句涉议论便不佳,此诗亦涉议论而未尝不佳。此何以故?风度胜故,气味胜故。"

盛唐除了田园山水诗与边塞游侠诗,也有其他题材内容的诗歌杰作。譬如与李白和杜甫都有交情的崔国辅,就很善于描写宫怨及爱情,并以五绝知名。同时,写田园山水的诗人,也常有边塞游侠诗;而写边塞游侠的诗人,也常有一些田园山水诗。此外,盛唐诗歌还可以安史之乱的爆发(755)分为前后两个阶段。前期成就偏于气骨和抒写理想,代表人是李白;后期的成就偏于声律和描写苦难,代表人是生活在盛唐与中唐之交的杜甫。

中唐诗歌,大致可以分为前后两个三十年。前期诗歌风貌与盛唐诗歌不甚一样。一般来说,盛唐诗歌比较热情,比较雄浑,比较多地追踪汉魏风骨;而中唐前期的诗人比较怅惘,比较细秀,比较多地醉心于南朝诗歌的韵境。考其原因,主要是安史之乱的打击与藩镇割据带来的困扰。中唐前期的诗人,大多在盛唐度过青春时代,本来非常浪漫;但安史之乱像一股山洪,转瞬间就将他们从山巅推落到谷底。等到他们纷纷游出水面,挣扎着寻求出路,藩镇的割据又使他们看不到光明,所以豪情自然也就不免有所消减。用明代胡应麟《诗薮》所言,也便是"气骨顿衰"了。相对来说,彼时诗人可分三派。

一是民生诗派。其代表是元结(719—772)、顾况(725—814)和戴叔伦(732?—789?)。他们的诗歌善于用古朴的乐府诗的形式来揭露时弊,反映民疾,事实上成为杜甫与元白现实主义诗歌创作的中介。

一是山水田园诗派,其代表主要有刘长卿(709—780?)、韦应物(737—792?)和大历十才子。据中唐姚合《极玄集》载,十才子为李端、卢纶、吉中孚、韩翃、钱起(722—780)、司空曙、苗发、崔洞(一作峒)、耿湋、夏侯审。唐代宗大历(766—779)初年,他们曾在长安从事重要的诗歌唱和活动,因而得名"大历十才子"。虽然被称为才子,但他们社会地位不高,生平事迹也不甚清楚。歌颂升平、吟咏山水、称道隐逸是他们诗歌的基本主题。释皎然《诗式》曾评论说:"大历中词人,窃占青山、白云、春风、芳草等为己有。"十才子的诗歌正就是这种风格的代表。他们都擅长运用五言的近体诗来抒写自然景物以及乡情旅思,追求描写的细腻,语调的优美,风格的闲淡,但题材比较单一。十才子中,卢纶好为浅俗之作,发元、白之先声;而与王维过从甚密的钱起各种诗体作得还都不错,与刘长卿并称"钱刘",但他的诗常伤于雕琢,实不足与刘长卿比肩。

刘长卿,字文房,生于洛阳。据《新唐书·隐逸传》,权德舆曾赞美他是"五言长城"。其五言近体诗尤为出色,某些绝句足以比肩王维,如下面这两首:

> 日暮苍山远,天寒白屋贫。
> 柴门闻犬吠,风雪夜归人。(《逢雪宿芙蓉山》)

苍苍竹林寺,杳杳钟声晚。
　　荷笠带斜阳,青山独归远。(《送灵澈上人》)

其实他的七言近体诗写得也不错,如《送李录事兄归襄邓》:

　　十年多难与君同,几处移家逐转蓬。
　　白首相逢征战后,青春已过乱离中。
　　行人杳杳看西月,归马萧萧向北风。
　　汉水楚云千万里,天涯此别恨无穷。

　　诗风凝重沉郁,与杜甫晚年的诗作有些相似,只是少了几分雄豪而已。

　　韦应物,长安人。出身贵戚,十五岁时因仪容英俊得为玄宗皇帝的侍卫,而豪纵不羁,颇为乡人所苦。安史之乱起,玄宗奔蜀,他流落失职,始立志读书,少食寡欲,常"焚香扫地而坐"。后曾任江州刺史、苏州刺史,故世称韦江州、韦苏州。韦应物有一些民生诗,与元结相类;中年丧妻后,所作悼亡诗也颇有影响;但他的主要成就还是在山水田园诗的创作上,且与王维、孟浩然、柳宗元三人齐名。他的田园诗比较富于生活气息,也不做作,有陶渊明的闲淡,但陶诗的闲淡中蕴含着隐者欲有为而不能的气骨,韦诗则多只是求自在。至于他的山水诗,手法多能承接王维,虽意境常偏于清冷,但感受深细,韵味常很久远。又由于他是个多情的人,所以山水田园的描写中还常浸润着淳厚而朴挚的情感。如其《寄全椒山中道士》云:

　　今朝郡斋冷,忽念山中客。
　　涧底束荆薪,归来煮白石。
　　欲持一瓢酒,远慰风雨夕。
　　落叶满空山,何处寻行迹。

　　比较而言,韦应物的律诗不及刘长卿工细,但他的绝句,无论五言还是七言,都写得很好,很受后人推崇。

一是边塞诗派,作者较少,主要的代表是卢纶(748? —800?)、戎昱和李益。李益(748—827),字君虞,陇西姑臧(今甘肃武威)人,曾北游河朔,从军边塞十年。他的边塞诗留有盛唐豪侠的一面,如《塞下曲》云:

伏波惟愿裹尸还,定远何需生入关。
莫遣只轮归海窟,仍留一箭定天山!

但更多的则是厌战思乡之情的表现,如下面这两首,便是例子:

回乐峰前沙似雪,受降城外月如霜。
不知何处吹芦管,一夜征人尽望乡。(《夜上受降城闻笛》)

天山雪后海风寒,横笛偏吹行路难。
碛里征人三十万,一时回首月中看。(《从军北征》)

中唐前期的诗人大多在盛唐度过浪漫的青春,因而在他们的诗中也颇有怀恋开天盛世及其青春年华之作。如韦应物的《与村老对饮》:

鬓眉雪色犹嗜酒,言辞淳朴古人风。
乡村年少生离乱,见话先朝如梦中。

这种对先朝的怀恋,其实自安史之乱之际就开始了。杜甫的《江南逢李龟年》便是这方面的开风气者:

岐王宅里寻常见,崔九堂前几度闻。
正是江南好风景,落花时节又逢君。

杜甫之后,这种怀恋也便成了唐代诗人创作中不小的一股潮流。在韦应物之后,元稹的《连昌宫词》与白居易的《长恨歌》便也就成为这股潮流的最高峰。直到晚唐,杜牧和李商隐的创作中依然有这方面的佳作。据此可见，开天盛世的衰落，对唐代诗人心灵的冲击是多么的巨大。

事实上，安史之乱后，唐代士人一直就有恢复盛唐的理想。这种理想到了中唐后期，达到了最高潮。诗人们的情绪也从气骨顿衰，逐渐变为再图奋发。这原因，一方面是，中唐后期，唐王朝中央实力有所恢复，藩镇割据的气焰有所收敛，使士人们又看到复兴王朝的希望；另一方面是，盛唐的艺术经验与熏陶还在，这也激励着诗人们努力写出超越前贤的作品。所以，就好像一个汉子经过短暂的打盹又觉醒过来，充满了活力，中唐诗歌经过三十年的休息，也迎来灿烂的时光。彼时的诗坛异彩纷呈，群雄并立，而大的流派有二。

一是奇险诗派，因以韩愈（768—824）和孟郊（751—814）为代表，又称“韩孟诗派”，包括贾岛（779—843）、姚合（779？—846？）、李贺（790—816）、卢仝、刘叉等人。他们作诗常喜欢以奇崛险怪的措辞与想象来表现个性，来矫正大历诗风的平滑流利。

韩愈，字退之，河阳（今河南孟县）人。李白晚年曾为其父韩仲卿作《武昌宰韩君去思颂碑》。韩愈在诗歌创作上，也极其推崇李、杜。一方面，他继承了李白夸张浪漫的艺术风格，抒情体物往往气象磅礴，改变了大历以来诗风的纤巧卑弱，但李白的想象奇丽省净，而他的想象怪谲繁富，同时由于他善嘲谑，浪漫中也更多一些谐趣，《陆浑山火》《赠刘师服》等可为代表；另一方面，他发展了杜甫诗歌求拗、求险、求屈折的倾向，往往用奇字，押险韵。两方面一结合，也就造成雄奇险怪的特色。此外，韩愈是古文大家，所以古文的表现手段、结构方法、语言形式以及“气盛言宜”的创作追求也被他引入诗歌创作中来，是谓“以文为诗”。其代表作有《南山诗》《山石》等。这些诗歌在语言方面，破坏了大历诗风营造的匀称、和谐、圆润，对宋人以议论为诗、以才学为诗有很大影响。如其《嗟哉董生行》：

> 淮水出桐柏山，东驰遥遥千里不能休。泌水出其侧，不能千里，百里入淮流。寿州属县有安丰，唐贞元时，县人董生召南隐居行义于其中。刺史不能荐，天子不闻名声。爵禄不及门，门外惟有吏，日来征租更索钱。嗟哉董生朝出耕，夜归读古人书，尽日不得

息。或山而樵，或水而渔。入厨具甘旨，上堂问起居。父母不戚戚，妻子不咨咨。嗟哉董生孝且慈，人不识，惟有天翁知，生祥下瑞无时期。家有狗乳出求食，鸡来哺其儿。啄啄庭中拾虫蚁，哺之不食鸣声悲。彷徨踯躅久不去，以翼来覆待狗归。嗟哉董生，谁将与俦？时之人，夫妻相虐，兄弟为雠。食君之禄，而令父母愁。亦独何心，嗟哉董生无与俦！

不过，这些特点主要还是韩愈所大力创作的古体诗的特点，至于他的近体诗，却也不乏平易近人、意境浑融之作。如《早春呈水部张十八员外》云：

> 天街小雨润如酥，草色遥看近却无。
> 最是一年春好处，绝胜烟柳满皇都。

韩愈在宋以后，诗名渐著，但在生前，他的诗歌地位不如孟郊。孟郊，字东野，湖州武康（今浙江德清县）人。早年生活贫困，无所遇合，年四十六始登进士第。后尝任溧阳（在今江苏）县尉。在任时常以作诗为乐，作不出诗则不出门；因为不事曹务，还被罚半俸，是故元好问《论诗三十首》曾笑他是"诗囚"。贾岛，字阆仙，范阳（今北京附近）人。早年曾为僧，法号无本。他与孟郊一样仕途坎坷，终生穷困，也都是著名的苦吟诗人。他们的诗也都长于描绘凄寒孤耸的诗境，炼就瘦硬新奇的语言。孟郊《秋怀十五首》其二所写"冷露滴梦破，峭风梳骨寒"，贾岛《暮过山村》诗中所写"怪禽啼旷野，落日恐行人"，都是他们的名句。苏轼《祭柳子玉文》说"郊寒岛瘦"，也算道出了他们的部分特色。不过，郊、岛二人也有不同。从诗歌思想内容上说，孟郊对社会生活观察较广，用情较深，有关心国事民生的作品；贾岛诗歌生活内容较窄，对世事较冷淡。是以潘德舆《养一斋诗话》批评说："郊岛并称，岛非郊匹，人谓寒瘦，郊并不寒也。"从诗歌体裁上看，孟郊诗以五古为主，不爱作律诗。而在奇险诗派中，贾岛却比较喜欢创作五律，古体较少。从诗歌语言修辞上看，韩愈《送无本师归范阳》中说贾岛作诗，"奸穷怪变得，往往造平淡"，可见他虽然也追求语言的奇险，但却不希望生涩。这就使得他的诗风较孟郊要远于韩愈,实际也算得上是自立门户了。从地位及影响上看,贾岛生前名气不如孟郊,韩愈也更重视孟郊。但在晚唐五代,贾岛影响开始大于孟郊。宋代以后,贾岛的影响更始终在孟郊之上。

李贺,字长吉,因家居福昌(今河南宜阳县)昌谷,又称李昌谷。李贺是唐宗室郑王李亮后裔,又很有天赋,所以自视甚高,原充满浪漫的理想;然而家族败落,仕途不顺,又不能不使他感到社会黑暗,世态炎凉。于是,诗歌也就成了他苦闷精神的寄托。《新唐书》本传说他:

> 七岁能辞章,韩愈、皇甫湜始闻未信,过其家,使贺赋诗,援笔辄就如素构,自目曰《高轩过》。二人大惊,自是有名。为人纤瘦,通眉,长指爪,能疾书。每旦出,骑弱马,从小奚奴,背古锦囊,遇所得,书投囊中。未始先立题然后为诗,如他人牵合课程者。及暮归,足成之。非大醉、吊丧日率如此,过亦不甚省。母使婢探囊中,见所书多,即怒曰:"是儿要呕出心乃已耳!"

七岁云云,《唐摭言》亦有载,乃小说家言,并不可信;但李贺的确成名甚早,而且还因此倍受打击。如他十九岁参加河南府试,获得"乡贡进士"资格后,便有人嫉妒他并诋毁说,贺父名晋肃,"晋"与"进"同音,为避讳,李贺不当考进士。虽有韩愈为李贺作了《讳辨》且为之羽翼,但李贺最终还是未能在次年正月礼部主持的进士科考试中及第。二十一岁时,他靠父荫,在长安做了从九品的奉礼郎,但他并不快乐,做到二十四岁便辞官了,而且三年后便离别了人世。李贺命虽不济,但却是唐代最有艺术才华与个性的诗人之一。他的诗,可以用三个词来概括。第一是苦闷。李贺体弱多病,尽管是一个青年诗人,但其所存作品却特别喜欢使用"死""老""啼""泣"等字。其《赠陈商》一诗说,"长安有男儿,二十心已朽",这完全是他精神的真实写照。当然,他的诗在表现自身的苦闷之外,也往往能对历史与现实作一定的批判。如其《金铜仙人辞汉歌》借铜人的苦闷,揭露和批判了统治者迷信求仙的愚妄;《老夫采玉歌》《感讽五首》(其一)等则抨击了贫富悬殊的社会现实。并且,李贺也不是没有豪壮之语,如《马诗二十三首》其五云:"大漠沙如雪,燕山月似钩。何当金络脑,快走踏清秋!"但在他的诗集中,这样的情绪远不如苦闷、颓废以及幻灭的情绪为多。他的情绪既是这样的,所以在他的诗中,也就极少韩愈、白居易的那种说教的口吻;也很少李白那种飘逸的态度。他的诗更有些像流沙或者崩雪,善鼓飞宕之气以运转其凝重之辞。第二是刺激。一般来说,李贺的诗充满声光物色,很重视感官的调动。其诗称天为"圆苍",称秋花为"冷红",称春草为"寒绿",便是例证。在这方面,他的诗上承南朝宫体,下启温庭筠、李商隐等人的创作,地位十分突出。第三是奇诡。与南朝宫体诗歌不同的是,李贺诗歌的刺激又是奇诡的。一者,他的诗歌往往使长短句相互错落,句法就很奇诡;二者,他的诗歌的想象也很奇诡,极像是臆想症发作后的幻想。如其《秦王饮酒》之所谓"羲和敲日玻璃声",如其《梦天》之所谓"玉轮轧露湿团光",如其《天上谣》之所谓"天河夜转漂回星,银浦流云学水声",即使与一般浪漫主义者的想象比,也十分惊人耳目。同时,他又是个比较悲观的人,所以他的想象很少热烈的情绪,往往清幽冷艳,迷离恍惚。同样是汲取神话传说,如果说李白的诗描绘的多是仙境,那李贺的诗写的则多是鬼域。李白号诗仙,李贺号诗鬼,诚然能道出他们的这种差别。李白写有著名的《将进酒》,同题的诗,李贺也写过:

> 琉璃钟,琥珀浓,小槽酒滴真珠红。烹龙炮凤玉脂泣,罗帏绣幕围香风。吹龙笛,击鼍鼓;皓齿歌,细腰舞。况是青春日将暮,桃花乱落如红雨。劝君终日酩酊醉,酒不到刘伶坟上土!

俄国形式主义学派的什克洛夫斯基曾倡言:"艺术的目的是要人感知到事物,而不是认识事物,艺术的技巧就是使事物陌生,使形式变得困难,增加感知的困难程度和时间长度,因为艺术的感知过程本身就是目的,必须设法延长。"[1]李贺的诗歌创作显然合乎这一主张。他的诗,人称"长吉体"。他比较喜欢写古体诗、乐府诗,而很少写当时流行的近体诗。其现存诗作,竟无一首七律。其诗最大的贡献,是能大力开掘与表现人的内心世界;至于不足,钱锺书《谈艺录》以为:"长吉穿幽入仄,

---

① 陈国球:《结构中国文学传统》,华中师范大学出版社 2011 年版,第 45 页。

惨淡经营,都在修辞设色,举凡谋篇命意,均落第二义。"这种不足大概与他作诗往往先有佳句,然后凑合成篇的习惯有关。不过,李贺死之日,也不过二十七岁,人们还能对他有什么苛责呢。

一派是通俗诗派,因以白居易(772—846)、元稹(779—831)为代表,又称"元白诗派",包括张籍(766—830?)、王建(766—831?)、李绅(772—846)、朱庆馀等人。他们的诗歌创作,在语言形式方面,追求通俗流畅。清代赵翼《瓯北诗话》说:"中唐诗以韩、孟、元、白为最。韩、孟尚奇警,务言人所不敢言;元、白尚坦易,务言人所共欲言。"郑振铎《插图本中国文学史》也说:

> 要是说韩愈一派的诗,像景物萧索,水落石出的冬天,那么,白居易一派的诗,便要说他是像秋水的泛滥,畅流东驰,顾盼自雄的了。韩愈派的诗是有刺的;白居易派的诗却是圆滚得如小皮球似的,周转溜走,无不如意。韩愈派的诗是刺目涩口的;白居易派的诗,却是爽心悦耳的,连孩子们念来,也会朗朗上口。

在思想内容方面,他们既喜欢抒写艳情,也强调关切现实民生,其最主要的成就是倡导用新题乐府的形式来反映社会问题,针砭政治弊端,以期形成实际的社会效果。其中张籍和王建的乐府诗,并称"张王乐府"。张籍的乐府诗含蓄婉挚,长于感慨兴寄;而李绅是最早作《新题乐府》的诗人,诗歌较为轻快本色,长于写实叙事。他们中,最有成就的是白居易。

白居易,字乐天,祖籍太原,生于新郑(今属河南)。赵翼《瓯北诗话》卷四说他出身贫寒,所以"易于知足",有所得便往往"见之诗篇,津津有味,适自形其小家气象"。不过,在唐代,白居易却是李白之后诗名最著的诗人。他生前就把自己的诗分成讽谕、闲适、感伤、杂律四类,而他自己最重视的是讽谕诗和闲适诗。他写讽谕诗,志在兼济;写闲适诗,意在独善。无论讽谕还是闲适,都主要秉承儒家思想。

白居易写作讽谕诗并提倡新乐府,有他自己的创作理论。在《与元九书》中,他提出"文章合为时而著,歌诗合为事而作"。其代表是十首《秦中吟》与五十首《新乐府》。他的这些诗歌,题材广泛,主题集中,人物能成为社会生活某一方面的代表，在描写上也善于将外貌描写、心理描写、环境描写结合起来，具有较高的艺术价值与社会价值。他的闲适诗，在儒家之外，也参杂了不少道家与佛家的思想；其社会意义虽不能与他的讽谕诗相比，但那种淡泊自得的情致与宛转圆润的声调，同样很受后人欢迎。至于他的感伤诗，以古体的《长恨歌》与《琵琶行》最有名。《琵琶行》以善于描写琵琶的音声见长，其所表达的"同是天涯沦落人，相逢何必曾相识"的情绪也感动了无数的人们。

　　《长恨歌》作于元和元年，当时白居易任盩厔（今陕西周至）县尉。其年冬，白居易与好友陈鸿、王质夫同逛仙游寺，说起唐玄宗和杨贵妃的往事，相与感叹，于是白居易作《长恨歌》，陈鸿作《长恨歌传》。不过，这只是创作缘起，至于诗歌的主题，或曰讽君，或曰颂情，或曰二者兼而有之。从陈鸿《长恨歌传》说他和白居易"不但感其事，亦欲惩尤物窒乱阶，垂于将来也"之言来看，不能说此诗没有讽谕之意，但从白居易本人将《长恨歌》置于感伤诗一类来说，他的主旨还在颂情。白居易《赠李绅》谓"一篇《长恨》有风情，十首《秦吟》近正声"，也正说明了这一点。《长恨歌》在结构上分为前后两个部分，"君王掩面救不得，回看血泪相和流"之前写长恨之因，之后写长恨之状。前一部分描写二人因情误国，由"汉皇重色思倾国"导致"渔阳鼙鼓动地来，惊破霓裳羽衣曲"，最后落得"六军不发无奈何，宛转蛾眉马前死"。后一部分写二人两地相思，由"不见玉颜空死处"导致"此恨绵绵无绝期"。前一部分，一般认为主于讽谕，这固然有道理，但李隆基因情误国，既是对杨玉环爱的体现，也是两个人爱情悲剧的祸因，所以诗歌前半部的描写，也不好说全是为了讽谕。此外，相传白居易幼时曾与庶族少女湘灵相爱，但碍于门第，不得不忍痛分手，所以《长恨歌》虽为李杨而作，但也不免蕴藏了诗人自身的某些缠绵之情。诗歌在艺术上毫不吝惜文辞之详、声调之美以及想象的绮丽恍惚，这与诗人写讽谕诗强调"其事核而实"，反对"嘲风月、弄花草"很不一样。

　　白居易曾作了不少长篇排律，这就可以看出他对近体诗的兴趣。不过，近体诗的特点是追求含蓄凝练，而白居易所写却往往浅易烦絮。浅易并不妨碍意境的营造，但烦絮就不免使人觉得啰嗦了。在他的杂律诗中，只有那些嘲弄花草风月和抒写他同元稹等人友情的诗篇还有较多的韵味。像下面这首《晏坐闲吟》则颇可以代表他晚岁杂律诗的一般格调：

> 昔为京洛声华客，今作江湖潦倒翁。
> 意气销磨群动里，形骸变化百年中。
> 霜侵残鬓无多黑，酒伴衰颜只暂红。
> 愿学禅门非想定，千愁万念一时空。

元稹，字微之，祖籍洛阳（今属河南），生于长安，与白居易世称"元白"。他们在青年时代就是好友，后来元稹被贬到通州（今四川达州），白居易被贬到江州（今江西九江），虽途隔千里，但他们仍坚持相互寄诗以为唱和，这就是诗歌史上有名的"通江唱和"。他们在诗歌创作方面也确实志同道合，以致白居易《戏赠元九李二十》谑称："每被老元偷格律。"所谓"格律"正是规矩法式的意思。他们还曾一道提倡以讽谕为主的新乐府诗，而且元稹的《连昌宫词》也是受白居易《长恨歌》影响而写成的。全诗借"宫边老翁"之口，追叙安史之乱前后政治兴衰的征象及其原因，旨含讽喻，与白居易《长恨歌》齐名。元稹年少时还好为艳诗，曾被宫中之人呼为"元才子"。其《行宫》云："寥落古行宫，宫花寂寞红。白头宫女在，闲坐说玄宗。"瞿佑《归田诗话》称："乐天《长恨歌》，凡一百二十句，读者不厌其长；元微之《行宫》诗，才四句，读者不觉其短：文章之妙也。"又，元稹与妻子韦丛共同生活了六年，相濡以沫，感情深笃，可惜韦丛年仅二十七岁就去世了。元稹的《遣悲怀》三首就是写给韦丛的，在诗史上极为有名，其三云：

> 闲坐悲君亦自悲，百年都是几多时。
> 邓攸无子寻知命，潘岳悼亡犹费词。
> 同穴窅冥何所望，他生缘会更难期。
> 惟将终夜长开眼，报答平生未展眉。

一般来说，元稹的乐府诗不及白居易动人，但他的近体诗却较白氏更有韵致。此外，他们都喜欢写作艳丽而浅近的小诗以及铺张排纂的长律,在元和时曾风靡一时,被称为"元和体"。不过,二人"次韵相酬"的做法影响虽大,但其流弊也颇受后人的批评。白居易在写给元稹的《和答诗十首并序》中亦尝自省他们二人的诗作:"共患其意太切而理太周,故理太周则辞繁,意太切则言激。然与足下为文,所长在于此,所病亦在于此。"

两大诗派之外,在当时能够独树一帜的诗人还有刘禹锡和柳宗元。刘禹锡(772—842),字梦得,祖籍洛阳,生于嘉兴(今属浙江)。他年少成名而热衷于政治革新。贞元二十一年一月(同年八月改元永贞),德宗亡故,顺宗即位,并任用王叔文、王伾等人推行外削藩镇、内抑阉宦的改革措施,史称"永贞革新"。革新进行了半年,由于操之过急,且二王起于细微又不注意团结,结果遭到宦官、藩镇、甚至其他朝官的强烈反对。王叔文、王伾先后被贬,不久死掉;积极参与革新的刘禹锡和柳宗元等八人被贬到荒远的州作司马,史称"二王八司马事件"。刘禹锡向往的政治革新失败了,但他的诗歌创作却很成功,并极有个性。

一是,他的诗歌无论长篇还是短章,往往明快畅达,风情俊爽。如其《戏赠看花诸君子》:

> 紫陌红尘拂面来,无人不道看花回。
> 玄都观里桃千树,尽是刘郎去后栽。

这首诗是刘禹锡从贬谪地回京后所作,因为讽刺了权贵,结果他又被贬到外地。数年后,刘禹锡再度返京,又作了一首《再游玄都观》:

> 百亩庭中半是苔,桃花开后菜花开。
> 种桃道士今何在,前度刘郎今又来。

这也可见其人格之倔强与俏皮了。至如他的《酬乐天扬州初逢席上见赠》,就更以深沉而明达见称于世:

> 巴山楚水凄凉地,二十三年弃置身。
> 怀旧空吟闻笛赋,到乡翻似烂柯人。

沉舟侧畔千帆过，病树前头万木春。
今日听君歌一曲，暂凭杯酒长精神。

　　二是，他的诗长于咏史怀古，往往立意警醒而韵味隽永。如其《西塞山怀古》云：

王濬楼船下益州，金陵王气黯然收。
千寻铁锁沉江底，一片降幡出石头。
人世几回伤往事，山形依旧枕寒流。
今逢四海为家日，故垒萧萧芦获秋。

又如其《乌衣巷》云：

朱雀桥边野草花，乌衣巷口夕阳斜。
旧时王谢堂前燕，飞入寻常百姓家。

　　三是，他不但在古体诗、近体诗方面都有杰出的佳构，而且在外放时受巴渝一带民间俚歌俗调的浸染，创作了不少富有民歌情调、亦雅亦俗的优秀诗篇。如其《竹枝词》二首其一曰：

杨柳青青江水平，闻郎岸上踏歌声。
东边日出西边雨，道是无晴却有晴。

又如其《柳枝词》云：

清江一曲柳千条，二十年前旧板桥。
曾与美人桥上别，恨无消息到今朝。

　　这首《柳枝词》，明代杨慎、胡应麟誉之为神品。而白居易亦有《板桥路》云：

梁苑城西二十里，一渠春水柳千条。

若为此路今重过，十五年前旧板桥。

曾共玉颜桥上别，恨无消息到今朝。

　　唐代歌曲常有节取长篇古诗入乐的情况，刘禹锡的《柳枝词》也可能系刘禹锡改白居易之作而用于乐妓的演唱。但改后之作较之原作，显然更加韵致深远。

　　柳宗元（773—819），字子厚，祖籍蒲州解县（今山西运城解州镇），生于长安。北朝时，柳、薛、裴并称"河东三著姓"。自北魏以来，柳宗元的先祖世代显宦。唐高宗时，柳氏同时居官尚书省的便多达二十二人。柳宗元《故大理评事柳君墓志》曾自豪地说："柳族之分，在北为高。充于史氏，世相重侯。"其母出身于范阳卢姓，所生二女分嫁山东崔氏、河东裴氏。柳宗元家世如此，自然少年气盛，功名心切，而参与革新失败后，却长期贬官在外，其心理落差是可想而知的。

　　柳宗元的田园山水诗向来很受后人推崇。他的这些诗歌主要创作于贬官永州以后，融合陶、谢的意图十分明显。总地说，他学习谢灵运，虽然缺乏谢的那一类自然而俊秀的山水名句，但没有谢诗累于繁富的缺点，十分精刻，也算是有所超越了；但精刻也使得他的诗风时常与陶诗相去较远。此外，陶渊明是真的以返回自然和田园为乐，而柳宗元内心始终不忘魏阙，所以抒写田园隐逸之情便不如陶诗真切；而且由于常怀着楚骚般的幽怨，也使得他的诗歌在孤高峻洁的追求中总带有一丝寒意。他的这种风格在其被誉为唐人五绝压卷之作的《江雪》中表现得最为明显：

千山鸟飞绝，万径人踪灭。

孤舟蓑笠翁，独钓寒江雪。

　　有时候，柳宗元也追求诗风的纡徐淡泊，但在其淡泊的诗境里依旧掩不住一丝丝的寂寞与孤高。如其《渔翁》一诗曰：

渔翁夜傍西岩宿，晓汲清湘燃楚竹。

烟销日出不见人，欸乃一声山水绿。

回看天际下中流，岩上无心云相逐。

　　苏东坡很喜欢这首诗，其《书柳子厚〈渔翁〉诗》云："诗以奇趣为宗，反常合道为趣。熟味此诗有奇趣，然其尾二句，虽不必亦可。"此言一出，纷争不断。南宋严羽、明胡应麟、清王士禛、沈德潜赞同东坡，认为尾二句删好，而南宋刘辰翁及明李东阳、王世贞认为不删好。刘辰翁以为此诗"不类晚唐"正赖有此尾二句，李东阳《怀麓堂诗话》也说："若止用前四句，则与晚唐何异？"这都是深知唐诗风味的话。

　　晚唐大约八十年，以李商隐去世（859）为界大致可以分成前后两个阶段。前期，由于受中唐政治革新失败以及牛僧孺、李德裕两派党争的影响，[1]诗人普遍士气低落，怀古、咏史与抒写私情也便成为诗坛的主流，其代表便是杜牧和李商隐。后期，唐王朝已经病入膏肓，士人对污浊的社会现实非常激愤，所以或抨击现实的黑暗，或逃进田园山庄隐居起来；后来兵荒马乱，隐居也隐不成，只能乱流，所以这一时期，讽刺诗、隐逸诗、乱流诗成为最常见的题材。晚唐八十年，后期成就虽不及前期，但诗歌创作尤其是近体诗的创作非常繁荣，值得注意。

　　杜牧（803—852），字牧之，京兆万年（今陕西西安）人，美容姿。祖父杜佑是中唐名相，著有《通典》。杜牧受祖父影响，自幼关心国政与军事。他最有成就的诗歌也多是咏史及怀古之作。清吴乔《围炉诗话》谈及咏史诗，曾以为佳者当"善出己意"，而且"用意隐然"。杜牧的咏史诗在这方面正是典范之作。如其著名的《赤壁》诗云：

折戟沉沙铁未销，自将磨洗认前朝。

东风不与周郎便，铜雀春深锁二乔。

---

① 牛李党争源于唐宪宗元和三年（808）一次科举考试。当时任宰相的李吉甫对应试举子牛僧孺、李宗闵进行打击，因为他们在试卷中严厉地批评了李吉甫。由此，李吉甫与牛僧孺、李宗闵等人结怨，这笔恩怨后来被李吉甫的儿子李德裕继承了下来。以牛僧孺、李宗闵为领袖的"牛党"和以李德裕为领袖的"李党"在数十年中互相攻讦，争斗不休，史称"牛李党争"。

至如《题乌江亭》及《过华清宫绝句》三首、《桃花夫人庙》等更是人们熟悉的名作。至于其他题材，杜牧也常有名作：

青山隐隐水迢迢，秋尽江南草未凋。
二十四桥明月夜，玉人何处教吹箫。（《寄扬州韩绰判官》）

落魄江湖载酒行，楚腰纤细掌中轻。
十年一觉扬州梦，赢得青楼薄幸名。（《遣怀》）

远上寒山石径斜，白云深处有人家。
停车坐爱枫林晚，霜叶红于二月花。（《山行》）

在唐代有许多诗人是特别多情的，杜牧也是其中的一位。李商隐《杜司勋》一诗就曾感慨：

高楼风雨感斯文，短翼差池不及群。
刻意伤春复伤别，人间惟有杜司勋。

在这首诗里，李商隐虽在咏叹杜牧，但实际也是为自己而感慨。不过，他的诗歌与杜牧却是有些不同的。刘熙载《艺概》曾把二人加以比较，以为："杜樊川诗雄姿英发，李樊南诗深情绵邈。"

李商隐（811？—858）和杜牧合称"小李杜"，与温庭筠合称"温李"。他的诗题材比较广泛，更有不少七言律诗学习杜甫针砭时弊、关乎政治的作法，在唐人中比较少见；同时，他也写有大量的咏史诗。著名的如：

宣室求贤访逐臣，贾生才调更无伦。
可怜夜半虚前席，不问苍生问鬼神。（《贾生》）

一笑相倾国便亡，何劳荆棘始堪伤。

小怜玉体横陈夜,已报周师入晋阳。(《北齐二首》其一)

他的咏史诗与杜牧比,杜诗往往带有调侃的意味,显示出风流自赏的气度,而李诗则更多讽刺的意味,显示出作者内心的沉痛。李商隐还写有大量的景物诗。著名的如:

寻芳不觉醉流霞,倚树沉眠日已斜。
客散酒醒深夜后,更持红烛赏残花。(《花下醉》)

向晚意不适,驱车登古原。
夕阳无限好,只是近黄昏。(《乐游原》)

他的这类诗歌文辞精美,而意境衰飒,往往显示出作者个人落魄的心境与晚唐衰世的气息。他的咏怀诗也不错,著名的如《安定城楼》:

迢递高城百尺楼,绿杨枝外尽汀洲。
贾生年少虚垂涕,王粲春来更远游。
永忆江湖归白发,欲回天地入扁舟。
不知腐鼠成滋味,猜意鹓雏竟未休。

当然,李商隐最有名的还是他的恋情诗。他这方面的诗,和前人比有他自己的特点。

第一,他注重表现男女精神上的相知以及恋爱中的各种心理,而很少描摹女性躯体,极少轻薄之意。在他的这些诗里,总是把女性放在欣赏和尊重的地位,而不是当作玩弄的对象。

第二,他的此类诗歌多用七律和七绝写成,体裁上正适合表现内心细微的感受;而借用各种新奇、秾丽的意象的组合来抒写恋情也成为他此类近体诗的一般作法。

第三,他为了抒写情感,对七律的写作常规也有突破。近体诗因为字数少,原很忌讳同一首诗词语重复,也很忌讳对偶句的诗意重复,而李商隐却偏偏喜欢利用这种“合掌”的形式来反复渲染和突出内心的恋爱感受。下面几首诗就都是例子。

> 君问归期未有期，巴山夜雨涨秋池。
> 何当共剪西窗烛，却话巴山夜雨时。（《夜雨寄北》）

> 昨夜星辰昨夜风，画楼西畔桂堂东。
> 身无彩凤双飞翼，心有灵犀一点通。
> 隔座送钩春酒暖，分曹射覆蜡灯红。
> 嗟余听鼓应官去，走马兰台类转蓬。（《无题》二首其一）

> 相见时难别亦难，东风无力百花残。
> 春蚕到死丝方尽，蜡炬成灰泪始干。
> 晓镜但愁云鬓改，夜吟应觉月光寒。
> 蓬山此去无多路，青鸟殷勤为探看。（《无题》二首其二）

第四，他这方面的诗，诗意最为扑朔迷离，甚至直接以"无题"为题目。正由于他的这类诗题旨过于隐晦，元好问《论诗绝句》至有"诗家总爱西昆好，独恨无人作郑笺"之说。而考其隐晦的成因，大概有以下几点：首先，李商隐的一些恋爱生活可能有不便为外人所道者，因此他往往不愿意阐明本事缘由，而好用曲笔。其次，在写法上，李商隐常用比喻和象征来暗示思绪，而很少直抒胸臆。再次，李商隐的恋情诗不注重爱情事迹的描写，而重在恋爱心理的表现，所以诗歌意象之间往往体现为情绪的变化，而非情节的演进，由于跳跃性较大，内涵丰富，主旨就更难确定。此外，自战国以来，用男女之情表君臣之意就已成为传统，而李商隐自己在《谢河东公和诗启》中曾经说他那些描写恋情的诗"为芳草以怨王孙，借美人以喻君子"，这就使得人们在理解他的诗歌宗旨时更容易产生分歧。

李商隐的诗，尤其他的近体诗很善于学习前人而成就自己的风格。他的诗，时常像齐梁诗歌一样讲求辞藻音律之美，但不轻薄空泛；时常像杜甫一样沉郁有力，却不放诞张狂。他和杜甫的诗，里面都有沉甸甸的东西，但李商隐更喜欢将沉甸甸的东西轻轻稳稳地放下。他同李贺一样,喜欢神话,喜欢幻想,喜欢调动感官,喜欢描摹心灵最细微的感受,但他的情深而不厉,他的辞美而不艳。他自己又是骈文大家,所以他的诗歌也常不免像其骈文一样善于错综词序,腾挪意象,以求对偶的工整、悦耳与含蓄。这些特征融合在一起,也就造成他深情绵渺、绮丽精工的诗歌风格。在此之外,他还有一些戏谑玩乐之作,对后人也较有影响。

许浑(791? —858?),字用晦,丹阳(今属江苏)人,武后朝宰相许圉师六世孙,他曾自编诗集为《丁卯集》。他的诗有两个特点:一是,他喜好近体,而且喜欢将一些律句结尾的声调改为"仄平仄"对"平仄平",从而使音调更加抑扬有致,人称"丁卯句法";一是,他很喜欢写水,有时语意重复,以致后人曾笑称"许浑千首湿"。他的诗歌题材比较狭窄,但咏史怀古诗是一流的,如其《金陵怀古》:

> 玉树歌残王气终,景阳兵合戍楼空。
> 松楸远近千官冢,禾黍高低六代宫。
> 石燕拂云晴亦雨,江豚吹浪夜还风。
> 英雄一去豪华尽,唯有青山似洛中。

温庭筠(812? —866),本名岐,字飞卿,祁县(今属山西)人。孙光宪《北梦琐言》载,晚唐科举考试律赋,八韵一篇。温庭筠叉手一吟便成一韵,八叉手而八韵即告完稿,时人遂称其为"温八叉"与"温八吟"。至于他屡试不第,一方面是因为他能仗义直言而被当权者所嫉,一方面也与他放旷不羁,常在场屋助人为文有关。《新唐书》本传曾说他"士行尘杂","与新进少年狂游狭邪",其实亦属于壮志难酬下的放浪。咸通六年(865),温庭筠出任国子助教。次年国子监秋试,因主持公道,被罢职放废,至冬遂抑郁而亡。温庭筠与李商隐都长于抒写恋情,但作风不甚相同。一者,温庭筠写恋情,更加喜欢用古体诗和乐府诗的形式。二者,他的恋情诗,更注重描摹女性形态,具有齐梁宫体的风格。除了恋情诗,温庭筠的行旅山水诗、咏史怀古诗也写了不少,而且相对来说,要更加清劲而有情致。如其《商山早行》:

> 晨起动征铎,客行悲故乡。

鸡声茅店月，人迹板桥霜。

槲叶落山路，枳花明驿墙。

因思杜陵梦，凫雁满回塘。

晚唐后五十年，诗歌按题材说，有咏爱情的，有咏民生的，有咏隐逸的，还有咏乱离的。咏恋情的主要是韩偓（842—923?）、吴融（？—903）与唐彦谦（？—893?）等。人数不少，但诗风浅弱，不足与温、李为殿军。韩偓《闻雨》诗云："香侵蔽膝夜寒轻，闻雨伤春梦不成。罗帐四垂红烛背，玉钗敲著枕函声。"其早年所著《香奁集》写恋情，细秀率多类此。

咏民生较多的主要有聂夷中（837—884）和杜荀鹤（846—907）。聂夷中，字坦之，河东（今山西永济）人。《唐才子传》说他曾"奋身草泽，备尝辛楚"。讽刺贵族的腐朽、悯惜农人的困苦是他诗歌的两大主题：

种花满西园，花发青楼道。

花下一禾生，去之为恶草。（《公子家》）

二月卖新丝，五月粜新谷。

医得眼前疮，剜却心头肉。

我愿君王心，化作光明烛。

不照绮罗筵，只照逃亡屋。（《伤田家》）

他的诗歌语言极其素朴，但往往十分形象；虽然尖刻，但却发人深省。杜荀鹤，字彦之，池州石棣（今安徽石棣）人。他出身寒微，其《郊居即事投李给事》自云是"江湖苦吟士，天地最穷人"。他早年和杜牧一样热衷功名，作诗也如白居易一样颇多讽喻。后来依附朱温，朱温称帝，他做了翰林学士，但只有五天就死掉了。杜荀鹤的诗歌主张与白居易相类，但白居易抨击弊政主要用新题乐府诗，而杜荀鹤则喜欢使用近体的形式，这是他的一大特色。

夫因兵死守蓬茅，麻苎衣衫鬓发焦。

桑柘废来犹纳税，田园荒后尚征苗。

时挑野菜和根煮，旋斫生柴带叶烧。

任是深山最深处，也应无计避征徭。（《山中寡妇》）

去岁曾经此县城，县民无口不冤声。

新来县宰加朱绂，便是生灵血染成。（《再经胡城县》）

他的这些讽喻诗，语言如话家常，但因为是近体，也就别具一格。值得一提的是，他曾写过一首《春宫怨》：

早被婵娟误，欲妆临镜慵。

承恩不在貌，教妾若为容。

风暖鸟声碎，日高花影重。

年年越溪女，相忆采芙蓉。

诗的第三联尤为后人激赏，乃至有"杜诗三百首，唯在一联中"的佳誉。其实，其诗的可贵处又怎么会只在这里呢。

陆龟蒙（？—881），字鲁望，吴郡（今江苏苏州）人。皮日休（834？—883？），字逸少，襄阳（今属湖北）人。他们年轻时也写过抨击现实的乐府诗，后来隐逸，皮称"醉吟先生"，陆称"江湖散人"。他们经常写诗唱和，世称"皮陆"。不过，皮、陆与其说是隐逸诗人，不如说是散诞诗人。他们的诗歌既缺少陶渊明诗歌那种深切的情感，也很少寄托悠远的田园山水的刻画，而只是喜欢借各种咏物来消磨时光。他们曾以《春夕酒醒》为题相唱和，皮诗曰："四弦才罢醉蛮奴，酃醁馀香在翠炉。夜半醒来红蜡短，一枝寒泪作珊瑚。"陆诗曰："几年无事傍江湖，醉倒黄公旧酒垆。觉后不知明月上，满身花影倩人扶。"这也算是二人的名作了。其实与这些诗歌相比，他们的咏史怀古诗似乎要更好一些。譬如皮日休的《汴河怀古》二首与陆龟蒙的《怀宛陵旧游》，放在整个唐代咏史怀古诗中也是不错的。

司空图（837—908），字表圣，河中虞乡（今山西永济附近）人。黄巢起义后，他隐居在中条山王官谷，成为著名的庄园主。朱温称帝后，他不食而死。他的诗歌比较接近王维，主要写隐逸山水的闲情。但他内心较皮陆更多一些失落和感伤,所以诗境比较凄冷。如《重阳阻雨》云:"重阳阻雨独衔杯,移得山家菊未开。犹胜登高闲望断,孤烟残照马嘶回。"除此之外,他还有不少名句,如他自己比较得意的"草嫩侵沙短,冰轻着雨消"(《早春》)、"孤屿池痕春涨满,小栏花韵午晴初"(《归王官谷次年作》)等等。司空图是晚唐著名的诗论家,强调作诗要有"韵外之致"与"味外之旨"(《与李生论诗书》)。比较而言,他的诗论比诗歌的影响要大得多。

咏乱离的诗人主要有郑谷、韦庄和罗隐。郑谷(851?—910?),字守愚,袁州(今江西宜春)人。他的诗比较善于表现动乱中离别的复杂情感,如《淮上与友人别》:

> 扬子江头杨柳春,杨花愁杀渡江人。
> 数声风笛离亭晚,君向潇湘我向秦。

宋代欧阳修《六一诗话》尝谓,郑谷"诗极有意思,亦多佳句",但"其格不甚高"。韦庄(836?—910),京兆杜陵(今陕西西安)人,字端己。曾为西川节度使王建掌书记,王建称帝后,他为宰相,有一定政绩。韦庄早年作过一首《秦妇吟》,反映黄巢入京前后的乱离之景,是唐诗中较长的篇章,艺术性很高。韦庄也因此被称为"秦妇吟秀才"。他的表现社会乱离的诗歌因为有自身的经历,也很深切感人。如《与东吴生相遇》:

> 十年身事各如萍,白首相逢泪满缨。
> 老去不知花有态,乱来唯觉酒多情。
> 贫疑陌巷春偏少,贵想豪家月最明。
> 且对一尊开口笑,未衰应见泰阶平。

此外,他的怀古诗也是不错的。如《台城》:

> 江雨霏霏江草齐,六朝如梦鸟空啼。
> 无情最是台城柳,依旧烟笼十里堤。

罗隐(833—909),字昭谏,新城(今浙江杭州新登镇)人。由于性好讥讽,他常为时人所恶。据《唐才子传》卷九载:

> 隐初贫来赴举,过钟陵,见营妓云英有才思。后一纪,下第过之。英曰:"罗秀才尚未脱白!"隐赠诗云:"钟陵醉别十余春,重见云英掌上身。我未成名英未嫁,可能俱是不如人。"

这也可见他的为人了。他既是这样一个人,所以他写的讽刺诗较晚唐其他作者也就多得多。总的来看,罗隐的诗歌艺术略嫌粗疏。不过,他也创作了不少通俗平易的警句。如《筹笔驿》所谓"时来天地皆同力,运去英雄不自由",《自遣》所谓"今朝有酒今朝醉",《牡丹》所谓"任是无情也动人",至今也都是脍炙人口的诗句。罗隐族人中,有罗虬、罗邺亦善诗,与隐合称"三罗"。相传,罗虬曾因求营妓红儿一歌而不能得,愤而通宵创为《比红儿诗》。其序自云:"比红者,为雕阴官妓杜红儿作。貌丽年少,机智慧悟,不与群女等。余知红者,乃择古之美色灼然称于史传者,优劣于章句间。遂题《比红儿》一百首。"诗虽颇传于世,然论作法百首只如一首。罗邺一生坎坷,而长于用律诗抒写人世感怀,语言平易而情感真挚,艺术上正可与罗隐相颉颃。其《秋夕寄友人》云:

> 秋夕苍茫一雁过,西风白露满宫莎。
> 昨来京洛逢归客,犹说轩车未渡河。
> 莫把少年空倚赖,须知孤立易蹉跎。
> 想君怀抱哀吟夜,铜雀台前皓月多。

晚唐后期咏史怀古也是较流行的。有湖南邵阳人胡曾,号秋田,天分高爽,意度不凡,尝作七绝《咏史诗》一百五十首,咏歌各地古迹旧事,颇为后世讲史小说所援引。

毫无疑问,我国古代诗歌发展到唐代获得了高度的繁荣。清人所编《全唐诗》收诗近五万首,作者二千五百余人。这些数目都是唐朝以前诗歌与诗人的数倍,更重要是的唐代能够独树一帜的诗人至少六七十位,这基本上也超过了唐朝以前杰出诗人的总和。

唐代诗歌能够取得高度的艺术成就,不是偶然的。就文学内部情况来说,唐诗的繁荣既是诗歌数百年文人化的结晶,也是隋唐诗人百多年融会南北诗歌艺术的努力所致。而就文学外部状况来说,则有以下一些原因。

第一,王朝的统一,经济的繁荣,社会的相对稳定与交通的空前便利,有助于诗人在漫游、聚会与酬和中切磋诗艺。事实上,在唐代,一生安守一隅的诗人是很少见的。

第二,政治的开明,思想的宽松,也使诗人不拘一格,敢于肆情高歌。政治上,唐代实行三省六部制,皇权得到一定的限制,大臣敢于议政。思想上,唐代儒、释、道三教并重,而且对夷狄文化也很包容。如《资治通鉴》贞观二十一年载,唐太宗曾谓:"自古皆贵中华,贱夷狄,朕独爱之如一。"总之,唐代是历史上束缚较少的一个时代。宋代洪迈《容斋随笔》卷二《唐诗无讳避》条便指出:"唐人歌诗,其于先世及当时事,直词咏寄,略无隐避。至宫禁嬖昵,非外间所应知者,皆反复极言,而上之人不以为罪。"自然,唐代的开明与宽松也是相对的。譬如,五代王定保《唐摭言》卷十五"闽中进士"条曾记载:

> 薛令之,闽中长溪人,神龙二年及第,累迁左庶子。时开元东宫官僚清淡,令之以诗自悼,复纪于公署曰:"朝旭上团团,照见先生盘。盘中何所有?苜蓿长阑干。饤涩匙难绾,羹稀箸易宽。何以谋朝夕,何由保岁寒?"上因幸东宫览之,索笔判之曰:"啄木觜距长,凤凰羽毛短。若嫌松桂寒,任逐桑榆暖。"令之因此谢病东归。诏以长溪岁赋资之,令之计月而受,馀无所取。

此事,《旧唐书》贺知章传也有所载,只是没有记下文辞。可见薛令之因言而见弃,是实有其事的。只是这样一件事儿与明清文字狱比,又算得了什么呢。白居易生前也曾写诗讥讽玄宗,但他去世后,唐宣宗作《吊白居易》悼念他,竟然说:"缀玉连珠六十年,谁教冥路作诗仙?浮云不系名居易,造化无为字乐天。童子解吟《长恨》曲,胡儿能唱《琵琶》篇。文章已满行人耳,一度思卿一怆然。"这胸襟确乎是唐家气象。

第三,更重要的是,唐玄宗时诗赋就已成为进士科的主要考试内

时期		精神	派别	特征	代表诗人		
初唐	618—712	批判	齐梁发展派	创建近体	李百药、上官仪	文章四友：李峤、苏味道、崔融、杜审言	初盛唐间，张若虚、贺知章、张旭、包融合称吴中四士，诗富情韵；张说、张九龄合称二张，声调渐响，骨气渐壮
						沈宋：沈佺期、宋之问	
			齐梁改造派	复新风骨	虞世南、魏征；王绩	初唐四杰：卢照邻、骆宾王、杨炯、王勃	
						刘希夷风姿俊爽，陈子昂复多变少	
盛唐	713—765	浪漫	边塞游侠派	气象雄浑	高适、岑参、王之涣、李颀、王昌龄、王翰、崔颢		崔国辅长于五绝，而李白、杜甫境界高蹈，气象万千，难与并能
			田园山水派	意境闲适	孟浩然、王维、王湾、储光羲、常建、裴迪、祖咏		
中唐	前期766—796	感伤	民生派	气骨顿衰	元结发新乐府先声，顾况好自作诗序，戴叔伦多隐逸闲情		元结、刘长卿成名于盛唐；韦应物、李益、钱起等虽在盛唐度过青春，然作诗多变盛唐之放荡而为中唐之收敛
			边塞派		卢纶、戎昱；李益犹有雄豪之篇		
			山水派		刘长卿人称五言长城，韦应物高雅闲淡，钱起等大历十才子纤巧细秀		
	后期797—826	革新	奇险派	张扬个性	孟郊、韩愈并称韩孟；贾岛、姚合并称姚贾；李贺号称诗鬼		刘禹锡诗中豪杰，长于抒情怀古；柳宗元人间骚客，善写山水田园
			通俗派	关切人情	元稹、白居易并称元白；张籍、王建诗称张王乐府；李绅最早作《新题乐府》		

时期		精神	派别	特征	代表诗人	
晚唐	前期 827—859	失落	怀古诗	格律精工	杜牧十年一觉,许浑千首还湿,刘沧清新自然	杜郎风清骨俊,李公情深意渺,人称小李杜
			恋情诗		李商隐深陷党争,温庭筠狂游狭邪,合称温李	
	后期 860—907	狷介	恋情诗		韩偓、吴融、唐彦谦,常失于浅弱	聂夷中备尝辛楚,杜荀鹤天地最穷,皆能留意民生疾苦,而胡曾则好以七绝咏史,托古讽今
			隐逸咏物诗		皮日休与陆龟蒙合称皮陆,诗多散诞;司空图作诗强调韵外之致	
			感遇咏怀诗		郑谷多佳句而格不甚高,韦庄号称秦妇吟秀才,罗隐性好讥讽	

《唐诗发展表》,2002 年 11 月 22 日制

容,而且五言诗尤其受到重视,以致产生了"丹宵路在五言中"的说法。取士以诗赋,大概源于南朝世族以文学相高的风气。但科举的实行,主要却是为庶族平民从政开辟道路,所以这一制度使得热心诗歌艺术的风气从贵族之家渐渐扩散到寻常巷陌;而寻常人的生活不是那些涂脂抹粉不知马虎之别的贵族所可比拟的,他们写诗自然更容易使诗歌向着充实而刚健的道路走去。

此外,由于中外交流的日趋活跃,我国音乐、舞蹈、绘画、书法、建筑、雕塑艺术发展到唐代也多取得了高度的成就。在与这些姊妹艺术的相互学习中,诗歌自然也容易获得更为丰富的艺术营养。

据宋胡仔《苕溪渔隐丛话》卷十四引陈辅之《诗话》载,王安石曾说:"世间好语言,已被老杜道尽。世间俗言语,已被乐天道尽。"1934 年 12 月 20 日,在《致杨霁云》信中,鲁迅亦云:"我以为一切好诗,到唐已被做完。"可见超越唐诗,在后人看来真是很难的。

三　唐以后的诗

如果说早期中国诗歌是文人诗的母亲,那么,魏晋诗歌就像是孩

童,南北朝诗歌像是爱美的少年,唐诗则是意气风发的青年,到了宋代,诗歌也就进入中年,时常陷入沉思,元以后则进入老年,有时老当益壮,有时喜欢回忆青少年时光,有时总结人生,有时像个老小孩,但更多的,自然是沉沉的暮气。

论诗歌创作的繁荣,宋代其实远超唐代;不过,宋诗的成就一般认为不及唐诗。南宋严羽的《沧浪诗话》就推崇唐人,而批评:"近代诸公乃……以文字为诗,以才学为诗,以议论为诗,夫岂不工? 终非古人之诗也。"又谓:"南朝人尚词而病于理,本朝人尚理而病于意兴,唐人尚意兴而理在其中,汉魏之诗词理意兴无迹可求。"他的这些意见都不能说没有道理,不过,一个人如果喜欢以议论为诗,便不能同意他鄙薄"近代诸公"的态度了;同时,唐诗与宋诗的风格也不宜完全按时代对立起来。钱钟书《谈艺录》就指出:"唐诗、宋诗,亦非仅朝代之别,乃体格性分之殊,天下有两种人,斯分两种诗。唐诗多以丰神情韵擅长,宋诗多以筋骨思理见胜。……曰唐曰宋,特举大概而言,为称谓之便。非曰唐诗必出唐人,宋诗必出宋人也。"又,傅斯年尝谓:唐诗大体上是"说客人的话,为别人作诗的话(杜少陵大体不这样,然李太白却不免)",宋诗大体上则是"说主人的话,作自己的诗"。[1] 胡云翼《宋诗研究》则感慨唐诗中,悲壮的边塞派、感伤的社会派、哀艳的闺怨诗、缠绵活泼的情诗,都在宋诗中消失了。诸说侧重不同,并可玩味。

关于宋代诗歌的分期,学界意见不一。若仿照唐诗的划分,则也可以分为初、盛、中、晚四期。

初宋(960—1030)约有七十年,诗歌的特点是泥于唐调,还不能另创新声。当时较流行的有白体、昆体、晚唐体。

白体指效法白居易诗歌的诗风。当时学白体的,主要是一些身处庙堂的人物,著名的如李昉(925—996)和徐铉(916—991)。他们主要学白居易与人唱和的近体诗,闲适、浅易、达观。王禹偁(954—1001)早年也喜欢学白居易的闲适诗,后来更喜欢白居易的讽喻诗,并且进而以杜甫为作诗的典范。其《寄砀山主簿朱九龄》曰:

---

[1] 傅斯年:《傅斯年古典文学论著》,上海书店 2011 年版,第 36—37 页。

忽思蓬岛会群仙，二百同年最少年。

利市褴衫抛白纻，风流名纸写红笺。

歌楼夜宴停银烛，柳巷春泥污锦鞯。

今日折腰尘土里，共君追想好凄然。

这很可以显示他融会白、杜的风格。不过，他最好的诗歌还是《村行》之类借助描绘山水来抒发情思的诗篇。

晚唐体指效法贾岛和姚合诗歌的诗风，因为宋人习惯视他们为晚唐诗人，所以名此体为"晚唐体"。晚唐体主要流行于山林，而学得比较认真的，是活动于太宗至真宗朝的"九僧"，即希昼、保暹、文兆、行肇、简长、惟凤、惠崇、宇昭、怀古九位僧人。他们籍贯不同，但常一起唱和，诗歌还被时人编为《九僧诗集》。他们喜欢用五律的形式描绘隐逸林泉的雅趣，其中惠崇的成就比较突出。九僧之外，寇准（961—1023）以及潘阆（？—1009）、魏野（960—1019）、林逋（967—1028）等隐逸之士也都以学"晚唐体"著称。其中林逋字君复，又称和靖先生。他隐居杭州西湖，终生不仕不娶，植梅养鹤，自谓"以梅为妻，以鹤为子"。他的诗比较清高，而不像九僧那么清苦，其最有名的诗作是《山园小梅》。

西昆体主要指效法李商隐诗歌的诗风，其代表有杨亿（974—1020）、刘筠（970—1031）、钱惟演（977—1034）等。他们都是馆阁文臣，曾奉命一起编撰类书，闲暇时便不免照着李商隐的风格作诗唱和，或咏史，或咏物，或流连光景。不过，他们咏史，是为作诗而咏史，不像李商隐带有借古讽今的现实感；李商隐好写刻骨铭心的恋情，而他们更好抒写友情。由于他们的唱和活动主要是在藏书的秘阁中进行，所以杨亿编辑他们的唱和之作时，便根据昆仑之西有群玉之山，乃帝王藏书之府的传说，将这本诗集题作《西昆酬唱集》。相对于白体的俚俗平易、晚唐体的小巧琐细，西昆体诗人努力学习李商隐诗歌的典丽含蓄、华美丰赡，在宋初声势最盛；然而由于他们只学李商隐的艺术外貌，缺乏李商隐诗歌深挚婉曲的情感，以致为优伶所嘲，所以成就其实也十分有限。虽然西昆体在晏殊（991—1055）手中得到延续，但到了北宋中叶仁宗以后，由于外患日甚，西昆体的浮薄无聊也就愈发不合时宜。

盛宋（1031—1101）也大约七十年，是宋诗的鼎盛期。彼时诗歌又可以分为前三十年与后四十年两个时期。前期诗人也学习唐人，但已经初成宋调。其中，欧阳修（1007—1072），字永叔，号醉翁，晚年又号六一居士，庐陵（今江西永丰）人，官至参知政事。欧阳修对西昆体的无病呻吟以及当时一些诗人崇尚险怪的作风，都是不满的；并利用自己文坛领袖的地位积极倡导关心现实而又自然流畅的诗风。他本人在创作上就既喜欢学习韩愈的以文为诗，又能继承李白的清新自然，用以纠正韩愈诗歌的艰险。其《六一诗话》还提出"诗穷而后工"的主张，而他的诗不仅工，而且充实豁达，已有自己的个性。《戏答元珍》是他自己比较得意的诗篇：

> 春风疑不到天涯，二月山城未见花。
> 残雪压枝犹有橘，冻雷惊笋欲抽芽。
> 夜闻归雁生乡思，病入新年感物华。
> 曾是洛阳花下客，野芳虽晚不须嗟。

石延年（994—1041）、苏舜钦（1008—1049）和梅尧臣（1002—1060）是当日与欧阳修同声相求的诗友。石延年，字曼卿，诗歌奇秀劲健，很近于韩、孟。苏舜钦，字子美，开封（今属河南）人。梅尧臣，字圣俞，宣城（今属安徽）人。宣城古名宛陵，所以他又被称为梅宛陵。

苏舜钦自视甚高，性格豪放，是故写诗好抨击时事，而且痛斥无所忌，在当时非常突出。其《维舟野步呈子履》说，"四顾不见人，高歌免惊众"，很能显示他的作风。他的诗歌也颇有李白的浩荡、韩愈的奇崛，但抒情常过于直露，文辞也略欠推敲。如其《和淮上遇便风》云：

> 浩荡清淮天共流，长风万里送归舟。
> 应愁晚泊喧卑地，吹入沧溟始自由。

至如《淮中晚泊犊头》则稍有蕴藉：

> 春阴垂野草青青，时有幽花一树明。
> 晚泊孤舟古祠下，满川风雨看潮生。

苏舜钦与梅尧臣并称"梅苏"。欧阳修《六一诗话》曾说:"圣俞、子美齐名于一时,而二家诗体特异:子美笔力豪俊,以超迈横绝为奇;圣俞覃思精微,以深远闲淡为意。各极其长,虽善论者不能优劣也。"梅尧臣《读邵不疑学士诗卷》一诗亦自云:"作诗无古今,唯造平淡难。"他所说的"平淡",在形式方面指超越雕润绮丽的质朴老成,在内容方面指题材的平凡易见。如果说唐人将生活变成了诗,宋人将诗变成了生活,那么开启宋人这种风气的,就是梅尧臣。从他的一些诗歌题目如《食荠》《师厚云虿古未有诗邀予赋之》《扪虱得蚤》《八月九日晨兴如厕有鸦啄蛆》等,也便很可以看出他的这种追求。不过,据《朱子语类》卷一三九,对于人们称颂梅诗平淡,朱熹却认为:"他不是平淡,乃是枯槁。"此外,由于梅尧臣很推崇韩愈,所以诗歌往往也有"古硬"而并不平淡的一面;又由于他很推崇屈原、杜甫和白居易批判现实的诗歌传统,所以在描写日常生活琐事之外,他也很喜欢用诗歌反映重大的政治事件与百姓的生活疾苦。下面两首是便是他的名作:

适与野情惬,千山高复低。
好峰随处改,幽径独行迷。
霜落熊升树,林空鹿饮溪。
人家在何许,云外一声鸡。(《鲁山山行》)

淮阔洲多忽有村,棘篱疏败漫为门。
寒鸡得食自呼伴,老叟无衣犹抱孙。
野艇鸟翅唯断缆,枯桑水啮只危根。
嗟哉生计一如此,谬入王民版籍论!(《小村》)

有了欧、石、梅、苏等人的努力,盛宋的后四十年,也就迎来了宋诗创作的一座座高峰。

王安石(1021—1086),字介甫,晚号半山,临川(今属江西)人。宋神宗熙宁二年(1069)任参知政事,主持变法。由于变法触及了绅商的利益,又较为激进,引起了保守派以及主张稳健改革的苏轼等人的反对,最终失败,并引起长达数十年的新旧党争。熙宁九年(1076),王安石罢相,退居江宁。宋哲宗元祐元年(1086),新法全部被废,王安石亦忧愤而卒。

王安石在政治上是改革家,这也影响到他的诗歌创作。首先,他作诗很推崇欧阳修,但与欧阳修推崇李白和韩愈不同,他推崇的是韩愈和杜甫,而杜甫、韩愈和欧阳修也正都是诗坛的改革家。王安石曾作了首很长的《杜甫画像》,感慨杜诗:"力能排天斡九地,壮颜毅色不可求。"宋人推尊杜甫,很大程度上也是受了他的影响。其次,他作为政治家很关心现实,所以对李白诗歌缺乏深切的社会内容,他是不满的;对于西昆体徒事华艳,他也视之蔑如。他自己作诗便很注意反映社会的现实问题,像《感事》《兼并》《省兵》《收盐》《河北民》等,都是他关心国事民生的代表作。再次,作为改革家,总是不囿于平庸惯常之论的,所以他作诗很注意立意的新颖深刻,其咏史诗尤能给人不同凡响的启迪:

> 一时谋议略施行,谁道君王薄贾生。
> 爵位自高言尽废,古来何曾万公卿。(《贾生》)

> 明妃初出汉宫时,泪湿春风鬓脚垂。低徊顾影无颜色,尚得君王不自持。归来却怪丹青手,入眼平生未曾有。意态由来画不成,当时枉杀毛延寿。一去心知更不归,可怜著尽汉宫衣。寄声欲问塞南事,只有年年鸿雁飞。家人万里传消息,好在毡城莫相忆。君不见咫尺长门闭阿娇,人生失意无南北!(《明妃曲》二首其一)

五十六岁退居江宁以后,王安石心境趋于平淡,诗风也发生一定变化。尤其一些写景抒情的绝句,往往雅丽精绝,情致深远,不仅当时就受到苏东坡等人的称赞,而且还被后人视作"王荆公体"的代表。不过,据《后村诗话》载:"鲁直谓荆公之诗,暮年方妙,然格高而体下。如云:'似闻青秧底,复作龟兆坼。'乃前人所未道。又云:'扶舆度阳焰,窈窕一川花。'虽前人亦未易道也。然学二谢,失于巧尔。"严羽《沧浪诗话》亦以为:"公绝句最高,其得意处,高出苏、黄、陈之上,而与唐人尚隔一关。"钱钟书《谈艺录》亦谓:"荆公诗精贴峭悍,所恨古诗劲折之极,微欠浑厚;近体工整之至,颇乏疏宕;其韵太促,其词太密。又有一节,不无可议。每遇他人佳句，必巧取豪夺，脱胎换骨，百计临摹，以为己有；或袭其句，或改其字，或反其意。集中作贼，唐宋大家无如公之明目张胆者。"即便其世所传诵的《梅花》《书湖阴先生壁》，也都是点窜前人之作而来。

王令（1032—1059），字逢原，广陵（今江苏扬州）人。以教书为生，品格诗文很受王安石推崇。他的诗骨力老苍，如其《送春》云：

> 三月残花落更开，小檐日日燕飞来。
> 子规夜半犹啼血，不信东风唤不回。

苏轼（1037—1101），字子瞻，号东坡居士，眉州眉山（今属四川）人。他与王安石俱出欧阳修之门，但政治主张不尽相同，诗风也有些差异。

从题材方面说，苏轼的诗并不特别专注某一方面，而多只是他个人生活与个性情感的表现。这一点有些像李白，但李白是狂放中洋溢着浮华，而他却是豪放中显露着洒脱。他们都号称为仙，也都深受道家文化的影响，但诗仙李白走的是道家蔑视世俗之路，主要以磅礴的情感激荡人心；而坡仙苏轼却更多地实践着道家逍遥而无碍的思想。同时，苏轼的诗歌还往往充满禅宗善于静观与返照的人生智慧。人们欣赏苏轼的诗歌，主要也是为了欣赏苏轼身入乎尘俗之中，而心游乎四海之外的雅致。

> 人生到处知何似，应似飞鸿踏雪泥。
> 泥上偶然留指爪，鸿飞那复计东西。
> 老僧已死成新塔，坏壁无由见旧题。
> 往日崎岖还记否，路长人困蹇驴嘶。（《和子由渑池怀旧》）

> 东风知我欲山行，吹断檐间积雨声。
> 岭上晴云披絮帽，树头初日挂铜钲。
> 野桃含笑竹篱短，溪柳自摇沙水清。
> 西崦人家应最乐，煮葵烧笋饷春耕。（《新城道中》其一）

从体裁方面说,苏轼的律诗有些佳作,但非其所长,其七言的长篇与绝句实在要更为出色一些。这也很像李白,但李白的歌行往往悲喜突转,犹如瀑布断崖;而苏轼抒情只如行云流水,虽如黄河九曲,但能一以贯之。

> 黑云翻墨未遮山,白雨跳珠乱入船。
> 卷地风来忽吹散,望湖楼下水如天。(《望湖楼醉书》)

> 竹外桃花三两枝,春江水暖鸭先知。
> 蒌蒿满地芦芽短,正是河豚欲上时。(《惠崇春江晚景》)

> 荷尽已无擎雨盖,菊残犹有傲霜枝。
> 一年好景君须记,正是橙黄橘绿时。(《赠刘景文》)

> 我家江水初发源,宦游直送江入海。闻道潮头一丈高,天寒尚有沙痕在。中泠南畔石盘陀,古来出没随涛波。试登绝顶望乡国,江南江北青山多。羁愁畏晚寻归楫,山僧苦留看落日。微风万顷靴文细,断霞半空鱼尾赤。是时江月初生魄,二更月落天深黑。江心似有炬火明,飞焰照山栖鸟惊。怅然归卧心莫识,非鬼非人竟何物!江山如此不归山,江神见怪惊我顽。我谢江神岂得已,有田不归如江水。(《游金山寺》)

从艺术手法方面说,苏东坡也喜欢以文为诗。清人赵翼《瓯北诗话》说:"以文为诗,自昌黎始,至东坡益大放厥词,别开生面,成一代之大观。"的确,以议论为诗,以才学为诗,以理趣为诗,以散文化的语句为诗,是苏轼诗歌的一大特点。对此,宋人已经是褒贬不一。客观地说,苏轼以文为诗,确实有一些不甚成功的作品,但是由于他观察细致,所以议论便很贴切,如《题西林壁》;又由于他谋篇布局的能力强,故而以文为诗也能造成强烈的艺术感染力,如《荔枝叹》;最主要的,他的一些议论往往有源自生活的真情实感,又显示着他独有的个性精神,所以依然是可读可诵的,如《女王城和诗》等。

苏轼做人是通达的，影响到作诗方面，也是通达的。什么样的诗歌，他都愿意尝试；对于前人的创作，他也不专主一家。这与杜甫"转益多师"的追求是一致的，也成就了苏轼在宋代最为卓越的诗歌地位。苏轼的父亲苏洵（1009—1066）、弟弟苏辙（1039—1112）以及号称"苏门六君子"的黄庭坚（1045—1105）、秦观（1049—1100）、晁补之（1053—1110）、张耒（1054—1114）、陈师道（1053—1102）、李廌（1059—1109），也都善于作诗。此外，孔文仲（1038—1088）、孔武仲（1042—1097）、孔平仲（1044—1111）三兄弟也与苏轼兄弟关系密切，并称"二苏三孔"。不过，由于苏轼本人的通达，不愿以宗师自居，这些人并没有形成文学创作集团，反倒是黄庭坚成了开宗立派的人物。

黄庭坚，字鲁直，自号山谷道人，又号涪翁，洪州分宁（今江西修水）人，故又称黄豫章。他的政治立场与苏轼接近，仕途也很不顺利。二人并称"苏黄"。如果说苏轼像李白，那么黄庭坚就更像杜甫。其《与王观复书》之二曾谓："所寄诗多佳句，犹恨雕琢功多耳。但熟观杜子美到夔州后古律诗，便得句法，简易而大巧出焉，平淡而山高水深，似欲不可企及。文章成就，更无斧凿痕，乃为佳作耳。"

黄庭坚诗歌在题材内容方面，也是文人个性生活及情感的抒写，并没有特别之处；但在形式风格方面，他的特点就很突出了。其《赠谢敞、王博喻》说："文章最忌随人后。"其《以右军书数种赠丘十四》亦谓："随人作计终后人，自成一家始逼真。"可见新变是他很自觉的追求。至于其新变的路径，主要有以下几条：一者，是以才学为诗。其《答洪驹父书》曾赞美杜诗韩文"无一字无来处"。其《论作诗文》更明确主张"词意高胜，要从学问中来"。至于以才学为诗的具体办法，他提出了著名的"点铁成金"与"夺胎换骨"之说。前者见于《答洪驹父书》，重在师法前人之辞，指在自己的诗作中要善于变化和融会前人诗文中的词语、典故。后者见于惠洪的《冷斋夜话》，重在师法前人之意，其中，"不易其意而造其语，谓之换骨法：规摹（一作窥入）其意而形容之，谓之夺胎法。"对黄氏所谓"夺胎""换骨"之说，后人理解不同，以致常常混用。或以为：换骨，意在通过辞句的改造使诗意更加雄深雅健；夺胎，则重在对前人的构思加以借鉴、类推，乃至反其意而用之。在黄庭坚之前，王安石作诗就喜欢改用前人词句，还喜欢作集句诗，可算为黄庭坚做了铺垫。

一些学者还相信,黄庭坚强调才学,强调阅读和学习古人的诗歌创作观念,与十一世纪后半叶印刷书籍的爆炸性增长有一定的关系。在王安石、黄庭坚之前,西昆体喜欢用典,其实也是以才学为诗的。不过西昆体是为作诗而用典,而黄庭坚等却是为了表现自家生活遭遇而用典,所以其诗歌也就更为真切一些。二者,是以打诨为诗。据王直方(1069—1109)的《王直方诗话》,黄庭坚曾说:"作诗正如作杂剧,初时布置,临了须打诨。"意即结构诗篇要像参军戏中的"打诨"一样,善于造就出人意料的转折。例如《次韵裴仲谋同年》的次联:"舞阳去叶才百里,贱子与公皆少年",上下句的意思相去很远,读来便很有奇崛之感。显然,这种奇崛与跳跃,同禅师启悟门徒时的机锋很有些类似,因此,此类诗歌作法也常被认为是黄庭坚禅学修养的一种表现。三者,是以拗句为诗。也就是作格律诗要善于将平滑流利的音调加以改变,使读者不得不在坎坷不谐的音声中更加留心前后诗意的贯通,并因而形成俊逸清新、刻厉拗峭的艺术感受。像下面这首《寄黄几复》,就很能代表他的风格:

> 我居北海君南海,寄雁传书谢不能。
> 桃李春风一杯酒,江湖夜雨十年灯。
> 持家但有四立壁,治病不蕲三折肱。
> 想得读书头已白,隔溪猿哭瘴溪藤。

此外,他还讲求"句中眼",也就是"响字"。其《嘲小德》一诗原有"学语春莺啭,书窗秋雁斜"两句,后来改为"学语啭春莺,涂窗行暮鸦",就是为了造就响字。他还喜欢以奇特的譬喻为诗,很有一些李贺的遗风;但他有时也求奇过甚,如《观王主簿家荼蘼》云:"露湿何郎试汤饼,日烘荀令炷炉香",竟以美男子喻花,显得不伦不类。苏东坡《题柳子厚诗》云:"用事当以故为新,以俗为雅;好奇务新,乃诗之病。"东坡此处所认为妥当者,黄庭坚也以为妥当;而东坡以为病者,庭坚却是不以为病的。总的来说,黄庭坚诗歌求新变的这些办法,得失参半:既使他形成自己生新廉悍的独特风格,被人称为"黄庭坚体""山谷体";同时,也不能不让人觉得他的诗歌流于炫耀和卖弄,晦涩而不够自然。

陈师道,字无己,又字履常,号后山居士,彭城(今江苏徐州)人,家境贫寒，生性耿介，曾因苏轼举荐而得任州学教授。他对黄庭坚很钦佩，其《答秦觏书》自言："一见黄豫章，尽焚其稿而学焉。……仆之诗，豫章之诗也。"在诗坛上，他也和黄庭坚并称"黄陈"。他的诗题材内容非常狭窄，但因为所写多是他自己艰辛的生活，依旧较为感人。相对而言，他没有黄庭坚那样博学，也没有苏东坡的才气，于是他改而求朴求拙，并从杜甫诗歌中学习立格、命意、用字。据宋人笔记，他写诗非常刻苦，常把写成的诗贴在墙壁上反复吟哦而加以修改。凭此，他的诗歌也终于以朴拙清劲自成一体，但因为诗句压缩精简太过，也常使得诗意不够朗润流畅。《九日寄秦觏》是其名作：

> 疾风回雨水明霞，沙步丛祠欲暮鸦。
> 九日清尊欺白发，十年为客负黄花。
> 登高怀远心如在，向老逢辰意有加。
> 淮海少年天下士，可能无地落乌纱？

由于黄、陈影响了很多人的创作，也代表了宋人作诗的某些理想，所以到了宋徽宗初年，吕本中曾作《江西诗社宗派图》，推尊黄庭坚为诗派之祖，而将陈师道以下二十五人列为"法嗣"。这二十五人并非都是宋代江南西路人氏，名为"江西诗派"主要是为了推尊黄庭坚之故。吕本中的《宗派图》原只是少时戏作，成员取舍以及序次都很随意。被列入名单中的韩驹甚至还对自己的入选甚为不满。不过，江西诗派的成员虽在诗歌创作上各不相同，但多少都受过黄庭坚的指点或影响，因而作为诗歌流派也就得到广泛的认可。到南宋，吕本中、曾几、赵蕃（1143—1229）、韩淲（1159—1224）等人也被视为江西诗派的传人。至元，方回在《瀛奎律髓》中又提出"一祖三宗"之说，即把杜甫算作江西诗派的祖师，而把黄庭坚、陈师道和南宋初年的陈与义算作三大宗师。

中宋（1102—1218）也可以分为前后两个时期。前期（1102—1161）诗人，原主要在黄、陈影响下继续吟咏书斋生活，琢磨艺术技巧，直到钦宗靖康二年（1127）北宋灭亡，才因经历丧乱，创作了一些反映现实的诗篇。

吕本中（1084—1145），字居仁，世称东莱先生，寿州（今安徽寿县）

人。金人围困汴京时,他正在城中,较早地用诗歌记录了这场战祸,沉郁悲凉,近乎杜甫。同时,战祸也使他对黄庭坚的理论产生反思,甚至悔作《江西诗社宗派图》。其《夏均父集序》还借鉴参禅之法,提出:"学诗当识活法。所谓活法者,规矩备具而能出于规矩之外,变化不测而亦不背于规矩也。"他还赞美:"谢玄晖有言:'好诗流转圆美如弹丸',此真活法也。"作为"活法"的实践,他的诗歌越到后期越少黄庭坚的影响,形成了比较轻快圆美的风格。在他的影响下,一些诗人一方面尊重黄庭坚以来的诗歌作法,一方面又积极扩大诗歌取材与表现的范围,更重视直陈自身的审美体验,在语言形式方面也逐渐从崇尚字眼的巧妙与句法的奇崛转而追求诗句的平实自然与诗意的新鲜圆融。

曾几(1084—1166),字吉甫,自号茶山居士,其先赣州(今属江西)人,后徙居河南县(今河南洛阳)。他接受了吕本中的"活法"之说,形成了清新活泼的风格,同时也不乏深沉苍凉之作:

> 梅子黄时日日晴,小溪泛尽却山行。
> 绿阴不减来时路,添得黄鹂四五声。(《三衢道中》)

> 相对真成泣楚囚,遂无末策到神州。
> 但知绕树如飞鹊,不解营巢似拙鸠。
> 江北江南犹断绝,秋风秋雨敢淹留?
> 低回又作荆州梦,落日孤云始欲愁。(《寓居吴兴》)

陈与义(1090—1138),字去非,号简斋,洛阳(今属河南)人,官至参知政事。他的诗歌,一方面与黄庭坚一样"忌俗",一方面却不甚有意于"用事"。他一方面用心学习杜甫的诗歌意境,从而形成了深刻沉雄的风格;一方面也出入于陶、谢、韩、柳之间,颇有光景明丽、肌骨匀称的诗篇,在当时号称"新体"。

> 庙堂无策可平戎,坐使甘泉照夕烽。
> 初怪上都闻战马,岂知穷海看飞龙。
> 孤臣霜发三千丈,每岁烟花一万重。

稍喜长沙向延阁,疲兵敢犯犬羊锋。(《伤春》)

今年二月冻初融,睡起苕溪绿向东。
客子光阴诗卷里,杏花消息雨声中。
西庵禅伯还多病,北栅儒先只固穷。
忽忆轻舟寻二子,纶巾鹤氅试春风。(《怀天经、智老因访之》)

一自胡尘入汉关,十年伊洛路漫漫。
青墩溪畔龙钟客,独立东风看牡丹。(《咏牡丹》)

中宋后期(1162—1218),诗歌创作颇有中兴之象。当时最有成就的是曾几的四个弟子,被称为"中兴四大诗人"的尤袤(1127—1202)、杨万里(1127—1206)、范成大(1126—1193)、陆游(1125—1210)。

尤袤,字延之,他的诗今存者不多,难以具论。其《落梅》诗写得很有韵味,而《寄林景思》一首也多少可以见出他的一点精神:

临海睽离七度春,都城相见话悲辛。
苍颜白发浑非旧,短句长篇却有神。
一第蹉跎真可叹,半生奔走坐长贫。
老怀先自难为别,相识如君更几人。

杨万里,字廷秀,号诚斋,吉水(今属江西)人,因与韩侂胄政见不合,晚年隐居不仕,忧愤而终。他早年学习江西诗派;中年先转而学王安石的绝句,后转而学晚唐的绝句;晚年则喜欢白居易的闲适诗,并且进一步形成了活泼自然、富有谐趣的诗风,人称"诚斋体"。他是个理学家,所以常能以理趣入诗;同时他又喜欢抒写自然风物与日常生活,所以诗歌也富于生活气息。譬如:

莫言下岭便无难,赚得行人错喜欢。
正入万山圈子里,一山放出一山拦。(《过松源晨炊漆公店》)

泉眼无声惜细流，树阴照水爱晴柔。

小荷才露尖尖角，早有蜻蜓立上头。（《小池》）

范成大，字致能，号石湖居士，吴郡（今江苏苏州）人。早年转任各地，晚年闲居苏州石湖。他的诗歌题材较为广泛，但有两类题材成就最为突出。一类是他在宋孝宗乾道六年（1170），奉命使金时所写的"使金七十二绝句"，风格深沉凝重；一类是退隐石湖十年间所写的田园诗，描写细腻，极有生活气息，代表作是《四时田园杂兴》六十首，常被视为古代田园诗集大成之作。

州桥南北是天街，父老年年等驾回。

忍泪失声询使者，几时真有六军来？（《州桥》）

梅子金黄杏子肥，麦花雪白菜花稀。

日长篱落无人过，唯有蜻蜓蛱蝶飞。（《四时田园杂兴》二五）

昼出耘田夜绩麻，村庄儿女各当家。

童孙未解供耕织，也傍桑阴学种瓜。（《四时田园杂兴》三十）

对于范成大的诗，《四库全书总目提要》说："其才调之健不及万里，而亦无万里之粗豪。气象之阔不及游，而亦无游之窠臼。初年吟咏，实沿溯中唐以下。"

陆游，字务观，号放翁，越州山阴（今浙江绍兴）人。陆游四十六至五十四岁曾入蜀从军，他的人生也因此划分为入蜀前、在蜀中、出蜀为官、罢官村居四个时期。受家人影响，陆游自幼就有北伐报国的理想。入蜀前，他既师事曾几，又私淑吕本中，深信作诗"活法"之说，但诗歌还是以藻绘为工，自身风格尚不明显。入蜀之后，则逐渐形成宏肆奔放、深沉慷慨的风格，近乎李白、岑参。出蜀而在福建、江西、浙江一带为官之时，他仕途坎坷，诗风更近乎杜甫。1189 年被劾罢官后，他闲居山阴农村，作诗愈多，所受陶渊明的影响也愈发明显。他作诗十分勤奋，流传下来的诗篇就有九千四百多首，题材内容也非常广泛，凡忧国、感时、纪行、写景、吟咏爱情，皆有名篇。

> 城上斜阳画角哀，沈园非复旧池台。
> 伤心桥下春波绿，曾是惊鸿照影来。（《沈园》二首其一）

> 早岁那知世事艰，中原北望气如山。
> 楼船夜雪瓜洲渡，铁马秋风大散关。
> 塞上长城空自许，镜中衰鬓已先斑。
> 出师一表真名世，千载谁堪伯仲间？（《书愤》）

> 莫笑农家腊酒浑，丰年留客足鸡豚。
> 山重水复疑无路，柳暗花明又一村。
> 箫鼓追随春社近，衣冠简朴古风存。
> 从今若许闲乘月，拄杖无时夜叩门。（《游山西村》）

> 僵卧孤村不自哀，尚思为国戍轮台。
> 夜阑卧听风吹雨，铁马冰河入梦来。（《十一月四日风雨大作》
> 其二）

> 人生不作安期生，醉入东海骑长鲸。犹当出作李西平，手枭逆
> 贼清旧京。金印煌煌未入手，白发种种来无情。成都古寺卧秋晚，
> 落日偏傍僧窗明。岂其马上破贼手，哦诗长作寒螀鸣？兴来买尽
> 市桥酒，大车磊落堆长瓶。哀丝豪竹助剧饮，如钜野受黄河倾。平
> 时一滴不入口，意气顿使千人惊。国仇未报壮士老，匣中宝剑空有
> 声。何当凯旋宴将士，三更雪压飞狐城。（《长歌行》）

不过，陆游诗多，借鉴前人之处也多，而且诗意自我重复的作品也
不在少数。他比较工于写景叙事，措辞清新圆润，但性不耐沉潜，集中
亦很少声幽韵曼之作。钱钟书《谈艺录》曾谓："放翁诗余所喜诵，而有
二痴事：好誉儿，好说梦。儿实庸才，梦太得意，已令人生倦矣。复有二
官腔：好谈匡救之略、心性之学；一则矜诞无当，一则酸腐可厌。盖生于

韩侂胄、朱元晦之世,立言而外,遂并欲立功立德,亦一时风气也。放翁爱国诗中功名之念,胜于君国之思。铺张排场,危事而易言之。舍临殁二十八字,无多佳什。"这话也许过为苛刻了。但鲁迅说古人好作"豪语",而陆游不仅好作之,而且还反复地作,也就不能不让钱钟书觉得有些"作态""作假"而心生厌烦了。

中宋后期诗坛,江西诗派的影响依旧很大。就算中兴四大诗人,也无不受到过江西诗派的影响。如杨万里在《诚斋先生江湖集序》中,虽自云曾将早时学江西的一千余首诗都付之一炬了;但他六十岁以后,不但为江西派的总集作序,而且认为江西派好比"南宗禅",是诗里最高的境界。当时在理论方面,批判江西诗派较为有力的实是张戒和姜夔。张戒著有《岁寒堂诗话》,要求恢复古人言志的传统,反对专事咏物;又强调作诗应含蓄;强调正确学习杜甫诗歌内容的深广、风格的多变,而不应只注意文字的技巧。至于姜夔,则因黄庭坚提倡的"脱胎换骨"容易造成因袭剽窃之弊,而更强调独创,强调作诗要有自己的风格,强调意境要自然而高妙。至于当时在实践中反对江西诗派的,则主要是"永嘉四灵",即永嘉地区的四位诗人:徐照、徐玑、赵师秀和翁卷。他们都是叶适的弟子,字号中都带有一个"灵"字,所以叶适编选他们的诗歌,便名之为《四灵诗选》。四人中,徐照和翁卷是布衣,徐玑和赵师秀做过小官。他们作诗既不满于江西诗派的艰涩典实,也有别于南宋四大家后期诗歌的浅白寡味,而主要宗法晚唐的贾岛和姚合,赵师秀还曾将贾、姚的诗作选编为《二妙集》。但他们实没有贾、姚的才力,虽然苦吟之后,也能写出雕润绮丽的句子以及清幽古寂的诗境,但总的成就不大。元初方回《瀛奎律髓》曾批评他们:"所用料不过'花、竹、鹤、僧、琴、药、茶、酒',于此数物一步不可离,而气象小矣。"

晚宋(1219—1279)六十年,诗坛依旧处在反对江西诗派的氛围中。其时在理论上反对江西诗派的是严羽的《沧浪诗话》。但他的这部书不仅反对江西诗派,也反对苏轼等人,而要求以盛唐诗人为师,作诗以妙悟为主。至于在创作实践中反对江西诗派而能承接四灵的,则是以诗作被编选为《江湖集》而得名"江湖派"的一群诗人。这群诗人,浪迹四方,原本有很多经历可写,但其诗歌题材却偏是狭窄的;因多依人过活,格调更常有些不堪。其中,只有戴复古(1167—1252?)、刘克庄(1187—1269)和叶绍翁等人的作品还可以一读。刘克庄,字潜夫,自号后村居士,莆田(今属福建)人。他曾官至工部尚书,在江湖诗派中是少有的显达之士,也是四灵之后诗坛的领袖。他鉴于四灵学贾、姚格局太小,遂转而对中晚唐时期的诗人转益多师,结果诗作虽变得充实,风格特色却又不甚鲜明了。

在晚宋,真正有些成就的还是那些忠烈的英雄诗人以及苦难的遗民诗人,包括文天祥(1236—1283)、谢枋得(1226—1289)、谢翱(1249—1295)、汪元量(1241?—1317?)、郑思肖(1241—1318)、林景熙(1242—1310)、真山民等人。他们作诗,已不怎么讲究门派;又由于亡国之痛,往往能写出一些充实而有风力的作品。其中文天祥与汪元量最为突出。

文天祥,字履善,又字宋瑞,号文山,吉安(今属江西)人。官至右丞相兼枢密使,后在抗击蒙古时兵败被俘,关押四年,始终不屈,遂被杀害。文天祥前期诗歌也学江西,比较平庸;直到投身于抗敌斗争,并历经沧桑之后,诗歌才变得充实厚重:

> 辛苦遭逢起一经,干戈寥落四周星。
> 山河破碎风抛絮,身世飘摇雨打萍。
> 皇恐滩头说皇恐,零丁洋里叹零丁。
> 人生自古谁无死,留取丹心照汗青。(《过零丁洋》)

> 草合离宫转夕晖,孤云飘泊复何依。
> 山河风景元无异,城郭人民半已非。
> 满地芦花和我老,旧家燕子傍谁飞?
> 从今别却江南路,化作啼鹃带血归。(《金陵驿》)

汪元量,字大有,钱塘(今浙江杭州)人。他本是供奉内廷的琴师,宋亡后被掳到北方,后南归钱塘做了道士,自号水云,终了于山水之间。他的《醉歌》十首、《越州歌》二十首、《湖州歌》九十八首,用七绝联章的形式纪述了宋亡之惨状与他北上之见闻,被后人称为"宋亡之诗史"。

与宋同时的辽与金,也有一些诗人。辽时,道宗妻萧观音(1040—1075)善作汉诗,或粗豪,或婉细,后被诬与伶人私通而被赐死。金初

(1115—1161),诗人多是由宋来使而被羁留于北方的,人称"借才异代",宇文虚中(1079—1146)、吴激(1093—1142)、高士谈(?—1146)、蔡松年(1107—1159)等都是如此。他们的诗歌多故国之思,同时也融有一些北人的粗豪。虚中之《题平辽碑》尤可讽诵:

> 十丈丰碑势倚空,风云犹忆下辽东。
> 百年功业秦皇帝,一代文章太史公。
> 石断云鳞秋雨后,苔封鼍背夕阳中。
> 行人立马空惆怅,禾黍离离满故宫。

金代中叶(1162—1208),诗人中偏于闲适自然的有王寂(1128—1194)、党怀英(1134—1211)、王庭筠(1151—1202);闲适而同时兼有较多粗豪之气的有蔡珪(?—1174)、刘迎(?—1180)、周昂(?—1211)等,他们因是土著,曾被金末的诗人萧贡、元好问称为"国朝文派"。金末(1209—1234),诗坛分为两派,赵秉文(1159—1232)、王若虚(1174—1243)、元好问(1190—1257)偏于儒家诗教,又好法古人;而李纯甫(1177—1223)则主张"诗为心声""惟意所适",强调个性新奇,其追随者有雷渊(1184—1231)、李经等人。虽说是分成两派,但王若虚也强调作诗要有"自得",元好问对李纯甫的诗论也颇多认同。好问字裕之,号遗山,太原秀容(今山西忻州)人,他也是金代最有成就的诗人与文学家。他的诗歌,题材广泛,众体皆工,写于金亡前后的"纪乱诗",一方面有源于现实的哀痛,一方面又有深切的批判,所以悲壮慷慨,最能动人。如其《壬辰十二月车驾东狩后即事五首》其二:

> 惨淡龙蛇日斗争,干戈直欲尽生灵。
> 高原水出山河改,战地风来草木腥。
> 精卫有冤填瀚海,包胥无泪哭秦庭。
> 并州豪杰知谁在,莫拟分军下井陉!

元代诗歌一般按照诗坛风气的变化分为三期,前期从蒙人灭金到十三世纪末;中期指十四世纪最初的四十年;余下的二十多年属于后期。

元前期的诗歌创作繁荣而芜杂。方回（1227—1307）、戴表元（1244—1310）、赵孟𫖯(1254—1322)是宋遗民诗人的代表。戴表元提倡"宗唐得古"，赵孟𫖯更一反宋诗的积习，直承魏晋南北朝的清丽高古，又兼之以唐诗的圆融流畅，初创"元音"。其诗以《岳鄂王墓》传诵最广：

> 鄂王坟上草离离，秋日荒凉石兽危。
> 南渡君臣轻社稷，中原父老望旌旗。
> 英雄已死嗟何及，天下中分遂不支。
> 莫向西湖歌此曲，水光山色不胜悲。

至于李俊民（1176—1260）、元好问、刘秉忠（1216—1274）、郝经（1223—1275）、耶律楚材（1190—1244），都是金的遗民，但后三人更认同蒙元，而且耶律楚材佐治有功，一般又被视为元诗的奠基者。元初，理学成为官方哲学。许衡（1209—1281）、刘因（1249—1293）和吴澄（1249—1333）号称"元代理学三大家"，但写诗都较富于情感。刘因诗风高迈，成就尤著。

元代中期，诗人崇尚雅正，喜欢以温柔工稳之词咏歌升平，其代表是号称"元诗四大家"的虞集（1272—1348）、杨载（1271—1323）、范梈（1272—1330）、揭傒斯（1274—1344）。他们在大德、延祐间（1297—1320）先后任职于京城，相互切磋唱和，成一时彬彬之盛。据揭傒斯《范先生诗序》载，虞集尝谓杨诗"如百战健儿"，范诗"如唐临晋贴"，揭诗好似"三日新妇"，而他自己的诗可比为"汉廷老吏"。揭傒斯则比较推崇范诗，而且揭诗在清丽之外也不无寄托。四家皆很推崇唐诗，而揭傒斯《诗法正宗》亦能肯定宋诗尤其是江西诗派的成就。四家之外，黄溍（1277—1357）、柳贯（1270—1342）、欧阳玄（1273—1358）等诗人也较知名。

元后期社会矛盾加深，诗歌也产生很大变化。其中，王冕（1287—1359）的诗歌较能关切民生的疾苦。萨都剌（1308？—1355？）是虞集的门生，但诗风轻快流丽，别成一家，其纪游写景与抒写恋情的诗歌尤为可观。杨维桢（1296—1370），字廉夫，号铁崖，又号铁笛道人，诸暨（今属浙江）人。他的诗歌个性张扬，并充满对世俗生活及男女真情的肯定；体裁上以乐府歌行见长，由前人学盛唐转而学李贺与李商隐，诗意跳跃性大，意象奇崛，藻绘狠重，风格雄健，世称"铁崖体"，在当时影响很大。

明代诗歌也可以分成三期。

从洪武到成化百余年（1368—1487）是明代诗歌的前期。其初，有高启（1336—1374）、杨基（1326—1378 后）、张羽（1333—1385）、徐贲（1335—1380），他们均为吴人，合称"吴中四杰"。高启，字季迪，号青丘子，长洲（今江苏苏州）人。他早年有志于功名，后来决意隐居乡里，最终因不肯合作而为朱元璋腰斩。他的诗多是时代与个人命运的抒写，艺术上颇能转益多师，往往清新畅达，雄深豪迈，成就很大。彼时，袁凯和刘基（1311—1375）的诗歌也较有个性。袁凯作有一首风格逌逸的《白燕》诗，号称"袁白燕"。永乐以后，诗人的才情个性逐渐让位给"雅正平和"之音，反映上层官僚平庸生活的"台阁体"最为流行。其代表是号称"三杨"的杨士奇（1366—1444）、杨荣（1371—1440）与杨溥（1372—1446）。其后又有茶陵派领袖李东阳（1447—1516），欲引入"山林气"以纠正"台阁气"末流的冗阘肤廓。他论诗比较重视天真的情思与用字的格调；虽主张宗唐师杜，却也能出入汉唐宋元之间，而且还明确反对模拟。只可惜他创作成就有限，而门人后学还把路给走偏了。

从弘治到隆庆（1488—1572）是明代诗歌的中期。此时是前后七子大兴拟唐之风的时代。前七子主要活动在弘治（1488—1505）、正德（1506—1521）年间，包括何景明（1483—1521）、王九思（1468—1551）、边贡（1476—1532）、康海（1475—1540）、徐祯卿（1479—1511）、王廷相（1474—1544），而以李梦阳（1473—1530）为核心。李梦阳与王阳明（1472—1529）是好友，思想受王阳明影响较大。他们这一派，既反对台阁体的平庸，也反对宋诗的道学气息；既肯定重视意象和声韵的"格调"，也肯定民间市井小调，以为"今真诗乃在民间"；作诗既重视性情之真，同时却又提倡"古体必汉魏，近体必盛唐"，因而有不少拟古的作品；此外，由于他们多是少年新进，不免以才气自负，以针砭现实自勉，所以他们也有不少反映社会弊端的作品。七子中，李梦阳比较推重李、杜雄浑之格调，徐祯卿比较推重王、孟隽永之神韵，具体的创作主张并不完全一致。与前七子同时，苏州一地还有沈周（1427—1509）及其学生文征明（1470—1559）、唐寅（1470—1524）与祝允明（1460—1526），于书画之外也能做诗。后三人还与徐祯卿合称"吴中四才子"。他们的诗歌也学习古人，但取径较宽；由于不满官场，醉心于"市隐"，因而诗歌中个性情感也较为浓重。唐寅自称："但愿老死花酒间，不愿鞠躬车马前。"又说："闲来写就青山卖，不使人间造孽钱。"很可以代表他们的心情。彼时又有杨慎（1488—1559）与前七子交好而又能广师前贤，其早期诗歌伤于缛丽，贬谪云南后乃更浑厚而清新。后七子主要活动在嘉靖（1522—1566）中期以后，以李攀龙（1514—1570）、王世贞（1526—1590）为首，包括谢榛（1495—1575）、吴国伦（1524—1593）、宗臣（1525—1560）、徐中行（1517—1578）、梁有誉（1519—1554）等人。他们针对当时唐顺之（1507—1560）等提倡载道文学的观点，继续鼓吹前七子的创作主张，并且在拟古的法度格调等方面展开更加细致的探索。至于心得，李攀龙不爱明说，而谢榛则颇喜炫耀，有《诗家直说》传世。王世贞在后七子中最为卓越，曾提出"有真我而后有真诗"，并且对白居易以及苏轼等盛唐以后诗人的诗歌也能学习，但因为摆不脱拟古的窠臼，所以成就到底有限。

万历以下（1573—1644）是明代诗歌的后期。其初，有老一辈的文豪徐渭（1521—1593）和汤显祖（1550—1616）提倡真情，反对袭剿古人；其后则又有公安派和竟陵派起来反对前后七子的拟古主张。公安派的代表人物有袁宗道（1560—1600）、宏道（1568—1610）、中道（1570—1626）三兄弟以及江盈科（1553—1605）和陶望龄（1562—1609）。由于袁氏三兄弟是湖广公安（今属湖北）人，故称"公安派"。袁宏道，字中郎，号石公，是公安派的领袖。他们这一派受李贽影响较大，也继承了前后七子对真情与"真我"的追求，要求用诗来抒写和张扬自我的"性灵"；但他们同样醉心于取法古人，学习白居易和苏轼还往往堕入浅俗俳谐；到了万历朝后期，由于朝廷思想控制的加强，他们还转而将"澹"视为创作追求，所以其成就并不能超过二李何王。竟陵派的代表锺惺（1574—1625）、谭元春（1586—1637）都是湖广竟陵（今湖北天门）人，故名"竟陵派"。他们接受了公安派"独抒性灵"的号召，但为了纠正公安派的俚俗、浅露、轻率，也为了反对诗坛一味模拟盛唐雄浑格调的诗风，他们却又走上追求"深幽孤峭"的险路，成就也较有限。与他们同时的王彦泓（1593—1642）则将诗中的性灵引入旖旎艳情一路。然而，时间毕竟已到了明末,由于内忧外患的加重,前后七子的一些复古主张以及盛唐诗歌的批判精神,又不免重新得到一些诗人的重视。其中陈子龙(1608—1647)诗风沉雄瑰丽,夏完淳(1631—1647)诗风慷慨清新。他们不但是节烈之士,而且诗歌较前人也更有所成。由于他们都是松江府(今上海松江区)人,松江别称云间,所以他们构成的诗派也称"云间派"。陈子龙也是明末一大文豪,吴伟业《梅村诗话》赞美说:"其四六跨徐、庾,论策视二苏,诗特高华雄浑,睥睨一世。"其《辽阳杂事》其七云:

> 卢龙雄塞倚天开,十载三逢胡骑来。
> 碛里角声摇日月,回中烽色动楼台。
> 陵园白露年年满,城郭青磷夜夜哀。
> 共道安危任樽俎,即今谁是出群才!

张煌言(1620—1664),字玄著,号苍水,鄞县(今浙江宁波)人。其诗与云间派相近,慷慨朴挚,而且所存多其抗清生涯的抒写,堪称晚明"诗史"。

在明代,女性诗人及作家远较前代为多,作品中真性情的流露也远较同时代的男性诗人为著。黄峨(1498—1569)与丈夫杨慎的诗歌问答尤为后人所称道。

如果说明代是诗歌的模仿时代,那么清代就是变化的时代了。清代诗歌创作,大略可以分为初、前、后、末四个时期。

清初顺治、康熙、雍正三朝(1644—1735),是清诗最有成就的时期。当时诗人,按照与朝代政治的关系,可以分为遗民诗人与新朝诗人。

遗民诗人中,阎尔梅(1603—1679)、杜濬(1611—1687)、钱澄之(1612—1693)、黄宗羲(1610—1695)、顾炎武(1613—1682)、归庄(1613—1673)、王夫之(1619—1692)、吴嘉纪(1618—1684)、屈大均(1630—1696)、陈恭尹(1631—1700)、梁佩兰(1629—1705)等人诗歌都写得不错,然而最负盛名的却是号称"江左三大家"的钱谦益(1582—1664)、吴伟业(1609—1672)和龚鼎孳(1615—1673)。其中,钱的诗格最高,吴的影响最大,龚实不足比伦。钱谦益,字受之,号牧斋,常熟(今属江苏)人,人称虞山先生。他作诗兼采唐宋而又注意出新,强调性灵而又注重学养，所以很善于用典和寄托，诗风沉郁藻丽，影响所及，形成了"虞山派"。吴伟业，字骏公，号梅村，太仓（今属江苏）人。其诗号称"梅村体"，因为太仓别称娄东，所以受其影响的诗歌作者习称"娄东派"。梅村的诗善写男女缠绵之情与明末动乱之状，用七言歌行写成的《圆圆曲》等作品号称"诗史"。《四库全书总目提要》也说他："歌行一体，尤所擅长。格律本乎四杰，而情韵为深；叙述类乎香山，而风华为胜，韵协宫商，感均顽艳，一时尤称绝调。"这话虽无大谬，然而《圆圆曲》说吴三桂"冲冠一怒为红颜"，终不免轻薄而寡于识见。遗民诗人中，尚有不少女性，柳如是（1618—1664）、徐灿（1618？—1698）、王端淑（1621—1701后）、李因（1610—1685）是其著者。她们一方面心怀旧明，一方面遭世多难，故而也常有深沉凝重之作。王端淑境遇较好，入清后隐居田园，著有《名媛诗纬》。徐灿曾随丈夫贬居关外，诗歌遂更多乡国之思。其《有感》曰：

> 少小幽栖近虎丘，春车秋棹每夷犹。
> 耳闻战伐犹三叹，眼见兴亡遂十秋。
> 入洛方思青盖谶，浮淮长恨锦帆游。
> 苍茫一片芜城月，何必吴吟始欲愁。

新朝诗人中，比较有名的是号称"南施北宋"的宋琬（1614—1673）与施闰章（1619—1683）；号称"南朱北王"的朱彝尊（1629—1709）与王士禛（1634—1711）；以及查慎行（1650—1727）、赵执信（1662—1744）、厉鹗（1692—1752）等人。施、宋诗作皆多伤时叹世之篇，相对而言，施作温婉平和之迹更著，而宋作在怨而不怒中要更多一些磊落雄深之姿。施善五言，尤工于五律，写景颇有朴秀之句；宋善七言，尤工于七古，写景亦长于雄奇。施、宋初皆好明七子之诗，宋后来则又兼学中晚唐及陆游之诗。王士禛，字贻上，号阮亭，别号渔洋山人，新城（今山东桓台）人。他早年宗唐，中年主宋，晚年又宗唐，但不变的是他作诗一直强调"神韵"，其实质是将明前后七子所追求的"格调"与公安派倡导的"性灵"调和起来。对于古人，他也比较偏爱王维、孟浩然之流，而对杜甫、白居易则不甚喜欢。他的诗歌，古体不如近体，律诗不如七绝，缺点是笔力有些弱,用典有些多。钱钟书《谈艺录》说他"才力颇薄","言神韵妙悟,以自掩饰","往往并未悟入,已作点头微笑"。朱彝尊的诗歌早期宗唐,多慷慨不平之音;后来兼取两宋,风格也变得平和醇雅。赵执信曾作《谈龙录》反对渔洋"神韵"之说而提倡"诗之中须有人在"。其诗歌亦主要宗法晚唐,清新峭拔而不尚含蓄;有较多对社会现实的批判,却又合乎其发乎情而止乎礼义的创作主张。查慎行与厉鹗都好宋诗。查学苏轼、陆游,比较关心民瘼,而厉作诗重典实,主空灵。查、厉与朱彝尊都属于浙西人,相继而为浙派诗人的盟主。

　　乾隆、嘉庆二朝(1736—1820)是清诗的前期。这时的诗坛有三大派,都不甚满意渔洋"神韵"之说。沈德潜(1673—1769)倡导的"格调说"直承明代前后七子,注重格律的严正、风格的高华,但他强调"温柔敦厚",鼓吹"中正和平",却与提倡真情的七子相左。翁方纲(1733—1818)提倡的"肌理说"则强调作诗要有尊崇儒家道德的"义理"和讲究结构辞章的"文理",实际是要以学问乃至考据为诗。沈、翁的诗歌成就并不高,创作主张也多为袁枚所反对。袁枚(1716—1798),字子才,号简斋,又号随园主人,浙江钱塘(今杭州)人。他做地方官的时候,原是有些声誉的,后来辞官闲居,生活却颇为放浪。他作诗倡导"性灵"。其所倡导的"性灵"与明代袁宏道等人倡导的"性灵"都深受阳明心学的影响,注重率性天真;但袁宏道倡导的"性灵"比较注重个人的逍遥自适,而且不避俚俗;袁枚倡导的"性灵"则更注重表现个人的才情、雅趣,且更强调"有我"。如其《答沈大宗伯论诗书》谓:"格律莫备于古,学者宗师,自有渊源。至于性情遭遇,人人有我在焉,不可貌古人而袭之,畏古人而拘之也。"其说影响很大,可惜其诗中的"我"与袁宏道一样,依旧不免让人觉得有些轻浅而不够重大。蒋士铨(1725—1785)、赵翼(1727—1814)与袁枚并称"乾隆三大家",也颇能羽翼袁枚"性灵"之说。然袁诗自由疏放,而蒋诗还好鼓吹忠孝节义,赵诗则较尚典实,学者气多。其他如钱载(1708—1793)、张问陶(1764—1814)以及称为"后三家"的舒位(1765—1816)、王昙(1760—1817)、孙原湘(1760—1829)也都是性灵中人。《清史稿·文苑传》谓:"位艳,昙狂,惟原湘以才气写性灵,能以韵胜。"舒位的一些诗,龚自珍誉为"郁怒横逸";舒位的友人彭兆荪(1769—1821)也能诗,龚自珍誉为"清深"。在性灵派的外围,郑燮

（1693—1766）、黄景仁（1749—1783）则较能注意描绘民生疾苦。景仁幼孤贫，好苦吟，性豪荡。少时尝作《杂感》诗云：

仙佛茫茫两未成，只知独夜不平鸣。
风蓬飘尽悲歌气，泥絮沾来薄幸名。
十有九人堪白眼，百无一用是书生。
莫因诗卷愁成谶，春鸟秋虫自作声。

景仁还尝以十六首《绮怀》诗忆写其一段无果的爱情，其第十五首传诵尤广：

几回花下坐吹箫，银汉红墙入望遥。
似此星辰非昨夜，为谁风露立中宵。
缠绵思尽抽残茧，宛转心伤剥后蕉。
三五年时三五月，可怜杯酒不曾消。

道光、咸丰二朝（1821—1861）是清诗的后期，此时由于国是日非，诗歌也发生了变化。其最显著者，是产生了得到曾国藩（1811—1872）支持，由程恩泽（1785—1837）和祁寯藻（1793—1866）倡导的宗主宋诗尤其是黄庭坚的"宋诗运动"。何绍基（1799—1873）、郑珍（1806—1864）、莫友芝（1811—1871）也是赞助这一运动的著名诗人。在宋诗派外围，受到宋诗运动影响而能较多触及社会现实的诗人主要有张维屏（1780—1859）、林则徐（1785—1850）、魏源（1794—1857）、张际亮（1799—1843）、汤鹏（1801—1844）、姚燮（1805—1864）、贝青乔（1810—1863?）、赵函、金和（1818—1885）等人，然而他们的成就都不如龚自珍。龚自珍（1792—1841），字璱人，号定盦，浙江仁和（今杭州）人。他出生在官宦人家，博学多才而一生仕途不达。其《壬癸之际胎观》第一篇谓："众人之宰，非道非极，自名曰我。"第四篇谓："心无力者，谓之庸人。"由此可见其思想之解放。至于他的诗歌，庄蔚心《宋诗研究》以为："虽渊源两宋，实开宋人未有之境。七言绝句，富丽深峻，才气横及，古人中无有能及之者。"其《咏史》曰：

金粉东南十五州，万重恩怨属名流。

牢盆狎客操全算，团扇才人踞上游。

避席畏闻文字狱，著书都为稻粱谋。

田横五百人安在，难道归来尽列侯？

  同治、光绪及宣统三朝（1862—1912）是清诗的末期。无论是宗唐还是宗宋，都难以为继了。又由于国难日趋深重，西学不断涌入，于是乎以革新为使命的"新派诗"也便应运而生。其代表人物是黄遵宪。黄遵宪（1848—1905），字公度，号人境庐主人，广东嘉应（今梅县）人。他是举人，又曾在日、美、英等国从事外交。他的思想也开明，回国后曾参与维新变法，最后老死乡里。他早年所作《杂感》就宣称"我手写我口，古岂能拘牵"；所作《与朗山论诗书》也强调"诗固无古今也"，"苟能即身之所遇，目之所见，耳之所闻，而笔之于诗，何必古人？我自有我之诗者在矣"；所作《人境庐诗草自序》更倡言"诗之外有事，诗之中有人"，这都是很好的意见，而且也被他认真地付之于实践，从而使他成为当时诗学变革的领军人物。不过，钱钟书《谈艺录》尝以为公度诗虽霸才健笔，但取径不高，常不免语工而格卑，每成俗艳；诗中虽有新事物，却无新理致。与公度主张相似的诗人还有康有为（1858—1927）、谭嗣同（1865—1898）、梁启超（1873—1929）、夏曾佑（1863—1924）、蒋智由（1865—1929）、丘逢甲（1864—1912）等人，但成就皆不及公度。梁启超曾从理论上对黄遵宪的新派诗主张加以深化，明确提出了"诗界革命"的主张。但他所谓的革命，其实走的依旧是维新之路。真正的诗界革命，自然还是后来的新文化运动所鼓吹的白话诗了。与黄遵宪等新派诗人同时，还有陈衍（1856—1937）、陈三立（1853—1937）、沈曾植（1850—1922）、郑孝胥（1860—1938）等出入于唐宋之间的"同光体"诗人；有王闿运（1833—1916）、邓辅纶（1829—1893）等追摹汉魏六朝的汉魏六朝派；有樊增祥（1846—1931）、易顺鼎（1858—1920）等注重学习晚唐温、李诗歌的晚唐派。其中，尤以陈三立成就较大。到了宣统元年，由陈去病（1874—1933）、高旭（1877—1925）、柳亚子（1887—1958）发起成立的革命文学团体"南社"也以诗歌著称。其代表作家柳亚子对陈三立、樊增

诗歌发展阶段			作者及其创作状况	
初宋	960—1030	尚泥唐音	学白居易的白体	李昉、徐铉学其闲适;王禹偁先学其闲适,后学其讽喻,又学杜甫;其末流则失于浅俗
			学贾姚的晚唐体	以惠崇为代表的九僧;林逋和魏野等隐士;寇准;诗歌皆常失于小巧琐细
			学李商隐的西昆体	杨亿、刘筠、钱惟演,诗歌有李义山之典丽华赡,而缺乏其深沉而真挚的情感
盛宋	1031—1060	初成宋调	欧阳修领导革新,兼学韩愈、李白;石延年奇秀劲健;苏舜钦豪俊横绝;梅尧臣覃思精微,以深远闲淡为高	
	1061—1101	形成江西诗派	荆公体好旧辞而求新意;东坡体任个性而求自然;山谷体逞才学而求奇崛,为江西诗派所宗;陈师道好精简而求朴拙,并与黄庭坚、晁补之、秦观、张耒、李鹰合称苏门六君子	辽道宗与妻萧观音能写汉诗
中宋	1102—1161	江西内部之变	求活法:吕本中轻快圆美,曾几清新活泼,陈与义诗兼沉雄与明丽	金之宇文虚中、高士谈、吴激、蔡松年借才异代
	1162—1218	江西外围之变	多清新:放翁体沉雄,诚斋体谐趣,石湖体温润,尤袤诗多佚而难论,合称中兴四大诗人	金之王寂、党怀英、王庭筠,较闲适;蔡珪、刘迎、周昂等则兼多粗豪之气
		反江西而宗贾姚	叶适的门人徐照、徐玑、赵师秀、翁卷皆永嘉人,字号中皆有灵字,号称永嘉四灵	
晚宋	1219—1279	反江西而宗晚唐	戴复古、刘克庄、叶绍翁等,因陈起辑其诗为《江湖集》而得名江湖派	金之李纯甫及雷渊、李经等惟意所适;赵秉文、王若虚、元好问等亦重儒教
		处危而始脱平庸	文天祥、谢枋得、谢翱、汪元量、郑思肖、林景熙、真山民	
蒙元	前　期	1234—1299	金遗民:李俊民、元好问、刘秉忠、郝经、耶律楚材;宋遗民:方回、戴表元、赵孟頫;理学家:许衡、刘因、吴澄	
	中　期	1300—1340	虞集典而实,杨载整而健,范梈刻而峭,揭傒斯丽而新;黄溍、柳贯、欧阳玄亦尚歌咏升平、温柔工稳的雅正之风	
	后　期	1341—1368	王冕诗多民疾;萨都剌轻快流丽;杨维桢之铁崖体,宗法李贺、李商隐而雄奇诡艳;高启则清新畅达而雄深	

诗歌发展阶段			作者及其创作状况	
明朝	前　　期	1368—1487	初有袁凯、刘基及高启、杨基、张羽、徐贲抒写个性	
			中有杨士奇、杨荣、杨溥的台阁体	
			后有李东阳的茶陵派	
	中　　期	1488—1572	多宗唐	初有李梦阳、何景明、徐祯卿等七子,唐寅等吴中诗人,王阳明,杨慎;
				后有李攀龙、王世贞、谢榛等七子;
	后　　期	1573—1644	初有徐渭、汤显祖倡创新;	
			后袁宏道等倡性灵,锺惺、谭元春好幽峭,王彦泓好艳诗;	
			再后有陈子龙、夏完淳忧国	
清朝	顺雍三朝 1644—1735	遗民诗人	钱谦益、吴伟业、龚鼎孳;清初三先生;阎尔梅、杜濬、钱澄之、归庄、吴嘉纪、屈大均、陈恭尹、梁佩兰;柳如是	
		新朝诗人	施闰章温婉,宋琬雅健;王士禛倡神韵,赵执信则要求诗中有人;朱彝尊出唐入宋,与查慎行、厉鹗相继为浙西盟主	
	乾嘉二朝 1736—1820	乾隆时期	沈德潜倡格调;翁方纲倡肌理;袁枚倡性灵,蒋士铨、赵翼、钱载、张问陶为之羽翼;郑燮、黄景仁较多民疾之篇	
		嘉庆时期	舒位诗艳,王昙诗狂,孙原湘韵胜,彭兆荪清深;亦倡性灵	
	道咸二朝 1821—1861	不囿唐宋	姚燮晚厌性灵,龚自珍雄奇哀艳,张维屏、林则徐、魏源、张际亮、汤鹏、贝青乔、赵函、金和等好写实而忧国	
		偏于宋调	程恩泽、祁寯藻、何绍基、郑珍、莫友芝、曾国藩,号称宋诗派	
	同宣三朝 1862—1912	诗界革命	黄遵宪为首,康有为、梁启超、夏曾佑、谭嗣同、蒋智由、丘逢甲为羽翼;秋瑾;柳亚子、陈去病、高旭、苏曼殊	
		学古创新	陈衍、陈三立、沈曾植等出入唐宋,号称同光体;王闿运、邓辅纶号称汉魏六朝派;樊增祥、易顺鼎号称晚唐派	

《宋元明清诗歌发展表》,2016 年 2 月 27 日制

祥等人的诗歌都不满意,而号召以唐诗的风调来启发民智,鼓吹革命。他的诗歌也确实善于在严整的格律中表现浪漫的革命主义情怀。与柳亚子相比,苏曼殊(1884—1918)的诗却比较清灵柔婉,在南社诸人中,最多感伤之情。

在清末诗人中,还有一位女诗人秋瑾(1875—1907),字竞雄,号鉴湖女侠,浙江山阴(今绍兴)人,尝留学日本,后因策划武装起义失败而被害。东南地区自明季以来就不乏女性诗人,而秋瑾作为革命家,自是前人所不能比;更何况她的诗朗丽慷慨,连许多男儿也不能及呢。其《黄海舟中日人索句并见日俄战争地图》有云:

> 万里乘风去复来,只身东海挟春雷。
> 忍看图画移颜色,肯使江山付劫灰。
> 浊酒不销忧国泪,救时应仗出群才。
> 拼将十万头颅血,须把乾坤力挽回。

一个民族能有这样的女性,还有什么是不能挽回的呢?!

第二节　李白与杜甫

一　李白为谁雄

李白(701—762),字太白,祖籍陇西成纪(今甘肃天水附近)。据一些学者考证,其先世在隋末曾因非罪而谪居碎叶(今吉尔吉斯斯坦托克马克城附近);五岁时,他才随父李客迁回绵州隆昌县(今四川江油县)青莲乡,后因号青莲居士。

李白是盛唐文化的代表,也是盛唐之音最为有力的歌者。他之所以能达到如此的高度,与他常年漫游关系很大。而李白之所以能常年漫游,则有以下几点原因:在社会方面,唐王朝交通便利,名都大邑间或驰道纵横,或运河相接,此其一也;唐王朝于驿站、寺庙曾设立过一些慈善机构救助被盗者、病者,此其二也;唐代名门显宦喜欢供养门客,附庸风雅,此其三也。在个人方面,李白家庭殷实,一些学者相信其父兄皆乃胡商,李白本人亦或即是行贾,此其四也;李白名声大,喜欢接济他的人较多,此其五也。至于他以漫游为主的人生经历,则大致可以分成以下几个时期。

第一个时期,主要漫游在蜀中,时间是他二十五岁出川以前,漫游的目的主要是学习知识,锻炼品格。李白自幼学习勤奋,兴趣广泛。其《上安州裴长史书》自云:"五岁诵六甲,十岁观百家";其《赠张相镐》二首其二还说自己:"十五观奇书,作赋凌相如。"他在蜀中漫游的具体经历难以详考,但可以知道,他曾经隐居大匡山,跟随赵蕤学习纵横术;入紫云山、青城山学过仙道;到岷山学过剑术。其《感兴》八首其五说自己:"十五游神仙,仙游未曾歇";其《赠从兄襄阳少府皓》说自己:"结发未识事,所交尽豪雄……托身白刃里,杀人红尘中",可见他自幼年就养就了任侠使气的性格与向往神仙的理想。

第二个时期,以安陆(今属湖北)为中心漫游,足迹遍布黄河上下,大江南北。漫游的目的主要是追求声名和仕宦,时间有十七八年之久(725—742)。而所以求名者有三:一是靠联姻。如李白出川不久就在安陆娶高宗朝宰相许圉师孙女为妻,且生儿伯禽(明月奴),生女平阳。当时江淮间民谚说:"贵如郝、许,富如田、彭。"李白与许氏联姻,很可能与许家的门第甚高有关。一些学者相信,两人的感情并不十分亲密;许氏后来可能病死,也可能与李白离异了;李白是入赘到许家的,而在当时,入赘也并不是光彩的事情。二是靠散财行善。李白《上安州裴长史书》自云:"曩昔东游维杨,不逾一年,散金三十余万,有落魄公子皆接济之。"据此来看,李白所接济的应多是高门显贵的破落分子。这样的行善,显然更容易在上层社会赢得美名。三是靠隐逸。据一些学者的意见,开元十八年(730),李白就曾一入长安,并且凭借许家亲戚的关系求见当政。不过,当时的公卿以及玄宗宠妹玉真公主未之识也,于是他就近隐居在终南山,并且漫游秦地以遣怀。由于无所遇合,次年他便离开了长安。四十一岁的时候,他迁家鲁郡(今山东济宁一带)。当地官员帮助他纳了刘氏为侧室,但刘氏后来自请离去。其后,李白则又纳邻妇人为姜,生子曰颇黎。颇黎,是梵语的音译,指水晶。大概鉴于以前独自隐居不成气候,他这时便集合了韩准、裴政、孔巢父、张叔明、陶沔等人共同隐居于山东徂徕山,号称"竹溪六逸"。三是靠干谒。三十四岁时,李白曾游至襄阳,长揖荆州长史韩朝宗,所作《与韩荆州书》自云"十五好剑术,遍干诸侯",然而竟不获朝宗之知遇。后又游江陵,谒见受到皇室崇敬的道士司马承祯。承祯惊其"有仙风道骨,可与神游八极之表"。他又转而到会稽,拜访道士吴筠。最终在吴筠等人推荐下,又一次来到长安。

第三个时期,主要是游宦长安(742—744)。天宝元年(742)秋,可能由于吴筠、玉真公主的推荐,名声已经甚著的李白被诏入京。李白在早年漫游时,本已备尝世态之冷暖,不过,这没有改变他狂傲的性格。接诏后,他作了首《南陵别儿童入京诗》,竟然说:"仰天大笑出门去,我辈岂是蓬蒿人。"据《新唐书》本传载,李白到长安后:

> 往见贺知章,知章见其文,叹曰:"子,谪仙人也!"言于玄宗,召见金銮殿,论当世事,奏颂一篇。帝赐食,亲为调羹,有诏供奉翰林。白犹与饮徒醉于市。帝坐沈香亭子,意有所感,欲得白为乐章;召入,而白已醉,左右以水靧面,稍解,援笔成文,婉丽精切无留思。帝爱其才,数宴见。白尝侍帝,醉,使高力士脱靴。力士素贵,耻之,擿其诗以激杨贵妃,帝欲官白,妃辄沮止。白知不容,益鹜放不自修,与知章、李适之、汝阳王璡、崔宗之、苏晋、张旭、焦遂为"酒八仙人"。恳求还山,帝赐金放还。

李白此番到长安,供奉翰林,玄宗对他也恩宠过于他人。虽然有些人指责唐玄宗此时耽于逸乐,启用李白只是点缀升平,但从李白的有关诗歌来看,他对玄宗还是比较客气的;而进谗沮止他仕进的,也绝不止高力士一人。

第四个时期,主要以梁园为中心,漫游在汴梁、齐鲁、江浙、燕赵之间,历时十年(744—755)。李白这一次漫游,是在得罪当朝权贵之后,不再奇货可居,接济的人也就少了;他几番漫游,金钱也挥霍得差不多了,所以他这十年的游玩,境遇和以前比差了很多,写起诗来,也就颇多怨愤之言。不过,值得一提的是,744年5月,李白与杜甫在洛阳相识;至秋,又与杜甫、高适同游梁、宋间。同年秋冬,李白还曾到齐州(今山东济南一带）紫极宫请道士高天师如贵授道箓，算是正式入了道教。李白入道教，是因为好神仙之术，但也不止于此。范传正《唐左拾遗翰林学士李公新墓碑》说，李白"好神仙非慕其轻举，将不可求之事求之，欲耗壮心遣余年也"。李白《送蔡山人》亦云："我本不弃世，世人自弃我。"可见范传正所言不为无据。745年春夏，李白又曾与杜甫、高适同游齐州；别后至秋，复邀杜甫到鲁郡游玩。杜甫《赠李白》一诗说："秋来相顾尚飘蓬，未就丹砂愧葛洪。痛饮狂歌空度日，飞扬跋扈为谁雄。"这是对彼此境遇的感慨，也可以看得出他们竟是如何的惺惺相惜了。此外，751年初，李白还在梁园结识了武则天时宰相宗楚客的孙女宗氏，由于志趣相投，遂结为连理。一些学者认为，753年早春，李白曾第三次西入长安，希能陈说安禄山之患，然而竟献策无门。

第五个时期，主要活动在以宣城（今属安徽）为中心的东南地区，时间为七年（755—762）。天宝十四载（755）十一月，安史之乱爆发。李白怀着复杂的心情，与宗氏隐居在庐山。756年，玄宗第十六子永王李璘任江陵大都督，并奉玄宗之命经营东南，延揽才俊充为幕僚。李白很希望李璘能为国靖难，遂于浔阳（今九江）应召入幕，还呈献了一组《永王东巡歌》。其末云："试借君王玉马鞭，指挥戎虏坐琼筵。南风一扫胡尘静，西入长安到日边。"然而不久，李白就发现自己明珠暗投。757年，李白正欲离去，而李璘已被肃宗以叛乱罪镇压。758年，虽经宗氏及崔涣、张镐等朋友营救，李白还是被流放夜郎。759年，天旱，肃宗赦天下，李白方行至夔州，喜出望外，因作《朝发白帝城》。李白原本好名，对于这一段遭遇和委屈又颇想有所救正，所以他在遇赦后，不断上书，希望能杀敌立功。上元二年（761），他听说太尉李光弼出镇临淮，征讨史朝义的军队，便自请从军，可惜病体难支，半道折回。762年，他便在今安徽当涂县病逝于族叔李阳冰家中。初葬于采石矶，后又移葬在今安徽宣城龙山东南麓。唐元和十二年（817），宣、歙、池州观察使范传正根据李白生前"志在青山"的遗愿，会同当涂县令诸葛纵将其墓又迁至青山西南。

综上可知，李白几乎一生都在漫游。由于他的漫游时间长，地域广，交游众，体会多，也就使得他的人生如同盛唐社会一样丰富多彩。刘大杰《中国文学发展史》曾评论说：

李白的一生是最平凡的,也是最不平凡的。所谓最平凡的,他一生没有做过一点正经事;所谓最不平凡的,他是什么事也做过,什么生活也尝过。那最平凡的生活,使得他不能成为廊庙之器,但是那最不平凡的生活使得他成为最伟大的诗人。他是天才、浪子、道人、神仙、豪侠、隐士、酒徒、色鬼、革命家。这一切的特性,都集合在他的诗歌里表现出来。他的脑中有无限的理想,但任何理想都不能使他满足,他追求无限的超越,追求最不平凡的存在。他的感情变动得非常迅速,他能领略人生及自然界的种种滋味,他厌恶现实的鄙俗与规律的束缚。[①]

正因为经历过各种生活,又充满着超越现实的理想,李白成为盛唐士人的偶像。他的生活与精神简直就是盛唐的缩影。李白《送王屋山人魏万还王屋》序中说:"王屋山人魏万,云自嵩宋沿吴相访,数千里不遇。乘兴游台越,经永嘉,观谢公石门。后于广陵相见,美其爱文好古,浪迹方外,因述其行而赠是诗。"从魏万如此追慕李白来看,也可知李白在当时的巨大魅力。

李白的理想,是很远大的。在政治上,其《代寿山答孟少府移文书》自述怀抱为:"申管晏之谈,谋帝王之术,奋其智能,愿为辅弼。使寰区大定,海县清一。"不过,李白虽有意于仕宦,却并不愿为仕宦所累。他与杜甫不太一样,杜甫崇拜诸葛亮,诸葛亮是个举轻若重、事必躬亲的人。李白则最景仰谢安和鲁仲连。《世说新语·雅量》载:

> 谢公与人围棋,俄而谢玄淮上信至。看书竟,默然无言,徐向局。客问淮上利害。答曰:"小儿辈大破贼。"意色举止,不异于常。

而鲁仲连,据《史记》本传所载,长平之战后,曾游于赵,为平原君平息魏将辛垣衍帝秦之议。秦将闻之,为却军五十里。其后二十余年:

---

① 刘大杰:《中国文学发展史》,百花文艺出版社 2007 年版,第 242 页。

燕将攻下聊城，聊城人或谗之燕，燕将惧诛，因保守聊城，不敢归。齐田单攻聊城岁余，士卒多死而聊城不下。鲁连乃为书，约之矢以射城中，……燕将见鲁连书，泣三日，……乃自杀。聊城乱，田单遂屠聊城。归而言鲁连，欲爵之。鲁连逃隐于海上，曰："吾与富贵而诎于人，宁贫贱而轻世肆志焉。"

李白对他们很钦慕，总觉得自己也能在谈笑间挽狂澜于既倒，扶大厦于将倾。其《古风》其十曾赞美：

齐有倜傥生，鲁连特高妙。明月出海底，一朝开光曜。却秦振英声，后世仰末照。意轻千金赠，顾向平原笑。吾亦澹荡人，拂衣可同调。

不过，李白虽然在诗歌中常以谢安和鲁仲连自居，但他们其实是很不同的。鲁仲连虽任侠，但绝没有李白那样狂傲；谢安本人也没有李白那么真纯。如据《晋书·谢安传》载，谢玄迎敌获胜，谢安闻讯后虽不露声色，但是"过户限，心喜甚，不觉屐齿之折"。可见谢安下棋时的泰然自若，不过是装出来哄骗世人的，治理国家哪里是一件容易的事儿呢。

在生活上，李白的偶像还是谢安，也可以加一个曹植。后人形容曹植"如三河少年，风流自赏"，曹植早期诗歌所描写的生活也确实充满少年人浪漫的青春气息，所以李白很是心仪。曹植《名都篇》说："归来宴平乐，美酒斗十千。"李白将此作为自己豪饮的根据，故其《将进酒》引证说："陈王昔时宴平乐，斗酒十千恣欢谑。"至于谢安，早年隐居东山，为官后又常携妓游于山林之间。这也是李白所向往的。至少李白也曾携妓饮酒于东山，在享乐之外，其实也是在体验谢安曾有的生活与风度。

章太炎《国学概论》曾说李白"生平目空古人，自以为在古人之上"。这话其实也不尽然。李白确实有些狂傲。譬如，他在《古风》其一中甚至说："大雅久不作，吾衰竟谁陈？"不过，李白作诗，也很注意学习古人。在古人当中，他赞美过屈原、曹植、陶渊明、谢灵运，但最爱慕的还是谢朓。清朝王士禛《论诗绝句》说李白"一生低首谢宣城"，李白自己也赞叹"小谢清发"。"清发"者，一方面指文辞的清新省净，一方面指性情的秀逸不俗。其实,按照《南齐书》本传的说法,谢朓的诗歌是以"清丽"为特征的;但李白只喜欢谢朓的"清",而不喜欢谢朓的"丽"。同时,李白的诗歌虽与谢朓一样追求"清发",但谢朓心气比较平和,而李白情感易于波动,所以虽然同是"清发",但李白的"清发"跌宕起伏,更具浪漫主义的风格。在浪漫主义诗人中,李白个性也是最突出的。他的浪漫没有屈原的深沉与急迫,也没有李贺的幽深与冷艳,而是浮华、敏感、纯真、任性的,典型的少年的浪漫。

终其一生,李白都葆有浓郁的少年精神,而其原因也很易见。一方面,李白自幼就对道家和道教感兴趣,后来甚至还加入了道教。众知,道家是比较喜欢少年心性的。魏晋时期,由老庄发展而来的玄学十分昌盛。那时候的士人不仅追求人生如少年般率真,亦复追求常葆少年人之美色,以致有士人傅粉的风习发生。而道教以老庄追求天真与自由的哲学为根基,希望通过辟谷吐纳、炼丹食玉、采阴补阳等方术,将精神的自由延伸为肉体的自由,求长生,求不老。《庄子·逍遥游》曰:"藐姑射之山,有神人居焉,肌肤若冰雪,绰约若处子,不食五谷,吸风饮露,乘云气,御飞龙,而游乎四海之外。"道教追求的神仙也多如此类,作为道教徒的李白也不例外。其《感遇》四首其一谓"吾爱王子晋,得道伊洛滨。金骨既不毁,玉颜长自春",这便是一证。其《避地司空原言怀》谓"倾家事金鼎,年貌可长新",这也是一证。另一方面,李白不仅是个道士,还是个游侠,游侠使气任性,与少年气质相类,所以魏晋时期的游侠惯常就称作"少年"。范传正《李白新墓碑》谓白"少以侠自任"。734年,李白北游南阳,遇见崔宗之,宗之作《赠李十二》描写李白:"袖有匕首剑,怀中茂陵书。双眸光照人,辞赋凌相如。"这容貌精神,也正是游侠少年的特征。所以,李白的性格如少年般率真,如少年般义气,如少年般对未来充满热情与自信,也与其自幼以来以侠自任的生活是分不开的。

在《上安州裴长史书》中,李白曾假借别人口吻夸赞自己说:"诸人之文,犹山无烟霞,春无草树;李白之文,清雄奔放,名章俊语,络绎间起,光明洞澈,句句动人。"这样率真的自白,也真可谓充满少年意气了!其中"清雄奔放"尤其值得注意,因为这四个字正高度概括了李白诗歌的少年精神。

先说李白诗歌精神内容方面的"清雄奔放"。

"清"就是清真，就是童言无忌，就是不遮遮掩掩，而是清澈见底的表白自己的情思。譬如其《山中与幽人对酌》说："两人对酌山花开，一杯一杯复一杯。我醉欲眠君且去，明朝有意抱琴来。"天真率直，倜傥不羁，真是一点成年人的客套都没有。又如《寄远》十一首其七，李白写道："妾在舂陵东，君居汉江岛。一日望花光，往来成白道。一为云雨别，此地生秋草。秋草秋蛾飞，相思愁落晖。何由一相见，灭烛解罗衣。"诗歌采取的虽然是内人的口吻，然而把人性的欲望写得如此直白，还是比较少见的。李长之也早就指出，李白受道教"自然"思想的影响，写男女之情"很感官"，"是肉的，而不是灵的"，但因为"真"，所以不觉得鄙近与俗恶。①

"雄"就是狂，但不是一般的狂，而是轻狂：一方面是狂，一方面是轻，不那么老成，也不那么持重。如李白《流夜郎赠辛判官》曾回忆说：

> 昔在长安醉花柳，五侯七贵同杯酒。气岸遥凌豪士前，风流肯落他人后。夫子红颜我少年，章台走马著金鞭。文章献纳麒麟殿，歌舞淹留玳瑁筵。与君自谓长如此，宁知草动风尘起。函谷忽惊胡马来，秦宫桃李向明开。我愁远谪夜郎去，何日金鸡放赦回。

李白入长安到底有几次，学界很有争议，但诗中所叙，明显是做翰林之后的状况。那时李白已经四十多岁了，可依然豪气冲天，不肯让人，而且还迷恋浮华。试看他说自己当年"醉花柳""章台走"，诗句里面是多么的惬意自得。写作此诗，李白已年近花甲，则其"少年"之神采，亦可想而知。

至于"奔放"，实就是任性不守规矩，而李白不仅奔放，并且奔放中依旧带着浮浪的色彩。譬如，同样是歌咏游侠少年，王维《少年行》（其三）说：

> 一身能擘两雕弧，虏骑千重只似无。
> 偏坐金鞍调白羽，纷纷射杀五单于。

---

① 李长之：《李白传》，百花文艺出版社 2010 年版，第 227—228 页。

而李白笔下《少年行》（其二）则谓：

> 五陵年少金市东，银鞍白马度春风。
> 落花踏尽游何处，笑入胡姬酒肆中。

一稳健，一浮浪，是不消多说的。又，人过中年以后，有时也奔放，不过，这时再怎么奔放，也不如少年人的奔放那么活泼，充满生机。而我们看李白《东山吟》写其中年以后的生活：

> 携妓东土山，怅然悲谢安。我妓今朝如花月，他妓古坟荒草寒。白鸡梦后三百岁，洒酒浇君同所欢。酣来自作青海舞，秋风吹落紫绮冠。彼亦一时，此亦一时，浩浩洪流之咏何必奇。

他在深沉地感慨古人，然而他一边携妓酣饮，一边还要自作歌舞，真没有一丝疲弱之态。孔子说："人之少也，其戒在色。"李白是好色的，而且一直如此。相传他曾在金陵作客，主人之歌妓偷听琴声，夜奔于他。他还写了一首《示金陵子》加以记录说：

> 金陵城东谁家子，窃听琴声碧窗里。落花一片天上来，随人直渡西江水。楚歌吴语娇不成，似能未能最有情。谢公正要东山妓，携手林泉处处行。

此诗的作年不大明确，或系于开元十四年李白二十五岁时；或系于天宝七载李白四十八岁时；也有人系于上元二年李白六十一岁时。不管此次夜奔发生在何时，李白一生羡慕谢安携妓而游，是有此诗以为佐证的。只可惜奔来的情感难以维持，所以没多久，李白就把这个歌妓送给他的朋友卢六，并且还作诗劝卢六收纳。

众所周知，少年人的任性还常常表现为一种破坏的欲望。李白的奔放也是如此。759 年，李白流放中曾作了首《江夏赠韦南陵冰》，末云：

头陀云月多僧气,山水何曾称人意! 不然鸣笳按鼓戏沧流,呼取江南女儿歌棹讴。我且为君槌碎黄鹤楼,君亦为吾倒却鹦鹉洲。赤壁争雄如梦里,且须歌舞宽离忧。

韦冰是李白在长安结识的友人。朋友相见,叙叙旧也就罢了,而李白竟然邀约韦冰与他一起搞破坏。这不是孩子气又是什么呢。

除了上面这些,李白的少年精神还直接表现为对少年精神的爱慕,对少年时光的留恋。如其《将进酒》感慨:"高堂明镜悲白发,朝如青丝暮成雪",诗歌所化用的,也正是阮籍《咏怀》诗中的句子:"朝为媚少年,夕暮成丑老。自非王子晋,谁能常美好。"

再说李白诗歌语言形式方面的"清雄奔放"。

"清"就是清新省净,就是没有雕琢的儿童的语言。李白的《古风》其一说:"自从建安来,绮丽不足珍。圣代复元古,垂衣贵清真。"其《经乱离后天恩流夜郎忆旧游书怀赠江夏韦太守良宰》谈到诗歌的语言,亦主张"清水出芙蓉,天然去雕饰"。此皆可见李白作诗,以语言清新自然为理想。

"雄"就是夸张的雄伟、雄丽。少年人并不都喜欢夸张;但由于心灵还未受到世事的挤压,还不了解愁苦的真正滋味,并且对于美普遍有着强烈的追求,所以少年人一旦夸张起来,也就往往带有雄而且美的特点。李白作为浪漫主义诗人,对变形的艺术手法不甚喜欢,对雄伟与雄丽的夸张却情有独钟。尤其在描写景物方面,李白的夸张所具有的雄伟与雄丽的特点就更为突出。如《望天门山》、如《望庐山瀑布》,就都是如此,而《北风行》中那句"燕山雪花大如席"就更是典型的例证。

至于"奔放",在李白诗中,主要表现为想象力的神奇脱俗与诗歌结构的跳跃难逆。在人的一生中,少年时期,无疑想象力最为丰富;而李白的诗歌,尤其他那些游仙诗以及《蜀道难》,也正都充满奇思妙想。少年的情绪是丰富的,也是易变的,而李白的诗歌也是如此。如其《陪侍御叔华登楼歌》:

弃我去者,昨日之日不可留;乱我心者,今日之日多烦忧。长风万里送秋雁,对此可以酣高楼。蓬莱文章建安骨,中间小谢又清发。俱怀逸兴壮思飞，欲上青天览明月。抽刀断水水更流，举杯消愁愁更愁。人生在世不称意，明朝散发弄扁舟。

与丰富的想象和多变的情绪相适应，李白喜欢写作七言歌行以及七绝。这两种体裁，是当时最自由、也最适合抒情的诗歌体裁，所以也正适合李白那种少年精神的表现。

曾有学者把李白和杜甫作了形象的比较，说："杜甫是深红色，或黑白分明中的黑色，李白则要么是唐三彩，要么是月光下的银白色，极真纯皎洁。因为少年，所以到处是光与音乐。因为少年，所以往往是动作的诗歌、酒与力与剑的美。"①这虽然还只是感性的话，但确实道出李白诗歌的艺术个性。我们今日读李白的诗，为其少年精神所感动，主要在于他的少年精神富于崇高与进步的力量。

所谓崇高，是说他的诗歌里经常洋溢着一种不畏权贵的刚健精神与壮美人格。譬如，杜甫《饮中八仙歌》说他："天子呼来不上船，自称臣是酒中仙。"他的《忆旧游寄谯郡元参军》也自称："黄金白璧买歌笑，一醉累月轻王侯。"在蔑视权贵方面，他最酣畅的诗篇莫过于《答王十二寒夜独酌有怀》："人生飘忽百年内，且须酣畅万古情。……骅骝拳跼不能食，蹇驴得志鸣春风。……与君论心握君手，荣辱于余亦何有。孔圣犹闻伤凤麟，董龙更是何鸡狗。一生傲岸苦不谐，恩疏媒劳志多乖。严陵高揖汉天子，何必长剑拄颐事玉阶!"在《梦游天姥吟留别》中，他更倡言："且放白鹿青崖间，须行即骑访名山。安能摧眉折腰事权贵，使我不得开心颜!"任华《杂言寄李白》说他"数十年为客，未尝一日低颜色"，真是的语。

不过，值得注意的是，李白虽然对那些腐朽奸佞的高门权贵常常表现出不屑和鄙夷，但对于普通的朋友和百姓，他却是极好的，没有一丝的傲慢。如《宿五松山下荀媪家》是李白政治失意后，漫游今安徽铜陵县南五松山时写下的作品，诗中写道：

我宿五松下，寂寥无所欢。

---

① 胡晓明：《诗与文化心灵》，中华书局 2006 年版，第 147 页。

田家秋作苦，邻女夜春寒。

跪进雕胡饭，月光明素盘。

令人惭漂母，三谢不能餐。

多么谦卑啊，一个陌生的贫苦农家的老妇，竟能让傲视公卿的李白产生无限的愧疚。一般来说，少年人能傲上而不能敬下，李白则不然。论做人，李白能够敬待最普通的农妇；论作诗，李白也能注意吸取民歌的艺术养料。譬如，在李白现存一百五十多首绝句中，拟乐府民歌的就近三分之一。其《越女词五首》其三云："耶溪采莲女，见客棹歌回。笑入荷花去，佯羞不出来。"其手法及语气，也端的是民歌模样。这些显然都是李白超越一般少年精神的地方。

所谓进步，是说李白的诗歌经常代表着寒门士人的理想与心声。至少，在各色历史人物中，李白最喜欢讴歌起身于贫贱阶层的英雄，如其《梁甫吟》就慨叹：

君不见，朝歌屠叟辞棘津，八十西来钓渭滨。宁羞白发照清水，逢时壮气思经纶。广张三千六百钓，风期暗与文王亲。大贤虎变愚不测，当年颇似寻常人。君不见，高阳酒徒起草中，长揖山东隆准公。入门不拜骋雄辩，两女辍洗来趋风。东下齐城七十二，指挥楚汉如旋蓬。

林庚先生亦曾指出："那从贵族文学中解放出来的平民的生动的歌唱，那从封建礼教中解放出来的自由的个性的歌唱，那与统治阶级不断斗争中的寒士阶层的歌唱；这些人民的骄傲，民主的思想，就是李白诗歌中的骄傲。"①的确，在依旧崇尚门第的唐王朝，李白诗歌中的这些骄傲与狂放，换言之，李白诗歌中的少年精神，至少有很大一部分代表着平民寒士渴望参与和推动历史发展的意志，是积极的，也是进步的，具有永不磨灭的精神价值。

言及李白诗歌的少年气质，德国哲学家叔本华的一些美学观点也

---

① 　林庚：《中国文学简史》，清华大学出版社 2007 年版，第 195 页。

颇可以拿来作为参考。叔本华曾深刻论及少年与抒情诗的关系。他说:"在人们一生的过程中,这两种主体——通俗地说也就是脑和心——总是愈离愈远,人们总是愈益把他的主观感受和他的客观认识拆开。在幼童,两者还是完全浑融的,他不大知道把自己和环境区分开来,他和环境是沆瀣一气的。对于少年有影响的是一切感知,首先是感觉和情调,感知又和这些混合;如拜伦就很优美的写到这一点:

'我不是在自己(的小我)中生活,

我已成为周围事物的部分;

对于我,

一切高山(也)是一个情感。'

正是因此,所以少年人是那么纠缠在事物直观的外表上;正是因此,所以少年人仅仅只适于作抒情诗,并且要到成年人才适于写戏剧。至于老年人,最多只能想象他们是史诗的作家,如奥西安、荷马;因为讲故事适合老年人的性格。"[1]

叔本华的这个观点很适合拿来比较李白和杜甫的诗风。李白基本生活在盛唐时期,杜甫也在盛唐度过青春年代,早年又曾同李白结伴同游,所以杜甫一直到老都有不少浪漫的抒情之作,也体现着一定的少年精神,然而他与李白不同者有二。

第一,李白的诗基本上都是抒情的,而杜甫在抒情外,更有众多杰出的叙事诗为他赢得了"诗史"的美誉。同时,杜甫即使是写作抒情诗,也往往夹杂较多的叙事成分,这就使得其诗的少年气质不如李白浓郁。

第二,李白的诗歌即使描绘社会民生,也满带着李白个人的主观精神。如李白也曾描绘安史之乱,其《古风》十九云:

西上莲花山,迢迢见明星。素手把芙蓉,虚步蹑太清。霓裳曳广带,飘拂升天行。邀我登云台,高揖卫叔卿。恍恍与之去,驾鸿凌紫冥。俯视洛阳川,茫茫走胡兵。流血涂野草,豺狼尽冠缨。

---

① [德]叔本华著,石冲白译,杨一之校:《作为意志和表象的世界》,商务印书馆1982年版,第346页。

这虽是写战乱带给百姓的灾难,可仍然反映着李白本人的仙风道骨。与李白相比,杜甫的叙事诗则大体能保持冷静而又客观的笔调,而且像《新安吏》《石壕吏》等作品的叙事还具有一定的戏剧性。这种不同,如果用叔本华的观点来看,则主客体一直不分的李白,显然更富于少年人的精神,而能在不少诗歌中将主观与客观拆开的杜甫则显然更多一些中老年人的性格。

叔本华还有一个观点,即诗体的难易随诗歌主观性的强弱而变化。抒情诗是主观性最强的,所以是最容易的诗体,田园诗较之抒情诗主观性变弱,史诗基本就是客观的了,而"戏剧是最客观的,并且在不止一个观点上,也是最完美、最困难的一种体裁。"①按其说,则擅长抒情的李白在诗歌艺术才能上,将不如擅长描写田园的王维和擅长叙事的杜甫。对叔本华的这一观点,人们自然可以作进一步的探讨。我们想要强调的是,李白享年六十余,虽然直到临死,他也不曾在诗歌中将主观与客观比较冷静地分开,诗人借助客观事物抒发少年之纯真、少年之狂放的精神也算是保持了一生,但是,我们自然要知道,这不是说李白到老智商、情商还停留在幼儿的水平上。事实恰恰相反,李白不是不学无术的少年,而是"五岁诵六甲,十岁观百家"的少年;不是不谙世事的少年,而是"十五好剑术,遍干诸侯"的少年。他是什么事都做过,什么生活也体验过,什么名山胜水也都游历过的,所以他诗歌中的少年精神,也就是他自己所说的"清真",并不是出于童蒙稚气,而是诗人在纷纭复杂、坎坷艰险的社会生活中有意识的人生追求。

马克思在《政治经济学批判·导言》中曾感慨:"一个成人不能再变成儿童,否则就变得稚气了。但是,儿童的天真不使他感到愉快吗?他自己不该努力在一个更高的阶梯上把自己的真实再现出来吗?"其实,马克思所肯定的这样一种再现,正就是中国传统文化的特质之一。譬如,辜鸿铭在谈及中西文化不同时就曾指出:"中国人最优秀的特质是当他们过着心灵的生活、像孩子一样生活时,却同时具有为中世纪基督徒或其他任何处于初级阶段的民族所没有的思想与理性的力量。换句话说,中国人最美妙的特质是:作为一个有着悠久历史的民族,它既有

---

① 〔德〕叔本华:《作为意志和表象的世界》,第 344 页。

着成年的智慧,又能够过着孩子般的生活——一种心灵生活。"①李白之所以在我们这个民族具有广泛的影响,受到长久的喜爱,就正在于他的诗最能在成年人的世界里让人们感受到儿童般纯净的心灵生活,乃是在一个更高的阶梯上把自己的真实再现了出来。

二 杜甫老更狂

杜甫(712—770),字子美,生于巩县(今河南巩义)。自十三世祖杜预以下,每一代都有人出仕任官,杜甫《进雕赋表》也自称:"奉儒守官,未坠素业。"杜甫的祖父杜审言,为人恃才傲物,在武后圣历元年(698)尝坐事贬吉州司户参军,为司马周季重构陷而系狱。其子杜并,年仅十三,袖刃刺季重于座,而被季重左右所杀。武后闻之,大为感叹;后召见审言,授著作佐郎。杜审言对近体诗的成熟贡献较大,杜甫在《赠蜀僧闾丘师兄》中曾自豪地说:"吾祖诗冠古。"在《宗武生日》中,他也曾对其子说:"诗是吾家事。"杜甫的父亲杜闲并不怎么会作诗,官也只做到奉天县令;但杜甫的母亲出身唐代士族中门第甚高的清河(今河北清河县)崔氏,而唐代是个门第社会,所以杜甫家虽衰落,却很以出身自傲,诗文中屡屡自报家门。这也是时代病,不足为怪。他的一生通常分成以下几个时期。

第一,读书和壮游时期(712—745)。杜甫自幼就怀抱"致君尧舜上,再使风俗淳"(《奉赠韦左丞丈》)的政治理想。其后来的《壮游》一诗曾自云:"七龄思即壮,开口咏凤凰。"李白喜欢歌咏大鹏,而杜甫却以凤凰自咏。李白自幼杂学百家,而杜甫所学则以儒家典籍为主。二十岁,他开始南游吴、越,这是他非常得意的事儿,后来的诗文屡屡称及。二十四岁,他曾赴洛阳应举而不第。其后,他北游齐、赵,结识了高适。天宝三载(744),他与李白在洛阳相遇,相处甚欢,又尝共游齐、鲁。这一时期,杜甫的诗歌也以浪漫的风格为主,写下了《望岳》《画鹰》《房兵曹胡马》等名篇。

第二,困守长安时期(746—755)。天宝五载(746),杜甫大概就已来到长安求仕。次年,玄宗诏令天下"通一艺者"到京城应试,而李林甫

---

① 辜鸿铭:《中国人的精神》,广西师范大学出版社2002年版,第32—33页。

为表示"野无遗贤",竟让应试者全部落选。此时,杜甫的父亲已经去世,杜甫也到了负担家庭的年纪,不能肆意游玩了。从他的诗歌来看,杜甫很爱他的妻子,是个好丈夫;他也很体贴他的孩子,是个好父亲。不过,他毕竟只是个读书人,仕途不顺,生活就难了。在《奉赠韦左丞丈》一诗中,他自云:"朝扣富儿门,暮随肥马尘。残杯与冷炙,到处潜悲辛。"且依旧幻想着:"白鸥没浩荡,万里谁能驯!"当时的杜甫为了养家糊口与出人头地,曾不断干谒权贵,甚至对一些很不堪的人也不吝赞美。这一无奈,几乎也伴随了他的一生。碰壁,苦难,卖药都市,寄食朋友,诱使他开始认识到政治的黑暗与社会的腐朽。诗人开始自称"杜陵布衣""少陵野老",非常自觉地告别了少年的懵懂。天宝十载(751),杜甫因献三大礼赋,受到玄宗赏识,命待制集贤院。天宝十四载(755),杜甫被任命为河西县(今陕西合阳)尉,因他不愿接受这一需要催逼百姓、趋迎长官的职务,遂被改任为右卫率府胄曹参军。在长安这十年,杜甫的生活虽然困苦,但诗艺却大有长进。著名的《兵车行》《丽人行》《自京赴奉先县咏怀五百字》都写于此时,标志着诗人现实主义诗歌艺术的初步形成。

第三,陷贼与为官时期(756—759)。安史之乱爆发后的第二年(756),杜甫将寄居奉先(今陕西蒲城)的家人护送至鄜州(今陕西富县)的羌村,便只身投奔身在灵武(今属宁夏)的唐肃宗。不意中途被叛军掳入长安,遂写下《月夜》等诗篇;及闻马嵬兵变,乃作《哀江头》,抚今追昔,感慨万千;后闻唐军在陈陶斜、青坂两败于安史叛军,又作《悲陈陶》《悲青坂》。次年,他逃到陕西凤翔,肃宗感慨他"麻鞋见天子,衣袖露两肘"(《述怀》),任他为左拾遗。未几,宰相房琯在平叛中急躁误事,杜甫因为其开脱,触怒肃宗,及长安收复以后不久,便被贬为华州(今陕西华县)司功参军。在坎坷为官这段日子里,诗人写出了《北征》《羌村三首》与"三吏""三别"等作品,现实主义创作达到高峰。

第四,漂泊西南时期(759—770)。由于参军的俸禄不足以养家,乾元二年(759)秋,杜甫遂弃官而赴秦州(今甘肃天水一带)以及同谷(今甘肃成县),不意生计愈发艰难,年末,遂又入蜀,依彭州刺史高适等亲友讨生活,定居于今成都市郊浣花溪畔的草堂,有竹林、桃园和菜圃,生活稍有改善。宝应元年(762),高适接替严武充任成都尹,蜀多叛乱与外患而高适不能治;且高适支持肃宗,而杜甫心向玄宗,是故杜甫携家人转而避乱梓州、阆州等地,取媚梓州刺史章彝过活。广德二年(764),严武再镇川蜀,平定了边患,杜甫才重返成都草堂,入严武幕并由严武荐为检校工部员外郎,故人称杜工部。不久,章彝为严武所杀,杜甫与章彝过从甚密,又曾唐突严武,自恐不保,遂于次年(765)正月辞别严武。同年四月,严武突然病卒。杜甫遂买舟南下,经渝州至夔州,依附夔州都督柏茂琳生活,主管东屯田地百顷,有奴仆照料,生活稍有好转,但身体多病。据考,他早在长安时就有疟疾,后来又增加了糖尿病、肺病,到此时右臂偏枯,耳朵也有些聋了。杜甫在夔州住了三年左右。这一时期,他写了不少卓绝千古的格律诗;但也有些诗,尤其是描写家庭琐事的古体诗,写得过于频仍烦絮,曾受到朱熹、仇兆鳌等人的批评。大历三年(768),杜甫携家出蜀。杜甫本来就不甚喜欢巴蜀,觉得这里缺少文化,他身体又多病,可能就有了人老还乡的念头,但藩镇混战,路途阻断,于是又只好南下,来到公安、岳阳,最后到了潭州,南下途中又经历了一些变故。当他途经耒阳方田驿时,为大水所阻数日,后县令闻名来救,纵酒欢宴。中唐郑处晦《明皇杂录》说:"甫饮过多,一夕而亡。"杜甫的尸身可能先埋在了耒阳,他的次子宗武来迁坟,回行至岳阳也病死了。父子尸身又暂栖于此,四十多年后才由甫孙杜嗣业迁回巩县。

杜甫一般被视作现实主义的伟大诗人,但他其实也颇有浪漫的诗歌作品。他的这些作品见诸其人生的各个时期,但主要集中于青年和晚年。杜甫具有浪漫主义精神,盛唐时代氛围的影响是一个原因,李白的感染也是一个原因。但这都不是主要的。因为杜甫虽然推崇李白,但不认为李白高不可攀,而只说他和李白是"论文"的诗友。同时,他的浪漫主义趣味也和李白稍有不同。杜甫之所以也有强烈的浪漫主义,主要在于诗人自幼就养成一种自信的人格、热情的精神、敏感的气质与不拘小节的作风,并且一直坚持到老。《旧唐书》本传说他:"性褊躁、无拘检、傲诞。"杜甫《寄题江外草堂》亦自云:

我生性放诞,雅欲逃自然。
嗜酒爱风竹,卜居必林泉。

这四句诗几乎将杜甫的浪漫主义概括尽了。他晚年住在成都，曾作有一首《狂夫》，也很可以用为例子：

> 万里桥西一草堂，百花潭水即沧浪。
> 风含翠篠娟娟净，雨裛红蕖冉冉香。
> 厚禄故人书断绝，恒饥稚子色凄凉。
> 欲填沟壑唯疏放，自笑狂夫老更狂。

万里桥是成都南门外的一座小石桥，相传是诸葛亮送费祎出使东吴之处，时费祎叹曰："万里之行，始于此桥。"该桥因此而得名。过桥向东，就是"百花潭"，也就是浣花溪。一座小桥，用万里来修饰，使得诗篇一开始就有辽阔的意境。沧浪，暗寓屈赋《渔父》"沧浪之水清兮，可以濯我缨"之意。这表现的是浪漫主义者在自然山水中寻求愉悦的情趣，也体现了浪漫主义者超越现实的情怀。诗的第三联与第四联写诗人尽管困顿，却疏狂愈甚，这种坚韧与反抗，显然也属于浪漫主义的风格。说到疏狂，杜甫的一个重要表现是嗜赌，如《今夕行》写：

> 今夕何夕岁云徂，更长烛明不可孤。咸阳客舍一事无，相与博塞为欢娱。冯陵大叫呼五白，袒跣不肯成枭卢。英雄有时亦如此，邂逅岂即非良图？君莫笑，刘毅从来布衣愿，家无儋石输百万。

从这首诗来看，杜甫的确是很浪漫的。当然，诗人自己说了"英雄有时亦如此，邂逅岂即非良图"，似乎不能认为他总是如此。相比之下，嗜酒可是杜甫终身的爱好。尤其他饮酒，并不是安静地小酌，而喜聚会豪饮，其《壮游》自称："性豪业嗜酒，嫉恶怀刚肠……饮酣视八极，俗物都茫茫。"更典型的则如其《醉时歌》：

> 诸公衮衮登台省，广文先生官独冷。甲第纷纷厌梁肉，广文先生饭不足。先生有道出羲皇，先生有才过屈宋。德尊一代常坎坷，名垂万古知何用！杜陵野客人更嗤，被褐短窄鬓如丝。日籴太仓五升米，时赴郑老同襟期。得钱即相觅，沽酒不复疑。忘形到尔

汝,痛饮真吾师。清夜沉沉动春酌,灯前细雨檐花落。但觉高歌有鬼神,焉知饿死填沟壑?相如逸才亲涤器,子云识字终投阁。先生早赋归去来,石田茅屋荒苍苔。儒术于我何有哉,孔丘盗跖俱尘埃。不须闻此意惨怆,生前相遇且衔杯!

好赌、嗜酒之外,杜甫有时还不顾门第,这在当时也是出格的事情。如《旧唐书·文苑传》就说他:"纵酒啸咏,与夫田夫野老相狎荡,无拘检。"杜诗中有一首《遭田夫泥饮美严中丞》,正是明证。郭沫若说,诗中和杜甫相饮的田夫"明显是一位富裕农民"。[①] 其言或是。但尽管如此,也是蔑视了门阀的做派,因而不免遭到非议了。

总结以上分析,我们大致可以认为杜甫的浪漫有以下几个要点:

第一,他热爱自然,常移情于自然风物。

第二,他嗜酒好交,作风豪爽。

第三,他使气任性,敢于非议圣人。

杜甫敢非议圣人,并不是醉酒使然。他当然是个儒者,但他同时也喜好道教和佛教。道教几乎是李唐的国教,杜甫也有服丹成仙的想法,这很正常,杜诗中的表现也很多。他早年《赠李白》一诗就说过:

二年客东都,所历厌机巧。野人对膻腥,蔬食常不饱。岂无青精饭,使我颜色好。苦乏大药资,山林迹如扫。李侯金闺彦,脱身事幽讨。亦有梁宋游,方期拾瑶草。

不过,到了晚年,他儒家的理想实现不了,道人的仙丹也还是找不到,四处碰壁,居无定所,因而又开始向往禅宗,尤其是南宗顿悟禅,因为这个最省成本。这三方面思想反映到诗歌上来,主要还是儒教成绩最大,所以为杜甫赢得了"诗圣"的名声。至于佛、道,虽为杜诗增加了一些浪漫主义的气息,但艺术表现方面却并不是十分地出色。又如他的《渼陂行》,借用楚辞中的神话来形容他与岑参等到渼陂游玩之乐,当然是浪漫的写法,但是没有李白写神仙那种我就是神仙的妙趣。至于

---

① 郭沫若:《李白与杜甫》,长安出版社 2010 年版,第 155 页。

他抒写佛禅的意境，倒确实要好一点。

第四，与一般浪漫主义诗人一样，杜甫也喜欢夸张。但他的夸张有些和诗意很协调，如早年的《望岳》，晚年的《登高》；有的则不然，如其《渼陂行》形容湖水，说是："沉竿续蔓深莫测，菱叶荷花净如拭。"这就不协调了。因为荷花能长多高，童子皆知，而谓"深莫测"，岂非梦呓？还有，同样是夸张，不同的浪漫主义者会夸张出不同的风调。如李白的诗无论怎么夸张，怎样雄浑，都常给人以飘逸的感觉，最典型的如其《朝发白帝城》。至于杜甫，则总是在雄浑狂放中给人以沉稳凝固的力道。如其《望岳》、如其《登高》等皆是。这其中的艺术技巧和倾向，是很值得我们注意的。

第五，他不肯向困难低头，总是越挫越勇。浪漫主义的特征之一，正就是这种精神对于现实的超越。杜甫和李白都不缺少这一点。李白不必说了，我们看杜甫，其《乐游园歌》自谓：

> 此身饮罢无归处，独立苍茫自咏诗。

这精神的超越还用说吗？不过，除了精神，大概一般的浪漫主义者身体的精力也是充溢的。李白不必说，他是自幼练过剑的。杜甫也不弱。如果说其《壮游》所云"一日上树能千回"说的还是少年，那么，《醉为马坠，诸公携酒相看》却写于杜甫五十六岁之时。这首诗是诗人参加夔州刺史柏茂琳宴会后所写。从题目看，他是因醉坠马；但其实不然：

> 甫也诸侯老宾客，罢酒酣歌拓金戟。骑马忽忆少年时，散蹄迸落瞿唐石。白帝城门水云外，低身直下八千尺。粉堞电转紫游缰，东得平冈出天壁。江村野堂争入眼，垂鞭嚲鞚凌紫陌。向来皓首惊万人，自倚红颜能骑射。安知决臆追风足，朱汗骖驔犹喷玉。不虞一蹶终损伤，人生快意多所辱。

可见诗人的坠马，是因为他自恃骑术高超，纵马驰奔所致。要知道那时节，杜甫浑身都是病，竟还能拿出这样的精气神，这本身岂不就是一种浪漫吗？

当然,杜甫最主要的诗歌成就在于他人到中年时所写的叙事诗和晚年所作格律诗。

杜甫诗歌中的叙事,往往与诗人的经历、感受结合得十分紧密,所以清人浦起龙《读杜心解》称:"少陵之诗,一人之性情,而三朝之事会寄焉者也。"不过,杜甫最好的叙事诗大多写于安史之乱前后。这些诗歌,既包括七言的《兵车行》《丽人行》,也包括五言长篇《北征》以及五言新题乐府《新安吏》《石壕吏》《潼关吏》和《新婚别》《垂老别》《无家别》。晚唐孟棨《本事诗·高逸第三》曾说:"杜逢禄山之难,流离陇蜀,毕陈于诗,推见至隐,殆无遗事。故当时号为诗史。"这些号称"诗史"的艺术之花,既是杜甫现实主义诗歌艺术的代表,也是杜甫爱国主义精神最集中的体现。在艺术上,这些诗篇继承了汉乐府的叙事传统,喜欢以独白和对话结构篇章,往往给人以身临其境的剧场效果。同时,杜甫也善于选取形容独至的细节,如《羌村》三首其一写诗人在战乱中回乡探亲的情况:

> 峥嵘赤云西,日脚下平地。柴门鸟雀噪,归客千里至。妻孥怪我在,惊定还拭泪。世乱遭飘荡,生还偶然遂。邻人满墙头,感叹亦歔欷。夜阑更秉烛,相对如梦寐。

诗中专就生还却令人讶异的情况来加以渲染,写出了战乱带给人们的独特感受。汉乐府叙事,有时夹叙夹议,有时深藏作者的感情,这些特点在杜甫的叙事诗当中也有体现,不过,杜甫的诗歌在衔接方面更加自然,语言也更加简练凝重。如《自京赴奉先县咏怀五百字》所言"十室几人在,千山空自多",以及《洗兵马》所言"三年笛里关山月,万国兵前草木风",寥寥几笔,就概括出战争带来的创伤,而且毫不显露用典的痕迹,这却是汉乐府所不能比拟的。同时,虽然走的是乐府诗的路子,但杜甫能自拟新的题目来写时事,这显然也是个进步,至少使得诗歌的主题思想更加鲜明而有力了。

杜甫是儒家,儒家除了关切现实,还喜欢规矩。也许职此之故,杜甫不但喜欢写鞭笞现实黑暗的叙事诗,也醉心于讲究规矩格律的近体诗。但杜甫并不是庸庸碌碌不知变通的俗儒,他的性格中也有自雄而张狂的一面,这些表现在他的近体诗中,使得他的近体诗也往往具有卓尔不群的艺术气象。

从艺术功能上说,近体诗,尤其是律诗,由于篇幅不长,并不适合表现复杂的思想内容,而只适合表现诗人对世界比较简单而短暂的印象。从艺术实践来看,杜甫以前的律诗也多是宫体,主要用于写景、怀古和歌颂升平。但杜甫的诗却能对此作出改进,这一方面是因为他才力大,语言概括力强;另一方面,在于他创造了组诗的形式。组诗的形式以前就有,但写近体诗而采用组诗的形式,主要还是杜甫的贡献。以前的人因为只用律诗写景和应酬,当然不容易想起用组诗的形式来写近体诗。杜甫不然,他的儒家思想驱使他不能仅仅把诗当作取乐的工具,所以他的近体诗也就有了描写现实的目的;而为了达到这一目的,组诗的形式也就不能避免。大历元年(766)秋,杜甫在夔州所作《秋兴》八首就是其最卓越的代表。诗歌由萧索的秋色引起诗人对国家盛衰和个人身世的感叹,故曰《秋兴》。八首诗首尾相衔,有一定次第,不能移易。结构上则可分为两个部分,而以第四首为过渡。前三首详夔州而略长安,后五首详长安而略夔州;前三首由夔州而思及长安,后五首则由思长安而归结到夔州;前三首由现实引发回忆,后五首则由回忆返归现实。这八首诗为杜甫惨淡经营之作,或即景含情,或借古喻今,或直斥无隐,或欲说还休,必须细心体会,方能领略诗的妙处。杨伦《杜诗镜铨》卷十三载,王梦楼曰:"子美《秋兴》八篇,可抵庾子山一篇《哀江南赋》。"由此便可见,这八首诗的思想内涵是多么博大。

近体诗讲求诗歌格律,在这方面,杜甫也有独到的探索、杰出的成就与深远的影响。其《遣闷戏呈路十九曹长》曾自云"晚节渐于诗律细",而其《秋兴八首》正就是"诗律细"的成功典范。所谓"诗律细"并非死板地遵照格律教条,而是指能够依据思想内容的需要,灵活地调整字的平仄与句的对偶。这种调整自然改变了律诗的一般格式,但并不违背律诗追求乐感之美的基本原则,即对句相对而邻句相粘的组织规则;同时,上句若有所拗,下句必有所救,在音律上小拗而大顺,乐感与内容相统一,是为"拗律"。如其《白帝城最高楼》谓:

城尖径仄旌旆愁，独立缥缈之飞楼。
峡坼云霾龙虎卧，江清日抱鼋鼍游。
扶桑西枝对断石，弱水东影随长流。
杖藜叹世者谁子，泣血迸空回白头。

正如一些论者所言："这诗每一句都违律，第五字均与规定的平仄相反。第二、七句则是古体诗中才有的散文句法（第七句甚至在古体诗中也算怪例）。律诗所追求的和谐协调首先在整体上被打破了。仔细读来，首句不仅意象密集，而且连续发音非常困难，所以一上来就有一种堵塞感。到了第二句忽然飘逸地展开，令人感觉诗中情绪变化极大。对仗的中二联相对平稳，但句尾均以三仄声对三平声，比普通律诗加强了起伏的幅度。第七句又忽然变得极为奇崛突兀（'者'字停顿非常强烈），然后引出悲怆无比的末句。这首诗调动了各种因素来造成奇特的节奏感，但总体上又是严整的。用譬喻来说，犹如一群愤怒的囚徒被强行排列得很整齐，内中隐伏着力与力的激烈冲突。如此，诗人不平静的心情直接在形式上得到了充分的表现。这种手段，后来在宋代诗人黄庭坚那里被广泛运用。"[1]孔子说自己"七十从心所欲而不逾矩"，杜甫的拗律也正是"从心所欲而不逾矩"的诗歌典范。

杜甫《进〈雕赋表〉》曾谓玄宗云："臣之述作虽不能鼓吹六经，先鸣数子，至于沉郁顿挫，随时敏捷，而扬雄、枚皋之徒，庶可企及也。"其所谓"沉郁顿挫"原指其辞赋，"沉郁"大概指学问渊博，"顿挫"大概指见识深刻，后来此语被人们用来形容杜甫诗歌的主要风格，但涵义难以确指。大致来说，"沉郁"可以理解为思想情感的博大与凝重，而"顿挫"可以理解为语言表达的跌宕与矫健。像下面这些诗句，都是常为人所援引的例子：

老畏歌声断，愁随舞曲长。（《江亭王阆州筵饯萧遂州》）

---

①　章培恒、骆玉明主编：《中国文学史新著》，复旦大学出版社 2007 年版，中卷，第 30—31 页。

青惜峰峦过，黄知橘柚来。(《放船》)

绿垂风折笋，红绽雨肥梅。(《陪郑广文游何将军山林》)

香稻啄馀鹦鹉粒，碧梧栖老凤凰枝。(《秋兴八首》其八)

杜甫在《江上值水如海势聊短述》说自己"为人性喜耽佳句，语不惊人死不休"，他的这些诗句也正是他苦吟所得来的名句。

杜甫与李白是盛唐诗歌的双子星，也是相识相敬的好朋友。李白《沙丘城下寄杜甫》说：

我来竟何事，高卧沙丘城。
城边有古树，日夕连秋声。
鲁酒不可醉，齐歌空复情。
思君若汶水，浩荡寄南征。

杜甫也常怀念李白，《春日忆李白》说：

白也诗无敌，飘然思不群。
清新庾开府，俊逸鲍参军。
渭北春天树，江东日暮云。
何时一樽酒，重与细论文。

至于二人诗艺的高低，古人或认为李优，或认为杜胜，而韩愈《调张籍》说："李杜文章在，光焰万丈长。"宋代严羽《沧浪诗话·诗评》也说："李杜二公，正不当优劣。太白有一二妙处，子美不能道；子美有一二妙处，太白不能作。子美不能为太白之飘逸，太白不能为子美之沉郁。"其言甚是。但是李白之飘逸，杜甫之沉郁又是怎样造成的呢？

从抒情习惯上说，李白也有苦闷与沉痛，但是，他的诗很少单纯地抒写苦痛，而是常能将沉痛的情感遣散，散入旷达与自信的风调之中，所以读起来自然比较飘逸。至于杜甫的诗，用毛润之的话说，多"哭哭啼啼"，而且他的诗往往沉痛只是沉痛，让人读了自然难以意绪飞扬。

从语言修辞上说，李白追求语言的清新自然，而杜甫则喜欢用新奇的语法来铸造辞句，这样的辞句表情达意更为有力，但理解起来慢，情绪也就不容易飘动起来。

从诗歌体裁上说，白诗喜欢采用七言歌行和七绝，即使偶作七律，也多带有早期七律所常有的歌行的气度，音调比较悠扬流利；而杜甫不仅所作七律多采用拗律，即便是作歌行，也喜欢杂以艰涩拗口的字句并往往使用散文化的章法，所以诗意筋脉连贯，音调也比较屈折沉稳，不像早期一般歌行那样，断续无端，跳跃性强。

从体物方式上说，白诗、杜诗都很雄浑，但李白在雄浑的同时，喜欢以快写慢，化静为动，而杜甫很少如此。试将下面几首诗对照着读一读，就不难体会这一点。

细草微风岸，危樯独夜舟。
星垂平野阔，月涌大江流。
名岂文章著，官应老病休。
飘飘何所似，天地一沙鸥。（杜甫《旅夜抒怀》）

渡远荆门外，来从楚国游。
山随平野尽，江入大荒流。
月下飞天镜，云生结海楼。
仍怜故乡水，万里送行舟。（李白《渡荆门送别》）

昔闻洞庭水，今上岳阳楼。
吴楚东南坼，乾坤日夜浮。
亲朋无一字，老病有孤舟。
戎马关山北，凭轩涕泗流。（杜甫《登岳阳楼》）

楼观岳阳尽，川迥洞庭开。
雁引愁心去，山衔好月来。
云间连下榻，天上接行杯。

醉后凉风起，吹人舞袖回。（李白《与夏十二登岳阳楼》）

再者，李白写景体物，喜欢以人压物，而杜甫则喜欢以物压人。如杜甫《咏怀古迹》五首之三说"群山万壑赴荆门，生长明妃尚有村"，仿佛四周山脉都向人踊跃而来，感觉自然是紧张的；而李白的《朝发白帝城》之"朝辞白帝彩云间，千里江陵一日还。两岸猿声啼不住，轻舟已过万重山"，则是无比轻松的。又如，同是在高山上远望长江，李白《庐山谣寄卢侍御虚舟》说：

> 登高壮观天地间，大江茫茫去不还。
> 黄云万里动风色，白波九道流雪山。

而杜甫《登高》则说：

> 风急天高猿啸哀，渚清沙白鸟飞回。
> 无边落木萧萧下，不尽长江滚滚来。

一个是茫茫而去，一个是滚滚而来，都很雄浑，但感觉上后者显然比前者更有压迫的力道。

此外，李白和杜甫写景体物，李白喜欢营造空灵的诗境，而杜甫则较质实。这从二人描写月色的诗歌可以看得非常清楚。李白的《静夜思》且不必说，又如其《玉阶怨》云：

> 玉阶生白露，夜久侵罗袜。
> 却下水晶帘，玲珑望秋月。

杜甫写明月也颇有名句，如其《月夜忆舍弟》云："露从今夜白，月是故乡明。"不过，与白诗比，这两句与其说是写景，不如说是议论。又如其为安史叛军所俘，陷于长安时写给妻子的《月夜》：

> 今夜鄜州月，闺中只独看。

遥怜小儿女，未解忆长安。

香雾云鬟湿，清辉玉臂寒。

何时倚虚幌，双照泪痕干！

　　这倒是描写得较细了，诗也是好诗，但香雾、虚幌显然不及白露、水晶帘更加空灵；"倚"较之于"望"，也加重了质实的艺术氛围。

　　当然，飘逸与沉郁的歧异，也源自于李杜二人思想方面的差别。李白是道家道教徒，人称"诗仙"；杜甫生于儒学世家，人称"诗圣"。仙人是天上的，圣人是人间的。李白不是不写人间事儿，只是写来也像是从天上看去的。如其《古风》六十首第十九首描写的是安史之乱，却采用着游仙的形式。杜甫也不是不曾游仙，其晚年所作《昔游》《忆昔行》回忆的就都是早年访道求仙的生活，然而其内容止于对实际生活的描写，抒发的主要是对道友的怀念，前者谓："东蒙赴旧隐，尚忆同志乐。"后者说："秋山眼冷魂未归，仙赏心违泪交堕。"若是由李白来写，岂肯写得这样质实与凄冷？李白是真心迷恋过仙道的，而杜甫的心太半还牵挂在人间。

　　单纯从诗歌艺术上说，李、杜难论优劣；不过，从诗歌发展历史来说，杜甫显然比李白更能承上启下。元稹《杜君墓系铭并序》说杜甫："上薄风雅，下该沈宋，言夺苏李，气吞曹刘，掩颜谢之孤高，杂徐庾之流丽，尽得古今之体势，而兼人人之所独专矣。"清代叶燮《原诗》也说：

　　　　杜甫之诗，包源流，综正变。自甫以前，如汉魏之浑朴古雅，六朝之藻丽秾纤、澹远韶秀，甫诗无一不备。然出于甫，皆甫之诗，无一字句为前人之诗也。自甫以后，在唐如韩愈、李贺之奇昊，刘禹锡、杜牧之雄杰，刘长卿之流利，温庭筠、李商隐之轻艳，以至宋、金、元、明之诗家称巨擘者，无虑数十百人，各自炫奇翻异，而甫无一不为之开先。

　　元稹等人的话虽然不免夸张，但确实也有几分真实。李白虽也学习六朝诗歌，而且深赞谢朓，但他作诗的志向基本上是希图超越诗骚汉魏，尤其是建安风骨。且他作诗风流纵性，没有他那样的性情，也学不来他那样的体式。他也不斤斤于文字的斧凿和推敲，这与杜甫是不同的。唐孟棨《本事诗》载，李白有一首《戏赠杜甫》谓："饭颗山头逢杜甫，头戴笠子日卓午。借问何来太瘦生，总为从前作诗苦。"杜甫《暮登四安寺钟楼寄裴十迪》说裴迪"知君苦思缘诗瘦"，其实他自己也属于雕章琢句的诗人，因而他的诗是可学的。当然，最主要的是，一方面，杜甫忠君报国的思想适合古代统治阶级的口味；另一方面，他的张狂的性格也合乎一些士大夫的理想；而他的贫困潦倒更容易引发一般士子的同情的泪水，因而他的诗比李白更多一些影响，也是不奇怪的。

【参考书目】

刘麟生:《中国文学七论·中国诗词概论》，广西师范大学出版社 2007 年版

经本植:《中国古典诗歌写作》，中华书局 2014 年版

陈伯海:《唐诗学引论》，东方出版中心 2007 年版

江弱水:《古典诗的现代性》，三联书店 2010 年版

李长之:《李白传》，百花文艺出版社 2010 年版

安旗:《李太白别传》，人民文学出版社 2004 年版

詹锳:《李白诗文系年》，人民文学出版社 1984 年版

詹锳主编:《李白全集校注汇释集评》，百花文艺出版社 1996 年版

郭沫若:《李白与杜甫》，中国长安出版社 2010 年版

朱东润:《杜甫叙论》，人民文学出版社 2006 年版

莫砺锋:《杜甫评传》，南京大学出版社 1993 年版

陈贻焮:《杜甫评传》，北京大学出版社 2011 年版

萧涤非主编:《杜甫全集校注》，人民文学出版社 2014 年版

第九讲　韩愈与古文

第一节　古文的源流

　　唐以前无所谓"古文"。古文概念的提出,始于韩愈《师说》等文章。韩愈出于对当时的"俗下文字",即六朝以来流行已久的骈文的不满,曾创作了大量奇句单行、整散不拘、上继先秦两汉文体的散文。他将这种文体称为古文,并针对骈文创作的种种弊端,掀起了意在革新文体的古文运动。

　　古文运动主要的理论家是韩愈和柳宗元。他们关于古文写作的主张既有一致性,也有所不同。

　　在思想内容上,针对一般骈文轻浮、空虚以及为文造情之态,他们主张"志乎古道""文者以明道";又提倡"不平则鸣""辅时及物"。前两个口号,提醒人们注意文章的道德追求与思想价值,有利于纠正文风的轻浮;后两个口号,提醒人们注意文章的社会功能和抒情作用,有利于避免文章成为道德的抽象的注疏,从而有益于文章的充实、动人。

　　　　愈之为古文,岂独取其句读不类于今者邪? 思古人而不得见,学古道则欲兼通其辞。通其辞者,本志乎古道者也。(韩愈《题欧阳生哀辞后》)

　　　　始吾幼且少,为文章,以辞为工。及长,乃知文者以明道,是固不苟为炳炳烺烺,务采色,夸声音而以为能也。(柳宗元《答韦中立

论师道书》)

> 大凡物不得其平则鸣……人之于言也亦然,有不得已者而后言,其歌也有思,其哭也有怀。凡出乎口而为声者,其皆有弗平者乎!(韩愈《送孟东野序》)

> 夫和平之音淡薄,而愁思之音要妙。欢愉之辞难工,而穷苦之言易好也。是故文章之作,恒发于羁旅草野。(韩愈《荆潭唱和诗序》)

> 仆之为文久矣,然心少之,不务也,以为是特博奕之雄耳。故在长安时,不以是取名誉,意欲施之事实,以辅时及物为道。(柳宗元《答吴武陵论〈非国语书〉》)

韩、柳所提倡的道,显然主要指儒道。不过,韩愈的明道,比较重视孔孟之道的理论建设;同时他所主张的道,还吸收了墨家以及法家的一些思想,甚至庄子也被他当作儒家的末流来对待。柳宗元的明道,比较重视"生人之患"(《答周君巢饵药久寿书》),即使不合乎传统,只要"利于人,备于事"(《时令论上》),他也乐于汲取和倡导;同时,在永贞革新失败后,柳宗元还对佛禅之道产生兴趣。韩愈对柳宗元这一思想上的倾向很不满,但柳宗元并不接受他的批评。至于韩愈提倡的"不平则鸣",柳宗元也稍有不同的意见。对于社会的不公平,柳宗元也主张要用文章来批评;但韩愈的"不平则鸣"实际还意味着要把不平静的心情磅礴地表现出来,这就不是柳宗元所能为之的了。如其《答韦中立论师道书》自云作文:"未尝敢以轻心掉之,惧其剽而不留也。未尝敢以怠心易之,惧其弛而不严也。"其《对贺者》更谓:"嘻笑之怒,甚乎裂眦;长歌之哀,过乎恸哭。庸讵知吾之浩浩,非戚戚之尤者乎!"柳宗元这样说,自然也有他的道理;不过,以他这样一种情感处置方式去明道,去鸣不平,力度和气势自然也就不如韩愈盛大。职此之故,后人便常以为他不足与韩愈比肩。

在艺术形式上,针对一般骈文片面追求辞采之美而又往往陈陈相因之弊，韩、柳都提倡推陈出新。韩愈主张学习古文应"师其意不师其辞"（《答刘正夫书》），"惟古于词必已出"（《南阳樊绍述墓志铭》），"惟陈言之务去"（《答李翊书》）。值得一提的是，韩愈作诗追求奇崛险怪，但做文章，形式虽新，语言总体上却较平易，主张"文从字顺各识职"（《南阳樊绍述墓志铭》）。柳宗元也反对为文"渔猎前作，戕贼文史"（《与友人论为文书》），但他的创新主要不是语言形式的新，而是立意与构思的新，追求的是"言畅而义美"（《杨评事文集后序》）。

在创作修养方面，往昔骈文作者有将做人与做文分开来的状况，而韩愈则提出"气盛言宜"，以为作者的道德学识与文章气格关系甚大。一则曰："根之茂者其实遂"，"气盛则言之短长与声之高下者皆宜"（《答李翊书》）；一则曰："夫所谓文者，必有诸其中，是故君子慎其实。"（《答尉迟生书》）相对来说，柳宗元更注重多方学习文章风格与写作技巧，提出要"旁推交通"（《答韦中立论师道书》）。

表面上看，古文运动似乎是很反对骈文的，其实也不尽然。柳宗元曾幼习骈文不必说了；就是韩愈，虽然自云"其始非三代两汉之书不敢观"，但他对六朝骈文的艺术也是有所汲取的。苏轼《潮洲韩文公庙碑》说韩愈"文起八代之衰"，而刘熙载《艺概·文概》却说："韩文起八代之衰，实集八代之成。"比较而言，刘熙载所言要更为确切。深入地看，古文运动的实质，并不只是要反对骈文，而是要纠正文坛偏重骈文的风气，形成骈散兼容、形式灵活的文章体式；而且，也并不只是要将文章作为道统的扩音器，而是要在新型的散文中酝酿一种新的、既清刚又洒脱的人格精神。这一点，也正是南北朝文学融合的最高要求。

事实上，古文运动虽发生于中唐后期，但其萌芽却很早。六朝的中叶，南北方就都已有人出来反对骈文。北朝人反对骈文主要基于两点：一是北朝士人多上承汉魏儒学，因而比较赞成上古散体文章，而不喜欢用骈文来吟咏风月；一是，晋室南渡以后，占据北方的多是蛮族，而且由于战乱较多，浮华唯美的骈文作风便很容易受到抵制。如西魏的苏绰（498—546）提倡上古朴质之文，正在托古改制的宇文泰就呼应，因魏帝祭庙，还命苏绰为《大诰》奏行之。其后朝廷所用文笔，遂皆依此体。很显然，上古散体文章乃是古人之遗，而新时代应该有新的语言和文法以适应新的时代生活。苏绰文章原也平易，然所作《大诰》之类却古奥典重,还不及骈文平易而有文采,又怎么会产生大的影响呢。至于南朝,在梁时有裴子野(469—530)作《雕虫论》攻击骈文,反对骈俪文的"摈落六艺""非止乎礼义"。不过,他的见识并未超过苏绰,而南朝的土壤正适合骈文的兴盛,所以他的议论遂亦无人赞助。后来隋文帝时,又有李谔上书,反对"忽君人之大道,好雕虫之小艺"的齐梁文风。隋唐之际,王通以复兴儒学自任,其《中说》在论文时非常强调"道"的内容,已初具文以载道的观念。王通还有不少弟子属于隋唐之际的风云人物,所以他的文章观念在当时有一定影响,只是还不能扭转大局。

或曰,平陈以后,南士纷纷北上,而隋炀帝、唐太宗皆醉心南朝文学,因此骈文的风习不容易改变。这种说法自然也是有道理的。不过,更根本的原因,实在于骈文乃是一种具有唯美主义倾向的贵族文体,而且是因应六朝士族的趣味而兴盛起来的;只要士族还在社会生活中养尊处优,不受冲击,那么,骈文也就不会动摇,更不会轻易退出历史舞台。总的来看,唐代反对骈文的人也多来自庶族知识分子或者士族高门中的破落户。武后时,陈子昂(661—702)是批判齐梁风习的一员大将。虽然他的批判主要集中在诗歌方面,但陈子昂本人的奏疏,气息也甚近古。据《旧唐书·文苑传》,陈子昂"属词皆以经典为本,时人钦慕之,文体一变"。与陈子昂同时的尚有卢藏用(664? —713?)、富嘉谟(? —706)、吴少微(663—750),也摒弃徐、庾,而能以经典为宗。时人号嘉谟、少微之文为"吴富体"。至于姚崇(651—721)、张说(667—731)、李白(701—762)、王维(701—761)、崔颢(? —754)等人,也都作有不错的散体文章。其他如萧颖士(707—759)、李华(696? —774?)、元结(719—772)、独孤及(725—777)、梁肃(753—793)、柳冕(730? —804?)等人,就更以学习上古经典及文章相号召,无论在理论探讨方面,还是创作实践方面,都为了韩、柳倡导的古文运动做了很好的铺垫。

李华,字遐叔,赵州赞皇(今属河北)人。他与颖士齐名,世号"萧李"。《新唐书》本传载:

> 华文辞绵丽,少宏杰气,颖士健爽自肆,时谓不及颖士,而华自疑过之。因著《吊古战场文》,极思研摧,已成,污为故书,杂置梵书之庋。它日,与颖士读之,称工,华问:"今谁可及?"颖士曰:"君加

精思,便能至矣。"华愕然而服。

所谓《吊古战场文》,文体上还是骈文。据此,亦可见李华提倡古文,其实并不是要尽灭骈文。只是安史之乱以后,社会矛盾的发展不断引起人们的关切,而变革政治的渴望也日益在增长。这种状况自然也就为古文运动的发生提供了现实的有利环境。至少,古文可以直面现实,而骈文却太喜欢在故纸堆里寻觅辞藻;古文方便歌咏异端,而骈文却太沉迷于对立统一的思维习惯;古文适合叙述乱世英豪们的丰功伟业,而骈文却更长于各种景观物象的描摹。是故到了革新的时代,骈文便常不如古文更受欢迎。当然,古文的兴起也不能抹杀韩愈个人的作用。郑振铎《插图本中国文学史》就感叹过:

> 韩愈是一位天生的煽动家、宣传家,古文运动之得成功于他的主持之下,并不是偶然的事。他最善于鼓吹自己,宣传自己。……他在贞元十八年为四门博士,元和初为国子博士,元和十五年为国子祭酒,元庆间为吏部侍郎,都是处在领导天下士人们的地位,所以他的影响更容易传播出去。

总之,随着韩愈的提倡,柳宗元等人的帮衬,也因应着时势的需要,古文运动也就在唐代中叶蓬勃发展起来,涌现出张籍(766—830?)、李翱(773?—836?)、李汉、皇甫湜(777?—835)、樊宗师等一批优秀的古文作家。不过,正因为古文的蓬勃发展与时势关系密切,所以,随着中唐政治革新的失败,古文运动也迅速衰落。到了晚唐,古文运动也几乎失去了普遍滋长的土壤:古文运动是要明道的,可是面对污浊的现实,儒道并不能济世;古文运动是要鸣不平的,可是面对腐败的官场,鸣了也无人倾听,还可能丢了性命。职此之故,到晚唐之时,私生活逐渐又成为文学家表现的重点,在这方面,古文是不如骈文更能驰骋文采的。此外,就领导者韩愈来说,韩愈虽提倡古文,但并未尽弃骈句;同时他还如裴度《寄李翱书》所批评的:"恃其绝足,往往奔放,不以文立制,而以文为戏。"而韩愈的后学,既缺乏韩、柳的才力,又不能用文章深入地反映社会现实,惟醉心于用难字、造奇句,这就不能发挥古文在文体方面的优长。所以，到了晚唐，古文运动便衰落了，唯有一些小品文，像是残留的涟漪。鲁迅《小品文的危机》说："唐末诗风衰落，而小品放了光辉。但罗隐的《谗书》，几乎全部是抗争和愤激之谈；皮日休和陆龟蒙自以为隐士，别人也称之为隐士，而看他们在《皮子文薮》和《笠泽丛书》中的小品文，并没有忘记天下，正是一榻胡涂的泥塘里的光彩和锋铓。"

这种状况一直持续到北宋中叶，古文创作才又得以复兴。复兴的原因：一是此时为了对外抵御辽与西夏的侵扰，对内缓解阶级矛盾，士人们需要提倡革新社会的政治与思想；一是宋代台谏制度发达，使士人们在政治及思想领域形成了自由议论的风气，而骈文相较于古文，既不利于维新社会，也不便于思想的争鸣，所以也就不能不让位于古文。

北宋初，柳开（947—1000）首倡复古，鲜明地提出合道统与文统而为一的主张，但其文艰涩，影响不大。王禹偁（954—1001）的一些文章则既能继承韩、柳而又较为平易，风格古雅简淡而又自然明快，并且还培养了不少门生。至于姚铉（968—1020）和穆修（979—1032），前者编了一部《唐文粹》来为古文张大势力；后者则以刊刻韩、柳文集来与流行的西昆体文风相对抗，并且培养了尹洙（1001—1047）、苏舜钦（1008—1048）等古文家。当然，古文真正的复兴，是从仁宗朝的欧阳修（1007—1072）开始的。欧阳修自幼为了应试，修习过骈文；但他更喜爱韩愈的文章，并努力发展韩文比较平易自然的一面。当欧阳修走上文坛的时候，西昆体已经受到石介（1005—1045）等人的严厉批判，然而当时受他们影响的太学生们写作文章又走入险怪艰涩之路，形成了风靡一时的"太学体"。欧阳修对西昆体和太学体都不甚满意，后来官至参知政事，便在仁宗的支持下大力改造文风，并以科举考试为杠杆来倡导自然而平易的古文创作。年轻的苏轼（1037—1101）、苏辙（1039—1112）都是依靠出色的古文创作在科举中为欧阳修所赏识的。二苏之外，苏洵（1009—1066），字明允，是欧阳修的好友；曾巩（1019—1083），字子固，和王安石（1021—1086）都是欧阳修的门人。王安石后来还做过神宗朝的宰相，在他的推动下，古文创作更加兴盛。

北宋古文家在政治上的地位，是唐代古文家难以比拟的。当时最著名的欧、王、曾与三苏，再加上唐代的韩、柳，后人称为"唐宋八大家"。他们都是古文的杰出作者，但风格则互有不同。韩愈以道统的传承者自视，其文如长江大河，能以摧枯拉朽的气势进行创新，胜在气力雄浑，规模阔大。柳宗元多愁善感，其文如高岩之映春水，孤峭清幽。较之韩文，其优点是在议论的时候更为精密，也更易学；缺点是学多了，会衰了文字的气力，并且他的文章有时比较局促，好像许多物件拥挤在一起，正当展开，却便草草收场了。欧阳修既重视道统，又属意于人事，并且相信道虽同，其文则可以相异，所以他虽倡导学习韩、柳，为文却能自成一家。其文纡徐温婉，就像阳光下的陂塘，平易中自有风光无限。不过，他也有些文章衔接过渡不够自然，好像缺失了一些文字似的；这大概是因为他文思较慢，而很多文章又属于急就章，难以仔细琢磨。但总的来看，他还是当时重文派的代表，比较注重字句的锤炼与章节的安排。王安石在政治上属于实干家，在文章领域也属于重经术的代表，其文通峭雄直，往往如瀑布直下，简洁有力，既不肯为敷陈迤逦之观，也不像欧文那样力求平易。曾巩是正统的儒者，文章古雅平正，与欧阳修都偏于柔美，但他的文字，一字挨一字，谨严而太迫，不如欧文敷腴而曲折有致。三苏的文章都以巧见称，而且好议论。苏洵之文古雅雄健，战国策士风气最浓。苏轼通脱俊逸，自云其文如风行水上，常行于所当行，止于不可止。他的文章比较明快，优点是大势好，然不可将文字逐一加以点检；且与曾巩一样，论事喜欢说透，所以他们的文章都不如欧文有含蓄不尽之意。[①] 南宋李涂《文章精义》曾说："韩如海，柳如泉，欧如澜，苏如潮。"苏即苏轼。潮亦海水也，是故后人也常说"韩潮苏海"。又，清吴铤（1800—1832）《文翼》卷一曾谓："韩退之以杨子云化《史记》，柳子厚以庄周、屈左徒、《史记》《国语》化六朝，欧阳永叔以《史记》化退之，王介甫以周秦诸子化退之，曾子固以三《礼》化西汉，苏明允以贾长沙、晁家令化《孟子》《战国策》，苏子瞻以《庄子》化战国纵横家言，于此可以求脱胎之法。"其说常被当作曾国藩的观点，影响很大。苏辙之文不如父兄，风格也更近于欧、曾。他比较长于政论和史论，但记叙文写得更隽永，苏轼以为"有一唱三叹之声"。至于苏轼的门人，也都长于议论，而以陈师道（1053—1102）文章成就最高。据说，陈师道早年曾在曾巩指点下，研习《史记·伯夷列传》一年而得悟文法，故其文简严密栗，

---

① 　此段对古文家的评说，多取自朱熹，见《朱子语类》卷一三九《论文上》。

而时有曲折可观之处。有了欧、王、曾、苏等人的努力,古文作为文章正宗的地位也就不可动摇了。而欧、苏的时代也成为宋代散文的黄金时代,不仅名家众多,而且塑造了宋文平易自然、婉转流畅的主导风格,对文章艺术表现理论的讨论也更加细密、深入和具体。

苏轼仙逝以后,注重文采的文章曾流行一时,而李清照(1084—1155?)的文章最为真切深挚;同时,宗泽(1060—1128)、李纲(1083—1140)等人要求抗金的文章也腾涌而起。及宋室南渡以后,岳飞(1103—1142)、胡铨(1102—1180)、杨万里(1127—1206)、薛季宣(1134—1173)、陈傅良(1137—1203)、陈亮(1143—1194)、辛弃疾(1140—1207)、叶适(1150—1223)等人偏重事功的政论文,陆游(1125—1210)、范成大(1126—1193)等人的笔记体散文,朱熹(1130—1200)、吕祖谦(1137—1181)、真德秀(1178—1235)、魏了翁(1178—1237)、林希逸(1193—1271)等人渗透理学精神的各种文章,一方面继承着北宋诸名家的古文成就,一方面也都有自己的特色而有所开辟。到了宋末,文章创作的总体成就不高,但颇多感时忧国之思。其中文天祥(1236—1283)、谢枋得(1226—1289)善于议论,刘辰翁(1232—1297)、郑思肖(1241—1318)长于记事,并为一时之杰。

值得一提的是,在宋代,由于理学的兴起,理学家对于"文"与"道"的关系也提出了新的主张。在唐代,韩、柳原提倡"文以明道",对"文"与"道"是并重的;宋初周敦颐提出"文以载道",则显示了重道轻文的倾向;稍后的程颐更是变本加厉指斥"作文害道"。到了南宋,朱熹的弟子陈才卿以为韩愈的女婿李汉《昌黎先生集序》中"文者,贯道之器也"一句甚好,朱熹反驳说:"这文皆是从道中流出,岂有文反能贯道之理? 文是文,道是道,文只如吃饭时下饭耳;若以文贯道,却是把本为末,以末为本,可乎?"语载《朱子语类》卷一三九,同卷又载朱熹之批评说:"道者,文之根本;文者,道之枝叶。惟其根本于道,所以发之于文,皆道也。三代圣贤文章,皆从此心写出,文便是道。今东坡之言曰:'吾所谓文,必与道俱',则是文自文而道自道,待作文时旋去讨个道来放入里面,此是他大病处。"朱熹所批东坡语,实为欧阳修之语;他提出的意见,虽然不能说就没有一定的道理,但对"文"的独立价值多少有所贬低。正因为相对来说,他重道轻文,所以他认为:"韩文力量不如汉文,汉文不如先秦战国。"至于他的再传弟子真德秀更直接把文章分为"鸣道之文"与"文人之文"。真德秀还曾编选《文章正宗》,强调著文应"明理义切世用",他的这种主张,世称"论理派"。与真德秀年辈相仿的楼昉编撰《崇古文诀》时,则继承其师吕祖谦所编《古文关键》的宗旨,着重讲文章作法,世称"论文派"。《古文关键序》对韩、柳、欧、曾、王及三苏的文章优劣多有比较,所以林庚《中国文学史》认为"已先造成唐宋八大家的系统"。

金朝的散文,初期以辽遗民韩昉(1082—1149)、被扣留的宋使吴激(1093前—1142)为著。稍后则有蔡珪(? —1174),他是蔡松年之子,号称"小蔡燕许手",开金代文章正宗。又有党怀英(1134—1211),长于制诏,主要宗法欧阳修,文风平易。再后有赵秉文(1159—1232)、杨云翼(1170—1228)与李纯甫(1177—1223)。杨云翼与赵秉文合称"杨赵"。他主张学以儒为正,文以理为主,论辩详尽明晰。赵秉文作文以欧阳修、苏轼为楷模,风格平易、婉转而又浑厚;李纯甫则强调超越唐宋,主要学习《庄子》《左传》《战国策》,因求新奇而时不免陷于险怪。在李纯甫的"出奇"与赵秉文的"尚平"两种文风中,雷希颜(1184—1231)倾向于李纯甫,并推尊韩愈,而王若虚(1174—1243)及其弟子元好问(1190—1257)则都倾向于赵秉文。元好问众体皆工,不少文章纡徐古朴,颇有欧阳修与曾巩的风致,但较之赵秉文、王若虚,他受宋人理学的影响更明显,也有不少文章重滞平衍,缺乏生趣。

元代散文也属于唐宋古文的发展,但其初期在创作上则有宗唐返古与宗主宋文的不同倾向。相对来说,刘因(1249—1293)、王恽(1227—1304)、戴表元(1244—1310)及其弟子袁桷(1266—1327)主要师法宋文尤其是欧阳修的文章,文风趋于平易流畅;而姚燧(1238—1313)、卢挚(1242—1314)、元明善(1269—1322)则主要师法唐文尤其是韩愈的文章,同时又有返回三代秦汉的倾向。其中姚燧对宋代欧阳修的文章也很推崇,所以他的文章既有雄刚古邃之风,也不乏流畅蕴藉之作,在元人中最受后人推崇。元代中后期,宗唐与宗宋两种倾向逐渐合流成唐宋并尊的主张。当时较有成就的作者有揭傒斯(1274—1344)、虞集(1272—1348)及其弟子陈旅(1288—1343)、苏天爵(1294—1352);欧阳玄(1273—1358)以及方凤(1241—1322)的三个弟子柳贯

（1270—1342）、黄溍（1277—1357）和吴莱（1297—1340）。元后期古文家中，比较特别的是马祖常（1279—1338）和杨维桢（1296—1370）。元代散文创作中，宋代“论理派”与“论文派”相争的态势还有一定的延续，但总体上后者占优，比较重视“文”与“道”的协调。但马祖常却颇以质朴为追求，而杨维桢又陷于纤丽，乃至王彝（？—1374）作《文妖》斥杨文为“狐也，文妖也”。对于元代文章，后世褒贬不一，但一般以姚燧、元明善、虞集、欧阳玄、黄溍和苏天爵为“元文六大家”。或以为：总的说，元代散文家与唐人一样，追求宏放阔大，却不甚注重个性精神的凸显；他们也像宋人一样，追求自然平易，却不甚注重个人的内心体验与理性思辨，而是更乐于消解自我以融入社会和自然，由此形成一种比较冲淡悠远的文章风格。而这种风格，实质也正是元人追求圣贤气象在文章领域的反映。

元亡以后，明初的古文家多是元朝之遗。他们作文大都讲究“养气”，注重义理、事功和文章的统一。其中朱右（1314—1376）虽不善创作，但其《唐宋六家文衡》首次将韩、柳、欧、曾、王以及三苏等八人六家之文选编在一起，并极力推尊曾巩的文章，影响很大。明太祖朱元璋（1328—1398）也不善于创作，但他不仅提倡古文，而且提倡用口语将法令写成“直解”。他自己也写了不少白话文，其中还不乏佳作。这使得一些学者认为，明代白话文学的繁荣与他的这种文学嗜好有着摆不脱的关系。不过，朱元璋对文人好施以政治的高压，所以入明以后，文豪们的文章就大不如前，且多台阁气息。在明初，宋濂（1310—1381）、刘基（1311—1375）和高启（1336—1374）三人的文章创作最有成绩，号称“明初诗文三大家”。宋濂是吴莱的学生，又学于黄溍和柳贯，其文章立意高远而笔法多端，尤长于写人叙事，尝被明太祖朱元璋誉为“开国文臣之首”。宋濂的学生方孝孺（1357—1402）也是当时著名的古文家，但文风主于雄峻。《明史》本传说他“每一篇出，海内争相传诵”，可惜因执拗为明成祖所杀，诗文亦多亡佚。稍后，占据文坛的是杨士奇（1366—1444）、杨荣（1371—1440）和杨溥（1372—1446）这“三杨”所倡导的“台阁体”文风。“台阁体”文人多以欧、曾为典范，崇尚平正纡徐，然而由于其文章在粉饰太平之外鲜有深刻的思想内容，终不免陷于萎靡和平庸。因此，到了明中叶，也便招来以李梦阳（1473—1530）、何景明（1483—

1521)为代表的前七子的反对。不过,前七子提出的"文必秦汉"的主张过于极端,反对文学的道学气息也违背了宋以来的古文传统,所以不久就引起王慎中(1509—1559)、唐顺之(1507—1560)、归有光(1507—1571)和茅坤(1512—1601)等人的反对。他们认为秦汉文虽佳,但唐宋文更好,因而在创作中更推崇唐宋文,世称"唐宋派"。其中,王慎中、唐顺之实际更想恢复宋代文学注重道学的传统,而茅坤则唐宋并举,至于归有光,则在唐宋之外亦喜爱司马迁的"龙门家法",在道统之外亦喜欢表现人间之"至情",所以在唐宋派乃至明人中他的文章尤多可观。与"唐宋派"同时,以李攀龙(1514—1570)、王世贞(1526—1590)为代表的后七子对"唐宋派"的文学观十分不满。他们不仅重揭前七子的复古主张,而且变本加厉,以为东汉的文章也不够好,写文章应向西汉以及《战国策》《吕氏春秋》等先秦文章中寻求"古法"。《明史·王世贞传》载:

> 世贞始与李攀龙狎主文盟,攀龙殁,独操柄二十年。才最高,地望最显,声华意气笼盖海内。一时士大夫及山人、词客、衲子、羽流,莫不奔走门下。片言褒赏,声价骤起。其持论,文必西汉,诗必盛唐,大历以后书勿读,而藻饰太甚。晚年,攻者渐起,世贞顾渐造平淡。病亟时,刘凤往视,见其手苏子瞻集,讽玩不置也。

由这一记载便不难看出,凡极端的文学主张终难免要走向反面。归有光之所以有成绩,就在于他并不极端,而较能转益多师,情理并重。与唐宋派同时,又有徐渭(1521—1593),一生穷愁,文风亦多激愤、放纵。还有李贽(1527—1602),善于反思批判,文风也任性率直,以气势充沛见长。稍晚,则又有陈继儒(1558—1639)善于抒写日常生活的情趣,博雅而有灵气。与陈继儒同时,又有湖北公安人袁宗道(1560—1600)、宏道(1568—1610)、中道(1570—1626)三兄弟在万历年间崛起。他们反对前后七子的拟古风尚,却重视七子们提倡的"真情",强调用诗文"独抒性灵",形成了声势浩大的"公安派"。可惜由于矫枉过正,他们的成就也并不突出。至于因反对公安派的浅俗而将诗文与"性灵"都引入"幽深孤峭"之路的竟陵人钟惺(1574—1625)和谭元春(1586—1637),虽然形成了"竟陵派",但成就也很有限。晚明时期,大约只有注重个人生活情趣的小品文还是不错的。王思任(1574—1646)的文章出言灵巧少忌惮，富于谐谑之趣；徐弘祖(1586—1641)的《徐霞客游记》生动自然，有不畏艰险的豪气；张岱(1597—1679)承公安派之风，喜欢任情适性，为文却又能博采众长，成为晚明散文的集大成者。至于陈子龙(1608—1647)，一面承接前后七子，提倡"文以范古为美"；一面又强调"情以独至为真"，并注重经世致用，虽寿命不永，但影响较大。

明末清初，由于内忧外患的刺激，散文逐渐向唐宋"载道"的风气回归。黄宗羲(1610—1695)、顾炎武(1613—1682)和王夫之(1619—1692)都有很好的经世致用的文章，但属于学者之文。至于文人之文，声名较盛的是被称为"清初三大家"的侯方域(1618—1654)、魏禧(1624—1680)和汪琬(1624—1690)。《四库全书总目提要》曾评论说：

> 古文一脉，自明代肤滥于七子，纤佻于三袁，至启、祯而极敝。国初风气还淳，一时学者始复讲唐宋以来之矩矱，而(汪)琬与宁都魏禧、商邱侯方域称为最工。然禧才杂纵横，未归于纯粹；方域体兼华藻，稍涉于浮夸。惟琬学术既深，轨辙复正，其言大抵原本六经，与二家迥别。

其实，侯方域入清以后，文风也从放纵性灵向着"载道"的古文传统回归，只是尚不如汪琬更能"原本六经"，也正以此故，他的文章实际较汪琬更有文学的趣味。年代稍晚于三大家的廖燕(1644—1705)与戴名世(1653—1713)也是优秀的古文作者。廖燕既能作思想新颖大胆的学者之文，也能作不错的记叙文与性灵文字。戴名世，号南山，安徽桐城人，《清史稿》本传说他"喜读太史公书，考求前代奇节玮行。时时著文以自抒湮郁，气逸发不可控御"。其《送蒋玉度还毗陵序》云：

> 今之所谓才士者，吾知之矣：习剽窃之文，工侧媚之貌，奔走形势之途，周旋仆隶之际，以低首柔声乞哀于公卿之门，而士之论才士者必归焉。今之所谓好士者，吾知之矣：雷同也而喜其合时，便佞也而喜其适己，狼戾险贼也而以为有用。士有不出于是者，为傲，为迂，为诞妄，为倨侮，而不可复近。盖今之士与士大夫之好士

者,其相得如此,呜呼,亦一异矣!

他为文既这样真切任性,却偏又混迹于濯淖污泥之中,是故终遭文字之祸,"不得其死然"。大概有鉴于此,他的同乡方苞(1668—1749)便片面发展了他的文章观念,提出了强调伦理与中正之道的"言有物"与"言有序"的"义法说";同时,他还追求文体的"雅洁",不肯在文章中夹杂前代语录之语、骈俪之语、汉赋中的板重字法、诗歌中的隽语以及南北史中的佻巧之语。方苞的同乡弟子刘大櫆(1698—1780)则提出了"因声求气"的"神气说",并且由于一生落拓,文章也写得较有性情。刘大櫆的同乡弟子姚鼐(1731—1815)更进一步提出了"义理、考据、词章"相统一,由"文之粗"(格、律、声、色)来追求"文之精"(神、理、气、味)的主张,并且编撰了一部流传颇广的《古文辞类纂》。从理论上说,他们的主张是细致而容易操作的;从创作上说,他们的义理虽浅,但用词章表现情感与精神总还是较为成功的;从裙带上说,姚鼐还有管同(1780—1831)、梅曾亮(1786—1856)、方东树(1772—1851)、刘开(1784—1824)、姚莹(1785—1853)等一帮弟子门徒为其羽翼,并有朋友为之称扬宣传;并且,他们以文章来"阐道翼教"的主张也合乎满清贵族巩固统治的时代需要,因而他们在清代拥有巨大的影响,到了曾国藩的时候,便明确被尊为"桐城派"。一直到五四新文化运动之前,方苞所提倡的"学行继程、朱之后,文章在韩、欧之间"的桐城派古文,都被奉为散文创作的正宗。

桐城派的祖宗,一般都说是方苞,但方苞等人关于文章的意见实多出于戴名世,只是名世既遭文字之狱,也就不便提起。至于远祖,一般都推至归有光。虽然方苞本人对归有光多所嫌弃,但他们都推尊唐宋八大家之文,也都喜好并评点过《史记》。刘开谈作文,以为当先学归、方,后学唐宋八大家,再学《史记》《汉书》,这便可见归有光在桐城派古文中的历史地位了。

对于方苞、刘大櫆、姚鼐三人的主张,在桐城派内外都有一些不同意见。

就内部来说,当姚鼐提倡桐城古文之时,刘大櫆有弟子钱伯坰(1738—1812),是常州府阳湖县人,他将其师说转播给同乡恽敬

（1757—1817）、张惠言（1761—1802）。恽、张初习骈文，由此转习古文，但他们在唐宋文之外，又提倡学习诸子文与汉赋，而且更心仪骈散不分的魏晋古文，所以别号为"阳湖派"。到了咸丰、同治年间，曾国藩（1811—1872）等人虽然还打着推尊桐城的旗号，但其所创立的"湘乡派"却是"文"与"道"并重，而且强调文章的经世济民之用，从而扩大了古文的用途；在风格上，他们也不甘守桐城派的"清淡简朴"，反而追求"雄奇瑰玮"；在师法对象方面，于唐宋八大家之外，他们将先秦两汉的文章也包括进来，对骈文也并不采取排斥的态度。曾国藩还编了一部《经史百家杂钞》，较姚鼐的《古文辞类纂》取材更广，也更有经世致用的识见。所以湘乡派虽然还挂着桐城派的羊头，但卖的已不尽是桐城派的羊肉了。张裕钊（1823—1894）、吴汝纶（1840—1893）、黎庶昌（1837—1897）、薛福成（1838—1894）号称"曾门四弟子"，都是湘乡派的代表作家。张裕钊和吴汝纶的文章尤能体现桐城古文的"雅洁"，但湘乡派古文中更有价值的则是他们反映着时代新变化的议论文与海外游记。吴汝纶是桐城人，和另一位桐城人马其昶（1855—1930），一般被当做桐城派古文的两位殿军。在他们之外，还有严复（1854—1921）和林纾（1852—1924）。严复是吴汝纶的学生，林纾也与吴汝纶等桐城派文士交往密切。不过，严复用古文来翻译西洋学术，林纾用古文来翻译西洋小说，虽然影响极大，并为桐城派开拓了艺术的沃野，但都严重违背了"阐道翼教"的义法，因而一般只被视为晚期桐城派古文的盟友。

就外部来说，不满或反对桐城义法的，也代不乏人。在桐城派流行之初，全祖望（1705—1755）为文厚重壮美，郑燮（1693—1765）、袁枚（1716—1798）及沈复（1763—?）等人为文敢于抒张个性，就都打破着桐城派"雅正"天下的氛围。沈复的自传体笔记散文《浮生六记》尤为著名。此外，由于政治的高压以及对宋明理学空疏之弊的憎恶，清初以来学者就很喜欢考据。考据之学的盛行则造就了注重读书博学的社会文化氛围。在这样一种氛围里，自明季就有复兴趋势的骈文也就具有了适合滋生的土壤，并成为一些考据家用来与推尊宋学的桐城派古文做斗争的工具。清初的陈维崧（1625—1682）、毛奇龄（1623—1716），清中叶的袁枚、汪中（1744—1794）、孔广森（1751—1786）、李兆洛（1769—1841）、阮元（1764—1849）就都是骈文的拥护者。阮元作《文言说》，力倡骈文为"文"之正宗,将骈文与散文的正统之争推向高潮。李兆洛曾私淑于姚鼐,并与恽敬、张惠言合称"阳湖三家",但他编了一部规模宏大的《骈体文钞》,意图与姚鼐的《古文辞类纂》一争高下。直到清末民初,拥护骈文为正统的刘师培还在批评桐城派的种种不是。拥护骈文的人,因文体正统之争对桐城派不满,而到了道光朝以后,随着社会危机与民族危机的加深,具有革新意识的思想家与文学家对桐城派"阐道翼教"的陈腐思想与模拟古人的种种艺术教条就更不能满意了。其初,有龚自珍(1792—1841)主张"毕所欲言"。他好为经世之文,不仅思想上具有反抗专制、追求个性解放的启蒙主义性质,而且见识深,情意切,气悍辞横,能自成一家。其后,又有冯桂芬(1809—1874)、王韬(1828—1897)、郑观应(1842—1922)等继续创作打破桐城藩篱、鼓吹思想革新的经世之文。王韬担任过报刊主笔,不少文章发表在报纸上,文风通俗畅达,显示了古文经由报章文体向近代散文演变的趋势。在他之后,梁启超(1873—1929)也常常在报章上著文宣传维新思想。其《清代学术概论》曾自云:"夙不喜桐城派古文,幼年为文,学晚汉、魏晋,颇尚矜炼。"及主笔《时务报》以后,则"渐忘其本来,又日困于宾客",于是乃多信口草率之文,以便觉世之宣传,而不以传世之著述为意(《与严幼陵先生书》)。及在日创办《新民丛报》,更"自解放,务为平易畅达,时杂以俚语、韵语及外国语法,纵笔所至不检束,学者竞效之,号'新文体'。老辈则痛恨,诋为野狐,然其文条理明晰,笔锋常带情感,对于读者,别有一种魔力焉"。(《清代学术概论》)

对于梁启超的"新文体"与林纾的古文小说,章太炎(1869—1936)都不十分欣赏,以为小说之文多于事外刻画,而报章之文喜为意外盈辞,因而于文体最为有害,不能用之于书札和文牍。在古人文章中,他最推重魏晋之文,他的政论文如《驳康有为论革命书》等也确有魏晋文章的一些风度。不过,他到后来更喜欢"优柔平中"的"弘雅"之辞,对桐城派古文的气度格律竟也能予以一定的欣赏了。鲁迅《关于太炎先生二三事》曾惋惜说,太炎先生自编《章氏丛书》,"大约以为驳难攻讦,至于忿詈,有违古之儒风,足以贻讥多士的罢,先前的见于期刊的斗争的文章,竟多被刊落。"鲁迅早年受太炎影响,也喜欢魏晋文,但过于追求古拙生涩,用古文写成的几篇宏论与用古文译的《域外小说集》都不怎么宜人耳目;反倒是后来用白话所作散文更能自成一家;只可惜,因他坚持了太炎早年"驳难攻讦"之风,又心仪嵇康的"清峻",勇作社会文化批评而不悔,遂被目为尖酸刻薄而竟乃以"骂"家名于俗世了。

毛润之早年在湖南第一师范学校学习的时候,原很欣赏梁启超的新体文,但他的国文老师袁仲谦比较喜欢桐城古文,认为梁启超的文章半通不通,因而训导他改宗韩愈。韩愈"气盛言宜"的文章特色,也算是被毛润之在白话文中发扬光大了。韩愈的文章,鲁迅是不大喜欢的;然而曾经宗韩的毛润之却对鲁迅的文章非常推崇,这在文章史上,也是很有趣的事情。二十世纪初,还有刘师培以"藻饰""对偶""声律"为"文"之标准,并发表《广阮氏文言说》《文说》《文章原始》等文章,继续鼓吹骈文为文体正宗。鲁迅没有明显附和刘师培这一观点,但他对刘师培关于文学特征的描述较为欣赏,而且事实上,也喜欢在文章中杂用偶句。从历史发展来看,凡是在文体发展中画地为牢作茧自缚者,总归是弊大于利;惟有反是者乃有大成。

第二节　韩愈的新变

韩愈(768—824),字退之,河阳(今河南孟州市)人,自称郡望昌黎郡(今河北昌黎县),故人称韩昌黎。愈生未满二月,其母可能就故去了。或以为,愈之生母,出身可能比较微贱,这在当时颇有碍于韩愈之飞腾,是故韩愈很少在诗文中谈及其生母的具体状况。也有人认为,韩愈的乳母李氏即其生母;李氏死后,愈为作《乳母墓铭》,而为乳母作墓铭,这也是前所未有的事情。韩愈三岁时,其父韩仲卿去世;十二岁时,其兄韩会也不幸故去;愈遂由会妻郑氏抚养成人。后来郑氏过世,愈为作《祭郑夫人文》,深表哀悼。

大历九年(774),韩会任起居舍人,愈乃随兄嫂入居长安。大历十二年(777),韩会受宰相元载被诛一案牵连,贬为韶州(今广东韶关)刺史。779年,韩会病故,郑氏遂携愈等返回河阳;不久,又因战乱避难宣州(今安徽宣城)。韩愈在韩会与叔父韩云卿的影响下,从小就学习古文,有志于古道;及至宣州,更加发奋。贞元二年(786),遂辞家赴京,但因无所依靠,考了四次,才于贞元八年(792)登进士第。这一年的主考官是陆贽,而梁肃、王础为之佐,故所举多有真才实学,号称"龙虎榜"。不过,此后韩愈又考了三次吏部的博学宏词科,均遭败绩。796年,为谋生,他曾赴宣武节度使(治所在汴州,即今开封)董晋处任幕僚。799年,董晋死后,他又到徐州刺史张建封处任过幕僚;但次年即离开徐州,移居洛阳。贞元十八年(802)初,愈得任国子监四门博士;贞元十九年(803),迁监察御史。是年,关中发生旱灾,愈上疏为民请命,不意却被贬为阳山(今属广东)令。在任有德政,很受百姓爱戴。805年初,顺宗即位,遇赦,待命郴州;同年秋,宪宗即位。此后韩愈职官屡有升降,任过江陵法曹参军(805)、权知国子监博士(806)。因有奸人在宰相郑绸及李吉甫等大臣面前诋毁他,尝自请分教于洛阳之国子监以避祸(807)。其后,又任分司东都的都官员外郎并兼领祠部(809),乃日与宦者为敌,而必欲诛其无良。元和五年冬(810),改任河南(今洛阳)令,又以敢于整治强藩驻洛的不法军人见称。其后,又被调回长安,任过职方员外郎(811)。时华州刺史阎济美未经参验就将华阴令柳涧以贪赃罪下为曹掾,韩愈由于担心刺史等结朋党,奏请参验后处置,不意柳涧果有贪赃,韩愈遂以妄论之过,贬为国子监博士(812)。其后,韩愈又担任过史官修撰(813),尝在《答刘秀才论史书》中表达了"为史者,不有人祸,则有天刑"的忧惧,而后在柳宗元等人的批评与激励下,才打消顾虑,所主修的《顺宗实录》也号称信史。816年初,任中书舍人;至五月,遂以主张平淮西而改任太子右庶子等闲职。元和十二年(817),韩愈以行军司马的身份随裴度参与平定淮西藩镇,表现出杰出的军政才能,迁为刑部侍郎。819年,又因反对宪宗拜迎佛骨,贬为潮州(今属广东)刺史,在任驱鳄鱼,兴教化,禁止抵债为奴,颇有政声。同年,宪宗阅其表而怜之,遂又改任袁州(今江西宜春)刺史,在任继续解放奴隶。820年,穆宗即位,愈得以回京任国子监祭酒;821年,转任兵部侍郎。《旧唐书》本传载:"会镇州(今河北正定)杀田弘正,立王廷凑,令愈往镇州宣谕。愈既至,集军民,谕以逆顺。辞情切至,廷凑畏重之。"后又任过吏部侍郎(822)、京兆尹(823)等职,因宰相李逢吉在李绅与韩愈间制造矛盾,愈终未得入相,竟以复任吏部侍郎终,故人称韩吏部。长庆四年(824),愈病死于长安,谥曰"文",故又称韩文公。

韩愈是唐宋八大家之首。《新唐书》本传称其文："刊落陈言,横鹜别驱,汪洋大肆。"苏洵《上欧阳内翰第一书》称其文："如长江大河,浑浩流转。"苏轼的《韩文公庙碑》更称赞韩愈："文起八代之衰,道济天下之溺,忠犯人主之怒,而勇夺三军之帅。"不过,事实上,韩愈死后,文章与道很快便又陷入衰落,一直到北宋中叶欧阳修出来大力推尊韩愈,古文才真正复兴。王安石《韩子》一诗说："纷纷易尽百年生,举世何人识道真。力去陈言夸末俗,可怜无补费精神。"这话虽有些偏,有些过,有些迂腐,但与苏学士的话一样,很值得玩味。

韩愈古文今存近四百篇,几乎各类文章都有名篇杰作;而且他的这些古文,确如前人所说,无论在思想内容上,还是艺术形式上,都能够务去陈言,极有新意。

先说韩文思想内容的新。

首先,韩愈的古文因敢于反传统而新。汉代以来,崇儒的人对儒家经典,大多是经典说什么便也就跟着说什么,并不敢越雷池一步而有所申说发明。韩愈作为儒生,则敢以"六经注我"的姿态,慨然以圣贤自许。其所作《原道》《原性》,与二程、朱熹、陆九渊、王守仁、王夫之等人的思想著述相比,自然显得有些肤浅,但却为有宋一代新儒学的全面兴起做了开路先锋。此外,古代提倡儒道的人,对其他诸子尤其是墨家的思想是很排斥的,但韩愈却敢于援墨助儒,与孟子大力辟杨、墨的作风很不一样。再有,孔子曾称赞颜渊安贫乐道,而韩愈《与李翱书》则认为:

> 孔子称颜回:"一箪食、一瓢饮,人不堪其忧,回也不改其乐。"彼人者,有圣者为之依归,而又有箪食瓢饮足以不死,其不忧而乐也,岂不易哉! 若仆无所依归,无箪食,无瓢饮,无所取资,则饿而死,其不亦难乎!

这样的议论虽属实话实说,但显然背离了前儒的主张。韩愈以这样的方式来昌明道统,使得他的文章富有新意;自然,也使得后儒对他颇为不满。

其次,韩愈的古文因敢于反权贵而新。古人云:"千人之诺诺,不如一士之谔谔。"韩愈的文章,敢于在普遍的诺诺之声中独振其谔谔之音,是故常常使人觉得新鲜有味。如宪宗元和十四年(819),宪宗欲迎佛骨,满朝谀从,而愈上《论佛骨表》,结合佛学东来,帝王因佞佛而误国的历史,旗帜鲜明地反对迎佛骨,最后又说:

> 孔子曰:"敬鬼神而远之。"古之诸侯,行吊于其国,尚令巫祝先以桃茢祓除不祥,然后进吊。今无故取朽秽之物,亲临观之,巫祝不先,桃茢不用,群臣不言其非,御史不举其失,臣实耻之。乞以此骨付之有司,投诸水火,永绝根本,断天下之疑,绝后代之惑。使天下之人,知大圣人之所作为,出于寻常万万也。岂不盛哉!岂不快哉!佛如有灵,能作祸祟,凡有殃咎,宜加臣身,上天鉴临,臣不怨悔。

当时满朝廷满都城都将佛骨视为神明,为求供养,百姓废业破产者有之,烧顶灼臂者有之,而韩愈竟敢直斥佛骨为"朽秽"之物,于是宪宗大怒,幸得裴度等人力救,才免其一死,贬而为潮州刺史。王夫之《读通鉴论》曾谓:"韩愈之谏佛骨,古今以为辟异端之昌言,岂其然哉?卫道者,卫道而止。卫道而止者,道之所在,言之所及,道之所否,言之所慎也。道之所在,义而已矣;道之所否,利而已矣。……愈奚足以知此哉?所奉者义也,所志者利也,所言者不出其贪生求福之心量,口辩笔锋,顺此以迁流,使琅琅足动庸人之欣赏,愈之技止此耳,恶足以卫道哉?"确实,韩愈此篇所言尚称不上深刻,不少见解也是"大政治家"姚崇等前人早就说过的;不过,孔夫子也说过,"中人以下,不可语上",与求利者相语,固当晓之以利害。能轻身以犯人主,又何求其他!

再次,韩愈的古文因敢于轻流俗而新。譬如,针对当时士大夫耻于相师的陋习,韩愈不仅抗颜敢为人师,且作《师说》,从理论上对俗议进行批评,倡导"无贵无贱,无长无少,道之所存,师之所存也","圣人无常师","弟子不必不如师,师不必贤于弟子,闻道有先后,术业有专攻,如是而已"。再有《讳辩》,为李贺抱不平,喝问:"父名晋肃,子不得举进士。若父名仁,子不得为人乎!"又如《杂说四》以千里马喻人材,谓:"世有伯乐,然后有千里马。千里马常有,而伯乐不常有。……策之不以其道,食之不能尽其材,鸣之而不能通其意,执策而临之,曰:'天下无马。'

呜呼，其真无马邪？其真不知马也！"毫无疑问，他的这些篇章，即使在今日，也依旧能给人以深刻的启迪。

再说韩文艺术形式的新。

在语言方面，韩愈为汉语创造了许多新鲜、形象且脍炙人口的词汇。如其抒写穷苦的牢骚之文《进学解》，仅一篇，就创造了"业精于勤""行毁于随""爬罗剔抉""刮垢磨光""贪多务得""细大不捐""旁搜远绍""含英咀华""诘屈聱牙""同工异曲""动辄得咎""俱收并蓄""投闲置散"等词语，另外"提要钩玄""闳中肆外"也是从这篇文章的语句中概括出来的成语。再如《应科目时与人书》中的"俯首帖耳""摇尾乞怜"；《送孟东野序》中的"不平则鸣""杂乱无章"，《柳子厚墓志铭》中的"落阱下石"，也都是韩愈发明的词语。更可贵的是，这些词汇至今还富有生命力。

在句式方面，韩文或骈或散，或缓或急，或长或短，一切根据内容与情感的需要来调度，非常灵活，与骈文四六连篇的句式相比，也就具有新意。尤其值得称道的是，韩愈往往将句式的表现力发挥到极致。如《送孟东野序》全篇大肆铺排不平则鸣的各种状况，而句式在排比中颇多变化。南宋谢枋得在《文章轨范》卷七说："此篇凡六百二十余字，'鸣'字四十，读者不觉其繁，何也？句法变化凡二十九样，有顿挫，有升降，有起伏，有抑扬，如层峰叠峦，如惊涛怒浪，无一句懈怠，无一字尘埃。愈读愈可喜！"

需要指出的是，韩愈虽然提倡文从字顺，但为了矫正当时骈文的平易，他也有意识的创作了一些不平易的文章。如《曹成王碑》的语言便很艰涩，至于《原毁》《张中丞传后叙》，由于句式参差错落，有些地方连断句都是比较难的。又，南宋朱弁《曲洧纪闻》卷四云：

> 穆修伯长，在本朝为初好学古文者。始得韩、柳善本，……欲二家文集行于世，乃自镂板，鬻于相国寺。性抗直，不容物。有士人来，酬价不相当，辄语之曰："但读得成句，便以一部相赠。"或怪之，即正色曰："诚如此，修岂欺人者！"

在结构方面，韩文也几乎篇篇都有自己的面目。即使是题材、体裁相同,也往往能写出不同的风貌。如同是赠序,《送孟东野序》开篇便说"大凡物不得其平则鸣",随后是对各种不平则鸣情况的铺张,一直到快结束了才提起孟郊,使人恍然大悟,原来前面所有铺张都是为孟郊而发的慰藉之词;至如《送董邵南序》,则又是一种写法。董邵南和孟郊差不多,都不得志,孟郊欲归隐,韩愈也说不出什么;而董邵南为生活所迫欲赴河北,河北为藩镇割据之地,韩愈最反对藩镇割据,因此便不甚赞成董邵南去那里发展。不过,由于董邵南在京坎坷不遇,又使韩愈不便直接阻挠董邵南之行。于是,韩愈写道:

> 燕赵古称多感慨悲歌之士。董生举进士,连不得志于有司,怀抱利器,郁郁适兹土。吾知其必有合也。董生勉乎哉!
>
> 夫以子之不遇时,苟慕义强仁者皆爱惜焉,矧燕赵之士出乎其性者哉! 然吾尝闻风俗与化移易,吾恶知其今不异于古所云邪? 聊以吾子之行卜之也。董生勉乎哉!
>
> 吾因子有所感矣,为我吊望诸君之墓,而观于其市复有昔时屠狗者乎? 为我谢曰:"明天子在上,可以出而仕矣!"

文章一开篇就提及董邵南,且数句之间,两次用"董生勉乎哉"来加深感叹的语气,这和《送孟东野序》完全是两样,很能说明韩愈文章结构上的艺术多样性。同时,这篇文章善于用警句开篇,而这也正是韩文的一种艺术个性。文章先用燕赵历史文化烘托董生的悲壮,表达了对董生深切的同情;随后通过古今变迁的感慨,委婉地暗示董生:燕赵已非古之燕赵,往之未必蒙福;最后,假借请董生告祭燕赵先贤来中央出仕,委婉地劝谏董生留京待进。全文只有 151 个字,但却含蓄而又有力地表达了"送之所以留之"的复杂情感。并且,由于能紧紧结合燕赵史地的特点来申说己意,又使得文章的风调更加深沉慷慨,谓之大手笔,盖不虚也。

《送孟东野序》与《送董邵南序》写法虽异,但全篇还都是著者的口吻,至如《送李愿归盘谷序》,起首略叙盘谷之地理及其名称之由来,随后是"愿之言",也是全篇的主体,主要以生动的语言描绘了权贵、隐士与势利之徒的三种人生常态,中云:

穷居而野处,升高而望远,坐茂树以终日,濯清泉以自洁。采于山,美可茹;钓于水,鲜可食。起居无时,惟适之安。与其有誉于前,孰若无毁于其后;与其有乐于身,孰若无忧于其心。车服不维,刀锯不加,理乱不知,黜陟不闻。大丈夫不遇于时者之所为也,我则行之。

结尾写"韩愈闻其言而壮之,与之酒而为之歌"。这种写法,一方面直接昭示了李愿怀抱与风仪之高洁,一方面又通过韩愈的"壮之""为之歌",昭示了朋友间共同的志趣与深厚的相惜之情。苏轼《跋退之送李愿序》一文曾赞美:"欧阳文忠公尝谓晋无文章,惟陶渊明《归去来》一篇而已。余亦以谓唐无文章,惟韩退之《送李愿归盘谷》一篇而已。平生愿效此作一篇,每执笔辄罢,因自笑曰:'不若且放教退之独步。'"

总的来说,韩文的艺术结构都是很讲究的。不过,有时他也能以平实自然的结构感人。如《祭十二郎文》哀悼十二郎,一反传统祭文先言郡望、官阶,中叙生平事迹,然后歌咏道德功业的固定模式;而是以家常琐事为主要内容,简直是想到哪里就写到哪里,几乎看不出结构,但是在种种看似散漫的回忆中,却传递出韩愈对兄嫂与十二郎深挚的情感,文中曾谓:

呜呼!汝病吾不知时,汝殁吾不知日,生不能相养以共居,殁不得抚汝以尽哀,敛不得凭其棺,窆不得临其穴。吾行负神明,而使汝夭,不孝不慈,而不能与汝相养以生,相守以死;一在天之涯,一在地之角,生而影不与吾形相依,死而魂不与吾梦相接。吾实为之,其又何尤!彼苍者天,曷其有极!

南宋赵与时《宾退录》卷九载,青城山隐士安子顺尝云:"读诸葛孔明《出师表》而不堕泪者,其人必不忠。读李令伯《陈情表》而不堕泪者,其人必不孝。读韩退之《祭十二郎文》而不堕泪者,其人必不友。"可谓知言。

在体式方面,韩愈也是改造文章的高手。我国古代各种文体,差不多自汉以来都形成了自身的写作规范与艺术习惯,而韩愈对这些规范与习惯却不甚以为然,能有大的突破。以他所长的墓志来说,古人写墓志,往往通篇是四言的韵文,内容则无非交代家世乡里,叙写道德功业,风格则庄严肃穆。韩愈写碑志则有两种情形:一类是为达官贵人而写,常不免陷于谀奉,然而写法多变,善于避实就虚,腾挪轻重。一类是为表彰有才能气节却潦倒终生的小人物而写。这一类碑志,大部分都能不拘格套,往往用散体字句,内容也更为丰富,而且重点在突出人物的个性风度。譬如《国子助教河东薛君墓志铭》,为了凸显薛公达的不俗,韩愈在墓志中重点描写了薛公达以射技夺冠却为军帅所忌的事情。又如《试大理评事王君墓志铭》,为凸显"天下奇男子王适"的个性,韩愈甚至写道:

> 初,处士(指侯高)将嫁其女,惩曰:"吾以龃龉穷,一女,怜之,必嫁官人,不以与凡子。"君(指王适)曰:"吾求妇氏久矣,唯此翁可人意,且闻其女贤,不可以失。"即谩谓媒妪:"吾明经及第,且选,即官人。侯翁女幸嫁,若能令翁许我,请进百金为妪谢。"诺许,白翁。翁曰:"诚官人耶?取文书来。"君计穷吐实。妪曰:"无苦。翁大人,不疑人欺我。得一卷书粗若告身者,我袖以往,翁见未必取视,幸而听我。"行其谋。翁望见文书衔袖,果信不疑,曰:"足矣!"以女与王氏。

在文章的人格精神方面,韩文较之古人也很有新意。韩愈常说他"其始非三代两汉之书不敢观",他的文章的确也具有彼时文章的某些特点,注意文章的道德修养,关注人生的功名业绩,贞刚雄伟,汪洋大气;同时,他的文章也不乏六朝以来士人逍遥放任的人格精神。譬如,他写于元和二年的《张中丞传后叙》,文章是对李翰《张巡传》的补充,讴歌了安史之乱初期,驻守睢阳(今河南商丘)将领张巡及其部将许远和南霁云等人可歌可泣的英雄事迹。其中写南霁云向当时驻节在临淮(今江苏省泗洪县东南)的河南节度使贺兰进明求援以及慷慨就义一段最为精彩:

> 南霁云之乞救于贺兰也,贺兰嫉巡、远之声威功绩出己上,不肯出师救;爱霁云之勇且壮,不听其语,强留之,具食与乐,延霁云

坐。霁云慷慨语曰:"云来时,睢阳之人,不食月余日矣!云虽欲独食,义不忍;虽食,且不下咽!"因拔所佩刀,断一指,血淋漓,以示贺兰。一座大惊,皆感激为云泣下。云知贺兰终无为云出师意,即驰去;将出城,抽矢射佛寺浮图,矢着其上砖半箭,曰:"吾归破贼,必灭贺兰!此矢所以志也。"愈贞元中过泗州,船上人犹指以相语。城陷,贼以刃胁降巡,巡不屈,即牵去,将斩之;又降霁云,云未应。巡呼云曰:"南八,男儿死耳,不可为不义屈!"云笑曰:"欲将以有为也;公有言,云敢不死!"即不屈。

南霁云之贞刚,无需多言;而从其就义前的表现来看,则又颇有六朝以来士人放任无忌的人格特征。韩愈如此歌咏南霁云,显然是心有戚戚之故。又如,韩愈曾借用司马迁的传记笔法,给毛笔写了一篇《毛颖传》。此传借毛笔始而见用,"拜中书令",而后"以老见疏",讽刺了统治者的刻薄寡恩,同时对那些"老而秃""不中书"的老官僚也予以了辛辣的讽刺。柳宗元《读韩愈所著〈毛颖传〉后题》曾感慨说:"自吾居夷,不与中州人通书。有南来者,时言韩愈为《毛颖传》,不能举其辞,而独大笑以为怪,而吾久不克见。杨子诲之来,始持其书,索而读之,若捕龙蛇,搏虎豹,急与之角而力不敢暇,信韩子之怪于文也。世之模拟窜窃、取青媲白、肥皮厚肉、柔筋脆骨而以为辞者之读之也,其大笑固宜。"韩愈死后,《旧唐书》本传曾指责《毛颖传》"讥戏不近人情",乃"文章之甚纰缪者"。这显然是从儒家"温柔敦厚"之旨做出的批评,说明韩文的气象并不都是儒家所能概括的。与《毛颖传》类似的还有《送穷文》。此文写作者要送智穷、学穷、文穷、命穷、交穷这五个穷鬼离开:虽然已具船车,备粮食,然而"穷"不肯走;反而历陈他们对作者的忠贞与功德,抱怨:"是必夫子信谗,有间于予也";其后在"穷"的斥责下,作者"垂头丧气,上手称谢,烧车与船,延之上座"。韩愈的这些文章,可以说既远宗司马迁与扬雄之文,同时也极其鲜明地显示了韩愈性格中诙谐与放任的一面。

钱钟书《谈艺录》尝谓:"退之可爱,正以虽自命学道,而言行失检、文字不根处,仍极近人。"《朱子语类》卷一三七载,朱熹亦曾批评韩愈:"当初本只是要讨官职做,始终只是这心。他只是要做得言语似六经,便以为传道,至其每日功夫,只是做诗、博弈、酣饮取乐而已。"这大概也属于韩愈"近人"的一个方面吧。北宋王锐《唐语林》卷六载:

> 韩退之有二妾,一曰绛桃,一曰柳枝,皆能歌舞。初使王庭凑,至寿阳驿,绝句云:"风光欲动别长安,春半边城特地寒,不见园花兼巷柳,马头惟有月团团。"盖有所属也。柳枝后踰垣遁去,家人追获。及镇州初归,诗曰:"别来杨柳街头树,摆弄春风只欲飞。还有小园桃李在,留花不放待郎归。"自是专宠绛桃矣。

留恋歌舞女色之事,这也是韩愈"近人"的一面吧。不敢彻底地遗世独立,时欲有所依归,也算是他"近人"的另一面吧。此外,贞元十九年(803),韩愈罢四门博士之职而将受御史一职之际,曾作《上李尚书书》,向工部尚书、京兆尹李实献文求助,并恭维说:"愈来京师,于今十五年,所见公卿大臣不可胜数⋯⋯未见赤心事上,忧国如家如阁下者。"然而实际情况却是,这一年长安附近大旱,民生困苦,而李实犹横征暴敛,并对德宗隐瞒真相。于此便可见韩愈此文阿谀之甚。然而令人讶异的是,韩愈既做了监察御史之后,便迅速上了一道奏章,揭示了天旱人饥的惨况,奏请停止京兆府的征发;后来修《顺宗实录》,更如实地记载了李实的"恃宠强愎、不顾文法""随喜怒诬奏迁黜,朝廷畏忌之"的种种劣状。再者,韩愈因谏迎佛骨"夕贬潮阳路八千"之后,到任就依例上了一道《谢上表》,既承认"陈佛骨事,言涉不敬",又历数自己寄寓潮州所遭遇的种种痛苦,然后竟然奉承宪宗的功德足可"与《诗》《书》相表里",最后表示愿意凭自己的文才为之润色鸿业。又,王定保《唐摭言》卷六载:

> 韩文公、皇甫湜,贞元中名价籍甚,亦一代之龙门也。奇章公始来自江黄间,置书囊于国东门,携所业,先诣二公卜进退。偶属二公,从容皆谒之,各袖一轴面赞。其首篇说乐。韩始见题而掩卷问之曰:"且以拍板为什么?"僧孺曰:"乐句。"二公因大称赏之。问所止,僧孺曰:"某始出山随计,进退惟公命,故未敢入国门。"答曰:"吾子之文,不止一第,当垂名耳。"因命于客户坊僦一室而居。俟

其他适，二公访之，因大署其门曰："韩愈、皇甫湜同访几官先辈，不遇。"翌日，自遗阙而下，观者如堵，咸投刺先谒之。由是僧孺之名，大振天下。

就这些情况来看，韩愈为人处世，既敢坚持道义，风骨凛然，继承了汉魏以来的旧传统；又能变通智谋，洒脱不羁，接纳了南朝的新活法。这种作风反映到文章创作上，韩文也就一方面刚健高蹈，一方面活泼灵动，表现出一种融合南北文化、既慕圣贤，又近凡人的新的风格。

对于韩愈这些"近人"的表现，后世的圣人不怎么喜欢；而韩愈的朋辈也曾有所批评。元和二年（807），韩愈因惧流言而分教于东都，时有畏祸从俗之举。他的同年冯宿字拱之者致书批评他，他作了篇《答冯宿书》回应说：

> 垂示仆所阙，非情之至，仆安得闻此言？朋友道缺绝久矣，无有相箴规磨切之道，仆何幸乃得吾子！仆常闵时俗人有耳不自闻其过，憛憛然惟恐己之不自闻也；而今而后，有望于吾子矣！
>
> 然足下与仆交久，仆之所守，足下之所熟知。在京城时，嚣嚣之徒相訾百倍，足下时与仆居，朝夕同出入起居，亦见仆有不善乎？然仆退而思之，虽无以获罪于人，亦有以获罪于人者。仆在京城一年，不一至贵人之门，人之所趋，仆之所傲；与己合者则从之游，不合者虽造吾庐未尝与之坐：此岂徒足致谤而已，不戮于人则幸也！追思之，可为战栗寒心。故至此已来，克己自下，虽不肖人至，未尝敢以貌慢之，况时所尚者邪？以此自谓庶几无时患，不知犹复云云也。闻流言不信其行，呜呼，不复有斯人也！君子不为小人之恟恟而易其行，仆何能尔？委曲从顺，向风承意，汲汲恐不得合，犹且不免云云，命也，可如何！
>
> 然子路闻其过则喜，禹闻昌言则下车拜。古人有言曰："告我以吾过者，吾之师也。"愿足下不惮烦，苟有所闻，必以相告；吾亦有以报子，不敢虚也，不敢忘也！

夫子曰："尺蠖之屈，以求伸也。"韩愈之战栗承风者，岂如是哉！孔

子晚而归鲁,行走于季氏之门,与韩子之在京洛,有所异,亦必有所同焉。又,愈尝作《题李生壁》云:

> 余始得李生于河中,今相遇于下邳,自始及今,十四年矣。始相见,吾与之皆未冠,未通人事,追思多有可笑者,与生皆然也。今者相遇,皆有妻子,昔时无度量之心,宁复可有?是生之为交,何其近古人也。是来也,余黜于徐州,将西居于洛阳,泛舟于清泠池,泊于文雅台下。西望商丘,东望修竹园。入微子庙,求邹阳、枚叔、司马相如之故文。久立于庙陛间,悲《那》颂之不作于是者已久。陇西李翱、太原王涯、上谷侯喜实同与焉。贞元十六年五月十四日。昌黎韩愈书。

所谓李生,李平也,是韩愈初涉人世最早结识的朋友之一。于斯文也,韩愈感慨李生之近古人,而自伤己之不能不有所度量。然而这种感伤,不也正是他为人清真而近古的一面吗?李白的诗,韩愈的文,其感人深远而不尽者,常在于此。

柳宗元与韩愈并称"韩柳",他们都醉心于复兴古道,也都能提出新的思想;都追求文章的个性风格,也都有一些学习前人并且超越前人的作品。至于他们的不同:在思想信仰方面,韩愈能杂取墨家与法家思想来援助儒学,却极为反佛;而柳宗元却想调和儒学与佛教,思想的内部矛盾要远大于韩愈。在继承前人方面,韩愈主要学汉魏,而柳宗元对南朝骈文的继承较多。柳宗元虽也对齐梁以来骈文做过批判,但他自己的骈文至今还留存一百余篇。在艺术风格方面,韩文比较雄浑,而柳文更加隽永。不过,无论是求雄浑,还是求隽永,他们都常不免露出"工"的痕迹,以致喜欢平淡文章的周作人尝讥讽说:韩文"搔首弄姿"(《苦茶随笔·厂甸之二》),而柳文"矜张作态"(《药味集·再谈俳文》)。在文章体裁方面,韩愈各体皆工,是全能之才,而柳宗元对寓言小品和山水游记的独立则有特别的贡献。在柳宗元之前,先秦诸子文章中已有不少杰出的寓言故事,不过,这些故事还多是诸子言论的例证,并非独立的篇章。而柳宗元贬官永州之后,一方面受佛教故事的影响,一方面取法诸子寓言之道,创作了《三戒》(《临江之麋》《黔之驴》《永某氏之鼠》)

与《蝜蝂传》《罴说》等一系列讽刺当时社会丑恶现象的寓言故事。这些寓言,不仅立意深刻,想象奇特,恢复了秦汉以来逐渐中断的寓言文学的传统,而且短小精悍,别无依傍,使寓言这一文体真正获得了独立。在柳宗元之前,山水诗早就流行,但在文章领域,山水的美或出现在郦道元《水经注》一类的地理著作中,或出现在鲍照《登大雷岸与妹书》等骈体书信中。至于东晋王羲之的《游四郡记》、刘宋时谢灵运的《游名山志》、南梁陶弘景的《寻山志》,虽然是单篇,但《寻山志》犹属于辞赋之体,而其他两篇从残存的片段来看,一方面艺术性不高,一方面与东晋释惠远的《庐山略记》一样,尚未彻底摆脱地理志的风格,还很难说是成功的山水游记作品。至于元结的《右溪记》,虽确属游记之体,但元结描写山水行迹,还更多地借助铭、序的形式。而柳宗元则彻底摆脱了这些束缚。他在贬官永州以后,不仅大力创作山水游记,而且取得了高度的艺术成就,这才真正确立了山水游记独立的文体地位。柳宗元的游记,最为脍炙人口的是永州八记。他的这八篇游记,善于体物移情,也善于谋篇运词,写法各有不同,能给人以非常丰富的审美享受。其中,《至小丘西小石潭记》尤为优美动人:

> 从小丘西行百二十步,隔篁竹,闻水声,如鸣佩环,心乐之。伐竹取道,下见小潭,水尤清冽。全石以为底,近岸,卷石底以出,为坻,为屿,为嵁,为岩。青树翠蔓,蒙络摇缀,参差披拂。潭中鱼可百许头,皆若空游无所依。日光下澈,影布石上,怡然不动,俶尔远逝,往来翕忽,似与游者相乐。潭西南而望,斗折蛇行,明灭可见。其岸势犬牙差互,不可知其源。坐潭上,四面竹树环合,寂寥无人,凄神寒骨,悄怆幽邃。以其境过清,不可久居,乃记之而去。同游者:吴武陵,龚古,余弟宗玄。隶而从者,崔氏二小生:曰恕己,曰奉壹。

钱穆说,"韩、柳都是以诗为文,以艺术的日常人生描写出诗的情味",[①]斯言岂不信哉!然而韩、柳何尝又只是文章中充满诗意呢?《旧

---

① 钱穆讲授,叶龙记录整理:《中国文学史》,天地出版社 2015 年版,第 245 页。

唐书》本传载："愈性弘通，与人交，荣悴不易。少时与洛阳人孟郊、东郡人张籍友善。二人名位未振，愈不避寒暑，称荐于公卿间，而籍终成科第，荣于禄仕。后虽通贵，每退公之隙，则相与谈宴，论文赋诗，如平昔焉。而观诸权门豪士，如仆隶焉，瞪然不顾。而颇能诱厉后进，馆之者十六七，虽晨炊不给，怡然不介意。"又，韩愈被贬山阳，尝怀疑是好友刘禹锡、柳宗元泄露私语给权臣王韦所致，然其后仍相与为好友。宗元亡故，愈为作墓志铭，深加悯惜。这种生活，岂不也是充满诗意的吗？没有这种充满诗意的生活，无论语言形式怎样精巧，恐怕也不会形成真正感人的诗意；而有了诗意的生活，语言形式即使看起来有些笨拙，也依旧能够将人带入诗的意境。譬如愈之《画记》，余甚爱之，文云：

　　杂古今人物小画共一卷。

　　骑而立者五人，骑而被甲载兵立者十人，一人骑而执大旗前立，骑而被甲载兵行且下牵者十人，骑且负者二人，骑执器者二人，骑拥田犬者一人，骑而牵者二人，骑而驱者三人，执羁靮立者二人，骑而下倚马臂隼而立者一人，骑而驱涉者二人，徒而驱牧者二人，坐而指使者一人，甲胄手弓矢鈇钺植者七人，甲胄执帜植者十人，负者七人，偃寝休者二人，甲胄坐睡者一人，方涉者一人，坐而脱足者一人，寒附火者一人，杂执器物役者八人，奉壶矢者一人，舍而具食者十有一人，把且注者四人，牛牵者二人，驴驱者四人，一人杖而负，妇人以孺子载而可见者六人，载而上下者三人，孺子戏者九人。凡人之事三十有二，为人大小百二十有三，而莫有同者焉。

　　马大者九匹。于马之中，又有上者，下者，行者，牵者，涉者，陆者，翘者，顾者，鸣者，寝者，讹者，立者，人立者，龁者，饮者，溲者，陟者，降者，痒磨树者，嘘者，嗅者，喜相戏者，怒相踶啮者，秣者，骑者，骤者，走者，载服物者，载狐兔者。凡马之事二十有七，为马大小八十有三，而莫有同者焉。

　　牛大小十有一头。橐驼三头。驴如橐驼之数，而加其一焉。隼一。犬羊狐兔麋鹿共三十。旃车三两。杂兵器弓矢、旌旗、刀剑、矛楯、弓服、矢房、甲胄之属，瓶、盂、簦、笠、筐、筥、锜、釜饮食服用之器，壶矢博弈之具，二百五十有一。皆曲极其妙。

贞元甲戌年,余在京师,甚无事,同居有独孤生申叔者,始得此画,而与余弹棋,余幸胜而获焉。意甚惜之,以为非一工人之所能运思,盖丛集众工人之所长耳,虽百金不愿易也。明年,出京师,至河阳,与二三客论画品格,因出而观之。座有赵侍御者,君子人也,见之戚然,若有感然。少而进曰:"噫,余之手摸也,亡之且二十年矣。余少时常有志乎兹事,得国本,绝人事而摸得之,游闽中而丧焉,居闲处独,时往来余怀也,以其始为之劳而夙好之笃也。今虽遇之,力不能为已,且命工人存其大都焉。"余既甚爱之,又感赵君之事,因以赠之,而记其人物之形状与数,而时观之,以自释焉。

　　此文的语言形式看起来就不怎么精巧。明刊《稗海》收有十二卷本的《东坡志林》,其卷二载苏轼云:

　　　　永叔作《醉翁亭记》,其辞玩易,盖戏云耳,又不以为奇特也,而妄庸者亦作永叔语云:"平生为此文最得意",又云:"吾不能为退之《画记》,退之又不能为吾《醉翁亭记》。"此又大妄也。仆尝谓退之《画记》,近似甲乙帐耳,了无可观。世人识真者少,可叹亦可愍也。

　　谓《画记》为"甲乙帐",明显也是批评其语言运用的笨拙。虽然此本《东坡志林》颇有改窜伪托的成分,此段引文亦颇可疑,不过,将《画记》与《醉翁亭记》并提,还是很有趣的。众知,据《朱子语类》卷一三九所载,朱熹尝谈道:

　　　　欧公文亦多是修改到妙处。顷有人买得他《醉翁亭记》稿,初说"滁州四面有山",凡数十字;末后改定,只曰"环滁皆山也"五字而已。

　　《醉翁亭记》原说滁州四面有山,然后一一罗列之,这一点很像《画记》;然而以其琐碎啰嗦,后竟删之。那么,《画记》可不可以将其介绍绘画内容的"甲乙帐"似的文字加以删减,或竟云:

所画，凡人之事三十有二，为人大小百二十有三；凡马之事二十有七，为马大小八十有三，而莫有同者焉。牛羊狐兔之属数十，旃车三两，而兵器甲胄之属，饮食服用之器，壶矢博弈之具，二百五十有一，亦曲极其妙。

　　这样删改，文字省净多了，但我以为切不可如此求其巧便。《醉翁亭记》可以删改，是因为《醉翁亭记》写的是醉翁亭，而滁州四面山况与醉翁亭关系不大。至于《画记》，详细描述绘画内容乃是题中应有之义，如何可删？且不但此也。不如此详细描述，如何可见此画内容之丰富与技艺之超群？且不但此也。《画记》的前半部分介绍画的内容，后半部分叙述得画与赠画的因由，两部分正相得益彰：有了前半部分的详细交代，摹画者赵侍御失画的心痛才更令人同情。且文末云"余既甚爱之，又感赵君之事，因以赠之，记其人物之形状与数，而时观之，以自释焉"，这说明，韩愈详细记载画的内容，是为了方便日后回忆画的内容，所以不是无意义的；而且有了文末这一句交代，前文对画作内容的"甲乙帐"似的描述，也就没有一句不充溢着韩愈对此画的"甚爱"之情，所以更是万不可以删减的。韩愈如此喜爱此画，却依旧将此画还赠给赵侍御，这岂不更令人觉得不易吗！

　　自然，"甲乙帐"似的罗列总难免使人觉得乏味。韩愈也意识到这一点，所以他也想了一些办法。譬如，在句式的使用上，他很注意整齐中加以变化，如"一人骑而执大旗前立"一句，依前后句式，应作"骑而执大旗前立者一人"，但他将"一人"前置，这就造成了变化，避免了语调的呆板。在章法方面，他对画的内容，一方面分类加以介绍，从而做到了条而不紊；一方面两次用"而莫有同者焉"加以收束，最后又用"皆曲极其妙"加以总结，从而使人对画的内容及特点印象极为鲜明。在继承与风格方面，说马的一段，他吸收了《庄子·齐物论》描述地籁的铺排手法；而整体上则借鉴了《周礼·考工记》的写法，因而给人以非常古朴的感觉。老子曰："大巧若拙。"《画记》在艺术上也正是大巧若拙的典范。

　　不过，虽是如此说，一定也还是会有人摇头，觉得只见其拙，未见其巧。这种感觉，确实也不能说就是错的。但我们要知道，凡是巧的东西，往往是表面化的，就如韩愈《送董邵南序》，开篇一句"燕赵古称多慷慨悲歌之士",瞬间就让人知道他是巧的;而拙的东西却往往将更深邃的东西掩藏在整体的下面。试想,我们阅读《画记》的前一部分,会觉得有些琐细无聊,那么,韩愈本人就不无聊吗?事实上,他当时也挺无聊的。《画记》是韩愈写于贞元十一年的作品,而韩愈得到此画是在贞元十年(794),即他二十七岁的时候。彼时,韩愈虽已中了进士,却连连受挫于博学宏辞科的考试,正是心情十分苦闷的时候。文中言"余在京师,甚无事",这不经意的一笔,实际是很可以注意的。正因为考场的失败,所以才无事可做,所以才能与朋友们从容弹棋,也才能将此画观察得如此细致。鲁迅的散文诗《秋夜》曾描述说:"在我的后园,可以看见墙外有两株树,一株是枣树,还有一株也是枣树。"这也是以看起来啰嗦的语言暗示作者的百无聊赖。但是,在艺术处理上与《画记》更为近似的,还是屈原的《远游》。这首诗是屈原变法失败后流亡齐国时创作的。诗歌在结构上以诗中的"重曰"分为两段,前一段描写现实中练气修仙而未成的苦闷;后一段则想象成仙后实现了伐秦报国的理想。前一段也是罗列,也很枯燥;但这种枯燥是作者有意为之的:一方面作者要以此显示自己现实中的无聊与感伤,一方面则是要以此与后文想象中的成功的壮烈与悲凉形成艺术上的起伏与对比。可以说,如果没有前文的无聊与感伤,后文的壮烈与悲凉将大打折扣,所以其艺术上的处理诚然是十分高妙的。不过,比较起来,我还是觉得《画记》的处理要更好一些。至少,《远游》前后对比过于鲜明,已显得有些巧了;而《画记》前后一脉相承,皆感人于平淡之中,不留一点巧的痕迹。且不但此也。屈原在齐练气修仙,是出于无聊,但屈原并不真的喜欢这种生活;而韩愈沉溺于此画的赏鉴,虽也出于无聊,但他却确实很喜欢此画的风格。

众所周知,韩愈在应试博学宏辞科那几年,也正是集中精力用之于诗文创新的时候;他的应试的失败虽有一些人事方面的原因,但与其不同俗流的文学追求显然也不无关系。因此,这幅画作所体现出的艺术家不辞辛劳而力求"莫有同者""曲极其妙"的用功精神,显然极易引发韩愈思想上的共鸣,这也应该是韩愈不避琐细来交代画作内容的重要原因之一。是故文中所言"余在京师,甚无事"与文末所言"甚爱"此画,实应联系起来加以寻味;所谓"甚爱"此画,实乃爱此画背后之人物也、之精神也,是故一闻赵侍御戚然之言,便即愿归还此画。所谓惺惺相惜者,愈诚有之矣。而这样的一种人物,这样的一种人生,本身岂不就是一首古朴的诗吗?而这种古朴的诗意,如果用巧便轻舒的语言来描写,又岂是合适的? 自然,行文太古朴,措辞太笨拙,也许仍要引来"搔首弄姿"的批评;但只要人的样子长得好,哪怕是捧心而矉,哪怕是侧帽而视,也还是会让人觉得美不可言。可笑的是,至宋,苏轼的弟子秦观偶览《画记》,爱其善叙事而另著《五百罗汉记》一篇,却惟知仿愈交代画作内容之法,不思其用心乃在别处,诚可谓画虎不成反类犬也。悲夫!

【参考书目】

方孝岳:《中国文学七论·中国散文概论》,广西师范大学出版社 2007
　　年版

陈柱:《中国散文史》,东方出版社 2012 年版

郭预衡:《中国散文史》,上海古籍出版社 2011 年版

张清华主编:《韩愈大传》,中州古籍出版社 2003 年版

卜孝萱、张清华、阎琦:《韩愈评传》,南京大学出版社 2007 年版

罗联添:《韩愈研究》,天津教育出版社 2012 年版

马其昶校点,马茂元整理:《韩昌黎文集校注》,上海古籍出版社 2014
　　年版

第十讲　苏东坡与词

第一节　文人词源流

词是我国古典文学的一种艺术形式，又名曲子词、长短句、诗余。词的格律形式称作词调，词调的名称叫作词牌。词牌最初多是词作的题目；后来成为所配曲调的名称；再后来，曲调失传，这些题目便也就成为词的某种格律形式的代称。

古人作词，词牌前有时会有"摊破"与"减字"等术语。前者指将原调的某些句子一破为二，增加一些字数；后者指在原调的基础上减少几个字，另成新调。有时候，古人还会在词牌的末尾加上"令""引""近""慢"等字。令，又称歌令，指较短的乐曲。据说，唐代人宴饮时，常以唱歌来劝酒行令，于是"令"就有了曲调的涵义。一般来说，歌令的曲调比较短，节奏比较快。引，有人说指对原调加以曼衍，别成新腔；有人说，"引"属于大曲中的前奏曲。近，全称"近拍"，指对原有曲调稍加变化，字数也因之或增或减。其节奏在"令""慢"之间，在大曲中属于节奏由慢向快过渡的部分。慢，是慢曲子的简称，与急曲子相对而言，特点是调长拍缓。

根据词调字数的多少，前人对词调进行过分类。清代毛先舒《填词名解》谓："五十八字以内为小令，自五十九字始至九十字止为中调，九十一字以外者俱为长调。"这种分法虽有些机械，但较为流行。一般来说，词牌中有"令"者，多属于小令；有"引"和"近"者，多属于中调；有"慢"者，多为长调。小令一般不分段，往往也称单调。中调和长调分段,段称为"片"或者"阕"。分两段的词调较为常见,习称为双调,也有少数词调分成三段或四段。

词最初是适应娱乐需要而产生的。隋唐时期,统治者曾大力收集整理天下四方的各种曲调,至唐太宗时制作成"十部乐",而总谓之"燕乐"。同时,宫廷所设教坊又创制了许多通俗曲调供人享乐。在唐玄宗时,教坊俗调最盛。为了便于表情达意,人们在欣赏各种流行曲调的时候,就很希望能为这些曲调配上歌辞。在这种状况下,词作为配乐演唱的艺术形式也就在隋唐之际渐渐兴盛起来。在词流行以前,古人也作有合乐的诗歌,但这些诗歌的语言形式受音乐影响不大;而词由于字句的声调要紧随乐谱的声调一起变化,不仅句式变得更加参差错落,而且随着字句韵律的转换,思想意蕴也往往呈现出一定的跳跃性。一般来说,词先有曲调,然后填上歌辞。但在古代,也有个别作者本身精通音律,往往先写歌辞,而后为之谱曲。这种词的曲调就叫作自度曲。相应地,这种词也叫作自度曲子词。

唐五代以来,曲子词间或伴有一定的舞容,到后来则愈发罕见;其用以伴奏的,主要是筚篥、笙、箫、笛等管乐器以及琵琶。至于词的唱法,种类颇不少。元明之际陶宗仪的《南村辍耕录》卷二十七《唱曲门户》犹载有"小唱、寸唱、慢唱、坛唱、步虚、道情、撒炼、带烦、瓢叫"等名目,其相互间有何区别,今日已不甚清楚。其中,小唱主要演唱小令和慢曲,是最为流行的演唱形式。南宋耐得翁《都城纪胜》认为:"小唱,谓执板唱慢曲、曲破,大率重起轻杀,故曰浅斟低唱。"南宋张炎《词源》卷下还曾谈道:"小唱,须得声字清圆,以哑筚篥合之,其音甚正,箫则弗及也。"

早期的曲子词主要流行于民间。二十世纪初,在敦煌出土了一批古代文献,其中有《云谣集》,大概编成于唐末梁初,记录着唐代民间曲子词的一些风貌。应该说,当时民间曲子词的题材还是比较广泛的,但多半已与妓女和嫖客有关,例如《云谣集》中的《望江南》:

> 莫攀我,攀我太心偏。我是曲江临池柳,者人折了那人攀。恩爱一时间。

到了盛唐时期，填词的上层文人也逐渐多了起来。南宋黄昇所编《唐宋诸贤绝妙词选》有署名李白的《菩萨蛮》《忆秦娥》各一首，被称为"百代词曲之祖"。中唐时期，张志和（732？—774？）、戴叔伦（732？—789？）、韦应物、王建都填过词，而刘禹锡、白居易留下词作数量尤多。因为这些人都是诗人，所以他们所填的曲子词，一般就称为"诗客曲子词"。文人填词，最初多是为了娱乐或者宴会中助兴，所以其内容较民间曲子词狭窄，多是流连光景之状以及乡关之思或男女之情，但形式上已逐渐走向含蓄精工，风格也愈发香艳温软。尤其到了晚唐时期，对于唐王朝的没落，文士们已经无力回天，难免就有些颓废，而作为"娱宾而遣兴"的工具的词，自然也就易于兴盛。当时，还出现了第一个填写了大量词作的杰出词人温庭筠。

　　温庭筠尝作《锦鞋赋》，说他是夜间被遗弃的鞋子，等待天亮为人所用。但他的大半生却都处于黑暗之中，只能放浪于秦楼楚馆，过着享乐而苦闷的生活。他的词对妓女、思妇的内心刻画尤其细腻，其中往往也寄托了词人自身的某些感慨。像下面这两首《菩萨蛮》，很可以代表他的成就：

　　　　小山重叠金明灭，鬓云欲度香腮雪。懒起画蛾眉，弄妆梳洗迟。　　照花前后镜，花面交相映。新贴绣罗襦，双双金鹧鸪。

　　　　水精帘里颇黎枕，暖香惹梦鸳鸯锦。江上柳如烟，雁飞残月天。　　藕丝秋色浅，人胜参差剪。双鬓隔香红，玉钗头上风。

　　这两首词，第一首文理清晰，而第二首词意不贯，好像只是一些相关意象的杂陈，而这也正是温词一个比较普遍的特征。对于这一特征，后人毁誉不一。不过，一般认为，温词至少有两大贡献：第一，他的词离开了民间词粗鄙简陋的作风，格律缜密，措辞精工，代表了文人词的成熟。第二，他的词内容以男女之情为主，修辞以香艳温软为工，意境以缠绵悱恻为是。又由于他做得很好，遂使这种风格为早期词人所大力发扬，从而使词与内容、风格都较严正的传统诗歌的区别日渐明显，乃至被人目为"艳科"。温庭筠之外，皇甫松、薛昭纬、唐昭宗李晔（867—

904)词作存留不多,但也较有成就,而且后二人还较能以词抒写自身怀抱。

唐亡以后,北方梁、唐、晋、汉、周五代迭替,战乱频仍,而南方诸国大多相安无事,社会经济尤其是城市经济还有较大发展。南方的文士们一方面沉浸在城市经济的享乐之风中,一方面还受着官场声色犬马的熏染。如《旧五代史》载,前蜀王衍(899—926)曾"以佞臣韩昭等为狎客,杂以妇人,以恣荒宴,或自旦至暮,继之以烛"。王衍所作《醉妆词》亦谓:"者边走,那边走,只是寻花柳。那边走,者边走,莫厌金杯酒。"后蜀皇帝孟昶(919—965)虽好儒,但亦溺于声色。在这种情况下,词不走向艳科也是不可能的。

五代时,后蜀的赵崇祚还曾于940年将温庭筠、韦庄、皇甫松、孙光宪(898?—968)、牛希济、李珣(855?—930?)、鹿虔扆等十八人的词作选编成《花间集》。后人遂称这些入选的人为"花间词派"。其中,除温庭筠和皇甫松为晚唐人,和凝(898—955)为北方人,其他人或为蜀人,或曾经仕蜀,所以亦名"西蜀词人"。温庭筠则被尊为"花间鼻祖"。西蜀词人基本继承着温庭筠的词风,进一步坐实了词为艳科的品格。韦庄与温庭筠合称"温韦",稍有清新之作;而久仕荆南的孙光宪还善于以词怀古、写实,词风清遒。

> 人人尽说江南好,游人只合江南老。春水碧如天,画船听雨眠。　　垆边人似月,皓腕凝霜雪。未老莫还乡,还乡须断肠。(韦庄《菩萨蛮》)

> 空碛无边,万里阳光道路。马萧萧,人去去,陇云愁。　　香貂旧制戎衣窄,胡霜千里白。绮罗心,魂梦隔,上高楼。(孙光宪《酒泉子》)

关于温、韦,王国维《人间词话》说:"'画屏金鹧鸪',飞卿语也,其词品似之。'弦上黄莺语',端己语也,其词品亦似之。"确实,如果说温词所写如一幅幅连缀在一起的耐人静观的图画,那么,韦词所写连贯明畅,就更像是流动而悦耳的音乐了。至于孙光宪,音域就更为宽阔一些。

西蜀词兴盛了三十余年后,南唐词逐渐取得了引领风骚的地位。南唐词人主要有三位:中主李璟、后主李煜、大臣冯延巳。他们政治地位较高,文学修养深厚,生活条件优越,一方面延续着"花间派"的香软之气,一方面又别有拓展。如果说西蜀词是浓妆的美人,那么南唐词则还有素装的一面。

冯延巳(903?—960),字正中,广陵(今江苏扬州)人,在五代词人中现存词作最多。他生活的时代,外有亡国之忧,内有党争之患,所以他的词常有一种怅惘的情绪,婉约而不浓艳,如其《鹊踏枝》:

> 谁道闲情抛掷久,每到春来,惆怅还依旧。日日花前常病酒,不辞镜里朱颜瘦。 河畔青芜堤上柳,为问新愁,何事年年有?独立小桥风满袖,平林新月人归后。

冯延巳的词曾被后人奉为词体正宗,对宋初的词人影响很大。如刘熙载《艺概》就指出:"冯延巳词,晏同叔得其俊,欧阳永叔得其深。"

李璟(916—961),字伯玉,词仅存四首,最有名的是下面这首《摊破浣溪沙》:

> 菡萏香销翠叶残,西风愁起绿波间。还与韶光共憔悴,不堪看。 细雨梦回鸡塞远,小楼吹彻玉笙寒。多少泪珠无限恨,倚阑干。

李璟的第六子李煜(937—978),字重光,史称李后主,是更杰出的词作者。他有心兴国,然而无力除弊,最后只好日康娱以忘其忧;至开宝八年(975)国破,遂被俘至汴京,封违命侯;后为宋太宗毒死。李煜曾从父命娶大司徒周宗之女娥皇,世称大周后;大周后病死三年后,又娶其妹,世称小周后。据宋代王铚《默记》载:"小周后随后主归朝,封郑国夫人,例随命妇入宫。每一入辄数日而出,必大泣骂后主,声闻于外。"李煜死后,葬洛阳北邙山,小周后不久也悲痛而死。李煜虽不敏于为政,但精书法,善绘画,通音律,诗和文亦有一定造诣,而以词的成就最高,乃至被王鹏运《半塘老人遗稿》誉为"词中之帝"。其词一般以被俘

分为前后两期。前期的词,多写宫廷享乐生活的情景和感受,延续着花间词风,如其《菩萨蛮》:

> 花明月黯笼轻雾,今宵好向郎边去! 刬袜步香阶,手提金缕鞋。　　画堂南畔见,一向偎人颤。奴为出来难,教君恣意怜。

但在亡国前夕词作中,李煜已有情深语淡之作,如其《清平乐》:

> 别来春半,触目柔肠断。砌下落梅如雪乱,拂了一身还满。　　雁来音信无凭,路遥归梦难成。离恨恰如春草,更行更远还生。

而他后期的词,多是对往事的回忆,其中不乏对人生苦难的体认,而风格延续了亡国前的清深淡雅:

> 春花秋月何时了? 往事知多少。小楼昨夜又东风,故国不堪回首月明中。　　雕阑玉砌应犹在,只是朱颜改。问君能有几多愁,恰似一江春水向东流。(《虞美人》)

> 帘外雨潺潺,春意阑珊,罗衾不耐五更寒。梦里不知身是客,一晌贪欢。　　独自莫凭阑,无限江山,别时容易见时难。流水落花春去也,天上人间! (《浪淘沙令》)

但是,不论词作的内容有何不同,李煜词都极为"本色"。王国维《人间词话》曾评论说:"温飞卿之词,句秀也;韦端己之词,骨秀也;李重光之词,神秀也",又说:

> 词至李后主而眼界始大,感慨遂深,遂变伶工之词而为士大夫之词。周介存置诸温韦之下,可为颠倒黑白矣。"自是人生长恨水长东""流水落花春去也,天上人间",《金荃》《浣花》能有此气象耶?
> 词人者,不失其赤子之心者也。故生于深宫之中,长于妇人之手,是后主为人君所短处,亦即为词人所长处。

客观之诗人，不可不多阅世。阅世愈深，则材料愈丰富，愈变化，《水浒传》《红楼梦》之作者是也。主观之诗人，不必多阅世。阅世愈浅，则性情愈真，李后主是也。

尼采谓："一切文学，余爱以血书者。"后主之词，真所谓以血书者也。

周介存即周济，他曾在《介存斋论词杂著》中说："王嫱、西施，天下美妇人也，严妆佳，淡妆亦佳，粗服乱头不掩国色。飞卿，严妆也；端己，淡妆也；后主，则粗服乱头矣。"既曰"粗服乱头不掩国色"，则周济未尝有贬低后主之意，但亦可见李煜词能在花间之外另树高标。他的词，尤其那些亡国前后的作品，题材庄重，含意深沉，事实上使他成为用词来抒发士大夫个人情志的开山之祖，后世曾尊称他为"词圣"，非无故也。唐末，昭宗李晔曾作有一首《菩萨蛮》：

> 登楼遥望秦宫殿，茫茫只见双飞燕。渭水一条流，千山与万丘。　　远烟笼碧树，陌上行人去。安得有英雄，迎归大内中！

这首词是唐乾宁三年（896），凤翔节度使李茂贞攻长安，李晔逃奔华州（今陕西省华县）后，登城楼见景伤怀之作。我们试将李煜的《虞美人》拿来与之相比较，便不难发现，二者的胸次实有高下之别。王国维《人间词话》认为李煜"俨有释迦、基督担荷人类罪恶之意"，其实也不全是虚夸之语。当然，云及词体的雅化，李煜只是一个起步，后来的工作还需要宋人去完成。

宋代是词的极盛时代。当时的词人，一般被后人分为豪放与婉约两派。这自然只是相对的划分，因为即使同一词人的创作往往也有不同的风格。从数量上看，宋代豪放词人远不如婉约词人为多。北宋以豪放著称的词作者只有苏东坡一人，在南宋也只有辛弃疾数人而已。就婉约词来说，南宋婉约词的词境较为狭小衰飒，不及北宋更加丰厚冲和。大体上，两宋词人可以分为七代。

北宋初期（960—1016）的词人是第一代词人，包括王禹偁（954—1001）、寇准（961—1023）、林逋（967—1028）、潘阆（？—1009）、钱惟演

(962—1034)。彼时朝廷尚以南方亡国之音为诫,所以他们词作不多,成就也较有限,但他们的部分作品较有特色,影响还是有的。

北宋中期(1017—1067)的词人是第二代词人,可分作两派。一派包括范仲淹(989—1052)、晏殊(991—1055)、欧阳修(1007—1072)、王安石(1021—1086),他们主要是南唐词风的继承者,比较擅长小令,词作中也颇有一些风格明朗与豪放的作品。在他们中,最出色的是晏殊与欧阳修。晏殊为人善保富贵,其词往往下笔较轻,淡雅柔和,常带出人生的体悟;欧阳修仕途坎坷,其词往往下笔较重,跌宕刻挚,常显出性情的沉雄。

> 一向年光有限身,等闲离别易销魂。酒筵歌席莫辞频。
> 满目山河空念远,落花风雨更伤春。不如怜取眼前人。(晏殊《浣溪沙》)

> 尊前拟把归期说,欲语春容先惨咽。人生自是有情痴,此恨不关风与月。　　离歌且莫翻新阕,一曲能教肠寸结。直须看尽洛城花,始共春风容易别。(欧阳修《玉楼春》)

晏、欧的词作也都进一步摆脱了早期文人词代女性抒情的色彩,因为写实性增强,欧阳修的政敌甚至还曾利用欧词攻击欧阳修品行不端,使得欧阳修颇为狼狈。

另一派主要是柳永(987?—1053?)和张先(990—1078)。柳永,初名三变,字景庄,后改名永,字耆卿,崇安(今属福建)人。他少年时就喜欢填词,作风浮浪,落第后曾写过一首《鹤冲天》:

> 黄金榜上,偶失龙头望。明代暂遗贤,如何向?未遂风云便,争不恣狂荡?何须论得丧。才子词人,自是白衣卿相。　　烟花巷陌,依约丹青屏障。幸有意中人,堪寻访。且恁偎红倚翠,风流事,平生畅。青春都一饷。忍把浮名,换了浅斟低唱。

据南宋吴曾《能改斋漫录》卷十六载,宋仁宗读了这首词非常不悦,后来柳永再次应试，本已得中，仁宗"特落之"；后又有人举荐柳永，仁宗曰："且去填词。"柳永由此不得志，常自嘲是"奉旨填词柳三变"；因为后来做过屯田员外郎，也称柳屯田。他晚年死于镇江，为人葬于北固山下。

柳永是北宋第一个大力作词的文人。他的词将民间曲子词的风格重新带回文人词的创作中：一方面引入了不少俚词俗语，一方面创作了大量以白描和平叙见长的慢词，为词家在小令之外提供了可以容纳更多内容的新的艺术形式。他的词大多是羁旅行役与青楼生活的描写，二者格调上有一定的雅俗之分，但都能一扫唐五代词人颇饰雕琢的习气，又很善于利用时空的转换来叙事和抒情，所以深受世人喜欢，以致"凡有井水饮处，即能歌柳词"（叶梦得《避暑录话》卷三）。

> 寒蝉凄切。对长亭晚，骤雨初歇。都门帐饮无绪，留恋处、兰舟催发。执手相看泪眼，竟无语凝噎。念去去，千里烟波，暮霭沈沈楚天阔。　　多情自古伤离别，更那堪、冷落清秋节。今宵酒醒何处？杨柳岸、晚风残月。此去经年，应是良辰好景虚设。便纵有、千种风情，更与何人说！（《雨霖铃》）

如果说苏东坡是以诗为词，那么，柳永也可说是在以赋为词。这种做法，既使其词细腻、直率、一气贯注，也使其词往往不够含蓄，较少蕴藉。时代稍晚的李之仪就曾在《跋吴师道小词》中批评说："耆卿词铺叙展衍，备足无余，形容盛明，千载如逢当日。较之《花间》所集，韵终不胜。"不过，这主要还是风格差异，未可论以优劣。柳词的真正缺点，是近人周曾锦《卧庐词话》所指出的："大率前遍铺叙景物，或写羁旅行役，后遍则追忆旧欢，伤离惜别，几于千篇一律，绝少变换，不能自脱窠臼。词格之卑，正不徒杂以鄙俚已也。"

张先，字子野，乌程（今浙江湖州）人。他也喜欢制作慢词，同时性格也有浮浪的一面。不过，他的政治地位虽不及欧、晏，但生活要较柳永优渥，其词也多超然闲雅，乃以"韵高"见称于世。据宋代《古今诗话》载：

有客谓子野曰："人皆谓公张三中，即心中事、眼中泪、意中人也。"子野曰："何不目之为张三影？"客不晓。公曰："'云破月来花弄影'、'娇柔懒起，帘幕卷花影'、'柳径无人，堕絮飞无影'，此余生平所得意也。"

张先还喜欢在文人雅集时用词来唱和、赠别，并且填词时还喜欢加个短序来说明作词之旨。这些都为苏轼革新词体做了准备。苏轼任杭州通判时还曾与张先有过交游唱和，乃至词风也清丽潇洒，与张先相近。

北宋后期（1068—1125）的词人是第三代词人，也可以分作两派。一派主要就是苏轼（1037—1101），他努力要打破词为艳科的旧传统，在婉约词外别立豪放一门。受其影响，一些词人也喜欢以词抒写性情，或寄情山水而词风趋于清旷，或感时忧国而词风趋于悲慨。黄庭坚（1045—1105）与晁补之（1053—1110）就受其影响，颇有放旷、沉雄之作，但他们也注意学习柳永等人的创作，黄庭坚还好作艳语。事实上，苏轼的影响要等到金人祸起之后才逐渐形成较大的波澜。另一派是依旧以婉约为主的词人，包括王观（1035—1100）、晏几道（1038—1110）、秦观（1049—1100）、贺铸（1052—1125）、张耒（1054—1114）、周邦彦（1055—1121）、毛滂（1060？—1124？）等人。

晏几道，字叔原，号小山，临川（今属江西）人，晏殊之子。他青少年时期是富贵公子，生活优裕雅致，后来却陷入贫困，情况和李后主是接近的。他的词也与后主一样，多是自身情感的表达；但他为人磊隗权奇，疏于顾忌，与其父及后主颇有不同。其词虽有其父的和婉，但受欧阳修的影响更加明显。他作词还好与人争胜，不仅着意雕饰词语，还常寓以诗人的句法、盘旋吞吐的结构，是故词风清壮顿挫、生新峭拔。其词在当时就流遍天下，享有很高的声誉，但因讹误较多，以致他不得不自编词集来加以纠正。

梦后楼台高锁，酒醒帘幕低垂。去年春恨却来时。落花人独立，微雨燕双飞。　　记得小蘋初见，两重心字罗衣。琵琶弦上说相思，当时明月在，曾照彩云归。（《临江仙》）

彩袖殷勤捧玉钟，当年拚却醉颜红。舞低杨柳楼心月，歌尽桃
花扇底风。　　从别后，忆相逢，几回魂梦与君同。今宵剩把银釭
照，犹恐相逢是梦中。(《鹧鸪天》)

　　秦观，字少游，高邮(今属江苏)人，世称淮海居士。他与黄庭坚、晁
补之和张耒号称"苏门四学士"。他的词主要学柳永，但清丽而不浅俗；
其词也有晏殊和缓浑融的一面，但用语往往更加细腻轻柔。与晏几道
相比，晏几道借景抒情常不离高堂华屋，而秦观更倾心于自然风物。南
宋孙兢《竹坡老人词序》尝引两宋间蔡伯世的话说："苏东坡辞胜乎情，
柳耆卿情胜乎辞，辞情兼称者，唯秦少游而已。"由于情韵深美，其词也
常被奉为"婉约之宗"：

　　雾失楼台，月迷津渡，桃源望断无寻处。可堪孤馆闭春寒，杜
鹃声里斜阳暮。　　驿寄梅花，鱼传尺素，砌成此恨无重数。郴江
幸自绕郴山，为谁流下潇湘去？(《踏莎行》)

　　山抹微云，天黏衰草，画角声断谯门。暂停征棹，聊共引离尊。
多少蓬莱旧事，空回首、烟霭纷纷。斜阳外，寒鸦万点，流水绕孤
村。　　销魂。当此际，香囊暗解，罗带轻分。谩赢得、青楼薄幸
名存。此去何时见也，襟袖上、空惹啼痕。伤情处，高城望断，灯火
已黄昏。(《满庭芳》)

　　秦观个性洒脱不羁，因为耿直，仕途很不顺利。但他同时也多愁善
感，其诗，元好问说是"女郎诗"；其实，他的词也多是女郎词，如清代董
士锡便说其词"如花含苞，故不甚见其力量"(周济《介存斋论词杂著》
引)。当然，身遭迁谪之后，秦观也有些刻肌入骨、颇具风力的词作，而
不尽是"无力蔷薇卧晓枝"的样子了。
　　贺铸，字方回，卫州(今河南卫辉市)人。他容貌奇丑，号称"贺鬼
头"。其词主要继承柳永，但由于性格豪侠，他也写了不少奇崛悲慨的
词作，为后来的稼轩词做了开路先锋；他也注意学习苏轼以诗为词的作

风，并且善于取法唐人，尤其是晚唐温庭筠、李商隐等人的作品，词风深婉密丽，对南宋吴文英等词家有一定之影响。其词以下面这首《青玉案》最有名：

凌波不过横塘路，但目送、芳尘去。锦瑟华年谁与度？月台花榭，琐窗朱户，只有春知处。碧云冉冉蘅皋暮，彩笔新题断肠句。试问闲愁都几许？一川烟草，满城风絮，梅子黄时雨。

周邦彦，字美成，号清真居士，钱塘（今浙江杭州）人。他与秦观一样性格耿直，所以仕途也不顺利。只是秦观同情旧党，而他却倾向于新党。他的作风也是比较浮浪的，同名妓李师师、岳楚云都有很多的风流韵事流传。其词比较重视长调；主要借咏物来寄托仕途与情场的失意，题材较窄，但讲究炼字炼句，较之柳永词的市井气息要更加文雅典丽；且不惟结构繁复多变，音律也十分严谨，在当时就很受乐工们的欢迎，对于词律体制的形成，贡献很大：历来被认为是北宋婉约词、慢词的集大成者。

月皎惊乌栖不定。更漏将残，辘轳牵金井。唤起两眸清炯炯，泪花落枕红绵冷。　　执手霜风吹鬓影。去意徊徨，别语愁难听。楼上阑干横斗柄，露寒人远鸡相应。（《蝶恋花》）

并刀如水，吴盐胜雪，纤手破新橙。锦幄初温，兽烟不断，相对坐调笙。　　低声问：向谁行宿？城上已三更。马滑霜浓，不如休去，直是少人行。（《少年游》）

章台路，还见褪粉梅梢，试花桃树。愔愔坊陌人家，定巢燕子，归来旧处。　　黯凝伫，因念个人痴小，乍窥门户。侵晨浅约宫黄，障风映袖，盈盈笑语。　　前度刘郎重到，访邻寻里。同时歌舞，唯有旧家秋娘，声价如故。吟笺赋笔，犹记燕台句。知谁伴、名园露饮，东城闲步？事与孤鸿去。探春尽是，伤离意绪。官柳低金缕，归骑晚，纤纤池塘飞雨。断肠院落，一帘风絮。（《瑞龙吟》）

王国维《人间词话》说："美成深远之致，不及欧、秦，唯言情体物，穷极工巧，故不失为第一流之作者，但恨创调之才多，创意之才少耳。"其《清真先生遗事》又谓："以宋词比唐诗，则东坡似太白"，"而词中老杜，则非先生不可。"老杜诗艺多般，号称"无一字无来处"，而美成词也好用典，很善于檃栝前人的语句以为己用；老杜还有不少诗叙事性、戏剧性较强而较少作者的踪迹，而这也正是美成词不同于前人的一个主要特点，不像东坡词，时时有一个东坡居士在。宋徽宗时，朝廷曾设立大晟府来创制新乐，谱写新词。周邦彦、万俟咏、晁端礼（1046—1113）、田为、晁冲之等人都曾在大晟府供职，创作追求大同小异，号称"大晟词人"。

宋室渡江前后（1110—1162）的词人为第四代词人。这一时期的词人根据其主要成绩所在，可以分为三派。一派是遁世的隐逸词人，譬如叶梦得（1077—1148）、朱敦儒（1081—1159）、周紫芝（1082—1155）、吕渭老、扬无咎（1097—1171）等人。其中朱敦儒，字希真，号岩壑，洛阳（今属河南）人。他的词早年婉丽明快；中年颇有慷慨悲壮之音；晚年则愈发清疏晓畅，一方面比较完整地展现了词人的一生，一方面能够触及社会现实，对辛弃疾、陆游等人影响较大。一派是颂世的宫廷词人，譬如康与之、曹勋（1098—1174）、史浩（1106—1194）、曾觌（1109—1180）、张抡等。还有一派是较多忧世之情的爱国词人，譬如李纲（1083—1140）、赵鼎（1085—1147）、张元幹（1091—1170?）、岳飞（1103—1142）等人。这一派词人的词作，在南渡前多呈婉约之态，南渡后则转趋豪放，忧民爱国之思增多。在他们之外，叶梦得和朱敦儒的词作中，也颇有忧国伤时之音，从而使得彼时词体功利色彩大大增强，进一步突破了词为艳科的藩篱，成为东坡词与辛弃疾等人词作之间的过渡。其中张元幹，字仲宗，号芦川居士，长乐（今属福建）人。他早年与朱敦儒等人一样，生活疏狂放荡，词风也绮艳轻狭，靖康之难时，他投笔从戎，词风也慷慨悲凉起来。他有一首送别主战派名臣胡铨的《贺新郎》，是他最著名的词作：

> 梦绕神州路。怅秋风、连营画角，故宫离黍。底事昆仑倾砥柱，九地黄流乱注，聚万落、千村狐兔？天意从来高难问，况人情老易悲难诉。更南浦，送君去。　　凉生岸柳催残暑。耿斜河、疏星淡月，断云微度。万里江山知何处？回首对床夜语。雁不到、书成

谁与？目尽青天怀今古,肯儿曹恩怨相尔汝？举大白,听《金缕》。

女词人李清照(1084—1155?),号易安居士,济南章丘(今属山东)人。她出身名门,幼读诗书,长大后嫁给官宦子弟赵明诚,一起研究金石与艺术,非常幸福。然而北宋灭亡后,他们逃到江南,没有几年,赵明诚就过世了,她的生活也变得十分清苦。宋人胡仔、王灼都说她曾改嫁一个名叫张汝舟的人,后因不谐又分开了。她的人生既有这样的起落,词风也就不能不有所变化。她前期的作品热情、明快而又活泼;国破家亡后,词风则多缠绵、低徊以及感伤。但无论前期、后期,她的词都善于用浅近之语发其清新之思。其《词论》曾批评晏殊、欧阳修和苏东坡的词"皆句读不葺之诗尔,又往往不协音律",还批评晏几道苦无铺叙,贺铸苦少典重,秦观苦少故实、如贫家女而没有富贵态。她强调"词别是一家",但从创作实践上看,南渡之后,她也有一些壮怀奇思之作,并未严守婉约的传统格调。她虽然精通音律,但她的《声声慢》舌声字、齿声字密集,读起来虽与词人的心境相契,但唱起来就不免涩舌棘喉了。

昨夜雨疏风骤,浓睡不消残酒。试问卷帘人,却道"海棠依旧"。知否,知否？应是绿肥红瘦。(《如梦令》)

薄雾浓云愁永昼,瑞脑销金兽。佳节又重阳,玉枕纱橱,半夜凉初透。　　东篱把酒黄昏后,有暗香盈袖。莫道不消魂,帘卷西风,人比黄花瘦。(《醉花阴》)

寻寻觅觅,冷冷清清,凄凄惨惨戚戚。乍暖还寒时候,最难将息。三杯两盏淡酒,怎敌他、晚来风急。雁过也,正伤心,却是旧时相识。　　满地黄花堆积,憔悴损,如今有谁堪摘？守著窗儿,独自怎生得黑。梧桐更兼细雨,到黄昏、点点滴滴。这次第,怎一个愁字了得!(《声声慢》)

在北宋末的婉约词人中,李清照与周邦彦的词作,一清疏,一丽密,对南宋词的创作趋向都有很大的影响。除了词作,李清照的诗、文也是好的,在中国文学史上,她也算是杰出的作者之一了。

南宋中期(1163—1207)的词人是第五代词人。当时,宋金相持不下,而南宋的经济文化复又高涨,一时人才辈出,号称"中兴",词坛上也呈现豪放词与婉约词双峰并立的局面。以豪放为主的词人有陆游(1125—1210)、张孝祥(1132—1169)、辛弃疾(1140—1207)、陈亮(1143—1194)、刘过(1154—1206)等。其中辛弃疾成就最突出,词中的沉郁也远超他人。以婉约为主的词人有朱淑真、姜夔(1155?—1209?)、史达祖、高观国等。其中姜夔成就最突出,高观国、史达祖词风也主于清旷,但字句往往伤于尖巧,只能算姜夔之羽翼。

张孝祥,字安国,号于湖居士,乌江(今安徽和县)人。他曾因博学和主战,为秦桧所嫉,政治上深受打击。他的词骏发踔厉,雄放爽朗,在苏轼和辛弃疾之间,构成很明显的过渡。试读其《念奴娇·过洞庭》,就不难感受到这一点:

> 洞庭青草,近中秋、更无一点风色。玉鉴琼田三万顷,著我扁舟一叶。素月分辉,明河共影,表里俱澄澈。悠然心会,妙处难与君说。　　应念岭海经年,孤光自照,肝胆皆冰雪。短发萧骚襟袖冷,稳泛沧浪空阔。尽把西江,细斟北斗,万象为宾客。扣舷独啸,不知今夕何夕。

朱淑真,钱塘(今浙江杭州)人,生平事迹不详。相传她生于官宦之家,后来被嫁给一个文法小吏,由于感情不和,最后竟抑郁而终。她的很多作品都是其苦闷心灵的反映,而非虚拟人情。

> 独行独坐,独倡独酬还独卧。伫立伤神,无奈春寒著摸人。
> 此情谁见,泪洗残妆无一半。愁病相仍,剔尽寒灯梦不成。(《减字木兰花》)

所可惜的是,她死后,她的父母竟将她的诗词付之一炬,只有一些生前流传的作品被人编成了《断肠集》《断肠词》遗乎后世。

姜夔,字尧章,号白石道人,鄱阳(今属江西)人。他的词,正如一些论者所说,也学习稼轩之体,能移诗法入词,但目的却主要是发扬周邦彦追求词语雅化的作风,而不是要变词为诗。为此,他还借鉴江西诗派清劲瘦硬的语言艺术来进一步扭转传统婉约词过于温软的格调,最终形成了清空峭拔而又醇雅隽永的词风。他与周邦彦一样善于自度曲,善于用典咏物,但他作词,句意欲深、欲远,句调欲清、欲古、欲和,所以其词于清疏中别有一种幽远的情致,为周邦彦所不能及。他的《扬州慢》,虽是他二十二岁时自制的新曲,但已经足以代表他的成就:

> 淮左名都,竹西佳处,解鞍少驻初程。过春风十里,尽荠麦青青。自胡马窥江去后,废池乔木,犹厌言兵。渐黄昏,清角吹寒,都在空城。　　杜郎俊赏,算而今、重到须惊。纵豆蔻词工,青楼梦好,难赋深情。二十四桥仍在,波心荡、冷月无声。念桥边红药,年年知为谁生!

姜夔是苏轼之后又一位多才多艺的词人,词风也有“旷”的一面。不过,王国维《人间词话》以为:“东坡之旷在神,白石之旷在貌。白石如王衍口不言阿堵物,而暗中为营三窟之计,此其所以可鄙也。”这话虽与实情相去不远,但姜夔一生漂泊江湖,依人而为食客,其内心有所盘算,是可以理解的;怕被人耻笑,故而刻意追求辞情的旷、雅,乃至反而有些俗态,也是很可同情的。事实上,如果说苏词是以清旷骄人,那么,白石就是以清旷慰己。“多情应笑我”,这是苏词的常态;而白石却是做不到的,他写自己也时常像是在写别人,即使是他那些情感真挚的恋词,也不例外。如其《踏莎行》,其小序明谓:“自沔东来,丁未元日至金陵,江上感梦而作”,而词中作者的色彩却并不突出:

> 燕燕轻盈,莺莺娇软,分明又向华胥见。夜长争得薄情知?春初早被相思染。　　别后书辞,别时针线,离魂暗逐郎行远。淮南皓月冷千山,冥冥归去无人管。

南宋后期(1208—1265)的词人是第六代词人。这第一代词人也可以分作两派。一派学苏轼、辛弃疾,包括戴复古(1167—1243)、孙惟信

（1179—1243）、刘克庄（1187—1269）、陈人杰（1218？—1243？）等。他们抒写个性往往雄豪有余而深沉不足，韵味不够厚重。一派学周邦彦、姜夔，包括吴文英（1207？—1260？）、黄昇、陈允平等。吴文英，字君特，号梦窗，四明（今浙江宁波）人，也是个长期漂泊江湖的清客。他的词题材较狭，但能取法周、姜而自成一家。其小令不乏语句清疏隽朗的佳作，而其慢词则往往极于雕琢和用典，又不喜用虚字调度，虽然炼字新警，但各篇措辞常有重复；虽然善于想象，但结构线索不甚明晰；他还特好使用代字，因而词意常不免陷于晦涩，以致清代四库馆臣称其为"词中李商隐"。词体本多代言，到了吴文英手中，则又颇有玩物之姿。

　　南宋灭亡前后（1252—1310）的词人是第七代词人。这一代词人依旧可以分作两派，但两派词人其实常相互学习，词艺也相互渗透，所以流派之分也只是相对的。一派包括刘辰翁（1232—1297）、文天祥（1236—1283）、汪元量（1241？—1318？）、蒋捷（1245？—1310？），他们继续走苏、辛之路，但历经亡国之危与亡国之痛，往往深沉有余而雄豪不足。一派继续走周、姜之路，包括周密（1232—1298？）、王沂孙（？—1291前？）、张炎（1248—1320？）等人。他们作词继续在精巧雅致方面用力，但因为经历亡国之乱，词中颇有凄楚之音，情感也更加充实。其中，周密号草窗，吴兴（今浙江湖州）人，善于写景咏物，与吴文英交往密切，合称"二窗"。同时，他与姜夔一样，好写情辞优美的词序，而且更长也更完整。王沂孙，号碧山，会稽（今浙江绍兴）人，其词善于咏物兴寄，笔调也较周密更加沉郁，词作很受清代常州词派的推崇。张炎，字叔夏，号玉田，临安（今浙江杭州）人。他是著名的词学理论家，所著《词源》提倡："词要清空，不要质实。清空则古雅峭拔，质实则凝涩晦昧。姜白石词如野云孤飞，去留无迹。吴梦窗词如七宝楼台，炫人眼目，碎拆下来，不成片段。此清空、质实之说。"他的词很善于写其身世之感，清雅疏朗近于姜夔，词集又叫《山中白云词》，故而与姜白石并称"双白"。不过，张炎作词注重字句的妥溜，为人又较风流潇洒，所以词风轻俊流转，乃至有些平滑，与姜夔的峭拔还是颇有不同的。蒋捷，字胜欲，号竹山，阳羡（今江苏宜兴）人，宋亡隐居不仕。他的词兼有苏东坡、辛弃疾和姜夔、吴文英两方的影响，同时遣词造句又有自己的特色。尤其是他的小词，清丽秀逸，特别动人。如其《虞美人·听雨》：

少年听雨歌楼上,红烛昏罗帐。壮年听雨客舟中,江阔云低、断雁叫西风。　　而今听雨僧庐下,鬓已星星也。悲欢离合总无情,一任阶前、点滴到天明。

与宋对立的金朝,也有一些词人。北宋末年降金的蔡松年(1107—1159)词风隽爽清丽,使金而遭羁留的吴激(1093 前—1142)词风清婉多思,人称"吴蔡体"。其后则有王寂(1128—1194),词风雄深;有赵可,词风健捷;有党怀英(1134—1211),词风蕴藉高华;有赵秉文(1159—1232),词风超旷清逸。至金、元之际,又有李俊民(1176—1260),常填词抒其抗志遁荒之意,而造语俗白;又有段克己(1196—1254)、段成己(1199—1279)兄弟,入元不仕,尝合刊其所填词作为《二妙集》。相对而言,克己词较为深曲劲拔,而成己词更加率直俊逸。彼时的"一代文宗"元好问(1190—1257),字裕之,号遗山,太原秀容(今山西忻州)人。他是金代词作存留最多的人。其词正如一些论者所言:表现题材较为广泛,风格颇承苏、辛之放纵,而疏快之中,自饶深婉;伤今怀古,则苍凉沉郁;模山范水,则雄浑壮阔;歌咏爱情,风流蕴藏处,则不减周、秦,然正如燕赵佳人,风韵固与吴姬有别。如其《摸鱼儿·雁丘词》,其小序云:"太和五年乙丑岁,赴试并州,道逢捕雁者云:'今旦获一雁,杀之矣。其脱网者悲鸣不能去,竟自投于地而死。'予因买得之,葬之汾水之上,垒石为识,号曰雁丘。时同行者多为赋诗,予亦有《雁丘词》。"其词曰:

问世间、情是何物,直教生死相许? 天南地北双飞客,老翅几回寒暑。欢乐趣,离别苦,就中更有痴儿女。君应有语,渺万里层云,千山暮雪,只影向谁去?　　横汾路,寂寞当年箫鼓,荒烟依旧平楚。招魂楚些何嗟及,山鬼暗啼风雨。天也妒,未信与,莺儿燕子俱黄土。千秋万古,为留待骚人,狂歌痛饮,来访雁丘处。

元明两代,词的创作相对衰落。元代文人词多近于诗,比较雅正。仇远(1247—1326)、张翥(1287—1368)之词多婉约柔情,翥词雅净,尤为"元一代之冠";刘因（1249—1293）、赵孟頫（1254—1322）、倪瓒（1306—1374?）之词多闲适洒脱；而白朴（1226—1306?）、萨都剌（1308?—1355?）和高启（1336—1374）之词则更慷慨豪放。明代词人不少，但明词在后人看来有两大缺点：一是词曲不分，往往律格疏讹，艳俗而寡蕴藉；一是情感常不够深厚，气格也不够高迥。但俞平伯以为词本合乐，近曲也还是可以谅解的。[①] 至于明词的发展，或分为四期：明初洪武年间，因为时代变革等原因，词作大多写得深切充实。其时，刘基（1311—1375）的小词清婉纤丽，长调则凝重阔大；杨基（1332—1378）的词比较清新俊逸；瞿佑（1347—1433）的词则多偎红倚翠之语。其后永乐、成化年间，词坛颇为衰飒。明词的各种缺点，此时皆有集中的表现。在杨士奇（1366—1444）等人的台阁体、叶盛（1420—1474）等人的打油体、姚绶（1422—1495）等人的理学体的氛围中，唯有马洪，虽然被后人批评词多"陈言秽语"，但下笔工稳，在当时声誉颇隆。其后弘治、嘉靖年间，不仅产生大量优秀的词作者，而且词话、词选、词谱的编撰也蔚然成风。彼时陈铎（1455?—1521?）号称"乐王"，词作超澹疏宕，不琢不率，婉约处与淮海、清真、漱玉诸大家相近。文征明（1470—1559）词风婉丽闲适。夏言（1482—1548）早期词作婉约华美，位居高位后，词风趋于豪壮典丽，但比之稼轩则少精思。杨慎（1488—1559）作为状元，博学多能，填词极好用典；虽诸体皆工，但稍欠锤炼。时代稍晚一些的王世贞（1526—1590）虽颇有婉转绵丽、洒脱闲适之作，但不痛不痒，感人的东西不多。其后的晚明词坛，创作态势更加丰富多彩。其中，陈继儒（1558—1639）善作小词，词风散淡而闲适。施绍莘（1581—1640?）亦善作小词，清丽纤巧而多秀发之句。易震吉（1599 左右—1644 以后）是明代存词最多的词人，其词取材广泛，或追步苏辛，刚健雄奇；或承风花间，清绮婉丽。叶小鸾（1616—1632）与柳如是（1618—1664）分别是明末闺阁才女与青楼才女中的佼佼者。叶词清雅哀艳，不减朱淑真；柳词清丽沉婉，直追李清照。

在明清之际，填词最有成就的是陈子龙（1608—1647）。他比较推尊北宋所承唐五代词，词风婉丽；国家遭难后又多深沉凝重之音；由于

---

① 俞平伯：《读词偶得·清真词释》，人民文学出版社 2000 年版，第 10 页。

他是云间(今上海松江区)人,其影响下的词人遂号称"云间词派"。其成员有李雯(1607—1647)、宋征璧(1602? —1672)、宋征舆(1618—1667)、宋存标(1601? —1666)、夏完淳(1631—1647)、蒋平阶、董俞(1631—1688)、钱芳标等。

> 无限伤心夕照中,故国凄凉,剩粉余红。金沟御水自西东,昨岁陈宫,今岁隋宫。　　往事思量一晌空,飞絮无情,依旧烟笼。长条短叶翠溟溟,才过西风,又过东风。(夏完淳《一剪梅·咏柳》)

与云间派同时,有吴易(1612—1646),也是勇于抗清的烈士,但他的词较云间诸子意象宏大,气势磅礴,属于明末豪放词的代表。又有沈谦(1620—1670),虽宗法柳永,却大体还延续着明人的旧作风。

清代是词的复兴时期。顺治康熙年间(1644—1722),一方面有王夫之(1619—1692)、屈大均(1630—1696)、今释澹归(1614—1680)等人创作了不少反映遗民心境与情操的词作,一方面又有陈维崧(1625—1682)、朱彝尊(1629—1709)和纳兰性德(1655—1685)等新朝词人在云间词外各立门户。

陈维崧,字其年,号迦陵,阳羡(今江苏宜兴)人。他早年家门鼎盛,成年后却颠沛四方,作风浮浪。他的词主要发扬苏、辛推尊词体的艺术精神,写了不少反映明末清初事迹的词作,号称"词史";其词今存一千八百余首,为古今词人之冠;由于所遭多艰,他的词洒脱不及苏轼,而沉郁则过于稼轩。其《醉落魄·咏鹰》云:

> 寒山几堵,风低削碎中原路。秋空一碧无今古。醉袒貂裘,略记寻呼处。　　男儿身手和谁赌?老来猛气还轩举。人间多少闲狐兔?月黑沙黄,此际偏思汝。

这是他的名作。在他身边,还聚有万树(1630? —1688)、蒋景祁(1646—1695)、史唯园、陈维岳(1635—1712)等词人,号称"阳羡派",当时影响很大。不过,随着清初政治走向升平,以悲慨健举、粗豪骚怨为特色的阳羡派也就逐渐没落,代之而起的是与陈维崧有交往、并称"朱陈"的朱彝尊。

朱彝尊,字锡鬯,号竹垞,秀水(今浙江嘉兴)人。他鉴于明词的俗艳,转而提倡"雅澹";虽然他填词主张博采诸家,但主要宗法的却是南宋的姜夔与张炎。他也是浙西词派的开创者,与李良年(1635—1694)、李符(1639—1689)、沈皞日(1640—?)、沈岸登(1650—1702)、龚翔麟(1658—1733)号为"浙西六家"。

> 飞花时节,垂杨巷陌,东风庭院。重帘尚如昔,但窥帘人远。
> 叶底歌莺梁上燕,一声声、伴人幽怨。相思了无益,悔当初相见。(朱彝尊《忆少年》)

纳兰性德,原名成德,字容若,号楞伽山人,生于北京。他是大学士明珠的长子,康熙的侍卫,而扶危救困,乐于交游。他博学多才,而词名最盛。他的词主要宗法李后主,善于用白描的手法表现哀怨之情与边塞之状,词风凄婉流丽,是有清一代最杰出的词人之一。

> 春云吹散湘帘雨,絮黏蝴蝶飞还住。人在玉楼中,楼高四面风。   柳烟丝一把,暝色笼鸳瓦。休近小阑干,夕阳无限山。(《菩萨蛮》)

> 山一程,水一程,身向榆关那畔行,夜深千帐灯。   风一更,雪一更,聒碎乡心梦不成,故园无此声。(《长相思》)

清初词风与容若相近的,还有毛奇龄(1623—1716)、沈丰垣、彭孙遹(1631—1700)、王士禛(1634—1711)、佟世南诸家,但成就不能与容若比肩。至如曹贞吉(1634—1698)学稼轩,所作雄深富有新意;顾贞观(1637—1714)之抒性灵,辞婉情深,遂与容若并称"京华三绝"。彼时吴伟业长于诗,但词作高者可追东坡。

雍正以至嘉庆年间(1723—1820),浙西词的大将是厉鹗(1692—1752)。他继承了朱彝尊的主张,但对朱彝尊的博采不甚满意,并且明确地将张炎提出的"清空"作为填词的艺术追求。他的词也确实在这方面小有所成,可惜,由于词境的狭小、意旨的浅薄,反倒加速了浙西词的衰落。其后,吴锡麒(1746—1818)和郭麐(1767—1831)虽都想融贯变通以挽救浙西词发展的颓势,但力有不逮。况且,彼时出现了一位张惠言(1761—1802),字皋闻,号茗柯,武进(今江苏常州)人。他与其弟张琦编了一部《词选》,并在序言中进一步推尊词体,要求填词同作诗一样讲求比兴、寄托,追求"深美闳约"而反对"雕琢曼辞";由此,遂在阳羡末流的浅率叫嚣与浙西的饾积饾叮中另创一常州词派。其后,周济(1781—1839)承其说,又力倡作词当有论世之功。可惜,张惠言词作寄托的还多只是个人身世之感,周济也并未做到深入社会现实;而其末流所作更常流于用典索迷而已。彼时还有郑燮(1693—1765),填词不怎么倚傍门户;而蒋士铨(1725—1785)、黄景仁(1749—1783)、洪亮吉(1746—1809)等则较多地发扬了阳羡派的作风。

道光、咸丰年间(1821—1861),最著名的词人是项鸿祚(1798—1835)与蒋春霖(1818—1868)。项鸿祚原名继章,后改名廷纪,字莲生,钱塘(今浙江杭州)人。他的一生短暂而凄凉。他曾自云"幼有愁癖",而他的词也近乎李后主、晏几道,多属伤心之词。蒋春霖,字鹿潭,江阴(今属江苏)人,家境贫寒,一生落拓。他作词比较严肃,生前尝自删所作,传世仅数十首。他的这些词借着对自身沦落的描写,也反映了咸丰年间的内忧外患,故有"词史"之称。他也与纳兰性德、项鸿祚被一些人称为"清代三大词人"。彼时,许宗衡(1811—1869)与蒋敦复(1808—1867)也以填词著名,而龚自珍之词或豪放,或婉约,常不免有剑拔弩张之气。

阖闾城下漏声残,别愁千万端。蜀笺书字报平安,烛花和泪弹。　　无一语,只加餐,病时须自宽。早梅庭院夜深寒,月中休倚阑。(项鸿祚《阮郎归·吴门寄家书》)

枫老树流丹,芦花吹又残。系扁舟、同倚朱阑。还似少年歌舞地,听落叶、忆长安。　　哀角起重关,霜深楚水寒。悲西风、归雁声酸。一片石头城上月,浑怕照、旧江山。(蒋春霖《唐多令》)

同治以至宣统年间(1862—1909),词坛依旧为浙西词派与常州词

发展阶段				词人与创作概况	
萌芽	唐代	盛　　唐 713—765	百代词曲之祖	李白作有《菩萨蛮》《忆秦娥》，或曰属于伪托	敦煌《云谣集》载有早期民间曲子词，题材较广。五代时后蜀赵崇祚所编《花间集》是现存最早文人词集。北人和凝号称曲子相公。蜀人孙光宪久仕荆南，复能以词怀古写实
		中　　唐 766—826	偶娱宾而遣兴	张志和、韦应物、戴叔伦、刘禹锡、白居易、王建	
发展	五代	晚　　唐 827—907	始用力于填词	温庭筠人称花间鼻祖；皇甫松、薛昭纬、唐昭宗词多抒怀	
		西蜀　词 907—940	形式更文人化	韦庄；牛峤、牛希济、毛文锡、李珣、欧阳炯、鹿虔扆等	
		南唐　词 940—975	为士大夫之词	冯延巳、李璟；李煜人称词中之帝，卒于宋初	
昌盛	宋代	北宋前期 960—1016	乐章衰于前日	王禹偁、寇准、林逋、潘阆、钱惟演；部分作品较有特色而已	
		北宋中期 1017—1067	承南唐而生变	范仲淹、晏殊、欧阳修、王安石犹多小令，写实性增强；柳永、张先好慢词，柳格卑，张韵高	
		北宋后期 1068—1125	渐自尊以逞才	苏轼以诗为词而能旷达；黄庭坚、晁补之时亦雄放；晏几道清壮顿挫，秦观情深意长，贺铸刚柔兼美，毛滂潇洒清润，周邦彦能自度曲而集婉约之大成，与万俟咏、晁端礼等号称大晟词人	
		渡江前后 1110—1162	多遁世之感怀	叶梦得、朱敦儒；周紫芝、吕渭老、扬无咎	北宋末年降金的蔡松年，词风清丽隽爽；使金而遭羁留的吴激，词风清婉多思，人称吴蔡体
			多颂世之谀奉	康与之、曹勋、史浩、曾觌、张抡	
			多忧世之悲慨	李纲、赵鼎、张元幹、岳飞；李清照以为词别是一家	
		南宋中期 1163—1207	常忧国而雄放	陆游、张孝祥、辛弃疾、陈亮、刘过	金之王寂词雄深，赵可词健捷，党怀英蕴藉高华，赵秉文超旷清逸
			常依人而清雅	朱淑真；姜夔号白石道人；史达祖号梅溪，高观国号竹屋	

发展阶段			词人与创作概况		
昌盛	宋代	南宋后期 1208—1265	雄豪过于深沉	戴复古、孙惟信、刘克庄、陈人杰	金亡前后,李俊民俗白,段克己深峭,段成己疏快;元好问集金词之大成,豪不让苏辛,婉不减周秦
			工丽欲胜周姜	吴文英号梦窗,人称词中李商隐;黄昇;陈允平号西麓	
		宋亡前后 1252—1310	深沉过于雄豪	刘辰翁、文天祥、汪元量、蒋捷	
			婉细每过白石	周密号草窗;王沂孙号碧山;张炎号玉田,有《山中白云词》,与姜白石合称双白	
衰落	元明	元　词 1271—1368	常近诗而雅正	偏婉约:前有仇远、后有张翥	
				偏闲适:前有刘因、赵孟頫,后有倪瓒	
				偏豪放:前有白朴、萨都剌,后有高启	
		明　词 1368—1644	多近曲而浮靡	明初:刘基、杨基、高启、瞿佑尚较真切	
				永乐成化间:杨士奇等台阁体、叶盛等打油体、姚绶等理学体尚不如马洪俗而有成	
				弘嘉间中兴:陈铎、文征明、夏言、杨慎	
				晚明多姿:陈继儒、施绍莘、易震吉;叶小鸾、柳如是;陈子龙等云间词派	
复兴	清代	顺康时期 1644—1722		王夫之等多遗民情绪,陈维崧学苏辛创阳羡词,朱彝尊学姜张创浙西词,纳兰性德、曹贞吉、顾贞观号称京华三绝	
		雍嘉时期 1723—1820		浙西厉鹗倡清空,吴锡麒等欲融通;张惠言重兴寄,创常州词而周济承其后;蒋士铨、黄景仁、洪亮吉风徐阳羡	
		道咸时期 1821—1861		项鸿祚幼有愁癖,蒋春霖生于乱离,二人与许宗衡、蒋敦复、龚自珍及张惠言、周济合称清词后七家	
		同宣时期 1862—1912		谭献编有清词选《箧中词》;王鹏运、朱祖谋、况周颐、郑文焯号称清季四大词人,颇好校刻前人词集	

《古代文人词发展表》,2003 年 8 月 25 日制

派所牢笼。彼时比较有名的词人是谭献(1832—1901)、王鹏运(1849—
1904)、朱祖谋(1857—1931)、况周颐(1859—1926)和郑文焯(1856—1918)。

谭献深于词学,稍能去饾饤与学究之气,所编清词选集《箧中词》亦以精审见称。后四人合称"清季四大词人",作词多推崇南宋诸贤。王、朱主要宗法王沂孙、吴文英,而况、郑主要宗法姜夔。郑文焯讲求词作的清空淡雅,其他三人更强调作词要"重、拙、大"而有寄托。他们的词作成就一般,但他们热衷于校勘和刊行前人词集,贡献还是比较大的。

第二节　苏东坡突围

苏轼(1037—1101),字子瞻,号东坡居士,眉州眉山(今属四川)人。他是苏洵之子,苏辙之兄。据苏洵追溯,战国时期的苏秦与唐代的苏味道都是他们家的先人。

苏轼八岁时曾赴眉山天庆观北极院,从道士张易简学小学,时达三年;后来他贬居海南,还曾梦见回到北极院与张易简论道。苏轼的母亲程氏很有文化,能够相夫教子。苏洵早年科场失意,更是寄希望于二子,教导颇为用力。宋仁宗嘉祐二年(1057)正月,苏轼和苏辙一同参加礼部省试,所作《刑赏忠厚之至论》气度不凡,深得主考官欧阳修及梅尧臣的赏识;三月参加殿试,他们又一同考取了进士;四月,因奔母丧,兄弟二人随父返乡。1060年,苏轼得授福昌县(今河南宜阳)主簿;1061年,应制举,以"贤良方正能直言极谏"取入第三等,除授大理评事凤翔府签判。由于一、二等虚置,第三等即最高等。据说,整个北宋也仅有四人得以取入第三等。此后,苏轼意气风发,在任创作了不少议论弊政、富于远见的策论。1065年,他转殿中丞判登闻鼓院,除直史馆。1066年,苏洵病死于汴京,他又不得不扶丧还归乡里。

熙宁二年(1069),苏轼还朝,除判官告院,同年冬又权充开封府推官。时逢王安石大力推行新法,又喜听趋奉之言;而苏轼年轻气盛,不肯曲从,虽赞成变法,却又反对激进革新,强调用人之术,因而与王安石不相能。神宗每欲重用轼,安石必沮毁之,言轼所学不正。苏轼自感难以立足于朝廷,遂要求外放。后来安石变法失败,世人遂多同情苏轼。不过,据《朱子语类》卷一三零载,朱熹却以为:

凡荆公所变更者,初时东坡亦欲为之。及见荆公做得纷扰狼狈,遂不复言,却去攻他。

东坡只管骂王介甫。介甫固不是,但教东坡作宰相时,引得秦少游黄鲁直一队进来,坏得更猛。

苏轼外放,起初是通判杭州(1071);其后,又做过密州(今山东诸城,1074)、徐州(1077)、湖州(今浙江吴兴,1079)等地知州,颇有政绩。元丰二年(1079)七月,王安石罢相已有三年,但御史台何正臣、李定、舒亶等新进官僚依旧弹劾苏轼以诗文攻击新法;八月,苏轼遂被押解至京,系于御史台狱。御史台由于所植柏树常有乌鸦栖息,亦称乌台,此案遂亦称"乌台诗案"。诗案发生后,与苏轼常诗文唱和的旧党多避而不救,反倒是在王安石、王安礼、章惇等新党救援下,苏轼未被处死,而仅贬为黄州团练副使。元丰三年(1080),苏轼抵达黄州(今湖北黄冈)。他仿效白居易在四川忠州东郊垦荒的旧事,在黄州东郊也选了一片荒地,耕种以自给,并始以东坡为号。元丰七年(1084),苏轼量移汝州。离开黄州后,他曾特意往赴金陵,与王安石游山唱和;又上表,得居常州(1085)。

元丰八年(1085)三月,神宗病死,哲宗即位,高太后临政,新法废止。其冬,苏东坡方任登州(今山东蓬莱)知州五日,就被召回朝廷,任起居舍人。元祐元年(1086),他又除授过中书舍人、翰林学士等职。苏轼此番在京,曾拔擢或推荐毕仲游、黄庭坚、张耒、晁补之、秦观、陈师道等人在京任职,相互文学酬唱之乐颇多;但因不赞成尽废新法,颇遭旧党的疑忌;因戏笑又与程颐失和。元祐四年(1089),苏轼遂再次要求外任。他在杭州(1089)、颍州(今安徽阜阳,1091)、扬州(1092)、定州(今河北定县,1093)等地先后任过知州,亦颇有政绩。1091年、1092年,苏轼均曾回京短暂任职,然旋以党争而外放。

元祐八年(1093),高太后病死,哲宗亲政。绍圣元年(1094),章惇、吕惠卿等新党用事,苏轼遂被贬为宁远军节度副使,安置于惠州(今属广东)。在惠州,他写了一首《纵笔》,云:

白头萧散满霜风,小阁藤床寄病容。

报道先生春睡美,道人轻打五更钟。

据说,诗歌传入京城,章惇大怒,于是绍圣四年(1097),苏轼又被贬为琼州别驾,安置于儋耳(今海南儋县)。在儋耳期间,苏轼除幼子苏过在侧,家人离散,还曾被逐出官舍,但他乐天知命,用心于开启民智、普及文化,深受当地百姓的爱戴。在儋耳,他又写了三首《纵笔》,其一云:

寂寂东坡一病翁,白须萧散满霜风。
小儿误喜朱颜在,一笑那知是酒红。

元符元年(1100),徽宗即位,苏东坡遇赦北归。他原拟回四川老家,但又思恋杭州之美。苏辙劝他到颍昌(今河南许昌)与自己结伴,但他担心再卷入党争,决计退居常州。元符二年(1101),他便病死在常州。次年,幼子苏过依其嘱,葬之于汝州郏城县(今河南郏县)小峨眉山。

苏轼评史论政,颇好言其智术,贬居黄州乃自悔有"制科人习气",而此后人生仍多起伏,诚然是值得深思的。自然,无论如何,苏东坡都可以说是北宋最博学多才的文人。他的散文是北宋欧阳修之后最好的散文,诗歌与南宋的陆游同为宋代最好的诗歌。而他的词,无论在艺术上,还是在人格精神上,都有突破前人、泽被后世的崇高地位。苏轼在词体创作上的贡献,简单地说,就是通过"以诗为词"的方式突破了"词为艳科"的藩篱,从而提升了词体的地位,丰富了词体的风格。

在苏轼以前,大致从花间词开始,词就被视为低诗一等而无法登大雅之堂的艳科。艳科之义,一是说词的内容多限于男女恋情;一是说辞采繁丽,风格轻靡。一直到北宋初年,官僚与上层文人填词,都不过是为了娱乐。填词既属于作诗之余的事情,所以词也就又被称为"诗余"。诗庄词媚,也成为人们普遍接受的观念。据孙光宪《北梦琐言》载:"晋相和凝,少年时好为曲子词,布于汴洛。洎入相,专托人收拾焚毁不暇。然相国厚重有德,终为艳词玷之。契丹人夷门,号为'曲子相公'。"又据欧阳修《归田录》载,宋初西昆体大将钱惟演曾"自称素好读书,坐则读史,卧则读小说,上厕则读小词"。北宋魏泰的《东轩笔录》也记载,王安石曾嘲谑其同乡与前辈晏殊："为宰相而作小词,可乎?"据此皆可见词在当时文人心中的地位。苏轼对这种状况是不甚满意的,尝声称词"为诗之苗裔"(朱弁《风月堂诗话》卷上)。但更重要的是,当时的诗词创作正面临两大困境。一个困境是,在宋代,再用唐诗的形式与风格来表现士大夫的个性生活与情趣,已经很难超越唐人了,而艺术的乐趣在于创造而不是重复。另一个困境是,在苏轼的时代,用词来抒写风月之情、羁旅之感也有百余年的历史,没有新创,也难以超越前贤。前一种困境,要求宋人采取新的艺术形式来表现文人的个性与生活;后一种困境,要求词体在风月之外寻找新的内容来充实自己。所以苏轼以诗为词,正合乎了诗词创作发展的历史需要。更何况,在苏东坡之前,李后主已经用词来抒发亡国之恨,范仲淹已经用词来表现边塞之情。欧阳修的词即使描写风月,往往也体现出士大夫的旷达气质。张先填词,已常用于士大夫间的交往。所以,苏东坡能以诗为词,也有前贤为之阶。至于他以诗为词来革新词体的具体情况,大致有以下几个方面。

第一是音律服从意境。词与一般诗歌的一个重要的区别,是词要配合一定的曲调来歌唱,因而词在用字的声韵调方面较诗歌有更为细密、更为严谨的规定。就苏轼而言,有人说他不懂音律,有人则说他还是懂的。从创作实践来看,苏轼对当时仍留有旧时歌法的词调,守律颇严;一些词作也曾被之管弦。如清代张宗橚《词林纪事》卷五引《林下词谈》载:

> 子瞻在惠州,与朝云闲坐,时青女初至,落木萧萧,凄然有悲秋之意,命朝云把大白,唱"花褪残红"。朝云歌喉将啭,泪满衣襟。子瞻诘其故。答曰:"奴所不能歌,'枝上柳绵吹又少,天涯何处无芳草'也。"子瞻翻然大笑曰:"是吾政悲秋,而汝又伤春矣。"遂罢。朝云不久抱疾而亡。子瞻终身不复听此词。

所谓"花褪残红",即东坡所填《蝶恋花》也。此事又见于北宋释惠洪的《冷斋夜话》(《历代诗余》卷一一五引)。只是《冷斋夜话》说的是朝云"日诵'枝上柳棉'句",未言"歌";而《林下词谈》描绘太详,未必可信。又,据南宋杨湜《古今词话》载:

东坡自禁城出守东武……筑长堤十余里，以拒水势，复建黄楼以厌之。堤成，水循故道分流，城中上巳日，命从事乐成之。有一妓前曰："自古上巳旧词多矣，未有乐新堤而奏雅曲者，愿得一阕，歌公之前。"坡写《满江红》……俾妓歌之，坐席欢甚。

据此，则东坡词不仅确实可歌，而且乃是可由女子来歌唱的。一般认为，宋以前，词的歌唱原是男女皆可的；到了宋代，则开始独重女声，填词而由女子歌唱也成为填词的常态。东坡词既可以由歌妓吟唱，就说明东坡词也有合乎填词惯常作风的一面。不过，苏轼比较独特的地方在于，他的许多词作要由壮士来唱才合乎其腔调。如南宋俞文豹《吹剑续录》载：

东坡在玉堂日，有幕士善歌，因问："我词何如柳七？"对曰："柳郎中词，只合十七八女郎，执红牙板，歌'杨柳岸，晓风残月'。学士词，须关西大汉，铜琵琶，铁绰板，唱'大江东去'。"东坡为之绝倒。

幕士说苏词须由大汉来唱，看似玩笑，但也部分地合乎事实。如苏轼《与鲜于子骏三首》其二曾自云：

近却颇作小词，虽无柳七郎风味，亦自是一家。呵呵。数日前，猎于郊外，所获颇多。作得一阕，令东州壮士抵掌顿足而歌之，吹笛击鼓以为节，颇壮观也。

又，陆游《跋东坡七夕词后》曾感慨，苏轼的《鹊桥仙·七夕》，"歌之，曲终，觉天风海雨逼人"。既是"天风海雨逼人"，则亦应由壮士来唱，才见其精神。又，陆游《老学庵笔记》卷五载：

世言东坡不能歌，故所作乐府词多不协。晁以道云："绍圣初，与东坡别于汴上。东坡酒酣，自歌《古阳关》。"则公非不能歌，但豪放，不喜剪裁以就声律耳。

陆游所言至确,并且东坡"不喜剪裁以就声律",例子也很多,著名的如他歌咏杨花的《水龙吟》:

> 似花还似非花,也无人惜从教坠。抛家傍路,思量却是,无情有思。萦损柔肠,困酣娇眼,欲开还闭。梦随风万里,寻郎去处,又还被、莺呼起。　　不恨此花飞尽,恨西园、落红难缀。晓来雨过,遗踪何在?一池萍碎。春色三分,二分尘土,一分流水。细看来,不是杨花,点点是离人泪。

词的末三句,如果按照词律,实际应该断成"细看来不是,杨花点点,是离人泪",可是苏轼却不在意这些。对苏轼来说,词的生命在于有意境,而不是和律;为了意境的营造,词律是完全可以打破的。对苏轼的这种做法,李清照的《词论》是不赞成的。不过,时至今日,人们却多批评李清照保守,而称道苏轼有创新的力度。这原因也是不奇怪的。在宋代,词还有乐谱可唱;到后来,绝大多数词都没有乐谱可唱,舆论自然也就要颠倒过来。

第二是言语的清新化。在苏轼以前,人们写词大多承袭花间词人错彩镂金的作风,属意于辞藻的婉丽。而苏轼填词,在语言上却以清新自然为尚,惟求达意而已。他有时化用前人如陶潜、李白、杜甫和韩愈的诗句入词,有时则直接运用口语,所以他的词,尤其是主要借鉴古体诗写法的慢词,也就不那么香艳,脂粉气很少。北宋胡寅《酒边词序》说东坡词:"一洗绮罗香泽之态,摆脱绸缪宛转之度,使人登高望远,举首高歌,而逸怀浩气超乎尘垢之外。"可谓东坡之知音矣。

第三是题材的多样化。在苏轼的时代,诗的题材几乎没有限制,而词则多只用来描写男女风月之情、羁旅漂泊之感。苏轼则不然,虽然他也写风月情浓,但题材已不限于艳科,而是将兄弟之情、朋友之情、师生之情都包括进来。在他手中,话别,悼亡,写景,怀古,访农,纪行,咏怀,都成为文人词的表现题材,正如清代刘熙载《艺概》卷四所说:"无意不可入,无事不可言。"又,据明代余永麟《北窗琐语》载:

宋灵景寺僧了然，不遵戒行。常宿娼家李秀奴，后衣钵一空，为秀奴所绝。僧迷恋不已，乘醉直入，击秀奴毙之。县官得实，具申司府。时苏东坡为郡，勘之。见僧手臂上刺字，云："但愿同生极乐国，免教今世苦相思。"东坡挞之，遂成狱，作《踏莎行》以嘲之曰："这个秃奴，修行忒然，云山顶上持斋戒。一从迷恋玉楼春，鹑衣百结浑无奈。毒手伤人，花容粉碎，空空色色今何在？臂间刺道苦相思，这回还了相思债。"

这是苏轼在任杭州通判时发生的事情。据之亦可见苏东坡真的是无事不可入于词了。而据南宋王灼《碧鸡漫志》卷二载：

赵德麟、李方叔皆东坡客，其气味殊不近，赵婉而李俊，各有所长，晚年皆荒醉汝颍京洛间，时时出滑稽语。……长短句中，作滑稽无赖语，起于至和。嘉祐之前，犹未盛也。熙丰、元祐间，兖州张山人以诙谐独步京师，时出一两解。泽州孔三传者，首创诸宫调古传，士大夫皆能诵之。元祐间，王齐叟彦龄；政和间，曹组元宠：皆能文，每出长短句，脍炙人口。彦龄以滑稽语谑河朔。组潦倒无成，作《红窗迥》及杂曲数百解，闻者绝倒，滑稽无赖之魁也。

由此来看，东坡此词风格涉于滑稽，也不是偶然的。

第四是词风的个性化。在我国古代，诗人作诗有个性是从屈原开始的，而填词具有鲜明的个性则始自苏轼。苏轼以前的文人词，因描写的题材内容相似，语调句法相类，所抒情怀相近，所以在艺术上虽有工拙优劣之别，但作者与作品的艺术个性并不突出。正是因为这个缘故，冯延巳、晏殊与欧阳修等人的词作才时常被人们弄混，一些作品到现在也搞不清作者是谁。不过，到了苏轼出来填词，情况为之一变。一方面，苏轼的词作往往针对具体生活内容而发，以致不得不在词调下另加题目，或像作诗一样，写一段小序表明其作词的主旨；另一方面，他对事迹的表现又无时无刻不渗透着他本人的个性精神，使用着只属于他自己的语调和句法，于是他的词作也便具有了只属于他个人的艺术特征，使人一看就知道是苏东坡而不是冯延巳或欧阳修的词。譬如他的《临江仙·夜归临皋》：

> 夜饮东坡醒复醉，归来仿佛三更。家童鼻息已雷鸣。敲门都不应，倚杖听江声。　　长恨此身非我有，何时忘却营营？夜阑风静縠纹平。小舟从此逝，江海寄馀生。

这词的事迹是他的，词语也是他的，风格情调更是他的，又怎么会与他人相混呢？

第五是个性的豪放。一般认为，苏轼是北宋豪放词的开创者。在苏轼以前，也有豪放的文学家，但他们的豪放多体现在文章或者诗歌中，而苏轼用词来表现他豪放的情怀，所以也就在传统婉约词外，另开豪放一门。像他在密州任上所写《江城子·密州出猎》，便很能代表他的这种风格：

> 老夫聊发少年狂，左牵黄，右擎苍，锦帽貂裘，千骑卷平冈。为报倾城随太守，亲射虎，看孙郎。　　酒酣胸胆尚开张，鬓微霜，又何妨。持节云中，何日遣冯唐？会挽雕弓如满月，西北望，射天狼！

不过，豪放与婉约也只是相对的划分，苏轼的词也不完全是豪放的。说苏词豪放，也只是一种笼统的说法。若更准确起见，我们也不妨说苏词就是苏轼思想个性的体现，这正如陶诗是陶渊明思想个性的体现一般。

苏轼的思想是复杂的，但大致来说，是以儒家兼济天下的思想为主。同时，他受老庄的思想影响也较深；尤其他的故乡自古以来就是思想文化比较宽松之地，所以他很崇尚个性的自由。譬如，元祐元年（1086），在《答张文潜县丞书》中，他就曾批评王安石说："文字之衰，未有如今日者也。其源实出于王氏。王氏之文，未必不善也，而患在于好使人同己。自孔子不能使人同，颜渊之仁，子路之勇，不能以相移，而王氏欲以其学同天下！地之美者，同于生物，不同于所生。惟荒瘠斥卤之地，弥望皆黄茅白苇，此则王氏之同也。"据《朱子语类》卷一三零，朱熹曾反驳说："若荆公之学是，使人人同己，俱入于是，何不可之有？……

若使弥望者黍稷,都无稂莠,亦何不可?"其实,"弥望者黍稷",黍与稷便有不同。苏轼《苏氏易传》卷七说:"天下之理未尝不一,而一不可执。"其言有味哉,有味哉!然而毋庸多言,他这种"一不可执"的理念与他对个性自由的强烈向往,也就使得他在追求兼济天下的过程中,每每对社会的黑暗、政治的险恶、文化的专制、人性的压抑不断产生厌倦,时时刻刻渴望着解脱。职此之故,他的内心是有矛盾的。这种矛盾是旧时代有理想情怀的士人所常有的,但苏轼的解决方法则较为特别。

一般的人,忍受不了黑暗,也就躲到一边去做逸民与隐士去了。苏轼对陶渊明很崇拜,但他却不归隐。其中的原因却是什么呢?从家风上说,苏东坡的先祖,苏洵追踪到战国时代的苏秦,苏秦是个崇尚名利的纵横家,三苏的文章既有纵横策士之风,思想上自然也难免受到一些影响。苏轼早年所作《夜泊牛口》曾感喟:"人生本无事,苦为世味诱。富贵耀吾前,贫贱独难守。"这便是一证。从地域上说,西蜀士人自唐五代就有不愿出仕的传统,苏轼思想里有很深的归隐意识便与此有关。不过,前代乡贤不愿意出仕,主要是为了躲避动乱,而且也与他们自身学术文化不够超拔有关。到了苏轼之时,一方面天下正趋于太平,一方面他又暴得大名,且深受仁宗、英宗、神宗三代皇帝知遇而欲有所回报,归隐自然也就不易了。何况四川那地方自古便是天府之国,晚唐以来经济发达,享乐之风甚盛,苏轼也不例外。关于苏轼有很多美食及酿酒的故事流传,就是一证。《东坡志林》卷一且载:

> 太守杨君采、通判张公规邀余出游安国寺。坐中论调气养生之事,余云:"皆不足道,难在去欲。"张云:"苏子卿啮雪啖毡,蹈背出血,无一语少屈,可谓了生死之际矣,然不免为胡妇生子,穷居海上,而况洞房绮疏之下乎?乃知此事不易消除。"众客皆大笑。余爱其语有理,故为记之。

除此之外,当日士大夫文人种种艺术化的享乐生活,也是他所贪恋的。而一个人既有了这样的贪恋,要回到乡野山林去过长藿充膳、轩车罕至的日子,也就难了。当然,从道统上说,苏轼也可能受到韩愈的影响。苏轼曾称颂韩愈"文起八代之衰,道济天下之溺",而韩愈的道,是反对做逸民的。如其《争臣论》便倡言：

> 自古圣人贤士皆非有求于闻用也。闵其时之不平，人之不义，得其道，不敢独善其身，而必以兼济天下也。孜孜矻矻，死而后已。

至于韩愈写给宰相赵憬、贾耽等的《后二十九日复上宰相书》，更斥责说：

> 士之行道者，不得于朝，则山林而已矣。山林者，士之所独善自养而不忧天下者之所能安也。如有忧天下之心，则不能矣。

所以，苏轼不能归隐，往好了说，大概是因为具有与韩愈相类似的想法，儒家济世情怀过于强烈。如其《乐全先生文集叙》就曾感慨：

> 呜呼，士不以天下之重自任，久矣。言语非不工也，政事文学非不敏且博也，然至于临大事，鲜不忘其故、失其守者，其器小也。

苏轼自幼就希慕范仲淹、韩琦和欧阳修的为人，而这些人也正都是"先天下之忧而忧，后天下之乐而乐"的；苏轼见贤思齐，也要以"天下之重自任"，自然也就不能归隐了。然而不能归隐，又如何化解任重过程中的苦恼，慰藉他那向往逍遥的心灵呢？苏轼的办法至少有三。

一个办法是退而求其次，在朝中受到排挤，便要求外放地方，从而将所受压迫尽量减小和降低，这也正可以说是苏学士的一种妥协形式的隐与逸。

另一个办法是尚友陶渊明。苏轼是很推崇陶渊明的。据苏辙《子瞻和陶渊明诗集引》载，苏轼对陶渊明自知"性刚才拙"而辞世归隐一事十分感佩，并说他晚节能达到陶渊明的万分之一，他就满足了。不过，这种想法，还只是苏东坡一时的感慨。他推崇陶渊明并不仅仅着眼于陶渊明的隐逸，更主要的，一是陶渊明的田园诗平淡而有味，尤其合乎他贬谪以后对艺术的理解与追求；一是他喜欢陶渊明的"真"，如其《书李简夫诗集后》曾谓："孔子不取微子高，孟子不取於陵仲子，恶其不情也。陶渊明欲仕则仕，不以求之为嫌，欲隐则隐，不以去之为高，饥则扣门而乞食，饱则鸡黍以延客。古今贤之，贵其真也。"从其所言来看，所谓"真"，即是适性，即是不矫情，即是生活虽不能不有所依赖于他者，而精神却逍遥自得，完满自足，不假借于外物。这一点，才应该是陶征士最吸引苏学士的地方。轼之《书渊明〈羲农去我久〉诗》曾云："余闻江州东林寺，有陶渊明诗集，方欲遣人求之，而李江州忽送一部遗予，字大纸厚，甚可喜也。每体中不佳，辄取读，不过一篇，唯恐读尽，后无以自遣耳。"又，轼之《书陶渊明〈东方有一士〉诗后》曾谓："我即渊明，渊明即我也。"据他这一则言论来看，则当其欣赏渊明诗歌之际，岂不也便将渊明诗中的生活想象成自己的生活了吗？他不愿意"读尽"陶诗，岂不也就是不愿意从陶诗那种真淳自得的生活中脱离出来的意思吗？他写和陶诗，写平淡而有味的农村词，岂不也就是在延展他和陶渊明所共有的那种自然的生活吗？于此便可见渊明于东坡仕宦生涯的意义。

还有一个办法是取资佛禅。苏辙《亡兄子瞻端明墓志铭》曾说苏轼："初好贾谊、陆贽书，论古今治乱，不为空言。既而读《庄子》，喟然叹息曰：'吾昔有见于中，口未能言。今见《庄子》，得吾心矣。'……既而谪居于黄……读释氏书，深悟实相，参之孔、老，博辩无碍，浩然不见其涯也。"所谓"释氏书"，即指佛学经典。唐宋间，佛学流派很多，苏轼对不少派别的佛学经典都有所研究或者涉猎。华严宗所倡导的理事圆融、无碍自在之说，是他所喜欢的；禅宗自性清净、心无增减之说，也是他所偏爱的。在他贬谪黄州期间，其所作《答毕仲举书》曾云：

> 佛书旧亦尝看，但暗塞不能通其妙，独时取其粗浅假说以自洗濯，若农夫之去草，旋去旋生，虽若无益，然终愈于不去也。若世之君子，所谓超然玄悟者，仆不识也。往时陈述古好论禅，自以为至矣，而鄙仆所言为浅陋。仆尝语述古，公之所谈，譬之饮食龙肉也，而仆之所学，猪肉也。猪之与龙，则有间矣，然公终日说龙肉，不如仆之食猪肉实美而真饱也。不知君所得于佛书者果何邪？为出生死、超三乘，遂作佛乎？抑尚与仆辈俯仰也？学佛老者，本期于静而达，静似懒，达似放，学者或未至其所期，而先得其所似，不为无害。仆常以此自疑，故亦以为献。

就此文来看,苏轼和宋代大多数文士一样,对于佛禅,乃是义解大于信仰的。不过,他虽不佞佛,却也确实从佛禅那里窃取了一定的思想,从而使他能够以一种随缘任运、无往而不适的态度来应付人生的种种苦难,看起来比较旷达,也比较豪放。譬如,前人常悲慨人生如寄,苏轼在杭州写《临江仙·送王缄》也悲慨"此身如传舍,何处是吾乡",然而后来贬居黄州时,他却又满不在乎的在《定风波》词里面说"此心安处是吾乡";他也常悲慨"人有悲欢离合",然而却又喜欢说"不应有恨"(《水调歌头》);前人常悲慨人生如梦,他也"笑劳生一梦"(《醉蓬莱》),不过,虽是如梦,他还是希望人们能笑着面对,以为"人生悲乐,过眼如梦幻,不足追,惟以时自娱为上策也"(《与王庆源三首》之三)。所谓"笑",所谓"娱"的态度,虽时不免于无奈,但也正都是其旷达的表现。其《望江南·超然台作》便是一例:

> 春未老,风细柳斜斜。试上超然台上望,半壕春水一城花。烟雨暗千家。　　寒食后,酒醒却咨嗟。休对故人思故国,且将新火试新茶。诗酒趁年华。

需要强调的是,苏轼的豪放与旷达,与许多前贤不同,并不是做作出来的"豪语",而是从坎坷的生活中练就出来的;同时,他也不是旷达之后,就不再溺于忧患。事实上,就苏词来看,悲慨确实如其心头之草,乃是旋去旋生,旋生而旋去的。这虽然见出他确实还没有吃到"龙肉",但也使得他的词作更加真切,使人千载之下读之,也就更容易引起共鸣。

另外值得一提的是,宋代流行的佛禅,主要是南宗慧能一派的禅学。而这一派的禅学并不认为体悟佛性一定要远离世俗世界,如慧能曾作偈语说:

> 佛法在世间,不离世间觉。
> 离世觅菩提,恰如觅兔角。

据《坛经》载，慧能还曾做颂说："心平何劳持戒，行直何用修禅。恩则孝养父母，义则上下相怜。让则尊卑和睦，忍则众恶无谊。"按他的思路，一个人只要能保持一颗平常的心，入世也就没什么不可以了。正如钱穆指出的："慧能讲佛法，既是一本心性，又不屏弃世俗，只求心性尘埃不惹，又何碍在人生俗务上再讲些孝悌仁义齐家治国。"[①]苏东坡浸染在这样一种禅学思想中，自然不易归隐；事实上，也无需归隐了。在苏轼之前，唐代的王维也对佛、禅之学有深入的研究和体会。其《叹白发》云："一生几许伤心事，不向空门何处销。"这是其与苏轼相似的一面。不过，《旧唐书》本传说王维与其弟"俱奉佛，居常蔬食，不茹荤血"；王维《酬张少府》诗又说自己"晚年惟好静，万事不关心"。这些作风却与苏轼颇有不同，并且自慧能一系的禅学看，也就不免仍有些偏执，不如苏学士更富于禅心的智慧了。又，据《朱子语类》卷一三七载，朱熹曾议论说："韩退之、欧阳永叔所谓扶持正学，不杂释老者也。然到得紧要处，更处置不行，更说不去。便说得来也拙，不分晓。缘他不曾去穷理，只是学作文，所以如此。东坡则杂以佛老，到急处，便添入佛老，相和倾瞒人。如装鬼戏、放烟火相似，且遮人眼。"这虽是论文，但或许也包括了苏词中佛老庄禅的意趣吧。

苏词的艺术成就及思想特征大致如上所述。此外，我们还当知道的尚有两点。

第一，苏轼虽是豪放词的开创者，但他也有不少情辞婉约的词作，并非只能豪放。如他的《卜算子》（黄州定惠院寓居作）、《贺新郎》（乳燕飞华屋）都是委曲缠绵、寄托遥深之作。同时他还有些词，是不能用豪放与婉约来概括的，如其《水调歌头》：

　　明月几时有？把酒问青天。不知天上宫阙，今夕是何年。我欲乘风归去，又恐琼楼玉宇，高处不胜寒。起舞弄清影，何似在人间。　　转朱阁，低绮户，照无眠。不应有恨，何事长向别时圆？人有悲欢离合，月有阴晴圆缺，此事古难全。但愿人长久，千里共婵娟。

---

① 钱穆：《中国思想史论丛》，东大图书有限公司 1973 年版，第四册，第 150 页。

这首词是他四十一岁在密州任上所作。词的小序说:"丙辰中秋,欢饮达旦,大醉,作此篇,兼怀子由。"词中的"低绮户",明显是化用晏几道的"舞低杨柳楼心月"。据元代陆有仁《砚北杂志》载,苏轼很倾慕小晏,曾欲通过黄庭坚见之,而晏几道竟谢而不见。就这件轶事来说,苏轼也是喜欢婉约词的。但他的这首词既不尽属婉约,也不全是豪放,乃是很别致的。

第二,他的豪放词,曾长久被人讥笑,属于当时的先锋派艺术。陈师道是他的门人,却在《后山诗话》①中批评说:

> 退之以文为诗,子瞻以诗为词,如教坊雷大使之舞,虽极天下之工,要非本色。

在苏东坡的时代,词体面临着革新的要求。苏轼以诗为词,是一种革新之路;柳永作慢词,也是一种革新之路。在他们之后,婉约词也还有着进一步发展的艺术空间。在这种情况下,出现陈师道这种批评,是不奇怪的。但毫无疑问,随着婉约词的艺术发展空间越来越小,苏轼以诗为词所指出的词体向上之路,也就越走越宽。

辛弃疾(1140—1207),字幼安,号稼轩,历城(今山东济南)人。他自幼受其祖父辛赞爱国情操的感染,不满于异族的残暴统治,能以气节自负,以功业自许。1161 年,金主完颜亮扰宋失败;辛弃疾遂参加了耿京领导的起义军。1162 年,辛弃疾还曾随贾瑞等赴南宋进行联络;北归时,得知耿京已为张安国所杀,张安国并劫持部分义军降金。辛弃疾大怒,以五十轻骑直闯张安国五万人马的大营,缚张安国于马上,并说动上万士兵反正,一起驰归宋朝。1165 年,辛弃疾尝作《美芹十议》献给孝宗,陈说北伐大计。当时主和之风正盛,辛弃疾又是归正之人,因此孝宗不能用,只让他去做地方官。他在地方上虽也有不少政绩,但在 1181 年却因御史王蔺弹劾其"奸贪凶暴"而去职。此后他闲居江西上饶的农村,生活较为富足;对庄子与陶渊明的作品也发生了兴趣,但内

---

① 清代四库馆臣曾怀疑《后山诗话》为伪托,但证据尚嫌不足。

心不平之气难消。1191 年,辛弃疾又被起用为地方官。1194 年,复遭弹劾而丢官,再次退居上饶八年。后来韩侂胄当权,欲北伐兴国,辛弃疾遂又得以出任浙东安抚使(1203)、镇江知府(1204)等官;然而在 1205 年却又遭谗而被免官。1206 年,北伐失败,辛弃疾亦因主战而受到流言的责难。次年,他便含恨而殁。《宋史》本传载:

> 弃疾尝同朱熹游武夷山,赋《九曲棹歌》,熹书"克己复礼""夙兴夜寐",题其二斋室。熹殁,伪学禁方严,门生故旧至无送葬者。弃疾为文往哭之曰:"所不朽者,垂万世名。孰谓公死,凛凛犹生!"弃疾雅善长短句,悲壮激烈,有《稼轩集》行世。绍定六年,赠光禄大夫。咸淳间,史馆校勘谢枋得过弃疾墓旁僧舍,有疾声大呼于堂上,若鸣其不平,自昏暮至三鼓不绝声。枋得秉烛作文,旦且祭之,文成而声始息。

辛弃疾能诗文,而词的成就更为突出。他的词一面继承了苏词的豪放,一面又有发展,形成了自己的风格。

第一,在题材上,他几乎是无所不写的。譬如,他有一首《最高楼》,其序言说:"吾拟乞归,犬子以田产未置止我,赋此骂之。"而总的来看,他既善于用词来凭古伤今、说理言志,也善于用词来写山水、写爱情、写他早年的战争生活。尤其是他笔下的农村词,较苏词更有农村的生活气息。如其《西江月·夜行黄沙道中》:

> 明月别枝惊鹊,清风半夜鸣蝉。稻花香里说丰年,听取蛙声一片。 七八个星天外,两三点雨山前。旧时茅店社林边,路转溪桥忽见。

又如其《清平乐·村居》:

> 茅檐低小,溪上青青草。醉里吴音相媚好,白发谁家翁媪。
> 大儿锄豆溪东,中儿正织鸡笼;最喜小儿无赖,溪头卧剥莲蓬。

这是他二十余年村落生活的反映，显然是偶尔到村落中走走的苏轼所不能比的。

第二，在形式上，他承苏词之遗风，不仅继续以诗为词，而且还以文为词，竟然将文章的句法、结构、手法融会到词中。如下面这首《水龙吟·题瓢泉》：

> 稼轩何必长贫，放泉檐外琼珠泻。乐天知命，古来谁会，行藏用舍。人不堪忧，一瓢自乐，贤哉回也。料当年曾问，饭蔬饮水，何为是、栖栖者？　且对浮云山上，莫匆匆、去流山下。苍颜照影，故应零落，轻裘肥马。绕齿冰霜，满怀芳乳，先生饮罢。笑挂瓢风树，一鸣渠碎，问何如哑。

至于他的《贺新郎·甚矣吾衰矣》，句法也是散文化的，并且还被他自己视为得意之作。岳珂《桯史》卷三载，辛弃疾每逢宴客，"必命侍姬歌其所作。特好歌《贺新郎》一词，自诵其警句曰：'我见青山多妩媚，料青山见我应如是。'又曰：'不恨古人吾不见，恨古人不见吾狂耳。'每至此，辄拊髀自笑，顾问坐客何如。"

辛弃疾以文为词还表现在他大量引用经、史、子、诗、赋入词。前面所举《水龙吟》与《贺新郎》就都采了《论语》所载孔子之语。又如他的《南乡子·登京口北固亭有怀》：

> 何处望神州，满眼风光北固楼。千古兴亡多少事，悠悠。不尽长江滚滚流。　年少万兜鍪，坐断东南战未休。天下英雄谁敌手？曹刘。生子当如孙仲谋！

上片结以杜诗，下片结句用了《三国志》注所引《吴历》中曹操的话，然而贴切自然，丝毫不见生搬硬套之迹。刘熙载《艺概》卷四说到辛词的语言风格，以为："稼轩词龙腾虎掷，任古书中理语、廋语，一经运用，便得风流。"甚是。

第三，在手法上，他的词在豪放中，往往又有细腻婉曲之姿。如其《摸鱼儿》云：

更能消、几番风雨，匆匆春又归去。惜春长怕花开早，何况落红无数。春且住，见说道、天涯芳草无归路。怨春不语。算只有殷勤，画檐蛛网，尽日惹飞絮。　　　长门事，准拟佳期又误。蛾眉曾有人妒。千金纵买相如赋，脉脉此情谁诉？君莫舞，君不见、玉环飞燕皆尘土！闲愁最苦。休去倚危栏，斜阳正在、烟柳断肠处。

清代陈廷焯《白雨斋词话》称誉此词"沉郁顿挫，笔势飞舞，千古所无"，良是之语。较之苏词，辛词在艺术手法上，更喜欢采取比兴寄托，也更喜欢用典隶事。而之所以如此，最主要的原因在于辛弃疾乃是归正之人，又很有些本事谋略，所以不免常遭猜疑。在这种情况下，他要抒发忧愤爱国之情，也便不能不走向婉转与深曲之途了。自然，人们也不妨说他的用典，是卖弄学识；兴寄，是为了在艺术上超越前贤。

第四，在风格上，他的词豪放而沉雄。苏辛都是豪放词人，但苏词的豪放，往往体现为个性的洒脱与旷达，而辛词的豪放往往是英雄的愤懑与慷慨。职此之故，苏词读起来常有飘逸之感，而辛词读起来却更多沉雄之气。清末王鹏运的《半塘老人遗稿》说："词家苏辛并称，其实辛犹人境也，苏其殆仙乎？"苏辙《武昌九曲亭记》曾载：

昔余少年，从子瞻游，有山可登，有水可浮，子瞻未始不褰裳先之。有不得至，为之怅然移日。至其翩然独往，逍遥泉石之上，撷林卉，拾涧实，酌水而饮之，见者以为仙也。盖天下之乐无穷，而以适意为悦。方其得意，万物无以易之；及其既厌，未有不洒然自笑者也。譬之饮食，杂陈于前，要之一饱，而同委于臭腐。夫孰知得失之所在？惟其无愧于中，无责于外，而姑寓焉。此子瞻之所以有乐于是也。

苏东坡在宋代是被戴复古、黄昇等人称为"坡仙"的。与此仙不同，辛弃疾却是个济世情怀深重的将才，刘宰《贺辛待制弃疾知镇江》就曾把辛弃疾比作"隆中诸葛"。辛弃疾的很多词也带有其早年英雄生活的印记，如其《鹧鸪天》云：

壮岁旌旗拥万夫,锦襜突骑渡江初。燕兵夜娖银胡䩮,汉箭朝飞金仆姑。　　追往事,叹今吾,春风不染白髭须。却将万字平戎策,换得东家种树书。

这首词的小序说:"有客慨然谈功名,因追念少年时事,戏作。"可见这首词是写实的。与之相比,苏轼的《密州出猎》虽也是写戎马事,但仍不脱文人的风流韵度,而辛词却具有真正的英雄气质,如其《破阵子·为陈同甫赋壮词以寄之》写道:

醉里挑灯看剑,梦回吹角连营。八百里分麾下炙,五十弦翻塞外声,沙场秋点兵。　　马作的卢飞快,弓如霹雳弦惊。了却君王天下事,赢得生前身后名,可怜白发生!

这不很使人联想起魏武帝的"烈士暮年,壮心不已"吗?南宋刘过《呈辛稼轩》诗称:"精神此老健于虎,红颊白须双眼青。未可瓢泉便归去,要将九鼎重朝廷。"辛稼轩的英雄词,也正可说是词如其面。《四库全书总目提要》评价辛词时,也曾说:"其词慷慨纵横,有不可一世之概,于倚声家为变调,而异军特起,能于剪红刻翠之外,屹然别立一宗。"王国维《人间词话》说:"东坡之词旷,稼轩之词豪。"这诚然也是知味之言。至于苏词与辛词之间的关系,辛弃疾门人范开《稼轩词序》以为:"世言稼轩居士辛公之词似东坡,非有意于学坡也,自其发于所蓄者言之,则不能不坡若也。坡公尝自言……未尝敢有作文之意,且以为得于谈笑之间而非勉强之所为。公之于词亦然……直陶写之具耳。故其词之为体,如张乐洞庭之野,无首无尾,不主故常;又如春云浮空,卷舒起灭,随所变态,无非可观。无他,意不在于作词,而其气之所充,蓄之所发,词自不能不尔也。其间固有清而丽、婉而妩媚,此又坡词之所无,而公词之所独也。"

【参考书目】
刘毓盘:《词史》,上海古籍出版社 2011 年版

王易:《词曲史》,江苏教育出版社 2005 年版

龙榆生:《中国韵文史》,上海古籍出版社 2002 年版

杨海明:《唐宋词史》,天津古籍出版社 1998 年版

刘扬忠:《唐宋词流派史》,中国社会科学出版社 2007 年版

王兆鹏:《唐宋词史论》,人民文学出版社 2000 年版

薛砺若:《宋词通论》,上海三联书店 2014 年版

王水照主编:《宋代文学通论》,河南大学出版社 1997 年版

王水照:《苏轼研究》,中华书局 2015 年修订版

王水照、朱刚:《苏轼评传》,南京大学出版社 2004 年版

薛瑞生:《东坡词编年笺证》,三秦出版社 1998 年版

邹同庆、王宗堂:《苏轼词编年校注》,中华书局 2002 年版

邓广铭:《稼轩词编年笺注(定本)》,上海古籍出版社 2007 年版

第十一讲　关汉卿与戏曲

第一节　戏曲的源流

元代最突出的文学体裁是曲。从广义上说,曲包括散曲和戏曲。

散曲的性质与词相近,只是曲调多来自胡乐。明代王世贞《曲藻·序》中说:"曲者,词之变。自金、元入主中国,所用胡乐,嘈杂凄紧。缓急之间,词不能按,乃更为新声以媚之。"此外,散曲的曲词也更近于散文,不仅更俚俗,而且广泛使用衬字。再者,散曲的题材也比较广,是词所不能比的。散曲中,成套的曲子叫散套、套曲、套数或大令;不成套的叫小令。散曲不能表演,只能用来歌唱,所以也被称为清曲。

元散曲的发展,学界分期不同。或分为雏形期、初盛期、鼎盛期和衰落期,较便理解。

雏形期从金亡(1234)到元世祖登基(1260)。彼时作者尚不能完全摆脱传统诗词的意境,但已用心学习流行时曲的情调,注重语言的清新活泼、通俗自然,奠定着散曲地道的"本色"作风。元好问、杜仁杰(1196?—1276?)以及杨果(1197—1269)、刘秉忠(1216—1274)、商挺(1209—1289)等达官显贵都是彼时较为著名的作手。其中,杜仁杰号善夫,所作散曲通俗而富于谐趣,可说是元初散曲第一人,影响很大。

初盛期相当于忽必烈统治的中统(1260—1264)、至元(1264—1294)时期。彼时由于社会安定,经济繁荣,散曲创作也兴盛起来,出现了一批杰出的散曲作家,元散曲叹世归隐的主题与自然潇洒的风格也基本形成。彼时散曲作家,依社会身份,一般分为三类。一类是书会才人作家,他们大多沉沦在社会底层,性格也往往放诞不羁,反叛性强。其代表有关汉卿以及王和卿。关汉卿的散曲大多是男女恋情的抒写,风格以本色自然为主。王和卿的散曲则和其为人一样,以滑稽诙谐见称。第二类是平民及胥吏作家。他们对传统文人价值观的怀疑多于反叛,碰壁后的叹世归隐是他们作品比较常见的主题。白朴(1226—1306?)和马致远(1250? —1324?)都属于这类作家的代表。白朴叹世归隐和描写恋情的散曲比较本色质朴而多俗趣,对其后的马致远等豪放派较有影响;至于写景咏物则清丽淡雅,富于文采,对其后张可久等清丽一流的散曲也有道夫先路的意义。第三类是仕宦较为显达的曲家。他们传统的士大夫情趣最浓,艺术上俚俗成分较少。胡祗遹(1227—1295)、徐琰(1230? —1301)、王恽(1227—1304)、庾天锡(与关汉卿同时)、姚燧(1238—1313)、卢挚(1242? —1315?)以及少数民族曲家伯颜(1237—1295)、不忽木(1255—1300)是其代表。卢挚号疏斋,成就最高。其散曲叹隐乐闲,写景咏物以及唱酬赠答,题材比较多样,而以咏史怀古者最有名;其风格也或豪爽,或明媚,而以清丽疏朗为主;虽然遣词造句还留有诗词的色彩,但韵味还是曲的韵味。与关汉卿相比,他和白朴的散曲都更富于文采一些。

鼎盛期从元成宗元贞元年(1295)到元文宗至顺三年(1332)。彼时随着社会经济的持续发展与城市生活的更加繁荣,元散曲也达到鼎盛:不仅题材从个人牢骚感慨扩展到更广阔的社会人生,而且名家众多,乃至形成了豪放与清丽两大创作流派。豪放派的特点是情感激越跌宕,多以叹世归隐为主题,而语言本色自然,不尚典实;清丽派的情思则比较温和蕴藉,多以写景咏物为主题,而语言工巧雅丽,喜用故实。两派的作风实际贯穿了整个元代,而且大多数作者都不同程度地兼有河朔贞刚之气与江南秀丽之风。

豪放派的代表主要有马致远和贯云石。马致远,号东篱,人称"曲状元",是元散曲之冠冕。他虽生于元散曲的初盛期,但其散曲主要作于其人生的后期。他早年奔波仕途而饱受屈辱,英雄失路及壮志难酬的愤懑与感慨遂多形诸散曲,这在元散曲作家中是不多见的。与此相适应,历史的虚无、人生的幻灭、隐逸湖山的诗酒风流,也成为其散曲的重要题材。其〔双调·夜行船〕《秋思》套数尤能集元人叹世、咏史、归隐作品之大成,说理透辟,意境深沉,情感奔放,心胸旷达,对仗工稳而又流畅,语言放逸宏丽而不离本色,是元散曲最杰出的代表之一。值得注意的是,正如一些论者所指出的,前人诗词中的豪放,主要是高歌壮志的豪放,而马致远等元散曲中的豪放,则更多地表现为自弃形式的"豪"与嘲弄传统豪情的"放"。在这种豪放之外,马致远还有不少小令,写景则清旷而疏朗,言情则生动而传神,遣词造句则通俗自然而又别有风致。其小令〔天净沙〕《秋思》尤可见出他的这种才华:

> 枯藤老树昏鸦,小桥流水人家,古道西风瘦马。夕阳西下,断肠人在天涯。

贯云石(1286—1324),原名小云石海涯,维吾尔族人,少善骑射,尝让爵位于弟而从学于姚燧。其散曲多写恋情和隐逸。他写恋情则活泼直率,情思旖旎;写隐逸,则显示着彻悟后的轻快洒脱。其风格常似天马脱羁,豪俊而又不乏清丽之辞。从杨朝英所编散曲集《阳春白雪》和张可久所著散曲集《今乐府》都曾由他作序来看,他也可说是当时能引领风骚的一大人物。马、贯之外,冯子振(1257—1337 后)、张养浩(1270—1329)、刘时中、薛昂夫(1275? —1350 后)、睢景臣、钟嗣成也是以豪放为主的重要作家。其中,冯子振性格豪俊,作散曲好逞才情,往往贪多务得,行疾而多败迹。不过,他在抒写叹世归隐之情时,很善于借耕夫、渔父等闲人形象来寄托怀抱,同时还有一曲《农夫渴雨》,描写真切,比较动人。张养浩号云庄,今济南历城人,属于达官显宦,曾因直谏而失官,后又为勤民事而死于任上。其散曲多写隐逸林泉之乐,有不少写得清逸明丽,属于元人山水散曲中的精品;但他由于接触过民生的苦难,因而也不乏关怀民瘼之作。其最知名者是下面这首写得真朴沉郁、极有风力的〔中吕·山坡羊〕《潼关怀古》:

> 峰峦如聚,波涛如怒,山河表里潼关路。望西都,意踟蹰,伤心秦汉经行处,宫阙万间都做了土。兴,百姓苦;亡,百姓苦。

刘时中,古洪(今江西南昌)人。他的《上高监司》套曲,前套 15 支曲，反映江西大旱的惨状；后套 34 支曲，指陈元代钞法的积弊。这些套曲语言直白纯朴，但情思激切感人，篇幅上也打破了一般散曲的限制。薛昂夫是西域回纥人，尝执弟子礼于刘辰翁。其散曲善于在怀古讽今中给人以诙谐的趣味，豪放而不粗鄙，放逸而多雄健之气。睢景臣仅存套数 3 篇，以滑稽诙谐的〔般涉调·哨遍〕《高祖还乡》套数知名于世。钟嗣成，号丑斋，曾久居杭州。其散曲豪纵多嘲，善于替艺人抒情，所著《录鬼簿》更是研究金元曲家的重要资料。

清丽派的代表首推张可久与乔吉。张可久（1280? —1352?），号小山，今浙江宁波人。他一生奔波下段僚，自云"功名半纸，风雪千山"。今存小令 855 首，套曲 9 篇，为元人中专攻散曲且存作最多的作家。其散曲取材广泛，不仅在叹世归隐、唱酬赠答方面不乏佳作，而且在写景纪游、抒写恋情方面也造诣极高。正如一些论者所言，他的作品，有的清新明丽，有的华美壮阔，有的缠绵悠远，有的蕴藉空灵；虽好用典实，却并不艰涩，虽好用骈偶，却无斧凿之迹，虽好声色彩绘，却无妖艳浮华之弊，如其〔黄钟·人月圆〕《春晚次韵》：

> 萋萋芳草春云乱，愁在夕阳中。短亭别酒，平湖画舫，垂柳骄骢。一声啼鸟，一番夜雨，一阵东风。桃花吹尽，佳人何在，门掩残红。

乔吉（1280? —1345），字梦符，原籍山西太原，流寓杭州。他美姿容而重威仪，散曲中颇多与名流士大夫们宴饮游乐、与歌妓舞女们欢会离别的内容。明代李开先《乔梦符小令序》曾谓："元之张、乔，犹唐之李、杜乎！"乔、张的散曲都有清丽而蕴藉的一面，但张好逞其骚雅，而乔则雅而能俗。其遣兴抒怀的散曲很善于表现他落魄放诞的闲情逸趣，而其写景纪游之作更充满奇思妙想，奇丽而动人。

张、乔以外，徐再思、任昱、周德清的散曲也都以清丽见长。徐再思、任昱与张可久同时。在散曲作家中，徐再思的散曲最善于俗中求雅，尤其描写男女恋情，诙谐风趣而不浮浪浅薄。他好甜食，因号甜斋，其散曲与号酸斋的贯云石遂被人们合称"酸甜乐府"。总地说，徐较贯更讲究锤炼之工，但才情有所不及。任昱也善于抒写男女恋情，不过，他的散曲与张可久相近,比较工雅,显示着元散曲日益摆脱俚谣色彩的一种趋势。周德清(1277—1365)是著名的曲学家,他的散曲主要是讲求音律之美,遣词造句也基本实现了其"文而不文,俗而不俗"的艺术主张。

衰落期与整个元顺帝统治时期(1333—1368)相当。随着社会生活的日趋动荡,以及科举的恢复,彼时散曲创作颓势尽显,无论作家还是作品,都大为减少,并且豪情与丽词往往混融在一起。当时,汪元亨的小令善写叹世归隐之情,能集前人之成,但创新之力不足。刘庭信(1289?—1370?),人称黑刘五,存作多写恋情,用语俊丽,在白俗中求雅、求尖新奇巧的特点十分明显。杨维桢(1296—1370)的小令善写其生平感慨,气势雄豪,而词语却又有清丽一派的雅洁修整。鲜于必仁,号苦斋,写景怀古常辞藻华美,意境绮丽,同时也不乏气象雄浑之作。

到了明代,散曲创作又颇有北曲和南曲之别。乐曲分为南北,或以为起于晋宋之际,其变化流衍虽难详究,但南曲自来多用吴音,而北曲则颇杂胡乐。元时北曲随蒙古入主中原而盛极一时,元亡以后,用南曲填写歌词的风气渐盛,遂使散曲的写作与剧曲一样有了南北之分。南、北曲的风格,明徐渭《南词叙录》以为:"听北曲使人神气鹰扬,毛发洒淅,足以作人勇往之志,信胡人之善于鼓怒也,所谓'其声嗷杀以立怨'是已。南曲则纡徐绵眇,流丽宛转,使人飘飘然丧其所守而不自觉,信南方之柔媚也,所谓'亡国之音哀以思'是已。"大约从十五世纪起,又有一种来源复杂的时曲小调流行起来。谓之时曲,是针对南、北曲等古调而言;谓之小调,是因为它轻巧灵活,罕有说教。时曲小调本质上是明清时代的市民歌曲,对陈铎、金銮、冯惟敏等作家纠正典雅化的散曲创作倾向有一定之影响。

明前期,洪武至成化年间(1368—1487),北曲较为流行,但彼时属于散曲创作的低谷。朱元璋颁布的《大诰》第十条曾强调:"寰中士大夫不为君用,其罪皆至抄劄。"在这种情况下,自元代以来,以玩世自适为主要旨趣的散曲自然也就不易继续发展了。当时著名的作手只有汤式以及宁献王朱权(1378—1448)和周宪王朱有燉(1379—1439)。汤式生活在元明之际,他的散曲题材广泛,善于在悼旧咏新中反映时代的变迁,风格明艳工巧,延续了元末散曲俗中求雅的作风,对明中后期曲家创作影响很大。

明中叶，弘治、嘉靖时期（1488—1566），散曲创作有所复兴，南曲也取得与北曲并行的地位。北方的王九思（1468—1551）、康海（1475—1540）有不少曲作抒写解官后放情任性的生活，风格雄爽质朴，跌宕浑厚。南方的王磐（1457？—1529后）、陈铎（1455？—1521？），散曲内容较为广泛，风格大多清丽俊逸。又有金銮（1494—1583）生于北方而长期寓居南京，其散曲清丽婉转而又自然活泼，题材虽窄，而语言却富于生活气息。至于杨慎（1488—1559），乃是蜀人，虽博学，但于曲律不很精严，王世贞《曲藻》尝讥其"多川调，不甚谐南北本腔"。他的散曲多是自身遭际与情怀的抒写，或风流旖旎，或婉转幽怨，除了部分艳词，大多典丽而具有词化的特点。又有南人沈仕（1488—1565），自号青门山人，所作散曲多涉艳情，描写刻露而生动，有"青门体"之称。彼时最有成就的散曲作家是北人冯惟敏（1511—1580？）。正如词中之有苏、辛，散曲到了冯惟敏之手，题材变得更加广阔，情感变得更加深切，个性精神也愈发洒脱而高远。他的散曲不乏含蓄婉丽之作，但多数作品不事雕琢，在生龙活虎中体现着北派作家爽逸豪迈的艺术风格。如其〔河西六娘子〕《笑园六咏》云：

> 人世难逢笑口开，笑的我东倒西歪，平生不欠亏心债。呀，每日笑胎嗨，坦荡放襟怀，笑傲乾坤好快哉！（其二）

> 名利机关没正经，笑的我肚儿里生疼，浮沉胜败何时定？呀，个个哄人精，处处赚人坑，只落得山翁笑了一生。（其六）

明后期，隆庆以至明亡（1567—1644），散曲最显著的特点是南曲兴而北曲衰。当时梁辰鱼（1520？—1591）的散曲工于词藻，而且词化的特点更为明显。沈璟（1553—1610）的散曲则更注重声律的精细。与二者鼎足而三的是施绍莘（1581—1640？）。他的散曲也主要抒写个人的生活情趣，但涉及范围较广。他既通音乐，也好丽词，但作散曲与当时宗梁、宗沈的风尚有所不同，较能率之以才情，并且善于捕捉生活中各种细微的人情物态，从而营造出情深意切、语句清新隽永的曲境。彼时又有薛论道(1531?—1600?),定兴(今属河北)人,少有文名,从军三十余年,官至神枢参将。现存小令千首,是散曲史上存曲最多的曲家。其作品题材极为广泛,但以描写边塞戎旅者最为知名。他南、北曲兼作,曲辞重乎本色,风格主于沉雄,在梁、沈之外,洵能自树高标。如其〔黄莺儿〕《塞上重阳》云:

> 荏苒又重阳,拥旌旄倚太行,登临疑是青霄上。天长地长,云茫水茫,胡尘静扫山河壮。望遐荒,王庭何处? 万里尽秋霜。

从作家与作品的数量上看,明曲远超元曲,然而对于二者的优劣,人们意见不一。任半塘先生的《散曲概论》扬元抑明,崇北卑南,乃至贬斥梁辰鱼等南派散曲,谓其"臣妾宋词,宋词不屑;伯仲元曲,元曲奇耻"。而卢前《散曲史》则认为:"元以后有明曲,犹唐以后有宋诗;明承元曲之遗而变之,亦犹宋承唐诗之遗而变之。"更有论者指出:就题材内容而言,散曲文学之主流题材,如叹世归隐、怀古咏史、写景言情等几大类别,元曲独得天时,明人难出其右;而明人如汤式之颂圣美新、陈铎之描写市井百态,康、冯诸公之抨击现实,杨慎及其妻黄娥的流放悲歌,薛论道的边塞豪吟,施绍莘的花月雅趣,凡此等等,则为明散曲之独具风华,元散曲无以与匹。就令、套体制而言,无论令曲、套数,元代实已完全成熟定型,最多仅"集曲"一式,元人留下余地,以待明人于南曲发挥。如就南北曲体式以观,元人长技,端在北曲,染指南曲者指无多屈,而专作南曲者更无其人;明人则大多南北兼擅,如陈铎、王九思、李开先、冯惟敏、薛论道、施绍莘辈,南北两曲皆各臻其妙,另如刘兑、唐寅、沈仕、梁辰鱼、沈璟等人,则专以南曲效技曲坛,更是偏长独至。用明人的话说,北主劲健,南主柔婉;故元之曲坛,大体为北曲一体刚健独驰,而明之曲坛,则为南北二曲刚柔并驾;两者相较,明胜于元。就艺术风格而言,元代曲家,无论南北,多沦落潦倒,弃孔孟而就老庄,于曲中求解脱,求慰藉,遂化雅入俗,雅俗圆融,返璞归真,天趣独到,一片化境。而明代曲家,南北两分:南方才子,习染奢华世风,逍遥词场,以言情为大宗,向宋代雅词复归,趋于婉媚雅丽,与元曲相比,仿佛天籁之于人籁,天工之于人巧;北方壮士,根基儒学,然仕途受阻,用世不能,避世不甘,腹中冰炭，甚为激烈，其曲多抒愤言隐，承元曲余绪，豪丽掺用，其豪辣可与元人抗衡，而灏烂之境实有未至。故单就文人之曲以观，元明之曲，实有天籁与人籁之别，天工与人巧之辨，化境与造境之分。两者相较，明不如元。任中敏等扬元抑明，尊北而卑南者，实着眼于此。然明代文人散曲所让于元人之天工天籁，恰有时尚小曲予以弥补，此一"曲坛绝艺"，终为明人挽回不少面子。[1]

清初，由于一些善于作曲的明遗民尚在，散曲创作还较有可观。但总的来说，清人不甚重视散曲创作。虽也有一些人好于闲暇时为之，然而词化、雕琢化到极致，也就失去了散曲活泼自然的生命本色。道光、咸丰以后，虽也产生一些关切现实的作品，但艺术平庸，遂更无足论矣。

曲中可以表演故事者称为戏曲。我国古代戏曲的主要特点是歌舞与科白相结合。歌舞之戏，盖起于上古巫觋的祀神活动。尧舜以来，则又颇用于演示王朝政事之变迁。夏初之《大夏》，商初之《大濩》，周初周公所作《大武》，皆其类也。战国时，楚屈原作《九歌》，更灼然而有歌舞叙事之性质。科白之戏，春秋时期亦已流行。优孟假扮孙叔敖，即是一例。到了秦汉时期，还出现了一种以表现人兽搏斗为内容的角抵戏。角抵戏具有一定的故事情节，并分角色进行表演，所以一般被视为古代戏曲的雏形。当时比较有名的角抵戏是《东海黄公》，演的是喜好法术的黄公到东海欲降服白虎，却因法术失灵被白虎所杀的故事。表演时，黄公头扎红绸子，身佩金刀，白虎则由人带着面具装扮而成，属于早期的虎形。据《汉书·武帝纪》载，元封三年（前108）春，"作角抵戏，三百里内皆观"；元封六年夏，"京师民观角抵于上林平乐馆"。可见当时角抵戏之受欢迎。

汉唐时期是我国戏曲雏形进一步发展的时期。《三国志·许慈传》曾载，许慈与胡潜不睦，"先主愍其若斯，群僚大会，使倡家假为二子之容。傚其讼阋之状，酒酣乐作，以为嬉戏，初以辞义相难，终以刀杖相屈，用感切之。"这种情况，与演戏差不多了，虽是偶载于史籍，但想来也未必十分罕见。与之相较，南北朝时的参军戏，也不过是有了固定的模式而已。参军本指"参谋军务"。相传，五胡乱华时，后赵的石勒曾因一

---

① 参见赵义山《明清散曲史》，人民出版社 2007 年版，第 1—5 页。

个参军贪污，遂命优人装扮成参军的模样，让其他优伶从旁戏弄，参军戏由此得名。到后来，参军在表演中成为憨傻被人嘲弄的形象，类似相声中的捧哏；而戏弄参军的优伶因为梳着苍鹘般的发式，可以如鹘击禽鸟般击打参军，被称为"苍鹘"。到了唐代，参军戏的表演已不限于两人，而且还出现了女性角色。其时比较有名的剧目是《踏摇娘》。唐崔令钦《教坊记》载：

> 北齐有人姓苏，䶎鼻。实不仕，而自号为"郎中"。嗜饮酗酒，每醉辄殴其妻。妻衔悲诉于邻里。时人弄之：丈夫著妇人衣，徐步入场，行歌。每一叠，旁人齐声和之云："踏谣，和来！踏谣娘苦，和来！"以其且步且歌，故谓之"踏谣"；以其称冤，故言"苦"。及其夫至，则作殴斗之状，以为笑乐。今则妇人为之，遂不呼"郎中"，但云"阿叔子"。

唐代还有一种衍自北齐的"代面"（或作大面）戏，是带着面具进行歌舞表演的一种戏曲形式。其比较有名的剧目是表演俊美的兰陵王戴着面具震慑敌人的《兰陵王》。一些学者认为，汉唐间，天竺地区的梵剧曾传入我国新疆地区以及内地，对我国唐以后的戏曲发展具有一定的影响，即便《兰陵王》也可能是根据梵剧改编而成。又，先秦以来，我国又有所谓傀儡戏。唐代杜佑《通典》谓之："作偶人以戏，善歌舞。本丧乐也，汉末始用之于嘉会。北齐后主高纬尤所好。高丽之国亦有之。今闾市盛行焉。"或以为，傀儡戏对我古代戏曲的形成也有一定的影响。

宋金时期，是我国古代戏曲逐渐成熟并形成自身体制基础的时期。杂剧和南戏，都出现在此时。晚唐时，李德裕《论故循州司马杜元颖追赠》一文曾谓，南诏攻入成都后，成都、华阴两县被驱掠的人口中有"杂剧丈夫两人"。这是"杂剧"一词较早的出处，但指的还是包罗内容较多的"杂戏"。到了宋代，"杂剧"则主要指在参军戏基础上发展而来的滑稽短剧。南宋理宗时，耐得翁所著《都城纪胜》对宋之杂剧有所描述；稍后，吴自牧《梦粱录》卷二十"妓乐"条承其说，以为：

> 杂剧中末泥为长，每一场四人或五人。先做寻常熟事一段，名

曰艳段，次做正杂剧，通名两段。……又有杂扮，……即杂剧之后散段也。顷在汴京时，村落野夫，罕得入城，遂撰此端，多是借装山东、河北村叟，以资笑端。

所谓"末泥为长"，犹言以末泥为班主。其下有"引戏"，负责具体的指挥调度；有"副净"，扮演装傻充愣的角色；有"副末"，以插科打诨来逗趣；有"装孤"，时常上场扮作官员。至于"艳段"和"正杂剧"，或以为，艳段说唱相兼，因为是表演"寻常熟事"，所以可能常有供演出使用的底本；而正杂剧则以说白和动作为主，因为主要结合时事及演出场景来即兴取乐，逢场作戏，也就不能完全依靠底本。所谓"两段"，一说以为指正杂剧的表演分为两段，一说即第二部分的意思，还有人倾向于将"两段"理解为艳段与正杂剧的合称。耐得翁《都城纪胜》尝说艳段和正杂剧"大抵全以故事、世务为滑稽，本是鉴戒，或隐为谏诤也"。林庚《中国文学简史》以为，"故事"即指"寻常熟事"，"世务"则指临时点破的时事。前者也即宋人所谓"段数"。其《中国文学史》更谓，所谓段数，殆即艳段目次之意。宋末，周密的《武林旧事》载有不少"官本杂剧段数"的名目。至于为何称为"官本"，林庚以为是指底本用于内廷的表演，但亦有人认为是取底本较为通行之意。而至为可惜的是，这些"官本杂剧段数"的文本内容竟无一流传下来。不过，从耐得翁"本是鉴戒，或隐为谏诤也"的评论来看，艳段和正杂剧虽属滑稽玩笑，但大多寓有一定的讽喻之意。如南宋洪迈《夷坚志》支乙卷第四"优伶箴戏"载：

壬戌省试，秦桧之子熺、侄昌时、昌龄皆奏名。公议籍籍，而无敢辄语。至乙丑春首，优者即戏场，设为士子赴南宫，相与推论知举官为谁，指侍从某尚书某侍郎当主文柄。优长曰："非也，今年必差彭越。"问者曰："朝廷之上，不闻有此官员。"曰："汉梁王也。"曰："彼是古人，死已千年，如何来得？"曰："前举是楚王韩信，信、越一等人，所以知今为彭王。"问者嗤其妄，且扣厥指。笑曰："若不是韩信，如何取得他三秦？"四座不敢领略，一哄而出。秦亦不敢明行谴罚云。

这反映的正是正杂剧一类的讽喻之状。一般认为，北宋的杂剧表演还只有艳段与正杂剧两个部分，及宋室南渡以后，宋人才将早已有之的杂扮作为正杂剧之后的附缀。不过，在南宋杂剧艺术中，用于迎客的艳段、作为滑稽主体的正杂剧以及用于送客的杂扮，它们之间的关系还比较松散，乃至杂扮常可以单独表演。至于留在金人统治区的杂剧艺人，或以为，他们已开始注意加强杂剧各部分间的连接与过渡，并更重视寻常熟事的表演，更重视武功动作的展现，乃至形成了名目更复杂，用乐更简便，主要流行于民间而俗称为"院本"的表演艺术。王国维《宋元戏曲史》以为，院指倡伎所居的行院，本即戏曲之底本也。到了金末元初，金院本进一步发展成北曲杂剧，亦即北杂剧、元杂剧，早先嗜好滑稽的色彩大大降低，而表演的故事性却得到了显著的增强。元杂剧在其形成的初期，还习惯沿用院本之名；到后来，院本则专指没有生旦、仅供调笑、与唐宋参军戏相类而不甚重视歌舞表演的艺术形式，遂不再与杂剧混称。北宋末年，在南方浙江永嘉一带还曾兴起了一种南曲戏文，也称永嘉杂剧、温州杂剧或南戏，并且在元末明初形成了较为成熟的演出形式。我国古代戏曲主要就是在北曲杂剧和永嘉杂剧的基础上发展起来的。

元代的杂剧和南戏在艺术形式方面有同有异。相同的是，二者在艺术上都包括曲词、宾白和科介三个部分。同时，二者虽都以叙事为框架，但曲词都有很强的抒情性；科介的表演与处理也都有很强的写意性；舞台也都是 T 形，以人物之上下分场次。至于不同，自然也有不少。第一，在结构方面，杂剧一般是一本四折，即四幕。有时也可以加一个楔子，或放在最前，相当于序幕；或放在两折间，相当于过场。南戏则由若干"出"组成，"出"的数目也不固定。第二，在角色方面，杂剧分为旦、末、净、外、杂五大类，十分复杂，而南戏仅分为生、旦、净、末、丑、贴、外等角色。第三，在宫调方面，杂剧一折只采用一个宫调，不相重复，而南戏的曲调在宫调上没有严格规定。第四，在演唱方面，杂剧全剧通常只有正末或正旦一人主唱，并因演唱者将剧本分为末本和旦本。有时，杂剧也允许其他角色在每折套曲前后唱上一小段，称为"小曲"或"曲尾"。而南戏各个角色都可以唱，且有独唱、对唱、合唱与轮唱等方式。第五，在曲调方面，杂剧用的是北方民间乐曲、少数民族乐曲以及传统中原乐曲。而南戏主要利用东南沿海的乐曲与传统中原乐曲。这种差别可能与南北方言差别有关。杂剧用北方方言,入声已派三声,而南戏使用南方方言,入声还有保留。一般来说,杂剧的曲调明快而硬朗,南戏的曲调婉转而柔丽。从艺术发展看,北曲杂剧要领先南戏一步。

我国杂剧艺术的发展,一般是分成宋金杂剧、元杂剧和明清杂剧三个时期。宋金是酝酿期,元代是成熟与极盛期,明清是衰落期。就杂剧作家与作品数量看,清代杂剧远远超过元明两代,但却很少特别杰出的作家与作品。至于元代成为我国杂剧创作最为兴盛的时代,一般以为有以下一些原因。

第一,元代城市工商业经济比较繁荣。《马可·波罗游记》对此就有着令人惊叹的记载。城市工商业繁荣的直接后果,是造就了大量的市民,而市民阶层的出现则是戏剧艺术繁荣的基本条件之一。一般来说,戏剧是以市民为基本受众的艺术门类。因为只有以工商业为生的市民才更有可能舍出充裕的时间与金钱,聚集在一个公共的场所观看戏剧表演。与市民精神需求相适应,元代还出现了专业的杂剧演出队伍。元代夏挺芝《青楼集》就载有女演员118人,其中不少是官养的艺妓。她们大多出身贫寒,属教坊司官署管理,辛苦学艺以供上层人物玩乐;逢到外国使臣来访,还经常被命令去陪宿。她们也常被买卖,如同玩偶。因为命运多舛,生活不幸,这些演员往往对人生有较为丰富与深刻的认识,同时也孕育了一定的反抗人格。当时著名的女演员有善于演皇帝、文士与花旦的珠帘秀,善于演贵族少女与皇帝的顺时秀,她俩也都是关汉卿的好友。此外,还有善于演绿林人物的无锡秀,以及双目失明,却在舞台上善于出入门户、引线穿针的赛帘秀。当时著名的男演员则有花李郎、赵敬夫、张国宾等。这些男性演员,往往有较高的文化修养,如据元末钟嗣成《录鬼簿》载,花李郎能写杂剧剧本;同时,他们当中也不乏忠义之士。如据元代仇远《稗史》载:

至元丙子,北兵入杭,庙朝为虚。有金姓者,世为伶官,流离无所归。一日,道遇左丞范文虎,向为宋殿帅时,熟其为人。谓金曰:"来日公宴,汝来献伎,不愁贫贱。"如期往,为优戏。作诨云:"某寺有钟,寺僧不敢击者数日,主僧问故。乃言钟楼有巨神,神怪不敢登也。主僧亟往视之,神即跪伏投拜。主僧曰:'汝何神也?'答曰:'钟神。'主僧曰:'既是钟神,何故投拜?'"众皆大笑。范为之不怿,其人亦不顾,识者莫不多之。

第二,蒙古统治者提倡戏曲。在艺术趣味上,蒙古统治者比以前的汉族统治者更喜欢戏曲,所以戏曲虽在宋代就已形成了雏形,但却是在蒙古族的提倡下才迅速发展起来。明代姚旅《露书》卷十二载:

> 元大内杂剧许讥诮为谑。尝演《吕蒙正》,长者买瓜,卖瓜者曰:"一两。"长者曰:"安得十倍其值?"卖瓜者曰:"税钱重。十里一税,宁能不如是!"及蒙正来,卖瓜者语如前。蒙正曰:"吾穷人,买不起。"指旁南瓜曰:"买黄的罢。"卖者怒曰:"黄的也要钱。"时上觉规己,落其两齿。

由这一事例,也看得出当时统治者对戏曲的喜爱。蒙古统治者之所以提倡这种通俗文艺,可能与他们文化素养不高、又喜欢歌舞声乐有关。或认为,元代后期恢复科举后,还曾"以曲取士"。不过,对这一问题,明清以来学者就颇有异议,尚难凿实。又,据《元史·刑法志》载,元代刑法规定:"诸乱制词曲为讥议者,流","诸妄撰词曲诬人以犯上恶言者,处死。"后一条主要禁止诬人,可不论;前一条不许"讥议",对戏曲创作确实属于一种限制。不过,这限制的还只是戏曲的思想内容,并不是戏曲本身。并且,限制的既然是"乱制",也就说明还有不"乱"者可以正常地讥议和演出。《露书》说"元大内杂剧许讥诮为谑",便是一证。只可惜卖瓜的演员讥议的是皇帝本人,所以不免仍要损失两颗牙齿,但也没有惨遭流放。

第三,杰出文士的纷纷参与。一种民间文艺,要想在思想上与艺术上取得更高的成就,没有众多杰出文士的参与是不可想象的。可惜,对民间具有戏剧因素的文艺形式,长期以来,我国有文化的士人却是不甚重视的。只是到了元代,情况才有了变化。这原因,正与科举有关。蒙古人自占据北方以后,虽也举办过几次科举,但还仅限于地方层级;

1314年后,虽恢复了中央一级的科举,但规模不大,而且时行时辍。这样一来,也就使得许多具有高度文化艺术修养的士人失去了仕宦的阶梯,不得不另谋出路。而戏曲的形式,一方面有利于发挥他们的才能,一方面又能抒发他们内心的各种不平,自然也就引起了他们比较普遍的兴趣。诚如一些学人所言,如果蒙古族侵入中原后继续开科取士,关汉卿、王实甫等文人都考取了状元、进士,做了官,元代前期就不可能出现戏曲创作的繁荣的景象。也正因为杰出文士的纷纷参与,元杂剧才改变了宋金杂剧一味滑稽取笑的风格,具有了更为深刻的社会思想内容。

第四,社会思想的多元化。戏剧是表现冲突的艺术。它的生命在于能够真实而又深入地揭示现实社会与人生的种种冲突。所以,一个时代,如果要想获得戏剧创作的繁荣,就必须有较为自由和宽松的思想环境来允许人们大胆地批判社会与人生。元代戏曲的繁荣,某种程度上,也是元代社会思想控制较为松弛的结果。蒙古统治者在1279年统一中国后,虽曾提倡儒家程朱理学,但同时也允许各民族奉行其固有的宗教信仰,因此,佛教、道教、伊斯兰教、基督教在元代都有较大发展。正由于元朝是一个万国来朝、信仰多元化的社会,传统儒家的思想控制也就被削弱了很多。据谢枋得《叠山集》载,元代乃有"七匠八娼,九儒十丐"的笑谈,语虽夸张,但也可以看得出当日儒者的地位是大不如前了。儒教的衰弱,某种程度上,正是戏曲繁荣的福音。因为儒家喜欢强调"和为贵",同时又特别重视文艺的教化功能,所以对以激烈冲突为基本内容,总是交织着真情与肉欲的戏剧,自然是难以提倡的。当然,传统上,儒家对优伶也能肯定其微言谲谏的一面;虽是小道,只要不泥于其中,也并不就一定禁绝,因此,只要戏剧冲突能弱化到一定的程度,并且能宣扬儒家的道理,儒者对于戏剧也还是可以接受乃至提倡的。

第五,说唱艺术的援助。我国戏剧艺术虽然晚起于宋元之际,但至少从初唐以来,说唱艺术就很兴盛了。这对元代杂剧的繁荣,也是个援助。一来,说唱艺术以叙事为主,这至少为元代戏曲准备了丰富的故事题材。二来,说唱艺术把叙事和音乐结合起来,这也就为戏曲唱腔与唱词的创作提供了基础。三来,说唱艺人在说唱人物事迹时,往往也会模拟人物的语言和动作,从而也就带有一定的表演性质。这些特点,也就使得唐以来的说唱艺术可以为元杂剧的表演提供多方面的营养与借鉴。最明显的一个例子,是宋金之际流行起来的诸宫调。诸宫调作为说唱艺术的一种,因为以多种宫调的曲子联成一套来演唱故事,故名诸宫调。诸宫调对元杂剧的创作影响很大,王实甫的《西厢记》就是从金章宗时(1190—1208)董解元的《西厢记诸宫调》发展而来的。

凡此种种,可知杂剧兴盛于元代,不是偶然的,而是多种原因相互作用的结果。

元杂剧的创作,学者或分为前后两个时期。从金国灭亡的1234年至元成宗大德十一年(1307)为前期。彼时杂剧主要盛行在以大都为中心的北方地区,当时杰出的剧作家,在大都(今北京),有以《赵氏孤儿》著称的纪君祥,以《潇湘雨》著称的杨显之;在真定(今河北正定)及其附近,有以《柳毅传书》著称的尚仲贤,以《风光好》著称的戴善甫,以《看钱奴》著称的郑廷玉;在东平(今山东泰安及鲁西南一带),有以《黑旋风双献功》著称的高文秀,以《梁山泊黑旋风负荆》著称的康进之,以《沙门岛张生煮海》著称的李好古,以《老生儿》著称的武汉臣;在平阳(今山西临汾地区),有以《秋胡戏妻》以及《曲江池》著称的石君宝,以《灰阑记》著称的李潜夫。自然,当时更有成就的还是关汉卿、王实甫、白朴、马致远这四位戏剧家。

纪君祥,一名天祥,生平事迹不详。《赵氏孤儿》是他留下的唯一剧作,写的是:春秋时,晋国忠臣赵盾全家三百余口皆被权臣屠岸贾抄斩。赵盾的儿子赵朔虽是驸马,也被逼自杀。其妻在幽禁中生下赵氏孤儿。赵朔的门客程婴欲将孤儿偷带出宫,守宫门的韩厥将其放行后自刎。屠岸贾得知孤儿被救走后,企图杀死全国出生一个月至半岁的婴儿以绝后患。于是程婴和赵盾的朋友公孙杵臼定下计策,以自己的儿子冒充赵氏孤儿,然后告发杵臼窝藏了赵氏孤儿。结果假孤儿被杀,杵臼也慷慨就义。程婴成了屠岸贾的门客,其所养赵氏孤儿也被屠岸贾认作义子。孤儿长大后,程婴向其说明了真相。依元刊本,剧情止于孤儿准备去报仇;依明刊本第五折,则是孤儿奏报君主,使屠岸贾被处死。《赵氏孤儿》属于历史题材,但人物情节和《左传》及《史记·赵世家》的记载多有不同。总的倾向是使恶者更恶,善者更善,从而使得善的隐忍、反抗与复仇具有更为强烈的悲剧氛围与崇高气质。此剧在十八世纪上半叶就流传到欧洲。法国思想家伏尔泰与德国作家歌德都改编过《赵氏孤儿》的故事,因而具有广泛的影响。

王实甫,名德信,与关汉卿齐名,也属于主要活动在大都的剧作家。他的生平事迹不甚清楚,其代表作则是号称"天下夺魁"的《西厢记》。《西厢记》主要写在红娘的帮助下,书生张珙与小姐崔莺莺有情人终成眷属的故事。其特点有四:第一是辞采非常秾丽。戏剧人物语言的首要要求,是要合乎人物的身份与教养。《西厢记》的主角是有文化的才子佳人,所以也就有了合理的理由来驰骋文采之美,以至成为元杂剧辞采派的代表。第二是结构非常宏伟。王实甫大胆创新,采取了五本二十一折一楔子的罕见形式来结构剧情,一方面使得戏剧冲突可以更加从容地展开,一方面也使得各种角色的性格可以得到更为充分的刻画。第三是主题非常鲜明。众知,唐代元稹的《莺莺传》讲的是张生对崔莺莺始乱终弃的故事,并赞美张生是"善补过者"。到了金代,董解元作《西厢记诸宫调》则将张生写成敢爱敢恨忠贞不渝之人,并歌咏了崔、张二人对婚姻幸福的自由追求。王实甫大体上继承了董解元的这一创作思路,但董解元还在用"报德"为崔莺莺许身于张生作辩护,而王实甫则径直将男女间的爱情视为婚姻的基础,并使全剧的主题集中到"愿普天下有情的都成了眷属"这一理想上来。这是前所未有的创举,极大地提升了全剧的魅力。第四是内心刻画出色。《西厢记》不仅注意揭示人物内心的矛盾冲突,而且注意到人物不同,内心矛盾也有不同。譬如,虽然剧中人物内心都有情与礼的矛盾,但在老夫人心中,是礼胜于情;在张生心中,是情胜于礼;而崔莺莺的心是在情与礼之间徘徊犹豫;红娘则较少顾忌,善于礼为情所用。说到《西厢记》,也有人认为不是王实甫所作,而是出自关汉卿之手;也有人认为一人作后,另一人有所润色,至今犹难定论。

白朴(1226—1306?),原名恒,字仁甫,后改字太素,号兰谷,真定人。他幼遭丧乱,由世家元好问抚养成人。他的杂剧以《梧桐雨》和《墙头马上》最为有名。《梧桐雨》承《长恨歌》之旨,以同情的笔调来抒写杨贵妃和李隆基的爱情悲剧,并借助两人的爱情渲染了历史的沧桑与人生的变幻。值得一提的是,此剧是在唐明皇慨叹杨贵妃死去的凄凉氛围中收场,并没有采用一般的大团圆的结局,因而艺术上别有新意。

《墙头马上》描写尚书之子裴少俊偷娶宦家女李千金的故事。全剧主要讴歌李千金对美好婚姻的热烈追求与对自身人格尊严的维护,是一部文辞优美的爱情戏。

马致远(1250?—1321?),号东篱,大都人。早年不得志,晚年退隐田园。在元曲作家中,马致远受全真教影响较大,创作了许多道士度人成仙出世的剧本,号称"万花丛中马神仙"。他与红字李二、花李郎等合写过《黄粱梦》,表现的是钟离权度吕洞宾的故事;其《岳阳楼》写吕洞宾度柳树精与白梅精;《任风子》写马钰受了王重阳点化,又去度脱屠夫任风子。由此,马致远也成为元代神仙道化剧的代表。不过,他最好的作品还是历史爱情剧《汉宫秋》。此剧写的是汉元帝被迫送王昭君出塞和亲的故事。虽曰历史剧,但剧情实与史异。据《汉书·匈奴传》和《后汉书·南匈奴传》载:汉元帝竟宁年间,呼韩邪单于来求亲,王昭君乃是自愿出塞的。而马致远把故事改为:奸臣毛延寿因索贿不成,故意丑化王昭君的画像;汉元帝偶然听到昭君弹琵琶,了解到真相;毛延寿遂叛逃匈奴,献昭君画像并怂恿单于强索昭君和亲;昭君鉴于敌强我弱,为免兵火,被迫出塞和番,行至汉匈交界的黑龙江,投水自杀;单于为避免汉朝动怒,遂将毛延寿送还汉朝处治。在王昭君的身上,显然寄托着作者深重的忧愤之情。不过,此剧是末本戏,重点描绘的还不是王昭君,而是汉元帝。从题目正名来看,此剧的主旨原就是表现"汉元帝不自由"。马致远在剧中显然美化了汉元帝对王昭君的情感,但这种美化并不是为帝王歌功颂德,而是通过刻画汉元帝对王昭君如痴如醉的爱恋,反衬他的不自由,由此来凸显作者对人世的思考。在元杂剧中,《汉宫秋》和《梧桐雨》可以看作是双璧,这不仅因为二者题材相似、思想相近,而且也在于二者都善于结合自然风物来刻画帝王内心的相思与苦楚,辞采也都是清丽的。至于二人风格上的差异,以唐诗喻之,则白朴近于刘禹锡,而马致远近于李商隐;以宋词喻之,则白朴近于苏东坡,而马致远近于欧阳修。

从1308年到1368年,是元杂剧的后期,也是元杂剧创作的衰落期。衰落的原因是多方面的。第一,统治者彼时加强了对杂剧创作的干涉,使剧情较以往日益缺乏现实的内容与深刻的思想。第二,元朝在1314年以后恢复了科举,使得杰出的戏剧作者有所减少。第三,彼时杂剧艺人曾就食于经济文化发达的江南地区,尤其是杭州一带,但由于杂剧用的是北方的曲调与方言,因而在南方多少有些水土不服。并且,南方原有的南戏在体制上本来就更通俗与灵活,此时又就近吸收了杂剧的艺术营养,因而更加迅速地成熟起来,这也使得元杂剧的发展空间进一步受到了侵夺。

元杂剧后期作家中,比较出色的,有以《两世姻缘》著称的乔吉(1280? —1345),以《范张鸡黍》和《七里滩》著称的宫天挺,以《追韩信》著称的金仁杰(? —1329),以《敬德不服老》著称的杨梓(1260—1327),以《东堂老》著称的秦简夫。当然,后期元杂剧成就最大的,还是与关汉卿、白朴、马致远并称"元曲四大家"的郑光祖。

郑光祖,字德辉,平阳襄陵(今山西临汾)人。《录鬼簿》说他曾"以儒补杭州路吏,为人方直,不妄与人交。名闻天下,声彻闺阁,伶伦辈称郑老先生者,皆知为德辉也"。郑光祖最有名的剧作是《倩女离魂》,写的是:王文举和张倩女原曾"指腹为亲",文举长大后去赶考,途经张家,倩女之母嫌弃文举家败人微,不许成婚。文举离去,倩女遂相思成疾。后来她的灵魂离开躯体,追上文举,遂同赴京。文举状元及第,携倩女衣锦省亲。到家中,倩女的灵魂和病床上的躯体合而为一。全剧也便在婚宴的热闹氛围中结束了。倩女与崔莺莺一样,并不羡慕功名,但就反抗礼教枷锁而言,倩女离魂的描写较之崔莺莺哭哭啼啼送别张生去赶考的描写,显然具有更加感动人心的艺术力量。此剧的文辞亦婉转而美,刻画人物也细致入微,在整个元杂剧创作中,也属于最杰出的剧作之一。

元代以后,明清杂剧创作虽多,但堪称作手的,却只有明代后期的徐渭。徐渭(1521—1593),字文长,号青藤,山阴(今浙江绍兴)人。他与李贽同为晚明进步思想的代表,也同样被统治阶级视为狂人而命运多舛,晚年乃以卖书画为生。《四声猿》是他的杂剧代表作。《水经注》载:"巴东三峡巫峡长,猿鸣三声泪沾裳","四声猿"自然是更悲伤之意。此剧包括四个短剧:《狂鼓吏渔阳三弄》写祢衡在阎王殿,对着曹操的鬼魂又一次击鼓骂曹。《雌木兰替父从军》歌咏木兰替父从军、为国立功的故事。《女状元辞凰得凤》写黄春桃女扮男装考中状元,批判了"女子无才便是德"的陈腐之说。《玉禅师翠乡一梦》写五戒禅师投胎到柳宣教家做女儿败坏其门风,以报复宣教用妓女红莲破了他的道行;借此,作者嘲讽了官场与佛门的尔虞我诈。这四部短剧,出数不等,合为十出进行表演,形式属于新创,而且曲文当行本色。南宋洪迈《容斋随笔》曾说:"嬉笑之怒,甚于裂眦;长歌之哀,过于恸哭。"《四声猿》也正有这样的境界,充分地体现了徐渭狂放不羁的浪漫主义精神。明代澄道人《四声猿引》誉其为"明曲第一",良非虚语。在《四声猿》的影响下,后世还出现了许多以"四"为名的杂剧。

元代以后,杂剧难以出彩,很大程度上,也是因为明清两代杰出的文人更喜欢从事南戏等剧种的创作。而南戏在发展上也可以分为三个阶段。

宋元时期是南戏兴起的阶段。一般认为,南戏大约在南宋初年就已经出现在浙江永嘉一带,但一直到了元末明初,南戏才发展成熟。南宋流传下文本的南戏,目前只有《张协状元》一种。到了元末,南戏最流行的是称为"四大南戏"的"荆""刘""拜""杀"以及被称为"南戏之祖"的《琵琶记》。

荆,指《荆钗记》,作者不详,或说是元人柯丹邱所著。此剧写:钱玉莲拒绝富豪孙汝权的求婚,嫁给以荆钗为聘的穷书生王十朋。后来王十朋中了状元,因拒绝丞相万俟招其为女婿,被派往烟瘴之地任职。其给玉莲的家书则被孙汝权暗自改为"休书",玉莲的后母更逼玉莲改嫁汝权,玉莲不从,欲投河自尽而获救。其后,二人虽皆误以为对方已死,但都守情不移,最后终得团圆。

刘,指《刘知远白兔记》,永嘉书会才人所编,写的是:五代后汉开国皇帝刘知远早年流落在财主李文奎家为佣工,李文奎见其入睡时"蛇穿七窍",断定其日后必将大贵,遂不顾儿子李洪一的反对,将女儿李三娘许配给刘知远。李文奎死后,李洪一让刘知远去看守有瓜精作祟的瓜园。刘知远战胜瓜精,偶然得到兵书和宝剑,遂别妻投军,后又入赘岳帅府。李三娘在家受尽兄嫂折磨,并在磨坊中生下一子,因是用嘴咬断脐带,故名"咬脐郎";由于担心兄嫂加害,于是将咬脐郎送至刘知远处抚养。十五年后,刘知远已发迹变泰,而咬脐郎因打猎追赶一只白兔,与在井边汲水的三娘相遇,一家终得团圆。

拜,指《拜月亭记》,相传是元人施惠根据关汉卿的同名杂剧改编,又名《幽闺记》，写的是金朝末年穷秀才蒋世隆和尚书的女儿王瑞兰历经波折，最终结为夫妻的故事。由于南戏体制的灵活，此剧在人物塑造方面较关汉卿原作更为成功，因而在四大南戏中流传最广，影响最大。

杀，指《杀狗记》，相传是元末徐畛所作，写的是：富家子弟孙华因受市井无赖柳龙卿、胡子传挑拨，与弟弟孙荣失和。其妻杨月真杀狗，放在门外，假扮人尸。孙华恐惧，请胡、柳二人前来商量处置，二人反而向官府告发。其弟孙荣则不计前嫌，前往官府承担杀人罪名。此时杨月真揭示真相，兄弟重归于好。

四大南戏在艺术上还是比较粗糙的，与高明的《琵琶记》不能比。高明（1305？—1359？），字则诚，温州瑞安（今属浙江）人，元末在处州（今浙江丽水）、杭州等地做过几任小官，清正练达有声名，晚年隐退明州（今浙江宁波），以词曲自娱，《琵琶记》便创作于此时。据徐渭《南词叙录》载，高明创作《琵琶记》时，"坐卧一小楼，三年而后成。其足按拍处，板皆为穿"；又载，明太祖闻名遣使征他，他"佯狂不出"，太祖也不复勉强他，但不久，他也便故去了。《琵琶记》是高明根据民间流传的南戏《赵贞女》改编的，主要写蔡伯喈与赵五娘因为遵循道德礼法所遭受的种种艰辛和苦难。剧中的男主人公假托为汉末名士蔡邕，但与蔡邕生平毫无关系。不知道为什么，后人编出一种故事，说他贪图富贵，进京赶考，得中状元后又入赘相府，弃父母妻子于不顾；而他的妻子赵五娘则含辛茹苦侍奉公婆；公婆死后，又背负琵琶，沿途卖唱，赴京寻访伯喈；不料伯喈不与相认，乃至马踩赵五娘，他自己也遭雷劈而死。陆游《小舟游近村舍舟步归》诗说："斜阳古柳赵家庄，负鼓盲翁正作场。身后是非谁管得？满村听说蔡中郎。"可见，当时已有类似的故事在流传。到了高明之时，类似的故事早已被编成南戏《赵贞女》，广泛流传于民间。不过，高明对这些故事情节是不满的。于是一改蔡伯喈负心之貌，写他进京赶考是为父母所逼，不能返乡是为皇帝所阻，停妻再娶是为牛丞相所迫，此之谓"三不从"。这样一改，也就使得蔡伯喈的性格有了更加丰富而深刻的内涵，从而也更增加了全剧的悲剧氛围。而蔡伯喈与赵五娘最终在牛丞相女儿的成全下团圆，也寄托了作者对难以把握命运的下层士人与妇女的深切同情。应该承认，将现实的悲剧结局改为舞台上的大团圆，是中国古典戏曲常有的一种弊病，但《琵琶记》却不是简单地将悲剧化为团圆,而是对人性进行了更为深入的解剖与描绘。同时,虽然高明对旧时代礼教的赞美容易引发争议,但总的来说,他笔下的人物是真实的,情节是生动的,语言是贴切的,格调是高尚的,所以自创出之日就深受世人的喜爱,甚至还在上世纪三十年代被美国百老汇搬上舞台。高明在全剧开场白〔水调歌头〕中曾表示:

> 秋灯明翠巾莫,夜案览芸编。今来古往,其间故事几多般。少甚佳人才子,也有神仙幽怪,琐碎不堪观。正是:不关风化体,纵好也徒然。论传奇,乐人易,动人难。知音君子,这般另做眼儿看。休论插科打诨,也不寻宫数调,只看子孝与妻贤。骅骝方独步,万马敢争先?

从这段表白来看,高明的创作有严肃的态度和高远的追求。他的戏不是供人取乐的,而是力图触动人的灵魂。《琵琶记》之所以能取得长久不息的艺术影响力,与高明这种进步的创作观念是不可分的。

明代是南戏进一步发展成熟的时期,并且可以嘉靖九年(1530)分成先后两个时期。在明代,经过发展的南戏,习惯上又被称为传奇,以区别于宋元时期较为粗糙的南戏。

明前期是南戏的发展期。在作品方面,大学士邱濬(1421—1495)所作《五伦全备记》,是枯燥无味的道学剧的发轫之作。稍后,宜兴生员邵璨又作《香囊记》以承其风,而曲词喜用骈语,对白好讲经义,开"以时文为南曲"之先河,一时影响甚大。相对而言,明前期苏复之借苏秦故事批判世态炎凉的《金印记》,姚茂良讴歌岳飞热血报国的《精忠记》,沈采以韩信及其妻高氏事迹为主线描写楚汉相争的《千金记》,王济(?—1540)描写王允和董卓相斗争的《连环记》,艺术上虽还不免有些粗糙,但都较少道学与八股习气的影响,也较受世人的欢迎。明前期,南戏在歌唱腔调方面,还形成了江西之弋阳腔,浙江之余姚、海岩、昆山诸腔相互争胜的局面。昆山腔也称作昆腔、昆曲,与海盐腔都以高雅、清丽和缠绵著称,而余姚腔和弋阳腔则比较通俗明快。嘉靖年间,昆山腔经魏良辅等人的改进与提倡,深受上层文人的欢迎,一直到清代中叶都是文人创作南戏所主要采纳的声腔系统。

明后期是传奇剧创作的成熟期，产生不少杰作。其中，李开先（1502—1568）及其友人创作的《宝剑记》写的是水浒英雄林冲反叛又被招安的故事，其声腔或以为主要是海盐腔。梁辰鱼（1520？—1591）的《浣纱记》主要借西施和范蠡的爱情故事演绎吴越的兴亡。这部剧也是较早采用革新后的昆腔谱曲并演出的一部传奇剧，对昆腔的流行有很大的推动作用。王世贞（1526—1590）或其门人创作的《鸣凤记》也采用昆腔，主要写夏言、杨继盛等朝臣与严嵩父子相斗争的故事。三部戏合称"三大传奇"。其后，传奇创作又形成两大艺术流派。以沈璟（1553—1610）为代表的吴江（今属江苏苏州）派重视曲律及语言的本色，而以汤显祖（1550—1616）为代表的临川（今属江西抚州）派则更重视意趣及语言的辞采。沈最推崇昆腔，而一般认为汤所惯用的则主要是受海盐腔影响较大的宜黄腔。双方曾因创作倾向不同而相互有所讥议。吴江派的作家包括吕天成（1580—1618）、冯梦龙（1574—1646）、袁于令、范文若（1588—1636）等；而受汤显祖影响较大的作家则主要有辞华而格卑的阮大铖（1587？—1646），长于描写女性痛苦、因被清军所俘竟自缢而死的吴炳（1595—1648）以及言情较有新意的孟称舜（1599—1655后）。

汤显祖，字义仍，号若士，临川人，是继关汉卿、高明之后，我国古典戏曲的又一杰出作者。他少有文名，但因不肯阿附张居正而科场不利。四十三岁中进士以后，又因仗义执言，仕途坎坷。晚年遂退隐家中，专事创作。汤显祖的老师罗汝芳属于王学左派，受其影响，汤显祖也反对假道学，而提倡率真的"至情"，甚至幻想以至情来治世。此外，汤显祖自幼受佛道两家典籍影响较深，晚年消极避世的思想也有较大增长。其代表作是合称"临川四梦"的《紫钗记》《还魂记》《南柯记》《邯郸记》。

《还魂记》又称《牡丹亭》，是汤显祖最得意的作品。此剧写：南安太守杜宝之女杜丽娘因梦中与书生柳梦梅私会，醒后念兹在兹，竟忧郁而亡，而杜宝亦升任他乡。其后柳梦梅赴京赶考，途经杜家旧宅，与杜丽娘魂灵相会，乃发冢启棺。杜丽娘复活，遂与柳梦梅厮守在一起。后来，柳梦梅中了状元，但杜宝并不认可二人的婚姻，最后由皇帝出面才成就了二人的好事。很显然，《牡丹亭》的主旨与《西厢记》一样，是鼓吹人性解放，而反对礼教束缚的。汤显祖在《牡丹亭题记》中曾说：

天下女子有情，宁有如杜丽娘者乎！梦其人即病，病即弥连，至手画形容，传于世而后死。死三年矣，复能溟莫中求得其所梦者而生。如杜丽娘者，乃可谓之有情人耳。情不知所起，一往而深，生者可以死，死可以生。生而不可与死，死而不可复生者，皆非情之至也。

杜丽娘这种至情的性格，较崔莺莺的含蓄犹疑显然更有个性解放的气魄，而这种气魄，自然也来自压迫的深重。众知，明代建立之初，朱元璋就命人重修了《女诫》。成祖的皇后徐氏还编撰了《内训》。较之他们，明代理学家提倡妇德更是不遗余力。在这种情况下，据《明史·列女传》载，明之贞烈妇女"著于实录及郡邑志者，不下万余人"。由此，便不难想见汤显祖此剧将具有怎样的社会价值与现实意义了。据说，娄江女子俞二娘读了此剧，不断批注，最后悲愤而死。杭州女伶商小玲失恋后演出此剧，竟伤心过度而死在台上。可见，汤显祖提倡"情至"，在当时受压迫受束缚的人群中也确实引发了强烈的思想的共鸣。只是剧作最后以皇帝赐婚作结，说明剧作家的思想依旧不能彻底摆脱传统礼教的束缚。《牡丹亭》不仅人物塑造丰满可信，而且文辞优美动人，所以此剧一出，几令《西厢》减价。就是在现在，其思想价值虽有弱化，但文采音调之美，依旧使得《牡丹亭》成为人们最喜闻乐见的古典剧目之一。

汤显祖的《紫钗记》写痴情的霍小玉因黄衫客的帮助，与李十郎终得团聚的故事。剧本将唐传奇《霍小玉传》中负心的李益改造为忠贞而软弱的李十郎，结局也从悲剧改为大团圆。这走的自然是《琵琶记》的路径，除了文辞工丽，情感缠绵，可称道者不多。《南柯记》与《邯郸记》分别改编唐传奇《南柯太守记》与《枕中记》的故事，抨击了明代官场的黑暗，而寄情于佛、道。明代王思任在《批点玉茗堂牡丹亭叙》中说："《邯郸》，仙也；《南柯》，佛也；《紫钗》，侠也；《牡丹》，情也。"《南柯记》《邯郸记》创作于《紫钗记》和《牡丹亭》之后，这也可以看出剧作家思想的某些变化。

清代是传奇昌盛与转折时期，约略可以分为四个阶段。

顺治时期，剧作者多是明末遗民。其中，吴伟业所作《秣陵春》虽不甚当行,但曲辞清丽,善于寄托作者徘徊于新旧两朝之间的复杂心情。尤侗(1618—1704)的《钓天乐》借两个书生在人间、天上的不同遭遇来抨击科举与现实的黑暗,皆是很能引起共鸣之作。李玉(1610—1671?),字玄玉,吴县(今江苏苏州)人,是当时苏州剧作家群体的代表。他早年作有《一捧雪》《人兽关》《永团圆》《占花魁》,合称"一人永占"或"一笠庵四种曲";晚年又与人合作《清忠谱》,主要描写晚明东林党人周顺昌、市井细民颜佩韦等人与宦官魏忠贤之间的矛盾斗争,剧情严肃,格调崇高,寄托了作者的亡国之恨。李渔(1611—1680),字笠鸿,晚号笠翁,兰溪(今浙江金华)人。其剧作主要借市井男女之风情宣传一些为人处世的道理。其长处是能运用多种方法来造成诙谐有趣的喜剧效果,同时语言方面也一改明中叶以来的唯美主义作风,比较通俗,更易于传唱。其《风筝误》以放风筝为线索,描写韩世勋、戚施与詹府两位小姐恋爱中的误会,是他的代表作。

康熙朝是元末以来传奇剧创作达到最高峰的时期。其标志是出现了人称"南洪北孔"的两位传奇剧大师。洪即洪昇(1645—1704),字昉思,号稗畦,钱塘(今浙江杭州)人。孔即孔尚任(1648—1718),字聘之,又字季重,曲阜(今属山东)人。善于抒写爱情与兴亡,是他们在传奇创作方面的共同特点。洪昇的代表作是《长生殿》,主要借兴亡来写爱情。同以往描写李隆基和杨贵妃爱情悲剧的作品《长恨歌》《梧桐雨》类似,洪昇也一方面感到李杨之爱荒淫误国,需要批判;另一方面又觉得二人是统治者中难得的真情鸳鸯,值得歌咏。这就使得此剧的主题与风格不够完整统一。不过,此剧在以李杨爱情为主线,以军政变化为副线的同时,善于将许多相关事迹穿插和编织在一起,使其相互映衬、照应,乃至形成一定的网状结构,这却是以往戏剧创作所不多见的。与《长生殿》相比,孔尚任的《桃花扇》在主题及艺术表现上更为统一和完整。此剧主要借晚明复社文人侯方域同秦淮名妓李香君的悲欢离合,来展示南明小朝廷在内耗与腐朽中灭亡的历史,抒发了高贵者未必高贵、卑贱者未必卑贱的深沉感慨。作者对历史人物做了有意识的分类与对比,诸如大公无私而最终英勇殉国的史可法,有艺术才情却奸险不仁的阮大铖,有爱国心而立场并不坚定的复社文人侯方域,卑贱而有气节的说书先生柳敬亭,都塑造得十分生动。当然,在《桃花扇》中,塑造最成功的还是李香君。她也是花木兰之后,我国文学史上最光辉动人的女性形象之一。论社会地位,她只是个被侮辱被损害的歌妓;论容貌品性,她虽俊俏聪明,但也未见得就超过古代名媛。使她得以超出众人之上者,是她具有富贵不能淫、威武不能屈、贫贱不能移的高尚品格;同时,也在于她被侯方域梳拢之后,能以国家大义相责,从而成了侯方域的"畏友"。在《桃花扇》中,李香君最光彩的一幕,是阮大铖逼走侯方域,欲令阉党分子强娶香君一段。当时香君誓死不从,"竟把花容,碰了个稀烂",鲜血溅红了她与侯方域盟誓的扇子,杨龙友乃就着血迹画成了桃花,这便是"桃花扇"的来历。孔尚任写《桃花扇》时曾对南明历史进行过深入的考证,全剧也以严谨的现实主义笔调写成,这与前半部写实后半部充满浪漫气息的《长生殿》有些不同;虽然剧末写侯、李重逢后在张道士的呵斥下双双入道,违背了作者一贯的征实原则,却也因此打破了《长生殿》也未能打破的"生旦团圆"的旧套;同时,将侯、李入道安排在国破家亡的悲剧氛围中,也深化了二人入道的思想意蕴。此外,孔尚任一方面不甚懂得音律,一方面又强调说白重于词曲,所以《桃花扇》用曲很少,虽然曲律上不如《长生殿》当行精妙,但较多新意。其"闲话"一出,通篇为科白,以至林庚《中国文学史》叹其为"话剧的先河"。

孔尚任与洪昇的这两部作品都是悲剧,他们的人生也都非常不幸。洪昇终生潦倒,晚年在吴江失足落水而死。孔尚任少年时代曾得到康熙帝的赏识,而后竟以文字狱罢官还乡,晚景也十分地凄凉。他们创作这两部作品,也都历经十余年,三易其稿而成。

及至乾隆朝,我国戏曲又出现了"花雅之争"。雅即雅部,指昆曲。花即花部,是其他各种声腔的总称,又名乱弹。昆曲称为雅部,是因为昆曲在满洲入主中国后,就以腔调优美,剧目丰富,受到上层统治阶级的青睐,发展到乾隆朝,事实上已沦为御用工具,失去了广大人民群众的喜爱。而各种花部声腔则适应着普通百姓的人生需要,在康熙末年如雨后春笋般发展壮大起来;因为通俗,遂被一些人称为"花"与"乱"。乾隆即位不久,各种地方花部戏班就已纷纷入京与昆曲争胜。乾隆初年,先是有京腔在北京发展壮大,并很快就压倒了昆腔,但不久,京腔也沦为御用声腔,失去了清新刚健的气质。乾隆四十四年(1779),秦腔表演大师魏长生入京,与昆腔、京腔争胜而轰动京城,然终以表演或涉于"鄙猥"而遭官府禁止。魏长生后亦南下扬州,而声誉弥盛。到了乾隆五十五年(1790),为了祝贺乾隆八十大寿,高朗亭首先率安庆花部入京,并组建了三庆班进行表演,大受欢迎。接着又有春台班、四喜班、和春班入京,这便是著名的四大徽班入京。一时花部大盛,禁也禁不住了。于是花雅之争最后以花部的胜利而告终。

更重要的是,徽班艺人自入京以后,就更加积极地探索新的演出形式。他们以二黄腔和西皮腔为基础,同时吸收昆、京、秦诸腔的优点,并将湖广、中原与北京等地字音有机结合起来进行表演,最终于道光朝末年形成了广受欢迎的京剧。三庆班的程长庚也被尊为京剧鼻祖。京剧形成以后,我国戏曲的音乐形式也发生了根本性的变化。在京剧形成以前,无论杂剧还是南戏,都采用曲牌联套结构,即按照宫调,将多首曲牌联缀成一套又一套的组曲以供填词演唱;而京剧在音乐形式上却主要采用板式变化结构,即以一种曲调为基础,运用各种板式的变化,将这一基本曲调做种种不同的变奏以构成不同的唱腔。大要来说,这种板腔体较曲牌体在音乐形式上更加简便灵活,易于采用。板腔体取代曲牌体,也表明我国戏曲艺术发展到清代后期,已从以往重曲演变为重戏。京剧的功夫包括唱、念、做、打,人们看京剧,主要看演员的舞台表演,而不再主要是听其演唱了。

谈到中国古代戏曲,木心尝认为:

中国剧作家的创作观念是伦理的,寓教于戏,起感化教育作用,在古代有益于名教、风化、民情。有了这种观念,容易写成红脸白脸、好人坏人,不在人性上深挖深究。儿女情长,长到结婚为止;英雄气短,短到大团圆,不再牺牲了。作家没有多大的宇宙观、世界观,不过是忠孝仁义,在人伦关系上转圈圈。这些,都是和莎士比亚精神背道而驰的。

莎士比亚的作品,无为。剧中也有好人坏人,但他关心怎么个好法,怎么个坏法,所以他伟大。人性,近看是看不清的,远看才能看清。人间百态,莎士比亚退得很开。退得最远最开的,是上帝。莎士比亚,是仅次于上帝的人。

类型	发展阶段		创作状况
杂剧、院本与北曲或北杂剧	萌芽期	先　秦 唐　朝	我国古代戏曲以歌舞和科白之结合为特色。歌舞之戏,周初已用于表演始王的事迹;科白之戏,春秋亦较多见。汉唐间,又有角抵戏、参军戏、代面戏等名目;到后来,受说唱文学之影响,又为市民经济所怂恿,乃融合、演化出杂剧而甚行于世也
	形成期	宋　朝 金　朝	北宋时杂剧已滑稽与歌舞相杂。金杂剧惯称院本。院即倡伎所居之行院,本则戏曲之底本也。宋、金杂剧之底本今已难得一见,惟知彼时杂剧已分角演事,而讴歌于内廷与勾栏、路歧也
	鼎盛期	蒙元前期 1234—1307	形成以大都为中心的北方戏剧圈。关汉卿《窦娥冤》、王实甫《西厢记》、白朴《梧桐雨》、马致远《汉宫秋》最为杰出
		元朝后期 1308—1368	形成以杭州为中心的南方戏剧圈。作者虽多,然天时已去,地气亦殊,故高才渐寡,惟郑光祖之《倩女离魂》冠绝一时
	衰落期	明　朝 清　朝	明清杂剧作家作品数量远超蒙元,但佳作不多。明中叶王九思《杜甫游春》、康海《中山狼》较为知名;明后期徐渭的《渔阳弄》《雌木兰》《女状元》及《翠乡梦》则颇可匹敌元人
永嘉杂剧、南戏与传奇及京剧	形成期	南　宋 元　朝	南戏初名永嘉杂剧,南宋初已兴起于永嘉一带,北杂剧南迁后,南戏受益颇多。《荆钗记》《刘知远白兔记》《拜月亭记》《杀狗记》号称元末四大南戏,高明《琵琶记》号称南戏之祖
	发展期	明朝前期 1368—1530	明前期弋阳、余姚、海岩、昆山四大声腔争胜,而南戏也雅化为传奇,惟佳作尚少。邱濬《五伦全备记》开创迂腐道学剧,邵璨《香囊记》又益之以骈俪;姚茂良《精忠记》、苏复之《金印记》、沈采《千金记》、王济《连环记》道学与八股气息较少
		明朝后期 1531—1644	昆山腔经魏良辅等人改进后,更加流行于世。李开先《宝剑记》、梁辰鱼《浣纱记》、王世贞或其门人所作《鸣凤记》并称三大传奇。其后,沈璟的吴江派偏重曲律本色,汤显祖的临川派偏重意趣辞采,而汤之"临川四梦"中,《牡丹亭》影响尤著

类型	发展阶段		创作状况
永嘉杂剧、南戏与传奇及京剧	昌盛期	清顺治朝	作者如吴伟业、尤侗等多为明遗民。其中李玉是苏州剧作家群体的代表,剧作严正,晚年主创的《清忠谱》寄托尤深;李渔则善于借风情明事理,浅俗幽默:皆一改明季唯美主义积习
		清康熙朝	南洪北孔:洪昇《长生殿》借兴亡写爱情,孔尚任《桃花扇》借爱情写兴亡,皆意深而词美,遂使传奇之作达于巅峰
	转折期	清乾隆朝 清道光朝	康熙末年,剧坛渐起花雅之争。雅部专指昆腔,花部又名乱弹,为各地其他戏曲声腔之总称。昆腔本来便典雅,入京之后,更加脱离民众口味。乾隆初年,由弋阳腔在北京发展而成的京腔,曾力压昆腔而起,但不久亦沦为清廷御用声腔而失其活力;乾隆四十四年,魏长生入京表演秦腔,大受欢迎,而未几被逐;自乾隆五十五年(1790)起,三庆班、春台班、四喜班、和春班四大徽班艺人相继入京表演,终于战胜雅部。及道光朝末年,徽班艺人以二簧、西皮为基础,集合诸腔之长,改杂剧、传奇之联套体而为板腔体,又将湖广、中原、北京等地字音在表演中有机结合起来,注重唱念做打,遂使京剧得以形成

《古代戏曲发展表》,2003 年 10 月 3 日制

莎士比亚为什么退得开,退得远? 因为他有他的宇宙观、世界观、人生观。

所有伟大人物,都有一个不为人道的哲理的底盘。艺术品是他公开的一部分,另有更大的部分,他不公开。不公开的部分与公开的部分,比例愈大,作品的深度愈大。[①]

其言似浅似偏,然而有味哉,有味哉,学者不可不察也。

---

① 木心讲述,陈丹青整理:《文学回忆录》,广西师范大学出版社 2013 年版,第 351—352 页。

第二节　关汉卿的浪

关汉卿,大概生于公元 1225 年左右,死于公元 1300 年前后。据元末钟嗣成《录鬼簿》载:"关汉卿,大都人,太医院尹,号已斋叟。""尹"字有的刻本作"户"。太医院户,指的是户籍属于太医院。此种户籍赋役较轻,较受照顾。太医院尹是官名,但不见于金元两代职官志,也许是民间俗称。元末熊自得的《析津志》曾把关汉卿列入《名宦传》,据此,似以院尹之说较为可信。至于他为太医院尹的时间,或以为时在金末,金亡而不仕;或以为在金亡以后,因志不获展而辞官。清代邵远平的《元史类编》卷三十六《文翰》说:"关汉卿,解州人,工乐府,著北曲六十本。"解州(今山西运城),是关羽的故乡。或曰关汉卿祖籍在此,为关羽后裔,后来迁祁州(今河北安国),最后定居大都。

关汉卿是个什么样的人呢?《析津志·名宦》说他"生而倜傥,博学能文,滑稽多智,蕴藉风流,为一时之冠"。在散曲《不伏老》中,关汉卿也曾这样形容自己:

> 我是个普天下郎君领袖,盖世界浪子班头。……
> 我是个蒸不烂、煮不熟、捶不匾、炒不爆、响珰珰一粒铜豌豆,恁子弟每,谁教你钻入他锄不断、斫不下、解不开、顿不脱、慢腾腾千层锦套头。我玩的是梁园月,饮的是东京酒,赏的是洛阳花,攀的是章台柳。我也会围棋,会蹴踘,会打围,会插科;会歌舞,会吹弹,会咽作,会吟诗,会双陆。你便是落了我牙,歪了我嘴,瘸了我腿,折了我手,天赐与我这几般儿歹症候,尚兀自不肯休!
> 则除是阎王亲自唤,神鬼自来勾,三魂归地府,七魄丧冥幽,天那,那其间才不向烟花路儿上走![1]

关汉卿虽然自夸风流,然而从他自作的散曲《离情》来看,或以为:

---

[1]　此讲所引关汉卿散曲及杂剧,皆引自蓝立萱《汇校详注关汉卿集》,中华书局 2006 年版。

他早年曾热恋一位少女，只可惜少女的母亲不允，使得他常常"坐想行思，伤怀感旧"；落寞中，遂只好"与怪友狂朋寻花柳，时复间和哄消愁。对着浪蕊浮花懒回首，怏怏归来，元不饮杯中酒"，"对着盏半明不灭的孤灯双眉皱，冷清清没个人瞅，谁解春衫纽儿扣？"依据一些学者的考证，关汉卿在狎妓生活中，还曾被妓女抛弃；他虽娶了妻子，却又相中了妻子的从婢，结果被妻子奚落为好色。可见他虽然多才多艺，却是旧社会不走正路的浪子。他的这种才艺与浪子精神也充分地体现在他的杂剧创作中。

关汉卿一生著剧六十多种，现存十八种，其中部分剧目是否为关汉卿所作，人们尚有一些争议。这些剧作，见载于元刊本者甚少，更多的如今还只有明刊本。由于元刊本错字俗字太多，脱文衍文不少，而明刊本又颇多后人的修饰润色，如今也很难尽复其真，惟存其大体而已。就这些现存剧目来看，关汉卿的剧作对元代社会生活有着极其广泛而生动的反映。他所塑造的人物也遍及元代社会的各个阶层。从审美性质方面来看，关汉卿的这些剧作包括了悲剧、喜剧和正剧，而且每一类，他都有杰出的作品。而从题材内容方面来看，他的这些剧作大致可以分为三类，即英雄戏、公案戏和风月戏。

英雄戏是对英雄性格的赞美，按照英雄的来源，又可以分为历史英雄戏和市井英雄戏。历史英雄戏写的是历史上的风云人物，市井英雄戏写的是市井中的风尘豪杰。

关汉卿的历史英雄戏中，最负盛名的是《单刀会》以及《哭存孝》。《单刀会》也是关汉卿正剧的代表作。全剧写的是：刘备占了西蜀之后，鲁肃为讨还荆州，邀请关羽至江东赴宴。关羽明知鲁肃有诈，却只引数十人单刀赴会。在会上，他与鲁肃展开大义凛然的论战。当鲁肃恼羞成怒，甲士纷出之际，关羽一把揪住鲁肃，成功迫使鲁肃送他至江边而得脱。《单刀会》虽说是历史剧，但其实大半出于虚构。关于鲁肃讨还荆州一事，根据《三国志·鲁肃传》的记载，乃是"肃邀羽相见，各驻兵马百步上，但请将军单刀俱会"，结果迫使刘备"割湘水为界"。若是据裴松之注所引《吴书》的说法，则是鲁肃不顾安危，勇赴关羽驻地，指责刘备借土地而不还，是"贪而弃义，必为祸阶"，关羽闻之，竟无言以对。可见，关汉卿编写剧情并不拘泥于史传。他一方面将理屈词穷的关羽改写成大义凛然的英雄,一方面夸张了关羽单刀赴会的危险性。更重要的,他并不是只想塑造一介勇夫,而是将关羽的单刀赴会写成不顾个人安危以救万民的英雄行为。这就使得关羽的英雄性格深沉博大,具有了崇高的人生境界。元代是阶级矛盾和民族矛盾都比较尖锐的时代。关汉卿塑造这样一个忧国忧民的英雄形象,显然也是在满足人民群众对英雄人物的渴望。

《哭存孝》是可与《单刀会》相互映衬的一部剧作。此剧写的是:唐代节度使李克用的义子李存孝品性纯良,战功赫赫,而李存信与康君立却嫉贤妒能。二人乘李克用醉酒,大献殷勤,施巧语,诱使克用违背诺言,将存孝派往十分艰苦的邢州。而后二人又诬陷存孝谋反,并曲解克用醉语,传令将存孝车裂。存孝之妻邓夫人与克用的夫人明其冤情,克用悔恨,遂亦将李存信和康君立车裂。如果说《单刀会》是英雄战胜了小人,《哭存孝》则是小人祸害了英雄。如果说《单刀会》主要讴歌英雄的光明磊落,《哭存孝》则主要揭露小人的阴险恶毒。前者表达了渴望由英雄来改变现实的热忱;后者却表达了英雄也未必能改变历史的忧愤。关汉卿另有一部《西蜀梦》,写关羽和张飞被部下杀害后,二人冤魂不散,来到西蜀托梦给刘备,要求报仇。此剧有曲辞而寡科白,格调相当忧伤和悲愤。它带给人们的启示也很明显:英雄已不能自救,又焉能拯救众庶?除了自救,人们更有什么方法可得解脱!

与以男性为主角的历史英雄戏相比,关汉卿的市井英雄戏则基本上以女性为主,其中最光彩照人的是《望江亭》中的谭记儿和《救风尘》中的赵盼儿。

谭记儿原是个美貌的寡妇,权臣杨衙内闻其名欲纳其为妾,不意谭记儿在清庵观中经白道姑介绍,与其侄儿白士中成婚,又同赴潭州任职。杨衙内心有不甘,向天子进谗,领受了势剑、金牌与捕人文书,准备到潭州斩杀白士中。据史载,元代皇帝常赐贵臣金牌,因牌为两虎相向,俗称虎头金牌。领受金牌者可以便宜行事,凡有逆命者杀毋赦,可见其特权之大。所以剧作中白士中得知消息,乃至一筹莫展。这时,谭记儿却并不慌张,并且安慰丈夫说:

你道他是花花太岁,敢也他怎生强要人为妻! 全不学知文达礼，则待要雨约云期！这句话专心儿记者：我怎肯和他步步相随！呀，着那厮得便宜番做了落便宜，着那厮满船空载月明归。休那里乞留乞良椎跌谩伤悲。

其后，谭记儿探听得杨衙内的行程，遂于中秋之夜扮成渔妇，主动到杨衙内歇脚的望江亭，以切鲙献新为名，赚取了势剑、金牌与文书，使得杨衙内不仅没有得到谭记儿，反倒因丢了势剑、金牌与文书而陷入窘境。这时，朝廷也了解到白士中的无辜，派来李秉忠将杨衙内法办。

如果说《望江亭》中的谭记儿是个敢于追求个人幸福的女中豪杰，那么，《救风尘》中的赵盼儿则是个见义勇为、乐于助人的巾帼英雄。此剧写的是：赵盼儿与宋引章原是青楼中的好姐妹，她劝说宋引章与安秀才成亲，反对宋引章随官宦子弟周舍从良；宋引章不听，姐妹反目。宋引章从良后，果如赵盼儿所料，倍受周舍的折磨。不得已，她写信求助于赵盼儿。赵盼儿最初很生气，但因念及刘、关、张桃园结义之可慕，于是尽弃前嫌。她利用周舍的好色心理，假说自己要随周舍从良，诱骗周舍先休了宋引章，并使周舍得到惩罚，宋引章也最终嫁给了安秀才。在关汉卿笔下众多妓女形象中，赵盼儿的独特之处在于，她是被当作人世间救苦救难的观世音来塑造的。关汉卿曾用十个字来点明此剧的题目："念彼观音力，还着于本人。"此语出自《妙法莲华经》，全文为：

> 诅咒诸毒药，所欲害身者，
> 念彼观音力，还着于本人。

其意是说，在遇害的当口，如果口念观世音菩萨，那么不仅可以无害，而且害人者将自受其害。关汉卿以这两句为全剧的结尾，当然不是要人们呼号观世音以免灾祸；而是号召人们要像赵盼儿那样，用"以其人之道还治其人之身"的方法来反抗压迫，惩办恶人。可见，赵盼儿已不仅仅是一个侠肝义胆的风尘女子，在她身上，也寄托着关汉卿敢于斗争、勇于自救的人生理想。据《东坡志林》载，对于《妙法莲华经》的这首偈语，苏东坡是不满意的，尝改为：

诅咒诸毒药,所欲害身者,

　　念彼观音力,两家总没事。

　　在关汉卿之后,也有人觉得原有的题目及正名"虚脾瞒俏倬,风月救风尘"过于扎眼,明代臧懋循的《元曲选》中,这部剧的题目及正名就已改成了"安秀才花柳成花烛,赵盼儿风月救风尘"。由此,也可以看出关汉卿的斗争精神竟是怎样超越凡俗了!

　　公案戏是元杂剧的重要类型。在元代,由于城市经济的繁荣,也就造成了更为复杂的人际关系,故而当时打官司诉讼极为常见。然而,由于政治的黑暗,当时的冤案也很普遍。根据《元史·成宗本纪》记载,仅大德七年,就"罢赃污官吏凡一万八千四百七十三人","审冤狱五千一百七十六事"。与此相适应,以表现打官司为内容的公案戏也就应运而兴。关汉卿的《窦娥冤》《鲁斋郎》《蝴蝶梦》便都是元代公案戏中的杰作。

　　《窦娥冤》的剧情是从民间长期流传的汉代东海孝妇的故事演化而来。主要写:窦娥三岁丧母,七岁为父亲窦天章典与放高利贷的蔡婆婆作童养媳,而窦天章既还了债,又换得了路费,便赴京赶考去了。窦娥十七岁与蔡郎成婚,未几夫亡。及窦娥二十岁时,蔡婆婆催赛卢医偿还高利贷,赛卢医将蔡婆婆骗到郊外欲加伤害。恰巧路过的张驴儿父子救下蔡婆婆,却又胁迫蔡婆婆与窦娥招他们父子入赘。蔡婆婆软弱,半推半就;而窦娥坚决不允。张驴儿企图毒死蔡婆婆以胁迫窦娥就范,不料其父贪嘴,先喝了毒汤而死掉。于是张驴儿在窦娥宁死不从的情况下,诬告窦娥毒死公公。楚州太守糊涂判案,严刑逼供,窦娥不肯招;太守又想刑讯蔡婆婆,窦娥乃违心招认,并被定为死罪。临刑前,窦娥为明冤屈,发了三桩心愿:一腔热血溅白练、六月飞雪掩尸身、楚州大旱达三年,结果三桩心愿一一实现。窦天章与窦娥分离后,中了科举,后任肃政廉访使,奉命核查楚州案件。他对窦娥一案厌而不肯查,迫不得已,窦娥的鬼魂自明其冤,这才使得真凶被惩,沉冤昭雪。

　　《窦娥冤》是关汉卿最成功的作品。此剧的成功不仅在于形象而深刻地揭示了元代社会生活黑暗的一面,而且在于它塑造了窦娥这一贞刚英烈的女性形象。正是通过这一形象,此剧才达到了感动人、感召人、感化人的艺术胜境。

关于窦娥反抗张驴儿逼婚，从剧情来看，窦娥服孝未除，张驴儿父子又甚不堪，故其反对招赘，合乎情理。且从她歌及文君当垆、孟光举案并怀念与亡夫"夫妻道理"来看，窦娥是将贞操放在夫妻相爱相敬的基础上来坚守的，并非盲从。

至于窦娥的诅咒，也不能理解为心胸狭隘的体现。在打官司之前，窦娥认为自己的不幸是命不好；既打了官司，才认识到是统治人的力量在压迫良善，所以她才要诅咒六月飞雪，诅咒楚州大旱三年。而这，不很使人想起《红楼梦》中那种"落了片白茫茫大地真干净"的悲慨吗？

至于窦娥的招认，看起来像是屈服了，但她的屈服是为了解救他人，这也正是她性格中最可宝贵的地方。谈到元杂剧，王国维《宋元戏曲史》曾指出："其最有悲剧之性质者，则如关汉卿之《窦娥冤》，纪君祥之《赵氏孤儿》。剧中虽有恶人交构其间，而其蹈汤赴火者，仍出于其主人翁之意志，即列之于世界大悲剧中，亦无愧色也。"从这个角度来说，窦娥的屈服反倒是一种更深刻的人性的向上的努力。

自然，有人也许会批评说，窦娥迷信"皇天也肯随人愿"，其反抗终究是不彻底的。其实，窦娥早就在唱词中痛责：

没来由犯王法，葫芦提遭刑宪，叫声屈动地惊天！我将天地合埋怨，天也！你不与人为方便。有日月朝暮显，有山河今古鉴。天也，却不把清浊分辨，可知道错看了盗跖颜渊！有德的受贫穷更命短，造恶的享富贵又寿延。天也，做得个怕硬欺软！不想天地也顺水推船。地也，你不分好歹难为地！天也，我今日负屈衔冤哀告天！空叫我独语独言。

这实际已经通过指陈社会的黑暗，对天地的权威及其权威的合法性提出了挑战。如果"天"不随她的三桩心愿，可以相信，窦娥会与天做斗争的。而从剧中所写来看，"天"虽然从了窦娥的三桩心愿，但也只是"技止此耳"，窦娥的冤屈，最后还是靠窦娥自己鬼魂的努力来解脱的。

总而言之，后世的人们自然可以不赞成窦娥所遵守的那一种道德礼法,但对于她宁可玉碎不能瓦全的节操,勇于反抗而又极富爱心的性格,谁又能不发出由衷的赞美!

《鲁斋郎》写的是:花花太岁鲁斋郎凭借权势掠人妻子为乐。他先是夺了银匠李四的妻子,后又强占了郑州六案孔目(专管民事刑事案件拟稿工作)张珪的妻子,并把李四的妻子以妹子的名义嫁给张珪。李四告官,闹到包公处,包公想斩鲁斋郎,担心皇帝不肯,便在奏章上将鲁斋郎写成"鱼齐即"。待皇帝批了奏折,他方才填了笔画,改为"鲁斋郎"。次日,皇帝想见鲁斋郎,包公说已经斩了,皇帝顺水推舟,说斩得好。斋郎虽只是宋代掌管皇帝宗庙祭祀的小官,但常用为朝臣子弟起家之官。元代并无此称谓。一般认为,剧中的斋郎暗喻的是蒙古贵族和上层色目人。强占民女,也正是元代统治者的一大恶行。《马可·波罗游记》中就曾记载,元世祖时,平章政事阿合马曾占有一百三十三名妇女。可见关汉卿对鲁斋郎强抢民女这一恶行的揭露,具有强烈的现实批判性。

《蝴蝶梦》写的是:王婆婆三个儿子替父报仇,为民除害,打死了皇亲葛彪。包公判案,欲以一子抵罪,结果三子争相抵罪。王婆婆一面斥责包公官官相护,不肯为民做主,一面嘱咐三子中的亲生子王三抵罪,并且吩咐王三死后与父亲的鬼魂齐心协力将杀人凶手葛彪的鬼魂推下望乡台。李清照的诗曾赞美"生当作人杰,死亦为鬼雄",王婆婆一家也诚然就是如此。包公由于感佩王婆婆之忠义,最终用移花接木之法,令张千以其他犯死罪者冒王三之名抵罪,从而保全了王婆婆儿子的性命。现在的流行歌词有云:"死了也要爱。"关汉卿作为浪子,也是喜欢爱呀爱的;但在窦娥与王婆婆身上,他寄托的却是死了也要反抗的精神追求。可见,他的"浪",浪得也不一般。

风月戏所表现的是风花雪月之事。关汉卿的风月戏保存下来不少,而其特色至少有三点。一是,关汉卿很善于描写恋爱中的误会以及男女双方细微的心理。如《金线池》写妓女杜蕊娘与书生韩辅臣因为鸨母的挑拨而反目,又因朋友的撮合而和好,对双方心理的把握就很真实动人。二是,关汉卿很喜欢描写女性大胆地追求自己的幸福。如《诈妮子》写金朝时洛阳一贵族家的婢女燕燕,原本守身如玉,后被小千户引诱;当小千户移情于贵族小姐莺莺后,燕燕内心悔恨交加;她巧妙地拒绝了小千户的再次纠缠,小千户却怂恿老夫人迫使燕燕去向莺莺说媒,燕燕向莺莺揭发小千户,却遭其辱骂;婚礼时,受小千户斥责后,燕燕索性大闹,终使小千户按承诺娶了她做小。三是,关汉卿很喜欢讴歌建立在真爱基础上经过磨难考验的婚姻。其最好的风月戏《拜月亭》就是个例子。这部剧作目今只有残本,但因为据之改编的南戏《拜月亭记》保存下来,所以其剧情还是可以知晓的。此剧写的是:蒙古攻金,兵部尚书王镇的夫人与女儿瑞兰随金宣宗南迁开封,二人中途失散;而穷秀才蒋世隆和妹妹瑞莲也在乱军中失散。蒋世隆呼唤妹妹,却与应声而来的瑞兰相遇,二人自此相依为命,结成夫妻。后来世隆染上瘟疫,病倒在招商店中,而瑞兰的父亲适从此过,强行带走了瑞兰。瑞兰到家后,发现多了个妹妹,原来是瑞莲在逃难中被王夫人收留为女儿了。由于思念丈夫,王瑞兰在新都家中,一面与父亲力争,诅咒父亲心狠,一面对天拜月,祝福丈夫早日痊愈,夫妻团圆。她的祝词为瑞莲听到,从而姑嫂相认。其后蒋世隆与其义弟分中文、武状元,王尚书欲将瑞莲与瑞兰分嫁二人。瑞兰正在痛苦之际,偶然发现文状元不是旁人,恰是蒋世隆,于是互相猜忌了一阵,最终言归于好。崔莺莺拜月,愿的是"普天下有情的都成了眷属";王瑞兰拜月,是"愿天下心厮爱的夫妇永无分离",两个心愿前呼后应,正可互为补充。关汉卿所写拜月一折的曲词也被南戏《拜月亭记》全部袭取,并且是其戏文中最出彩的部分。据此,也可以看得出关汉卿此剧艺术上的成就了。

关汉卿是我国古代戏剧艺术大师。他的戏剧艺术对当时以及后世都有很大影响,乃至被尊为"曲圣"。其艺术特征,大致有以下几个方面。

首先,关汉卿描写人生既深刻而又浪漫。这也是关汉卿杂剧创作最主要的艺术特征。以《窦娥冤》为例,此剧一方面通过以蔡婆婆为中心的各种人物关系的描写来反映着元代的社会生活,尤其通过窦娥的冤死批判了元代吏治的黑暗与腐败,但另一方面全剧又充满了浪漫主义的气息。这不是说剧作写到了鬼魂就浪漫了,而是说通过窦娥感天动地的三桩心愿的实现,以及做鬼也要反抗的描写,使得全剧充满强烈的斗争到底的精神。再如《鲁斋郎》,此剧的情节连鬼魂也没有,但依然是浪漫的。因为包公借助文字写法计斩鲁斋郎这样的事儿,是不大可能在现实中发生的。关汉卿对包公的塑造,在当时也只能是一种人所乐见的理想。

　　其次，关汉卿塑造人物既典型又有偏尚。在我国古代戏剧家中，还没有人像关汉卿这样善于塑造真实可信而又鲜明生动的典型形象。所谓典型，是人物共性与个性的统一。譬如，《窦娥冤》中，窦天章与赛卢医都是高利贷盘剥的受害者，都反映着当时社会生活的苦难，但是他们对待蔡婆婆的方式却是不同的，这就显示了他们不同的个性。蔡婆婆与窦娥都是寡妇，但面对张驴儿父子的胁迫，蔡婆婆软弱妥协，而窦娥却誓死不从，这也是在共性中体现出个性。又如《鲁斋郎》中，银匠李四和孔目张珪同被鲁斋郎夺妻，都是被侮辱与被损害的代表，然而李四敢于反抗，张珪却忍气吞声，还亲自送妻子给鲁斋郎以为淫乐。再如《救风尘》中，宋引章和赵盼儿都是妓女，但是一个天真幼稚，一个机智练达，也都是既有共性又有个性的人物形象。这些人物的相同之处，使他们成为元代社会生活某一方面的代表，揭示了社会生活的某些时代特征；其不同点，又使得他们的形象合乎各自的身份、教养与人生遭际，因而又是真实而独特的。

　　从现存剧目来看，关汉卿塑造典型人物也有自己的偏尚。一者，他喜欢塑造女性，现存十八种剧目，旦本剧占了十二种。二者，他特别喜欢塑造性格健美的人物形象。健是刚健，主要指勇于抗争；美是美好，主要指能够急人危难、舍生取义的美好心灵。像男性的关羽，女性的窦娥、王婆婆、赵盼儿，都是如此。这种偏尚，可能是关汉卿自己的性格使然，也可能是现实中社会的黑暗与女性的苦难引发了他的同情使然。元代普通女性地位之底下，是我们今人难以想象的。当时即便是正妻，亦可以被丈夫典当，甚至买卖如奴婢。有人说，关汉卿剧作喜欢塑造具有反抗性格的女性，是因为在他的戏班子中有位女演员善于演出泼辣的角色。这个原因固然可以有，但却也是将关汉卿的心胸看小了。1908 年，鲁迅在日本作《摩罗诗力说》，曾号召文学应使人"即于诚善美伟强力敢为之域"，并批评传统诗歌缺乏美伟强力之音，因而疾呼："今索诸中国，为精神界之战士者安在？有作至诚之声，致吾人于善美刚健者乎？有作温煦之声，援吾人出于荒寒者乎？"关汉卿的杂剧，显然是"美伟强力"的，就古人的道德思想来说，也是可以使人"即于诚善美伟强力敢为之域"的。

再次,关汉卿的戏剧语言生动而本色。关汉卿是我国古代戏剧语言艺术大师。由于他一方面熟悉古代文化典籍,一方面混迹在社会生活的各个角落,熟悉方方面面的人物,所以他笔下的人物语言非常生动活泼,需要雄壮时便雄壮,需要妩媚时便妩媚,需要俚俗时就俚俗,需要文雅时就文雅,十分合乎人物的身份与地位。王国维《宋元戏曲史》赞美他的剧作"曲尽人情,字字本色"。关汉卿也确实是元杂剧中本色派的代表作家。在他的笔下,同是贪恋女子美貌,白士中夸谭记儿,便说:"此女子十分贤达,聪明智慧,是佳人的领袖,美女的班头。"而张驴儿贪恋窦娥,却说:"帽儿光光,今日做个新郎;袖儿窄窄,今日做个娇客。好女婿,好女婿,不枉了,不枉了。"虽是三言两语,却也反映出各自的性格。关汉卿戏剧遣词造句之妙,还可以《窦娥冤》第三折〔感皇恩〕一段唱词为例:

> 呀!是谁人唱叫扬疾,不由我哭哭啼啼。我恰还魂,才苏醒,又昏迷。捱千般打拷,见鲜血淋漓,一杖下,一道血,一层皮。

这一段,正如一些论者所说,"句中平声字多于仄声字,而仄声字多为起声高亢落音转低的去声;且句脚大半连用两个平声字收束;……这就构成一种抑扬顿挫,趋向低沉的音调,传达出窦娥惨遭酷刑,被打得遍体鳞伤,意欲高声叫苦,却因疼痛难忍而只得低吟悲诉的神情",[1]诚然是当行而高妙的。

复次,关汉卿的戏剧结构也灵活而精巧。一般来说,元杂剧一楔四折的体制在艺术表现容量方面是比较有限的,然而关汉卿却很善于利用这一短小的戏剧体制来塑造人物,来反映社会生活。

一者,他善于发端。杂剧短小的体制要求剧作家必须尽快展开矛盾冲突,而关汉卿的剧作,一般来说,很善于快速地将主角带进冲突之中。譬如《窦娥冤》中,窦娥有二十年的人生风雨,但前十九年的生活,仅在楔子里一带而过,从第一折开始,关汉卿就让窦娥以二十岁的寡妇的身份与张驴儿父子展开斗争。不过,有时候,关汉卿却一反常态,采

---

① 杨建文:《中国古典悲剧史》,武汉出版社 1994 年版,第 234 页。

取晚登场的方式来刻画人物。譬如《单刀会》,主角无疑是关羽,但关汉卿却一直到第三折才让关羽上场。这是一种很新奇的写法。就欧洲而言,直到十七世纪,莫里哀才采用了类似的手法创作了著名的讽刺剧《达尔杜弗》。为什么要推迟主角的上场呢？其实,这种推迟并非真的推迟,因为在主角未出现时,他的形象,他的性格,已经由其他人物的言语行为来加以烘托和表现了。譬如《单刀会》第一折,写鲁肃兴致勃勃地请关羽的朋友乔公出面索要荆州而为乔公所拒;关羽虽未出场,但通过乔公的赞美,已然凸显了关羽的英雄业绩。再如第二折,写鲁肃下乡请求司马徽陪宴,司马徽知道是为关羽摆鸿门宴,也赞美关羽而不肯应允。是故这两折虽未直接描写关羽,但关羽的威风却已经是扑面而来了。

二者,是善为详略。一般来说,戏剧是要表现一个故事的。但中国古典戏剧的特点是并不重视故事本身,却重视人物,尤其是人物的情感与精神。因此,对于人物的事迹就要善于做适当的取舍。关汉卿是这方面的杰出代表。譬如《窦娥冤》用四折来写窦娥的冤屈与反抗,其中临刑一段只是很小的情节,但关汉卿却用了几乎一折的篇幅来加以表现。为什么？就因为这一段最能体现窦娥贞刚反抗的性格特征,也最能获得震撼人心的艺术效果。

三者,是善于收尾。古人讲文学作品的收尾应该象豹尾一样有力。元杂剧一般是将高潮放在第三折,因而弄不好就会收尾无力。关汉卿有时也把高潮放在第三折,但他的收尾却十分有力。譬如《窦娥冤》,第三折临刑是高潮,但在第四折,人们还希望看到张驴儿等坏人的结局。当然,尽管人们有这样的期待,但假使关汉卿让窦娥用鬼魂的特殊力量来处死张驴儿,那也照样没有力度。关汉卿的杰出之处是,在这一折,他又继续描写了窦天章与窦娥之间的矛盾冲突。由此,一方面揭示了儒家官僚窦天章的昏聩无能,另一方面又进一步渲染了窦娥悲苦而勇于反抗的性格,从而使得全剧的结尾不仅深刻,而且极有艺术上的感染力。当然,大多数情况下,关汉卿喜欢在高潮中收尾,如《单刀会》和《救风尘》就是如此,从而使人即使离开剧场,心灵也犹然沉浸在深深的震撼中。

四者,是善设悬念。戏剧演出是需要吸引观众的,因而也就不能不在剧作中设置一些悬念。关汉卿在这方面的才华也是很突出的。如

《救风尘》中,赵盼儿预言宋引章从良后会受到周舍的虐待,但周舍一直对宋引章很温存,他会不会是骗子呢? 这是个悬念。当宋引章在姐妹反目后,又求救于赵盼儿,赵盼儿是否会施以援手呢? 这也是个悬念。在赵盼儿答应救援后,面对狡猾残暴的周舍,她会成功吗? 她会采取什么样的办法呢? 这些更都是悬念。可见,此剧的悬念几乎环环相扣,这就把观众牢牢吸引在剧场中。当然,这些悬念本身也深化了人们对宋引章、周舍和赵盼儿性格特征的认识,在艺术上诚然是很出色的。

五者,是善于插科。戏剧总是要表现冲突的。有时候为了缓解激烈冲突对观众形成的压迫感,有时为了形成铺垫以推高冲突的激烈程度,剧作家往往会插科打诨,也就是设置一些轻松调皮的语言、动作和情节来冲淡紧张的氛围,以求张弛有度。但很显然,设置不好的话,插科打诨很容易流为庸俗的调笑。总的来说,关汉卿的插科打诨还是能与戏剧情节紧密结合,并且能突显人物性格的。以《窦娥冤》为例,当官司打到衙门的时候,关汉卿故意用松弛的笔调插了一科,写那楚州太守大人却突然给来打官司的张驴儿和窦娥先下了一跪。当衙役问道:"相公,他是告状的,怎生跪着他?"楚州太守竟回答说:"你不知道,但来告状的,就是我衣食父母!"太守的表现确实有些滑稽,不免使人想起当代的某些无厘头电影;但最主要的是,他这一跪和达尔杜弗从衣袋里掏手帕递给道丽娜遮胸一样,显出了他们的性格特征。再如《救风尘》第三折,写赵盼儿起身准备去救宋引章,命小厮张小闲引路:

> (旦上)小闲,我这等打扮,可冲动那厮么? (小闲倒科)(旦)你做甚么里? (小闲)休道冲动那厮,这一会儿连小闲也酥倒了。

这一段调笑当然是闲笔,但它一方面缓和了紧张的氛围,一方面突显了赵盼儿的美貌与自信,对于周舍后来中了美人计的情节也是很好的一个铺垫。

六者,是善于反衬。在情节的调度与安排中,善于将人物相反衬,或者使其自身言行相衬,从而凸显人物性格,是关汉卿杂剧艺术的一大长处。如《鲁斋郎》的楔子写李四的妻子被抢后,请张珪救助。张珪最初不知道抢人者是谁,乃趾高气昂地说:"谁欺负你来? 我便着人拿去,谁不知我张珪的名儿!"等到李四说:"不是别人,是鲁斋郎强夺了我浑家去了。"张珪却做掩口科,云:"哎哟,唬杀我也! 早是在我这里,若在别处,性命也送了你的。我与你些盘缠,你回许州去。小舅子,你这言语也休题!"通过张珪的前后变化,一下子就写出了这个人物的外强中干,同时也反衬出鲁斋郎的霸道与普通人民的苦难。

自然,关汉卿的剧作也有不足,尤其是清官形象的塑造并不怎么见佳。这大概是因为他在现实中很少见到清官吧。根据元朝法律,是不允许书会才人随便写杂剧讽刺朝廷的,所以为了批判现实问题,在剧作中塑造一两个清官做挡箭牌,也就是不得已而为之的事情了。再者,与当时的其他剧作者一样,关汉卿的剧作,在第二折以后也常常会通过人物的语言,对前一折的戏剧情节做一定的回顾与交代,看起来不免有些拖沓。不过,这显然不是关汉卿本人艺术造诣存在问题,而是为了照顾迟到的观众,为了使观众对剧情有更为连贯的认识,才不得不如此。事实上,关汉卿等元杂剧作者所写的剧本,最初主要是为剧场演出需要而服务的;它们在很多方面看起来不免有些粗糙,而且在流传中,也难免会经过后人的踵事增华。这正如莎士比亚的剧作,原也是为剧场演出需要而创作的,我们现在所看到的莎翁剧本,也多经过了后人润色与提高。

【参考书目】

任半塘:《唐戏弄》,上海古籍出版社 2006 年版

王国维:《宋元戏曲史》,中华书局 2010 年版

吴梅:《顾曲麈谈、中国戏曲概论》,上海古籍出版社 2010 年版

卢冀野:《中国戏剧概论》,上海三联书店 2014 年版

周贻白:《中国戏曲发展史纲要》,上海古籍出版社 1979 年版

么书仪:《戏曲》,人民文学出版社 1994 年版

廖奔:《中国戏曲史》,上海人民出版社 2004 年版

李昌集:《中国古代散曲史》,华东师范大学出版社 1991 年版

隋树森编:《全元散曲》,中华书局 1981 年版

王季思主编:《全元戏曲》,人民文学出版社 1999 年版

张晶主编:《中国古代文学通论·辽金元卷》,辽宁人民出版社 2005

　年版

郭英德主编:《中国古代文学通论·明代卷》,辽宁人民出版社 2005
　年版

温凌:《关汉卿》,上海古籍出版社 1978 年版

李占鹏:《关汉卿评传》,南京大学出版社 2000 年版

王学奇、吴振清、王静竹:《关汉卿全集校注》,河北教育出版社 1988
　年版

施绍文、沈树华:《关汉卿戏曲集导读》,巴蜀书社 1993 年版

翁敏华:《关汉卿戏曲选评》,上海古籍出版社 2002 年版

蓝立萱:《汇校详注关汉卿集》,中华书局 2006 年版

第十二讲　曹雪芹与小说

第一节　小说的源流

一般认为，我国古典小说有两大类型：文言小说与白话小说。文言小说历经魏晋南北朝，在唐代获得成熟；宋以后，白话小说代之而起，并在明清获得鼎盛。

汉语"小说"一词最早见于《庄子·外物篇》："饰小说以干县令，其于大达亦远矣。"大达，大道也。小，指不够重要；说，指浅显的说解，同时，这个字在古代也常用作悦怿之意。合而观之，则"小说"在古代应指那些琐细不合大道，却能娱人解闷的浅显之说。先秦时期，这类谈说已比较多见，乃至形成了所谓小说家。班固《汉书·艺文志》以为："小说家者流，盖出于稗官，街谈巷语，道听途说者之所造也。孔子曰：'虽小道，必有可观者焉，致远恐泥，是以君子弗为也。'然亦弗灭也。闾里小知者之所及，亦使缀而不忘，如或一言可采，此亦刍荛狂夫之议也。"据此来看，小说在我国古代一开始就产生和流行于民间。儒者以为"致远恐泥"，是不肯深究的。

就现存文献看，早期的街谈巷议，有关于神怪的，也有关于人物的。二者经常相互参杂，而根据其所侧重，可以名之为志人小说与志怪小说。志人小说近于传说，志怪小说近于神话。只不过神话与传说产生在人类由蛮野向文明过渡的阶段，反映着原始人群特有的一些思维观念。而志人与志怪产生在文明时代，无论人物形象还是故事情节都已丧失了原始时代的蛮野气质，而更多一些阶级社会的思想意识。由于中国古代神话保存得不好，早期小说实际受历史传记的影响更大一些。

先秦之时的小说流传到后世者很少。西晋时，曾在战国魏襄王墓中出土一部《穆天子传》，主要记载周穆王西游的故事，近于杂史。还有一部可能是秦汉年间产生的《燕丹子》，主要写燕太子丹派荆轲刺杀秦王的故事，描写较为细腻。明胡应麟《四部正讹》称之为"古今小说杂传之祖"。近年，北京大学所收藏的一块秦代木牍，载有一个人死而复生的故事，无疑属于志怪的范畴；而其所藏西汉简书中，又有一篇《妄稽》，记录了一个士人家庭内部因妻妾矛盾而引发的故事，情节曲折，语言生动，篇幅也较长，属于早期志人小说的佳作。西汉武帝时，还有虞初，曾作《周说》九百四十三篇，东汉应劭《风俗通义》谓"其说以《周书》为本"，此即早期小说受历史典籍影响之一例。虽然虞初的《周说》早已失传，内容难以考察，但古人大多视其为小说之祖。到了西汉末年，刘向整理国家图书，曾将先秦以来遗留的一些史料整理成《说苑》《新序》《列女传》《世说》《百家》五种书。前四种被班固《汉书·艺文志》著录在"儒家"图书中，只有《百家》著录在"小说"名下。刘向在《说苑叙录》中说："臣向所校中书，《说苑》杂事，除去与《新序》重复者，其余浅薄不中义，别集以为《百家》。"可见刘向整理的这几部书，不过是义理有深浅，在体裁上应属同类，正不妨都视为小说。只可惜《世说》和《百家》都已亡佚，已难详加比较。东汉时，又有赵晔所作的《吴越春秋》以及袁康等所作的《越绝书》，虽是杂史，但前者颇具历史演义小说的雏形，而后者近乎方志之祖。此外，还有一些署名汉人所作的小说，但多被认为是后人的伪托。

一般认为，魏晋南北朝时期才是我国古代文言小说的酝酿期。彼时最先兴盛的是志怪小说。其兴盛的原因也不复杂。普通中国人本来就信巫，迷信鬼神；而汉末以来，佛教、道教又颇以鬼神的故事宣扬教义，所以到了魏晋以后，记载鬼神的小说也就逐渐多起来。志怪小说的作者有不少就是宗教徒，如《神异记》的作者王浮是西晋时候的道士，《冥祥记》的作者王琰是南朝梁代的佛门弟子。这也可见志怪小说与宗教关系之密切了。志怪小说按内容可分为三类：一记地理博物。如题名东方朔所著的《神异传》、张华（232—300）的《博物志》；二载鬼神怪异。如曹丕（187—226）的《列异传》、干宝（？—336）的《搜神记》、题名陶潜所著的《搜神后记》、王嘉(? —390)的《拾遗记》、吴均(469—520)的《续齐谐记》;三叙佛法灵异。如王琰的《冥祥记》、颜之推(531—591?)的《冤魂志》。

干宝,字令升,新蔡(今属河南)人,生活在两晋之交,曾任著作郎,所著《晋纪》被称作"良史"。他撰写《搜神记》,自称是为了"发明神道之不诬"。其中有不少描写爱情与歌咏反抗的内容,较有价值。如《董永》写人神相爱,《谈生》写人鬼相恋。又如《父喻》写唐父喻与王道平相爱,王道平出征九年未归,父喻被逼嫁给别人,三年后抑郁而亡。又过了三年,王道平归来,哭父喻于坟前,父喻复活,二人遂结为夫妇。还有《吴王小女》,写吴王夫差不许小女紫玉与韩重相爱,紫玉气结而死,而韩重哭于坟前,竟得与紫玉的灵魂相会,遂入墓中三日三夜,成夫妇之礼。又如《韩凭夫妇》,写宋康王强占韩凭妻子,导致二人自杀,坟墓上生出两株梧桐,结成连理。又如《东海孝妇》与《三王墓》,分别为关汉卿的剧作《窦娥冤》与鲁迅的小说《眉间尺》提供了创作素材,亦可见其艺术上之影响了。

到了南朝初年,记载名人轶事的小说也多起来。这原因也不复杂。鲁迅《中国小说史略》说:"汉末士流,已重品目,声名成毁,决于片言。魏晋以来,乃弥以标格语言相尚……因有撰集,或者掇拾旧闻,或者记述近事,虽不过残丛小语,而俱为人间言动,遂脱志怪之牢笼也。"志人小说今传较少,按其内容则可分为二类:一类记笑话,如魏时邯郸淳(132?—221)的《笑林》。一类载逸闻轶事,如东晋裴启的《语林》、郭澄子的《郭子》,梁代沈约(441—513)的《俗说》、殷芸(471—529)的《小说》等。这一类属于志人小说的主体,其最出色的作品是刘宋初年,刘义庆(403—444)组织门客撰写的《世说新语》。

《世说新语》分德行、言语、政事、文学等三十六门,共记载一千多则逸闻轶事。在态度上,有欣赏也有讥刺,如云:

> 王子猷尝暂寄人空宅住,便令种竹。或问:"暂住何烦尔?"王啸咏良久,直指竹曰:"何可一日无此君?"(《任诞》)

> 荀奉倩与妇至笃,冬月妇病热,乃出中庭自取冷,还以身熨之,妇亡,奉倩后少时亦卒,以是获讥于世。(《惑溺》)

嵇康与吕安善，每一相思，千里命驾。安后来，值康不在，喜出户延之，不入，题门上作"凤"字而去。喜不觉，犹以为欣。故作凤字，凡鸟也。(《简傲》)

　　无论志怪还是志人，都有些共同的特点。首先，从作者方面说，托古成风。由于小说在人们观念中本来就是小道而为君子所不泯者，所以为了使作品受到重视，魏晋人作小说便喜欢托古以自重。如《汉武帝故事》《汉武帝内传》，一般认为是魏晋间士人所为，而旧题班固作。其次，从写作态度方面说，无论志人还是志怪，都不是有意识地虚构小说，而是在"为正史补遗"。再次，从文体规模方面说，无论志人还是志怪，都还多只是粗陈梗概，如《世说新语·德行》载：

　　华歆、王朗俱乘船避乱。有一人欲依附，歆辄难之。朗曰："幸尚宽，何为不可？"后贼追至，王欲舍所携人。歆曰："本所以疑，正为此耳。既已纳其自托，宁可以急相弃耶？"遂携拯如故。世以此定华、王之优劣。

　　这些记载也可以说是有情节有性格了，只不过还不细致，更不能说丰富。《搜神记》的情况照此稍好，但也不免于简略。其实，彼时小说最足称道者，是语言的简练传神实在有过人之处。如《世说新语·言语》云：

　　顾长康从会稽还，人问山川之美。顾云："千岩竞秀，万壑争流。草木蒙笼其上，若云兴霞蔚。"

　　文言小说发展到唐代，也称为传奇。元稹的《莺莺传》就原名"传奇"，到宋人编《太平广记》时才改题今名。这是单篇作品名为传奇。晚唐裴铏号其小说集为《传奇》，这是单部书名为传奇。宋代说话及诸宫调等曲艺中，常常把写人世爱情的题材称为"传奇"，这是题材类型名为传奇。元末陶宗仪《南村辍耕录》谓："稗官废而传奇作，传奇作而戏曲继。"这才把"传奇"明确地用为唐代文言小说之名。

传奇在唐代的繁荣,一方面是汉魏以来文言小说艺术长期积累的一个结果,另一方面也与唐代科举制度关系密切。唐代科举,以主要考诗赋的进士科最受重视。当时的风气是,参加考试的人,可以把自己的一些作品汇集成卷,在考试前送给文坛名士或政坛要人以求推荐,是谓"行卷";如果直接送到礼部供主考录取时参考,则称"纳卷"。南宋赵彦卫《云麓漫钞》卷八说:"唐之举人,先藉当时显人以姓名达主司,然后以所业投献;逾数日又投,谓之'温卷',如《幽怪录》《传奇》等皆是也。盖此等文备众体,可见史才、诗笔、议论。"此外,唐代城市经济较为繁荣,一些通俗文艺很发达,对唐传奇的发展也有一定的促进作用。

唐传奇的发展,大致可以描述为三期,即兴于初唐、盛唐,盛于中唐,衰于晚唐。

初、盛唐时期,由于文士们都忙着作诗,传奇的作者与作品都不多。题材上还沿袭着魏晋志怪小说的搜神习气,很少关注人间苦乐。艺术上虽稍有进展,但相差不多。唐初王度的《古镜记》是现存唐传奇中最早的一篇,内容主要记述一面古镜辟邪镇妖、显灵治病等灵异事迹。又有无名氏的《补江总白猿传》,写梁将欧阳纥的妻子随夫南征,途中为猿精所盗,被救后生下一子,及长,善书,知名于时。陈振孙《直斋书录解题》、胡应麟《四部正讹》都认为它是"唐人以谤欧阳询者"。张鷟(660—740)的《游仙窟》比较特别,这篇传奇表面上写作者投宿在神仙窟,与两女子宴饮戏乐,其实不过是把秦楼楚馆打扮成神庙罢了。整篇小说,诗文交错,韵散相间,描写细腻,文辞华艳,显示着当时诗坛风尚的影响;至于夹杂俚语俗谚、双关拆字等,又明显受到变文、辞赋的影响。鲁迅《中国小说史略》说:"传奇者流,源盖出于志怪,然施之藻绘,扩其波澜,故所成就乃特异,其间虽亦或托讽喻以纾牢愁,谈祸福以寓惩劝,而大归则究在文采与意想,与昔之传鬼神明因果而外无他意者,甚异其趣矣。"而《游仙窟》可说是比较早地显示了这种写作趣味的转变。

中唐是唐传奇的鼎盛时期。这一时期的传奇题材广泛,名家辈出,创作方法与艺术技巧更趋成熟。尤其在叙写浪漫爱情和反思宦海沉浮方面取得的成绩最大。

写爱情的有沈既济的《任氏传》、李朝威的《柳毅传》、元稹的《莺莺传》、白行简的《李娃传》、蒋防的《霍小玉传》、陈鸿的《长恨歌传》等。

沈既济（750？—800？），德清（今属浙江）人，唐德宗时做过史馆修撰，《旧唐书》本传称他"博通群籍，史笔尤工"。其《任氏传》描写狐精任二十与书生郑六相恋最后为猎犬所害的故事，塑造了一个聪明美丽、坚贞而又活泼的狐精形象，影响极为深远。

李朝威，陇西人，生平不详。他的《柳毅传》又名《柳毅传书》，写的是：书生柳毅落第后，偶遇正在牧羊的龙女，很同情她倍受夫婿泾阳君凌辱的遭遇，故而为其传书给其父洞庭湖君。洞庭湖君读罢书信，一筹莫展，而他的弟弟，被看管在洞庭湖的钱塘君一怒之下，挣脱锁链，腾空而去，将龙女救回。其后，钱塘君欲迫使柳毅与龙女成婚，柳毅虽爱慕龙女，然而不肯威逼之下就范，钱塘君也深表歉意。柳毅辞去后，娶过两任妻子，皆无寿而亡，最终与龙女结为夫妻。一般的唐传奇故事，男主人公往往科场得意，而这篇小说所歌咏的男子，一是落第的书生，一是累于官场的龙君。虽然皆是不得意者，但在他们身上显然寄托了作者的人格理想与人生感慨。

元稹（779—831）的《莺莺传》写的是：贞元年间，张生游山西普救寺，巧遇表亲崔氏母女遭遇乱兵。张生施救后，崔氏携其女莺莺设宴答谢，张生遂与莺莺一见而钟情，于是托红娘传《春词》二首给莺莺，莺莺亦答以《明月三五夜》，相约于西厢幽会。不意张生夜里赴约，莺莺反责以非礼勿动。张生遂生病，莺莺不忍，乃又自荐枕席。其后张生西游长安而返，欲睹莺莺之诗文而不获允，欲听其抚琴亦不能得。其后又将赴京，莺莺始抚琴以别之，情颇悱恻。张生在京文战不利，心意亦变。一年以后，莺莺遂他嫁，张生亦另娶。后张生偶经崔家，欲以外兄的名义求见，而莺莺终是不允。这篇传奇，鲁迅以为并非上乘，但因对莺莺的性格刻画真实而动人，遂尤为后世所称。

蒋防（？—835？），唐义兴（今江苏宜兴）人，少有文名。其《霍小玉传》写的是：霍王之女小玉，因其母是侍婢，被众兄弟赶出王府，沦为妓女。她爱上出身名门的穷书生李益，李益也发誓永不相负。两年后，李益授郑县主簿。离别时，小玉恳请再相守八年，而后任李益"妙选高门，以谐秦晋"，自己则出家为尼。李益约誓必来迎娶，然而到洛阳省亲时却被迫从母命，与高门卢氏订婚。小玉因为没有了李益的消息，遂相思

成疾。后李益到长安谋娶卢氏,因羞愧难当,竟始终对小玉避而不见。时有一黄衫豪士"怒生之薄行",设计并强迫李益来见小玉:

> 因遂陈设,相就而坐。玉乃侧身转面,斜视生良久,遂举杯酒酬地曰:"我为女子,薄命如斯!君是丈夫,负心若此!韶颜稚齿,饮恨而终。慈母在堂,不能供养。绮罗弦管,从此永休。征痛黄泉,皆君所致。李君李君,今当永诀!我死之后,必为厉鬼,使君妻妾,终日不安!"乃引左手握生臂,掷杯于地,长恸号哭数声而绝。母乃举尸,置于生怀,令唤之,遂不复苏矣。生为之缟素,旦夕哭泣甚哀。

其后,李益因小玉冤魂作祟,果然夫妻不宁。

白行简(776—826),字知退,白居易之弟,曾授秘书省校书郎。其《李娃传》写的是:常州刺史荥阳公的儿子郑生赴京应试,为名妓李娃所骗,资财耗尽,流落到凶肆唱挽歌为生。荥阳公到京城办事,偶然发现郑生在与人赛歌,嫌其辱没家门,挞之近死而弃之不理。郑生遂流落街头,一日行乞,音声哀切,竟为李娃所识。相见后,李娃深感内疚,于是自赎其身而与郑生同居,又引导郑生读书。后生及第,并授成都府参军。赴任时,李娃本不愿随行,而郑生不允。途中得遇其父,父感其事,遂成就他们完婚。李氏后封汧国夫人。

彼时描写男女爱情的传奇,可注意的特点有三:第一,除了柳毅,男主人公往往比较懦弱,不及女子有见识、有胆略、有刚毅的精神。这种情况可能与唐代社会较为开放、妇女地位较高有一定的关系。第二,彼时传奇写男女之间的爱情往往为双方门第所阻并不是偶然的。如《唐律疏议·户婚》便规定:"人各有偶,色类须同。良贱既殊,岂宜配合?苟有所犯,离之正之!"可见当时男女之婚姻,很讲求门第之别。第三,在这些传奇故事中,郎才女貌渐渐成为一种恋爱标准与写作模式。霍小玉和李益,崔莺莺与张生,莫不如此。

彼时写宦游最成功的是沈既济的《枕中记》和李公佐的《南柯太守传》。

沈既济的《枕中记》写的是:唐开元七年(719),卢生郁郁不得志,衣短褐,乘青驹,将适于田,而于逆旅遇见了精通仙术的道士吕翁。卢生自叹贫困,吕翁遂拿出一个瓷枕给他。卢生倚枕而卧,不久就在梦中娶了清河崔氏的女子,而且中了进士,一路升迁,最后封为燕国公。他的五个孩子也都高官厚禄,结姻于高门。卢生活到八十岁方才病死。断气时,他忽然惊醒,转身四顾,吕翁仍坐在旁边,而所蒸黄粱饭竟还没熟呢! 于是他顿时彻悟,稽首再拜吕翁而去。

李公佐(770? —850?),字颛蒙,陇西人。他中过进士,曾怂恿白行简作《李娃传》。他自己也作有《南柯太守传》《谢小娥传》《庐江冯媪传》《古岳渎经》等多部作品。《南柯太守传》写的是:东平人淳于棼醉于宅南古槐下,归寝后梦见自己成为大槐国驸马,任"南柯太守"二十年,甚有政绩;后来因与檀萝国交战不利,公主亦病死,遂遭国王怀疑,被遣回家。于时醒来,斜日未隐于西垣,余樽尚湛于东牖。他依梦寻踪,发现"槐安国"和"檀萝国"竟都是蚁穴,后遂栖心道门。

晚唐时,唐传奇单篇作品减少,而小说集大量出现;爱情题材减少,历史和侠义题材增多。这些变化与晚唐社会时局动荡及人们留恋盛世、企慕神仙的社会思潮有一定关系。在无力改变现实的情况下,人们只好将希望寄托在扶危济困、除暴安良的豪侠义士身上。

当时著名的传奇集有牛僧孺(780—848)的《玄怪录》、李复言的《续玄怪录》、裴铏的《传奇》以及袁郊的《甘泽谣》。袁郊与温庭筠有交往,而《甘泽谣》叙事生动,文笔也很华美。论单篇,《虬髯客传》是当时最杰出的作品。其作者或以为是裴铏,或以为是唐末的道士杜光庭,或以为是玄宗时的张悦。其内容写的是:隋朝末年,天下将乱,群雄竞起,侠士虬髯客见李世民有真命天子之容,于是折服,出海另创家国。小说中豪爽的虬髯客、机智的红拂、风流的李靖塑造得极为鲜明,被后世称为"风尘三侠"。金庸亦曾称赞:

　　《虬髯客传》一文虎虎有生气,或者可以说是我国武侠小说的鼻祖。……
　　这篇传奇为现代的武侠小说开了许多道路。有历史的背景而又不完全依照历史;有男女青年的恋爱:男的是豪杰,而女的是美人;有深夜的化装逃亡;有权相的追捕;有小客栈的借宿和奇遇;有意气相投的一见如故;有寻仇十年而终食其心肝的虬髯汉子;有神秘而见识高超的道人;有酒楼上的约会和坊曲小宅中的秘谋大事;有大量财物和慷慨的赠送;有神气清朗的少年英雄;有帝王和公卿;有驴子、马匹、匕首和人头;有弈棋和盛宴;有海船千艘甲兵十万的大战等等,所有这些内容,在现代武侠小说都是可以时时见到的。①

　　清代陈世熙所编《唐人说荟·凡例》载,宋代洪迈曾说:"唐人小说不可不熟,小小情事,凄惋欲绝,洵有神遇而不自知者,与诗律可称一代之奇。"而细说来,唐传奇在艺术上的佳处大致有以下几点。

　　第一是"好奇"而"始有意为小说"。明胡应麟《少室山房笔丛》说:"凡变异之谈,盛于六朝,然多是传录舛讹,未必尽设幻语,至唐人乃作意好奇,假小说以寄笔端。"鲁迅《中国小说史略》更明确地指出,传奇与志怪相比,"其尤显者乃在是时则始有意为小说"。唐传奇敢于虚构和想象,这正是小说文体成熟的一种体现。当然,唐传奇毕竟受史传影响较深,因而多数作品还常保留着史传的一些语言特征;同时,还往往省略了一些对小说来讲十分必要的交代和描述。此外,《云麓漫钞》说士子欲以传奇显示"史才、诗笔、议论",这也造成小说文体的不纯。当然,这种弊端即使在后世章回体小说中也是存在的。

　　第二是情节之结构能为塑造人物、突出主题服务。譬如,《李娃传》写郑生抵京之后:

> 　　居于布政里。尝游东市还,自平康东门入,将访友于西南。至鸣珂曲,见一宅,门庭不甚广,而室宇严邃,阖一扉。有娃方凭一双鬟青衣立,妖姿要妙,绝代未有。生忽见之,不觉停骖久之,徘徊不能去。乃诈坠鞭于地,候其从者,敕取之。累眄于娃,娃回眸凝睇,情甚相慕,竟不敢措辞而去。
> 　　生自尔意若有失,乃密征其友游长安之熟者,以讯之。友曰:"此狭邪女李氏宅也。"曰:"娃可求乎?"对曰:"李氏颇赡。前与通

---

① 金庸:《三十三剑客图》,《金庸作品集》第26册,三联书店1994年版,第680页。

之者，多贵戚豪族，所得甚广，非累百万，不能动其志也。"生曰："苟患其不谐，虽百万，何惜！"

他日，乃洁其衣服，盛宾从而往。扣其门，俄有侍儿启扃。生曰："此谁之第耶？"侍儿不答，驰走大呼曰："前时遗策郎也。"娃大悦曰："尔姑止之，吾当整妆易服而出。"生闻之，私喜。

小说不直接令二人相见，偏叙邂逅相求，一方面深化了两人的相悦之情，一方面突出了李娃的美貌与郑生的纯真。又如，小说写李娃将郑生骗至假姨处而欲遗弃之：

娃下车，妪逆访之曰："何久疏绝？"相视而笑。娃引生拜之。既见，遂偕入西戟门偏院。中有山亭，竹树葱蒨，池榭幽绝。生谓娃曰："此姨之私第耶？"笑而不答，以他语对。

"相视而笑"，写娃之狡黠；至于"笑而不答"，则是写李娃天良未泯，对郑生犹有爱意，为后文李娃赎身救生，埋下伏笔。再如《莺莺传》叙述张生与崔莺莺的故事，叙其始乱，波澜不断；叙其终弃，余音袅袅。既已相弃，则又叙生偶过而求见：

后岁余，崔已委身于人，张亦有所娶。适经所居，乃因其夫言于崔，求以外兄见。夫语之，而崔终不为出。张怨念之诚，动于颜色，崔知之，潜赋一章，词曰："自从消瘦减容光，万转千回懒下床。不为旁人羞不起，为郎憔悴却羞郎。"竟不之见。后数日，张生将行，又赋一章以谢绝云："弃置今何道，当时且自亲。还将旧时意，怜取眼前人。"自是绝不复知矣。

这段描写看似累赘，然而既增加了人生的感慨，也突出了崔莺莺多情而清刚的性格特征。又如《柳毅传》写钱塘君逼婚，为柳毅断然拒绝；然而次日辞别，又写柳毅见龙女姿态窈窕，心中又有怅惘之恨，从而使得小说的描写更加真实而感人。又如沈既济的《枕中记》和李公佐的《南柯太守传》，二者都采用套匣式结构，将实现的仕宦放入梦境去营造,从而有力地渲染出仕宦人生的虚无。但《南柯太守传》的情节结构要更好一些,尤其在梦醒后,又写淳于棼穷二穴一节,将穴之情与梦之境一一对应,遂更见其幻灭,是故鲁迅《中国小说史略》誉之为"余韵悠然"也。

第三,语言优美生动,善于刻画描写。唐代是个诗的时代,所以唐传奇在语言的组织方面,也往往具有诗的节奏与韵味,并且极富表现力。如《任氏传》写任氏坠马现形而为苍犬所逐所害后,"郑子衔涕,出囊中钱,赎以瘗之,削木为记。回睹其马,啮草于路隅,衣服悉委于鞍上,履袜犹悬于镫间,若蝉蜕然。唯首饰坠地,余无所见。女奴亦逝矣。"又如《柳毅传》开头写龙女诉说不幸遭遇的情态,"始楚而谢,终泣而对",寥寥几笔就揭示出龙女痛苦的心理变化过程。中间写钱塘君腾飞往救龙女的情形云:

> 大声忽发,天坼地裂。宫殿摆簸,云烟沸涌。俄有赤龙长千余尺,电目血舌,朱鳞火鬣,项掣金锁,锁牵玉柱。千雷万霆,激绕其身,霰雪雨雹,一时皆下。乃擘青天而飞去。

语言之生动,使人如临其境。其后,写钱塘君战罢归来与洞庭君问答:

> 君曰:"所杀几何?"曰:"六十万。""伤稼乎?"曰:"八百里。""无情郎安在?"曰:"食之矣"。

正如一些论者所指出的,这段话,问得急促,答得干脆。问者的专注、急切,答者的坦然、快意,都被这一连串短句渲染出来。

传奇之作,宋人亦有好之者,在北宋的中后期还颇繁荣。彼时刘斧所编《青琐高议》、李献民所撰《云斋广录》皆收有不少传奇作品。然唐之传奇惟以愉悦性情为主,而宋人则或主之以道学,又不怎么敢讲时事,是故不甚动人。在北宋,传奇之作或尚遗有唐人的奇丽之姿,但市井俚俗气息已较明显;到了南宋,竟可说是萧条而无可观了。因此,鲁迅在《中国小说的历史的变迁》中便断言:"传奇小说,到唐亡时就绝了。"与传奇比,在宋代文言小说中,更流行的是志怪小说。如北宋张师正(1016—?)著有《括异志》,张君房著有《乘异记》;而南宋时,洪迈(1123—1202)所著《夷坚志》更为著名,简直是以一人之力又续编了一部《太平广记》。

辽代传奇,传世的仅有王鼎的一部《焚椒录》,写的是辽道宗懿德皇后萧观音的人生悲剧,文笔细腻动人。金代尚无传奇存世。到了元代,传奇小说又出现一些佳作。如题名虞集所作的《娇红记》,或曰宋梅洞作,长达一万七千余字,对主人公王娇娘与申纯爱情悲剧的描写极为曲折细腻,为明清传奇小说的复兴做了很好的铺垫。金、元两代还有不少笔记小说,数量虽多,但艺术上较传奇更为逊色。

唐、宋是我国古典白话小说初兴的时代。过去有关唐代通俗文艺的资料很少,好在上世纪初在敦煌发现不少相关文献。这些文献本身的文艺价值并不大,但与传世文献相参证,可以帮助我们多少了解一些唐代古典白话小说创作的艺术状况。

据考,隋唐之时,已有一种通俗的文艺活动,称为"说话"。如隋代侯白所著笑话集《启颜录》载,侯白本人就以善于说"好话"著称。唐代郭湜《高力士外传》亦载:"每日上皇与高公亲看扫除庭院,芟薙草木,或讲经、论议、转变、说话,虽不近文律,终冀悦圣情。"唐代元稹《酬翰林白学士代书一百韵》亦曾云:"翰墨题名尽,光阴听话移。"可见当时宫廷内外都有说话艺术流行。只是文献阙疑,其详难以知晓。不过,与说话相近的讲经与转变,多少还留下一些资料。

讲经,就是讲佛经道理。唐代佛教流行,僧侣内部讲经,称为"僧讲";对俗众讲经,称为"俗讲"。据前人的研究,俗讲有一定的宗教仪轨,先是鸣钟集众,落座念佛,其后由一个称为"都讲"的僧人唱诵一小段称为"押座文"的叙述经文大意的七言诗篇,而后由另一个法师开讲。先讲经文若干,然后就经文敷陈讲解,继之以唱辞。其后,都讲再唱诵一小段押座文,法师接着讲解。如此反复,直到经文讲毕,再唱诵一小段七言诗形式的"解座文"收场。俗讲的底本就是讲经文。唐代讲经文现存数量颇多,主要有《佛说阿弥陀经讲经文》《妙法莲华经讲经文》《维摩诘经讲经文》《父母恩重经讲经文》等等。总的特点是想象奇特,描写繁富。

转变,可能是因俗讲而兴起的一种文艺。"变"的涵义不甚清楚,或认为是梵语图画一词的音译;或认为是变更、神通变化等义;或认为是佛教语"因缘变"的简称。艺人在表演转变时,一般是说一段唱一段,说唱时再配合以相应的图画,并且几幅画连缀成一卷,称为"一铺"。讲唱时,讲唱者会根据内容需要变换图画。这种文艺,就称为转变。唐代段成式《酉阳杂俎·怪术》曾提及,唐宪宗元和年间,有一僧蔑称一秀才是"望酒旗玩变场者",秀才遂以道术惩之。一般认为,其所谓"变场"应即是表演"转变"的场所。

转变的底本也就是变文。现存变文的内容主要有四类:一是讲佛经的变文,如《八相变文》《降魔变文》《破魔变文》等。这类变文与讲经文不同,一般不直接援引经文,常渲染和敷衍佛经故事中最有趣味的部分以吸引大众。其中《目连变》叙述目连到地狱中挽救遭到报应的母亲,流传最为广泛。诗人张佑就曾嘲笑白居易《长恨歌》中"上穷碧落下黄泉,两处茫茫皆不见"两句为"目连变"。二是讲历史的变文,如《李陵变文》《王昭君变文》《汉将王陵变》等,多以人物的真实事迹为主,同时吸取轶事传说,加以渲梁。《伍子胥变文》是其中最好的一篇。三是讲传说的变文,有《舜子至孝变文》《孟姜女变文》《刘家太子变》等,主要讲诵长期在民间流传的一些故事。四是讲述时事的变文,主要有《张义潮变文》和《张淮深变文》,二者分别讲述唐末收复河湟地区的民族英雄张义潮、张淮深叔侄的故事。

根据敦煌出土的资料,除了讲经文和变文,唐代还有俗赋和词文。前者以通俗的赋体说唱有趣的故事,如《韩朋赋》《燕子赋》《孔子项托相问书》;后者是以七言为主的通俗叙事诗,除了几句必要的交代,只唱不说,如《季布骂阵词文》。

唐代通俗文艺中,在宋元得到较大发展的是"说话"艺术。南宋中叶耐得翁《都城纪胜·瓦舍众伎》记载临安盛事,曾谓:

> 说话有四家。一者小说:谓之银字儿,如烟粉、灵怪、传奇、说公案,皆是搏刀赶棒及发迹变泰之事;说铁骑儿,谓士马金鼓之事;说经,谓演说佛书;说参请,谓宾主参禅悟道等事;讲史书,讲说前代书史文传兴废争战之事。最畏小说人,盖小说者能以一朝一代

故事顷刻间提破。合生与起令随令相似,各占一事。商谜旧用鼓板吹"贺圣朝",聚人猜诗谜、字谜、戾谜、社谜,本是隐语。

这段记载,学界理解不同。鲁迅《中国小说史略》以小说、说经说参请、说史、合生为其所言四家。也有人以银字儿、说铁骑、说经和讲史书为四家。宋末吴自牧《梦粱录》说:"说话者,谓之舌辨。"据此来看,"说话"原当指嘴上功夫,并非仅指讲说故事;而耐得翁所言说话四家,恐应指小说、合生(指即兴捏合眼前人、物以为歌咏,其以嘲谑为主者又称"乔合生")、起令随令(大概指宴饮时,一唱一和地歌咏眼前人、物以为娱乐)、商谜(由"商者"与"来客"有说有唱地猜谜斗口以为娱乐)四家。据生活在两宋之交的孟元老《东京梦华录》卷五"京瓦伎艺"条记载,合生与商谜在北宋时就已包括在"说话家数"之内。"起令随令"既与"合生"相似,可以列入"说话"当中,也就没有什么问题。耐得翁说合生与起令随令"各占一事",盖即是二者在说话四家中各占一家之意。而从"一者小说"到"最畏小说人"云云,明显都是在介绍"小说"的情况。从其所言来看,小说则包括银字儿(指说唱时以乐器银字管和之,说唱的内容多属于孤立性的个人事迹);说铁骑(内容多属于宋代与军事有关的重大事件);说经、说参请;讲史书等门类。"说铁骑儿"等其他门类前,应该承前面"谓之银字儿"而省略了"谓之"二字。

说话艺人凭依的底本,鲁迅以为就是"话本"。但据考证,话本的涵义不仅止于此,所以也有些学者喜欢称唐宋以来的话本小说为"市人小说"。① 不过,这一术语不如话本小说之名流行。

宋代说话艺术一般在专门的勾栏瓦舍中进行。《东京梦华录》卷二描述北宋汴京的瓦子时说:"街南桑家瓦子,近北则中瓦,次里瓦,其中大小勾栏五十余座。内中瓦子莲花棚、牡丹棚,里瓦子夜叉棚、象棚最大,可容数千人。"可见此门艺术在当时之受欢迎。不过,在勾栏瓦舍中听说话,毕竟有时间与地点的限制,只有在城市中久居的人才可能把一部连本多场的故事听完。那些无法经常到勾栏瓦舍听说话的人,自然

---

① "市人小说"一语最早见于唐代段成式《酉阳杂俎》:"予太和末,因弟生日,观杂戏,有市人小说,呼'扁鹊'作'编鹊',字上声。"

也就有一种需要，要求把听故事变成读故事；又加上宋元的印刷业是发达的，所以后来话本也就由说话艺人的底本，逐渐变成一种可供阅读的故事文本，被广泛印刷而流行于世了。这就是话本小说。

话本小说由于源自说话，形式上就带有说话艺术的一些特点。其文本大体由入话、正话、结尾几个部分构成。入话，是话本的开端。说话的人为了等听众来齐以及稳定听众情绪，往往在正式开讲前，先吟诵几首诗词或讲述一两个小故事。这些小故事与正文的思想主题往往相关，行话称作"得胜头回"。正话，就是说话者所要讲述的主要的故事内容。在说话时，说话的艺人往往还会穿插一些骈文或诗词。这些骈文与诗词在话本小说中也常常保存下来，从艺术上看，多少有些累赘。故事讲完后，说话者一般还会用一些诗句或者"话本说彻，权作散场"之类的套话总结全篇，是为结尾。

宋元话本的内容大抵以婚恋、公案和讲史为主；艺术造诣虽然不高，但为后来的白话小说积累了经验和素材。其中，讲史的《五代史平话》《大宋宣和遗事》《三国志平话》与说经的《大唐三藏取经诗话》最为著名。

大致到了元末，话本小说又发展出章回体的艺术形式。这种小说主要由讲史话本发展而来。原来，当说话艺人讲史时，由于历史故事较长，不得不分讲若干次。每次讲说的内容，就等于话本小说的一回；而讲说前，说书人用来概括当次讲说内容的题目，也就是回目的起源。一般来说，我国长篇古典白话小说都是采取分回叙事的形式写成的。

元末明初，最著名的章回体讲史小说是《三国志演义》和《水浒传》。《三国志演义》的作者，一般认为是罗贯中。罗贯中，名本，号湖海散人，或曰今太原祁县人。他早年参加过元末起义军，有志图王；明朝建立后，则专心于讲史小说的创作。在他名下，有不少杂剧和小说；其小说流传至今的有《三国志演义》《水浒传》《隋唐志传》和《北宋三遂平妖传》。《三国志演义》改编自说书人的底本，是描写魏、蜀、吴三国兴亡的历史小说。清康熙年间，《三国志演义》经毛纶、毛宗岗父子整理和评点后，基于道德的正统意识与艺术性都有很大的提高，毛本遂成为这部小说最流行的本子，延至近世，书名也逐渐被简化为《三国演义》。毛本《三国演义》开篇即道："话说天下大势，分久必合，合久必分。"很显然，分是不好的,合才是理想。但小说在描写晋武帝统一天下的时候,却十分地伤感。其原因,是作者并不怎么欣赏曹操集团与司马氏集团靠阴谋诡诈夺取天下的方式,其所欣赏的是注重忠孝仁爱的刘备集团。事实上,整部《三国演义》的主题就是表现和哀悼刘、关、张、诸葛亮以及姜维等人补天未成、欲建立一个统一的王道社会而不得的悲剧。所以小说从刘、关、张桃园三结义开始,而基本上在蜀国灭亡不久就结束了。对于蜀亡后十四年的晋与吴的斗争仅用一回加以表现就结束了。在中国古典长篇小说中,《三国演义》不仅具有浓郁的悲剧氛围,或多或少,也有几分崇高的美学气质。

《水浒传》的作者,人们意见不一。或认为是施耐庵,或认为是罗贯中,也有人认为是施耐庵集撰,后由其弟子罗贯中纂修。施耐庵(1296—1370)原名耳,又名子安,祖籍苏州。他是元末进士,曾出仕钱塘,后因耿介退隐苏州,以授徒和著书自娱;曾参加过张士诚的起义军,张士诚降元后,他便离去。《水浒传》也是依据民间说话艺人的一些底本改编的,主要描写北宋时宋江等好汉反抗腐败官府而于梁山泊聚众起义的故事。就像《三国演义》善于描写战争,场场不同,场场精彩一样,《水浒传》善于描写好汉们的英雄业绩与英雄性格。虽然都是起义的好汉,但在小说中,人人有其独特的性格,人人有其独特的声口,可谓个性鲜明,很少雷同。至于其叙事的结构,也十分精巧和缜密,甚至被一些论者认为优于《红楼梦》。但很显然,这部小说有个不小的缺点,就是仇视女性。除了上梁山的三个巾帼英雄顾大嫂、孙二娘和扈三娘,书中几乎没有一女子不是奸淫邪恶之辈。就算是这三个巾帼英雄,形象也很令人感慨。顾大嫂绰号“母大虫”,孙二娘绰号“母夜叉”,唯有“一丈青”扈三娘才貌双全,作者偏又将她嫁给梁山上唯知偷鸡摸狗、容貌不成个人样的“矮脚虎”王英。

《水浒传》在流传过程当中,有很多回目不同的版本。根据文字的详略、描写的疏密,这些版本被分为繁本与简本。一般认为简本是繁本的节本,不如繁本的文学性强。在繁本中,明人高儒(? —1553)在《百川书志》中提及的《忠义水浒传》一百卷是最早的本子;嘉靖年间,武定侯郭勋所刻行的一百回本,也是较早的刻本;万历三十八年(1610),容与堂刊刻的《李卓吾先生批评忠义水浒传》也是较有名的百回本。繁本中还有一种一百二十回本,是杨定见将一般繁本系统所没有而只有简本系统才有的平田虎、王庆故事加入郭勋刻本所形成的,由袁无涯在万历年间刊行,并增入了"李卓吾"的评语,书名因此也称为《李卓吾先生批评忠义水浒全传》。明末清初,金圣叹将一百二十回本中梁山大聚义以后的部分砍去,并且删去了原本中对统治阶级表示怨怒的诗词。此外,他又把第一回改为楔子,并伪撰了卢俊义一梦作结,由此形成一种七十回本,并诈称是"古本"。由于金圣叹所腰斩的这部《水浒传》保留了原书最精彩的部分,文字也比较洗炼和统一,所附金圣叹的评点也较精切,所以成为众本中最为流行的版本。

在元末明初讲史小说兴盛一时之后,约有一百年的时间,小说创作比较沉寂。其后,随着社会经济日益发达,思想控制日较宽松,特别是出版业的日趋繁荣,大致从明中叶开始,小说创作又开始复兴:不仅又产生了一些讲史的章回体佳作,而且章回体的神魔小说与人情小说也兴盛起来;此外,则还出现了不少优秀的拟话本。

当时较为杰出的讲史小说是余邵鱼编撰的《列国志传》。这部小说综合以往《武王伐纣平话》《七国春秋平话》《秦并六国平话》等话本,又吸收了一些民间传说,描述了从殷末周初到秦一统四海的历史。到了明末,冯梦龙(1574—1646)砍去了《列国志传》中东周以前的部分,又对剩余的内容做了大幅度的增删与整理,并改书名为《新列国志》。到了清代乾隆年间,蔡元放又对《新列国志》略加订正、润色和评点,并易其名为《东周列国志》,刊行后,很快就成为最流行的版本。《东周列国志》与《三国演义》堪称是我国历史演义小说的双璧。两部小说的艺术成就,一般认为《三国演义》更胜一筹。二者艺术上的差距,一方面是因为冯梦龙本人无意戏说周史,虽然他也在书中穿插了一些民间故事,也敷衍润色,但总的倾向是维护历史传说的原貌,不肯文胜于质;另一方面则在于列国历史不比三国省净。三国时长仅为列国的五分之一;国家只分魏蜀吴;人物也多能贯穿,因而以小说为演义,容易分出主次,别为轻重而系为线索焉,而列国历史处理起来就艰难得多了。尽管如此,《东周列国志》还是很好地完成了对列国历史的文学刻画。最主要的是叙事清楚,虽然人物众多、事迹纷纭,但基本做到了有条而不紊。小说的每一回目都集中笔墨来描写一个或两个主要的历史事件与传说,而以相关次要事迹穿插其间；同时，各回目之间在情节上又相互勾连，非常清晰地勾勒出历史的发展趋势和脉络。此外，《东周列国志》的人物刻画虽不及《三国演义》丰满，但也算得上是生动而鲜明了。《东周列国志》真正不及《三国演义》的地方，是缺乏深宏的悲剧气质；不及后者集中笔力表现了补天的理想及其失败，从而能给人以不尽的哀思。

神魔小说的代表作主要是《西游记》与《封神演义》。

《西游记》明刻本皆不言撰者，惟题"华阳洞天主人校"。清人吴玉搢、丁晏等根据明天启年间所修《淮安府志·艺文志》中吴承恩名下有"西游记"，遂将小说《西游记》的作者归诸吴氏。吴承恩（1500？—1582？），字汝忠，号射阳山人，山阳（今江苏淮安）人，有《射阳先生存稿》行世。《淮安府志·人物志》说他："性敏而多慧，博极群书。为诗文，下笔立成，清雅流丽，有秦少游之风。复善谐谑，所著杂记几种，名震一时。数奇，竟以明经授县贰；未久，耻折腰，遂拂袖而归。放浪诗酒，卒，有文集存于家，丘少司徒汇而刻之。"

《西游记》主要讲述唐代玄奘和尚西行取经的故事，而且也有各种民间说话艺人的底本作为撰写的基础。鲁迅在《中国小说的历史的变迁》中评论说：

> 承恩本善于滑稽，他讲妖怪的喜、怒、哀、乐，都近于人情，所以人都喜欢看！这是他的本领。而且叫人看了，无所容心，不像《三国演义》，见刘胜则喜，见曹胜则恨；因为《西游记》上所讲的都是妖怪，我们看了，但觉好玩，所谓忘怀得失，独存赏鉴了——这也是他的本领。至于说到这书的宗旨，则有人说是劝学；有人说是谈禅；有人说是讲道；议论很纷纷。但据我看来，实不过出于作者之游戏，只因为他受了三教同源的影响，所以释迦、老君、观音、真性、元神之类，无所不有，使无论什么教徒，皆可随宜附会而已。如果我们一定要问它的大旨，则我觉得明人谢肇淛所说的"《西游记》……以猿为心之神，以猪为意之驰，其始之放纵，上天下地，莫能禁制，而归于紧箍一咒，能使心猿驯伏，至死靡他，盖亦求放心之喻。"这几句话，已经很足以说尽了。后来有《后西游记》及《续西游记》等，都脱不了前书窠臼。至董说的《西游补》，则成了讽刺小说，与这类

没有大关系了。

这部小说，写悟空能打败象征世俗政权的天庭，却打不过代表意识形态的佛祖；取经路上所遇妖魔，又多是玉帝、神仙以及佛祖的左右；千辛万苦所取的经书，最终却又是不完整的，可见，这部书原是有深刻的悲剧性因素可以挖掘的。但由于作者是比较看得开的，所以也就只肯以诙谐的笔调对各种人生丑态略加讽刺，而不愿大动肝火。小说的主角自然是玄奘师徒四人。历史上的玄奘和尚刚毅多能，西游也是违法的举动，但小说中的唐僧却很平庸，西游也变成了奉旨而行。对于众徒弟而言，唐僧也常常像是个愚暗的仁君。沙和尚有些像历史上的循吏，是个能起调和作用的老实人，但形象也不怎么突出。只有孙悟空和猪八戒形象最为出彩。孙悟空的个性与形象，就其严苛雅正的一面说，近于士大夫阶级中的酷吏；而就其狡黠刁钻的一面说，则又近于市井无赖。他虽保着唐僧往西天取经，但他的理想却是功成身退，与小猴子们在花果山"共乐天真"，这就使得一路上降妖除怪的他看起来更像是一个游侠。猪八戒正相反，他是庶民，或者说农村中老实憨厚而又总想投机取巧的懒汉的代表。二人一雅一俗，周旋在唐僧左右，很能表现传统中国人的一些作风。

《封神演义》相传为明天启年间许仲琳所作。许仲琳，号钟山逸叟，应天府（今江苏南京）人，生平事迹不详。他编撰的《封神演义》也是以民间艺人的本子为基础的。全书以武王灭商为框架，叙写神仙们分成两派卷入到殷、周斗争当中。其中，阐教之神帮助武王，截教之神帮助纣王。在纣王自焚后，姜子牙将双方战死的要人依次封神，故名《封神演义》。全书思想的主要缺点是宣扬红颜祸水之说，长处是反对暴政，张扬个性。书中借姜子牙之口，强调"天下者，非一人之天下，乃天下人之天下"，又以哪吒追杀父亲，反击了"父要子亡，子不亡为不孝"的吃人礼教。这些在当时，无疑是很有现实意义的。

孙悟空大闹天空，是《西游记》中最有光彩的一段；哪吒闹海，也是《封神演义》中最脍炙人口的章节。二人，一个是佛门弟子，一个是道家仙童，到最后却都认真帮圣君去做事了。而与吴承恩、许仲琳时代差不多的汤显祖笔下的杜丽娘，虽然说是出于"至情"，早就与柳梦梅做了不才之事,但最后还是要以皇帝赐婚为圆满。这也就看得出,明后期的文豪们在思想上无论怎样进步,也仍有其难以克服的局限。

明万历年间,尚有一部罗懋登著的《三宝太监西洋记通俗演义》,演说郑和远航西洋,得碧峰长老相助,用法术降服外夷的种种故事,较为著名。至于明末董说的《西游补》,写的虽是悟空“三调芭蕉扇”之后去化斋,为鲭鱼精所迷,遂入幻境而发生的种种故事,但实际上却寄寓着作者对明季腐败政治与浮薄士风的不满,造事遣辞,也丰赡多姿,颇有可观。

人情小说是描绘世态人情的小说,亦称“世情书”。这类小说的作者和讲史小说、神魔小说的作者不同。讲史小说与神魔小说多是在民间说话艺术中长期积累而后方由杰出文人精心修改润色而完成的,而人情小说则多是文人的独创。明代人情小说的代表作《金瓶梅》便是我国第一部文人独立创作的长篇古典白话小说。

《金瓶梅》一书,原署“兰陵笑笑生”作,至如他是何许人也,后人猜测不一,但大多属意于万历年间的王世贞。相传,王世贞的父亲王忬为大臣严嵩所害,嵩子世蕃好读小说之秽者,是故王世贞乃作《金瓶梅》以献之。献之的目的,有人说是为了使严世蕃沉迷于阅读此书,以便王世贞参劾严嵩的奏章能上为帝阅;也有人说王世贞将书页浸了毒,欲以使喜欢用手指沾着唾沫翻书页的严世蕃中毒而死。这就是著名的“苦孝说”,在有关《金瓶梅》作者的传说中最为流行。也有人认为此书作者是李开先或贾三近、屠隆、王稚登。从小说善于描写市井细民而对高门权贵较为隔膜来看,其作者恐非身居高位的上层文人。

此书写的是:大宋徽宗年间,山东清河县人西门庆原有一妻二妾,但他开了几家店铺,赚了些许的钱财,便闲浪放纵起来,乃至毒死武大,纳其妻潘金莲为妾。武大的弟弟武松出公差回来,闻知此事,寻西门庆不获,误杀李外傅,被刺配孟州。西门庆由此更加放肆,既私通金莲的婢女春梅,又私通李瓶儿,纳以为妾,已而瓶儿有子。彼时西门庆贿赂蔡京,得任金吾卫副千户,愈发没有忌惮,求药纵欲,贪赃枉法,无所不为。然而金莲嫉妒瓶儿有子,屡屡设计,终于用一只小猫将小儿惊吓致死,瓶儿亦悲恸身亡。潘金莲此后更献狐媚于西门庆,庆一夕饮春药过量而暴亡。其后春梅、金莲又与西门庆的女婿陈经济私通,事发后被斥卖。金莲出居王婆家待嫁,恰逢武松遇赦归来,遂被武松所杀。春梅被卖给周守备为妾,因生了儿子竟获册立为夫人。然而她不知悔改,冒称陈经济为弟,罗致府中继续通淫。其后,守备征宋江有功,升任济南兵马制置。陈经济亦列于军门,升为参谋。后来,陈经济在与春梅私通时被周守备亲随张胜发现并斩杀。再后,金人入寇,守备阵亡,春梅与守备前妻之子早有奸情,不久亦淫纵而亡。及金兵将至清河,西门庆的妻子携遗腹子孝哥欲奔济南,途中遇见普净和尚,引其至永福寺,并点化孝哥出家,法名明悟。

据此来看,《金瓶梅》实在是明季社会一幅斯文扫地的浮世绘,它主要通过对西门庆在聚敛钱财、玩弄女性的过程中感受人生价值并因而耗尽钱财与生命的描写,反映了当时绅商生活的奸邪、淫乱与腐朽。尤其值得一提的是,小说中,西门庆死后,一个叫张二官的富户几乎完全继承了西门庆的事业与作风。这也可见,作者写这一部书,不是为某一个人立传,而是要写出一个时代的精神。关于《金瓶梅》,鲁迅《中国小说史略》曾赞叹:"作者之于世情,盖诚极洞达,凡所形容,或条畅,或曲折,或刻露而尽相,或幽伏而含讥,或一时并写两面,使之相形,变幻之情,随在显见,同时说部,无以上之,故世以为非王世贞不能作。至谓此书之作,专以写市井间淫夫荡妇,则与本文殊不符,缘西门庆故称世家,为搢绅,不惟交通权贵,即士类亦与周旋,著此一家,即骂尽诸色,盖非独描摹下流言行,加以笔伐而已。"不过,《金瓶梅》虽不专写市井间的淫夫荡妇,但为情欲而活却几乎是小说中大部分人的性格特征。小说中,庞春梅对潘金莲说过:"人生在世,且风流了一日是一日。"西门庆更曾叫嚣:"咱闻那佛祖西天,也止不过要黄金铺地;阴司十殿,也要些楮镪营求。咱只消尽这家私广为善事,就使强奸了嫦娥,和奸了织女,拐了许飞琼,盗了西王母的女儿,也不减我泼天富贵!"这大概是那时代生活的实写,也是作者所不满的;所以这些人物的结局也都不大好,从而显示出作者的惩戒之意。值得注意的是,这部小说虽然也可以说是在为几个女性作传,但作者却不能正确对待女性的欲望,而是与《水浒传》一样充满对女性的偏见,因而在思想上终不免失于浅薄。

在我国古典长篇小说创作中,《金瓶梅》明显起着承前启后的过渡作用。一者,是从写事为主向写人为主过渡。二者,是从写将相、神魔、侠义传奇之事向写人间市井家庭生活过渡。三者,是从主要描写男性群体向主要描写女性群体过渡。四者,是从集体加工型小说向文人独创型小说过渡。在《金瓶梅》小说文本中,虽然还明显掺杂着一些原属说唱艺术的内容,但一般认为,小说的主要情节与主要人物已经属于文人的独立创作。五者,是从传统一事接续一事的单线索竹节蛇式的结构,向注重时空布局的多线索交错并进的织锦式结构过渡。此书正如其最著名的评点者张竹坡所说:"一百回是一回,必须放开眼光做一回读,乃知其起尽处。"此外,值得一提的是,此书写人没有以往小说写人时那种绝对化的弊病,像《三国演义》"欲显刘备之长厚而似伪,状诸葛之多智而近妖"的毛病,在这部书中却几乎是没有的。大体上,《金瓶梅》所着力描写的人物都是性格内涵丰富,形象较为真实的人。即便是"害死人,还要看出殡"的西门庆,也常有一些善行。如吴典恩借钱,他在借据上将"每月行利五分"抹去,只要求还本就行。常时节交不上房租,西门庆乃以纹银五十两相助。李瓶儿死后,道士告诫:"切记不可往病人房里去,恐祸及汝身!"但西门庆却敢抱着李瓶儿的尸身哭得死去活来,口口声声说:"宁可叫我西门庆死了罢,我也不久活于世了,平白活着做甚么!"西门庆是个"打老婆的班头,坑妇女的领袖",可在作者的笔下,西门庆也是有人心有人情的。也正因为作者将西门庆写成一个性格内涵复杂的立体的人,也导致了学者们对这一人物认识上的差异。

《金瓶梅》行世以后,续书很多,但佳者甚少。到了明清之际,人情小说也渐渐分成了两派。一派重欲,如《肉蒲团》等,主要写男性的猎艳偷情,书中的男子看似强而有力,实际却是堕落了,萎缩了。一派重情,如《玉娇梨》《平山冷燕》《好逑传》《金云翘传》《铁花仙史》等,主要是通过才子佳人的恋爱和家庭生活来描摹世态。在这一类小说中,女性大多才智出众,男性虽不怎么堕落,但往往文弱而显出一定的女态。即便《好逑传》又名《侠义风月传》,是重侠义的,然而所写铁中玉除了几分膂力,好使气动粗,却也"生得丰姿俊秀,就象一个美人"。在艺术上,这些人情小说虽然写得差强人意,但它们大多流播国外,影响甚至远过于其在中国。

明代中后期,是一个说话艺术依旧盛行的时代。随着艺人话本的刊行,明代一些文人也就开始由对话本做加工编辑,转而模拟话本进行小说创作。这些由模拟而来的小说一般不用于说唱，只供阅读，习惯上称为拟话本。拟话本一般都是短篇，其作者以冯梦龙和凌濛初最为著名。此外，明末陆人龙著、陆云龙评点的《型世言》以及署名天然痴叟著的《石点头》也是当时较为有名的拟话本小说集。

冯梦龙（1574—1646），字犹龙，长洲（今江苏苏州）人，明末文学家。他在思想上受明代王阳明"心学"及王门左派李贽的影响很大。李贽反对礼教，提倡"童心"，而冯梦龙亦主张"情真"，甚至想建立一种"情教"，并因而编著了一部《情史》。"借男女之真情，发名教之伪药"，也是他很著名的创作主张。凌濛初（1580—1644），字玄房，号初成，乌程（今浙江吴兴）人，明末著名的刻书家与文学家。他的思想与冯梦龙相近，但冯梦龙强调"情真"，而他更多地肯定"情欲"。冯梦龙对拟话本的贡献，是他广泛地收集了宋元话本与明代拟话本，并加以修整润色；他还将一些流行的传奇小说亲自改编为拟话本，最后编纂成三部短篇小说集：《喻世明言》《警世通言》《醒世恒言》，合称"三言"。凌濛初的贡献是自作了两部拟话本小说集《初刻拍案惊奇》与《二刻拍案惊奇》，合称"二拍"。三言二拍中的故事，大多是宣扬食色性也，同时也歌咏人世间真挚的情感。比较而言，三言的艺术成就要在二拍之上。三言中，艺术性与思想性最高的是《杜十娘怒沉百宝箱》与《卖油郎独占花魁》。前者可能是据宋懋澄（1569—1622）的传奇小说《负情侬传》改编的，写一个妓女从良却被抛弃；后者则写一个妓女与卖油郎终成眷属。在爱情文学史上，后者突破了才子佳人的创作模式，具有较高的艺术水准。二拍在艺术上虽不及三言，但三言主要是纂修古本，而二拍皆是凌濛初根据各种史料传闻所自创，对当时陈腐观念的冲击也较三言更为强烈。譬如，在《硬勘案大儒争闲气》中，凌濛初借朱熹携私迫害妓女严蕊，抨击了程朱理学的虚伪；在《通闺闼坚心灯火》中，凌濛初对罗惜惜与张幼谦勇于自主追求婚姻幸福，也进行了热烈的歌咏。同时，凌濛初《拍案惊奇序》曾批评："今之人但知耳目之外、牛鬼蛇神之为奇，而不知耳目之内、日用起居，其为谲诡幻怪非可以常理测者固多也。"与此相应，在他的创作中，人物刻画也就较为平实，日常描写也就更为多见，巧合较少而故事情节却依旧能曲折有致。这些显然是值得肯定的。

明末清初，续写前人小说之风较为流行。著名的如天花才子评的

《后西游记》以及青莲室主人的《后水浒传》，情节与人物都刻意模仿原书的风格。至于丁耀亢（1599—1670）的《续金瓶梅》以及陈忱（1615—1671?）的《水浒后传》则不然，情节与思想风格都与原书颇有不同。

清代小说创作极有成就，而其派别，依鲁迅的办法，则有拟古派、讽刺派、人情派、侠义派以及炫才派之分。

拟古派在艺术上以拟古为特征。此派或拟六朝之志怪，或拟唐人之传奇。此种拟古的倾向，明初已有一些苗头。如瞿佑（1347—1433）作有《剪灯新话》，主要叙说元末乱世异闻，而杂以神鬼之事，虽文笔冗弱，然因善于粉饰闺情、拈掇艳语，遂为世人所喜，仿效者纷起，其较著者是李昌祺（1376—1452）的《剪灯余话》。英宗时，二书皆遭官府禁毁，其风稍衰。成化末年，则又出现了玉峰主人的《钟情丽集》，善于描写曲折而真挚的爱情。在其影响下，弘治至嘉靖间出现不少中篇传奇佳作；志怪与志人的笔记小说也更为兴盛起来。到了万历朝，还形成了文言小说创作的高潮；陈继儒（1558—1639）与宋懋澄（1569—1622）都是当时著名的作者。天启以后，文言小说创作稍衰，但拟古之风至清不绝，并在清初出现了蒲松龄这样杰出的小说家。

蒲松龄（1640—1715），字留仙，一字剑臣，别号柳泉居士，淄川（今山东淄博）人。他一生不遇，在家以教书及著述为乐，七十一岁才补了一个岁贡生。他的《聊斋志异》在题材上拟志怪，在写法上拟传奇。六朝人志怪，多出于对怪异的迷信，而蒲松龄却主要是借志怪来表达人生感慨。他在该书的《自志》中说：

> 集腋为裘，妄续《幽冥》之录；浮白载笔，仅成《孤愤》之书。寄托如此，亦足悲矣。嗟乎！惊霜寒雀，抱树无温；吊月秋虫，偎阑自热。知我者，其在青林黑塞间乎！

他的寄托是多方面的，而其大要则不外乎鼓吹个性之解放与男女之真情，抨击吏治之腐败与科举之不公。此外，对平庸的士林的讥刺与对果敢的女子的歌咏，也是极其鲜明的。与一般明清小说一样，蒲松龄的小说也很喜欢借助因果报应来劝善惩恶，但正如一些论者所指出的，蒲松龄并不喜欢以高官厚禄、子孙满堂为善报的传统套路，而更乐于使好人义士在历经磨难后,享受一种宁静而美好的生活;他还习惯在善报中留下淡淡的遗憾与忧伤,从而使小说的结尾充满深长的意味。我们读《聊斋》,一方面不能不叹服其文笔的流畅与优美,另一方面也不能不折服其所志怪异的丰富与曲折。其所志,有些取之故书;有些闻之朋友;有些是他自己的幻想;还有一些,据说是他在路边设备烟茗,请过路的人讲谈出来的。可见他写这部书是很不容易的。

《聊斋志异》刊行以后,模仿与赞美者颇多。但到了乾隆末年,纪昀却站出来嗤之以鼻。纪昀(1724—1805),字晓岚,直隶献县(今河北沧州)人,曾任《四库全书》总纂修官。他以为,志怪便应志怪,不当以传奇的办法志之;描写他人之事过于细微,也便难以取信。于是他自己作了一部《阅微草堂笔记》,一方面模拟六朝志怪,一方面又在志怪中渗透着东汉博学者王充、应劭那种订正俗讹、讨论正道的杂说精神。就思想来说,纪昀和蒲松龄大概都是不甚迷信鬼神的,他们笔下的神仙鬼怪也都带有神道设教的色彩。就叙事写人的本领来说,《阅微草堂笔记》远不如《聊斋志异》生动鲜明;但诚如鲁迅《中国小说史略》所言:"纪昀本长文笔,多见秘书,又襟怀夷旷,故凡测鬼神之情状,发人间之幽微,托狐鬼以抒己见者,隽思妙语,时足解颐;间杂考辨,亦有灼见。叙述复雍容淡雅,天趣盎然,故后来无人能夺其席。"

蒲松龄在《聊斋志异》外,尚有一部长篇古典白话小说《醒世姻缘传》,写的是:官宦子弟晁源射死了一只狐狸,将狐狸皮给了其宠妾珍哥,而珍哥逼死了其妻计氏;后来晁源转世为狄希陈,死狐托生为其妻薛素姐,计氏托生为其妾童寄姐,二人都是悍妇,对天生惧内的狄希陈屡加折磨。小说以此为线索,描写了比较广阔的社会生活内容,人物性格也刻画得活灵活现,可惜思想有些陈腐,结构不免散漫,遂不能与《金瓶梅》及《红楼梦》比肩。

乾隆年间,还有一位长年辗转给人做幕宾的李百川(1720?—1771?),撰有一部《绿野仙踪》,也属于古典白话小说,主要写冷于冰被严嵩夺去解元的功名后,求仙问道并依靠法术在人间除暴除魔的故事。全书融历史、神魔、侠义、世情于一体,结构上虽不免有些芜杂,但诚如鲁迅《小说旧闻钞·杂说》所言,"以大盗、市侩、浪子、猿狐为道器,其愤尤深",而其关于世态人情的描写,也颇为生动。

在清代讽刺小说中,最早出现的佳构,是乾隆时吴敬梓所作的《儒林外史》。流及清末,则又有四大谴责小说:李宝嘉(1867—1906)的《官场现形记》、吴沃尧(1866—1910)的《二十年目睹之怪现状》、刘鹗(1857—1909)的《老残游记》以及曾朴(1872—1935)的《孽海花》。

吴敬梓(1701—1754),字敏轩,晚年自号文木老人,安徽全椒人。他出生在"一门三鼎甲,四代六尚书"的官宦世家,但他的父亲吴霖起已看不惯富贵功名;吴霖起死后,族人又颇觊觎吴敬梓承继的家产,这些都不免加深了吴敬梓对世态人心的认识。吴敬梓的性格是豪爽的,乐于助人,又有些浮浪,所以家产很快被败光;三十三岁以后,他移居南京,主要靠卖文和朋友接济过活。据说,他冬日苦寒,又没有酒食,便常会邀上几个朋友,乘着月色绕城而行,歌吟啸呼,到天亮才各大笑而散。他创作了不少诗文,收在《文木山房诗文集》中,但他更有成就的是长篇小说《儒林外史》。书中的杜少卿带有作者本人的影子,但全书并没有一以贯之的人物与情节,而主要通过片断性故事的连缀来表现科举及专制制度下社会生活的腐朽,尤其是儒生所受到的戕害,也揭示了借助礼乐帮衬政教这一复古理想的不切实际。在全书的末尾,作者写了生活在市井中的四大奇人,即卖字的季遐年、卖火纸筒子的王太、开茶馆的盖宽、做裁缝的荆元。这是四个不慕科举而自食其力的奇士。借助他们,吴敬梓表达了知识分子渴望人格独立的理想。同时,书中还描写了一位不愿做妾,逃到南京以卖文为生的沈琼枝。借助这一人物,吴敬梓批判了旧社会的妻妾制度;也对不慕富贵,敢于追求人格独立的女性,表达了深深的敬意。《儒林外史》是中国古代讽刺小说中最好的一部。好就好在:第一,他讽刺得真实;第二,他讽刺得婉转。鲁迅说过,"讽刺的生命是真实"。吴敬梓的讽刺正都是真实的,是真的爱而知其丑,憎而识其善。被吴敬梓讽刺的人物,也大都是性格内涵丰富的、活生生的人,而不是经过纯化了的每一类型的代表。如书中讽刺严监生吝啬,写他有十多万银子,却因为灯盏点着两根灯草而不肯断气。但同时,吴敬梓也写道:严监生讲求礼节,所以严贡生被告发,他竟肯拿出十多两银子息事宁人;他的妻子王氏去世,他竟舍得花费五千两银子置办丧事,而且还经常因怀念妻子而流泪。没有公心,是写不出这样的人物性格的。此外,更重要的是,吴敬梓不仅已注意写出人物性格的发展变化,而且注意到要写出导致变化的种种因由,所以他笔下人物性格不仅有变化,而且其变化让人觉得真实而深刻。书中对匡超人、蘧公孙人格扭曲与堕落的描写就是很好的明证。至若此书讽刺的婉转,可以用范进中举后到张知县处打秋风的一段来说明:

> 知县安了席坐下,用的都是银镶杯箸。范进退前缩后的不举杯箸,知县不解其故。静斋笑说:"世先生因遵制,想是不用这个杯箸。"知县忙叫换去,换了一个磁杯,一双象牙箸来,范进又不肯举动。静斋道:"这个箸也不用。"随即换了一双白颜色竹子的来,方才罢了。知县疑惑他居丧如此尽礼,倘或不用荤酒,却是不曾备办。落后看见他在燕窝碗里拣了一个大虾元子送在嘴里,方才放心。

吴敬梓对人物的讽刺,基本上都如此段所写,让人物用自身言行的矛盾来显示其性格的滑稽可笑;虽有一定的夸张,但不失分寸;虽然心有褒贬,但却口不臧否。同时,他的这部小说也较早地摆脱了说话人的口吻和程式,也不再一味屈就大众的思想口味,语言也更加自然省净。《儒林外史》之后,清世还有不少讽刺小说,但或用心不公,或讽刺直白,都不如《儒林外史》让人看了以后忍不住要笑,笑了以后却又想长歌当哭。

清代的人情小说,较早的是《肉蒲团》,主要写未央生纵欲行淫于世,而后割除爱欲,出家为情僧,并自号顽石的故事。它的作者,一般认为是李渔(1611—1680)。李渔著有《十二楼》,是讲怜才喜色的短篇故事集,情趣上是三言二拍作风的继续;而《肉蒲团》属于长篇,学的是《金瓶梅》,喜欢奢言性事,却又缺乏《金瓶梅》那种对世态人情的生动描摹,是以并不为学者目为佳构。至雍正年间,则又有曹去晶的《姑妄言》,主要写明末南京鬐妓钱贵与书生钟情以及三个纨绔子弟宦萼、贾文物、童自大之间的感情纠葛,而且还将这种纠葛放在魏忠贤专权被杀以至满人入主中原等一系列历史事件背景下进行描绘,最后以钟情抛家弃子独自遁隐山林作结。全书笼罩在善恶、姻缘转世相报的氛围中,一边奢言性事,一边恢复了《金瓶梅》善写世情的作风,乃至被学界认为是艳情小说的集大成者。此书最初以抄本形式流传,因内容涉及明末时事,多违碍语,又好铺陈淫秽之事,嘉庆以后便很少流传,近年始从俄国发现其足本。其后则又有《红楼梦》,写的是贵族人家,而大旨言情。《红楼梦》问世以后,续作很多。道光以降,人们又别开生面,用从《红楼梦》中学来的方法描写优伶、妓女之情。写优伶的,以陈森(1797?—1870?)的《品花宝鉴》最佳,写妓女的以韩庆邦(1856—1894)的《海上花列传》为著。前者以北京帝都风情为背景,后者以上海十里洋场为舞台,一北一南,反映了清后叶的世态人情。后者也是都市小说的先声,在艺术上善于"穿插藏闪之法",因而也就更多一些新意。乾隆年间,尚有一部《歧路灯》,是河南新安人李海观(1707—1790)所作,讲的是前明贡生谭忠弼之子谭绍闻败家后痛改前非,并重振家业的故事。由于李海观服膺朱子,创作上又以说教为目的,所以此书道学气息很浓。不过,李海观对当时社会生活的刻画较《红楼梦》要更加广阔和细腻,以致此书常被当作是中国十八世纪的社会风俗画。此外,这部小说的结构也很精细、严整,描写世态人情也常惟妙惟肖,所以也有一些论者以为此书可与《红楼梦》及《儒林外史》并称为"清代三大小说"。

至于侠义小说,六朝以来就不鲜见;但侠义小说与公案小说合流并以长篇的形式大行于世,则主要还是清中叶以后的事情。出现于嘉庆年间,描写黄天霸等江湖侠客帮助清官施仕伦捕盗捉贼的《施公案》是此类小说的早期代表,可惜作者不详,思想及艺术也很平庸。其后则有《儿女英雄传》及《三侠五义》,影响很大。《儿女英雄传》大概成书于道光末或咸丰初,据马从善《儿女英雄传序》说,作者文康"少席家世余荫,门第之盛,无有伦比。晚年诸子不肖,家道中落,先时遗物,斥卖略尽。先生块处一室,笔墨之外无长物,故著此书以自遣"。此书写的是侠女十三妹为父报仇,并与安骥结为连理,最终夫贵而妻荣的故事;艺术上长于写实,不像《红楼梦》所写大观园那样时代感模糊,又善为波澜,语言亦颇生动有趣,堪称京味小说的滥觞。不过,此书对于旧家族旧伦理基本上还抱着赞美与维护的态度,遂不能与《红楼梦》相媲美矣。《三侠五义》是在道光年间石玉昆(?—1871)说唱的《龙图公案》的基础上发展而来的侠义小说,写的是展昭等江湖义士之间的恩怨情仇以及他们辅佐包公除暴安良、剪除叛逆的种种故事。这部小说刊行于光绪初年,后来俞樾曾稍加改编,易其名为《七侠五义》,并作《重编〈七侠五义〉序》赞美它:"事迹新奇,笔意酣恣,描写既细入毫芒,点染又曲中筋节。"惟其语言尚不免粗豪脱略,续书虽多,而思想却大都了无新意可观。

至于炫才的一派,欲以小说为庋学问文章之具者,较早的是今江苏江阴人夏敬渠(1705—1787)于乾隆年间完成的一百五十四回的《野叟曝言》。小说写的是文白游荡江湖,而后又经国建功的故事。其内容正如其凡例所言,"叙事,说理,谈经,论史,教孝,劝忠,运筹,决策,艺之兵诗医算,情之喜怒哀惧,讲道学,辟邪说",几无所不包,但大抵是炫耀学问,且以宣扬理学教化,而艺术趣味则殊有欠缺。欲于小说见其才藻之美者,有屠绅《蟫史》二十卷。屠绅(1744—1801),字贤书,号笏岩,亦江阴人。《蟫史》以闽人桑蠋生坠海得救,后投甘鼎,并合力平定苗民叛乱为主要故事内容,一方面承袭神魔小说的奇异,一方面杂以明代"世情书"的淫艳,文辞则力求古奥诘屈,看起来似乎奇崛,其实则很少深意。只是他的这种写法较为少见,而且又是文言的长篇,所以也算有其独到之处。以俳偶之文试为小说者,则有陈球《燕山外史》八卷。陈球,字蕴斋,秀水(今浙江嘉兴)人,乾隆时诗人。工骈俪,喜传奇,因作此小说,欲借明永乐时书生窦绳祖与贫女李爱姑的爱情故事炫其骈俪之才,可惜情节老套,人物也不甚生动。欲于小说中见其考据及小学功夫者,有李汝珍的《镜花缘》。李汝珍(1763?—1830?),字松石,直隶大兴(今属北京)人,少而颖异,不乐为时文,杂学旁收而以音韵之学见称。《镜花缘》一百回,主要写武则天篡唐为周,百花之神从其命,于严冬绽放,结果被天帝遣降人间为才女。有托生于岭南唐敖家者,名小山。唐敖因科举不顺,随人漂泊海外,屡见奇人异事,后入小蓬莱修道不还。唐小山思父,遂出海寻亲,其父致其书信,言"中过才女"后方可相见。小山又历经镜花冢、水月村种种奇境,乃得回国;时逢武则天开女科,百位才女皆被录取,小山遂得重入小蓬莱。其后,文芸起兵谋复李唐,才女或死军中。中宗复位,仍尊太后武氏为则天大圣皇帝。未几,则天下诏,谓来岁仍开女试,并命前科众才女重赴"红文宴"。李汝珍原想写作二百回,但小说到此也就结束了,没有完成。小说的思想价值,自然在于对女性的同情与对才女的推尊。至于艺术方面,主要是对海外诸国的

朝代与类型			发展与创作概况
周秦汉	源起	神话传说	上古神话传说善于叙事想象,可视为我国古代小说发展之远源
		历史传记	周秦两汉,一则史官传记文学日趋发展成熟,一则民间杂史异闻层出不穷,且颇饰文采夸张,可视为我国古代小说发展之近源
六朝	文言小说	笔记小说	多为历史补遗而作。志怪者粗陈梗概,已具其体;志人者言语传神,已见其人。干宝《搜神记》、刘义庆《世说新语》是其代表
唐朝		传奇小说	唐传奇,始有意为小说者也,浮夸唯美,作意好奇,而长于写人。大约兴于初、盛唐,盛于中唐,衰于晚唐。题材方面:元稹《莺莺传》、李朝威《柳毅传》,感情爱也;沈既济《枕中记》,李公佐《南柯太守传》,叹仕途也;杜光庭《虬髯客传》,张侠义也
	讲唱文学	讲经文	讲经文是俗讲(僧侣给俗众讲经)的底本,故事性强,描写繁复
		变文	变文是转变(一种以图画配合说唱的文艺)的底本,或讲佛经,或讲历史、传说以及时事,情节曲折,人物生动,语言韵散相兼
		俗赋 词文	俗赋以赋体说唱有趣故事;词文是七言为主的叙事诗,唱多说少
宋朝 元朝	古典白话小说为主	话本小说	话本即说话之底本。说话艺术唐已多见,至宋分为四家:小说(包括讲烟粉灵怪与传奇公案的银字儿以及说铁骑、说经、说参请、讲史书。讲史书比较耗时,常须分回讲说,后遂形成章回小说)、合生(盖指即兴捏合眼前人、物以为歌咏,其以嘲谑为主者又称乔合生)、起令随令(宴饮时,一唱一和地歌咏眼前人、物以为娱乐)、商迷(由"商者"与"来客"有说有唱地猜谜和斗口)
明朝		拟话本	冯梦龙《喻世明言》《警世通言》《醒世恒言》多润益前人话本与拟话本;凌濛初《初刻拍案惊奇》《二刻拍案惊奇》多属原创
		章回小说 明初 讲史	罗贯中《三国志演义》,康熙时经毛纶、毛宗岗批改,大为增色; 施耐庵《忠义水浒传》,明末为才子金圣叹腰斩,清初续作不少

朝代与类型			发展与创作概况
明朝	章回小说	明中后期 讲史	明中叶余邵鱼撰《列国志传》,明末冯梦龙增删改写为《新列国志》。乾隆时经蔡元放润色、评点,易名《东周列国志》
		神魔	吴承恩《西游记》寓庄于谐,旨在收束心猿意马,写人已较真实; 许仲琳《封神榜》以古喻今,重在反对专制苛暴,犹谓红颜祸水
		世情	万历时出现的《金瓶梅》是现存最早的文人独创的章回小说,善写世情。其后则或如《肉蒲团》等重欲,或如《玉娇梨》等尚情
清朝	古典白话小说为主	拟古 拟唐朝	康熙时,蒲松龄作文言小说《聊斋志异》,用传奇法而以志怪
		拟六朝	乾隆时,纪昀讥蒲松龄有才无法,作笔记小说《阅微草堂笔记》
		讽刺 重讽喻	乾隆时,吴敬梓作《儒林外史》以讽儒林之士,戚而能婉
		重讥刺	李宝嘉《官场现形记》、吴沃尧《二十年目睹之怪现状》、刘鹗《老残游记》、曾朴《孽海花》号称清末四大谴责小说,辞气浮露
		人情 豪门	乾隆时,曹雪芹《红楼梦》言情,李海观《歧路灯》明理
		倡门	道光时,陈森《品花宝鉴》写北京名士优伶之情,缠绵而多旧套; 光绪时,韩邦庆《海上花列传》写上海洋场妓女,平淡而近自然
		侠义 爱情	道光中,文康作《儿女英雄传》,托侠义之事传儿女之情
		公案	道光时,石玉昆说《龙图公案》,光绪时编为《三侠五义》
		炫才 炫学问	乾隆时,夏敬渠《野叟曝言》叙文白游荡江湖而又经国建功之事
		炫才藻	嘉庆初,屠绅《蟫史》写桑蠋生助甘鼎平苗,乃文言之长篇
		炫排偶	嘉庆中,陈球《燕山外史》写书生窦绳祖与李爱姑相爱之事
		炫考据	嘉庆时,李汝珍《镜花缘》写百花神转生为才女的奇幻故事

《古代小说发展表》,2003 年 10 月 6 日制

描写较为生动有趣,虽然炫耀才学有些泛滥,但其中也常有一些风致,竟可算得上是绰约了。至如说唐敖出家吃了朱草后,把以前中探花时的文章都变成了臭屁放了出来,不再记得,虽然尖刻,但也算道出了人世的一些真相。

第二节　石头记的事

一　作者与版本

一般认为,《石头记》或者说《红楼梦》的作者是曹雪芹,但也有人认为曹雪芹只是改编者。关于他的生平,主要有三种资料可资研究。一是清廷的一些档案文献。二是他朋友的一些诗文。三是《红楼梦》的一些批语。很可惜,这三方面的材料也不是特别丰富,在理解上又颇有分歧,所以许多问题都难成形成定论。

曹雪芹的先人,据说可以追溯到北宋名将曹彬。至于其祖籍,或以为在今河北省的丰润,或以为在今辽宁省的辽阳。曹雪芹的远祖曹锡远(又作曹世选)可能原是明代驻守辽东的下级军官,后在明、金战争中归附满人,成为多尔衮的家奴,属正白旗包衣。曹锡远的儿子曹振彦曾随多尔衮入关,立有不少军功,后来官至两浙都转运盐使司盐法道。曹振彦的儿子曹玺、曹玺的长子曹寅、曹寅的长子曹颙和侄儿曹𫖯,三代四人相继担任过江宁织造。曹寅还曾担任过苏州织造。织造属于内务府的成员,在经济上,负责代皇帝采购各种日用品,收入颇丰;在政治上,是皇帝派驻江南的耳目,很有社会地位。

曹家到了曹寅的时候,已经很有些文化了。曹寅不仅是当时著名的藏书家和刻书家,同时还会作诗词及戏曲,著有《楝亭诗抄》《楝亭词抄》《楝亭文抄》等著作以及戏曲《红拂记》。他还曾奉旨主持刊刻了《全唐诗》和《佩文韵府》。曹家还自有医书,可见其家文化知识累积之厚。

曹寅死后不久,儿子曹颙也病死了;康熙遂让曹家将曹寅的侄子曹𫖯过继到曹寅名下作为嗣子,继续担任江宁织造一职。有些学者认为,曹雪芹是曹颙的遗腹子；但也有人认为曹天佑才是曹颙的遗腹子。周汝昌认为曹雪芹的父亲是曹頫，或近于事实。

曹雪芹的曾祖母孙氏曾做过康熙的乳母，祖父曹寅也自幼与康熙相熟，所以曹家与康熙的关系十分亲密。康熙对曹家也照顾有加，六次南巡，竟有四次以曹家江宁织造署为行宫。康熙死后，雍正对曹頫本亦恩宠，但曹頫却任职不力。此外，他不仅不及时赔补曹家亏空的公帑，还暗中转移家产，遂被雍正革职抄家。曹家亦由此衰落。一些学者认为，雍正六年（1728）初夏，曹雪芹便随同祖母、母亲等全家老少，由南京搬到北京，住在崇文门外曹家旧宅，开始了穷困潦倒的生活；乾隆即位后，对雍正惩处的臣子进行安抚，曾退了一些财物给曹家，曹家遂又达到小康；可是几年后，皇室内部的斗争又一次波及曹家，曹家从此一蹶不振，而这时，曹雪芹已经成年。

曹雪芹的生年，主要有乙未年（1715）、甲辰年（1724）两种说法。其卒年，主要有乾隆二十七年壬午除夕（1763 年 2 月 12 日）、二十八年癸未除夕（1764 年 2 月 1 日）、二十九年甲申岁首（1764 初春）三种说法。其中，卒于壬午除夕之说，较为学界认同。

按一般的意见，曹雪芹成年后大概在宗族学堂做过杂役；因为生计艰难，也曾卖过字画；后来更搬出京城，居住在西山。他的朋友敦诚在《赠曹雪芹》一诗中说他的生活是："满径蓬蒿老不华，举家食粥酒常赊。"敦敏《赠芹圃》一诗也形容说：

> 碧水青山曲径遐，薜萝门巷足烟霞。
> 寻诗人去留僧舍，卖画钱来付酒家。
> 燕市哭歌悲遇合，秦淮风月忆繁华。
> 新愁旧恨知多少，一醉酕醄白眼斜。

这是他晚年生活的真实写照，令人悲切，亦复令人向往。

曹雪芹能诗善画，性格亦很奇逸。敦诚在《寄怀曹雪芹》诗中曾感佩说："爱君诗笔有奇气，直追昌谷破篱樊"；在《佩刀质酒歌》中也曾感佩说："知君诗胆昔如铁，堪与刀颖交寒光。"清代裕瑞在《枣窗闲笔》中也说他："善谈吐，风雅游戏，触境生春，闻其奇谈，娓娓然令人终日不倦。"此外,他的性格和作风也可以从他的字号来探知一二。

一般认为,曹雪芹原本名霑,字芹圃。春秋时期,鲁僖公曾在泗水支流泮水旁修建学宫。依照礼法,古代的学宫经常要举行祭祀活动;而祭祀的时候,鲁人便常采集泮水边的芹菜来做祭祀用的菜肴。受其影响,到了科举时代,考中秀才进入学宫就被称为"入泮"或者"采芹",而且要相互赠送芹菜以示祝贺。曹氏以芹圃为字,应与这种科举文化有关;以霑为名,也无非是希望能得到上天的雨露恩泽,用《红楼梦》中的话说,也就是希望能"沐浴皇恩祖德"。这个名字,自然是长辈所起,但曹雪芹后来应不甚满意,所以又自称梦阮、芹溪居士以及雪芹。依周汝昌的意见,则"雪芹"是曹霑自己新取的字,而芹溪、梦阮,可能都是曹霑移居西郊以后的新别署。

梦阮,一般认为是想梦到阮籍之意。曹雪芹的友人敦诚有一轩斋名曰"梦陶",则显系想梦到陶潜之意。陶潜与阮籍都是魏晋时期风流名士的代表,但阮籍活得更为痛苦。《晋书》本传且说他"外坦荡而内淳至",也就是说他做事不拘礼法,十分放纵,但内心良善,道德感很强。阮籍也是当时著名的文豪。他看不起刘邦,对司马氏借名教剪除异己也十分地不满。但他不便明说,所以八十二首《咏怀》诗大多写得十分婉曲,常常是"言在耳目之内,情寄八荒之表"。曹雪芹既然总想梦到阮籍,也就不难想象他的为人;同时,也就不难理解《红楼梦》为什么也写得那样寄托遥深了。

至如"雪芹",用的乃是苏轼的典故。宋神宗元丰二年,苏轼因所写诗文对新政有所批评,遭谗入狱,家也被抄了;其家人惊恐,还曾将苏轼所存大部分书信和手稿付之一炬。次年,苏东坡被贬黄州,生活十分困窘。然而他并不气馁,而是申请了一块官家的荒地,名之曰东坡;不仅亲自耕种,还作了《东坡八首》以自勉。其三写道:

　　自昔有微泉,来从远岭背。穿城过聚落,流恶壮蓬艾。去为柯氏陂,十亩鱼虾会。岁旱泉亦竭,枯萍黏破块。昨夜南山云,雨到一犁外。泫然寻故渎,知我理荒荟。泥芹有宿根,一寸嗟独在。雪芽何时动,春鸠行可脍。

曹雪芹的家也是被抄过的。清代的文字狱也远较宋代严重。曹雪芹从这首诗中取号，也就不难知道他的想法。苏东坡是热爱生活的，曹雪芹也是热爱生活的。苏东坡有一定的佛禅的空观，而曹雪芹也喜欢谈禅而论道。

曹雪芹的思想，自然主要表现在《红楼梦》中了。他的生活的一部分，也融入到了《红楼梦》的故事之中。关于《红楼梦》的创作，小说第一回有所交代，说是：女娲炼石补天的时候，有一块石头剩下没用，却已有了灵性。后来蒙茫茫大士、渺渺真人携入红尘，历尽悲欢炎凉之后，又回到大荒山无稽崖青埂峰下。不知过了几世几劫，因有个空空道人访道求仙，从青埂峰下经过，见到此石上竟载有一部《石头记》，记载着石头在凡尘经历的事迹：

> 空空道人……将《石头记》再检阅一遍，因见上面虽有些指奸责佞贬恶诛邪之语，亦非伤时骂世之旨；及至君仁臣良父慈子孝，凡伦常所关之处，皆是称功颂德，眷眷无穷，实非别书之可比。虽其中大旨谈情，亦不过实录其事，又非假拟妄称，一味淫邀艳约，私订偷盟之可比。因毫不干涉时世，方从头至尾抄录回来，问世传奇。从此空空道人因空见色，由色生情，传情入色，自色悟空，遂易名为情僧，改《石头记》为《情僧录》。东鲁孔梅溪则题曰《风月宝鉴》。后因曹雪芹于悼红轩中，披阅十载，增删五次，纂成目录，分出章回，则题曰《金陵十二钗》。并题一绝云：
> 满纸荒唐言，一把辛酸泪！
> 都云作者痴，谁解其中味？[①]

根据这段记载，曹雪芹应该只是《红楼梦》一书的改编者；不过，清代统治者好兴文字狱，所以也有不少人怀疑这段话是曹雪芹在故弄玄虚。又，根据这段记载，《红楼梦》最初本名《石头记》。不过，由梦觉主人于乾隆四十九年(1784)作序的抄本已正式题为《红楼梦》了。

《红楼梦》在长期流传中，形成了两个版本系统。

---

① 本讲所引《红楼梦》文字，若无特别说明，皆取自人民文学出版社 2005 年版。

一个习称"脂评本系统"。"脂"即脂砚斋,是《红楼梦》最著名的评点者。清代裕瑞的《枣窗闲笔》称脂砚斋为曹雪芹之叔,还说:"所谓宝玉者,尚系指其叔辈某人,非自己写照也。"胡适却相信脂砚斋是曹雪芹本人的托名,而周汝昌则认为脂砚斋就是小说中史湘云的原型,原系曹雪芹的表妹,后来离散,各自历尽艰辛,重逢时他们均已丧偶,遂做了夫妻。不管脂砚斋到底是谁,由于他实际上参与和影响着《红楼梦》的创作,所以他的评语最受研究者的重视。1754年,脂胭斋重评的《石头记》中有"十年辛苦不寻常"和"披阅十载,增删五次"的说法。据此来看,曹雪芹大约是在1744年前后开始创作或修改《石头记》的;他增删五次,每一次增删所形成的文本都可能有重大的不同,并且也都可能在亲友间有所传阅;而最为可惜的是,其改写稿没有一部完整地保存下来。在他死后,《石头记》最初以手抄本的形式流传于世。这些抄本往往有脂砚斋、畸笏叟等人的评点,回目都在八十回以内,大多以《石头记》为名,习惯上就称为"脂评本"。这个系统,最珍贵的本子有三种:甲戌本、己卯本、庚辰本。据学界的研究,己卯本为怡亲王府抄本,其抄成年代约在乾隆二十五年(庚辰,1760)以后;现存庚辰本抄定的年代,大约是在乾隆二十六年(1761)以后;甲戌本所据底本的抄写年代是乾隆十九年(甲戌,1754),但现存甲戌本的抄成年代,则是比较晚的。书中所载脂批,很受学者的重视。在众多抄本中,庚辰本不仅抄得较早,较为完整,而且也是最接近原稿的本子。

一个是"程高本系统"。"程"指书商程伟元,"高"指作家高鹗,二人都生活在乾隆年间。程伟元在《红楼梦序》中曾说,《石头记》很受人们的欢迎,"好事者每传抄一部,置庙市中,昂其值,得数十金。"他本人也很喜欢这部书,惜其"原目一百廿卷,今所传只八十卷",所以"竭力搜罗,自家藏书甚至故纸堆中无不留心。数年以来,仅积有廿余卷。一日偶于鼓担上得十余卷,遂重价购之。欣然翻阅,见其前后起伏尚属接榫,然漶漫不可收拾。乃同友人细加厘剔,截长补短,抄成全部,复为镌板,以公同好,《红楼梦》全书始至是告成矣。"他所说的友人便是高鹗。依其说,后四十回主要是高鹗借助残稿整理补缀而成的。至于如何具体整理补缀,已不可知。其整理稿共有一百二十回,于乾隆五十六年(1791)首次刻印刊行,习称为"程甲本";次年略加修订后,又出了重印本,习称"程乙本"。两个版本皆以《红楼梦》为名,文字上虽只有一些细小的差别,但往往也会影响人们对小说内容的认识。

关于程高本的后四十回是否真有曹雪芹原稿为基础,人们意见不一。认为后四十回是续作而非原稿者,根据主要有三个方面。

一者,是认为后四十回艺术性要远逊于前八十回。如裕瑞的《枣窗闲笔》就认为后四十回"一善俱无,诸恶备具"。其实,后四十回写的主要是宝、黛长大后变故迭起的阶段,自然不能如前八十回更有青春的灵气,但其艺术性却很难说就全都是低下的。譬如,王国维就很欣赏后四十回的某些描写。

二者,是认为后四十回与前八十回在情节内容上相互抵牾者不少。譬如,有人举例说,全书的结局按曹雪芹在第五回的预示,应是彻底败亡,"落了片白茫茫大地真干净";但程高本却处理为"沐皇恩","延世泽","兰桂齐芳","家道复初"。其实,所谓"沐皇恩"等也可能是曹雪芹的障眼法,未必便与"落了片白茫茫大地真干净"相矛盾。而且,这种写法也很使人想起《金瓶梅》中的玳安。玳安原只是西门庆的贴身小厮,有点像西门庆的影子;西门庆死后,由于孝哥出家了,他竟得以改名西门安,作为继子承接了西门庆的家业,号称"西门小员外"。虽然《金瓶梅》末回对此仅有十分简单的交代,但想来也有些家道复初的意思吧。《红楼梦》前八十回每每喜欢借鉴《金瓶梅》的写法,后四十回的结局也不至于全无借鉴吧。

三者,是认为前后两部分所写人物的思想性格也有矛盾。譬如,有人举例说,前八十回,宝玉是不爱读书的,但后四十回中,宝玉不仅去应试,还中了举人;前八十回,林妹妹是不劝宝玉读书的,后四十回竟也劝宝玉用心于读书和科举了。其实,这也是过于简单化的理解,将一个性格丰富而活泼的人看做死板一块。譬如,说到宝玉的性格,小说第五十二回,写宝玉要出门去看望舅父王子腾,前呼后拥的有奶兄李贵和周瑞、钱启等六人。这时:

> 宝玉在马上笑道:"周哥,钱哥,咱们打这角门走罢,省得到了老爷的书房门口又下来。"周瑞侧身笑道:"老爷不在家,书房天天锁着的,爷可以不用下来罢了。"宝玉笑道:"虽锁着,也要下来的。"

宝玉既有这样的孝敬心肠,日后到科场考取功名以报父母养育之恩,又有什么难以理解的呢?至于黛玉的性格,在小说第四十二回,当宝钗教育黛玉,说了一番不该读杂书的道理后,曹雪芹写道:"一席话,说的黛玉垂头吃茶,心下暗伏,只有答应'是'的一字。"可见前八十回中,黛玉对读书的态度也是复杂的。在小说第八十二回,当宝玉对着黛玉批评代圣贤立言的八股文章,黛玉回答说:

> 我们女孩儿家虽然不要这个,但小时跟着你们雨村先生念书,也曾看过。内中也有近情近理的,也有清微淡远的。那时候虽不大懂,也觉得好,不可一概抹倒。况且你要取功名,这个也清贵些。

在这里,黛玉虽说了四书一类书籍"不可一概抹倒",但这不也等于说其中有些内容也还是可以抹倒的吗?且黛玉此时劝宝玉读书,也不是没缘由的:主要是寄人篱下,而抄检大观园后,王夫人也淫威愈盛。所以小说随后写宝玉回到怡红院:

> 宝玉道:"今日有事没有?"袭人道:"事却没有。方才太太叫鸳鸯姐姐来吩咐我们:如今老爷发狠叫你念书,如有丫鬟们再敢和你顽笑,都要照着晴雯司棋的例办。我想,服侍你一场,赚了这些言语,也没什么趣儿。"说着,便伤起心来。

而我们想一想,在大观园里,和宝玉玩笑最多、闹出事情最多的,哪里是袭人一干人,岂不正以黛玉、晴雯为著吗?为了突出黛玉受到的惊吓,小说此回的后半回还特意描写林黛玉做了一场噩梦,写她梦到要被接回南方给继母的亲戚做续弦。而在这段情节中,小说着力描写了贾母,邢、王二夫人及凤姐的冷酷无情,以致梦醒之后,黛玉竟咳出血来。这实际也还是在交代黛玉为什么要劝宝玉读书,竟然也开始说混账话了。——她实在是预感到了危险,因此那些话说出来,也是违心的。在这个地方,也就见出作者描写人物性格,没有简单化的处理,乃是很真实的。且小说第七十九回,黛玉就曾谓宝玉:"我劝你把脾气改改罢,一年大二年小……",这也正可以看作是第八十二回的伏笔。

与黛玉"清贵"之说可成对照的,是小说第十六回,秦钟临终留给宝玉的话:

> 以前你我见识自为高过世人,我今日才知自误了。以后还该立志功名,以荣耀显达为是。

这也是劝宝玉走清贵之路的意思,看起来也不甚合乎二人以往的性格;但秦钟这么说,也是有缘由的。一是他的魂魄刚在阴间体会了无权无势的苦楚;一是他担心宝玉不悔改,很可能遭受到更多的艰辛。秦钟的这段遗言,多见于早期的抄本,而程高本反倒是没有的。庚辰本的侧批且谓:"此刻无此二语,亦非玉兄之知己";眉批更谓:"观者至此,必料秦钟另有异样奇语,然却只以此二语为嘱。试思若不如此为嘱,不但不近人情,亦且太露穿凿。读此则知全是悔迟之恨。"秦钟的遗言是"近人情"的,黛玉的"清贵"之说又何尝不是"近人情"的呢!

值得一提的是,小说的后四十回,一边写宝钗出嫁,一边写黛玉恨恨而死,据此,也有人批评后四十回只知道用对比构成戏剧性反差,手法平庸而低劣。其实,小说第十六回,一边写"贾元春才选凤藻宫",一边写"秦鲸卿夭折黄泉路",这不也是对比吗?甲戌本的回批就指出:"贾府连日热闹非常,宝玉无见无闻","极热闹极忙中,写秦钟夭逝,可知除'情'字,俱非宝玉正文。"又如,此回写宝玉获报秦钟快不中用了,"急的满厅乱转",而贾母却吩咐:"到那里尽一尽同窗之情就回来,不许多耽搁了。"而这,不也是两种人生观的对比吗?只可惜作者写得风行水上,自然成纹,很多人却也就忽略过去了。事实上,类似的对比性质的情节与文字在《红楼梦》中几乎随处可见。而且,也正是在对比中,才使得作者的某些思想、某些批判,表达得更加婉转,也更加有力。譬如,贾元春才选凤藻宫这样的事儿,宝玉为何不乐呢?看看此回所写凤姐的龌龊勾当,看看秦钟在阴间所遭所感也就不难知晓。此等心传神会之意,正由对比中显出,一时省却多少文字!

一般来说,否认后四十回基本为曹雪芹所作的人,都喜欢根据前八十回的一些线索以及脂砚斋的某些批语来推测后四十回的情节发展,这种学问被称为探轶学。如果后四十回果为雪芹所作，那么探轶的乐趣也就大打折扣了。其实，一部文学作品，就算一个人所作，前后有不一致的地方，也是可能的。而《红楼梦》经过曹雪芹多次糅合、改编，每一次改编，都可能留有内容上的矛盾；更何况高鹗"补缀"时，也难免会将自己的思想意识掺杂进去呢。我们如今只就百二十回本来讨论《红楼梦》的内容与思想，等将来有了新发现，再作另作讨论也是不迟的。

二 思想与内容

《红楼梦》这部书到底要写什么，由于小说本身内涵的丰富，人们的认识也很不一致。鲁迅《〈绛花洞主〉小引》说，在《红楼梦》中，"经学家看见《易》，道学家看见淫，才子看见缠绵，革命家看见排满，流言家看见宫闱秘事。"这确是实情，也显示了这部小说思想内容的复杂性。从小说第一回所言来看，这部书的创作好像原是为了哀悼作者所敬爱的几个女子。而宝玉在太虚幻境所品"千红一窟"茶，所饮"万艳同杯"酒，《红楼梦》原曾题为《金陵十二钗》，也都证明着这一点。不过，这种意旨虽然有，但恐怕并不是最主要的创作命意。小说第一回，记载甄士隐遭难之后，说他：

> 可巧这日拄了拐杖挣挫到街前散散心时，忽见那边来了一个跛足道人，疯癫落脱，麻屣鹑衣，口内念着几句言词，道是：
> 世人都晓神仙好，惟有功名忘不了。
> 古今将相在何方？荒冢一堆草没了！
> 世人都晓神仙好，只有金银忘不了。
> 终朝只恨聚无多，及到多时眼闭了！
> 世人都晓神仙好，只有娇妻忘不了。
> 君生日日说恩情，君死又随人去了！
> 世人都晓神仙好，只有儿孙忘不了。
> 痴心父母古来多，孝顺儿孙谁见了？
> 士隐听了，迎上来道："你满口说些什么？只听见些'好''了''好''了'。"那道人笑道："你若果听见'好''了'二字，还算你明白。可知世上万般，好便是了，了便是好。若不了，便不好；若要好，须

是了。我这歌儿便名《好了歌》。"士隐本是有宿慧的,一闻此言,心中早已彻悟。因笑道:"且住!待我将你这《好了歌》解注出来何如?"道人笑道:"你解,你解。"士隐乃说道:

> 陋室空堂,当年笏满床;衰草枯杨,曾为歌舞场。蛛丝儿结满雕梁,绿纱今又糊在蓬窗上。说什么脂正浓、粉正香,如何两鬓又成霜?昨日黄土陇头送白骨,今宵红灯帐底卧鸳鸯。金满箱,银满箱,展眼乞丐人皆谤。正叹他人命不长,那知自己归来丧!训有方,保不定日后作强梁。择膏粱,谁承望流落在烟花巷!因嫌纱帽小,致使锁枷扛;昨怜破袄寒,今嫌紫蟒长:乱烘烘你方唱罢我登场,反认他乡是故乡。甚荒唐,到头来都是为他人作嫁衣裳!

> 那疯跛道人听了,拍掌笑道:"解得切,解得切!"士隐便说一声"走罢!"将道人肩上褡裢抢了过来背着,竟不回家,同了疯道人飘飘而去。

这一段,我以为是真正的点题之笔。所谓"好便是了,了便是好。若不了,便不好;若要好,须是了",其实便是在宣告旧的某些事物应该死去,新的事物应该产生之意。所谓旧的,即是当时理学思想下礼教对社会与人生的种种规定与引导,也就是世俗所认为"好"者。作者所怜惜的几个女子也正是在人们的"好"的观念与"好"的追求中被侮辱与被损害的。所以批判礼教的"好"应该"了",乃是全书最基本的思想格调。作者之所以说这部书是为几个闺阁女子而作,一方面是因为,旧的时代,女性更容易陷入不幸,至少较之男子更多一种可称为"夫权"的迫害;另一方面是因为,女孩子旧时受礼教教育较少,纯洁无暇,因而更容易引发作者的同情。

曹雪芹的卓越之处,不仅在于他能对当日礼教下被侮辱与被损害的人报以深切的同情;而且在于他看到了当日的礼教之所以能够害人,就在于礼教将人束缚在各种尊卑伦常中,使得人无论在家庭生活中还是在社会生活中都丧失了人格的独立与平等;而正因为不独立、不平等,所以人们才无法自由地追求并维护自身的幸福。需要指出的是,在礼教的制度与思想里,并非只有底层人民才是受束缚的;其实情是,人人都处在尊卑等级的阶梯之中，向下可以压迫也可以不压迫，但向上则只能逆来顺受。就算是皇帝，在人间地位最高了，可头顶还有一个天，所以也是难以自主的。在这样一种情况下，人性不被扭曲，个性不被束缚，是不可能的。曹雪芹所生活的清代是我国历史上礼教最为僵化也最无生气的时代。曹雪芹所直接批判的，也正是当时礼教生活中害人匪浅的奴才意识与等级观念。

不过，曹雪芹虽然看到了当日礼教生活的不合理性，但他看不到如何改变这一不合理的现实，也想不出如何建立一个人格平等、个性舒张的社会。他虽然借着林黛玉的口质问："天尽头，何处有香丘？"但他自己回答不了。于是在小说的最后，他只好让自尝了礼教苦果的王夫人等人在贾府中苟延残喘；让他自尊自爱的女主人公泪尽而逝；让他爱博而心劳的男主人公撒手而去，回归大荒。自然，小说中也写了不少佛道的内容，但曹雪芹并不像其他作者那般将二者看作人生获得解脱的真正出路。譬如，对于贾敬在玄真观吞金服砂不仅没成仙而且死得很惨一事，小说直接指出，贾敬的做法"总属虚诞"。妙玉是自幼就躲到尼姑庵里修行了，但最终竟也未得善终，以至于作者要用"欲洁何曾洁"来感慨她的命运。在小说中，当宝玉参禅悟道时，不仅宝钗批评他，连黛玉也嘲笑他。小说第七回，周瑞家的曾说管各庙月例银子的人是馀信，脂批就指出其名字正是"愚信"的谐音。曹雪芹与苏东坡一样，对人生的种种物质享受与精神欢乐乃是非常喜爱和留恋的。他既不是禁欲主义者，也不是虔诚的宗教徒。全书以茫茫大士和渺渺真人携石头入世开始，以二人携宝玉离去做结，不过是要说明：那昌明隆盛之邦、诗礼簪缨之族、花柳繁华地、温柔富贵乡的一切美好事物，不过是令人感伤的一场梦幻罢了。柳絮是美的，只能随风而舞；金玉是好的，却终将沉陷在淖泥之中。作者怜惜梦境中女儿们纯真至诚的美，又感伤梦境中这一切美好的事物决然逃不掉被扭曲、被毁灭的命运。他很希望这些美好事物不是梦，是真实的；他也希望大观园不要被毁灭，要永存，但大观园毕竟荒芜了，终究是人去楼空。于是作者又在天上创造了一个太虚幻境来自我慰藉，但既然自云是"太虚幻"，也就说明连作者自己也不相信会有这样一个美好的世界存在。在此处，也就看得出作者是何等的绝望；也就不难了解，他竟是怎样的孤独了。小说最后一回，写贾政在金陵既安葬了贾母，又接到宝玉和贾兰科举得中的喜讯，非常欢喜，于是日夜往回赶：

> 一日，行到毗陵驿地方，那天乍寒下雪，泊在一个清净去处。贾政打发众人上岸投帖辞谢朋友，总说即刻开船，都不敢劳动。船中只留一个小厮伺候，自己在船中写家书，先要打发人起早到家。写到宝玉的事，便停笔。抬头忽见船头上微微的雪影里面一个人，光着头，赤着脚，身上披着一领大红猩猩毡的斗篷，向贾政倒身下拜。贾政尚未认清，急忙出船，欲待扶住问他是谁。那人已拜了四拜，站起来打了个问讯。贾政才要还揖，迎面一看，不是别人，却是宝玉。贾政吃一大惊，忙问道："可是宝玉么？"那人只不言语，似喜似悲。贾政又问道："你若是宝玉，如何这样打扮，跑到这里？"宝玉未及回言，只见舡头上来了两人，一僧一道，夹住宝玉说道："俗缘已毕，还不快走。"说着，三个人飘然登岸而去。贾政不顾地滑，疾忙来赶。见那三人在前，那里赶得上。只听得他们三人口中不知是那个作歌曰：
>> 我所居兮，青埂之峰。
>> 我所游兮，鸿蒙太空。
>> 谁与我游兮？吾谁与从。
>> 渺渺茫茫兮，归彼大荒。
> 贾政一面听着，一面赶去，转过一小坡，倏然不见。贾政已赶得心虚气喘，惊疑不定，回过头来，见自己的小厮也是随后赶来。贾政问道："你看见方才那三个人么？"小厮道："看见的。奴才为老爷追赶，故也赶来。后来只见老爷，不见那三个人了。"贾政还欲前走，只见白茫茫一片旷野，并无一人。

从三人的歌辞来看，宝玉最后的归处，既曰青埂，又曰大荒。所谓青埂，情根也，乃天地所成之物。这实际也就在暗示：人的真情，乃是天地所赋，既不是空的，也不是恶的。小说第五回，警幻仙子就曾指出宝玉的"意淫"乃是"天分中生成一段痴情"。宝玉是在青埂峰由女娲锻炼而成的，最后又回到青埂峰，这大概也是在强调：只有自然而真实的情

感,才是人的出发点,也才是人的最终归宿。在小说的这一回的后文,贾雨村向甄士隐请教贾府女儿为何大多结局不好,甄士隐说道:

> 老先生莫怪拙言,贵族之女俱属从情天孽海而来。大凡古今女子,那"淫"字固不可犯,只这"情"字也是沾染不得的。所以崔莺苏小,无非仙子尘心;宋玉相如,大是文人口孽。凡是情思缠绵的,那结果就不可问了。

甄士隐的这段话,也属于曹雪芹惯用的明贬实褒的写法:明是说"情"不可沾,实际却是批判贾府那种世界,是容不下真情的;正因为容不下,所以众女儿或被扭曲,或被毁灭,而宝玉也只能离开,回归到自然的怀抱中。杜甫的《新安吏》曾感慨:"眼枯即见骨,天地终无情。"曹雪芹大概相信天地终是有情的,如果不相信,也就不会拟出青埂峰、灌愁海这样的名目;也就不必创作这一部悲金悼玉的《红楼梦》了。

小说的第一回便自云是"大旨谈情"。其所谓"情"自然包括了人最普通的情感和欲望;但更重要的,则是一种追求人格平等与个性舒张的思想情怀。在《红楼梦》中,有关宝、黛恋爱的描写最能体现曹雪芹关于人生与人性的这种理想;并且,由于曹雪芹把宝、黛的爱情建立在人格平等、个性舒张的共同追求上,也就使得《红楼梦》关于宝、黛恋爱的描写,在我国文学史上具有里程碑式的伟大意义。

在《红楼梦》之前,我国爱情文学的重心主要在于描写恋爱者与外部阻力的斗争以及相爱的真挚与坚贞,《孔雀东南飞》《西厢记》以及汤显祖的《牡丹亭》无不如此。至于为什么爱,则不甚明朗。典型的如《牡丹亭》,杜丽娘梦中偶遇柳梦梅,便以身相许,成了露水夫妻;虽然汤显祖凭此突出了杜丽娘的"情",但"情"因何而生,他却不愿深究了。倒是宋代王安石的《明妃曲》其二,在歌咏王昭君时提出了"人生乐在相知心"的口号。这自然是有意义的。不过,王安石所说的"相知心",是从男性世界的"士为知己者死"引申来的,其实也不过是"女为悦己者容"的另一种说法,对思想的关涉并不多。倒是明末的爱情文学出现了一些新的气象。譬如冯梦龙《醒世恒言》中的《卖油郎独占花魁》,通过卖油郎对花魁的体贴、尊重而后赢得花魁的芳心,歌咏了互相尊重人格的爱情观念。不过,其爱情描写仍不能与《红楼梦》相比。因为:第一,古代礼不下庶人,在冲击礼教束缚方面,市井细民与娼妓的爱情本不足与王侯将相家的爱情同日而语。第二,《卖油郎独占花魁》以卖油郎最终与生父重逢、其养父母即花魁之双亲结尾,艺术上还是旧的套路,感染力不强。第三,最重要的是,卖油郎与花魁的爱情还不是建立在共同的思想信仰上。卖油郎喜欢花魁,主要还是喜欢其容貌;花魁嫁给卖油郎,主要在于卖油郎爱护她,而她最初还曾嫌弃卖油郎出身卑贱。与《卖油郎独占花魁》相比,明末孟称舜的传奇剧《娇红记》写的倒确实是礼教之家的爱情故事,而且颇受一些论者的称赞,甚至被视为《红楼梦》的先驱。剧中女主人公王娇娘一方面主张"自求良偶",一方面又将良偶的标准定为"同心",而且她既不羡慕富贵,也不热衷功名。她的这种思想状况,与曹雪芹笔下宝玉和黛玉的思想无疑是十分接近的。不过,如果将《娇红记》的爱情描写抬高到《红楼梦》的高度,却是很不合适的。至少从剧情来看,王娇娘所谓"自求良偶"还不能不堕落为偷情密约,而所谓"同心"也还不过是能一心厮守终生之意。在此剧的第四出,王娇娘自云:"昨于堂上瞥遇申生,相其才貌,良可托以终身";而申纯一见娇娘,也便魂飞魄扬地陷入相思之中。由此可见,他们的爱情还依旧重在郎才女貌,其描写也仍不脱才子佳人文学的老路。此外,虽然王娇娘和申纯都将爱情看得重于科举,但他们却也并不明确地反对科举与仕途经济。这些局限也就使得《娇红记》的思想与《红楼梦》所形成的突破不能比。

《红楼梦》中的宝、黛恋爱,其描写几乎继承了以往爱情文学的全部优点,同时又将其推上了新的高度。较之前人,宝、黛的恋爱是真正地摒弃了功名富贵,也彻底地突破了郎才女貌的窠臼,而惟将共同的思想情趣与人生信仰当作恋爱的基础。同时由于宝、黛二人都信奉人格平等,都向往个性舒张,因而也就使得二人的恋爱具有高度的理想主义情怀,在整个人类婚恋史上,至今仍具有不可磨灭的光辉。

我们先来看宝、黛不愿意做奴才的种种表现。

其一,他们都不赞成当时统治者提倡的读书科举、八股文章与仕途经济。

小说第三回,曹雪芹曾借两首《西江月》来揭示贾宝玉的叛逆性格:

无故寻愁觅恨，有时似傻如狂。纵然生得好皮囊，腹内原来草莽。　　潦倒不通世务，愚顽怕读文章。行为偏僻性乖张，那管世人诽谤！

富贵不知乐业，贫穷难耐凄凉。可怜辜负好韶光，于国于家无望。　　天下无能第一，古今不肖无双。寄言纨袴与膏粱：莫效此儿形状！

对于这两首词，甲戌本眉批写道："末二语最要紧。只是纨袴膏粱，亦未必不见笑我玉卿。可知能效一二者，亦必不是蠢然纨袴矣。"在这一回，曹雪芹还曾这样写宝、黛初见：

宝玉便走近黛玉身边坐下，又细细打量一番，因问："妹妹可曾读书？"黛玉道："不曾读，只上了一年学，些须认得几个字。"宝玉又道："妹妹尊名是那两个字？"黛玉便说了名，宝玉又问表字。黛玉道："无字。"宝玉笑道："我送妹妹一妙字，莫若'颦颦'二字极妙。"探春便问何出。宝玉道："《古今人物通考》上说：'西方有石名黛，可代画眉之墨。'况这妹妹眉尖若蹙，用取这两个字，岂不两妙！"探春笑道："只恐又是你的杜撰。"宝玉笑道："除《四书》外，杜撰的太多，偏只我是杜撰不成！"因又问黛玉："可也有玉没有？"众人都不解。黛玉便忖度着因他有玉，所以才问我有也无，因答道："我没有那个。想来那玉是一件罕物，岂能人人有的。"

宝玉听了，登时发作起痴狂病来，摘下那玉，就狠命摔去，骂道："什么罕物！连人之高低不择，还说'通灵'不'通灵'呢！我也不要这劳什子了！"吓的众人一拥，争去拾玉。贾母急的搂了宝玉道："孽障！你生气，要打骂人容易，何苦摔那命根子！"宝玉满面泪痕泣道："家里姐姐妹妹都没有，单我有，我就没趣；如今来了这们一个神仙似的妹妹也没有，可知这不是个好东西！"贾母忙哄他道："你这妹妹原有这个来的，因你姑妈去世时，舍不得你妹妹，无法处，遂将他的玉带了去了：一则全殉葬之礼，尽你妹妹之孝心；二则你姑妈之灵，亦可权作见了女儿之意。因此他只说没有这个，不便自己夸张之意。你如今怎比得他？还不好生慎重带上，仔细你娘知道了！"说着，便向丫鬟手中接来，亲与他带上。宝玉听如此说，想一想大有情理，也就不生别论了。

众所周知，玉石在古代具有两大象征意蕴。一是象征着功名富贵。如据《周礼》，周代不同等级的人所佩戴的玉石就已经各有规定。一是象征着古人的道德名分。至少，在孔子之时，就已经提倡君子比德于玉，所以玉石本身也代表着礼教所认可的各种人生要求。明乎此，我们再看小说的描写：宝、黛一相见，宝玉就把代表礼教等级名分，也代表自己特殊身份的玉石给砸了，而贾母却着急地说："你生气，要打骂人容易，何苦摔那命根子！"一方为了人，要摔碎了玉；一方却为了玉，允许随便打骂人。这其中的思想意蕴，还不够明白吗？当宝玉说出摔玉的原因，贾母马上就编出一套黛玉原也有玉的谎话，全不顾黛玉的心理感受，是人世间的平等与真情重要，还是人世间的等级与名分重要，岂不是已经在这里显出了对比？宝玉在这一回被贾母给"哄"了；后来娶宝钗，也是被贾母等人给"哄"了。贾宝玉就是在贾府中被人"哄"大的，最后也因看清楚了"哄"的吃人本质，才撒手而去。很显然，在当时最能"哄"人安于等级名分的，是统治者所提倡的程朱理学一类的东西。所以，在这一节，曹雪芹又借宝玉之口说道："除《四书》外，杜撰的太多，偏只我是杜撰不成！"众知，《四书》的思想差不多都是演绎五经的，而《四书》在科举时代的崇高地位也与程、朱等人的推崇及注释关系甚大。如果五经以及程、朱等人对《四书》的推崇与注释，这些属于《四书》之外者，也都是杜撰的，"哄"人的，那么，《四书》又算得了什么呢？可见，宝玉这句话表面上是肯定《四书》，实际上却是将《四书》五经以及附着其上的维护等级伦常、使人与人不得平等相处、不能依真情与个性而活着的各种理学说教全给请下了神坛。具有讽刺意味的是，宝玉刚批评完"除《四书》外，杜撰的太多"，贾母便随即杜撰出一套林黛玉原也有玉的故事来"哄"他重新把"通灵宝玉"佩挂起来；并且威胁说："仔细你娘知道了！"哄骗与威胁，不也正是一切反动统治者对待叛逆者的办法吗？在宝、黛初见这样重大的小说关节，曹雪芹写了这样的内容来展示两种人生观的对立，手法是婉转而含蓄的，但其创作意图也诚然是毋庸多言了。

平时的宝玉，也确实不爱读科举用书。小说第九回，贾政曾叮嘱宝玉的跟班转告学里的太爷，教宝玉，"先把《四书》一气讲明背熟，是最要紧的"。可见至此时，宝玉也没有好好学习过《四书》。到了小说第八十二回，宝玉确实开始认真学《四书》等科举之书了，但是对《论语》所载，孔子所谓"吾未见好德如好色者也"，他却依旧不甚认同。宝玉所爱的是杂学旁收，诸如《西厢记》《牡丹亭》，这些才是他所喜欢的。他反对读书科举，也厌恶八股文章。他还把当时按照统治阶级要求读书上进的人称作是"全惑于功名二字"的"国贼禄鬼"，把薛宝钗、史湘云劝他走"仕途经济"的话斥为"混账话"。他也不愿意结交权贵，对于官僚贾雨村更是常感厌烦。当然，他更著名的表现是直截了当地反对"文死谏、武死战"。据小说第三十六回记载，他的理论是：

> 还要知道，那朝廷是受命于天，他不圣不仁，那天也断断不把这万几重任与他了。可知那些死的都是沽名，并不知大义。

自然，宝玉也不是绝对地反对忠臣义士。譬如小说第七十七回，他就赞颂了诸葛亮和岳飞，可见他主要是反对为昏君尽忠。尽管如此，他的父亲还是担心他将来"弑君弑父"，企图索性先将他打死。

对宝玉这些叛逆，黛玉却是赞成的，也是支持的。小说第十六回，宝玉曾将北静王赐给的小玩意送她，她扔在一边，说："什么臭男人拿过的，我不要他。""臭男人"，这也可以看作林黛玉对一般权贵的意见，尽管北静王本人礼贤下士，并不摆主子的架子。小说的第三十六回讲及宝玉的心曲，更曾明确地交代："独有林黛玉自幼不曾劝他去立身扬名等语，所以深敬黛玉"，可见，在仕途经济方面，黛玉与宝玉乃是志同道合的。

其二，在爱情、婚姻方面，他们都向往《西厢记》中的崔、张与《牡丹亭》中的柳、杜，而不愿意遵从家长的安排，不愿意把婚恋当作是钱与权的交易。

为了突出这一点，曹雪芹还特意安排了宝玉和宝钗的"金玉良缘"

来与宝、黛之间的"木石前盟"相对照。所谓"木石前盟"是说：林黛玉的前世是西方灵河岸上三生石畔的一棵绛珠草，因得到贾宝玉的前世——赤瑕宫神瑛侍者日以甘露灌溉，遂得脱却草胎木质，修成个女体。因神瑛侍者投胎凡俗，她也降身红尘，欲以一生所有的眼泪还报侍者当年雨露之泽。由于"神瑛侍者"的"瑛"意为似玉的美石，所以他们之间的这段情感也就被小说第五回中的《红楼梦》曲词概括为"木石前盟"。很显然，小草是卑贱的；不消说，侍者的地位也并不高贵，所以在这个爱情神话里已经蕴含了卑贱者相互尊重、扶持与友爱的主题。曹雪芹将宝、黛的爱情概括为"木石前盟"，就是要揭示宝、黛爱情所具有的尊重弱小、发自真情的思想品质。与此相对应，宝钗和宝玉的婚姻关系则被《红楼梦》曲词概括为"金玉良缘"。这种姻缘代表的是财富与权势的结合，表明其婚姻主要是外在力量促成的，而不是源自内心的真情真爱。小说讴歌了"木石前盟"所代表的两情相悦，批判了"金玉良缘"的扼杀人性；讴歌了前者的纯真善良，批判了后者的虚伪冷酷。

值得一提的是，在小说中，黛玉最后为情而死，泪尽而逝，不消说，反抗是坚决的；但宝玉知道所娶者为宝钗后，却还是与宝钗过了一段夫妻生活，这是不是违背了叛逆者的思想性格呢？其实，也不是的。这一点，正是曹雪芹的高明之处。如果不让宝玉和宝钗过一段夫妻生活就让他一走了之，固然是坚决了，但又如何表现没有爱的婚姻的不幸呢？如果曹雪芹写他们夫妻关系和美，那才是思想与艺术的双重失败；但曹雪芹没有这么写，他写的是二人婚姻的无趣、无味、无聊。事实上，正是这一段描写，大大反衬出宝、黛恋爱的可贵可歌。另外，从现实情况说，黛玉已经没有什么亲人了，死并不是很难的选择；但贾宝玉还有许多直系的亲人在，他的羁绊更多，所以自然还得在凡间多停留一些时日。

再说宝、黛不愿意做主子的表现。这方面的事例就更多了。

在贾府，宝、黛都是主子，身边都有很多仆人丫鬟，而宝、黛对这些人，大都能尊重之，爱护之，以朋友之道对待之。黛玉与丫鬟紫鹃、雪雁能情同姐妹，这不消说了。比较引人注意的是薛家的丫头香菱想学诗，薛宝钗讥为得陇望蜀，而黛玉却主动愿为之师，全不顾这样做会让主张"女子无才便是德"的贾母和王夫人怎么想。当然，来贾府打秋风的刘姥姥曾被黛玉讥为"母蝗虫"，不过，这并不是因为刘姥姥身份卑贱，而是因为她先已自轻自贱，并不把自己当人看。况且，黛玉将贾母、王夫人等宴请刘姥姥说成是"携蝗大嚼"，虽是奚落刘姥姥，但其实不也将贾母和王夫人等人也讥讽了吗？晴雯身份比刘姥姥卑微，但她自尊心强，黛玉也就与她处得最好。只是，黛玉作为贵族小姐，所接触的人终是有限的；寄居贾府，也只是半个主子，所以她身上的平等意识也就不如宝玉表现得多，表现得鲜明。我们且看宝玉这方面的表现。

首先，宝玉不甚讲究嫡庶辈分之别。他的弟弟贾环虽是赵姨娘所生，并且一再搬弄是非，但他却都能忍让。小说第二十回写道：

> 宝玉走来……宝钗素知他家规矩，凡做兄弟的，都怕哥哥，却不知那宝玉是不要人怕他的。他想着："弟兄们一并都有父母教训，何必我多事，反生疏了。况且我是正出，他是庶出，饶这样还有人背后谈论，还禁得辖治他了！"

对于赵姨娘所生的探春，宝玉也与其相处得很好。秦钟是他的侄儿辈，他却要秦钟"不必论叔侄，只论兄弟朋友"。平素，他也不怎么在兄弟子侄面前耍威风。

其次，宝玉对贾府的下人也是没有主子谱的。小说第六十六回，小厮兴儿曾说他：

> 外头人人看着好清俊模样儿，心里自然是聪明的，谁知是外清而内浊，见了人，一句话也没有。所有的好处，虽没上过学，倒难为他认得几个字。每日也不习文，也不学武，又怕见人。只爱在丫头群里闹，再者也没有个刚柔。有时见了我们，喜欢时没上没下，大家乱顽一阵；不喜欢各自走了，他也不理人。我们坐着卧着，见了他也不理他，他也不责备。因此没人怕他，只管随便，都过的去。

文中的"刚柔"，有的本子作"刚气"。其实，作"刚柔"才更合乎当日主子们的人格特征。宝玉是没有这样的机心的。即使撞见茗烟和万儿私通，他也不道貌岸然地斥骂责罚，只是一面安慰万儿，表示自己不会说出去；一面批评茗烟对万儿不够用心。小说第三十一回还写道，晴雯白天失手损坏了扇子，宝玉叹曰"蠢材"，惹得晴雯反唇相讥。到了晚上，宝玉又来赔不是，拿扇子让晴雯撕着玩，并且说：

> 你爱这样，我爱那样，各自性情不同。比如那扇子原是扇的，你要撕着玩也可以使得，只是不可生气时拿他出气。就如杯盘，原是盛东西的，你喜听那一声响，就故意的碎了也可以使得，只是别在生气时拿他出气。这就是爱物了。

怡红院里，晴雯最没有奴才相，但她死了，宝玉写了"洒泪泣血，一字一咽"的《芙蓉女儿诔》来纪念她。宝玉身边最有奴才相的是袭人，结果偏这个袭人，被从没过过下人的宝玉踢了一脚。也偏偏是这个袭人，曾被林黛玉言语嘲谑。

尊重被侮辱与被损害着的卑微的人，是宝、黛的共同特征。如小说第六十九回写王熙凤明是一盆火暗是一把刀地算计尤二姐：

> 园中姊妹和李纨、迎春、惜春等人，皆为凤姐是好意，然宝、黛一干人暗为二姐担心。虽都不便多事，惟见二姐可怜，常来了，倒还都悯恤他。

再次，在社会交游方面，宝玉不喜欢结交达官显贵。唯一的例外是北静王。不过这个北静王也是没有主子谱的，对待寒士最能以师友之道相处。宝玉喜欢交游的，主要是蒋玉菡和柳湘莲这样社会地位卑微而又能自尊自爱、风流倜傥的人物。他甚至还曾帮助蒋玉菡逃离忠顺王府的控制，并由此惹来杀身之祸。

宝、黛的平等意识，最鲜明的还体现在对传统男尊女卑意识的反背。

在男女两性关系方面，小说第六十四回记载着，薛宝钗的观点是："自古道'女子无才便是德'，总以贞静为主。"她所谓的贞静，实质是主张女子安分地顺从男子，依照三从四德，在人格上自卑于男子。她的这种主张，是传统所鼓吹的；但在宝、黛心中却没有什么位置。

对女孩子,宝玉是最能低声下气,伏低做小的。当时贾府内外的人对他这一点颇多看法。贾政曾误以为他好色,当然不对;晴雯的嫂子说他有情有义,肯在女人身上用功夫,也只看到了表面。警幻仙子说他是天下第一淫人,送他"意淫"二字,称许他"今独得此二字,在闺阁中,固可为良友"。这才是切中肯綮的评价。宝玉对女孩子主要是抱持一种欣赏、尊重与爱护的心态,并且他还有一套说辞。小说第二回载,宝玉曾说过:

> 女儿是水作的骨肉,男人是泥作的骨肉。我见了女儿,我便清爽;见了男子,便觉浊臭逼人。

宝玉的这一论调,要结合他的另一观点才看得出其意义。据小说第五十九回,宝玉还曾说过:

> 女孩儿未出嫁,是颗无价之宝珠;出了嫁,不知怎么就变出许多的不好的毛病来,虽是颗珠子,却没有光彩宝色,是颗死珠了;再老了,更变的不是珠子,竟是鱼眼睛了。

可见宝玉肯定的是女儿,不是女人。为什么会如此呢?除了女子在少女时代最为美丽,主要的原因就应该是,未出嫁的少女思想最简单、最纯洁;嫁人之后,便如小说第七十七回所说,"染了男人的气味","混账起来",只存着一个富贵心,两只体面眼,当然也就没光彩了;待有了儿子,再用类似的混账思想教导儿子,自然就更不堪,当然是鱼眼睛了!宝玉说他见到女儿就觉得清爽,然而当宝钗劝他读书,湘云劝他会会为官做宰的以求日后有个朋友,他就不觉得清爽了。可见宝玉对女儿的爱,其实是在女儿身上寄托了远离礼教束缚的美好理想。所以,当他看到这些纯洁的女儿或这样地被扭曲,或那样地被毁灭,他才那样心痛,那样绝望,以致不能不弃红尘而远走。至于男人,虽说是"泥作的",但宝玉也并不是见了所有男人都觉得浊臭逼人,像北静王、柳湘莲、秦钟和蒋玉菡,他就极喜欢相处。为什么呢?就因为在这些人身上,也很少礼教的庸俗气味。

宝玉的女儿观及对待女儿的良友般的行为,黛玉是肯定和支持的。在进贾府之前,黛玉就听说宝玉喜欢在女孩儿堆中厮混,只当是浮浪子弟,非常鄙夷;及相处既久,认识到宝玉"意淫"的本质,便也就另眼相看了。小说第十九回写宝玉去看黛玉:

　　　　黛玉因看见宝玉左边腮上有钮扣大小的一块血渍,便欠身凑近前来,以手抚之细看,又道:"这又是谁的指甲刮破了?"宝玉侧身,一面躲,一面笑道:"不是刮的,只怕是才刚替他们淘漉胭脂膏子,蹭上了一点儿。"说着,便找手帕子要揩拭。黛玉便用自己的帕子替他揩拭了,口内说道:"你又干这些事了。干也罢了,必定还要带出幌子来。便是舅舅看不见,别人看见了,又当奇事新鲜话儿去学舌讨好儿,吹到舅舅耳朵里,又该大家不干净惹气。"宝玉总未听见这些话,只闻得一股幽香,却是从黛玉袖中发出,闻之令人醉魂酥骨。

　　据此可知,黛玉并不反对宝玉服侍女孩,而只是担心传到贾政耳中,"又该大家不干净惹气"。这"大家",自然主要指他们兄妹二人。
　　在小说第六十四回中,黛玉还创作了著名的组诗《五美吟》,感慨西施、虞姬、明妃、绿珠与红拂的人生遭遇。从咏西施与昭君的诗来看,林黛玉对女性不能掌握自己的命运是悲愤的。从咏红拂的诗来看,林黛玉对勇于把握自身命运、敢于和李靖私奔的红拂女是欣赏的。从咏虞姬的诗来看,林黛玉对勇于献身爱情的女子是赞美的。从歌咏绿珠的诗来看,林黛玉对绿珠跳楼自尽以报答石崇是极不赞成的,她写道:

　　　　瓦砾明珠一例抛,何曾石尉重娇娆。
　　　　都缘顽福前生造,更有同归慰寂寥。

据《晋书·石崇传》载:

　　　　崇有妓曰绿珠,美而艳,善吹笛。孙秀使人求之。……崇竟不许。秀怒,乃劝(赵王)伦诛崇、建。崇、建亦潜知其计,乃与黄门郎潘岳阴劝淮南王允、齐王同以图伦、秀。秀觉之,遂矫诏收崇及潘岳、欧阳建等。崇正宴于楼上,介士到门。崇谓绿珠曰:"我今为尔得罪。"绿珠泣曰:"当效死于官前。"因自投于楼下而死。崇曰:"吾不过流徙交、广耳。"

　　绿珠因为节烈,历来受到后世文人骚客的赞美。然而据《世说新语》的记载,石崇曾因客人不饮酒,而将劝酒的婢女连斩数人。林黛玉诗中说"何曾石尉重娇娆",指的也正是这一类的事情。像石崇这样的男子,根本不懂得尊重女性、爱护女性,哪里值得绿珠那样决绝地回报呢! 这便是林黛玉的意见。由此也就看得出,林黛玉在男女之间,求的是对等的尊重与真爱,而反对女子无条件地追随男子。也许有人会说,石崇至少对绿珠还是不错的。是的,石崇对绿珠确实是不错的;但正因为石崇对绿珠本人还算不错,而林黛玉依旧反对绿珠以身为殉,这才反映出林黛玉所论并不是着眼于个人间的小恩小惠,而是就整个人伦之大本发出了不平之鸣。更何况,从绿珠跳楼后石崇的言谈来看,他甚至连一声叹息都没有。绿珠对于石崇,不过是一个舍不得送人的玩物罢了。

　　在反对人与人相互压迫,追求人格平等及个性舒张方面,宝、黛是心气相通的。不过,表现在为人处事上,他们却也有一些差异。用脂砚斋的批语来概括,则黛玉是"情情"的,而宝玉却是"情不情"的。换言之,宝玉对那些与他无情的人,他也以有情待之;而黛玉则是谁对她有情,她对谁有情。这看起来很相反,但实际上却恰恰是两人追求平等人格的反映。因为这种不同,主要是二人身份不同造成的。宝玉是主子,未来贾府的继承人,别人对他无情,正显示了这些人的自尊自爱;而宝玉对他们报之以情,也正显示了宝玉对他们人格的尊重。黛玉是寄人篱下者,别人对她无情,她要是有情,那就近乎谄媚,只有保持淡然,才是自尊自重的体现。反之,别人尊重她,爱护她,对她有情,其实也就含有尊重她人格的意味,所以她也就容易感动,而亦报之以情了。由于宝玉"情不情",所以宝玉为人处世看起来很宽和;由于"情情",黛玉的性格看起来就不免有些"尖刻"。然而,宽和的宝玉为何会爱上"尖刻"的黛玉呢? 这原因不在别处,就在于黛玉的"尖刻"中,含有对尊卑伦常的否定,含有人与人平等相处、真情相待的理想精神。黛玉起初与宝钗合不来,用她自己的话说,也正因为素日里怀疑宝钗"藏奸",做人不用真情。宝钗和宝玉、黛玉是不同的。她原先也调皮,也杂学旁收,而且心也是热的;后来服了冷香丸,也就变化了。书中说她"恁是无情也动人"。宝钗与人相处也不是一点情感也没有,只是她的情总是服从于利,所以也就与宝、黛成了截然相反的两种人。

　　总而言之,在宝、黛身上,寄托了曹雪芹追求人格平等、个性舒张的人生理想。曹雪芹的这种思想的形成,原因自然是多方面的。从社会发展方面说,明中叶以来,市民经济的逐渐发达早已助成着个性解放的潮流;而且还涌现出不少杰出的女性的诗人、词人以及通俗文艺的作者。袁枚与曹雪芹同时代,不仅招收了五十多位女学生,而且在1796年,还为她们出版了《随园女弟子诗》。这就说明曹雪芹推尊女性地位,不是偶然的,而是有一定的社会发展为基础。从个人经历方面说,曹雪芹大概是受他们曹家败落的影响,因而认识到旧政治旧礼教的吃人本质。从思想源流方面说,曹雪芹深受庄子、阮籍和苏东坡的影响。自然,影响他最大的,是明代王学左派的思想。王即王阳明,他发明心学,主张致良知;而他的学生泰州人王艮发展了他的思想,形成王学左派。左派中,颜钧、何心隐、罗汝芳、李贽诸人多出身卑贱,更进一步发展了王艮的平等思想而成为旧礼教的叛逆者。譬如,何心隐从颜钧学习王艮的"立本之旨",不仅放弃功名,主张自由讲学,还公然背叛五伦之教,舍弃君臣、父子、兄弟、夫妇之义,而把没有血缘连结的师友作为人伦的首要关系。他的《论友》竟然倡言:

　　　　天地交曰泰,交尽于友也;友秉交也,道而学尽于友之交也。

　　对于何心隐的这一观念,李贽在《何心隐论》中秉持特别欣赏的态度。黄宗羲《明儒学案》卷三十二《泰州学案》也称颂其说:"掀翻天地,前不见古人,后不见来者。"至于李贽,也有许多突破传统的议论。如其《读书乐并引》放言:

　　　　天幸生我大胆,凡昔人之所忻艳以为贤者,余多以为假,多以为迂腐不才而不切于用;其所鄙者、弃者、唾且骂者,余皆以为可托国托家而托身也。其是非大戾昔人如此,非大胆而何?

在人格问题上,李贽主张"圣人"与"凡人"平等,并且反对所谓贵贱之别。其《答耿中丞》主张:"夫天生一人,自有一人之用,不待取给于孔子而后足也。"其《老子解》更谓:

> 侯王不知致一之道与庶人同等,故不免以贵自高。……人见其有贵有贱,有高有下,而不知其致之一也,曷尝有所谓高下贵贱者哉?

不惟如此,李贽还主张男女平等。他不仅作《答以女人学道为短见书》,批评世俗以"男子之见尽长,女人之见尽短",还公然招收女弟子,向讲求男尊女卑的旧的礼教挑战。此外,他还倡导情感真率的生活。他不仅作《三教归儒说》,斥责假道学们"阳为道学,阴为富贵,被服儒雅,行若狗彘";而且还作了《童心说》,针锋相对地标举"童心",倡导真率而自然的生活。毫无疑问,王学左派的这些思想都对旧的礼教观念是巨大的突破。虽然李贽和其他左派思想家被当时的统治阶级目为狂人,但汤显祖的戏剧、冯梦龙的拟话本、吴敬梓的《儒林外史》以及曹雪芹的《红楼梦》却都是在他们的雨露恩泽下创作出来的。

在很大程度上,宝、黛二人的思想性格也正可以用李贽所倡导的"童心"来加以概括。不过,众所周知,李贽倡导的童心之说,也是有局限的。他虽然强调作文要有童心,但对八股文却并不反感;虽然批判假道学,但对圣贤以及孔子,却又抱以"从众"的态度,其《题孔子像于芝佛院》自云:"既从众而圣之,亦从众而事之。"作为文学世界中的叛逆者,宝、黛也有类似的一些弱点。至少,他们的反抗也不是很彻底的。为了报答父母养育之恩,宝玉最终还是去参加科考了;为了能取得贾母、王夫人等人的好感,黛玉后来竟然也开始说一些奉承话,并且也开始劝宝玉读书了。可能有人会说,这些情节主要出现在后四十回,并非曹雪芹原意。但从小说人物塑造来看,也未尝不可以将这些看作是人物性格的一种变化。况且,在前八十回中,宝、黛虽然两情相悦,都爱看《西厢记》,但他们依然希望能有家长为他们的婚事做主;而元妃省亲时,黛玉也曾作诗说:"盛世无饥馁,何用耕织忙。"林黛玉虽然是贵族小姐,不大了解贾府外社会生活的苦难,但在贾府中,饥馁的人就有不少,所以她的这种论调,不是奉承又是什么呢? 又如,在前八十回中,宝、黛虽皆看出尤二姐受到冷酷的迫害,但除了常到尤二姐那里说些体恤的话,却也并不敢对王熙凤等人的阴损有一点点的揭发。小说第三回,作者说宝玉"天下无能第一",这句话虽可以理解为反语,但确也有一些沉痛蕴含其中。事实上,由于宝、黛都是旧的礼教制度下的寄生者,这就决定了他们的反抗是软弱的,总会有一定的限度。林妹妹在"一年三百六十日,风霜刀剑严相逼"的情况下,为了成就和宝玉的婚事,有一些违心的奉承和变化,又有什么难以理解的呢?

不过,如果有人从私通的角度,批评宝、黛不如《西厢记》中的崔、张和《牡丹亭》中的柳、杜敢于大胆结合,是软弱的,这却是很肤浅的议论。因为宝、黛所追求的是个性的解放,而不是性的解放。他们超越前人的地方,正在于他们并不只是追求肉体欲望的满足,而是渴望精神情感的相知相悦。曹雪芹不肯写两个人私通,就是怕毁坏了两个人物的这种性格特征。人们不妨想想,那些旧礼教的受益者与维护者,他们是担心男女间的淫奔呢,还是更担心青年男女思想上的叛逆呢? 荣国府也好,宁国府也好,淫乱的事情还少吗? 袭人不也曾勾着宝玉偷试云雨吗,为何王夫人却不把她也撵出贾府? 贾琏和鲍二家的偷欢,贾母不也只是轻描淡写地说:"什么要紧的事! 小孩子们年轻,馋嘴猫儿似的,那里保得住不这么着。从小儿世人都打这么过的。"在这种情况下,描写宝、黛私通,又有什么叛逆性可言呢? 况且,在小说第一回,作者就曾评击:

更有一种风月笔墨,其淫秽污臭,屠毒笔墨,坏人子弟,又不可胜数。至若佳人才子等书,则又千部共出一套,且其中终不能不涉于淫滥,以致满纸潘安、子建、西子、文君,不过作者要写出自己的那两首情诗艳赋来,故假拟出男女二人名姓,又必旁出一小人其间拨乱,亦如剧中之小丑然。

他既有这等艺术批评,自然也就更不肯将宝、黛也写成才子佳人之流了。况且,小说中,宝、黛虽未私通,但司棋却是敢和心上人私通的人。这已足以表达对礼教的蔑视了，又有什么必要再描写宝、黛之间也有类似的事情呢。宝玉不责罚与万儿私通的茗烟，这岂不是比自家私通更能突显对于礼教的不以为然吗？毋庸多言，曹雪芹的这种情节安排，不仅显示了其艺术上的卓越；在思想上，也显示了他对心学末流肤浅与糜烂作风的反思与不屑。

对于寄托了曹雪芹理想的宝、黛恋爱，百二十回本的《红楼梦》大致用了四个阶段和两个高潮来加以表现。

第一阶段从第三回到第三十六回，这是宝、黛爱情的春天与夏天。在这些回目中，曹雪芹断断续续地描写了宝玉和黛玉的初恋与热恋。起先写宝玉年幼，"一片愚拙偏僻，视姊妹弟兄皆出一意，并无亲疏远近之别"（第五回），而后则写其稍长之后愈发看重黛玉，并重点描写了两人之间的互相试探与定情，通过定情凸显了两人共同的人生信仰，其高潮是宝玉挨打。关于两人的相互试探，如第二十三回写道：

> 那一日正当三月中浣，早饭后，宝玉携了一套《会真记》，走到沁芳闸桥边桃花底下一块石上坐着，展开《会真记》，从头细玩。正看到"落红成阵"，只见一阵风过，把树头上桃花吹下一大半来，落的满身满书满地皆是。宝玉要抖将下来，恐怕脚步践踏了，只得兜了那花瓣，来至池边，抖在池内。那花瓣浮在水面，飘飘荡荡，竟流出沁芳闸去了。回来只见地下还有许多。
>
> 宝玉正踟蹰间，只听背后有人说道："你在这里作什么？"宝玉一回头，却是林黛玉来了，肩上担着花锄，锄上挂着花囊，手内拿着花帚。宝玉笑道："好，好，来把这个花扫起来，撂在那水里。我才撂了好些在那里呢。"林黛玉道："撂在水里不好。你看这里的水干净，只一流出去，有人家的地方脏的臭的混倒，仍旧把花遭塌了。那畸角上我有一个花冢，如今把他扫了，装在这绢袋里，拿土埋上，日久不过随土化了，岂不干净。"
>
> 宝玉听了喜不自禁，笑道："待我放下书，帮你来收拾。"黛玉道："什么书？"宝玉见问，慌的藏之不迭，便说道："不过是《中庸》《大学》。"黛玉笑道："你又在我跟前弄鬼。趁早儿给我瞧，好多着呢。"宝玉道："好妹妹，若论你，我是不怕的。你看了，好歹别告诉

别人去。真真这是好书！你要看了，连饭也不想吃呢。"一面说，一面递了过去。林黛玉把花具且都放下，接书来瞧，从头看去，越看越爱看，不到一顿饭工夫，将十六出俱已看完，自觉词藻警人，馀香满口。虽看完了书，却只管出神，心内还默默记诵。

宝玉笑道："妹妹，你说好不好？"林黛玉笑道："果然有趣。"宝玉笑道："我就是个'多愁多病身'，你就是那'倾国倾城貌'。"林黛玉听了，不觉带腮连耳通红，登时直竖起两道似蹙非蹙的眉，瞪了两只似睁非睁的眼，微腮带怒，薄面含嗔，指宝玉道："你这该死的胡说！好好的把这淫词艳曲弄了来，还学了这些混话来欺负我。我告诉舅舅舅母去。"说到"欺负"两个字上，早又把眼睛圈儿红了，转身就走。宝玉着了急，向前拦住说道："好妹妹，千万饶我这一遭，原是我说错了。若有心欺负你，明儿我掉在池子里，教个癞头鼋吞了去，变个大忘八，等你明儿做了'一品夫人'病老归西的时候，我往你坟上替你驮一辈子的碑去。"说的林黛玉嗤的一声笑了，揉着眼睛，一面笑道："一般也唬的这个调儿，还只管胡说。'呸，原来是苗而不秀，是个银样镴枪头。'"宝玉听了，笑道："你这个呢？我也告诉去。"林黛玉笑道："你说你会过目成诵，难道我就不能一目十行么？"

宝玉一面收书，一面笑道："正经快把花埋了罢，别提那个了。"

这段描写，写出了两人共同的思想情趣，但宝玉对黛玉的试探却不成功。于是第二十六回，就又有一番试探。书中写道：

宝玉信步走入，只见湘帘垂地，悄无人声。走至窗前，觉得一缕幽香从碧纱窗中暗暗透出。宝玉便将脸贴在纱窗上，往里看时，耳内忽听得细细的长叹了一声道："'每日家情思睡昏昏。'"宝玉听了，不觉心内痒将起来，再看时，只见黛玉在床上伸懒腰。宝玉在窗外笑道："为甚么'每日家情思睡昏昏'？"一面说，一面掀帘子进来了。

林黛玉自觉忘情，不觉红了脸，拿袖子遮了脸，翻身向里装睡着了。宝玉才走上来要搬他的身子，只见黛玉的奶娘并两个婆子却跟了进来说："妹妹睡觉呢,等醒了再请来。"刚说着,黛玉便翻身坐了起来,笑道："谁睡觉呢。"那两三个婆子见黛玉起来,便笑道："我们只当姑娘睡着了。"说着,便叫紫鹃说："姑娘醒了,进来伺候。"一面说,一面都去了。

黛玉坐在床上,一面抬手整理鬓发,一面笑向宝玉道："人家睡觉,你进来作什么?"宝玉见他星眼微饧,香腮带赤,不觉神魂早荡,一歪身坐在椅子上,笑道："你才说什么?"黛玉道："我没说什么。"宝玉笑道："给你个榧子吃!我都听见了。"

二人正说话,只见紫鹃进来。宝玉笑道："紫鹃,把你们的好茶倒碗我吃。"紫鹃道："那里是好的呢?要好的,只是等袭人来。"黛玉道："别理他,你先给我舀水去罢。"紫鹃笑道："他是客,自然先倒了茶来再舀水去。"说着倒茶去了。宝玉笑道："好丫头,'若共你多情小姐同鸳帐,怎舍得叠被铺床?'"林黛玉登时撂下脸来,说道:"二哥哥,你说什么?"宝玉笑道："我何尝说什么。"黛玉便哭道："如今新兴的,外头听了村话来,也说给我听;看了混账书,也来拿我取笑儿。我成了爷们解闷的。"一面哭着,一面下床来往外就走。宝玉不知要怎样,心下慌了,忙赶上来,"好妹妹,我一时该死,你别告诉去。我再要敢,嘴上就长个疔,烂了舌头。"

在第二十八回,宝玉曾正正经经要对黛玉"只说一句话"进行表白,结果表了一番亲近之情,却没有把这一句话说出来。在随后第二十九回中,两人又一次相互试探,结果形成轩然大波:

且说宝玉因见林黛玉又病了,心里放不下,饭也懒去吃,不时来问。林黛玉又怕他有个好歹,因说道:"你只管看你的戏去,在家里作什么?"宝玉因昨日张道士提亲,心中大不受用,今听见林黛玉如此说,心里因想道:"别人不知道我的心还可恕,连他也奚落起我来。"因此心中更比往日的烦恼加了百倍。若是别人跟前,断不能动这肝火,只是林黛玉说了这话,倒比往日别人说这话不同,由不得立刻沉下脸来,说道:"我白认得了你。罢了,罢了!"林黛玉听说,便冷笑了两声,"我也知道白认得了我,那里像人家有什么配的上呢。"宝玉听了,便向前来直问到脸上:"你这么说,是安心咒我天诛地灭?"林黛玉一时解不过这个话来。宝玉又道:"昨儿还为这个赌了几回咒,今儿你到底又准我一句。我便天诛地灭,你又有什么益处?"林黛玉一闻此言,方想起上日的话来。今日原是自己说错了,又是着急,又是羞愧,便颤颤兢兢的说道:"我要安心咒你,我也天诛地灭。何苦来!我知道,昨日张道士说亲,你怕阻了你的好姻缘,你心里生气,来拿我煞性子。"

原来那宝玉自幼生成有一种下流痴病,况从幼时和黛玉耳鬓厮磨,心情相对;及如今稍明时事,又看了那些邪书僻传,凡远亲近友之家所见的那些闺英闱秀,皆未有稍及林黛玉者,所以早存了一段心事,只不好说出来,故每每或喜或怒,变尽法子暗中试探。那林黛玉偏生也是个有些痴病的,也每用假情试探。因你也将真心真意瞒了起来,只用假意,我也将真心真意瞒了起来,只用假意。如此两假相逢,终有一真。其间琐琐碎碎,难保不有口角之争。

即如此刻,宝玉的心内想的是:"别人不知我的心,还有可恕,难道你就不想我的心里眼里只有你!你不能为我烦恼,反来以这话奚落堵我。可见我心里一时一刻白有你,你竟心里没我。"心里这意思,只是口里说不出来。那林黛玉心里想着:"你心里自然有我,虽有'金玉相对'之说,你岂是重这邪说不重我的。我便时常提这'金玉',你只管了然自若无闻的,方见得是待我重,而毫无此心了。如何我只一提'金玉'的事,你就着急,可知你心里时时有'金玉',见我一提,你又怕我多心,故意着急,安心哄我。"

看来两个人原本是一个心,但都多生了枝叶,反弄成两个心了。那宝玉心中又想着:"我不管怎么样都好,只要你随意,我便立刻因你死了也情愿。你知也罢,不知也罢,只由我的心,可见你方和我近,不和我远。"那林黛玉心里又想着:"你只管你,你好我自好,你何必为我而自失。殊不知你失我自失。可见是你不叫我近你,有意叫我远你了。"如此看来,却都是求近之心,反弄成疏远之意。如此之话,皆他二人素习所存私心,也难备述。

如今只述他们外面的形容。那宝玉又听见他说"好姻缘"三个字,越发逆了己意,心里干噎,口里说不出话来,便赌气向颈上抓下通灵宝玉,咬牙恨命往地下一摔,道:"什么捞什骨子,我砸了你完事!"

两个人明明知道对方的心,但都不放心,这是因为中间有个因宝钗到来而形成的"金玉良缘"之说横亘着。小说第三十回写道,这次风波之后,宝玉给黛玉赔了不是,然后一同去贾母处,结果又被宝钗奚落一顿,文笔也是很有趣的。那么,两人最后如何定情的呢? 从第三十二回到第三十四回,曹雪芹用了三回来写宝、黛定情。先是第三十二回写道:

> 有人来回说:"兴隆街的大爷来了,老爷叫二爷出去会。"宝玉听了,便知是贾雨村来了,心中好不自在。袭人忙去拿衣服。宝玉一面蹬着靴子,一面抱怨道:"有老爷和他坐着就罢了,回回定要见我。"史湘云一边摇着扇子,笑道:"自然你能会宾接客,老爷才叫你出去呢。"宝玉道:"那里是老爷,都是他自己要请我去见的。"湘云笑道:"主雅客来勤,自然你有些警他的好处,他才只要会你。"宝玉道:"罢,罢,我也不敢称雅,俗中又俗的一个俗人,并不愿同这些人往来。"湘云笑道:"还是这个情性不改。如今大了,你就不愿读书去考举人进士的,也该常常的会会这些为官做宰的人们,谈谈讲讲些仕途经济的学问,也好将来应酬世务,日后也有个朋友。没见你成年家只在我们队里搅些什么!"宝玉听了道:"姑娘请别的姊妹屋里坐坐,我这里仔细污了你知经济学问的。"袭人道:"云姑娘快别说这话! 上回也是宝姑娘也说过一回,他也不管人脸上过的去过不去,他就咳了一声,拿起脚来走了。这里宝姑娘的话也没说完,见他走了,登时羞得脸通红,说又不是,不说又不是。幸而是宝姑娘,那要是林姑娘,不知又闹到怎么样,哭的怎么样呢。提起这个话来,真真的宝姑娘叫人敬重,自己讪了一会子去了。我倒过不去,只当他恼了。谁知过后还是照旧一样,真真有涵养,心地宽大。谁知这一个反倒同他生分了。那林姑娘见你赌气不理他,你得赔多少不是呢。"宝玉道:"林姑娘从来说过这些混账话不曾? 若他也说过这些混账话,我早和他生分了。"袭人和湘云都点头笑道:"这

原是混账话。"

原来林黛玉知道史湘云在这里,宝玉又赶来,一定说麒麟的原故。因此心下忖度着,近日宝玉弄来的外传野史,多半才子佳人都因小巧玩物上撮合,或有鸳鸯,或有凤凰,或玉环金珮,或鲛帕鸾绦,皆由小物而遂终身。今忽见宝玉亦有麒麟,便恐借此生隙,同史湘云也做出那些风流佳事来。因而悄悄走来,见机行事,以察二人之意。不想刚走来,正听见史湘云说经济一事,宝玉又说,林妹妹不说这样混账话,若说这话,我也和他生分了。

林黛玉听了这话,不觉又喜又惊,又悲又叹。所喜者,果然自己眼力不错,素日认他是个知己,果然是个知己。所惊者,他在人前一片私心称扬于我,其亲热厚密,竟不避嫌疑。所叹者,你既为我之知己,自然我亦可为你之知己矣;既你我为知己,则又何必有金玉之论哉;既有金玉之论,亦该你我有之,则又何必来一宝钗哉!所悲者,父母早逝,虽有铭心刻骨之言,无人为我主张。况近日每觉神思恍惚,病已渐成,医者更云气弱血亏,恐致劳怯之症。你我虽为知己,但恐自不能久待;你纵为我知己,奈我薄命何!想到此间,不禁滚下泪来。待进去相见,自觉无味,便一面拭泪,一面抽身回去了。

这里宝玉忙忙的穿了衣裳出来,忽见林黛玉在前面慢慢的走着,似有拭泪之状,便忙赶上来,笑道:"妹妹往那里去?怎么又哭了?又是谁得罪了你?"林黛玉回头见是宝玉,便勉强笑道:"好好的,我何曾哭了。"宝玉笑道:"你瞧瞧,眼睛上的泪珠儿未干,还撒谎呢。"一面说,一面禁不住抬起手来替他拭泪。林黛玉忙向后退了几步,说道:"你又要死了!作什么这么动手动脚的!"宝玉笑道:"说话忘了情,不觉的动了手,也就顾不的死活。"林黛玉道:"你死了倒不值什么,只是丢下了什么金,又是什么麒麟,可怎么样呢?"一句话又把宝玉说急了,赶上来问道:"你还说这话,到底是咒我还是气我呢?"林黛玉见问,方想起前日的事来,遂自悔自己又说造次了,忙笑道:"你别着急,我原说错了。这有什么的,筋都暴起来,急的一脸汗。"一面说,一面禁不住近前伸手替他拭面上的汗。

宝玉瞅了半天,方说道"你放心"三个字。林黛玉听了,怔了半天,方说道:"我有什么不放心的?我不明白这话。你倒说说怎么放心不放心?"宝玉叹了一口气,问道:"你果不明白这话?难道我素日在你身上的心都用错了?连你的意思若体贴不着,就难怪你天天为我生气了。"林黛玉道:"果然我不明白放心不放心的话。"宝玉点头叹道:"好妹妹,你别哄我。果然不明白这话,不但我素日之意白用了,且连你素日待我之意也都辜负了。你皆因总是不放心的原故,才弄了一身病。但凡宽慰些,这病也不得一日重似一日。"

林黛玉听了这话,如轰雷掣电,细细思之,竟比自己肺腑中掏出来的还觉恳切,竟有万句言语,满心要说,只是半个字也不能吐,却怔怔的望着他。此时宝玉心中也有万句言语,不知从那一句上说起,却也怔怔的望着黛玉。两个人怔了半天,林黛玉只咳了一声,两眼不觉滚下泪来,回身便要走。宝玉忙上前拉住,说道:"好妹妹,且略站住,我说一句话再走。"林黛玉一面拭泪,一面将手推开,说道:"有什么可说的。你的话我早知道了!"口里说着,却头也不回竟去了。

宝玉站着,只管发起呆来。原来方才出来慌忙,不曾带得扇子,袭人怕他热,忙拿了扇子赶来送与他,忽抬头见了林黛玉和他站着。一时黛玉走了,他还站着不动,因而赶上来说道:"你也不带了扇子去,亏我看见,赶了送来。"宝玉出了神,见袭人和他说话,并未看出是何人来,便一把拉住,说道:"好妹妹,我的这心事,从来也不敢说,今儿我大胆说出来,死也甘心!我为你也弄了一身的病在这里,又不敢告诉人,只好掩着。只等你的病好了,只怕我的病才得好呢。睡里梦里也忘不了你!"袭人听了这话,吓得魄消魂散,只叫"神天菩萨,坑死我了!"便推他道:"这是那里的话!敢是中了邪?还不快去?"宝玉一时醒过来,方知是袭人送扇子来,羞的满面紫涨,夺了扇子,便忙忙的抽身跑了。

这一回,因为偶尔偷听到宝玉论混账话,黛玉终于对宝玉放心了,所以因起疑而来,其后竟安心地离去。林黛玉是放心地走了,袭人的心却掉进了"坑"里。和宝玉偷试云雨,她是不怕的;听了几句爱的肺腑之言,她却吓得半死:人世间还有比这更荒谬的吗!随后第三十三回,写宝玉因为同情并救助忠顺王府的琪官蒋玉菡而被打,这是宝、黛恋爱的高潮,写得极深刻极生动。在宝玉救助琪官这一事件上,贾政误以为宝玉流荡优伶,又担心他将来弑父弑君,所以要打杀宝玉。王夫人一边拦着一边哭,怀里抱的是宝玉,心中想的是贾珠,担心的则是贾政"今日越发要他死,岂不是有意绝我"。贾母也动了怒,但想的是贾政擅自主张,眼里没有自己。袭人满心委屈,觉得宝玉的不肖,让自己蒙羞含冤。到第三十四回,袭人看宝玉伤处,说的是:"你但凡听我一句话,也不得到这步地位。"随后宝钗来送药,点头叹道:"早听人一句话,也不至今日。别说老太太、太太心疼,就是我们看着,心里也疼。"刚说了半句又忙咽住,自悔说的话急了,不觉的就红了脸,低下头来。再后来,黛玉来了:

> 这里宝玉昏昏默默,只见蒋玉菡走了进来,诉说忠顺府拿他之事;又见金钏儿进来哭说为他投井之情。宝玉半梦半醒,都不在意。忽又觉有人推他,恍恍忽忽听得有人悲戚之声。宝玉从梦中惊醒,睁眼一看,不是别人,却是林黛玉。
>
> 宝玉犹恐是梦,忙又将身子欠起来,向脸上细细一认,只见两个眼睛肿的桃儿一般,满面泪光,不是黛玉,却是那个? 宝玉还欲看时,怎奈下半截疼痛难忍,支持不住,便"嗳哟"一声,仍就倒下,叹了一声,说道:"你又做什么跑来! 虽说太阳落下去,那地上的馀热未散,走两趟又要受了暑。我虽然捱了打,并不觉疼痛。我这个样儿,只装出来哄他们,好在外头布散与老爷听,其实是假的。你不可认真。"此时林黛玉虽不是嚎啕大哭,然越是这等无声之泣,气噎喉堵,更觉得利害。听了宝玉这番话,心中虽然有万句言语,只是不能说得,半日,方抽抽噎噎的说道:"你从此可都改了罢!"宝玉听说,便长叹一声,道:"你放心,别说这样话。就便为这些人死了,也是情愿的!"
>
> 一句话未了,只见院外人说:"二奶奶来了。"林黛玉便知是凤姐来了,连忙立起身说道:"我从后院子去罢,回来再来。"宝玉一把拉住道:"这可奇了,好好的怎么怕起他来。"林黛玉急的跺脚,悄悄的说道:"你瞧瞧我的眼睛,又该他取笑开心呢。"宝玉听说赶忙的放手。黛玉三步两步转过床后,出后院而去。

袭人、宝钗都希望宝玉改，但宝玉无言以对。等到黛玉也说"改了罢"，他却来了一句："你放心!"这不但是爱情的誓言，也是人生观的宣誓。再往后，宝玉支走袭人，却让晴雯拿了两条旧手帕去送给黛玉。在宝玉拿给黛玉的野史外传中，"鲛帕鸾绦"正常常是青年男女私定终身的信物。对此，晴雯是不大懂的:

　　晴雯道："这又奇了。他要这半新不旧的两条手帕子? 他又要恼了，说你打趣他。"宝玉笑道："你放心，他自然知道。"
　　晴雯听了，只得拿了帕子往潇湘馆来。只见春纤正在栏杆上晾手帕子，见他进来，忙摆手儿，说："睡下了。"晴雯走进来，满屋魆黑。并未点灯。黛玉已睡在床上。问是谁。晴雯忙答道："晴雯。"黛玉道："做什么?"晴雯道："二爷送手帕子来给姑娘。"黛玉听了，心中发闷："做什么送手帕子来给我?"因问："这帕子是谁送他的? 必是上好的，叫他留着送别人罢，我这会子不用这个。"晴雯笑道："不是新的，就是家常旧的。"林黛玉听见，越发闷住，着实细心搜求，思忖一时，方大悟过来，连忙说："放下，去罢。"晴雯听了，只得放下，抽身回去，一路盘算，不解何意。
　　这里林黛玉体贴出手帕子的意思来，不觉神魂驰荡:宝玉这番苦心，能领会我这番苦意，又令我可喜;我这番苦意，不知将来如何，又令我可悲;忽然好好的送两块旧帕子来，若不是领我深意，单看了这帕子，又令我可笑;再想令人私相传递与我，又可惧;我自己每每好哭，想来也无味，又令我可愧。如此左思右想，一时五内沸然炙起。黛玉由不得馀意绵缠，令掌灯，也想不起嫌疑避讳等事，便向案上研墨蘸笔，便向那两块旧帕子上走笔写道:
　　眼空蓄泪泪空垂，暗洒闲抛却为谁?
　　尺幅鲛绡劳解赠，叫人焉得不伤悲!
　　其二
　　抛珠滚玉只偷潸，镇日无心镇日闲。
　　枕上袖边难拂拭，任他点点与斑斑。
　　其三

彩线难收面上珠，湘江旧迹已模糊，

窗前亦有千竿竹，不识香痕渍也无？

林黛玉还要往下写时，觉得浑身火热，面上作烧，走至镜台揭起锦袱一照，只见腮上通红，自羡压倒桃花，却不知病由此萌。

为了突出宝、黛定情的思想基础，在定情后，曹雪芹又用了两回，将"木石前盟"与"金玉良缘"作对比。第三十五回，小说写薛姨妈和宝钗来看望宝玉和贾母：

宝钗一旁笑道："我来了这么几年，留神看起来，凤丫头凭他怎么巧，再巧不过老太太去。"贾母听说，便答道："我如今老了，那里还巧什么。当日我像凤哥儿这么大年纪，比他还来得呢。他如今虽说不如我们，也就算好了，比你姨娘强远了。你姨娘可怜见的，不大说话，和木头似的，在公婆跟前就不大显好。凤儿嘴乖，怎么怨得人疼他。"宝玉笑道："若这么说，不大说话的就不疼了？"贾母道："不大说话的又有不大说话的可疼之处，嘴乖的也有一宗可嫌的，倒不如不说话的好。"宝玉笑道："这就是了。我说大嫂子倒不大说话呢，老太太也是和凤姐姐的一样看待。若是单是会说话的可疼，这些姊妹里头也只是凤姐姐和林妹妹可疼了。"贾母道："提起姊妹，不是我当着姨太太的面奉承，千真万真，从我们家四个女孩儿算起，全不如宝丫头。"薛姨妈听说，忙笑道："这话是老太太说偏了。"王夫人忙又笑道："老太太时常背地里和我说宝丫头好，这倒不是假话。"宝玉勾着贾母原为赞林黛玉的，不想反赞起宝钗来，倒也意出望外，便看着宝钗一笑。宝钗早扭过头去和袭人说话去了。

这是绘画中的皴染法，继续说明宝、黛已定情了。再有第三十六回，说得更直接了：

林黛玉因遇见史湘云约他来与袭人道喜，二人来至院中，见静悄悄的，湘云便转身先到厢房里去找袭人。林黛玉却来至窗外，隔着纱窗往里一看，只见宝玉穿着银红纱衫子，随便睡着在床上，宝钗坐在身旁做针线，旁边放着蝇帚子。

林黛玉见了这个景儿，连忙把身子一藏，手握着嘴不敢笑出来，招手儿叫湘云。湘云一见他这般景况，只当有什么新闻，忙也来一看，也要笑时，忽然想起宝钗素日待他厚道，便忙掩住口。知道林黛玉不让人，怕他言语之中取笑，便忙拉过他来道："走罢。我想起袭人来，他说午间要到池子里去洗衣裳，想必去了，咱们那里找他去。"林黛玉心下明白，冷笑了两声，只得随他走了。

这里宝钗只刚做了两三个花瓣，忽见宝玉在梦中喊骂说："和尚道士的话如何信得？什么是金玉姻缘，我偏说是木石姻缘！"薛宝钗听了这话，不觉怔了。忽见袭人走过来，笑道："还没有醒呢。"宝钗摇头。

黛玉是隔窗听语而获知宝玉之心的；宝钗也差不多，是通过宝玉的梦语知道了宝、黛的心。为了凸显宝、黛的心相知在何处，这一回，曹雪芹在宝玉梦语前，写贾母借口宝玉被打重了，又祭了星，准许他八月前不见外人：

> 那宝玉本就懒与士大夫诸男人接谈，又最厌峨冠礼服贺吊往还等事，今日得了这句话，越发得了意，不但将亲戚朋友一概杜绝了，而且连家庭中晨昏定省亦发都随他的便了，日日只在园中游卧，不过每日一清早到贾母王夫人处走走就回来了，却每每甘心为诸丫鬟充役，竟也得十分闲消日月。或如宝钗辈有时见机导劝，反生起气来，只说"好好的一个清净洁白女儿，也学的钓名沽誉，入了国贼禄鬼之流。这总是前人无故生事，立言竖辞，原为导后世的须眉浊物。不想我生不幸，亦且琼闺绣阁中亦染此风，真真有负天地钟灵毓秀之德！"因此祸延古人，除四书外，竟将别的书焚了。众人见他如此疯颠，也都不向他说这些正经话了。独有林黛玉自幼不曾劝他去立身扬名等语，所以深敬黛玉。

而在梦语之后，通过宝玉和袭人的夜谈，更进一步透露宝、黛二人相知在何处。由于在《红楼梦》的艺术描写上，一般认为袭人是宝钗的影子，因而这番话，其实也是在解释为什么宝玉不接受"金玉良缘"之说：

> 谈到女儿如何好，又谈到女儿死，袭人忙掩住口。
>
> 宝玉谈至浓快时，见他不说了，便笑道："人谁不死，只要死的好。那些个须眉浊物，只知道文死谏，武死战，这二死是大丈夫死名死节。竟何如不死的好！必定有昏君他方谏，他只顾邀名，猛拼一死，将来弃君于何地！必定有刀兵他方战，猛拼一死，他只顾图汗马之名，将来弃国于何地！所以这皆非正死。"袭人道："忠臣良将，出于不得已他才死。"宝玉道："那武将不过仗血气之勇，疏谋少略，他自己无能，送了性命，这难道也是不得已！那文官更不可比武官了，他念两句书汗在心里，若朝廷少有疵瑕，他就胡谈乱劝，只顾他邀忠烈之名，浊气一涌，即时拼死，这难道也是不得已！还要知道，那朝廷是受命于天，他不圣不仁，那天地断不把这万几重任与他了。可知那些死的都是沽名，并不知大义。比如我此时若果有造化，该死于此时的，趁你们在，我就死了，再能够你们哭我的眼泪流成大河，把我的尸首漂起来，送到那鸦雀不到的幽僻之处，随风化了，自此再不要托生为人，就是我死的得时了。"袭人忽见说出这些疯话来，忙说困了，不理他。那宝玉方合眼睡着，至次日也就丢开了。

袭人也好，宝钗也罢，他们的思想与追求同宝玉是格格不入的，这就是宝玉既"情不情"，却最终弃了宝钗和袭人而去的主要因由。

从第三十七回起，宝、黛恋爱进入了秋天。宝、黛再也没怎么吵过嘴，小气尖刻的黛玉也再不小气尖刻了。这也说明，黛玉对宝玉的确是放心了。两个人的爱情成熟了，该到了秋天了，但可惜，这个秋天危机四伏。

危机在于，宝钗也相中了宝玉。以前，宝、黛没有定情之时，宝钗便常爱粘着宝玉，乃至已不避嫌疑。如在小说第二十六回，晴雯就曾抱怨宝钗说："有事没事跑了来坐着，叫我们三更半夜的不得睡觉！"当然，小说第二十八回有一段写道：

> 薛宝钗因往日母亲对王夫人等曾提过"金锁是个和尚给的，等日后有玉的方可结为婚姻"等语，所以总远着宝玉。昨儿见了元春所赐的东西，独他与宝玉一样，心里越发没意思起来。幸亏宝玉被一个林黛玉缠绵住了，心心念念只记挂着林黛玉，并不理论这事。此刻忽见宝玉笑问道："宝姐姐，我瞧瞧你的红麝串子。"可巧宝钗左腕上笼着一串，见宝玉问他，少不得褪了下来。宝钗生得肌肤丰泽，容易褪不下来。宝玉在旁看着雪白一段酥臂，不觉动了羡慕之心，暗暗想道："这个膀子要长在林妹妹身上，或者还得摸一摸，偏生长在他身上。"正是恨没福得摸，忽然想起"金玉"一事来，再看看宝钗形容，只见脸若银盆，眼似水杏，唇不点而红，眉不画而翠，比黛玉另具一种妩媚风流，不觉就呆了，宝钗褪了串子来递与他也忘了接。

> 宝钗见他怔了，自己倒不好意思的，丢下串子，回身才要走，只见黛玉蹬着门槛子，嘴里咬着手帕子笑呢。宝钗道："你又禁不得风儿吹，怎么又站在那风口里呢？"黛玉笑道："何曾不是在屋里呢。只因听见天上一声叫，出来瞧了一瞧，原来是个呆雁。"宝钗道："呆雁在哪里呢？我也瞧瞧。"林黛玉道："我才出来，他就'忒儿'一声飞了。"口里说着，将手里的帕子一甩，向宝玉脸上甩来。宝玉不防，正打在眼上，"嗳哟"了一声。

文中提到宝钗远着宝玉，这应该是指薛姨妈发出"金玉良缘"的声音之后那段时间的事儿。所以说完这个，曹雪芹马上就让二人近距离相处，这是很有讽意的。宝钗受到旧礼教的浸润，是决心要做一个淑女的，因而总要有一点淑女的样子才好。

但自从宝钗了解到宝玉对"金玉良缘"的看法后，宝钗就转变了。原先积极的地方，她却消极了；原先消极的地方，她却积极了。首先，她虽然还说宝玉是"富贵闲人"，但语气和缓多了，混账话实际很少了。小说第七十回，写贾政从外地回京，宝钗甚至和探春、黛玉一起模仿宝玉笔迹写字，帮宝玉糊弄贾政。她还在宝玉喜欢的作诗方面大展才华，似乎忘却了她自己说的女子总以贞静为主的话。其次,她开始结好黛玉,使黛玉高高兴兴地就放弃了戒心;薛姨妈还哄着黛玉,说黛玉嫁给宝玉正是四角俱全,但是当紫鹃让她去提亲,她却不干了。这母女俩,也真是一对妙人!再次,王熙凤早就指出薛宝钗"不干己事不开口,一问摇头三不知",但此后宝钗竟然肯协理荣国府。这是为什么呢?岂不是要提前施展治家的手段给想看的人看吗?而黛玉对此却不知不觉。小说的第六十七回写道:

> 且说薛姨妈闻知湘莲已说定了尤三姐为妻,心中甚喜,正是高高兴兴要打算替他买房子,治家伙,择吉迎娶,以报他救命之恩。忽有家中小厮吵嚷"三姐儿自尽了",被小丫头们听见,告知薛姨妈。薛姨妈不知为何,心甚叹息。正在猜疑,宝钗从园里过来,薛姨妈便对宝钗说道:"我的儿,你听见了没有?你珍大嫂子的妹妹三姑娘,他不是已经许定给你哥哥的义弟柳湘莲了么,不知为什么自刎了。那柳湘莲也不知往那里去了。真正奇怪的事,叫人意想不到。"
>
> 宝钗听了,并不在意,便说道:"俗语说的好,'天有不测风云,人有旦夕祸福'。这也是他们前生命定。前日妈妈为他救了哥哥,商量着替他料理,如今已经死的死了,走的走了,依我说,也只好由他罢了。妈妈也不必为他们伤感了。倒是自从哥哥打江南回来了一二十日,贩了来的货物,想来也该发完了,那同伴去的伙计们辛辛苦苦的,回来几个月了,妈妈和哥哥商议商议,也该请一请,酬谢酬谢才是。别叫人家看着无理似的。"

虽然不能据此便说宝钗冷酷,但是此人显然理胜于情,不可不知。红学史上,也颇有人争论宝钗对黛玉的姐妹情是否真心,其实,这也是没必要讨论的话。即使真心又如何呢?宝钗生在皇商家庭,她的人格是由商家与政客习气熏染出来的。对于这种人,人生难道就不需要丰富而真挚的情感生活吗?所不同于常人的是,无论这情感多真挚多美好,一旦利字当头,他们都是舍得牺牲,而且往往不会有一丝犹豫,不劳皱一下眉头的。

从第七十三回到九十八回，是宝、黛恋爱的冬天，主要描写宝、黛婚姻不能自主的痛苦与结局。这一阶段，曹雪芹先写了王夫人的震怒。王夫人是贾府实际的管家婆，小说第四十七回中，贾母就说过，上上下下，都是王夫人操心，王熙凤只是帮着。而王夫人之所以让王熙凤帮着代管家事，原因有三：一是她自己懒惰；二是避免治家过严，受下人议论；三是上有贾母，旁有邢夫人，让人代理，有矛盾冲突，便于推诿责任。而之所以找王熙凤代理，是因为王熙凤既有手段，又是娘家人，同时又是邢夫人的儿媳。并且，虽是邢夫人儿媳，却又不是亲生儿子的媳妇，有隔阂，倒戈的可能性低。王夫人的震怒，是因为邢夫人拿着傻大姐发现的绣春囊来奚落她。而她则怕她的宝贝儿子被带坏，所以一经王善保家的怂恿，她就指使王熙凤抄检大观园。抄检大观园，王熙凤是不愿意的，但也无法阻止。抄检的结果，是把和表弟潘又安有私情的司棋撵出了大观园；同时，长得像林黛玉的晴雯也被赶出了大观园。被撵出之后，司棋和潘又安先后为情自尽，而晴雯自觉受到了冤枉和侮辱，也连气带病，死掉了。在怡红院众丫头中，晴雯与黛玉关系最好，本来是贾母放在宝玉屋中，将来给宝玉做姨娘的。把晴雯赶走，甚至都没有事先通报贾母，长久压抑着自己的王夫人终于又"响快"了一把。一般认为，晴雯是黛玉的影子。晴雯走了，宝玉和黛玉爱情的冬天也就来了。

　　王夫人原本对黛玉就有所嫌，因而最初一见面就嘱咐黛玉别理睬宝玉，结果黛玉和宝玉反倒关系最好。后来到了小说第二十九回，宝玉和黛玉闹了一次恋爱纠纷，弄得沸沸扬扬。王夫人心里就更不受用了。所以到了小说第三十回，宝玉趁她午睡和金钏说笑了几句，她便大发其火，要把金钏撵出去。宝玉到底和金钏说什么了呢？不过说，要向王夫人讨她到一处，而金钏也只是回应说："你忙什么？金簪儿掉在井里头——有你的只是有你的。连这句俗语难道也不明白？"由这一句俗语来看，金钏待宝玉和晴雯待宝玉都是差不多的，虽然她曾以嘴上的胭脂膏子嘲谑宝玉，但他们的身体关系却是清白的。与袭人比起来，金钏、晴雯都可说是较守本分的丫头了。金钏最后投井而死，也算遵守了与宝玉"有你的只是有你的"这一誓言。曹雪芹在回目中也以"含耻辱情烈死金钏"来表达自己对金钏的钦佩与惋惜。金钏跟了王夫人十多年，她的秉性王夫人不了解吗？可王夫人还是要把她撵出去。这如果不是杀鸡儆猴，那又是为什么呢？王夫人还特意和宝钗提起，本打算拿原是预备给黛玉过生日用的两套新衣服为金钏妆裹。这也可能是实情，但既怕黛玉忌讳，又何必说出来呢？可见这王夫人也懂政治，不一般。

　　王夫人震怒之后，相关人物的表现都变了。宝玉不得不去读书了，黛玉也终于感受到危险，只若惊弓之鸟，在缠绵悱恻中，也开始违心地劝宝玉读书，甚至说典故讨贾母与王夫人的欢心。说到讨人的欢心，黛玉刚进贾府的时候，就曾奉承宝玉的佩玉不是人人能有的，所以后四十回中，她偶有奉承之举，也不算稀奇。王夫人将晴雯撵出大观园时，曾特意向王熙凤指出晴雯"水蛇腰、削肩膀、眉眼又有些像你林妹妹"。这怎么能不让林妹妹心惊呢？王夫人震怒后，贾母也转变了。贾母原本就觉得宝钗有过人处；但在婚姻问题上，不少学者认为，贾母本是支持宝、黛的。这原因自然是林黛玉和她的关系更亲近，而薛宝钗乃是王夫人的亲戚，宝钗若成了宝二奶奶，贾母就更指使不开了。不过，此时她则不再支持宝、黛，转而倾向宝玉和宝钗的"金玉良缘"。小说中第九十回写道：

　　　　那时正值那王二夫人凤姐等在贾母房中说闲话，说起黛玉的病来。贾母道："我正要告诉你们，宝玉和林丫头是从小儿在一处的，我只说小孩子们，怕什么？以后时常听得林丫头忽然病，忽然好，都为有了些知觉了。所以我想他们若尽着搁在一块儿，毕竟不成体统。你们怎么说？"王夫人听了，便呆了一呆，只得答应道："林姑娘是个有心计儿的。至于宝玉，呆头呆恼，不避嫌疑是有的，看起外面，却还都是个小孩儿形象。此时若忽然或把那一个分出园外，不是倒露了什么痕迹了么。古来说的：'男大须婚，女大须嫁。'老太太想，倒是赶着把他们的事办办也罢了。"贾母皱了一皱眉，说道："林丫头的乖僻，虽也是他的好处，我的心里不把林丫头配他，也是为这点子。况且林丫头这样虚弱，恐不是有寿的。只有宝丫头最妥。"王夫人道："不但老太太这么想，我们也是这样。但林姑娘也得给他说了人家儿才好，不然，女孩儿家长大了，那个没有心事？倘或真与宝玉有些私心，若知道宝玉定下宝丫头，那倒不成事了。"贾母道："自然先给宝玉娶了亲，然后给林丫头说人家，再没有先是外人后是自己的。况且林丫头年纪到底比宝玉小两岁。依你们这样说，倒是宝玉定亲的话，不许叫他知道倒罢了。"

王夫人"便呆了一呆"，一是她没有想到贾母会这样说，二来是琢磨措辞。她提出给两个人"办办"，却又故意含混其词来试探贾母的意见。贾母给出的意见则很耐人深思：既说林黛玉"乖僻"好，却又说为此不能让宝玉娶她。事实上，作为专制家长，贾母火眼金睛，对当时礼教的种种弊端洞若观火，也是不甚满意的，所以她也不怎么逼宝玉读书。小说第七十回，探春、宝钗等代宝玉写字糊弄贾政，贾母还"喜之不尽"。但就像孙悟空大闹天宫，年轻的时候可以闹一闹，长大了则终究要回归正道。贾母大概就是这么想的。据小说第七十八回交代，贾政"起初天性也是个诗酒放诞之人，因在子侄辈中，少不得规以正路"。贾母对宝玉，虽然小时候加以宽纵；大了，还是会想法子让其与贾政一样回归正途。此外，贾母原也是不甚在意金玉之论的。如小说第二十九回，张道士要给宝玉提亲，贾母便曾强调："不管他根基富贵，只要模样配得上就好，来告诉我。便是那家子穷，不过给他几两银子也罢了。只是模样儿性格儿难得好的。"可是，"性格儿好"，又有金银，岂不是更好吗？更何况，在贾母之上，元春也是更喜欢宝钗的。如今王夫人既动了怒，顺水推舟地提出让宝玉娶了宝钗岂不是好的？贾母这个人，虽然爱说爱笑；但对权势向来看得很重，而对他人的人格乃至生命则往往看得很轻。在王熙凤身上，差不多就可以看见她年轻时的样子。所以她一拿定主意，王熙凤就献上掉包记，合作得天衣无缝。只可怜此计一出，黛玉也就只能含恨而死。小说第九十六回写道：

> 一日，黛玉早饭后带着紫鹃到贾母这边来，一则请安，二则也为自己散散闷。出了潇湘馆，走了几步，忽然想起忘了手绢子来，因叫紫鹃回去取来，自己却慢慢的走着等他。刚走到沁芳桥那边山石背后，当日同宝玉葬花之处，忽听一个人呜呜咽咽在那里哭。黛玉煞住脚听时，又听不出是谁的声音，也听不出哭着叨叨的是些什么话。心里甚是疑惑，便慢慢的走去。及到了跟前，却见一个浓眉大眼的丫头在那里哭呢。黛玉未见他时，还只疑府里这些大丫

头有什么说不出的心事，所以来这里发泄发泄；及至见了这个丫头，却又好笑，因想到：这种蠢货有什么情种，自然是那屋里作粗活的丫头受了大女孩子的气了。细瞧了一瞧，却不认得。那丫头见黛玉来了，便也不敢再哭，站起来拭眼泪。黛玉问道："你好好的为什么在这里伤心？"那丫头听了这话，又流泪道："林姑娘你评评这个理。他们说话我又不知道，我就说错了一句话，我姐姐也不犯就打我呀。"黛玉听了，不懂他说的是什么，因笑问道："你姐姐是那一个？"那丫头道："就是珍珠姐姐。"黛玉听了，才知道他是贾母屋里的，因又问："你叫什么？"那丫头道："我叫傻大姐儿。"黛玉笑了一笑，又问："你姐姐为什么打你？你说错了什么话了？"那丫头道："为什么呢，就是为我们宝二爷娶宝姑娘的事情。"黛玉听了这一句，如同一个疾雷，心头乱跳。略定了定神，便叫了这丫头"你跟了我这里来。"那丫头跟着黛玉到那畸角儿上葬桃花的去处，那里背静。黛玉因问道："宝二爷娶宝姑娘，他为什么打你呢？"傻大姐道："我们老太太和太太二奶奶商量了，因为我们老爷要起身，说就赶着往姨太太商量把宝姑娘娶过来罢。头一宗，给宝二爷冲什么喜，第二宗——"说到这里，又瞅着黛玉笑了一笑，才说道："赶着办了，还要给林姑娘说婆婆家呢。"黛玉已经听呆了。这丫头只管说道："我又不知道他们怎么商量的，不叫人吵嚷，怕宝姑娘听见害臊。我白和宝二爷屋里的袭人姐姐说了一句：'咱们明儿更热闹了，又是宝姑娘，又是宝二奶奶，这可怎么叫呢！'林姑娘你说我这话害着珍珠姐姐什么了吗，他走过来就打了我一个嘴巴，说我混说，不遵上头的话，要撵出我去。我知道上头为什么不叫言语呢，你们又没告诉我，就打我。"说着，又哭起来。

那黛玉此时心里竟是油儿酱儿糖儿醋儿倒在一处的一般，甜苦酸咸，竟说不上什么味儿来了。停了一会儿，颤巍巍的说道："你别混说了。你再混说，叫人听见又要打你了。你去罢。"说着，自己移身要回潇湘馆去。那身子竟有千百斤重的，两只脚却像踩着棉花一般，早已软了。只得一步一步慢慢的走将来。走了半天，还没到沁芳桥畔，原来脚下软了，走的慢，且又迷迷痴痴，信着脚从那边绕过来，更添了两箭地的路。这时刚到沁芳桥畔，却又不知不觉的顺着堤往回里走起来。紫鹃取了绢子来，却不见黛玉。正在那里看时，只见黛玉颜色雪白，身子恍恍荡荡的，眼睛也直直的，在那里东转西转。又见一个丫头往前头走了，离的远，也看不出是那一个来。心中惊疑不定，只得赶过来轻轻的问道："姑娘怎么又回去？是要往那里去？"黛玉也只模糊听见，随口应道："我问问宝玉去！"紫鹃听了，摸不着头脑，只得搀着他到贾母这边来。

黛玉走到贾母门口，心里微觉明晰，回头看见紫鹃搀着自己，便站住了问道："你作什么来的？"紫鹃陪笑道："我找了绢子来了。头里见姑娘在桥那边呢，我赶着过来问姑娘，姑娘没理会。"黛玉笑道："我打量你来瞧宝二爷来了呢，不然怎么往这里走呢。"紫鹃见他心里迷惑，便知黛玉必是听见那丫头什么话了，惟有点头微笑而已。只是心里怕他见了宝玉，那一个已经是疯疯傻傻，这一个又这样恍恍惚惚，一时说出些不大体统的话来，那时如何是好？心里虽如此想，却也不敢违拗，只得搀他进去。那黛玉却又奇怪了，这时不似先前那样软了，也不用紫鹃打帘子，自己掀起帘子进来，却是寂然无声。因贾母在屋里歇中觉，丫头们也有脱滑顽去的，也有打盹儿的，也有在那里伺候老太太的。倒是袭人听见帘子响，从屋里出来一看，见是黛玉，便让道："姑娘屋里坐罢。"黛玉笑着道："宝二爷在家么？"袭人不知底里，刚要答言，只见紫鹃在黛玉身后和他努嘴儿，指着黛玉，又摇摇手儿。袭人不解何意，也不敢言语。黛玉却也不理会，自己走进房来。看见宝玉在那里坐着，也不起来让坐，只瞅着嘻嘻的傻笑。黛玉自己坐下，却也瞅着宝玉笑。两个人也不问好，也不说话，也无推让，只管对着脸傻笑起来。袭人看见这番光景，心里大不得主意，只是没法儿。忽然听着黛玉说道："宝玉，你为什么病了？"宝玉笑道："我为林姑娘病了。"袭人紫鹃两个吓得面目改色，连忙用言语来岔。两个却又不答言，仍旧傻笑起来。袭人见了这样，知道黛玉此时心中迷惑不减于宝玉，因悄和紫鹃说道："姑娘才好了，我叫秋纹妹妹同着你搀回姑娘歇歇去罢。"因回头向秋纹道："你和紫鹃姐姐送林姑娘去罢，你可别混说话。"秋纹笑着，也不言语，便来同着紫鹃搀起黛玉。

那黛玉也就起来，瞅着宝玉只管笑，只管点头儿。紫鹃又催道:"姑娘回家去歇歇罢。"黛玉道:"可不是,我这就是回去的时候儿了。"说着,便回身笑着出来了,仍旧不用丫头们搀扶,自己却走得比往常飞快。紫鹃秋纹后面赶忙跟着走。黛玉出了贾母院门,只管一直走去。紫鹃连忙搀住叫道:"姑娘往这么来。"黛玉仍是笑着随了往潇湘馆来。离门口不远,紫鹃道:"阿弥陀佛,可到了家了!"只这一句话没说完,只见黛玉身子往前一栽,哇的一声,一口血直吐出来。

这真是直指人心,卓绝千古的文字,也是宝、黛恋爱描写的又一高潮。然高潮过后,也就不免曲终人散。小说第九十八回写道:

　　却说宝玉成家的那一日,黛玉白日已昏晕过去,却心头口中一丝微气不断,把个李纨和紫鹃哭的死去活来。到了晚间,黛玉却又缓过来了,微微睁开眼,似有要水要汤的光景。此时雪雁已去,只有紫鹃和李纨在旁。紫鹃便端了一盏桂圆汤和的梨汁,用小银匙灌了两三匙。黛玉闭着眼静养了一会子,觉得心里似明似暗的。此时李纨见黛玉略缓,明知是回光反照的光景,却料着还有一半天耐头,自己回到稻香村料理了一回事情。
　　这里黛玉睁开眼一看,只有紫鹃和奶妈并几个小丫头在那里,便一手攥了紫鹃的手,使着劲说道:"我是不中用的人了!你服侍我几年,我原指望咱们两个总在一处,不想我……"说着,又喘了一会子,闭了眼歇着。紫鹃见他攥着不肯松手,自己也不敢挪动,看他的光景比早半天好些,只当还可以回转,听了这话,又寒了半截。半天,黛玉又说道:"妹妹,我这里并没亲人。我的身子是干净的,你好歹叫他们送我回去。"说到这里,又闭了眼不言语了。那手却渐渐紧了,喘成一处,只是出气大,入气小,已经促疾的很了。
　　紫鹃忙了,连忙叫人请李纨,可巧探春来了。紫鹃见了,忙悄悄的说道:"三姑娘,瞧瞧林姑娘罢!"说着,泪如雨下。探春过来,摸了摸黛玉的手,已经凉了,连目光也都散了。探春、紫鹃正哭着叫人端水来给黛玉擦洗,李纨赶忙进来了。三个人才见了,不及说话。刚擦着,猛听黛玉直声叫道:"宝玉,宝玉!你好……"说到

"好"字，便浑身冷汗，不作声了。紫鹃等急忙扶住，那汗愈出，身子便渐渐的冷了。探春、李纨叫人乱着拢头穿衣，只见黛玉两眼一翻，呜呼！香魂一缕随风散，愁绪三更入梦遥！

当时黛玉气绝，正是宝玉娶宝钗的这个时辰。

黛玉本来以为大观园是最干净的，所以看到桃花落了，只肯埋葬，而不愿那花儿随着流水流到外面去。但如今，她却认识到这里也不干净了，所以反倒要出去。在黛玉归天之际，小说在这一回又写宝玉神志不清，却还惦念着黛玉：

> 宝玉片时清楚，自料难保，见诸人散后，房中只有袭人，因唤袭人至跟前，拉着手哭道："我问你，宝姐姐怎么来的？我记得老爷给我娶了林妹妹过来，怎么被宝姐姐赶了去了？他为什么霸占住在这里？我要说呢，又恐怕得罪了他。你们听见林妹妹哭得怎么样了？"袭人不敢明说，只得说道："林姑娘病着呢。"宝玉又道："我瞧瞧他去。"说着，要起来。岂知连日饮食不进，身子那能转动，便哭道："我要死了！我有一句心里的话，只求你回明老太太：横竖林妹妹也是要死的，我如今也不能保。两处两个病人都要死的，死了越发难张罗。不如腾一处空房子，趁早将我同林妹妹两个抬在那里，活着也好一处医治伏侍，死了也好一处停放。你依我这话，不枉了几年的情分。"袭人听了这些话，便哭的哽噎气噎。宝钗恰好同了莺儿过来，也听见了，便说道："你放着病不保养，何苦说这些不吉利的话。老太太才安慰了些，你又生出事来。老太太一生疼你一个，如今八十多岁的人了，虽不图你的封诰，将来你成了人，老太太也看着乐一天，也不枉了老人家的苦心。太太更是不必说了，一生的心血精神，抚养了你这一个儿子，若是半途死了，太太将来怎么样呢。我虽是命薄，也不至于此。据此三件看来，你便要死，那天也不容你死的，所以你是不得死的。只管安稳着，养个四五天后，风邪散了，太和正气一足，自然这些邪病都没有了。"宝玉听了，竟是无言可答，半晌方才嘻嘻的笑道："你是好些时不和我说话了，这会子说这些大道理的话给谁听？"宝钗听了这话，便又说道："实告

诉你说罢,那两日你不知人事的时候,林妹妹已经亡故了。"宝玉忽然坐起来,大声诧异道:"果真死了吗?"宝钗道:"果真死了。岂有红口白舌咒人死的呢。老太太、太太知道你姐妹和睦,你听见他死了自然你也要死,所以不肯告诉你。"宝玉听了,不禁放声大哭,倒在床上。

在这一段描写中,宝钗对黛玉到底是一种什么情感,也就不必多说了;和宝玉这样斗口逞强,是否合乎淑女三从四德的"贞静",也更不必赘言。此后,小说又写道:

> 袭人起初深怨宝钗不该告诉,惟是口中不好说出。莺儿背地也说宝钗道:"姑娘忒性急了。"宝钗道:"你知道什么好歹,横竖有我呢。"那宝钗任人诽谤,并不介意,只窥察宝玉心病,暗下针砭。一日,宝玉渐觉神志安定,虽一时想起黛玉,尚有糊涂。更有袭人缓缓的将"老爷选定的宝姑娘为人和厚,嫌林姑娘秉性古怪,原恐早夭。老太太恐你不知好歹,病中着急,所以叫雪雁过来哄你"的话时常劝解。宝玉终是心酸落泪。欲待寻死,又想着梦中之言,又恐老太太、太太生气,又不能撂开。又想黛玉已死,宝钗又是第一等人物,方信金石姻缘有定,自己也解了好些。宝钗看来不妨大事,于是自己心也安了,只在贾母王夫人等前尽行过家庭之礼后,便设法以释宝玉之忧。宝玉虽不能时常坐起,亦常见宝钗坐在床前,禁不住生来旧病。宝钗每以正言劝解,以"养身要紧,你我既为夫妇,岂在一时"之语安慰他。那宝玉心里虽不顺遂,无奈日里贾母王夫人及薛姨妈等轮流相伴,夜间宝钗独去安寝,贾母又派人服侍,只得安心静养。又见宝钗举动温柔,也就渐渐的将爱慕黛玉的心肠略移在宝钗身上。此是后话。

这也是人生的实写。贾宝玉虽和黛玉惺惺相惜,但是他的苦难哪里有黛玉深呢! 所以他还要经历抄家,还要经历与宝钗思想上水火不容的磕绊,才能走出这个家庭。王国维《红楼梦评论》说:

今使为宝玉者，于黛玉既死之后，或感愤而自杀，或放废以终其身，则虽谓此书一无价值可也。何则？欲达解脱之域者，固不可不尝人世之忧患，然所贵乎忧患者，以其为解脱之手段，故非重忧患自身之价值也。

余十年前亦作如是之想，自以为鄙陋不足以告人；后见静安先生亦论之如此，乃稍安。宝玉生理是有旧病的，但他的心病更重。小说第一一五回写道：

> 且说宝玉自那日见了甄宝玉之父，知道甄宝玉来京，朝夕盼望。今儿见面原想得一知己，岂知谈了半天，竟有些冰炭不投。闷闷的回到自己房中，也不言，也不笑，只管发怔。宝钗便问："那甄宝玉果然像你么？"宝玉道："相貌倒还是一样的。只是言谈间看起来，并不知道什么，不过也是个禄蠹。"宝钗道："你又编派人家了。怎么就见得也是个禄蠹呢？"宝玉道："他说了半天，并没个明心见性之谈，不过说些什么文章经济，又说什么为忠为孝，这样人可不是个禄蠹么！只可惜他也生了这样一个相貌。我想来，有了他，我竟要连我这个相貌都不要了。"宝钗见他又发呆话，便说道："你真真说出句话来叫人发笑，这相貌怎么能不要呢？况且人家这话是正理，做了一个男人，原该要立身扬名的，谁像你一味的柔情私意。不说自己没有刚烈，倒说人家是禄蠹。"宝玉本听了甄宝玉的话，甚不耐烦，又被宝钗抢白了一场，心中更加不乐，闷闷昏昏，不觉将旧病又勾起来了，并不言语，只是傻笑。宝钗不知，只道是"我的话错了，他所以冷笑"，也不理他。岂知那日便有些发呆，袭人等怄他，也不言语。过了一夜，次日起来，只是发呆，竟有前番病的样子。

身之病到底不如心之病难忍，所以到最后，虽然宝钗"恁是无情也动人"，但终于还是被心中有情的宝玉抛弃了！小说第五回，宝玉在太虚幻境听到的《终身误》曲词曾唱道：

> 都道是金玉良姻，俺只念木石前盟。空对着，山中高士晶莹

雪;终不忘,世外仙姝寂寞林。叹人间,美中不足今方信。纵然是
齐眉举案,到底意难平。

高士指不慕荣利的人,尤其指远离尘嚣的隐士。百二十回程高本
中的薛宝钗实在是不足以称为高士的。按曹雪芹的创作倾向,他似乎
喜欢在修改中把人物写得更好一点。《红楼梦》初稿中的"秦可卿淫丧
天香楼",他删掉了;尤三姐的形象也由夏金桂一类而升华为被侮辱与
被损害的良家女子;宝钗或者也属于此类吧。只是曹雪芹还没有来得
及使之更近于山中高士的形象,自己却先就死掉了。南朝梁代,曾有一
个叫陶弘景的,隐居在茅山,梁武帝常向他请教国家大事,人们也称他
为"山中宰相"。意者,所谓"山中高士"是暗示薛宝钗具有政治才华?
王昆仑《红楼梦人物论》就曾说,宝钗一辈子在搞政治,黛玉一辈子在作
诗。在太虚幻境,宝玉所见钗、黛判词说:"可叹停机德,堪怜咏絮才。"
前一句说的是宝钗,后一句说的是黛玉。"停机德",典出《后汉书·列
女传》,说的是:乐羊子远出寻师求学,因为想家,只过了一年就回来
了。其妻遂以织工为喻,指出治学贵在坚持不懈,若中断,就将像被
剪断的丝织物一样,前功尽弃,只有继续求学,谋取功名,才是人生正
道。就这则轶事来看,爱劝宝玉读书仕进的薛宝钗,倒的确是有些停
机德的。不过,该传又载,"后盗欲有犯妻者,乃先劫其姑。妻闻,操
刀而出。盗人曰:'释汝刀从我者可全,不从我者,则杀汝姑。'妻仰天
而叹,举刀刎颈而死。"宝钗之德,能如是乎! 芹卿用典,何思之未
深也!

三 艺术与风格

首先,《红楼梦》是一部现实主义的杰作,也是一部充满理想情怀的
悲剧。

说《红楼梦》是一部现实主义的杰作,是因为它以宝玉的婚恋为线
索,写出了一个贵族大家庭贾府的盛衰;又借着贾府的盛衰生动地刻画
出乾隆朝满清社会的末世图景。蔡元培《石头记索隐》尝以为:"作者深
信正统之说,而斥清室为伪统,所谓贾府,即伪朝也。其人名如贾代化、
贾代善,谓伪朝之所谓化、伪朝之所谓善也。贾政者,伪朝之吏部也。

贾敷、贾敬,伪朝之教育也(《书》曰'敬敷五教')。贾赦,伪朝之刑部也,故其妻氏邢(音同刑),子妇氏尤(罪尤)。贾琏为户部,户部在六部位居次,故称琏二爷,其所掌则财政也。李纨为礼部(李礼同音)。康熙朝礼制已仍汉旧,故李纨虽曾嫁贾珠,而已为寡妇。其所居曰'稻香村',稻与道同音。其初名以杏花村,又有杏帘在望之名,影孔子之杏坛也。"其说虽似穿凿,然贾府种种黑暗与堕落之状,实是当时满清统治的缩影,殆无需多辩。

与《金瓶梅》一样,《红楼梦》善于生动地描绘现实,但《金瓶梅》缺乏理想,更缺乏因理想而产生的深刻的忧患;而《红楼梦》同明代以来的许多长篇小说一样,沉浸在一种相当感伤的情绪当中。不过,与一般感伤小说相比,曹雪芹的《红楼梦》却又有自己的风格。在这部小说中,曹雪芹主要塑造了两类人物形象。一类是不合理的旧礼教的叛逆者。譬如宝、黛、鸳鸯与司棋;另一类是不合理的旧礼教的维护者,如贾母、王夫人、凤姐、宝钗和探春等人。曹雪芹的超越之处在于,他既能为前者的毁灭而痛苦,也能为后者的命运而唏嘘。作者仿佛站在宇宙的最高处,对人世的一切都表示他的反思与同情。这样一种博大的情怀,并不一般作家所常具有的。

《红楼梦》在情调上是感伤的,但在美学性质上,是否可以说是一部悲剧呢? 由于小说后四十回写到贾府有所复兴,便有人不肯说《红楼梦》是悲剧了。其实,贾府虽有复兴之相,但贾府有什么本质的变化吗? 不还是那个"吃人"的贾府吗? 这样的府宅,在已经显示其"吃人"的本质后,却又复兴了,这不是人间的大悲剧又是什么? 况且,从人类社会的发展历史来看,"贾府"的复兴,不是很有普遍的象征意义吗? 小说第一一九回,写贾宝玉赶考前拜别王夫人及宝钗等人,而谓:"走了,走了! 不用胡闹了,完了事了!"很显然,这句话是照应第一回《好了歌》的解注"乱烘烘你方唱罢我登场"的。贾宝玉是走了,可留下的人却依旧是唱着,胡闹着,"好"而不"了",这不是空前的大悲剧又是什么! 事实上,正因为曹雪芹要写一部悲剧,要将传统中所谓的"好"判定为"了",他就不能不在当时文字狱仍旧十分严酷的氛围中"假语村言",正话反说。所谓复兴云云,自然也还有障人眼目之用。

其次,《红楼梦》的日常生活描写充满诗情画意,并能与人物刻画相协调。

在许多人心目中,诗是中国古代各种文学体裁中地位最为崇高的一种,高到其他文学体裁成就的高低也经常要用是否具有诗的意境来加以衡量。柳宗元的山水游记受推崇,很大程度上,便在于他的山水游记很像散文化的诗。王实甫和汤显祖的戏文受推崇,那也是因为他们的戏文很像戏剧化的诗。曹雪芹的《红楼梦》也不例外,正像是小说化的诗。《红楼梦》能将大家族的日常生活写得有滋有味,而且有诗的意境,至少有三方面的原因。

一是,《红楼梦》的语言,尤其是描写环境的语言常有诗的文采,简练形象,音节动听。对于这一点,前人颇多赞赏。如小说第十七回写蘅芜院:

> 步入门时,忽迎面突出插天的大玲珑山石来,四面群绕各式石块,竟把里面所有房屋悉皆遮住,且一株花木也无。只见许多异草:或有牵藤的,或有引蔓的,或垂山巅,或穿石隙,甚至垂檐绕柱,萦砌盘阶,或如翠带飘飘,或如金绳蟠屈,或实若丹砂,或花如金桂,味芬气馥,非花香之可比。

俞平伯《红楼心解》就指出,这段描写,"把《楚辞》芳芬的境界给具体化了",他且指出:

> 书中有些境界描写,实暗从《西厢》脱胎换骨的。脂砚斋曾经指出,这儿也引两条。(一)第二十五回:"宝玉……只装着看花儿,这里瞧瞧,那里望望,一抬头只见西南角上游廊底下栏干上似有一个人倚在那里,却恨面前有一株海棠花遮着,看不真切。"脂砚斋评曰:"余所谓此书之妙皆从诗词句中泛出者,皆系此等笔墨也。试问观者,此非'隔花人远天涯近'乎?"("隔花"句出《西厢》"寺警"折)(二)同回下文叙红玉事,"展眼过了一日"。脂评,"必云展眼过了一日者是反衬红玉'挨一刻似一夏'也,知乎?"(此句出"赖简"折)

又如小说第一回写甄士隐夏日午倦睡去,在梦中正欲踏入太虚幻境,忽被一声霹雳惊醒,"定睛一看,只见烈日炎炎,芭蕉冉冉"。又如小说第二十六回,写宝玉信步闲游,忽走至一个院门前,"只见凤尾森森,龙吟细细"。又如小说第五十九回,写"宝钗春困已醒,搴帷下榻,微觉轻寒。启户视之,见园中土润苔青,原来五更时落了几点微雨",这也不禁令人想起杜甫的"随风潜入夜,润物细无声"。又如小说第七十六回,写中秋之夜,正在赏月联句的黛玉和湘云被妙玉邀入庵中小憩,当三人来至栊翠庵时,"只见龛焰犹青,炉香未烬"。这些例子,也都是《红楼梦》中常被学者拿来称颂的富有诗意的描写。

　　二是,《红楼梦》善于将日常生活环境的刻画与人物的精神气质及内心情感结合起来。我国古典诗歌最注重的是抒情,抒情最经常的方式是借助景物。曹雪芹在描写人物活动场景时,也常将古典诗歌的这种方法拿过来加以应用。典型的如小说第五十八回写道:

　　　　宝玉……从沁芳桥一带堤上走来。只见柳垂金线,桃吐丹霞,山石之后,一株大杏树,花已全落,叶稠阴翠,上面已结了豆子大小的许多小杏。宝玉因想道:"能病了几天,竟把杏花辜负了!不觉倒'绿叶成荫子满枝'了!"因此,仰望杏子不舍。又想起邢岫烟已择了夫婿一事,虽说是男女大事,不可不行,但未免又少了一个好女儿。不过两年,便也要"绿叶成荫子满枝"了。再过几日,这杏树子落枝空,再几年,岫烟也未免乌发如银,红颜似槁了,因此,不免伤心,只管对杏流泪叹息。

　　　　正悲叹时,忽有一个雀儿飞来落于枝上乱啼。宝玉又发了呆性,心下想道:"这雀儿必定是杏花正开时他曾来过,今见无花空有子叶,故也乱啼。这声韵必是啼哭之声,可恨公冶长不在眼前,不能问他。但不知明年再发时,这个雀儿可还记得飞到这里来与杏花一会了?"

　　这还只是一时一地之场景描写。从全书来看,曹雪芹对环境氛围的刻画也与人物的内心感受相契合。诚如游国恩主编的《中国文学史》所指出的:"小说写大观园的第一个春天,几乎大观园中每一个人都感觉到春天的温馨。在这种欣欣向荣的气氛下,宝、黛的爱情也在顺利地发展着。二十九回起着力写出宝、黛爱情的矛盾和痛苦,这时气候也令人特别烦躁。三十五回起,宝、黛之间的感情纠葛解决了,随着爱情的成熟,转入了一个平静的阶段,这时天气也转变为清爽、宁静。但随之而来的他们的爱情和封建环境的矛盾更加尖锐,终于不能解决,这时气候又转入无限的萧瑟、悲凉,出现了一股浓烈的悲剧气氛。《红楼梦》就这样出色地用气氛烘托人物内心情绪,创造出一种很高的艺术境界,使作品中的爱情描写更富有强烈的感染力。"

除此之外,曹雪芹描写环境,也常对人物思想性格做一定的暗示。譬如前文所举蘅芜苑的"四面群绕各式石块,竟把里面所有房屋悉皆遮住"这一特点,岂不正象征"木石前盟"对宝钗心理的压迫吗?至于潇湘馆的"千百竿翠竹"是对黛玉的烘托与象征,自更不必多言了。

三是,《红楼梦》善于在日常生活描写中,留下令人联想不断的艺术空间。我国古典诗歌造成意境的一个最突出的手法就是在描写中留下空白让读者去思忖,去回味。这个手法也被曹雪芹应用到《红楼梦》的日常描写中。如第三十六回写宝钗坐在宝玉床旁绣花瓣,忽听得宝玉梦中喊骂:"什么是金玉姻缘,我偏说是木石姻缘!"小说接着写道:

薛宝钗听了这话,不觉怔了。忽见袭人走过来,笑道:"还没有醒呢。"宝钗摇头。

又如小说第九十六回写宝、黛最后一次见面时的情景,第九十七回写黛玉泪尽而逝的情景,也都有含蓄不尽之意,令人味之无穷。

再次,《红楼梦》的人物刻画也浓淡相宜,有相互映衬之美。

曹雪芹是人物形象刻画的艺术大师。《红楼梦》一书大概描写了四百多个人物。这些人物,按艺术功能来说,大略可以分为昭示某种性格的人物、帮助结构故事的人物与作为背景的人物。《红楼梦》中,作为性格人物的宝、黛、钗,其塑造之形象、生动、饱满自不必多说,就算是结构性的人物如贾雨村、刘姥姥之流,以及作为背景的李纨与贾兰等人,也大都有其较为独特的性格特征,能给读者留下十分深刻的印象。而按艺术的重要性来说,《红楼梦》的人物又有一定的主次之分。

对于主要人物,曹雪芹采取断断续续反复皴染的方法来突出其主要的性格特征,而对其性格中的次要方面则散加点缀,多方补充。以凤姐为例,她的主要性格是泼辣能干、奸诈阴毒,这在小说中主要通过第十二回"王熙凤毒设相思局"、第十三回"王熙凤协理宁国府"、第十五回"王凤姐弄权铁槛寺"、第四十四回"变生不测凤姐泼醋"、第六十八回"酸凤姐大闹宁国府"、第六十九回"弄小巧用借剑杀人"等一系列回目集中进行了刻画。至如她的其他性格特征,则散在其他回目中加以补充。譬如,第六回写刘姥姥首进大观园打秋风,王熙凤虽富贵,却并不嫌弃刘姥姥是个穷亲戚。第八十三回写她用私房钱补贴林黛玉而不肯破例动用公中的钱,既写出她对黛玉的同情,也表现了她治家之不易。

对于较为次要的人物,则多数场合下,曹雪芹并不予之以过于精细的刻画,而是到了一定的关节再做突出的渲染。譬如探春的形象,在书中大部分回目内仅有一些侧影;但到了第五十六回和第七十四回,则通过描写探春理家和一个嘴巴打退了前来抄检而又不知好歹的王善保家的,凸显了她的精明、干练、泼辣以及严正,给人以极其深刻的印象。

从历史上看,这种描写方法,最早出现于《左传》;在明清章回小说中,也是较为普遍的方法。《红楼梦》人物描写的浓淡相宜,更独特的,是善于写出人物的多个侧面,因而真实、生动。鲁迅在《中国小说的历史的变迁》中就指出过:

> 说到《红楼梦》的价值,可是在中国底小说中实在是不可多得的。其要点在敢于如实描写,并无讳饰,和从前的小说叙好人完全是好,坏人完全是坏的,大不相同,所以其中所叙的人物,都是真的人物。总之自有《红楼梦》出来以后,传统的思想和写法都打破了。——它那文章的旖旎和缠绵,倒是还在其次的事。

正因为曹雪芹采取了这样一种写作态度与方法,他笔下的某些人物,他到底是喜欢与赞赏,还是厌恶与否定,就不免常引起人们的一些争议。其实,要正确认识其笔下的人物,就要避免简单化的理解,尤应注意分析人物性格中各个方面的主次轻重之别。譬如,在《红楼梦》中,袭人是标准的奴才形象,但小说第十九回,当宝玉对她说,希望她的两个姨妹也到贾府中来时,袭人便冷笑道:"我一个人是奴才命罢了,难道连我的亲戚都是奴才命不成?"曹雪芹这样一写,使得这个人物形象也变得丰满起来。可是,如果据此便说袭人也属于旧的等级伦常的叛逆者,却不是很有些可笑吗?

至于说《红楼梦》人物描写有映衬之美,一是说,《红楼梦》善于使不同类型的人物形象相互对比,典型的如宝钗和黛玉的不同性格的相互映衬。二是说,《红楼梦》也很善于使同一类型的人物相互对比,如袭人与晴雯常被一些论者看作宝钗和黛玉的影子,但袭人与宝钗的性格,晴雯与黛玉的性格,还是颇有不同,能见出分别。上述这两种映衬,也正是《史记》以来我国传统文学在人物塑造方面的优良传统。曹雪芹继承了这一传统,同时,他还很善于使人物形象在映衬中相互补足。比如宝玉和贾政,当然是两类人,但从小说中透露出的信息来看,贾政年轻时"诗酒放诞",原也很有些宝玉的样子;所以写宝玉,差不多也可以说就在一定程度上写出了贾政年轻时候的生活。至于宝玉的中老年什么样,小说没有写,作者让其一走了之了。但假使他不走,并且娶了宝钗和黛玉为妻妾,人生又会是什么样子呢? 看看小说作者对贾政及其妻妾的描写,其情形也就不难想象:宝玉的生活大概也就是贾政生活的翻版。自然,多少还是会有一些不同。譬如,宝玉可能不大爱板起面孔说话,宝钗虽然可能像王夫人一样伪善,但黛玉恐怕不会像赵姨娘那么不知好歹。当然,由于宝玉说过女儿嫁人后会失去光彩,乃至变成鱼眼睛,所以也就不能完全排除林妹妹变成赵姨奶奶的可能性。事实上,这种变化也许才是曹雪芹心目中人生之常态。像林妹妹的焚稿而死,像宝兄弟的飘然而去,多少都是一种比较理想化的描绘。有太多的年轻人,在理想遭遇挫折后,乃是不肯死的,也不能离去;贾政的人生,也正是他们若回归正途后的榜样。总之,《红楼梦》既然已经写了贾政的仕途经济与婚姻生活,那么,宝玉的人生还是改写成另外一种模样为好。在《红楼梦》中,王熙凤与贾母的人物形象,也有相互补足的作用。在小说第三十五回,贾母自己就说过:"当日我像凤丫头这么大年纪,比他还来得呢。他如今虽说不如我,也就算好了。"据此,人们当然可以说,在王熙凤的身上多少也就有一些贾母年轻时候的样子了。

最后,《红楼梦》的艺术结构十分精巧,而且灿若织锦。

在《红楼梦》之前,我国长篇小说主要的一种叙述结构,就是《西游记》《水浒传》《儒林外史》所代表的竹节蛇般的单线条发展式的艺术结构。其情节由好多完整的故事片段连接而成,拆下一个或几个片段,对全书结构的完整性影响并不很大。《红楼梦》则很注重小说各部分的相互联系与整体布局。其故事情节以一僧一道携顽石入世开始,以一僧一道携顽石回归大荒结束,情节从头到尾都有着紧密的联系。就如我们前面讲过的宝玉的恋爱与婚姻,贯穿了全书的大部分回目,各个回目的内容紧密相联,是不可以拆碎了来欣赏的。譬如第二十九回写宝、黛之相疑相怨,第三十二回写宝、黛之相知相爱,完全是按照对比的方式来写的;必须对照着读,才可以察知曹雪芹艺术匠心之高妙。此外,《红楼梦》虽然以宝玉的婚恋为小说叙事的主线,但同时还有其他一些人物事迹构成了复线,譬如一僧一道,譬如贾雨村和甄士隐,譬如刘姥姥,他们的事迹也都与贾府发生着关系,而且几乎贯穿着小说的大部分内容。这些众多的线索勾连在一起,也就形成一种网状的、织锦式的艺术结构。

　　毋庸多言,《红楼梦》的这种艺术结构是从《金瓶梅》发展而来的,但《金瓶梅》的结构还不如《红楼梦》这样精细、缜密和绚丽,本身还处在由线性结构向网状结构过渡的进程中。譬如,《金瓶梅》从第一回到第十二回,主要写潘金莲的相关故事;从第十三回到第二十回,主要写李瓶儿的相关故事;从第八十一回到结尾主要写春梅的相关故事。这些回目之内,叙事基本上还采取着线性的艺术结构,只有第二十一回到第八十回的内容才是以网状结构来描写西门庆与潘金莲、李瓶儿、春梅等人的家庭生活。再者,就空间层面来说,《金瓶梅》叙事起于玉皇庙,终于永福寺,中间则以西门庆的宅院、与其行淫的妇人家及妓院作为人物活动的舞台;而《红楼梦》则将青埂峰所代表的天地自然之境,太虚幻境所代表的神话理想之境,荣、宁两府所代表的庸俗、污浊之境,大观园所代表的清爽、苟安之境有机结合起来,从而更有空间布局的层次之美。虽然也有人将西门家的后花园与贾府的大观园相比较,然而西门家的后花园与西门庆常去的妓院无异,哪里像大观园能自具一派生活的气象呢。就时间层面来说,《红楼梦》的结构也较《金瓶梅》更加舒展和繁复。两部小说都写到家族的兴衰,《金瓶梅》以四次元宵节作为西门家兴衰的重要节点,并据此来进行时间方面的布局;《红楼梦》学习了《金瓶梅》这一方法,也以三次元宵节来布局贾府的兴衰。然而,西门家的兴衰不像贾府的兴衰,能从小说的开头一直贯彻到结尾;西门庆的事迹也不像贾宝玉的事迹能够贯穿小说的始终。此外,《金瓶梅》中三个女人的命运变化与《红楼梦》中正副十二钗的命运变化相比较,显然也不如后者在描写上更有错综变化之妙。再者,两部小说都好设置预言,《金瓶梅》对主要人物命运的预言主要是通过僧道点拨以及巫卜的形式进行的;而《红楼梦》在僧道之外,则又以贾宝玉梦游太虚幻境所闻十二支曲词来进行暗示,所以其伏笔与照应之间,在艺术描写方面也便要细致和婉转得多了。

关于《红楼梦》的结构之妙,甲戌本首回脂砚斋的眉批有一段形象的议论:

> 事则实事,然亦叙得有间架、有曲折、有顺逆、有映带、有隐有现、有正有闰,以至草蛇灰线、空谷传声、一击两鸣、明修栈道、暗渡陈仓、云龙雾雨、两山对峙、烘云托月、背面傅粉、千皴万染、诸奇书中之秘法,亦复不少。

曹雪芹所使用的这些艺术手法诚然是高妙的。不过,《红楼梦》最令人景仰者,显然是在思想上勇于反思批判,在艺术上善于求真写实。它的出现,也就标志着我国传统文学已开始由漫长的过去迈向未来的晨曦。读者只消将曹雪芹的《好了歌》与鲁迅的《老调子已经唱完》对照阅读,便不难发现其足迹已走到何处,其未来竟在何方。

【参考书目】

鲁迅:《中国小说史略》,中华书局 2010 年版
张兵、聂付生:《〈中国小说史略〉疏识》,复旦大学出版社 2012 年版
欧阳健:《〈中国小说史略〉批判》,山西人民出版社 2008 年版
杨义:《中国古典小说十二讲》,上海三联书店 2007 年版
詹丹、孙逊:《漫说金瓶梅》,人民文学出版社 2007 年版
潘运告:《从王阳明到曹雪芹》,湖南教育出版社 2008 年版

魏崇新:《比较文学视阈中的中国古典文学》,外语教学与研究出版社 2009 年版

王国维:《红楼梦评论》,浙江古籍出版社 2012 年版

王昆仑:《红楼梦人物论》,北京出版社 2004 年版

俞平伯:《红楼梦研究》,人民文学出版社 1973 年版;《红楼心解》,陕西 师范大学出版社 2005 年版

周汝昌:《红楼梦新证》,中华书局 2012 年版;《红楼小讲》,北京出版社 2002 年版;《曹雪芹新传》,山东画报出版社 2007 年版

杨启樵:《周汝昌红楼梦考证失误》,上海书店出版社 2014 年版

张锦池:《红楼十二论》,百花文艺出版社 1982 年版

中国艺术研究院红楼梦研究所整理:《红楼梦》,人民文学出版社 2005 年版

图书在版编目（CIP）数据

汉文学史小讲/王志著.—上海：上海三联书店，2019.2
ISBN 978 - 7 - 5426 - 6401 - 3

Ⅰ.①汉…　Ⅱ.①王…　Ⅲ.①中国文学－古代文学史
Ⅳ.①I209.2

中国版本图书馆 CIP 数据核字（2018）第 158481 号

汉文学史小讲

著　　者 / 王　志

责任编辑 / 殷亚平
装帧设计 / 一本好书
监　　制 / 姚　军
责任校对 / 张大伟

出版发行 / 上海三联书店

　　　　（200030）中国上海市漕溪北路 331 号 A 座 6 楼
邮购电话 / 021 - 22895540
印　　刷 / 上海展强印刷有限公司

版　　次 / 2019 年 2 月第 1 版
印　　次 / 2019 年 2 月第 1 次印刷
开　　本 / 640×960　1/16
字　　数 / 430 千字
印　　张 / 34.5
书　　号 / ISBN 978 - 7 - 5426 - 6401 - 3/I · 1427
定　　价 / 118.00 元

敬启读者，如发现本书有印装质量问题，请与印刷厂联系 021 - 66510725